安徽省第三届长篇小说

精 品 扶 持 工 程

孙 晶◎著

红 茅草绿茅草

合肥工业大学出版社

图书在版编目(CIP)数据

红茅草　绿茅草/孙晶著．—合肥:合肥工业大学出版社,2018.6
ISBN 978 - 7 - 5650 - 4037 - 5

Ⅰ.①红…　Ⅱ.①孙…　Ⅲ.①长篇小说—中国—当代　Ⅳ.①I247.5

中国版本图书馆 CIP 数据核字(2018)第 125910 号

红茅草　绿茅草

孙　晶　著		责任编辑　王钱超	
出　版	合肥工业大学出版社	版　次	2018 年 6 月第 1 版
地　址	合肥市屯溪路 193 号	印　次	2018 年 10 月第 1 次印刷
邮　编	230009	开　本	710 毫米×1010 毫米　1/16
电　话	人文编辑部:0551 - 62903915	印　张	21.75　彩插 1 页
	市场营销部:0551 - 62903198	字　数	383 千字
网　址	www.hfutpress.com.cn	印　刷	安徽联众印刷有限公司
E-mail	hfutpress@163.com	发　行	全国新华书店

ISBN 978 - 7 - 5650 - 4037 - 5　　　　　定价: 46.00 元

如果有影响阅读的印装质量问题,请与出版社市场营销部联系调换。

作者近照

安徽省作家协会文件

作发 2017（7）号

---------★---------

关于安徽省第三届中、长篇小说精品扶持
工程通告

各市文联，各市作协：

　　根据省文联党组的指导意见，安徽省作协出台了"第三届中长篇小说精品扶持工程"方案，于 2016 年 12 月 12 日起开始面向全省接受作家中、长篇小说申报，于 2017 年 1 月 15 日截止时，共收到中篇小说 74 部，长篇小说 81 部，经省内外专家评委们认真审读，最后评定 10 部长篇、10 部中篇入选扶持工程，并进行了公示，公示期内无异议。现将入选的第三届中、长篇小说精品扶持的作品，通告如下

一、长篇小说：

作者	作品	地市
洪放	《百花井》	合肥市
赵焰	《彼岸》	省直
黄复彩	《爱别离》	安庆市
许冬林	《大江大海》	芜湖市
栗亮	《大纱厂》	马鞍山市
赵丰超	《滚滚淮河》	阜阳市
马红民	《揉蓝秘境》	马鞍山市
陈家萍	《张家四姐妹》	合肥市
孙晶	《红茅草 绿茅草》	宿州市
李幼谦	《血证》	芜湖市

　　请各市文联及各市作协积极为作家们创作良好的创作环境与条件，确保作家们能顺利完成创作任务，同时要求被扶持的作家们要进一步树立责任意识、精品意识，努力创作出有高度、有温度、有筋骨的精品佳作，为"文化强省"提供智力支持和文化贡献。

安徽省作家协会
2017 年 5 月 5 日

安徽省作家协会文件

浑黄奔流是大河

——长篇小说《红茅草　绿茅草》序

侯四明

"安徽省第三届长篇小说精品扶持工程"入选的长篇小说《红茅草　绿茅草》是作家孙晶的黄河故道三部曲的第一部。老黄河也称黄河故道，它自豫东、皖北和苏北入黄海。这段黄河一路啸叫800里，雄浑壮烈700年，清咸丰五年（1855年），因黄河溃决改道北去，才像没有车头的车厢，剩在时光中。

孙晶是老黄河水土滋养的作家，他用深入骨髓的感情，抒写着老黄河岸边人的故事，抒写着老黄河的故事。

老黄河有两个特性：一个是泥沙俱下，浊浪排空；一个是奔流呼啸，势不可挡。在精神向度上，老黄河和老黄河人的性格极为一致。

老黄河人血与泪、情与仇的故事，在老黄河边雄浑地演绎：黄四爷是老黄河岸边黄三座楼的首富，也是首善。为了一个梦，黄四爷出钱在老黄河边建了一处庵院——黄沙庵，请来贤淑端庄的女尼慧园当主持。黄沙庵的众女尼各有各的恩怨情仇，这使她们无法安放红尘心。尤其在柳寨渊子的土匪马天五为劫财血洗黄沙庵后，正义与邪恶的较量，交织着以暴易暴的血腥复仇……

客观，是作家原生态的叙述立场。作家笔下的人物，都是善与恶，真实与虚伪的共同体和矛盾体。没有谁是高大全。善占上风，就是善人；恶占上风，就是恶人。

黄四爷是作家着意浓墨重彩刻画的人物。他修桥补路，布施四方，救了逃荒落难的石米仓夫妻，做了无数好事。就是这样一个善人，也有另一副嘴脸。黄四爷"这一巴掌打得小媳妇脸上直冒火，两眼金星乱泛，双手捂着脸蹲在那儿泪水叽里嘟噜地掉在地上却没敢哭出声来。"小媳妇对黄四爷动了情，可"黄四爷猛地把小媳妇朝旁边一推，从牙缝里蹦一个字：睡！小媳妇没敢再动。"这哪里还是善的形象啊，完全是冷酷的嘴脸。黄四爷还偷窥有夫之妇并与之通奸："看看四周没人，黄四爷一头钻进密密的芦苇丛。这回黄四爷看清楚了，在水里洗澡的是村里刘满囤的媳妇，姓毕……黄四爷有些把持不住了……"

黄四爷在芦苇丛如愿以偿地得到了毕氏。也许不想过于破坏黄四爷形象，作家用了隐语描述性爱："他仿佛听见了老黄河的流水声，那流水声时而高亢激昂，时而舒缓平静，时而如奔腾的千军万马，时而又像丝竹的悠扬，哗啦哗啦哗哗啦啦咕咚咕咚咕咕咚咚……"

与黄四爷的"善"对应，大恶莫过于土匪马天五。但马天五也有善的因子，他的恶是被丑恶的现实逼出来的。马天五是黄沙庵香火地伙计马子的儿子，马子既凶残又好色，马子只要有了钱，就必花在女色身上。

马天五一生无数次地回忆起母亲被父亲虐打的场景，几十年来，他每晚都做娘被虐打的梦。他心疼娘，他恨暴力，恨透了那个叫马子的爹。所以在那个叫马子的爹跟牛寡妇鬼混时，马天五掐死了牛寡妇。杀人走上逃亡之路后，马天五只想逃生，只想求生，却因为偷吃了干玉米棒，被人割掉了一只耳朵。

马天五被仇恨扭曲了灵魂，在复仇的时候却救了长期遭受虐待的苦命女人槐花。同病相怜的遭遇，使他爱上槐花，变得柔肠似水。每到一处，马天五总是跑前跑后张罗着找住的地方、弄吃的，有时候连洗脚水也端来放在槐花面前。但幸福生活刚一开始就结束了。柳寨渊（yan）子土匪花王六调戏槐花，马天五杀了花王六，被土匪捉到柳寨渊子。背负数条人命的马天五走上了恶的不归路：他认土匪头子浪里滚刀为父，做了二当家；继而毒药药死干爹，坐了柳寨渊子的头把交椅；他杀人绑票，血债累累；他欺男霸女，花天酒地；他血洗黄沙庵，使慧园、妙安等惨死……成了恶贯满盈、人人切齿的悍匪。

即使成了这样一个悍匪，作家仍不忘发掘他人性的一面：

"马天五，你真的想在这柳寨渊子里当一辈子土匪？你就没有想过自己有一个安安稳稳的家？"槐花说。

马天五说："姐……我也想有一个安安稳稳的家，陪着姐好好过日子。可是不行呀姐，我这是被逼得走投无路了呀，不当土匪我还能干什么，我还会干什么？"马天五说完竟然"呜呜"地哭起来。

套用鲁迅的一句话，马天五这"一塌糊涂的泥塘里"也偶有善，偶有人性的火花。令人哀其不幸，怒其凶残，继而义愤那个世道。

小开口，大格局，是作家谋篇布局的匠心所在。800里黄河故道，只选取黄三座楼和黄沙庵这一村一庵，这有点像《红楼梦》那种路数。《红楼梦》所涉只荣宁二府，但人物纷繁，成为那时代的缩影。《红茅草 绿茅草》力图摄像机一样还原时代，主干之外，枝节的张力很大，每个人物都得到本末展示。在历史纵深上，从黄四爷父辈到黄四爷孙辈，选取了几代人作为述说对象。在人物设置上，巨细无漏地倾情描述了数十个人物命运和纠葛。这其中，有从老黄河走出去，当了西北军军官，历尽坎坷又回归老黄河边的石火石泥鳅；有流落老黄河边最终沦落成烟花妓女的大麦；有走投无路落发为尼的改花；有"逼上梁山"的残暴土匪马天武……作家不惜笔墨，以至复仇总决战的描述在篇幅过半时才展开，也正是兵马俑一样罗列的庞杂的原生态的人物生存遭际，共同呈现着老黄河人的抗争与挣扎和善与恶的冲突。

即使人物和村庄命名，作家都有所寄寓。老黄河周边的事物都有黄河的血脉，所以村庄名叫黄三座楼，主要人物叫黄四爷，庵名也叫黄沙庵，这都是老黄河的烙印。当然，老黄河形形色色的人物性格，也是像老黄河的浑黄一样，泥沙俱下。

小说《红茅草 绿茅草》着力刻画了黄沙庵三个女尼：妙安、妙贞、妙善。作家对人物的起名蕴有深意：妙安不安，妙贞不贞，妙善不善。最终妙安安了，妙贞贞了，妙善善了。

妙安原名叫改花，十七岁嫁给做豆腐的吴歪头，生个女儿豆花。日子本来过得平静而安详。然而吴歪头被人陷害冤死大牢，改花改嫁柴老大，却所嫁非人，继父柴老大强奸了女儿豆花，致使豆花悬梁自尽。改花一斧头劈死柴老大，遁入空门，法名妙安。佛门难以安放妙安的红尘心。当黄沙庵劫难到来，妙安带领女尼们成功脱逃后，却为了师傅重回黄沙庵，安然面对死亡。

妙贞是慧园主持在庵门口捡到的弃婴：她天性好动，上树掏鸟蛋，开水烫蚂蚁；她聪慧异常，诗词歌赋，琴棋书画一学就会。她在一次偷看师傅洗澡后，春心萌动，从此一丝不挂的师傅胴体时时萦绕脑海。即使在肃穆的诵经场合，妙贞脑海都萦绕着师傅洗澡时身上冒出的腾腾热气。不贞的妙贞，在师傅遇难后，变得既贞且烈。她挑起了保护黄沙庵的"大梁"，当穆寨主提出用妙贞的身体作为复仇的筹码时："妙贞低头想了一阵，突然抬起头说穆寨主、白寨主、吴寨主，你们三位不论是谁只要杀了马天五给我师傅报了仇，我……妙贞的身子就是他的。……至于黄沙庵的其他师姐师妹，还请三位寨主不要再有什么非分之想，不然的话，妙贞只有拼一死来保全出家人的清白了。"

这一刻，妙贞不惜以肉体的不贞，成就着精神之贞。

妙善被贫穷的母亲舍进黄沙庵时，"病的只剩下一把骨头"，是慧圆主持精心照料，使妙善起死回生。妙善心里藏着一个欲魔，被马天五抢到柳寨渊子，不但不恨马天五，还感激马天五帮她脱离了苦海。因为她黄沙庵遭遇惨祸，血腥终于让妙善觉醒。在得知马天五要第二次血洗黄沙庵时，她不顾安危到黄沙庵送信，然后，在慧圆大师墓前的一棵柏树上，妙善结束了自己年轻的生命。

妙善最终回归了善。

粗犷的世俗风情描写，是小说《红茅草 绿茅草》鲜明的风格特色。形容老黄河人赶集喝羊肉汤、鸡汤、小米粥时，"一个个端筐捧碗蹲在路边，光是那喝汤的'唏嘘'声就把一头正在河边吃草的毛驴吓得'嗷吱'一声一撅蹶子掉进了老黄河里。"喝汤声能吓到毛驴？如此惊天动地的喝法，真是既夸张又传神。

"闲着没事的时候几个人一吆喝，秃二哥弄啥去？亲家，走，赶集去。到集上一人一碗羊肉汤两个大烧饼，就着大葱咱俩一人半斤红芋干子老酒，咋样？这客你请？我请。说着用手一比画不请是爬着走的王八。"乡亲的情感在粗犷中有了真切的表达。

风情和激情，让老黄河的女人爱和恨，都直截了当。

写爱：毕氏发现黄四爷在偷看自己洗澡，主动到芦苇丛去撩拨黄四爷；金荷喜欢石守乾，掀开被子"哧溜"钻进去，事后石守乾问金荷你咋那么大胆，敢跑我这儿来？金荷闭着眼说要啥大胆不大胆的，想来就来了呗，石守乾说我要是不干呢？金荷一笑说你不是干了吗？

写恨：黄礼河以为和大麦有过男女之事，再上就不难，大麦不愿意，突然扬起手里割草的铁铲砸向黄礼河，把黄礼河脖子划开半拃长的一个血口子；改花对待奸污女儿的柴老大，则是直接一斧头劈死。

不仅老黄河边上的男人女人不一般，就连孩子也在民风熏染下变得童言无忌："太阳晌午头上的时候，花轿抬进了黄三座楼……十几个小孩手拉着手可着嗓子喊：新媳妇，新又新，一对奶子有二斤。新女婿，想尝尝，新媳妇，叫他滚，俺藏着，俺留着，一个喂秀才，一个喂举人。"

适时的景物描述烘托人物或事件，显示了作家的匠心。

作家善于紧张的叙事之余，忙里偷闲地渲染自然环境氛围。被胡二毛逼疯的女人在狂风呼啸的夜晚裸体奔跑，最终自杀："风是在天快亮的时候停的。风停的时候，胡二毛的女人已经挂在庄南坑边的老槐树上了，头上落满了乱草树叶啥的，远远看去好像一朵正在怒放的花，只是这花显得有些暗淡。"

风停，意味着尘埃落定，一个苦难的人生画上了句号。

妙贞偷窥了慧园主持的裸体，心潮难平，作家不做过多描述，转而闲笔窗外夜色："如钩的残月在云层中穿行，时隐时现，朦朦胧胧的夜色敲击着木窗，发出些细微的声音，这声音像是来自天际来自那似云似雾的腾腾热气，让睁着眼躺在床上无法入睡的妙贞觉得有些兴奋。夜色真美。"

小说名为《红茅草　绿茅草》，茅草有着深刻的寓意和象征。红茅草是染血的绿茅草变成的。它染的是龙血（龙是华夏民族的图腾）。传说善的黄龙为了保护老黄河岸边的众生，和恶的黑龙大战（历史从来都是在善与恶的斗争中推进）。黄龙的血洒在茅草上，就变成红茅草。

红茅草"在老黄河两岸只是个传说，根本没有人见过。"据说只有有缘的人才能偶尔一见。就是这神秘又遥远神话里的植物，却被慧园主持见到了，还带回去治好了众女尼的病。

传说照进了现实。传说与现实通过红茅草有了联系。红茅草见证了那混沌的遥远的神话。这种见证甚至是不可挪移的：慧园主持把红茅草挖出来，栽在庵内的花园，"没过多长时间，那些原本红得像血染过了一样的红茅草，慢慢变绿了，绿的像普通茅草一样。"

红茅草正是染上了正义的黄龙的血，才变得如此神奇。

在浑黄千古的老黄河边，黄龙和黑龙的战争仍在继续，"马天五就是被黄龙用泰山石压在柳寨渊子底下的黑龙转世投胎，"马天五的失败命运，再次诠释了正义战胜邪恶的法理。

尽管泥沙俱下，毕竟滚滚向前；虽然千回百转，自有铁血铿锵。

人，从来都是自然的一部分。人的命运，从来都和脚下的土地息息相关。

小说《红茅草　绿茅草》正是从一个历史切面，展现了曾经发生的荡气回肠的老黄河人的原生态故事。

侯四明简介：

侯四明，20世纪60年代中期出生于安徽宿州，媒体记者，业余从事文学创作。1985年在《福建文学》发表作品，作品散见《诗刊》《散文》《星星诗刊》《清明》《散文百家》等国内外报纸杂志。曾获《诗歌月刊》"第二届世界华语诗歌大奖赛"二等奖、安徽省作协首届散文大奖赛银奖等奖项。作品收录于《中国当代散文精品选》《中国新诗百年大系·安徽卷》等多种选集。出版《蝴蝶，回家的花》等7部作品，系安徽省作家协会理事，安徽省散文家协会理事，安徽省评论家协会会员，宿州市作协副主席。

老黄河是条龙，老黄河边上的男人阳刚气十足，
老黄河边上的男人看见女人就敢上。
老黄河流的是水，老黄河边上的女人似水，
那是被男人哄着宠着爱着的时候，
一把把男人从身上推下来，
老黄河边上的女人比男人还阳刚。
老黄河边上的男人轰轰烈烈！
老黄河边上的女人轰轰烈烈！
老黄河边上的女人说男人都不是个东西，
女人咋就生了这么些不是东西的东西。
老黄河不说话，老黄河只是想笑的时候就笑
想哭的时候就哭想发疯的时候就发疯！

——题记

目　　录

楔 子

黄河从西面咆哮而来，一路奔腾而下，在这儿打了
个滚调头远去了，只留下一片沙滩，一片"无风沙三尺，
有风沙三丈，百里鸟绝迹，天暗日头黄"的黄沙滩……

黄河从西面的高原上咆哮而来，一路奔腾而下，在这儿打了个滚调头远去
了，只留下一片沙滩，一片"无风沙三尺，有风沙三丈，百里鸟绝迹，天暗日头
黄"的黄沙滩……

如今的老黄河没有了昔日汹涌也没有了昔日咆哮，只是静静地流淌着，如诉
如泣地讲述着它和它见证过的血与泪、情与仇的故事。

老先人们留下的风水书上说过，有山有水的地方是风水宝地，有灵气，出贵
人，出大贵人。这话不假。芒砀山奇峰突起，俊秀挺拔，苍松翠柏间峰回路转，
白云缭绕宛若人间仙境；老黄河好像一条从天而降的玉带，环绕着砀山这块人杰
地灵的风水宝地。

出贵人也不是说出来就能出来的，你咋知道凡间的人和人还明争暗斗呢？天
上玉皇大帝手底下的那帮神仙，那些赤龙、黄龙、青龙、白龙、黑龙啥的也在暗
中不断地争呀斗呀的，谁也不愿意待在天上老让大老倌玉皇大帝那些清规戒律管
得死死的，下界来当个人王地主自由自在一呼百应，手握生死大权，管着文武百
官天下百姓不说，光那三宫六院七十二嫔妃三千俏佳丽就足以叫他们争个你死我
活的。

玉皇大帝有关门计，那些一心想着到下界去当皇帝的龙子龙孙们有跳墙法。

黄龙和黑龙是同一个时辰偷偷逃出天庭的。

那天是三月三，天上的蟠桃大会，是玉皇大帝和王母娘娘缠缠绵绵的日子。天庭的御酒喝得晕晕乎乎，蟠桃吃得甜甜蜜蜜，各路神仙洞主返回府门仙洞，玉皇大帝王母娘娘移驾逍遥宫，哪有闲心管这些闲事。趁这机会，黄龙和黑龙逃下天庭，他们的目标都瞄准了老黄河。

黄龙的落脚点选在老黄河。

黑龙的落脚点选在了老黄河南边，砀山县城东北角二十五里的柳寨渊（yan）子。

老黄河成了黄龙的家。

黑龙成了柳寨渊子的主宰。

人和人有区别，龙和龙也不一样。先说黄龙吧，虽然是冒犯天规逃下天庭的，可他没有别的想法，只想来下界造福天下众生。而黑龙和黄龙的想法就不一样了，他有他的打算，希望有朝一日当一朝天子，统领天下百姓，作威作福拥美揽娇逍遥自在享尽人间荣华富贵，龙子龙孙千秋万代，永不返回天庭。

黑龙的野心大，整天待在柳寨渊子这块巴掌大的地方它是不甘心的，冒着那么大的风险偷偷逃离天庭就是为了能当上一朝天子。但是，黑龙也知道，想当这一朝天子也不是那么容易的事，要让天下芸芸众生都拜倒在自己脚下，就得让他们知道黑龙的厉害，他们才能服服帖帖永远臣服。于是黑龙施展起自己的手段，今天狂风明天暴雨。那黑风刮得叫个怪呀，"日日日呼呼呼"地吼着，两个人才能搂过来的大树黑风一使劲连根拔起。那时候黄三座楼庄南坑边的槐树还小，只有碗口那么粗，黑风"呜"的一声把槐树的树冠拧下来，断裂的树茬子好像一把利剑直刺向天空，把黑龙也吓了一跳。槐树没有死，第二年一开春，早早地长出了枝叶，越长越旺。风刚一刮完，黑龙就又施展手段下起雨来，那雨下得太大了，就像天被撕开了一个大口子。一连七七四十九天的大雨，齐腰深的大水把眼看就要到手的庄稼摁在水底泡得发臭。

黑龙把老黄河两岸方圆几百里地的百姓弄的一个个一家家妻离子散家破败人亡，茫茫苍野白骨累累，遍地萧索野鬼唱歌。

黑龙的所作所为惹恼了黄龙，黄龙咬着牙说这哪儿是龙啊，这是龙的败类！并发誓一定要制服黑龙。

龙的败类也是龙呀，黑龙依仗腾云驾雾播云种雨的本领，照样出来祸害百姓。一天，黑龙又钻出柳寨渊子兴风作浪，早有准备的黄龙再也看不下去，突然出现在黑龙背后，一声长吟惊天动地，摆动龙头舞起龙尾，一个鳌鱼翻身跃到黑龙上空，两只利爪紧紧掐住黑龙的脖子，黑龙怒吼着拼命挣扎。黄龙和黑龙在空中大战三天三夜，山岳、河流、大地在震撼、在抖动！只见血雨腥风、天昏地暗，地面上洒下点点血雨。正义终将战胜邪恶，最后黑龙筋疲力尽，被黄龙拿住锁在柳寨渊子底下，黄龙又从泰山顶上取来一块巨大的擎天石压在黑龙头上。如今的泰山玉皇顶东侧有一块断裂的巨石不见了踪影，据说就是让黄龙拿来压黑龙了。

说来也奇怪，老黄河岸边的茅草真的有那么一片是红色的，尤其是秋天更红，像血。老黄河边上的人都说红茅草是黄龙和黑龙的血染的。多少年后，一个听着黄龙和黑龙的故事长大的作家在深秋季节来到老黄河岸边，沿着河边走了几里地，真的就见到了那片红茅草。作家放下手里的照相机，很虔诚地躬下身子用双手从泥土里扒出一棵红茅草，看了一阵又闻了一阵，想闻出一点血腥味儿。最后作家失望地摇摇头把那颗红茅草带走了，打算夹在书里留做纪念，只是几年之后那棵红茅草的叶子也变黄了。在发黄的叶子中间有一道道红红的印迹，像血丝。

黄龙降服了黑龙，让老黄河两岸的百姓过上了安安稳稳的日子。

出了砀山县城向北走，也就是二十多里路的样子就到了老黄河。

黄三座楼在老黄河故道的南面、砀山城的北面，有一条黄土官道相连接。

砀山城不仅古老而且有名气。

黄四爷的爷爷说："你们这些后生娃娃们不知道，咱这砀山呀原来不叫砀山县，叫砀郡。郡是啥不知道吧？这郡呀，还得从大禹治水那会儿说起。在很早很早的时候，咱这中华大地到处泽国一片汪洋，洪水如猛兽呀，芸芸众生深受水患之苦。大禹是个深受百姓爱戴的首领，看到天下百姓民不聊生决心根治水患。可是尽管大禹付出百倍的努力，水患还是没有平定下来。大禹心里十分着急，为了根治水患三过家门而不入。后来，洛河里神龟现身，向大禹献上河图洛书，大禹受到洛书启示，终于成功地根治了水患，使天下百姓不再遭受水患之苦。大禹将华夏大地分为九州八十一郡，教天下百姓耕种土地，植桑养蚕，终于使天下平定下来，老百姓过上了安居的生活。给你们说吧，这郡呀就跟如今的徐州府一样。

听老辈人说，汉高祖爷刘邦还当过砀郡的郡长呐。"刘邦是谁？""啧啧，连刘邦你们都不知道？刘邦那是大汉朝的开国皇帝。你们过了这老黄河往北走，也就一二十里地吧，那是啥地方？那是凤城。凤城古时候也不叫凤城，叫丰邑，汉高祖刘邦就出生在丰邑的中阳里。汉高祖刘邦出生的时候，是一个早晨，朝霞染红了半边天，大地上的一切都被涂抹成了赤色，仿佛一个赤色的世界。这个呱呱坠地的婴儿嗓门极大，声音洪亮，哭声能传出半里地去，那是在向这个世界宣布：'我来了！'这叫啥？气魄，凡人哪有这气魄？婴儿长就一副与众不同的奇特相貌，鼻梁高高隆起，大耳垂肩双手过膝，更奇特的是左腿上还长着七十二颗黑痣。整整七十二颗知道不？那是啥？那是上天的七十二颗天罡地煞星，是七十二员龙虎大将，是南征北战打天下保一朝天子的龙虎大将。"黄四爷的爷爷说："这个婴儿就是后来手提三尺龙泉剑在芒砀山斩蛇起义，推翻秦朝暴政，开创四百年大汉基业的汉高祖爷刘邦。"

黄四爷的爷爷说："汉高祖爷刘邦那是咱屋搭山地连边的邻居哩。"

黄四爷的爹不说刘邦出生时候的事，黄四爷的爹说高祖爷刘邦酒醉金龙罩身，说高祖爷刘邦当了砀郡郡长在砀地招兵买马一路西进势如破竹，说张良背剑踏雪访帅，说萧何月下追韩信，说刘邦筑坛祭天拜韩信为兵马大元帅，说明修栈道暗度陈仓六十万大军平定三秦横扫中原一举拿下西楚霸王项羽的都城徐州。有个念过几天书的年轻人说："四老爷，那个时候徐州不叫徐州叫彭城。"黄四爷的爹说："彭城不就是徐州，徐州不就是彭城？书上明明写着呢。小王八羔子满嘴的奶腥味犟啥你犟？去去去，回家趴你娘怀里吃奶去。"年轻人被黄四爷的爹骂的直翻白眼。黄四爷的爹不跟嘴上没毛的小屁孩一般见识，回过头接着说："西楚霸王项羽三万铁骑从天而降杀得高祖爷刘邦六十万大军丢盔弃甲，高祖爷刘邦要不是有白龙驹驮着借着平地突然刮起的一阵飞沙走石的大风一口气跑进深山老林躲进了皇藏峪，那就落到项羽手里了。西楚霸王项羽那可是个杀人不眨眼的魔王，在新安坑杀秦降卒二十万毫不手软，进咸阳火烧阿房宫三个月大火不灭，高祖爷刘邦要是落在项羽手里，就是有八个脑袋也长不住。玄不？玄！打天下能是那么容易的？"

黄四爷最爱讲的却是庄南坑边老槐树上那块又长又深的疤痕的来历——"你看那汉高祖爷刘邦手持三尺龙泉宝剑站在……"

老黄家骡马成群好地千顷，三座两层的土楼远近闻名，可就是人丁不旺，几世单传。轮到黄四爷这辈有了兄弟四个，把黄四爷的爹喜得整天眉毛胡子乱蹿，又是修桥又是补路，逢遇灾年搭棚熬粥赈济灾民，就连家里用的长工短工农忙季节也是白菜细粉炖猪肉每人一大碗，还多给半个月的工钱，成了人人尊敬的黄大善人。

天有不测风云，人有旦夕祸福。在黄四爷十六岁那年，三个哥哥差不多同时病倒，不到仨月的功夫就一个个都入土为安了，谁也没留下个一男半女。黄四爷的爹中年接连失去三个儿子，悲伤过度一病不起，没过多久也命丧黄泉陪三个儿子去了。

黄四爷把爹安葬后回到家里三天三夜滴水未进，哭得死去活来，迷迷糊糊地就来到了老黄河边上，远远看见爹和三个哥哥站在一片黄沙滩上。黄四爷想动动不了，想喊喊不出声，正在着急，眼前突然卷起一阵狂风，滚滚黄沙遮天蔽日，狂风裹着黄沙卷起一根硕大的黄柱，"日日日呼呼呼"地怪叫直冲云天，爹和三个哥哥不知被狂风刮往何处。奇怪的是黄四爷的面前却无风无沙，出奇的平静。眨眼间风停了，在狂风刮起的地方出现了一处金碧辉煌的建筑，像庙宇像庵院，里面传出敲木鱼和诵经的声音。爹和三个哥哥一准在里面。黄四爷刚想抬脚，一个巨大的金甲神人突然出现在半空，大手一扬一声巨响，庙宇庵院不见了，却出现一片树林。黄四爷仔细一看是梨树，开满了一树一树雪白的梨花。黄四爷醒来的时候身上的衣服都被汗水湿透了，睁眼看看，屋里屋外一片漆黑。

黄四爷坐起来再也合不上眼。

天刚有些发亮，黄四爷便急匆匆地来到老黄河边上，他想看一看老黄河，看一看那金碧辉煌的庙宇庵院，还有那些盛开的梨花。

老黄河里的水静静的，映着东方天际泛起的酱紫色的云；老黄河边上的风爽爽柔柔的，吹得人很惬意。老黄河也许还没有醒来，被一层薄薄的轻雾笼罩着，那样静谧那样安详。黄四爷呆呆地站在老黄河边上一脸迷茫，在茫茫的黄沙滩上，哪里有金碧辉煌的庙宇庵院？只是远处果然好像有几棵树，因为太远，黄四爷看不清是不是梨树。最叫黄四爷吃惊的是，自己在梦中站立过的地方竟然有两个深深的脚印，那脚印分明就是自己的。

对，就在这老黄河边上建一座庙宇造一座庵院，和自己在梦中见到的一模一样，周围都栽上梨树。

黄四爷为自己突然冒出的想法吃惊，可这个想法又是那么具体那么强烈那么急不可待，眼前仿佛真的就出现了梦中看见的那一处金碧辉煌的庙宇庵院。

黄四爷是个说干就干拿定主意不回头的人。

第 1 章

黄沙庵选在九月初九破土动工，老皇历上说这是世上
最大的日子，大吉大利。两年后的九月初九这天，一座金
碧辉煌的黄沙庵出现在老黄河边上

黄四爷选一个黄道吉日去了徐州，到云龙山上请来得道高僧觉寒大师。

觉寒大师慈眉善目，红光满面，仙风道骨，项上的一串佛珠泛着道道清冷的光。

觉寒大师在老黄河滩上转了好一圈，合掌当胸念声"阿弥陀佛"对黄四爷说："黄施主选的这个地方是块风水宝地，是修建庵堂寺院的理想所在。黄施主慧根向善，出巨资修建庵堂寺院弘扬佛法，广结善缘，此乃佛门之幸事，也是千古之善举，日后必得善报。但是，黄施主，据老衲看来，这老黄河岸边却不是修建僧庙的理想之所，而应该修建一座庵堂。"

黄四爷疑惑地说："请大师赐教。"

觉寒大师微微一笑说："黄施主你看这条老黄河自西向东绵延数百里，黄沙覆盖，似一条金黄色巨龙，一遇风便摇头摆尾腾空而起，势震寰宇、气吞山河，充满阳刚之气。老黄河里虽然有水，水乃属阴，然终不抵黄龙之霸气，如若在此修建僧庙，日久恐有南方丙丁之火降下焚毁庙宇，岂不可惜。倘若在此修造一座庵堂，请道行深广之女僧尼做主持，阴阳璧合，乃世上万物之源，庵堂将久享旺盛之香火，世世代代永不颓败。"

黄四爷说："大师，只要能保佑我黄家平安，修庙宇造庵堂都行。只是这道行深广的女僧尼主持何处去请，还望大师指点。"

觉寒大师说："黄施主不用担心，老衲原是半路出家之人，早些年曾学过几天拳脚，我有个小师妹一心向佛，已皈依佛门多年，法名慧圆，现在淮南的八公山翠云庵内修研经文。我这位小师妹开坛布道讲经说法远在老衲之上。老衲可以修书一封请她前来主持庵堂，不知黄施主意下如何？"

黄四爷朝觉寒大师拱拱手说："多谢大师，但凭大师安排。"

觉寒大师说："那好吧，老衲即刻修书，请慧圆师妹前来帮着黄施主筹划建造庵堂之事。这庵堂修造在老黄河边上，但不知黄施主可曾想好给庵堂取个什么名字没有？"

黄四爷沉思了一会说："大师，我在梦中见狂风骤起，风卷黄沙遮天蔽日，大风过后才见一片庙宇庵院的，我想把庵堂取名叫"黄沙庵"，不知大师觉得如何？"

觉寒大师听了连连点头，连声说："好好好，'黄沙庵'这个名字起得好。在老黄河边上修造一座黄沙庵，真乃是天意，天意啊！"

黄四爷第一次见到女尼慧圆的时候非常吃惊。慧圆看样子也就三十来岁的年纪，虽然是一身的出家人的装束，但也掩盖不了七分的姿色，尤其是那一双深潭似的大眼睛更是给人留下极为深刻的印象。黄四爷开始怀疑，这样一个年轻的女尼能帮着自己把黄沙庵建造起来吗？

"阿弥陀佛，黄施主，小尼有礼了。"慧圆朝黄四爷稽首。黄四爷连说："还礼还礼。"慧圆的矜持和稳重又让黄四爷吃了一惊。

后来黄四爷才发现，慧圆虽然年轻，但做事果断干练，筹建黄沙庵的事千头万绪，而慧圆做起来却井井有条。

黄沙庵选在九月初九破土动工，老皇历上说这是世上最大的日子，大吉大利。两年后的九月初九这天，一座金碧辉煌的黄沙庵出现在老黄河边上。

黄四爷出一万两千八百块大洋，把黄沙庵建在了老黄河故道的边上，还在黄沙庵的旁边买了五十亩地作为黄沙庵的香火供奉地。

女尼慧圆成了黄沙庵的第一任主持。

慧圆主持俗名薛慧君，原是一位书香门第的小姐，虽然算不上什么大家闺秀，但也是一块玲珑剔透的"小家碧玉"。薛慧君长着一张鹅蛋形的脸，又细又长略向上翘起的眉毛下面，一双忽忽闪闪的大眼睛如一湖秋水荡漾着清澈透明的涟漪；长长的睫毛上下一动像一只落在花骨朵上的黑蝴蝶煽动一对翅膀；腮边泛着淡淡的红，如两朵三月绽开的桃花，属于那种古典型的美人。薛慧君从小受父母的熏陶，《诗经》《论语》之类熟记于心，《女儿经》更是倒背如流。薛慧君天资聪明，跟着一位私塾老先生学习书法，也就两三年的功夫，一笔草书写得让老先生赞不绝口，摇晃着脑袋说："奇才，天生奇才哟！"这天，老先生没事溜达着走进薛慧君的书房，见桌上放着一副刚写好的字，是宋代著名词人晏殊的一首《清平乐》。

老先生摇头晃脑地吟诵起来：

> 金凤细细，
>
> 叶叶梧桐坠。
>
> 绿酒初尝人易醉，
>
> 一枕小窗浓睡。
>
> 紫薇朱槿花残，
>
> 斜阳却照阑干。
>
> 双燕欲归时节，
>
> 银屏昨夜微寒。

老先生念着念着一下子愣在那里，两眼盯着桌上的字看了很久很久，突然转身跑回自己的住处，急急忙忙地把书籍、行李收拾起来，小包袱往肩上一扛头也不回地走出薛家大门。薛慧君的父亲不知道老先生为什么无缘无故地走了，便差管家去请，老先生让管家带回来一封信，上面只写了一句话：老朽不才，实不敢再误姑娘。这位薛慧君姑娘不仅喜文，而且爱武，从小就跟着开武场的叔叔习武，一路双剑舞得呼呼生风，只见寒光闪闪不见人的身影，就连一直反对她习武的父亲看了女儿舞的双剑也不住地点头赞许。后来，薛慧君去了南京的洋学堂念书，在那里她遇上了一生唯一的恋人，两个人情投意合，花前月下海誓山盟订下百年永偕白头到老之约。也就是洋学堂要毕业的那年夏天，她的恋人和几个同窗好友结伴到玄武湖游泳，一头扎下去再没有上来，三天之后才被人从湖里打捞上来。恋人去了，薛慧君的心碎了也死了，悲痛之余万念俱灰，不顾家人的反对，来到八公山翠云庵落发为尼，法号慧圆。转眼十多年过去，当年活泼可爱俊秀淑娴的薛慧君变成了今天修业高深的佛门弟子。

黄沙庵建成之后，黄四爷又来到自己梦中站立过的那个地方，从远处看去刚刚建造起来的黄沙庵真的和自己在梦中见到的金碧辉煌的庙宇庵院一模一样，只是眼前的一切比梦中更真实更清晰更让黄四爷激动，觉得自己实实在在地做了一件功德无量、流芳千古的善事。一次上完香之后，黄四爷在禅房一边品着慧圆主持端上的竹叶茶，一边又显得有些魂不守舍。慧圆主持一笑说："黄施主有什么话但说无妨。"黄四爷又停了一会才说出想在黄沙庵里给爹和三个哥哥立个牌位的打算，就是不知道合不合适。"有什么不合适的？"慧圆主持说："黄施主心存我佛，出资建了这座黄沙庵乃无量之善举，庵内供奉黄施主的先贤理所当然。"就这样，黄四爷的爹和三个哥哥的牌位设在了黄沙庵的偏殿里，牌位前每日里也是香烟缭绕。

　　黄三座楼的黄四爷出钱在老黄河边上修造黄沙庵的消息不胫而走，那些善男信女纷纷前来烧香磕头许愿，黄沙庵的香火越来越旺。每年的二月十九、六月十九和九月十九，是观世音菩萨出生、修炼得道和出家的日子，黄沙庵都要举办盛大的佛事活动，吸引了方圆十几里乃至上百里的善男信女纷纷前来进香。来黄沙庵的人群里当然也少不了那些精明的生意买卖人，他们在黄沙庵周围摆摊设点，起炉搭灶，羊肉汤、鸡汤、小米粥，大烧饼、壮馍、肉包子，让那些看热闹的人垂涎三尺，纷纷拿钱买自己喜欢吃的东西，端筐捧碗蹲在路边，光是那喝汤的"唏嘘"声就把一头正在河边吃草的毛驴吓得"嗷咳"一声一撅蹶子掉进了老黄河里。

　　好多人来赶庙会是冲着大烧饼羊肉汤来的。

　　"我的乖乖，黄沙庵那边羊肉汤的味道就是地道，一碗汤半碗油花椒胡椒乱碰头，里面白花花肥嘟嘟的羊肉足足有四两，那天俺一口气喝了两碗还吃了四个烧饼，乖乖，撑的俺他姥姥的半天没敢挪窝。"

　　老黄河边上的人喜欢把有生意有买卖的地方叫作"集"。闲着没事的时候几个人一吆喝，"秃二哥弄啥去？""亲家，走，赶集去。到集上一人一碗羊肉汤两个大烧饼，就着大葱咱俩一人半斤红芋干子老酒，咋样？""这客你请？""我请。"说着用手一比画不请是爬着走的王八。

　　在黄沙庵的旁边买的卖的耍把戏卖野药的啥都有，于是这里就成了集，成了大集。

　　"哎哎哎，他七婶子，大烧饼羊肉汤，过来吃吧，我请客，天一黑给我留着门就行。"一个汉子朝远处的一个娘们儿喊。

　　娘们边走边说："哎哟哎我的傻二小子，能不给你留着门吗？你呀悠着点少吃两口，老娘这两只奶涨得生疼，够你吃的了。你兄弟大了，不跟你争。"娘们大笑着扭着硕大的屁股远去，这笑声里带着浪味带着骚味还带些野性的挑逗，把几个男人扯得神不守舍，摇摇晃晃，差一点一头栽倒在地上。

"这熊娘们，你瞅瞅她那股子顶风骚十里的浪劲，十个八个的男人也压不塌架。"汉子说。

"兄弟，这个骚娘们可是老毛子拉弓——发洋箭（贱）的主，你可千万别跟她黏糊上喽，那可了不得，四仰八叉朝那一睡，一个填不满的黑窟窿。兄弟，有劲你就使吧，完事叫你爬都爬不起来。咋，你还不信？不信你就走着瞧，不出仨月，能把你吸干喽，兄弟。"

"耶耶耶，就她那熊样千人骑万人压的，谁还稀罕？"汉子说："哥哥没听说过吗，'宁吃甜桃一口，不吃烂杏一筐'嘛。"

"别扯了，你是吃不上葡萄骂葡萄酸吧，兄弟？"

每到黄沙庵有佛事，黄四爷总是早早地来到庵内烧第一炷香，香火钱是少不了的。慧圆主持把一杯香茗捧上，手捻佛珠诵上一段祈福的经文，黄四爷才走出庵门。黄四爷不想回家，想到集上走走看看，看着来来往往的人群，听听那些买卖人的吆喝声和讨价还价的争吵声觉得心里舒坦。黄四爷最不愿意听的就是那些骚男浪女打情骂俏的声音，走在街上如果遇上这事，黄四爷鼻子里"哼"一声赶紧走得远远的。

黄四爷好事做到底，天热的时候叫人在黄沙庵的大门旁边搭了一个茶棚，摆上一排桌子、长凳，赶集的人累了渴了，坐下歇歇脚喝碗水之后抬屁股就走，一分钱不要花。

黄四爷转悠饿了，便来到一个小摊子上坐下，要上一碗羊肉汤两个烧饼，大大的辣椒油碗里一放，"唏唏嘘嘘"一阵吃得热气腾腾满头冒汗，嘴一抹，十个小钱"哗啦"朝桌上一放，抬屁股走出来，哼着小曲到老黄河边上溜达一圈才回家。

刚一开始的时候，那些生意人都不认得黄四爷，吃了饭付钱天经地义，黄四爷不在乎那几个钱，一个子儿不少。再说了黄四爷也不是那种看着一个小钱比磨盘还大的小气人。后来有人就知道了，知道那个喝羊肉汤喜欢放辣椒油的人就是黄四爷，是拿钱建造黄沙庵的黄大善人，所以，黄四爷再到谁家的摊子上去喝羊肉汤吃大烧饼，那些大的小的老板死活也不肯收黄四爷的钱。这让黄四爷为难了，天底下哪有吃饭不给钱的事？这饭能吃得下？我黄四爷成什么了？白吃呀，不行不行。后来黄四爷想出一个办法，桌前一坐，十个小钱"哗啦"桌上一放，先交钱后吃饭，收钱就吃不收钱走人。那些大的小的老板没法子，只好给黄四爷鞠个躬把钱收了，汤里菜里多放些肉实惠些也就是了。黄四爷发现碗里肉太多便大声喊那谁谁你过来，"咋，你这生意不想再干下去了？这碗里肉放的多了，照这样下去你的生意还不得赔个精光？等会再给你两个小钱。"黄四爷不是那种不知道好歹的人，他是不想占人家的便宜，怕人家的生意做赔了。

从大年初八开始，接连下了七天的大雪到正月十五这天突然停下来。天晴了，太阳光照在雪地上刺得人睁不开眼。黄四爷先去黄沙庵烧了炷香，然后在街上转悠一阵子，觉得有些饿了，抬脚走到一家卖羊肉汤的小馆子里，这回黄四爷掏出来的是二十个小钱，说切半斤羊肚一盘油炸花生米，再来半斤红芋干子老酒。

小馆子里的老板姓米，个头不高，人挺精明。说是老板，那是喊着好听，其实小馆子里前前后后上上下下忙活着的也就是夫妻两个。

这些日子雪下得大，小馆子里生意冷冷清清，天放晴了之后也没有几个人。米老板把酒菜端过来放在桌上，说："四爷，这酒我给您烫热了，自个先喝着，我过一会来陪您。"黄四爷说："不用不用，你忙你的吧。"

不大会，米老板又端着一大盘酱牛肉，手里提着一坛酒，满脸带笑来到黄四爷对面坐下。

黄四爷一愣说："米老板，你这是弄啥？"

米老板"嘿嘿"一笑说："四爷，你别多心，您的酒钱菜钱我照收。今个外面冰天雪地的没几个人来吃饭，我呀，就想凑过来跟四爷拉拉呱，敬四爷两杯。"

黄四爷也觉得开心，说："那就跟米老板喝两杯。"

"哎哟四爷，打今朝后四爷可别再一口一个米老板米老板地叫了，我听着都脸红。就我这巴掌大的小馆子，起五更睡半夜挣个仨核桃俩枣的也敢称老板？"米老板摇摇头给黄四爷满满倒上一杯酒，双手端起来说："四爷，我敬您。"

酒杯"当啷"一响，两个人一饮而尽。

黄四爷放下酒杯，夹一块羊肚放进嘴里，笑笑说："米老板，你说这话可就不对了，馆子再小它也是个生意，挣个仨核桃俩枣它也是个进项不是？你没听说过'家有千金万银不如日进分文'嘛？再大的生意买卖那也是从小一点一滴的做起来的。米老板为人和善精明能干，是把做生意的好手，过个三年五载的还愁生意红火不起来？到时候把馆子开到凤城去，把衙门口东面的'望凤楼'给它盖下去。米老板，那时候可就是日进斗金喽。"

"哎哟四爷哎，您这几句话把我晕晕乎乎地都捧到天上去了，弄得我都不知道吃几碗干饭了。来来来，四爷，借您吉言，我再敬您一杯。"米老板赶紧给黄四爷满满地倒上酒。

黄四爷说："米老板，赶明你找几个人把这馆子的门脸收拾收拾，里里外外拾掇得干干净净。人哪，花钱吃饭谁不想找个干净的地方？喝二两酒心里觉得舒坦，你说是不是？等过两天你收拾好了，我再给你写副对联贴上，咋着也得把馆子拾掇的像个样子，再加上米老板你这一把好手艺，生意一准能红火起来。"

米老板一听赶紧端着酒杯站起来说："四爷，您可真是一副大慈大悲菩萨心肠啊！今个我得再敬四爷三杯。"

黄四爷是个讲信用的人，话说到了绝不食言。米老板刚刚把小饭馆收拾好，黄四爷就拿着用大红纸写好的两副对联送过来。米老板高兴得脸上乐开了花，忙把对联贴在大门两旁。黄四爷这副对联写的是：

座上不乏豪饮客，
门前常扶醉人归。

"米老板，这儿还有一副，你就贴在店里吧。"黄四爷说。
米老板又展开另一副对联，念到：

刘玲借问谁家酒好，
李白还言此处飘香。

米老板说："四爷，您这两副对联写得太好了，给小店大大增色。托四爷的洪福，小店的生意保准能红火起来。四爷，今个咱爷俩得好好喝上几杯。"

这顿酒黄四爷喝得有些晕晕乎乎，但没醉，临走的时候非要给米老板留下十个小钱，米老板推让了半天，没办法只好收下。黄四爷出了馆子，踏着厚厚的积雪"咯咯吱吱"地朝老黄河边上走去，不大一会，黄四爷便走出一身汗来。

"人不该死自有救。"石米仓常把这句话挂在嘴边上，见人就说。
石米仓的命是黄四爷从老黄河边上的雪地里捡回来的，石米仓心里记着呢，一直记到了死。

黄四爷在老黄河边上走了一阵子，冷风一吹，酒劲慢慢就上来了，开始有些打晃，再加上积雪太厚，也走累了，打算回家歇着去。刚走没几步，远远看见路边雪地上好像躺着一个人，还被雪埋了一层。黄四爷赶紧走过去仔细一看，果然躺着一个汉子，脚和半个脑袋露在外面。黄四爷急忙把汉子身上的积雪扒开，见汉子个挺大，也就三十岁上下的年纪。黄四爷把手放在汉子胸前摸了摸，见多少还有点热乎气。"人还没死。"黄四爷自语道。

救人一命胜造七级浮屠，黄四爷常听慧圆主持讲这句话。

黄四爷把汉子扶着坐起来，想把汉子背回黄三座楼，可费了老大的劲也没把汉子背起来。看看汉子牛高马大的个子，黄四爷无奈地摇摇头，转身朝黄沙庵跑去。

雪地里的汉子被黄四爷叫来的米老板几个人抬着放在了黄家的大车屋里，黄四爷叫人把汉子身上的衣服扒了个精光，端来一盆雪，让人用雪在汉子身上使劲搓，搓得身上有了热气才拿两床被子盖上，没用多大功夫汉子就醒来了。

黄四爷叫人端来一碗姜汤让汉子趁热喝下去。

汉子叫石米仓，河南开封人。

石米仓说老家那儿去年春天干旱无雨夏天又闹水灾，一年颗粒无收。人实在活不下去了，家家户户携儿带女出外逃荒要饭，他领着快要生孩子的媳妇一路往东，才来到这老黄河边上。

"咋就你一个人，你媳妇呢？"黄四爷问。

石米仓猛地坐起来，跳下床就往外跑。黄四爷赶紧拦住他说："石米仓，你这是要去哪呀？"

"俺媳妇，俺媳妇还在河堤下边的一个破草庵子里等着俺哪，俺媳妇快要生了，俺媳妇都两天没吃东西了，俺媳妇还等着俺……"

黄四爷说："石米仓你先别急别急，带上点吃的，我马上叫几个人跟你去把你媳妇接过来。"

石米仓"扑通"一声跪在地上。

石米仓的媳妇被人接到黄家的大车屋里，太阳快要下山的时候生下一个很小很小的小男孩，头大得出奇，两只小胳臂小腿就像冬天树上落下来的柴火棒，皱皱巴巴，没有一点儿血色。孩子生下来之后没有一点声响，两眼紧闭像睡着了一般。石米仓含着眼泪说："这么点小东西像个剥了皮的老鼠似的活不了扔了算了。"石米仓的媳妇两手紧紧地抱住孩子死活也不肯放手。黄四爷听说之后叫人赶紧把石米仓叫过来，气呼呼地说："石米仓，你这是说的啥混账话嘛，孩子再小他也是条命，咋能扔了？小猫小狗还都想养活着哩，何况是个孩子？有条命就拉扯着，没有吃的到家里来拿。"黄四爷叫人送来一小袋杂面，石米仓给媳妇做了一碗"面鱼儿"，端过来媳妇一看说："这大冬天的哪来的泥鳅呀?"。石米仓说："这哪是泥鳅呀，是杂面做的'面鱼儿'。你瞅瞅，还真有点像泥鳅哩，孩他娘，咱就给这孩子起个名叫泥鳅吧。"

石米仓的媳妇把孩子抱在怀里，在孩子的小脸蛋上亲了一口说："泥鳅哎，娘的宝贝。"

石米仓没再回老家河南，就在黄三座楼住了下来，给黄四爷家里当长工。媳妇也有活干，农忙时和男人一起下地，闲着的时候帮着黄家人洗洗刷刷、缝缝补补，两口子对黄四爷感激涕零，逢年过节给黄四爷磕头个个带响。

石米仓的儿子石泥鳅长得虎头虎脑，十分可爱，爹娘在地里干活，把他往地头一放便自己玩起来，不哭也不闹。可就是有一点叫石米仓担心，孩子长到两岁多了，没见他笑过，老是瞪着两眼发呆。"长大了别是个傻子吧?"石米仓说。媳妇说："你瞎说个啥，没看见孩子两只眼睛来来回回轱轱辘辘地转个不停，机灵着呢，咋会是傻子呢?"

石泥鳅三岁的时候，石米仓的第二个儿子出生了，有人来喊石米仓的时候他正赶着一头牯牛犁地，干脆就给儿子起个名字叫牯牛——石牯牛。牯牛能拉车能犁地，黄四爷家的地多着哪，用得着，石米仓想。

黄四爷有时候也愁得睡不着觉，愁啥?愁老黄家的人丁不旺。

虽然老黄家家大业大富甲一方，可老黄家人没干过啥恶事。从老祖爷爷那辈上起就有家训：以善为本。别的人家大门影壁墙都写上个"福"字，老黄家的影壁墙上却写上一个大大的"善"字。都说"恶有恶报善有善报"，老黄家世世代代行善积德咋就感动不了老天爷呢?到底是咋回事黄四爷咋也想不明白。

黄四爷出钱请人在黄沙庵塑了一尊送子观音供奉在佛堂里，慧圆主持带着徒弟们做了三天的法事。

也是为了能让黄家人丁兴旺起来吧，黄四爷娶了一大一小两个媳妇。大媳妇娶进门四五年才怀上孩子，生了黄柄秋，瘪瘪的肚皮再也没有动静，人却一圈一圈的胖起来，胖的一走路浑身的横肉就要往下掉。那个小媳妇就别提了，自打进了黄家的门就没解过怀。

黄四爷心里烦，心里一烦就想到老黄河边上转转，日子转久了就转出点故事来。

那是儿子黄柄秋七岁时那个夏天的一个傍晚，天热得像在下火，许许多多的男人女人孩子都跑到老黄河里洗澡，衣服往下一扒，"扑通"一个猛子扎进老黄河里，那叫个痛快那叫个恣。俗话说"有理的街道无理的河道"，男人东面女人西面屁大点的一群孩子夹在中间，各人洗各人的，照样打打闹闹照样说说笑笑。偶尔有男人或女人偷偷地朝对面瞥上一眼，也是赶紧地把那带着些邪念的目光收敛回来，怕被别人看见了骂八辈的老祖宗。其实啊，人这玩意有时很讨厌，虚伪、假正经，但骨子里却脏得要命。一个男人待在女人堆里——装；一个女人待在男人堆里——装；一群男人和一群女人在一起更得装。只有一个男人和一个女人待在一起的时候便不再装了，一把扯下那块遮羞布，把自己打扮得赤条条的，勾肩搭背蛇一般紧紧缠绕在一起上下翻滚大呼小叫做些飘飘欲仙的销魂勾当。

人常说常在河边走没有不湿鞋的。

难怪像黄四爷这样一个正人君子也有湿鞋的时候。

黄四爷是在老黄河边上湿了鞋的。

第 2 章

一群赤身裸体的男男女女在老黄河里喊啊、叫啊、说
啊、笑啊、打啊、闹啊，白的、黑的、高的、矮的、胖
的、瘦的身子都一丝不挂地交给了老黄河，把老黄河吵晕
了，搅浑了

一群赤身裸体的男男女女在老黄河里喊啊、叫啊、说啊、笑啊、打啊、闹
啊，白的、黑的、高的、矮的、胖的、瘦的身子都一丝不挂地交给了老黄河，把
老黄河吵晕了，搅浑了。

黄四爷本来心里就烦，看见这一堆扭屁股拧腰的男男女女更烦。黄四爷不光
懒得问更懒得看，眼不见心不烦嘛，走，走得远远的。

黄四爷沿着老黄河边往前走。

黄四爷走了很远有些累了，便在河边的树底下坐下来。

日头好不容易滑了下去，溜河风吹过，给被燥热煎熬了一天的人们送来一丝
凉意。

"该回家喽。"黄四爷站起来走到芦苇丛旁边小解，尿完刚要转身，突然听见
一阵"哗哗啦啦"的水声，黄四爷一愣，是水鸭子？黄四爷仔细听了听又不像，
好像是有人在洗澡。是谁咋跑到离庄子这么远的地方来洗澡？黄四爷觉得好奇，
往芦苇丛深处走了两步，透过密密的芦苇丛缝隙黄四爷看到一个白白的身子在齐
腰深的水里扭动。咋还是个女的？黄四爷眼一闭赶紧离开。

晚饭黄四爷吃得很香，还喝了点酒，碗一推去了小媳妇的房里。小媳妇又惊
又喜，赶紧给黄四爷倒上茶，端来洗脚水，捧着黄四爷的脚又是捏又是揉。黄四

爷呢，闭着眼很惬意地品着茶，耳边老是响着"哗哗啦啦"的水声，脑子里晃动的是白白滚圆的腰身。小媳妇哪里知道黄四爷的心事，伺候好黄四爷灿灿烂烂地一笑便去了里屋，三把两把地把自己剥了个精光往床上一躺，玉体横陈，就等着黄四爷过来翻云覆雨了。

小媳妇等了半天不见黄四爷的人影，觉得不对劲，出来一看，哪里还有黄四爷的影子？气的小媳妇一头扑在床上，蒙着被子咬牙切齿地哭了半夜。

黄四爷回到自己的屋里，躺在床上翻来覆去地睡不着。黄四爷恨自己，觉得自己干了一件见不得人的事，真想自己扇自己两个嘴巴子。丢人哪，给老黄家的祖宗丢脸哪！好不容易睡着了，偏偏又跑到老黄河边上去了，偏偏又听见了那"哗哗啦啦"的水声，偏偏又看见了那白白的身影。

黄四爷醒的时候天还没有亮，外面黑乎乎的，黄四爷没动，黄四爷睁着两眼不想起来，黄四爷还想睡，黄四爷还想再回到梦里去。

傍晚的时候黄四爷鬼使神差地又来到了那个让他眼一闭赶紧离开的地方。

黄四爷脸朝着河堤外面，不停地提醒自己，说啥不能再回头看，能听见那"哗哗啦啦"的水声就行，就听。

黄四爷失望了，一切都很平静，一切都没发生。

天太晚了，不会有人洗澡来了。黄四爷想。

第二天黄四爷又来了。路上黄四爷想怕啥？再不会有人到这么远的地方来洗澡了。

"哗哗啦啦"的水声让黄四爷一惊。

黄四爷的两条腿像灌了铅似的，抬不起走不动。

"哗啦哗啦哗哗啦啦……"

日头咕咕噜噜滚下山去了，水声仍在响。

看看四周没人，黄四爷一头钻进密密的芦苇丛。这回黄四爷看清楚了，在水里洗澡的是村里刘满囤的媳妇，姓毕，叫啥黄四爷不知道。黄四爷不是个爱打听事的人，更不会问人家的媳妇叫什么名字。毕氏过门四年生了仨孩子，都是儿子，这个黄四爷听说过。这女人真有能耐。黄四爷想。后来，走碰面的时候黄四爷还多看了毕氏一眼。

毕氏在水里洗得差不多了，便慢慢从水里走出来，站在河边擦身子，把一切毫无保留地敞开在黄四爷面前。

黄四爷有些把持不住了，身上觉得一阵燥热，扒着芦苇的手开始抖动起来，芦苇叶子"沙沙沙沙"地作响。这一响吓坏了毕氏，赶紧拿件衣服挡住前胸，抬头看见一个身穿浅蓝色衣服的身影迅速消失在芦苇丛中。

毕氏也是三个孩子的母亲，本来也就不太在意这些事，都成半截老嬷子了，看就看呗，还能看少了啥？有本事你过来，这是哪个有贼心没贼胆的骚男人？真他娘的没出息。毕氏心里骂。

毕氏也没有多想，穿上衣服离开老黄河大堤，顺便绕几步路去自家地里摘些黄瓜豆角啥的。毕氏从菜地里出来，一眼看见背着手匆匆走来的黄四爷大吃一惊，黄四爷身上穿的正是一件浅蓝色上衣。咋会是……咋会呢？毕氏愣住了。

黄四爷也看见了毕氏，想躲开已经来不及了，只好硬着头皮朝前走。毕氏这会儿倒是平静下来了，笑着给黄四爷打招呼："四爷，这天怪热的，你到河堤上凉快去了？"

"哎，哎哎……"黄四爷脸红脖子粗地支吾着赶紧走开。

望着黄四爷匆匆忙忙远去的背影，毕氏偷偷地一笑，心想这黄四爷黄大善人原来也是个假正经！

黄四爷回到家一连三天没出门。

这三天黄四爷把自己关在屋里，谁也不知道他在干什么。

这三天毕氏天天在老地方洗澡，她不再下水，把衣服脱得干干净净，站在水边撩着水擦身子，很慢很慢，斜着两眼不停地偷偷朝不远处的芦苇丛里瞟。

这三天很平静。

毕氏从水里出来，赤条条地站在水边望着清清的河水发呆。毕氏觉得非常好笑，觉得自己是在犯贱，人家黄四爷是啥样的人？人家能看上你这残花败柳？那天……嗯……那天八成是黄四爷碰巧从河边路过，钻到芦苇丛里尿尿啥的无意中看见的，这有啥奇怪的？自己却像着了迷似的在这儿等，怕是一辈子也等不来。犯贱，就是犯贱。就你这样一堆烂肉，除了那个饿狼似的刘满囤愿意在你身上拼命地卖力气，谁还稀罕？这样想着，毕氏觉得有些沮丧，对着水面理理自己散乱的头发，有些伤感地叹了口气自言自语道："唉，生过孩子的女人谁还愿意多看一眼？"

那天，毕氏回家的时候一路上无精打采。

第四天太阳快要落下去的时候，毕氏是在河边洗过了澡的，回到菜地里摘黄瓜的时候看到黄四爷匆匆朝老黄河大堤走去的身影。毕氏心里一阵紧张，心想黄四爷是不是又去钻芦苇丛了。一想到自己光着身子洗澡的时候每一个动作，身上的每一处都让黄四爷看了个清清楚楚，不由得脸上有些发热。她想象不出来黄四爷躲在芦苇丛中看她洗澡的时候是个什么表情。毕氏在想黄四爷站在芦苇丛中失望的样子，同时心里又有了一种莫名的渴求，这种渴求就像是经过了很长很长的时间突然看见自己的男人刘满囤时一模一样。一想到力壮如牛的男人刘满囤，毕氏心里又一阵怦怦直跳。唉，刘满囤这个该挨刀的走了有一个多月了吧？不知道啥时候才能回来呢。你不回来是吧？不回来拉倒，叫你死在外面！我……我……毕氏心里又说这黄四爷黄大善人……也怪可怜的，就别……别让他失望吧……于是就把手中的菜篮子放在地上，钻进庄稼地里抄近路急匆匆地去了洗澡的地方。

毕氏在水里洗了一阵才听见芦苇叶的"沙沙"声，拿眼一瞟，看见了黄四爷的半个脑袋。

毕氏一笑，是在心里笑的。

毕氏猛地从水出来，光着身子钻进芦苇丛。

突然，黄四爷觉得身后有些声响，回头一看惊得目瞪口呆，只见毕氏双手捂在两腿间，正站在离他不远处朝他笑，笑的那样灿烂那样迷人还有些火辣辣的浪味。此时此刻的黄四爷难堪极了，如果有条地缝，黄四爷肯定会一头钻进去。

毕氏倒显得大方，笑着走近黄四爷说："黄四爷，你咋也来这很少有人到的地方洗澡呀？"

"我……这……我不是……我是……不是……"

"黄四爷，这儿的水干净，又没人吵闹，清静，是不黄四爷？"

"这……不是……"

"黄四爷哎，你才来到是吧你还没洗是吧来俺帮着你脱衣服吧。"毕氏的声音很低很绵，像一只绕着花朵转的蜜蜂的声音，细细的软软的，叫得黄四爷浑身的骨头都酥了。

"不不……别别别……我……满囤家的……我……"

"四爷呃，来都来了啥都看见了，这儿又没个人影儿，您怕啥呀，四爷呀！四爷哎！你就快些儿脱了吧，俺帮着你呢！四爷四爷呃……四爷四爷，你这扣子都快掉下来了，该缝几针了四爷……四爷四爷哎，看看，你这胸前光光滑滑的，哪像……"

黄四爷像根木头一样戳在那儿，被毕氏扒光衣服搂着倒下去的时候，眼都是闭着的。黄四爷的脑子里一片空荡荡的，觉得像一只断了线的风筝被一股强劲的风吹着在老黄河的上空忽高忽低地飘荡，他仿佛听见了老黄河的流水声，那流水声时而高亢激昂，时而舒缓平静，时而如奔腾的千军万马，时而又像丝竹的悠扬，"哗啦哗啦哗哗啦啦咕咚咕咚咕咕咚咚……"

这片芦苇丛中的那些鸟们野鸭们是在月上树梢的时候才小心翼翼地钻进自己窝里的。

黄四爷清醒过来的时候躺在自己的床上。

黄四爷病了，病了半个月。

黄四爷病了，那是小媳妇说的，其实黄四爷啥病也没有，黄四爷就是躺在床上不想动。大媳妇来看黄四爷，黄四爷连眼也没睁，摆手让大媳妇走开，小媳妇张罗着要给黄四爷请郎中，黄四爷不耐烦地一瞪眼说："你就不能消停一会？滚！"

黄四爷就是躺在床上不想动，两眼老盯着房顶，耳边总是"哗啦哗啦哗哗啦啦咕咚咕咚咕咕咚咚……"的响声。

黄四爷下床之后再也没有去过老黄河边上，连自己家的大门也没出去过。一连几个月闷在家里，看看书写写字，就连小媳妇的娘家兄弟婆媳妇黄四爷也没去，安排小媳妇说："我觉得有点不对劲，身上老是有气无力的，你就自个去吧。"小媳妇不敢多说什么，只好抹着眼泪一个人回了娘家。

九月十九是观音菩萨出家的日子，三乡五里十里八村来烧香许愿的男男女女纷纷涌向黄沙庵。黄四爷一连在家里闷了几个月，今天觉得心情不错，想出来走走，刚一到黄沙庵门前便遇上了前来烧香的毕氏。

黄四爷本打算一低头过去，毕氏却迎过来。

"黄四爷，你也来烧香呀？"毕氏的眼光撩人。

"哎哎……哎……"黄四爷没敢再多看毕氏一眼，快步走进黄沙庵。

毕氏没有多说也没有去追赶，她知道像黄四爷这样的人和她是不可能再继续来往下去的。够了，有一次也就够了，留个念想吧。

刘满囤从外面回来，没完没了地在毕氏身上挥汗如雨。毕氏在情不自禁的时候，突然冒出一句"四爷"，刘满囤马上停下动作问："你个驴日的娘们，叫四爷弄啥？哪个四爷？"毕氏继续扭动着身子说："刘满囤你个挨千刀的，日恁亲娘你耳朵眼子里塞驴毛了？啥四爷四爷的……咦啊啊……刘满囤你个挨千刀的还愣着弄啥……哎哟……"毕氏一抬头咬住刘满囤肩膀。

"哎哟哟，你个骚娘们还真咬啊？我叫你咬我叫你咬……"

这以后的日子，毕氏再见了黄四爷便赶紧躲开。躲开是躲开了，可毕氏心里从来也没忘记过老黄河边上芦苇丛里的那个傍晚，耳边老是响着黄四爷"满囤家的满囤家的……你是满囤家的……"那句话。直到好多年之后，黄四爷把石守乾交给毕氏养着时，头发花白的毕氏才又多看黄四爷两眼，看得自己心里酸酸的。

黄沙庵香火旺得要命，可观世音菩萨咋就忘了给老黄家多送几个孩子来呢？黄四爷有时烧完香之后，瞅着怀抱一个戴着红肚兜的小男孩的送子观音老半天不动地方。

命里无儿不能犟求子。

黄四爷心里想着这句话，不由得眼里流下泪来。这是老天爷不保佑老黄家呀。

那天夜里，黄四爷一个人喝醉了，醉了整整三天三夜。那场大醉之后，黄四爷想开了也清醒了，从此不再去黄沙庵烧香，可每个月让人送给黄沙庵的香火钱一个子也不少。

黄四爷心里有黄沙庵，黄沙庵是黄四爷的心血；黄四爷心里有黄沙庵，黄沙庵里有黄四爷一直牵挂着的小尼妙贞。

一叶落而知天下秋，更何况这会儿树上的叶子都落个差不多了，天已经变得很凉了。

玄月儿还挂在西边天际，天刚刚有些发亮，黄沙庵的两个小尼姑早早起来，拿着笤帚在院内清扫落叶，"呼啦呼啦"扫落叶的声音和大殿里传出的木鱼声、诵经声叫人听了有一种超凡脱俗如置身仙境的感觉。

黄沙庵的早课是从五更天开始的，慧圆主持早早起来点上蜡烛檀香，在观音菩萨面前跪拜之后，盘腿静坐在黄色蒲团上，闭目吟诵《般若波罗蜜经》，六位女徒一个个正襟危坐，伴着敲击的木鱼大声吟诵。早课做完之后，慧圆主持安排完一天的事务，便一个人走出庵门，沿着老黄河有时往东有时向西走上二三里地，而且是风雨无阻。回来的时候，绕到香火地看一看，和顺打个招呼安排些事情。顺这个人老实，性格和他的名字一样顺顺和和。慧圆主持不愿意搭理马子，因为马子和慧圆主持说话时，一双色眯眯的眼睛总是盯着慧圆主持的前胸，那眼光恨不得穿透那件灰色的僧衣看个究竟，这让慧圆主持觉得非常不自在非常反感，要不是看着马子人能干，还有把子力气，慧圆主持早就把马子给赶走了。

黄沙庵的五十亩香火地在老黄河的南面，黄沙庵的西面。地不怎么肥，半沙半淤的那种，可地块靠近老黄河，得水。慧圆主持除了把庵里的事料理得井井有条，五十亩香火地也时时挂在心上。慧圆主持请人在地的东西两头各盖了半间土屋，招来两个种地的伙计。年长些的叫顺，老实巴交的，做人实在，干事认真。顺住在东头。西头的土屋里住着个年岁小一些的人，叫马子。马子的家在离黄沙庵十多里地的马疙瘩庄。马子牛高马大的，干活下死力气。可是马子有个毛病，离不开女人。庵上给了工钱，马子往怀里一揣立马到叮当集找女人快活去了。

那是马子刚来不久。马子和顺两个人抬着一大筐茄子辣椒黄瓜豆角啥的朝黄沙庵送，刚一进庵门，马子的两只眼睛就"轱辘轱辘"地忙不过来了，专门瞅尼姑们鼓鼓的前胸和浑圆的屁股蛋子，看的那些尼姑红着脸赶紧走开。把菜放下之后，顺蹲在一旁抽着旱烟吞云吐雾，马子却到处转来转去，瞅个机会在做饭的女尼姑身上摸一把，吓得女尼姑一声尖叫，刚好被慧圆主持听见。慧圆主持一步步走向马子，一双秀目仿佛变成了两把利剑，盯得马子两腿打战，后脊梁骨直往外冒冷汗。慧圆主持念声"阿弥陀佛"说："罪过罪过，万恶淫为首，像你这样不知道廉耻玷污佛门圣地的人今后不准再踏进黄沙庵半步。你马上给我出去!"慧圆主持转身走了，马子吓得连他自己都不知道是怎样离开黄沙庵的。从此，给黄沙庵送粮送菜就只有顺一个人了。顺把担来的东西往庵内一放，赶紧低着头走出庵门，蹲在庵门旁边等着慧圆主持出来。

慧圆主持知道顺老实可靠，有时也给顺几个跑腿的钱，这些马子是不知道的。

狼走千里吃肉，狗走万里吃屎，这都是从娘胎里带出来的，天性，改不了。马子就是这样的人。

马子是有女人的，一个比马子小六岁的女人。

马子的女人很温柔，温柔得让马子不敢碰她，真的。

马子是在二月二龙抬头的那天成的亲，那年马子二十四岁，女人十八岁。洞房之夜，马子就急不可待地给女人破了身子，尽管女人疼得柳眉紧锁、香汗淋漓从嗓子眼里抽丝一般发出些低低的哀号，可是马子哪里有一点怜香惜玉的情怀?

马子发疯了，发了一夜的疯。

天亮的时候女人下身疼得下不了床，女人想哭，可女人不敢哭，还得忍着疼痛起来去给马子的爹娘磕头。第二天太阳刚掉到西面的树林子里，马子就"咣当"一声把门关上，抱着女人往床上一扔连拉带扯地扒光女人的衣服，心急火燎地又骑上去。今天夜里的马子不是昨天夜里的马子了，马子不行了，还没等女人有所反应，马子便"噢噢"两声头一歪从女人身上滚下来。从此，马子一直好多年再也没有碰过自己的女人。

都说女人是水，女人是河，女人是海，而马子的女人就是马子面前的一座大山，马子很久很久再也没有爬上去过的一座大山。

俗话说人的命天注定，这话一点也不假。鬼使神差，马子洞房之夜在女人身上那一夜疯狂地发泄，还真的就赶上了风调雨顺的好节气，女人怀上了，肚子一天天鼓起来，在一个外面飘着漫天鹅毛大雪的夜里，女人生了，生了个男孩。这个男孩就是后来把平静了几百年的老黄河搅得天翻地覆的土匪头子马天五。

马子上不了女人的身子就下狠手打女人。

马子打女人有他自己的打法。

马子从屋后的老柳树上扯下几根长长的枝条，辫成一根柳条鞭子，把女人衣服扒光捆住手脚，让女人把屁股撅得高高的，拿着柳条鞭子照着女人雪一样白的屁股猛抽。几鞭下去，女人的屁股就血肉模糊了。女人开始的时候拼命地嚎叫，嚎的没有人腔，嚎的屋顶上的麻雀都搬了家。女人后来不嚎也不叫了，女人没有力气再嚎再叫了。

女人怕马子，女人怕马子手中的柳条鞭子；女人怕柳树，就连走路女人都绕着柳树走。女人回了趟娘家，又哭又闹地让爹把家里的几颗老柳树给刨了卖了。

马子在自己的女人身上不行了，可看到别的女人，身上像燃烧了一团火，就想上。马子在儿子出生的第二天就偷偷地跑到叮当集找了个女人。马子想试试，试试自己到底还行不行，结果让马子特别兴奋。

世上的怪事多，怪人更多。

马子在外面却兴风作浪，在家里风平浪静。

早课结束之后，慧圆主持用完斋饭，对妙安说："天眼看着就要凉了，我到香火地去看一下，让顺把庵里储存的萝卜、白菜早些挑到庵里来。你带人把后院的库房好好收拾一下。"

妙安点头说："师傅，弟子知道了。"

妙安打开庵门，慧圆主持走出庵门大吃一惊，在庵门的台阶上放着一个褓褓，一个婴儿在褓褓中熟睡，小脸旁边放着一片红得像用血染过了的树叶。

慧圆主持四周看了看不见人的影子。

秋风瑟瑟，树上几片残留的树叶摇曳着，不时发出些单调枯燥的"沙沙"声。慧圆主持突然隐隐觉出些凉意。

从后面跟过来的妙安说："师傅，这……这里怎么会有个孩子？"

慧圆主持走近襁褓蹲下身子，伸手轻轻地把那片树叶拿下来，刚想扔在一边，想了想手又缩回来，把树叶掖在襁褓中，抬手将拂尘插在背后，双手从地上轻轻抱起襁褓，仔细打量着熟睡的婴儿。

看样子这个婴儿也就一两个月大，鲜鲜亮亮的额头上还长着一层乳黄色的胎毛，那张红得像熟透了的苹果似的小脸上，镶嵌着两个浅浅的小酒窝，是那样清晰，那样迷人。

慧圆主持怀抱婴儿口中连声说："罪过罪过。"

妙安说："这孩子的父母也太狠心了，自己的亲生骨肉怎么能这样就给扔了呢？"

慧圆主持说："世上芸芸众生或恶或善或生或死自有个劫数，这个孩子的父母忍心把这么大点的亲生骨肉抛弃在庵门之外，或许有他们的苦衷。只是苦了这个孩子，小小生灵遭此大劫，真是可怜可悲啊。"

"师傅，咱们没办法收养这个孩子呀，要是传扬出去，黄沙庵里无端地养了这么一个孩子，那可就毁了咱黄沙庵的名声了，人言可畏呀，师傅。"妙安忧心忡忡地说。

慧圆主持摇摇头，"你这话还是尘世间的俗念，有道是身正不怕影子斜，出家修行之人独伴青灯，潜心修研经卷，一言一行自有佛祖明察，何来担心？名声好与不好，那是尘世间的事，与佛门何干？不过你说的也不无道理，庵内清汤寡水、粗茶淡饭恐怕难以养活这个孩子。这样吧，你速速派人到黄三座楼去，把黄施主请来。黄施主两房妻室只有一子，曾多次在送子观音面前焚香祷告，祈求上天保佑，让黄家人丁兴旺，说不定这个孩子就是上天赐给黄家的哪。黄施主如果愿意收养这个孩子，这孩子也就算到了福地了。"

妙安刚要转身离去，慧圆主持把她叫住说："还是你亲自到黄三座楼黄施主家里去一趟吧，向黄施主说明事情的原由，务必请黄施主来庵中一趟。"

妙安答应一声去了。

婴儿的哭声不止而且越来越洪亮。

第 3 章

没有了皇上这天下还叫天下吗？没有了皇上天下的百
姓给谁磕头去？天下的百姓还听谁的？没有了皇上那这天
下还真的就成了柳寨渊（yan）子里的土匪浪里滚刀的天
下了

黄四爷这几天一直闷在家里，有些气不顺。

几天前黄四爷去了一趟砀山城里，看见砀山城里的大街小巷到处一片乱哄哄
的，好像是换了一片天换了一片地。一个仿佛晴天霹雳的消息差点让黄四爷跌倒
在地上爬不起来——皇上没了！皇上被人撵下龙椅来了！皇上被人赶出皇宫来
了！黄四爷觉得老想哭。没有了皇上这天下还叫天下吗？没有了皇上天下的百姓
给谁磕头去？天下的百姓还听谁的？没有了皇上那这天下还真的就成了柳寨渊
（yan）子里的土匪浪里滚刀的天下了？咋能呢？这天这地这人这世道都要变吗？
黄四爷心里憋屈呀。老黄家受过皇恩哩，至今黄家老祖宗的牌位前面还供奉着一
片被老鼠咬去半拉的圣旨呢。那圣旨可是皇上赐的，赐给黄家老祖宗的。如今皇
上没有了这还了得？了不得呀！

黄四爷真的哭了，躲在一个没人的地方哭的。黄四爷哭皇上，不像；黄四爷
哭老祖宗，也不像，黄四爷根本就不知道老祖宗长得什么样。可是爷爷和爹都说
那片被老鼠咬去半拉的圣旨是想当初老祖宗东挡西杀喋血疆场的时候皇上传下来
的。老祖宗跪接圣旨，提刀上马把叛军杀了个落花流水片甲不留，然后把马头一
勒凯旋，穿着带血的盔甲被宣上金殿。黄四爷的爷爷说皇上在金殿上还赐给老祖
宗一根黄瓜和一杯御酒呢。

　　黄四爷不知道皇上赐给老祖宗的黄瓜和御酒是什么味道，可黄四爷是多次亲眼见过那半拉圣旨的，上面真的就有一个"黄"字。只是一个"黄"字，后面便是老鼠那一颗颗锋利的牙齿留下的印迹了。因此，黄四爷的爷爷黄四爷的爹黄四爷他们一直都没有弄清楚老祖宗到底叫个什么名字。

　　黄四爷在砀山城里看到大街小巷都聚集了不少人，一个人一个表情。年纪大一些的人痛哭流涕，冲着他们认为皇上所在的方向不停地磕头，嘴里还不停地念叨着"老佛爷吉祥啊皇上吉祥啊"。更多的年轻人跑到大街上看热闹，跑到以前望而生畏的衙门口看那些带着大妻小妾仓仓皇皇地坐着轿子、马车哭天抹地离去的县太爷、师爷。一片哭声恸天悲地，一片叹息怨苍天无眼，一片笑声笑得开怀却没有底气。

　　黄四爷离开衙门口在宴嬉台旁边遇上了一群更年轻的学生娃子，他们和她们手里挥舞着红的、黄的、蓝的、绿的小旗子，跳跃着、欢呼着，嘴里还唱着。黄四爷怎么也弄不明白，皇上不是刚刚没有了吗？这人咋就都疯了呢？哪天皇上要是再回来朝金銮殿上一坐，这些跟着大呼小叫的人还不都得一个个地给推到西门口杀头吗？天下又要大乱喽。黄四爷想。

　　砀山城里的每一条街道黄四爷都很熟，哪条街是青石板铺的，哪条街是鹅卵石铺的，哪条街是土街，黄四爷知道；哪条街卖酒，哪条街卖布，哪条街卖牛马驴骡，黄四爷知道；哪家的羊肉汤好喝，烧饼芝麻多，黄黄的外焦里嫩、香、好吃，哪家狗肉味纯正地道，黄四爷也知道。可今天黄四爷哪条街都不想去也不敢去。黄四爷觉得所有的街道上走着的、跑着的、喊着的、唱着的大人小孩都是疯子，整个砀山城里咋都疯了呢？黄四爷越想越害怕。

　　黄四爷拐弯抹角从一条小胡同钻进另一条小胡同，做贼似的走得气喘吁吁。好不容易到了城的北门，远远看见前面黑压压的聚集了一大片人，把黄四爷吓了一跳。黄四爷本来不想过去的，不知道发生什么事过去干吗呀？因为黄四爷这一趟砀山城里看到的听到的事太多了，人都疯了，就是有事也是疯子的事，黄四爷又没疯，没疯的人咋能和疯子搅和在一起呢？

　　其实北门里也没发生什么大事，如果人不疯，不唯恐天下不乱地围着瞎起哄，还真不是个什么大事。有时候就是这样，很简单很简单的事几经人们折腾能变得风风雨雨惊天动地。就说坐在金銮殿龙椅上的皇上被人推下来吧，那有啥？那是皇上和把皇上推下来的人之间的事，你能管得了你能问得着？你瞅瞅吧，多少人都疯了，疯的毫无道理嘛。黄四爷这样想。

　　再说北门里吧，地上坐着一个蓬头散发身穿绫罗绸缎的女人。女人二十多岁，长得细皮嫩肉。女人是砀山县县太爷的第四个老婆，县太爷忙着收拾东西准备逃走时，女人也在自己房里忙着，不是忙着收拾衣服，也不是忙着收拾金银细软，女人在忙自己身上的事。对女人来说身上的事挺麻烦，尤其是年轻女人。卫生纸卫生巾之类是好多好多年之后才有的，县太爷的女人当然没有福气享用啦。县太爷一等二等不见四老婆，就有些等不及了，再晚走一步就有被抓住打死的危险，人不是都疯了吗？再说了这位县太爷自从到砀山县上任以来几乎就没干过一件得人心的事，倒是冤案制造了不少，金银财宝也搜刮了不少。皇帝老儿一垮下来，他是一会也不敢多待，马上想到跑，跑得越快越好。不见了四老婆，县太爷恨得牙根疼，觉得这个女人太贱，看到自己落魄了，臭婊子不想跟着走了想找野男人去了！不管她，县太爷一招手说："走！快走！"

县太爷走了。

这回县太爷真的冤枉了女人，女人拾掇完身上的事出来了，乱哄哄的衙门里找不着县太爷的影子，一打听说已经走了，女人急了，就去追赶。女人知道县太爷的家在北边的山西，女人就往北跑。女人跑到北门里就跑不动了，便蹲在那儿哭，刚好被一个在衙门里当过差的人看见，一嚷嚷是县太爷的四老婆，好奇的百姓"呼啦"一下子围了上来，人山人海。

女人哪见过这阵势，女人吓傻了。

黄四爷在外面转了半天，还是放大胆子挤进去看了一眼，就看了一眼，黄四爷扭头就走。

黄沙庵的大执事妙安来到黄家的时候，黄四爷正一个人关在屋里生闷气，小媳妇来喊他吃饭，黄四爷一拍桌子说："不吃！"吓得小媳妇舌头一伸赶紧退出去。

妙安进来合掌当胸，轻轻念道"阿弥陀佛"问："黄施主一向可好？"

黄四爷眼一瞪说："我好个屁，都快烦死了！"等黄四爷看清楚是黄沙庵的大执事妙安时，猛然一愣心里一惊。黄四爷从心里讨厌这个妙安，因为她杀过人，杀过自己的男人。虽然那男人也该杀，可老话说一日夫妻百日恩哪，对自己的男人咋能下得去手呢？

黄四爷叹息道："还是老话说得对呀，最毒女人心啊。"

那还是黄沙庵刚刚建成的时候，整个黄沙庵里就慧圆主持一个人，除了诵经、烧香之外，一大摊子的事把慧圆主持忙了个脚底板朝天。虽然庵内有黄四爷差来的两个女佣帮忙打理，可她们都是些俗人，好多佛事慧圆主持是不让她们插手的。几个月下来，慧圆主持累得人整个瘦了一圈。

一天傍晚，慧圆主持掩上庵门，刚一转身突然听到有人敲门，敲得很急。慧圆主持赶紧过去把庵门打开，一个神色慌慌张张的女人闯进来，"扑通"朝地上一跪，哭着说："师傅师傅，俺要出家，收下俺吧，师傅，俺求你了，师傅。"慧圆主持把跪在地上连连叩头的女人拉起来，说："施主快起来，有话慢慢说。"

女人随慧圆主持走进庵门，走进大殿，又"扑通"跪在地上，说："师父你就收下俺吧，叫俺出家吧，俺没有一点活路了呀。"

慧圆主持再次拉起来痛哭流涕的女人，叫女人坐下，说："你是哪儿人？为啥非要出家？"

大殿一角，女人泣不成声。

女人叫改花，娘家在砀山西关，婆家在砀山南关，姓吴。改花十七岁嫁给吴家，男人大她五岁，是个歪头。可吴歪头手巧脑子灵活，走亲戚去了一趟淮南，待了半年学会了做豆腐。吴歪头做的豆腐在砀山城里是有名的，嫩、香不说，吃在嘴里香喷喷、滑溜溜的。都说千滚的豆腐万滚的鱼，吴歪头的豆腐你就是放在锅里煮上个三天三夜也还是有角有棱不散架也不烂。所以吴歪头的豆腐坊一开门，许多早就在外面候着的人一拥而入，吃豆脑喝豆汁买豆腐，把吴歪头忙得晕头转向。只有等吴歪头的豆腐卖完一关门，其他的几个豆腐坊才能开张。

"你不服不行。"同样也做豆腐的温七蛋说。

改花嫁过来，吴歪头觉得日子有了奔头，干的更有劲，起早贪黑地把豆腐坊生意打理得一天比一天红火。改花呢，虽说年纪小点，可也是出落得七分秀气、八分玲珑、九分姿色，十分可人，该凸的地方凸，该圆的地方圆，吴歪头喜得合不上嘴，天天夜里搂着改花亲个没完没了。改花自从尝到了男女之事的甜头之后也越发精神，越发渴求，把个吴歪头伺候得像腾云驾雾。

改花嫁给吴歪头的第二年，也就是改花十八岁生日的那一天，女儿出生了。当时吴歪头正在点豆腐，就给女儿起了个名字叫豆花。

豆腐坊生意顺风顺水，又添了个可爱的白白胖胖的大娇闺女，吴歪头整天美滋滋地嘴里哼拉魂腔，"隔门帘我把娇娘看，闭月羞花像个天仙。迈大步我把洞房进，叫声娘子快把衣宽……"整天乐得合不上嘴的吴歪头做梦也没想到另外几家快要关门的豆腐坊的老板恨他恨得牙根疼。温七蛋发狠地说："日他个亲娘吴歪头，钱赚得屋里都盛不下了还不歇手，日他个亲娘连吃肉带啃骨头，日他个亲娘一口汤也不想给老子留呀……日他个亲娘……"温七蛋骂归骂恨归恨，把火都发在了明处。温七蛋不是那种暗中使坏的人。

月有阴晴圆缺，人有旦夕祸福，这话不假。

那天改花娘让人捎来口信，说是病了想女儿了，改花一听急了，跟吴歪头商量了一下就急急忙忙地带着四岁的女儿豆花去了娘家。吴歪头一个人忙活了一天，累得腰酸腿痛，便早早地关了门，自己啃了两个猪蹄，又喝了半斤烧酒，朝床上一歪睡了。半夜三更天的时候又爬起来，一口气磨了四五套豆腐，等忙活完了天也快亮了，再过一会儿那些吃豆脑喝豆汁买豆腐的人就该来了。吴歪头擦把汗坐在板凳上喝碗豆汁、抽袋旱烟。

吴歪头以前不会抽烟，是改花叫他抽的。改花见自己的男人一天到晚手脚闲不住，有时累得往床上一倒就跟死了的一样睡去，改花就心疼，想体贴男人，想让男人快乐，便光着身子在男人身上蹭来蹭去，吴歪头一翻身含糊不清地说："累死了，赶明再……再那个吧。"改花把吴歪头的头搬到怀里说："俺听爹说过，人累的时候吸两袋烟能解乏，你试试不？"吴歪头说："试那弄啥？土烟丝死贵。"这回改花没听吴歪头的，亲自跑到老白家烟行买了根半尺长竹节烟袋，配上一个绣着老寿星的烟叶包，还装了个白玉烟嘴，烟丝也是砀山城里最好的。改花把烟袋递给吴歪头说："你就尝尝呗，俺爹说香，抽着能提神。"

吴歪头就尝了，觉得真的很香。这样吴歪头就学会了抽旱烟。

突然，吴歪头听见门外面有人大声喊叫起来，接着是一阵叽叽喳喳乱哄哄的喧闹声。吴歪头急忙打开门一看，吓得目瞪口呆，晃了两晃差点一头栽倒地上。门前地上躺着一个蓬头垢面的人，像是个要饭的花子。花子侧卧在地上，嘴角上和身子下面都是血。

"杀人了，有人被杀了！"

"是谁这么狠心哟，要饭的花子招惹谁了，杀个要饭的花子弄啥？"

温七蛋也在人群中，看了一眼什么也没说扭头就走。温七蛋知道是谁干的。缺了八辈子的大德啦，这不是要把人往死里整吗？死人头上有浆子，粘着谁谁就算倒了血霉呀。温七蛋想，日他亲娘，咋弄这……

那么大个砀山城死个要饭的花子本来也不算个什么新鲜事，以前也有过，冻死的，饿死的，花子和花子争地盘被打死的，多了。一句话，要饭的花子命贱，死了死了一死就了，死了拉去埋了也就拉倒了，没有人替他们喊冤告状打官司。

有一回不知从啥地方来了个要饭的女花子，三十多岁的样子，浑身上下也收拾得干干净净，小模样长得也不赖，就是有点憨。憨女花子要饭不笑也不说话只伸手，给了转脸就走，不给就傻站着，赖上了，撵也不走。憨女花子来到砀山城里也就一两个月，在一个漆黑的夜里被一群男花子弄到西关外杀人场旁边的一片荒草中扒光了衣服给轮奸了。完事之后一群男花子嘻嘻哈哈地走了，憨女花子再也没有爬起来。有人去禀报县太爷，县太爷眉头一皱说："一个要饭的花子死了埋了算了。啥，强奸致死人命？耶，拉倒吧！那帮子穷要饭的你能抓吗你敢抓吗？抓到大牢里你还得管他们饭，他们正巴不得呢。我说师爷，你回去做个文案，就说有个女花子得个急病死了，这件事也就算交代了。"

今天这个花子死在一个该出事的地方，而不是西关杀人场旁边的荒草里。吴歪头的豆腐坊门前死了人了，而且还是被杀死的，便一下子传开了，而且越传越邪乎，最后干脆说花子给吴歪头要钱，吴歪头死活不给，花子赖着不走，吴歪头一气就杀了花子。瞧瞧，说得有鼻子有眼，好像有人亲眼看见了似的。

这时候南关的地保急急忙忙地跑来了，瞪着一对三角眼看看地上死去的花子，又看看依靠在门框上呆若木鸡的吴歪头，地保朝周围的人一摆手说："都离远点离远点，人命关天，我去衙门里禀报，请县太爷他老人家来勘验尸体，捉拿杀人凶手。"这个地保也恨吴歪头，他哥哥也是个开豆腐坊的，原本生意还说得过去，自从吴歪头的豆腐坊一开张，地保的哥哥和另外几家豆腐坊就算倒了霉了，做的豆腐卖不出去，赶上天热的时候豆腐一发臭，只好担着倒进河里。这回吴歪头门前出了命案，地保跑得比谁都快。再说了，这个死在吴歪头门前的花子是咋回事地保心里比谁都清楚。

不大会功夫县太爷果然带着一帮人役来了。县太爷捂着鼻子远远地看了看地上的尸体说："弄走赶紧弄走埋了，凶手带走。"

"哗啦"一声铁锁链就套在了吴歪头的脖子上。

改花得到消息赶来时，吴歪头已经被带走了。

县太爷问也没问，吴歪头砸上脚镣手铐被关进"天"字号大牢。问啥？县太爷说："这还用问吗？人死在你家门口就是你杀的。啥，你还冤枉？老爷我断案如神，从没有冤枉过一个人。人就是你杀的没有错，你就等着秋后处斩吧。"

改花带着四岁的女儿豆花哭着到县衙喊冤，县太爷眼一瞪说："杀了人了还冤了，老爷我大老远的白白地往南关跑了一趟，热一身的臭汗，老爷我不冤？轰出去！"

改花的哥哥出面到县衙里里外外上下打点，钱花了不少，指望县太爷能主持个公道，明察秋毫查出真凶，给吴歪头洗冤昭雪，谁知吴歪头没有等到给他洗清冤枉便死在大牢里。

吴歪头这个人你别看他做生意有一套，平日里又嘻嘻哈哈的，可心眼小，心里装不下事。"人在家中坐，祸从天上来"，无端地蒙受如此天大的冤枉，吴歪头怎么也想不开，吃不下睡不着，在大牢里待了不到半个月，一头撞在牢门的柱子上脑浆迸裂气绝身亡。与吴歪头同一天死的还有一个人——地保。这天，地保的哥哥和几个开豆腐坊的人把地保请到杏花院喝酒，在半夜回家的路上掉进一条臭水沟里淹死了，被人捞上来的时候身上爬满了蛆叮满了苍蝇。

那天温七蛋没去杏花院陪地保喝酒。有人来叫了温七蛋两回，温七蛋说不想去说心里堵得慌，咋也不能……

吴歪头死了，温七蛋的豆腐坊也关门了。温七蛋说从此再也不做豆腐，子子孙孙也不许他们做豆腐。

改花哭了三天三夜不哭了，整天揽着女儿吴豆花坐在那儿发呆。给吴歪头烧完五七纸的第二天，改花店门大开，请来几个油漆匠人，把原来黑不黑红不红的大门刷成大红色，红得耀眼，店内也翻修一新，又找了几个帮工，挑个好日子把重新定做的"吴歪头豆腐坊"的木牌往门外一挂——开张，光那些夹带着轰天雷的鞭炮足足响了有一个时辰。改花自己当了吴歪头豆腐坊的老板。改花让几个帮工扯着嗓子喊，开张头三天吴歪头豆腐坊的豆脑、豆汁不要钱，白送给老少街坊邻居品尝，尝尝吴歪头豆腐坊的豆腐变味了没有，要是没变味，往后请街坊邻居常来光顾。

改花的这一做法让砀山城里的人吃惊，也惊呆了那些暗地里给吴歪头做了手脚的人。地保的哥哥吓得好多天没敢出门，夜里老做噩梦，梦见自己院中的那棵臭椿树突然"咔嚓"一声拦腰断成两截，"咕嘟咕嘟"地朝外流血，流得满院子都是。

吃不下睡不着的还有一个人——温七蛋。温七蛋没做噩梦，而是睁着两只眼睛合不上，眼前老是晃动着吴歪头那张脸，一会哭、一会笑、一会横眉竖目龇牙咧嘴、一会又七孔朝外流血。温七蛋害怕了，爬起来跪在地上不停地磕头，说："歪头，歪头兄弟，想法子害你这事我知道，可我真的没跟着去干哪，日他亲娘是……"第二天一大早温七蛋走了，去了在徐州开饭店的儿子那儿。

温七蛋到死再也没回过砀山城。

　　一晃十年过去，改花一直苦心经营着吴歪头豆腐坊。改花不容易，常常一个人蒙上被子哭到天亮。常言说寡妇门前是非多，打改花主意的人不少，关心改花的人也有。每天都来喝豆汁的二奶奶就多次劝过改花，说改花年纪轻轻的一个人带着个孩子还要照揽这一大摊子生意难哟，遇上可心的男人再找一个吧，往后日子长着哩。改花一笑，说："二奶奶，孩子还小，过几年再说吧。"二奶奶摇着满头银发说："豆花不小了，十四五岁哩。"吴豆花端来一碗冒着热气的豆汁说："老奶奶您趁热喝了吧，给您放了糖呢。"二奶奶喝了一口，张着没了牙的嘴说："嗯，甜，俺孙女豆花乖、俊。"

　　改花不是没想过再找个男人的事，能不想吗？二十多岁的女人守寡守了整整十年，那些酸甜苦辣那些没有男人的日子的煎熬，其中的滋味改花是品尝透了的。但改花是个有主见的女人，她有她的打算，不能随便找个男人一上床了事，这是下半辈子的大事。让她想的更多还是女儿豆花。别看女儿豆花个子长得跟大人似的，可才只有十四岁呀，女儿是娘的心头肉，再给她找个后爹会待豆花好吗？再说豆腐坊这一大摊子事得找个有头脑会做生意的人打理才行呀。

　　改花也知道想着她的人有的是，有想她人的，也有想她钱的，这让改花伤透了脑筋。

　　女人没钱不行，但是钱多了也不一定是好事。

　　改花和南关菜市场卖干货的柴老大成亲那是两年以后的事了，是二奶奶说合的。改花和柴老大成亲那天豆花去了姥姥家，一个人关在屋里哭了整整一天。

　　柴老大是乡下人，老实本分，前几年才来到菜市场卖干货。柴老大孤身一人无牵无挂，就是有一个毛病，爱喝酒，一天三顿。早起一睁眼半斤酒下肚开门做生意，晌午再忙，也得啃两个猪蹄或者来个狗肚子啥的就着喝上个半斤八两，天一黑关门，炒两个鸡蛋炝一盘绿豆芽再对付半斤，衣服一扒上床睡觉。

　　酒是好东西也不是好东西，酒能成事也能坏事。柴老大就是因为爱喝酒，最后喝得把命也给搭了进去。

　　改花和柴老大成亲之后仍是各做各的生意，店门一关柴老大来豆腐坊歇息。柴老大爱喝酒改花倒没有不乐意，男人嘛，不喝几口酒哪还能算是个男人？吴歪头不也是好这一口吗？男人喝点酒不算啥，只要别喝多了闹事就行。改花想。柴老大没让改花失望，家里劈柴、担水这些重活从来不让改花沾手，酒喝多喝少从来不发酒疯不闹事，床上一倒鼾声如雷，天不亮就爬起来帮着改花磨豆腐，然后吃两个烧饼喝两碗豆汁去菜市场。更叫改花满意的是柴老大疼女儿豆花，每天总要给豆花变着样的带些好吃的。改花觉得柴老大比吴歪头还在意女儿豆花。

改花的爹前几年就下世了。清明节的头一天，改花早早地关了店门，给女儿豆花说："把家看好，做好饭等你爹回来，娘去给你外爷爷烧纸。娘也有些日子没去看看你姥姥了，想她了。娘呀今个就不回来了，夜里陪你姥姥说说话。"豆花说："娘，我也想姥姥了，我也想跟你去。"改花故意把脸一拉，说："那么大闺女了咋还不听话？咱娘俩都走了谁给你爹做饭吃？"豆花冲娘一伸舌头说："好好好，听话听话，不去还不行吗，就在家里给……做饭这行了吧？"改花一笑说："还是俺闺女乖，懂事，娘赶明一大早就回来。"

改花去了娘家，这一去引出一场滔天大祸，还搭上了柴老大和吴豆花两条人命，也改变了改花后半辈子的人生之路。

第 4 章

这缕缕青烟从房顶折回来，都变成一把把利剑的形状
缭绕在房顶，一旦落下便是剑雨。试想这剑雨一旦落下
来，不仅是人将毁灭于利剑之下，就是世上万物也将难逃
劫数

改花放心不下豆腐坊，担心女儿豆花和柴老大做不好豆腐，鸡叫头遍的时候
就起床给娘说了一声，匆匆离开娘家奔南关吴歪头豆腐坊而来。

人们都说临明之前黑一阵，在民间还有个很有趣的传说：大明朝开国皇帝朱
元璋逃荒要饭的时候，为了填饱肚皮也经常干些偷鸡摸狗拔蒜苗的事。一天，朱
元璋趁天黑的时候偷了人家一口锅，打算卖了换几个小钱花，在回来的路上一想
我把人家的锅偷来了，人家拿什么做饭？做不了饭吃什么？人家要是连饭都吃不
上了我还上哪儿要饭去？那就再把锅给人家送回去吧。抬头一看天快亮了，头上
顶着一口锅要是叫人看见怎么办？朱元璋一笑，说："老天别忙亮，再黑一会吧，
我把锅给人家送回去。"朱元璋是谁？那是后来的大明天子开国皇帝，皇帝开口
可是金口玉言。土地老爷不敢怠慢，急忙上天庭禀报值日星官，值日星官赶紧上
奏玉皇大帝。玉皇大帝说："这个朱和尚乃是将来大明王朝的开国皇帝，正在遭
受磨难，但他毕竟是一代人王地主，且不可因为一口锅让人给抓住打个皮开肉
绽，你们去给他遮挡一阵吧。"值日星官不敢怠慢，站在云端大显神通，大手一
挥，把星光月光遮住，于是天又黑了一阵子，朱元璋把锅给人家送了回去，这才
留下了临明之前黑一阵的传说。其实也不是那么回事，有时候月亮在西边落下

去，东方的启明星还没有升起来，天显得更黑。

改花就是在"临明之前黑一阵"的时候赶回吴歪头豆腐坊的。她敲了一阵门，见里面没有任何动静，觉得蹊跷，一种不祥之兆袭向心头，忙掏出钥匙打开旁边的小门直奔住房，推开门一看，床上乱糟糟的，被子掉在地上，柴老大赤条条的一丝不挂横卧在床上呼天呼地，脸上有几道血印。肯定又是喝多了摔倒在什么地方了。改花气坏了，上前狠狠推了柴老大两把，人没醒，依然鼾声如雷。改花回头一看，女儿房子里还亮着灯，门是虚掩着的，心里说这个死妮子，十六七岁的大闺女了咋还那么不懂事，夜里睡觉灯也不吹门也不关，真不让人省心呀。女儿豆花啥都好，嘴甜、勤快、心地善良、脾气好，知道心疼爹娘。不要说对自己的亲娘，对柴老大这个后爹也十分孝顺，可就是喜欢睡个懒觉，有时要让改花叫上好几遍才哼哼唧唧地从床上爬起来。改花说："都十几岁的大闺女了，太阳都爬上树梢了还赖在床上不起来，也不怕人家笑话。"豆花"嘿嘿"一笑说："娘，赶明再不睡懒觉了。"第二天照样喊不起来。

改花过去推开女儿的房门，吓得"啊——"一声尖叫。

豆花赤裸着下身吊在房梁上，舌头耷拉老长，两眼突兀，双腿间鲜血不断地往下流。

改花一动不动地愣在那儿，两腿不停地颤抖着，身子靠着门框慢慢地滑下去。

天已经发亮，门外来了许多卖豆腐的人，又是敲门又是喊。改花清醒过来，慢慢扶着门框站起来，过去轻轻把女儿放下，让她在床上躺好，端来盆清水一点一点地把女儿两腿上的血迹擦干净，又给女儿换了件新衣服，把女儿凌乱的头发用那把磨得很亮的牛角梳子反复梳了好几遍，然后给她扎了两根小辫子，还把女儿喜欢的那朵小黄花给她戴在头上，用手抚摸着豆花的头说："娘的娇闺女真俊。"

敲门声更响。

改花没有理会，轻轻地拍拍豆花说："乖闺女娇闺女，娘的心肝宝贝多睡一会儿，啊。"

改花轻轻地关上女儿的房门。

那边屋里传来柴老大"哼哼唧唧"的梦中呓语。

改花的两只眼在变化着，最后像是要燃起一把火，一把熊熊的烈火。改花伸手从墙根拿起那把劈柴用的斧头，快步走到柴老大旁边，盯着这个曾经给了自己温暖让自己重新对生活燃起希望的男人，觉得眼前这个躺在床上的人在慢慢地变化着，最后变成一头面目狰狞的野兽。改花从鼻子眼里"哼哼"一声冷笑，这冷笑是从改花心底带着血挤出来的。突然，改花把手中的斧头高高地举起来，对着那个鼾声如雷的脑袋猛地砍下去，"嘭、嘭、嘭……"一下两下三下……鲜血飞溅脑浆横飞……改花是个天生性情柔弱的女人，动手杀人是想也不敢想的事。可今天，当那把锋利的斧头一下一下把柴老大的脑袋剁成肉酱的时候，改花不仅胆没有怯手没有软，反而觉出了一些儿的快意，一些儿杀人的快意。

改花提着滴血的斧头打开门走出来的时候所有的人都惊呆了，一片鸦雀无声，人们闪开一条道，看着身上溅满鲜血的改花一步一步慢慢走过去……

慧圆主持虽然是虔诚的佛门弟子，但毕竟也是女人，陪着改花掉了不少眼泪。

天亮之后，改花落发为尼，法号妙安。

黄四爷是在城里和朋友喝酒时听说了改花杀人的事的，开始觉得这是个怪女人，后来又觉得这女人心太狠。听慧圆主持把妙安的事说了之后，黄四爷才知道在砀山城里被传得沸沸扬扬的杀人的女人就是站在面前的妙安。

妙安站在慧圆主持旁边，半闭着双目，文静之中带着些秀气还带着些羞涩，一身得体的僧衣更显得超凡脱俗。从她身上，黄四爷怎么也看不出传说中用斧头把自己男人的脑袋剁成了一堆肉酱的女人的影子。

可面前的这个女人确实杀了人，杀了自己的男人。

杀人的人也能成佛？黄四爷想。

慧圆主持说："放下屠刀立地成佛。"

黄沙庵的香火一天天旺起来，香客源源不断，尼姑也越来越多，七八年之后，妙安当上了黄沙庵的大执事。

妙安把慧圆主持的话说了一遍，黄四爷又惊又喜，对妙安说："妙安师傅，你先回去，告诉慧圆大师，我随后就到。"

黄四爷本来是要去找大媳妇的，可一想到大媳妇那一身的横肉，自己走起路来都费劲，咋着能养活好一个一两个月大的孩子？这样想着，黄四爷转身朝小媳妇屋里走去。大老远地就听见屋里传出"呼呼啦啦"搓麻将的声音和女人的叽叽喳喳声，黄四爷眉头一皱推门进去，见小媳妇正和三个女人在打麻将。黄四爷一声不响地盯着小媳妇，小媳妇看见黄四爷吓坏了，忙朝三个女人使眼色，三个女人站起来急急忙忙地走了。

小媳妇对黄四爷的到来感到非常意外。快有一年了吧，这个老不死的没踏进过这个房间半步，就连正看她一眼的时候也没有。

刚开始的时候小媳妇也着急，心里也有气，青春年少正是需要雨露滋润的时候突然被黄四爷晾到一边，摊上谁都受不了。怀不上孩子那能怪人家吗？是恁老黄家老祖宗没积德！小媳妇不知偷偷哭过多少回，还跪在地上求过黄四爷，被黄四爷一把推了个仰面朝天。

小媳妇回到自己房里三尺白绫房梁上一搭差一点去了阴曹地府，可小媳妇命大，还就没死了，被救了过来。阎王殿上晃荡了一圈小媳妇突然活得明白了，老黄家有的是地有的是粮食有的是钱，掉在福窝里不知道享受那是傻子。你不愿意到我屋里来我还乐得清静呢，省的吭吭哧哧的落一身臭汗。

该吃的吃该喝的喝该玩的玩，人咋着不是活一辈子？

小媳妇又惊又喜，眼看着黄四爷便在身体内莫名的涌动一种久违的渴望同时还隐隐约约的有些自得。小媳妇也是聪明过人，用句老话说身上长个虱子都是双眼皮的。小媳妇知道自己在这黄三座楼里是袖筒里伸出来只脚丫子——那可是第三把手。黄四爷，大媳妇，紧接着就是她了。一想起大媳妇，小媳妇嘴里"啧啧"声不断，表现出十二分的不屑，你瞧那个熊样，猪头狗脸一身横肉，往床上一躺不跟摁在案子上刚杀过了的猪一个样？哪个男人愿意老在一堆臭肉上面劳神费力大汗淋漓地瞎折腾？

黄四爷的到来，让小媳妇觉得意外、兴奋又手足无措，心里"怦怦"乱跳，她把挤出来的笑都堆在脸上，笑得像带着晨露的桃花一样灿烂。

黄四爷说："我今个是过来和你说个正事。刚才黄沙庵的慧圆大师派人来说他们在庵门前捡了个小孩，是个女孩。我打算带你去庵里看一看，你要是愿意咱就把那个孩子抱来，由你把孩子抚养成人，日后对你也好有个照应。"

小媳妇做梦都想要孩子，不过她想自己生。小媳妇知道，老黄家人丁不旺，黄四爷是为了多生儿女才把她娶进门的。女人能干啥？女人就是能生孩子，能生孩子的女人才是真正的女人。自打嫁进黄家那天起，小媳妇就暗暗拿定主意，生，拼命地生，生他个金玉满堂生他个十三太保！可谁知道人算不如天算，尽管小媳妇使出了浑身的本事，可肚皮就是不争气，老是瘪瘪的鼓不起来，最后连黄四爷也泄了气，再不愿意近小媳妇的身子。

小媳妇打掉门牙肚里咽，只怨自己命苦，时间一长小媳妇也就认命了。

听完黄四爷的话，小媳妇心里觉得特别不是个滋味，这不是明明在怪她没用不会生孩子吗？怪她不是个女人吗？不会生养孩子的女人咋能算个女人？大媳妇再肥，肥得像头猪，可是人家到底下了一窝，不管咋说人家算个女人。你哪？光身材好有啥用？一个鸡蛋没有下过，你咋能算个女人？不是女人的女人活在这个世上又有啥用？黄四爷话虽然没有这样说，可事情在那儿明摆着哪，谁傻呀？

有些话不说透比说透了还让人难受。

小媳妇坐在那儿半天没说话，她在想黄四爷说的话是有道理的。自己现在还年轻，能打能跳的，可到了人老珠黄之后哪？没儿没女谁是自己的依靠啊。黄四爷想把黄沙庵捡到的孩子抱来交给自己抚养，是为她着想，让她人老了之后好有个照应。

把事情想透之后，小媳妇用感激的眼光望着在一起生活了那么些年她每天都在琢磨却从来没有琢磨透的黄四爷。

小媳妇跟着黄四爷匆匆朝大门走去。黄炳秋正在院子里举着个扫帚扑打蜻蜓，看见黄四爷出来把扫帚一丢，跑过来吵着要跟爹出去玩。黄四爷渴望有孩子，渴望有更多的孩子，但黄四爷决不过分溺爱孩子。黄四爷把眼一瞪吼道："给我回屋念书去，回来背给我听，背不出来别想吃饭。"黄炳秋吓得扭头跑了。

黄四爷和小媳妇来到黄沙庵见了慧圆主持，慧圆主持把睡着的婴儿抱给黄四爷，又把捡到婴儿的经过说了一遍。黄四爷低头看看婴儿，觉得十分喜爱，心想这或许是观音菩萨保佑，上天特地赐给老黄家的孩子吧。黄四爷转身把婴儿交给小媳妇，不料婴儿刚到小媳妇怀里突然睁开眼睛"哇哇"大哭起来，无论小媳妇怎么哄怎么摇还是大哭不止。黄四爷无意间瞥了一眼慧圆主持，见她双目微闭，口中念叨着什么。

小媳妇被婴儿闹出一身汗来，心里有些不快，要不是黄四爷在场，小媳妇准会把婴儿往地上一放转身走开。

婴儿的哭声在大殿里回荡，香头冒出的缕缕轻烟被哭声摇晃着，改变了原有的上升路线，或歪或斜地四散开来，有几缕轻烟竟不往上升而朝地面沉下去。

慧圆主持大惊，马上意识到这个孩子与黄家无缘，从香头轻烟的走向看，这孩子不仅与黄家无缘而且有怨。

婴儿依然大哭不止，慧圆主持上前接过来，婴儿的哭声戛然而止，这让黄四爷和小媳妇都很吃惊。

黄四爷脸色很难看。

小媳妇脸上难看心里也别扭，心想这么屁大点孩子还会挑肥拣瘦，她还认人？老娘我哪点比不上这个臭尼姑？小媳妇不合时宜地说："当家的，你看这个被人扔了不要的孩子还真邪乎了，我哄了半天也哄不好，叫个尼姑……"

"滚！给我滚出去！"

小媳妇没敢看黄四爷发怒的样子，快步走出大殿。

黄四爷从慧圆主持手里接过婴儿，婴儿没哭，小嘴嚅动着发出些声响，脸上竟然露出了一点点笑意，这越发地让黄四爷喜欢，再也舍不得放下。慧圆主持显然已经有了些迟疑，说："黄施主这个孩子……"黄四爷边低头哄着婴儿，边说："慧圆大师，这孩子与我黄家有缘，我从心里喜欢，请慧圆大师放心，我会把这孩子照顾好，把她抚养成人的。"

看着黄四爷高兴的样子，慧圆大师欲言又止。

婴儿是黄四爷抱回家的。

婴儿被抱进了小媳妇房里。

让黄四爷更奇怪的是婴儿自从进了黄家的门，从来一声不哭，饿了也不哭，两只小手又抓又挠，喂，就吃，吃饱了就睡。

黄四爷对小媳妇说："虽说这孩子是慧圆主持捡的，但抱进了黄家就是老黄家的人，你要把她当亲生女儿一样好生看待，可不能有半点差错。"小媳妇连连点头答应。黄四爷看着熟睡的婴儿，脸上露出了难得的笑容。

小媳妇没事找打。

小媳妇看见黄四爷笑得很开心，便凑过去低声说："这孩子不会是尼姑庵里的尼姑自己生的……"话音没落，"啪"，脸上重重地挨了黄四爷一巴掌。这一巴掌打得小媳妇脸上直冒火，两眼金星乱泛，双手捂着脸蹲在那儿泪水"叽里嘟噜"地掉在地上，却没敢哭出声来。

这夜黄四爷没走。

挨了一巴掌的小媳妇又尝到了久违的快感，在黄四爷的身下秀眼迷蒙，从嗓子眼里扯出些连绵不断的呻吟，赤条条的身子蛇一般蠕动。黄四爷原本不想在小媳妇这儿过夜的，当他看到小媳妇那可怜兮兮的目光里含着祈求、含着欲火时，也觉得这些年过于冷落小媳妇了。其实，小媳妇除了没给黄四爷生下一男半女来，还是挺贤惠的。这样想着，黄四爷便留下了。

黄四爷被小媳妇撩起了欲望。

黄四爷知道他的身体正在背叛他。

就在小媳妇全身颤抖着要进入一种久违的境界的时候，黄四爷突然停下来，因为他看见睡在旁边的婴儿两只眼睛瞪得吓人，黄四爷从那双睁着的圆圆的眼睛里看出了些飕飕冷意。黄四爷心里一个激灵，后脊梁上冒出许多冷汗。小媳妇正在兴头上，忙伸手去拉黄四爷，黄四爷猛地把小媳妇朝旁边一推，从牙缝里蹦出一个字："睡！"

小媳妇没敢再动。

儿子黄炳秋小的时候黄四爷是从来没有抱过的，可对刚抱回来的这个婴儿，黄四爷好像有些偏爱，时不时地抱起来逗一阵子，还给婴儿起了个挺好听的命字——黄艳菊。老黄家几世单传，从来没有过女孩子，而眼前这个孩子小脸胖嘟嘟红扑扑的，有点像三月里含苞待放的桃花，也许能给黄家带来好运的。黄四爷想。

在抱回婴儿的第十天，黄四爷叫人杀猪宰羊，请来亲朋好友要热热闹闹地庆贺一番，当然，慧圆主持是一定要请的。

当慧圆主持得知黄四爷给婴儿起名"黄艳菊"时，大吃一惊。"菊"虽然是花中妙品，可毕竟是秋后才得以开放，百花殆尽唯我独傲，于瑟瑟秋风之中隐藏些许肃杀之气。"艳"字更让慧圆主持心惊。"艳"由"丰"字和"色"字组成，"丰"字有好、多之意，又与"风流""风花雪月"之"风"同音；那个"色"字乃是"色情、色相、贪色、好色"之色，"色"乃"淫"，"万恶淫为首"呀！更可怕的是"色"字头上的那把"刀"，"刀"乃利器，乃行凶杀人的凶器。

"'色'不仅为祸还能杀人呀！"慧圆主持暗叹道。

黄四爷对黄沙庵有恩，出家人也明白知恩图报的道理。慧圆主持原本想给黄四爷把这一切说个明明白白，可看见黄四爷那个高兴的样子，只好把到嘴边的话又咽了回去，找机会再和黄施主说明吧。慧圆主持想。

又过了半个月，小媳妇突然病了。

小媳妇浑身发热，热得烫人，嘴上起了一周圈的水泡，一个连着一个，有豌豆粒儿那么大。小媳妇不敢睡觉，一合眼就看见一群不是没有脑袋就是缺胳膊少腿的女鬼围着她又蹦又跳，发出刺耳的尖叫声，叫的小媳妇毛骨悚然。

黄四爷请来好几个郎中给小媳妇看病。

郎中给小媳妇把过脉之后，都说小媳妇得的是怪病，是从来没有见过的怪病，看不透的病谁也不敢用药，最后郎中们一个个摇头晃脑地走了。在小媳妇有病的那些日子，从黄沙庵抱来的婴儿，也就是黄四爷给起了名字的黄艳菊，不哭不闹，红扑扑的小脸上常常带着些笑，笑得迷人笑得可爱，那张小嘴里不时发出些"啊啊"声，像是在唱，唱得很悦耳。

小媳妇高烧不退七天七夜滴水难尽，眼看不行了。

黄四爷着急，怕。

黄四爷怕小媳妇死了。

黄沙庵的慧圆主持被请来了。

慧圆主持是和大执事妙安一块来的，黄四爷看见妙安心里有些不快，脑子里就想起那颗被砍成肉酱的脑袋。

慧圆主持焚香祷告，静静地望着香火头上缕缕上升的轻烟沉吟许久，低声对妙安说："你先出去，我和黄施主有几句话要说。"

妙安走出去，慧圆主持回头对黄四爷说："黄施主，恕老尼直言，二夫人这病看来得的很怪，其实并不怪，其病根皆在一个月前抱来的那个婴儿也就是黄艳菊身上。"

黄四爷不解地望着慧圆主持。

慧圆主持继续说："黄施主看见这香火头的烟没有，这房内没有一丝儿风，可这香烟却是摇摆不定，弯弯曲曲地上升，而上升到房顶之后，黄施主再请看，这些烟从房顶折回来又像是什么？"

黄四爷盯着弥漫的轻烟摇摇头。

慧圆主持念声"阿弥陀佛"说："这缕缕青烟从房顶折回来，都变成一把把利剑的形状缭绕在房顶，一旦落下便是剑雨。试想这剑雨一旦落下来，不仅是人将毁灭于利剑之下，就是世上万物也将难逃劫数。这个婴儿假如再继续留在黄家，不仅少夫人的病好不了，怕是黄家其他人也还会有万劫不复之灾难。"接着慧圆主持又把黄四爷给婴儿起的名字"黄艳菊"三个字详细地讲解了一遍。

慧圆主持的话让黄四爷心惊肉跳，额头上滴滴汗水流下来。

"请问慧圆大师，难道这个孩子与我黄家无缘？"黄四爷问。

慧圆主持轻轻点头，微微一笑说："黄施主所言极是，老尼在黄施主把这个孩子抱走之后曾占得一卦，乃为凶卦，卦辞上讲，这个孩子命犯凶相。黄施主祖上数代乃是积德行善之人，此婴儿以凶相之根进入黄家，与黄施主相克，故而少夫人才得了这样的怪病，此病绝非世间良药所能医治好的。"

黄四爷忙说："有道是佛法无边，还请慧圆大师施佛法以化解老黄家这场灾难。"

慧圆主持说："老尼将此被弃婴儿送予黄施主抚养，本意是满足黄施主在送子观音娘娘面前所许宏愿，使黄家人丁兴旺起来，不意此婴儿命太硬，反而给少夫人无端带来一场病灾，实是老尼之过呀。少夫人的病要想康复，只有此婴儿离开黄家，别无其他办法。老尼前几日本打算过来向黄施主说明缘由的。老尼有罪过，实不敢当一个'请'字。此婴儿的去与留，主意在黄施主自己拿。"

黄四爷问："慧圆大师，这个孩子才几个月大，不知大师将她放在何处养活？"

慧圆主持长叹一声说："世上万事万物自有其自身生存的法则，讲的是一个'缘'字。老尼给这个婴儿算过命了，怕是今生与俗间无缘分，只有置身佛门才能成活下来。老尼今日把这个婴儿抱离黄家，少夫人自当慢慢康复，无须用药便可病愈。"

黄四爷说："可怜，难道说老黄家连养活一个弃婴的缘分也没有吗？"

"黄施主不必着急，常言道善有善报。黄施主是与我佛有缘之人，佛祖自会保佑黄家德泽永存、福运长久、子孙满堂、人丁兴旺起来的。"慧圆主持说。

黄四爷将信将疑地点点头。

慧圆主持在庵门外捡到的弃婴被抱到黄家刚好过了一个月又回到了黄沙庵。

小媳妇再也没有做噩梦，慢慢地病也好了。

第 5 章

皎洁的月光下两把剑时分时合，分时如两道闪电划
过，合时似怪蟒出洞势不可挡，剑锋所指剑气如虹带出些
阴森森的风，对面的树叶"瑟瑟"作响

　　黄四爷的头上有了些白发，小媳妇说黄四爷的白发和别人的不一样，白得透
亮、白得像雪、白得耀眼，还说黄四爷的白发能散发出一种味道，一种被雨淋过
的泥土的味道，那股湿漉漉的味道能透过鼻孔沁入到人的心肺里去。黄四爷眼一
瞪说："瞎胡扯蛋，白发就是白发，人上了岁数都会长白发，哪来那么多说道？"
小媳妇眨巴眨巴眼很认真地说："当家的，真的，那味道我闻得出来。"

　　那天是六月十九，观音菩萨修炼得道的日子，黄四爷去黄沙庵烧了香，在黄
沙庵里黄四爷见到了两个人——慧圆主持和那个十多年前被送到黄家又被抱回黄
沙庵的弃婴。弃婴长大了，浓眉大眼的，如果不是那颗光秃秃的脑袋，肯定是一
个如花似玉的小姑娘。弃婴从小在黄沙庵里长大，在六岁的时候，慧圆主持给她
落了发，成了佛门弟子，法号妙贞。

　　慧圆主持上香的动作有些迟缓，跪在地上磕过头起身时显得已经有些吃力，
这让黄四爷从心里产生许多的感慨。黄沙庵还在筹建时慧圆主持从八公山翠云庵
被请来，转眼间二十多年，当年那个做事干练的年轻女尼，如今也变得有些老
了，可见世事之沧桑。黄四爷想起书上的一句话：人生如梦转眼即是百年。

　　对于妙贞，黄四爷或多或少地感到有些遗憾，也怀疑过慧圆主持的话，觉得
有些耸人听闻夸大其词。这个孩子如果当时不被抱回黄沙庵来，仍留在黄家抚
养，一定不会比现在差，或许比现在更有出息，出落得更招人喜欢。早在妙贞四

五岁没落发的时候，黄四爷就向慧圆主持提出过想再把孩子领回去，可是慧圆主持没有答应，说是为了黄家的安宁她不能这样做。当时黄四爷有些不理解慧圆主持的话，到现在还是不理解。但黄四爷对妙贞是偏爱的，常跑到黄沙庵内来看她，想用心来感化亲近这个孩子，可妙贞对黄四爷总是敬畏有加，决不过分亲近，这又让黄四爷觉得有些失望，觉得黄家真的和这个孩子无缘。

黄四爷烧过香，慧圆主持说："黄老施主，请到禅房用茶。"现在的黄四爷头发已经白了不少，所以慧圆主持称黄四爷为黄老施主了。

走进禅房，妙贞恭恭敬敬地把一杯香茗捧过来放在黄四爷面前。黄四爷一直用慈祥的眼光看着妙贞，目光里充满着爱充满着期待同时还有些惋惜，而慧圆主持却只顾在旁边默默地诵着经文，这让黄四爷觉得慧圆主持又有些不近人情了。

自从认识慧圆主持之后，黄四爷对佛经也有了兴趣，从慧圆主持那里借了不少像《地藏经》《心经》《金刚经》之类的经书，回到家净手焚香潜心诵读，这让黄四爷的心胸豁然开悟了许多，觉得有了一种脱胎换骨的感觉。其实，黄四爷以前也看过一些佛家的经书，那只是作为一种消遣，并没有像现在这样虔诚地去悟。今天，黄四爷也想和眼前这位修业高深的慧圆主持谈谈经、论论道，想更多地彻悟一些佛经的真谛。当然，黄四爷在慧圆主持面前谈佛经还是小心翼翼的，只是向慧圆主持提一些佛经里肤浅的问题，请慧圆主持帮助解答。

慧圆主持端起茶杯轻轻抿了一口，仔细品味一阵，然后说："黄老施主，贫尼庸愚慧浅，虽研学佛法数年，始终难悟佛之真谛；虽专修净土，可是对往生来世终究难以彻悟其中奥妙。身居佛门净地，且如尘世芸芸众生不能忘却许许多多的烦恼与幽怨；虽每日朝夕恭诵'南无阿弥陀佛'，潜心探究佛经之玄妙，然依旧是彷徨无依。如是昏昏碌碌且耗半生，方才从佛法里悟到一点薄浅见解，愿与黄老施主禅解。"说着慧圆主持用手指轻轻蘸了一些茶水，在桌子上写了一个"弗"字，说："黄老施主，你看这个字虽然也念弗，但它是不、是没有的意思，而在这个'弗'字的旁边再加上一个'人'，这才是真正的'佛'，是人们心中的佛。"慧圆主持又用手在"弗"字左边又写了个"亻"，说："这就是说人既是佛佛既是人，没有了人哪里还有什么佛？说到底信仰佛好比人找到了一根拐杖，一根能够给人依靠的拐杖。人生在尘世躲不开世事的繁杂，比如有人时而善心居上，济世赈贫；时而又恶念丛生，或淫或盗为祸于世。突然会有一天感到世路茫茫，没有依靠，甚至遭逢绝路，觉得无助又无奈。这个时候假如有佛作为依托，潜心唱诵'南无阿弥陀佛'，便会觉得心境豁然，如久旱之甘雨播撒，精神为之一振，从尘世的繁杂中解脱出来。乾隆爷不是写过这么一副对联吗？'百年世事三更梦，万里江山一局棋'，其实就是这个理，是乾隆爷的彻悟。"

"百年世事三更梦，万里江山一局棋。"黄四爷反复地念了两遍，不由得点点头说："嗯，是这个理。"

又过了一阵，慧圆主持对在一旁站立的妙贞说："妙贞，黄老施主在二十多年前出资修建了这座黄沙庵，庵内的一切供奉全仰仗黄老施主，你要记住，日后在佛祖面前要多替黄老施主祈祷，保佑黄家平安也是保佑黄沙庵的香火日盛。妙贞，你要切记切记。"

"弟子记下了。"妙贞说。

"妙贞，去把你前天写的那幅唐代诗人杜牧的《江南春》拿来送给黄老施主。"慧圆主持说。

"是。"妙贞答应着走出禅房。

在妙贞身上，慧圆主持这十多年里是倾注了很多心血的。虽然慧圆主持知道妙贞慧根不深，但这孩子天资聪慧，教她诗词歌赋，一遍就能牢牢记住，琴棋书画一点就通，这让慧圆主持心里更喜欢妙贞。本来慧圆主持想教给妙贞一些武功的，但一想到妙贞日后有可能脱离佛门，还有可能会陷入世间的一些纷争，便打消了教给妙贞武功的念头。谁料慧圆主持每天三更天起来到后院练功，妙贞不知从什么时候起开始偷看的，竟暗中也学会了不少功夫。这也许是天意，看就看吧，慧圆装作不知道，只是练功时多加了些小心。几年下来，妙贞偷偷地学会了舞双剑、鹤拳等不少功夫，而且一有空便学着师傅的样子偷偷练习。

一天夜里，三更天刚过，早早起床的慧圆主持没去后院练武，而是手里拿着双剑悄悄地站在暗处，不大一会，便看见妙贞急急忙忙地走来，直奔慧圆主持练功的后院。

"妙贞，深更半夜你往哪里去？"慧圆主持突然出现在妙贞面前。

妙贞听见师傅叫她吓了一跳，忙停下脚步，说："师傅，我……"

慧圆主持手中拂尘一摆说："跟我走。"

月明星稀，凉风习习，偶尔有一两声不知名的小虫儿的鸣叫从草丛中传出来，那声音都被露水浸泡得湿漉漉的。

来到后院，慧圆主持停下脚步，头也不回地说："妙贞，你是不是在偷学师傅的武功呀？"

"师傅，我……我……"妙贞支吾着。

"师傅不是给你们讲过吗？出家人不打诳语。"慧圆主持突然转身喊声："接剑。"话音没落，只见两道寒光朝妙贞飞来。

妙贞一惊，马上回过神来，脚下一用力，身子一拧腾空跳起来，伸出双手把两把剑接在手里，然后稳稳地落在地上。

"把剑舞给我看。"慧圆主持的声音不大，却透着严厉。

妙贞没动。

"嗯——"慧圆主持手中拂尘一摆说："妙贞，师傅的话你没听见吗？"

妙贞低声道："徒儿听见了。"

"舞剑！"慧圆主持的话更加严厉。

妙贞看了师傅一眼，左手把双剑倒立于臂后，右手掌心向上慢慢提至胸前又翻手慢慢压下去，深吸一口气，两腿分开，突然娇喝一声，双手握剑，先摆了一个白鹤亮翅的姿势，紧接着双剑舞动，猎猎带风。皎洁的月光下两把剑时分时合，分时如两道闪电划过，合时似怪蟒出洞势不可挡，剑锋所指剑气如虹带出些阴森森的风，对面的树叶"瑟瑟"作响。

一直站在旁边目不转睛地看着妙贞舞剑的慧圆主持心里暗暗吃惊，从妙贞舞剑的娴熟程度上来看，没有十年的苦练是舞不出这猎猎剑风的，而且这猎猎剑风里还透着一些隐隐肃杀之气。这个妙贞太可怕了，日后恐怕……这样想着，慧圆主持突然有了一种负罪的感觉。

一路双剑舞下来，妙贞收住招式，竟然没有一点气喘。

慧圆主持没说话只是不停地走来走去。

妙贞不知所措地望着师傅。

慧圆主持突然停下脚步，盯着妙贞问："妙贞，你知道习武的'武'字是怎么写吗？"

妙贞觉得师傅这个问题问得实在奇怪，不知道该怎么回答，只是使劲地点点头。

"那好，妙贞，你在地上把这个字写出来，用你手里的剑写。"慧圆主持说。

妙贞带着疑惑用剑尖在地上写了个"武"字，写得很好看。

慧圆主持点点头说："妙贞，你仔细看看这个字，能看出些什么来。"

妙贞不明白地看看师傅，又看看地上的字，觉得它就是个"武"字，武术、武功、练武的"武"字，还能看出别的什么来？妙贞只好冲着师傅摇摇头。

慧圆主持走近妙贞说："徒儿呀，世上习武之人很多，而各自的目的又不同。古时候人习武大多是为了除暴安良杀敌报国，不是有这样一句话吗，'学会文共武，货卖帝王家'。当然也有许多武林败类自持武功在身，以武为祸滥杀无辜，为世人所唾弃。我们佛门中人习武是为了强身健体保我佛门平安，切不可自持武功在身胡作非为，那样佛祖也不会原谅的，你明白吗？"

妙贞似懂非懂地点点头。

慧圆主持继续说："习武之人最要紧的是要有武德，这是武林中人最起码的做人准则。佛门弟子更应该铭记佛祖教诲，普度天下众生。妙贞，你再仔细看看这个'武'字。"

妙贞又看了一阵地上的"武"字，还是没有看出什么来，便抬头不解地望着师傅。

慧圆主持说："你把它拆开来看"。

妙贞还是看不明白。

慧圆主持把剑接过来，在地上先写了一个"止"字，接着在旁边又写了一个"戈"字，说："徒儿，这回你看出来了吧？"

妙贞没有说话，两只眼却瞪得很大。

"戈乃利刃、兵器之意，暗示着战争与杀戮。"慧圆主持停了停又说，"古往今来世人因为有了武功，强身健体、保卫国家、路遇不平拔刀相助、杀富济贫除暴安良，做了许许多多的善事，这些人都是武林中的先贤。也正是他们发展和弘扬了中华武术精神，他们才是真正的德高望重的武林中人，但是也有不少人自持学会了武功，不思行侠仗义，却浪迹江湖啸聚山林，做些杀人越货的勾当，以'武'为祸于世，终落下千古骂名。因此，大凡有武德的武林先贤，都恪守师训以'武'克'武'以'武'制'武'以'武'止'武'，所以，先贤们便在'戈'字的下面添上一个'止'字，意思就是提醒那些会武功的人必须牢牢记住，练武先修德，多行不义必自毙。妙贞，你天资聪慧精明无师自通，小小年纪便练就如此身手，这也是为师为你高兴之处。但是……徒儿啊，有些话师父现在还不想讲得太明白，更不会教给你武功。为师希望你回去之后好好想想师傅的话，以你的聪明和悟性，会把师傅的这些话想明白的。"

妙贞仍是一头雾水地望着慧圆主持。

"你回去歇息吧。"慧圆主持拿过双剑径自走了。

回到卧房里的慧圆主持躺在床上翻来覆去地睡不着，脑子里老是晃动着妙贞舞剑时的影子。自从把妙贞抱回庵里抚养，慧圆主持心里一直就感到不安，但是有一点让慧圆主持感到欣慰，给妙贞讲解各种佛法经卷，妙贞能领会出其中的精髓，并能悟出佛法高深精妙之处，这是庵内所有弟子都做不到的。慧圆主持曾这样想，妙贞这个孩子如果六根清净一心向佛，将来一定能成为修业高深的佛门弟子。可是慧圆主持的精心教诲，最终也没能使妙贞修成正果，反而抛开了佛门的一切戒律大开杀戒，制造出一幕幕的血雨腥风的故事来。

妙贞手捧着一幅字进来交给慧圆主持，慧圆主持转身递给黄四爷，说："黄老施主，这幅字是小徒妙贞胡乱涂写的，请你打开看看这字写得如何，给小徒指教指教。"

黄四爷是识文断字之人，小时候也读过《四书五经》《史记》《纲鉴》诸子百家之类，也曾冬三九夏三伏地苦练过书法，一本《兰亭序》被黄四爷临摹了不知多少遍，就连砀山县衙门里的师爷也慕名提着礼物登门求过黄四爷的字呢。

黄四爷慢慢展开书卷，惊得目瞪口呆，坐在那儿一动不动。黄四爷太吃惊了，怎么也不相信这幅字竟然出自十来岁的妙贞之手。

妙贞写的是唐代大诗人杜牧的一首《江南春》：千里莺啼绿映红，水村山郭酒旗风。南朝四百八十寺，多少楼台烟雨中。

一张宣纸展开，透出淡淡的墨香，一行行草书行云如流水、龙飞凤舞，柔中带刚、刚中隐柔。最令黄四爷吃惊的是最后那个"中"字的中间一竖，起笔夹带锋芒、遒劲有力，落笔暗藏杀机，如一把透出阴森森冷飕飕寒意的利剑，这把利剑仿佛正向黄四爷的后背刺来，吓得黄四爷打一个激灵出了一身冷汗。

黄四爷见的字画很多，收藏的也不少。在黄四爷的书房里除了不少的名人字画之外，最让黄四爷得意的就是他自己临摹的那幅范仲淹的《岳阳楼记》了。黄四爷写好之后把字拿到城里请匠人用最好的绫子装裱了挂在自己的书房里，没有事的时候黄四爷便看着自己的这幅得意之作吟诵"先天下之忧而忧，后天下之乐而乐"。可是今天黄四爷觉得自己那幅字和妙贞的这幅字比起来别说挂在墙上了，该一把扯下来烧了。

"黄老施主，你看小徒的字写得如何？"慧圆主持问。

"好……字……好字好字好字。"黄四爷连声说。

慧圆主持微微一笑说："小徒不过是胡乱涂写罢了，让黄老施主见笑了。妙贞，还不快谢谢黄老施主的夸奖。"

妙贞并没有因为黄四爷的夸奖喜形于色，十分平静地念声"阿弥陀佛"说："多谢黄老施主。"

黄四爷拿着妙贞的那幅字回到家中，第一件事就是把挂在墙上的那幅《岳阳楼记》一把扯下来，这让在一旁读书的黄炳秋大吃一惊。平日里爹对这幅字特别珍惜偏爱，其他人看看可以，远远地站着看，绝对不许动一动的。黄四爷今天的举动，让黄炳秋觉得不理解，爹今天是怎么啦？看着愣坐在那儿的黄四爷，想问没敢问。

"炳秋，你过来。"闷坐了半天的黄四爷终于说话了。

黄炳秋放下手中的书本走过来。

"你把这幅字打开看看。"黄四爷说。

黄炳秋刚想动手，黄四爷过来说："别动，别动，我来，我来。"

一看黄四爷这个表情，黄炳秋觉得想笑，这是谁写的字这么宝贝，该不会是皇上的御笔吧？黄四爷小心翼翼地把纸卷打开，眼里立即放出一种奇异的光彩。

黄炳秋也许欣赏水平没有黄四爷那么高，只觉得眼前这幅字写得不错，不错在哪里说不清楚。

又是一个冬天要到了。

石米仓傍黑的时候来了，见了黄四爷就哭。

石米仓的媳妇已经病了半年多，看病吃药花的钱黄四爷没少帮衬，只要石米仓张嘴，黄四爷从来没打过迟疑，黄四爷说："钱不要紧人要紧。"

望着蹲在地上掉泪巴嚓的石米仓，黄四爷说："我说石米仓你有话就说嘛，一个大男人家你老是哭个啥？"

石米仓说："四爷，俺……俺媳妇怕是不行了。"

黄四爷说："快去请郎中给你媳妇看病呀。手里没钱了是吧？没钱你早过来呀！石米仓呀石米仓，叫我咋说你好呢？你这个人啥都好，就是脑子不转弯，死脑子！早给你说过，钱不要紧人要紧，你没听见吗？快点拿些钱给你媳妇请郎中去。"

石米仓拿着钱刚走出黄四爷家的大门，远远看见儿子石泥鳅上气不接下气地跑过来，看见石米仓号啕大哭："爹，俺娘……俺娘……"

石米仓一惊问："你娘咋了，快说你娘咋了？"

石泥鳅嘴一撇说："俺娘死了。"

石米仓眼前一黑栽倒在地上。

石米仓一家人早就不在黄家的大车屋里住了。

几年前的一个夏天麦穗发黄的时候石米仓对黄四爷说："四爷，地里麦子都发黄了，眼瞅着就能提镰收割了，得看着。这年头逃荒要饭的人多，地里的庄稼不看着咋能行？得看着，四爷。"黄四爷说："那就在地头搭个草庵子看一阵子，等收了麦子你再搬回大车屋吧。"石米仓说："四爷，不用回来了，俺一家子都搬过去，常年在地里守着。"黄四爷说："那咋行？你一个人去地里照看一下也就行了，一家人都搬过去到了冬天咋弄？老黄河里的风硬，刮在脸上像刀子，地皮都能冻得裂缝，你们两个大人能扛得住，两个孩子能受得了？不行不行，还是你一个人去吧。"

这回石米仓没听黄四爷的话，硬是把一家人都搬到了老黄河边上的草庵子里。黄四爷没办法，说："石米仓这个犟种，心眼子实，实的就像块石头，连个弯也不会拐。"没办法，黄四爷差人在老黄河边盖了两间土坯草房。"这样才能挡风避雨呀。"黄四爷说。

石米仓一家人感动得要给黄四爷磕头，黄四爷拦住说："磕头弄啥？磕头那是朝活着的人身上一把一把地撒黄土，等哪一天黄土埋到脖子梗了，阎王爷也就该叫那些个牛头马面请你来了。"说得石米仓一家人都笑起来。

老黄河边上秋天的雨也多。

那年秋庄稼刚刚进了场，天就阴了，阴了两天便下起雨来，先是些毛毛细雨，紧一阵慢一阵的，后来好像天被谁捅了个大窟窿，"哗哗啦啦"地直往下倒，老黄河两岸到处是汪泥沓水坑满壕平。

地里的庄稼是收起来了，可一垛一垛的都堆在场上，老天爷大雨不停地下，石米仓看着场上的庄稼愁的吃不下饭睡不着觉，跑到场上一会摸摸豆子一会抓把谷子看看闻闻，觉得都有了些霉味。这回石米仓真的急了，一路小跑来到黄四爷家说："四爷，了不得了，场上的庄稼都露霉头了，四爷。"黄四爷也在发愁，一场的庄稼堆在那儿能不愁吗？虽然说都盖着草苫子，三天两天的还能凑合，日子久了能不发热能不发霉？可就是眼瞅着发热发霉你又有啥法子？老天爷想叫你吃七两，咋着你也吃不了半斤。黄四爷对石米仓说："这是天灾呀！天灾谁能抗得了？随他去吧。"

石米仓离开了黄四爷家冒着雨又去了场里，把漏雨的庄稼垛上面的草苫子重新盖好，一直忙活到天快黑了才回家。石米仓刚走到场边，就听见一个很奇怪的声音，仔细一看，是一只小黑狗趴在路边的泥水里，一副半死不活的样子。石米仓赶紧走过去，把小黑狗抱起来说："你趴在这泥水里弄啥，不怕下雨把你淋死呀？"石米仓抱着小黑狗回到家，媳妇一看，说："你抱来只黑狗弄啥？"石米仓说："这只小黑狗趴在路边的泥水里眼看就要饿死了，怪可怜的。"媳妇说："你拿啥喂它？"石米仓说："捡来的狗好养活，小孩的粑粑刷锅水它都吃，饿不死就行。"小黑狗被石米仓抱回家之后，不仅没有饿死，反而越长越大越长越壮实，也就一年多的时间，小黑狗长成了大黑狗，长长的毛又黑又亮。白天大黑狗陪着石泥鳅和石牤牛在家里看家，到了晚上大黑狗就陪着石米仓下地看庄稼。大黑狗因为个子太大，村里那些白狗黄狗花狗什么的大老远地看见大黑狗就像老鼠看见了猫，赶紧把尾巴一夹跑得没影。石米仓带着大黑狗夜里到地里看庄稼的时候，大黑狗总是走在石米仓前面，只要一有动静，大黑狗就像离弦的箭一样"嗖"地窜过去，一下子把偷庄稼的人按在地上，大嘴一张舌头一伸"呜呜"两声，再大胆的偷庄稼贼也会吓得屁滚尿流。

胡二毛本来是种瓜的好手，这年的夏天，胡二毛种了五亩地的瓜，甜瓜菜瓜西瓜啥都有，老天爷也帮忙架势，风调雨顺的，地里的瓜长势喜人，白花黄花紫花红花开得遍地都是，把个胡二毛高兴的嘴都合不上，整天扯着没人敢听的嗓子唱拉魂腔。可是到了地里的瓜成熟该换钱的时候，老天爷不知道犯了哪门子邪脾气，几块云彩天上一晃悠，接着两个闷雷一响，大雨倾盆，平地里积水都有腰把深，胡二毛五亩瓜地更是一马平川，别说这瓜那瓜了，连瓜秧也没了影子。胡二毛急得像死了八个爹遭阴雨天抬不出去似的，一腔坐在瓜田边的泥水里，大嘴一咧哭着喊："我的亲爹耶，我的瓜耶"。老天爷可不管胡二毛哭爹叫瓜的，大雨照样下。胡二毛五亩地的瓜都烂在水里，一个大子也没卖到手，等到了秋天便闹起饥荒，吃了上顿没有下顿。饿得快要晕了眼的胡二毛打起了歪主意——偷，奶奶的不偷白不偷。"不偷，我胡二毛还能等着饿死？"于是，胡二毛白天睡觉，到了夜里，拿条口袋腰里一系一头扎进别人家的庄稼地里，不论红芋还是玉米棒子，碰上啥是啥，能填饱肚子就行。有一天夜里，石米仓带着大黑狗来到村西玉米地，刚一到地头上，大黑狗"呜"的一声一头钻进玉米地，还没等石米仓反应过来，就听见玉米地里传来一阵惨叫。这惨叫声在漆黑的夜里叫人毛骨悚然。石米仓赶紧跟着跑进玉米地，见大黑狗两只前爪结结实实地把一个人摁在地上。躺在地上的人看见石米仓过来，带着哭腔扯着嗓子喊："石米仓，石米仓，我是胡……二毛，你……你快过……过来，别……别让你的大黑狗把我咬……咬死了。"石米仓这才听清楚了，原来被大黑狗摁在地上的是胡二毛。石米仓"嘘"了一声，大黑狗立刻松开胡二毛，跑到石米仓身后站着不动了，两只眼睛却死死地盯着地上的胡二毛。胡二毛大口大口地喘着粗气说："唉哟唉哟，我的亲爹祖奶奶，可吓死我了。"胡二毛刚想坐起来,大黑狗"呜"了一声,吓得胡二毛赶紧又躺在地上,嘴里却说:"石……石米仓,快把你的大黑……黑狗弄走呀!"石米仓看看胡二毛身边的半截口袋明白了,鼻子里"哼"了一声说:"赶紧起来滚你的吧!"胡二毛一指石米仓身边的大黑狗说:"狗……狗。"石米仓说:"你走吧,没事。"胡二毛这才哆哆嗦嗦地从地上爬起来说:"老石,我……我是饿的没有办法了才……"石米仓不耐烦地说:"拿着你的口袋快点走。胡二毛,你给我听好了,要是下回再叫我碰见你干这没脸没皮的事,大黑狗我可不管了。"胡二毛急忙说:"唉哟,我的石祖宗,吓死我也不敢再有下回了。"

石米仓的媳妇病死了,石米仓大哭一场,他实在不愿意再去打扰黄四爷,打算央求村里人帮忙,把媳妇用一张芦苇箔一卷埋了算了。石米仓虽说不是黄三座楼的人,可是因为他人老实,又有一副热心肠,不管村里谁家有个大事小情,总是跑前跑后忙个不停,有时连口热水也不喝人家的,所以石米仓家的媳妇死了,村里许多人不用请都跑来帮忙。

有时候帮人场比帮钱场还要紧。

石米仓见许多人都来帮忙,心里有些过意不去,就让头戴孝帽腰系麻绳的石泥鳅和石牮牛兄弟两个挨个磕头。

黄四爷来了,黄四爷听说石米仓的媳妇死了就来了。

黄四爷来到的时候,石米仓的媳妇在村里人的帮助下已经用芦苇箔卷上了,坑也挖好了,在老黄河边上一块盐碱地的地头上,靠近路边。石米仓说:"把媳妇埋的靠路近些,她早早晚晚地想回来看看儿子啥的,路好走,方便。老家那边都兴这样。"

黄四爷说:"那哪儿行?人死为大,讲究个入土为安,得有口棺材才行,把黄土直接朝脸上一盖那咋行?睁不开眼不说,永远也翻不了身。还是弄口棺材吧。"

黄四爷安排人在庄南坑边刨了两棵老榆树,叫来村里的几个木匠,连夜做了一口白茬棺材,又用锅灰把棺材刷了两遍,才把石米仓的媳妇放进去。黄四爷又差人买来两挂鞭炮,家里放一挂那叫送行,送死去的人到另一个世界去;下葬的时候放一挂,那叫醒灵,告诉那个世界上的人又来了新邻居,彼此照应着点。

石米仓把媳妇埋了回来,手拉两个儿子实实在在地给黄四爷磕了三个响头,这回黄四爷没拦他们。

石米仓媳妇安葬的那天夜里,大黑狗没有回家,石泥鳅要去找,石米仓说:

"你跟牮牛在家睡吧，我去把大黑狗叫回来，它准是陪着你娘呢。"

石米仓来到媳妇坟前，远远看见大黑狗趴在那儿。石米仓过来坐在大黑狗旁边，一直到天亮。

黄四爷叫人带来口信，说让泥鳅和牮牛到家里去一趟背回点粮食来。天冷了，再拿两双茅窝子，有道是寒从脚起，脚暖和了身上也就不冷了。

老黄河边上的人冬天喜欢穿茅窝子。

老黄河边上芦苇多，芦苇缨子也多，芦苇缨子编出来的茅窝子柔软、暖和。茅窝子分两种，一种是木底的，一种草底的。木底就是用木头做的茅窝子底。拿块木头砍成脚丫子形状，中间锯掉一块，成了一个倒过来的"凹"字，四周钻一圈小眼穿上绳子，用芦苇缨子紧紧地一圈圈编起来，锁上边口，一只茅窝子就做成了。草底茅窝子编法和木底茅窝子一样，只不过底是用草绳编成的。男人都喜欢穿木底茅窝子，能踩雪能踏泥，走在路上"嘎嗒嘎嗒"地响，很有节奏感，听得心里暖洋洋的。草底茅窝子一般是上了年纪的人和小孩子穿，稳当。

第 6 章

黄四爷仿佛又回到了那片密密的芦苇丛中，毕氏的两
只手不停地在黄四爷后背上摩擦，高一声低一声地喘息呻
吟，就像拉魂腔里小花旦的吟唱，紧紧地拉着黄四爷的魂

老黄河又闹了一场水灾。

那场水灾让黄四爷无奈地把儿子黄炳秋成亲的日子后推了一个月零八天。

黄炳秋十九岁了，黄四爷给儿子订了门亲事，是状元集的，姓王，姑娘叫荷
花。王家的家产远远比不上黄家，算不上门当户对，可黄四爷乐意，为啥？因为
那庄名：状元集，听这名字就有灵气，黄四爷也想沾沾状元的灵气。黄四爷没想
过老黄家能出个状元啥的，真的，老黄家除了有位老祖宗当过黄四爷至今也弄不
清楚是多大的官之外，还真就没出过有功名的人。黄四爷还知道，如今皇上都没
有了，哪里还能出状元去？黄家与王家结亲，"黄王"听着多顺耳，那不就是
"皇王"吗？中国人让皇上管了两千多年，咋也离不开皇上。过去皇上一个人说
了算的时候天下哪有这么乱？老黄家的日子过得也舒坦，可如今哪，皇上没了，
听谁的？你再看看如今这人个个都觉得自己有本事，有天大的本事。既然有天大
的本事，天下人就都应该听他的？可又没有一个人能说了算的，要不咋打起来了
呢？你看看，两广两湖河南河北山东山西，南直隶北直隶都打成一锅粥了。听说
当年皇上老爷子坐的龙椅上今个换你明个换他，后个不知又轮到哪个乌龟王八蛋
了呢。黄四爷不操那个闲心，争地盘你争去你打去，想坐龙椅你坐去，黄四爷娶
状元集的姑娘做儿媳妇图的是状元集的灵气，图的是老黄家人丁兴旺子孙满堂。

黄四爷差石米仓到状元集向亲家讨来王荷花姑娘的生辰八字，又把老黄河两岸赫赫有名的铁嘴神算二姑娘"赛仙姑"请来，算算黄柄秋和王荷花姑娘的生辰八字与属相是相配还是相克。

老黄河两岸儿女婚嫁，算命是必不可少的。算命先生根据男女双方的生辰八字和属相，按金、木、水、火、土五行推演，来判定男女双方是否可以成婚，是否可以白头偕老，是否能多子多福。其实，这些算命先生也不是什么铁嘴神算，不过是从那些相书上背下来一些顺口溜罢了，像什么"白马犯青牛，恩爱夫妻不到头""天赐好姻缘，鸡狗不待见"等等，说得有鼻子有眼睛的，你说你信不信？

二姑娘"赛仙姑"焚香磕头之后，在香案前面跳来跳去折腾半天，嘴里"叽里咕噜"一番祷告，煞有介事地搬着五个手指头摇头晃脑"子鼠丑牛寅虎卯兔"地念叨老大一会，突然大嘴一咧眉开眼笑，起身对黄四爷说："恭喜恭喜，恭喜黄大善人，黄王两家的姻亲乃是天作之合，美满姻缘。黄公子属龙，王家姑娘属鸡，龙乃天上神物，鸡乃人间之凤，卦上说此乃龙凤大婚，前世姻缘，那是龙凤呈祥吉祥如意呀，婚后小两口恩恩爱爱白头偕老多子多福哟。"

几句话把个黄四爷说得兴高采烈，连连点头。

黄四爷也看过不少算卦相面之类的书，也知道这些算命的是全凭着一张嘴骗人哄钱的，可黄四爷今个高兴，乐意听，图个吉利。黄四爷一高兴，"哗啦"卦礼钱朝二姑娘"赛仙姑"面前一放，乖乖，白花花两块大洋。二姑娘"赛仙姑"眼都看直了，回家之后搂着两块白花花的大洋美得三天三夜都没睡着觉。也不能怪二姑娘"赛仙姑"如此兴奋，像她这种装神弄鬼凭着一张嘴凭着一条三寸不烂之舌坑东家蒙西家的人，三年五载也遇不到一个像黄四爷这样大方的。

生辰八字批过，黄四爷让人赶紧备下彩礼，无非是些鸡鸭鱼肉外带绫罗绸缎之类的东西。另外，用红缎子包裹了三十六块白花花的"袁大头"，正好是儿子黄炳秋和王荷花姑娘两个人的年龄相加起来的数，这叫岁岁有财年年进宝。

说起儿子黄炳秋的婚事，确实叫黄四爷烦恼过一阵子，还失去一个交往了几十年的老朋友拜把子兄弟——李天祥。

三年前黄四爷给儿子黄柄秋定过一门亲事的，是老黄河北面凤城城北一十五里地李堤口的李家。

凤城有名的大户有四家，南徐北李东史西蒋，而且多少都有些来往。尤其城北的李家可了不得，大门两边一对高大的石狮子把门，门前立一根一丈九尺高的旗杆。因为李家出过身穿红袍头戴紫金花在京城御街夸过官亮过职的头名状元。据说李家的这位状元祖宗在家中读书时也不怎么聪明过人，同窗和先生也没有对这位老兄抱什么希望，就是进京去赶考也是块名落孙山的料。可是谁也没有想到，李家的这位祖宗进京赶考一路游山玩水，等到了考期，大笔一挥三篇文章妙笔生花，万岁爷看的龙心大悦，御笔钦点头名状元，御街上夸官亮职轰动京城。半个月之后，李家祖宗回乡祭祖，把个凤城热闹了个底朝天。有几位李家祖宗的同窗听说李家祖宗中了头名状元连连摇头说偶然偶然太偶然了。这位李家祖宗听了同窗的这些话只是微微一笑，命人杀猪宰羊请来一帮同窗好友大摆宴席，席间自然是推杯换盏开怀畅饮。酒席进行到半酣，李家祖宗命人拿出来一幅装裱好的字，说是胡乱涂抹请同窗好友斧正。大伙一看上面的字一个个目瞪口呆，尤其那位连说了几个"偶然"的同窗更是羞得面红耳赤。原来，李家祖宗是这样写的："偶然偶然真偶然，偶然皇榜中状元。世人都说偶然好，能有几人遇偶然？"据说这位李家先祖后来当了两广总督还代管江南九省哩。虽然李家的辉煌早已过去，但李家的名声还是很大的。凤城的李家和砀山的黄家是多年的世交，李家的族长李天祥和黄四爷又是喝过血酒一个头磕到地下的拜把子兄弟。李天祥也是凤城了不起的人物，人家也有功名。二十二岁进京赶考，果然金榜题名，被恩准到江南做县太爷。也许李天祥命中注定与做官无缘，坐船过长江的时候遇上大风，船翻了个底朝天，一船人死了个差不多。李天祥虽然被人救上岸来，算是捡回一条命，但从此心灰意冷无意为官，便上表赋闲在家，接过祖上的一份家业，活的倒也逍遥自在。李天祥有个女儿，名叫金菊，年方二八一十六岁，与黄炳秋同庚。李金菊生在大户人家，人长得虽说没有闭月羞花沉鱼落雁的容貌，却也是个万般风流的大家闺秀。因为疼爱这唯一的女儿，李天祥在李金菊九岁的时候便专门给女儿请了位教书先生，没过几年，这李金菊诗词歌赋琴棋书画样样出众，更让李天祥视如掌上明珠。倒是两个儿子不怎么争气，文不成武不就，让李天祥伤透了脑筋。

李天祥和黄四爷是拜把子兄弟，两家经常有来往。黄家和李家虽然不在一个县，但相隔并不算远，也就是隔着一条老黄河。李天祥早就有意将女儿许配给黄四爷唯一的儿子黄炳秋，也向黄四爷表明过此意。黄四爷呢也乐意，回家和大媳妇、小媳妇都说了，大家也都满意。既然两家人都满意又门当户对，哪还等啥？黄四爷就这么一个宝贝儿子，早早地给儿子完婚，黄四爷还等着抱孙子哪。

黄四爷坐不住了，亲自来到凤城，派人去城北请把兄弟加亲家李天祥。

亲家差人来请，李天祥马上让人套上马车来了凤城。黄四爷大老远地就在路边迎着，远远看见马车急忙跑过去，一把拉住李天祥的手转脸就走。李天祥被弄得莫名其妙，一边跟着往前走，一边说："哎呀，我的老哥哥，你这是要带我去哪呀？"黄四爷头也不回地说："去哪？哪儿也不去，兄弟，你跟着走就行。"就这样，两人来到衙门口东面凤城最大的饭庄"望凤楼饭庄"的楼上，进了一个雅间。黄四爷把李天祥往椅子上一按说："今天咱们哥俩喝他个一醉方休。"李天祥一笑说："哥哥，我是服了你了。"说完把身上的外套一脱，挂在衣帽架上，对黄四爷说："哥哥，咱们今天就喝它个不醉不归。"黄四爷把头往前一伸说："咱醉了也不归。"

酒席自不必说，都是黄四爷亲自安排好的，十分的丰盛。黄四爷和李天祥两个人心里都高兴，心里高兴酒就喝得顺就喝得有味，最后话题自然就转到黄炳秋和李金菊两个孩子的婚事上。你一言我一语的不但正式订了婚约，连成亲的日子都定了下来。李天祥也是豪爽之人，一连和黄四爷干了三杯。李天祥对李黄两家的亲事十二分的满意，一是宝贝女儿能许配黄家这样的人家也算是有了终身的依靠，二来黄李两家是世交，两个人又是拜把子兄弟，亲上加亲亲更亲嘛。

酒喝到半酣的时候，店小二端上来一道菜，大声说："四爷，您要的'鸳鸯鸡'来了。"

黄四爷把筷子举起来说："兄弟，来尝尝这'望凤楼'的拿手好菜。"

李天祥刚想下筷子，却又被黄四爷拦住了。黄四爷一笑说："兄弟，你是有功名的人，论学问比哥哥大，今天哥哥我考考你。这'鸳鸯鸡'兄弟一定吃过吧？"李天祥点点头说："吃过。"黄四爷又说："味道咋样？"李天祥说："在凤城谁不知道'望凤楼'的'鸳鸯鸡'？要说味道嘛，哥哥，皇宫里的御宴兄弟我没有吃过，但这'鸳鸯鸡'却是兄弟我吃过的最好的美味佳肴了。"黄四爷又微微一笑说："兄弟，哥哥问你，知道这道菜是怎么来的吗？"李天祥一愣，摇摇头说："这个……兄弟还真的不知道这'鸳鸯鸡'的来历，请哥哥给我说说。"黄四爷问："兄弟真的不知道？"李天祥点点头说："真的不知道。"黄四爷和李天祥干了一杯酒，笑着说："那今天我就在兄弟面前卖弄卖弄。要说这'鸳鸯鸡'呀，还得从汉高祖爷刘邦那时候说起。暴秦无道民不聊生，各地纷纷扯旗造反。陈胜吴广大泽乡揭竿而起，一呼百应，各路英雄豪杰纷纷竖起反秦的大旗。高祖爷刘邦丰西泽醉酒释囚徒，兵进芒砀山，三尺龙泉剑力斩白帝子，举起赤色大旗拿下沛县当了沛公，从此军威大振，三打丰邑雍齿丢盔卸甲如丧家之犬只身逃往魏地。高祖爷在同秦军作战的时候，结识了一了不起的大英雄——项羽。项羽，兄弟知道吧？"

李天祥说:"西楚霸王项羽是诛灭暴秦的一代名将,破釜沉舟一战成名。项羽弱冠之年就能单手力举千斤铜鼎,一时间声誉鹊起。可是,哥哥,项羽跟这'鸳鸯鸡'又有什么关系哪?"

黄四爷说:"哎,这'鸳鸯鸡'就和项羽力举铜鼎有关系。项羽文庙前单手力举千斤铜鼎,名声远扬,被当成是天神下凡,众多英雄豪杰纷纷投奔项羽。人都说英雄爱美人,哪有美人不爱英雄的道理?在这江南吴地有一户虞姓人家,虞老汉有一子一女,儿子名叫虞子期,女儿名叫虞姬,生的是千娇百媚、万般风流、姿容绝代。这虞姬博学多才,琴棋书画无一样不精,楚国的长袖舞跳起来如天女散花楚楚动人,一对双剑舞起来猎猎带风,只见寒光闪闪不见人的影子。虞姬从小立下一个誓愿:非大英雄不嫁。虞老汉也是仰慕项羽的英名吧,让儿子虞子期去邀请项羽,项羽呢也没有推辞欣然前往。酒席宴十分丰盛,其中有一道菜项羽连见都没见过,只见盘中交颈卧着一绛红一赤紫两只鸡,从样子上看是一雌一雄,这种奇特的造型让项羽看得不禁有些发呆。"

李天祥插言道:"一定是这道'鸳鸯鸡'了。"

黄四爷点点头说:"对,就是'鸳鸯鸡'。虞老汉笑着对项羽说'请将军趁热品尝。'项羽夹了一块放到嘴里,觉得自己并没有咀嚼其肉自化而且味道极佳,项羽不由拍案叫绝。酒足饭饱之后,项羽才想起来要当面谢谢做了这顿美味佳肴的名师高厨,哪知道虞老汉连连摆手哈哈大笑,说'将军不用客气,你我一见如故,都是些寻常便饭,哪里有什么名师高厨哟?这道菜乃是小女虞姬亲自掌勺烹制,献丑了献丑了。'原来呀,项羽在文庙里举鼎的时候虞姬也在场,她见项羽身长九尺重瞳炯耀仪表非凡声若洪钟单臂举鼎,便心生爱慕之心,让父亲邀请项羽来家里做客,这道'鸳鸯鸡'就是虞姬别出心裁的设计,寓意深刻,暗暗表达对项羽的爱慕之情。大概是前世有缘吧,项羽一见虞姬眼前一亮,竟有些难割难舍了。后来,虞姬嫁给了项羽,跟随项羽起兵反秦。秦朝灭亡之后,项羽自命西楚霸王建都彭城,虞姬经常亲手做'鸳鸯鸡'与项羽饮酒同乐。"

李天祥听完哈哈一阵大笑说:"哥哥真是博学多才呀。"

黄四爷一摇头说:"兄弟,我这也叫博学多才?哈哈……我是现学现卖,这个'鸳鸯鸡'的传说还是这'望凤楼'的老板告诉我的哪。哎,兄弟,你知道不知道哥哥今个为啥偏偏要点"鸳鸯鸡"这道菜吗?"

李天祥和把兄弟亲家说古道今,酒也喝到了兴头上,话也就多起来。李天祥说:"哥哥,你不就是想在兄弟跟前夸夸自己的学问嘛。"

黄四爷把手一摇说:"兄弟,天祥兄弟,你说错了。我呀,点这道菜是因为它吉祥。你看啊兄弟，这鸳鸯是吉祥之物吧？人们把儿女的婚姻大事都比作啥'鸳鸯比翼飞'，你家女儿和我家儿子不就是一对最好的鸳鸯吗？"

李天祥听了一阵"哈哈"大笑说："哥哥，你说得有理！来，小弟再敬哥哥一杯。"

黄四爷和李天祥说不尽的话拉不完的家常，这场酒一直喝到月上柳梢头才各自坐着马车回家。

黄四爷回到黄三座楼就开始张罗儿子的婚事。

不料黄柄秋这儿出了问题，去了凤城的姨母家一趟，回来死活不愿意娶李金菊为妻。黄四爷大发雷霆，逼儿子说出缘由，黄炳秋支吾半天才把事情讲明白。

原来这位李金菊小姐大概是才子佳人的书读多了，耐不住闺中寂寞，十六岁的时候便红杏含苞出墙绽放了，闹得满城风雨，沸沸扬扬，也就李天祥一个人还蒙在鼓里。这些事是黄炳秋在凤城听说的。

"你打听清楚了？"黄四爷不相信地问儿子。

"嗨，爹，你不知道，别说在李堤口了，整个凤城的大街小巷都传遍了，就瞒着咱们。"黄炳秋沮丧地说。

儿子从小就不会说谎，对儿子的话黄四爷是相信的，可是黄四爷也知道把兄弟李天祥是个很看重家风的人，对儿女的管教从来都是比较严的。于是黄四爷便自言自语地说："咋能……能出了这事呢？"

黄炳秋说："爹，无风不起浪啊。"

黄四爷坐在那儿一句话不说。

但是黄四爷不傻，知道这种事情不是闹着玩的，弄不好要出大乱子。于是，黄四爷暗中差了好几拨人去李堤口和李堤口周围的几个村子明察暗访，出去的人回来告诉黄四爷的结果都是一个样——确有其事。这下把黄四爷气坏了，埋怨说："哎哟我的李天祥兄弟哎，你咋养了这么个不知道廉耻的贱货哟，连你们李家老祖宗的脸都丢尽了。你说你说，这叫我咋办呀？"

黄家是讲体面的，黄四爷也算是个守旧派，很看重家规门风，既然李家小姐能做出如此有损门风之事，她就是金枝玉叶黄四爷也不会让她踏进黄家大门的。

离约定的婚期还有半个月，黄三座楼这边还不见一点动静，李天祥着急了，带着三分气来到黄家。把兄弟加亲家登门黄四爷自然是热情招待，只是只字不提儿子的婚事，李天祥这酒也喝不下去，逼着黄四爷把话说清楚。

"天祥兄弟，喝酒喝酒。"黄四爷笑得十分艰难。

"你今个不把话说清楚，我李天祥滴酒不沾。"李天祥站起来瞪大眼睛说："咱俩是一个头磕到地下的拜把子兄弟，跟亲兄弟没啥两样，两个孩子的婚事是咱们俩定下来的吧？都是七尺高的大老爷们，吐口吐沫把地砸个坑，红口白牙说的话咋能不算数哪？"

"不是不是，兄弟，你坐下坐下，有话咱老哥俩坐下慢慢说。"黄四爷把李天祥按在椅子上说："天祥兄弟，老哥哥我……这事……这事你……你叫老哥哥我咋说呢。"

"姓黄的，咋着？你还真的想悔婚是吧？我们家金菊配不上你们家儿子？我们老李家配不上你们老黄家？"李天祥气愤地说。

"天祥兄弟，千万别这样说。我们家炳秋能娶上李家的姑娘，那是他的福气。"黄四爷满脸赔笑说。

"这不就结了"，李天祥端起一杯酒一饮而尽，把酒杯"啪"地往桌上一放说："既然不想悔婚，那就赶紧操办孩子们的婚事呀！你看你，嗯，还坐在这儿跟没事似的，这……叫我怎么说你呀，我的老哥哥，还有半个月呀。"

"这……这事吧，兄弟……这事吧，是这样……兄弟，这个……那个……"黄四爷此时的脸笑得比哭还难看。

这时候，黄炳秋刚好从门外经过，李天祥马上大声喊道："炳秋侄子你过来过来。"

其实，黄炳秋一直担心着自己的婚事，今天听说李天祥来了，这会正在和爹在客厅里喝酒，心里更是害怕，怕爹顾着黄、李两家的世交情面，三杯酒下肚再答应把李金菊给娶回来，要是那样的话，他黄炳秋一辈子在人前也抬不起头来。你想，媳妇还没过门，便给自己弄了一顶实实在在的绿帽子戴上，这事摊到谁头上都受不了。黄炳秋故意从客厅门前经过，就是想来打听一下爹和李天祥是如何商议自己婚事的。

黄炳秋走进客厅。

李天祥对自己未来的女婿十分客气，说："孩子，坐下坐下。"

黄炳秋看了爹一眼，见黄四爷半睐着眼没说话，只好硬着头皮坐下。

李天祥说："炳秋侄子，你说你爹办的这叫什么事呀，嗯？你和我们家金菊的婚事可是你爹亲口答应的吧？换了八字过了贴是吧？红口白牙，上嘴唇一碰下嘴唇话说出来了，总不能说话不算话吧？这儿女的婚姻大事岂能儿戏？"

黄炳秋辩解说："大叔，不是我爹——"

李天祥把眼一瞪说："不是他还能是谁？在你们老黄家啥事不是你爹说了算？今个你们爷俩可都在这儿，咱们把话说清楚了。眼看到你们成亲的日子还有半个月，说说吧，到底咋办。"

黄四爷说："兄弟，别急别急，这件事咱们还得商量着来。"

李天祥桌子一拍"噌"地站起来，说："还有啥可商量的？到时候你们老黄家八抬大轿把我闺女抬进门，我李天祥二话不说，咱们还是好亲戚，你还是我李天祥的好哥哥。如果你们真的要悔婚，哼哼，我李天祥也不是那么好欺负的！"

黄四爷刚想说话，不想黄炳秋也跟着站了起来，脖子一拧说："我爹和我从来就没有悔婚的意思，是……是你们李家的闺女……"

黄四爷大声喝道："炳秋，混账东西你给我住嘴，滚出去！"

黄炳秋站起来大步朝门外走去，刚到门口又回过头来大声说："李大叔，你回家去看看你们家闺女现在是个什么样了，我们老黄家可不想一顶花轿抬来一个大的一个小的！"

黄炳秋的话让李天祥五雷击顶一般呆在了那儿。

状元集的这门亲事老黄家上上下下都满意。

按着儿子黄炳秋和王荷花的生辰八字，黄四爷把厚厚的一本老皇历翻看了半个月，最后选定了吉日良辰——七月十八。黄四爷写好庚帖和喜日子差石米仓送到状元集，亲家二话没说便收下了。

黄四爷高兴的就着狗肉喝了半斤红芋干子老酒。

儿子黄柄秋的喜期一定下来，接着就是紧锣密鼓地着手操办喜事了。老黄家家大业大，儿子的喜事自然要办得风风光光，况且黄四爷就这么一个宝贝儿子嘛。在家里黄四爷虽说是大权独揽说一不二，但一遇上什么大事总是喜欢把一家人都叫在一块说道说道。大媳妇当然高兴，儿子是自己亲生的，当然希望儿子的喜事办得越热闹越好。小媳妇坐在那儿心里有些酸楚，但在黄四爷面前又不敢表现出来，把心酸的笑挤出来堆在脸上，笑得有些生硬、有些艰涩又有些无可奈何。这一点不仅黄四爷看得出来，连大媳妇心里也明白。大媳妇用不屑的眼光斜扫了小媳妇一下，心里说一只不下蛋的母鸡、一头不下崽的母猪有啥脸面坐在这儿掺和我儿子的婚事？这样想着大媳妇便有些趾高气扬了。小媳妇也不傻，眼里也是揉不进沙子的，看着大媳妇那副洋洋得意的表情觉得恶心，老想吐。神气个啥，有啥可神气的？不就是憋得头青蛋肿地下了那么一窝吗？也不自己瞅瞅自己那副熊样，肥得像个肉球，倒在地上打滚都比跑的快。

家有千口，主事一人，该怎么办还是黄四爷说了算，把大媳妇小媳妇两个叫来说道说道那是走走过场，给她们两人个面子，用现在的话说叫民主。

黄炳秋一直没说话，一直坐在那儿傻笑，他心里高兴嘛。

黄炳秋也是个有心计的人，他接受凤城城北李金菊的教训，背着黄四爷曾多次托人到状元集打听过王家姑娘王荷花的情况，回来都说王荷花姑娘长得好看，人品也好，黄炳秋这才放心，就等着佳期一到花烛洞房夜销魂了。

老黄河边上的人家给儿子办喜事是比较隆重的，儿子娶媳妇被称为大喜事，女儿出嫁称为小喜事。无论是大喜事还是小喜事，都来不得半点马虎，尤其像黄四爷这样的人家，最讲面子。讲面子得花钱，最讲面子就得多花钱。黄四爷不怕花钱，只要不怕花钱啥事都好办。

离黄炳秋的婚期还有两个多月，老黄家的人上上下下便开始忙碌起来。

这天夜里，小媳妇看着黄四爷心里高兴，便死缠硬磨地把黄四爷拉到自己房里，两个人钻了被窝之后小媳妇给黄四爷说了一件事，把黄四爷说得心花怒放，心想这娘们有心计，人家是借鸡下蛋，这娘们是要借蛋孵鸡呀。

小媳妇说的事其实也不是啥新鲜事，老黄河边上有这风俗——一门两不绝。

一门两不绝常出现在像黄四爷这样人丁不旺的人家。

一家的男人娶了两个媳妇，其中只有一个生养了男孩子的，等孩子长大以后该成亲了，孩子的生身母亲张罗着给孩子娶媳妇天经地义，而另一个没有生养孩子的媳妇也张罗着给孩子再娶一床媳妇，等儿媳生了孩子，那就各人抱各人的孙子了。

黄四爷啥事不知道啥事不明白？可光顾给儿子操办喜事，把这茬给忘了，小媳妇这一说倒提醒了黄四爷，好主意，黄四爷说："就这么办！但是有一点，炳秋的亲娘有点小心眼，炳秋又是她亲生的，这事得她答应才行。不过你放心，这事我去给她说，都是为了老黄家的子孙后代，她能不答应？"

到七月十八还有十天，就是那天夜里老黄河发了大水。

第 7 章

一个月黑风高的夜里，空旷的野地里突然传过来一声
狗叫，两声狗叫，三声狗叫，无数声狗叫……好像全世界
的狗都叫起来了，这叫声震得地皮发颤

一个月黑风高的夜里，空旷的野地里突然传过来一声狗叫，两声狗叫，三声
狗叫，无数声狗叫……好像全世界的狗都叫起来了，这叫声震得地皮发颤。

"旺，旺旺，旺旺旺……啊噢啊噢，旺旺旺……啊噢噢啊噢噢啊噢噢……"

无数的狗叫声撞击着黑夜，天地间被狗叫声淹没了。

大黑狗的叫声把石米仓从睡梦中拉回来。

一场灾难悄悄地逼近。

黄四爷是被狗叫声惊醒的。

不光黄四爷醒了，黄三座楼的人除了大媳妇之外都醒了，老黄河边上的人也
都醒了。人们听着凶猛激烈的狗叫声，心惊肉跳。

狗们是叫累了吧，一下子齐刷刷地全停了，黄四爷隐隐约约地听到一个奇怪
的声音，一个并不陌生但又一时记不起来在什么时候什么地点听到过的这种声
音，这声音像似来自天上又像似来自地下。

黄四爷披衣下床开门一看院内一片汪洋，这时黄四爷才觉出自己的双脚就站
在水里。噢，黄四爷突然记了起来，耳边又响起一阵"轰轰隆隆"雷鸣般的声
音，那是他很小很小的时候跟着爷爷去河南，在回来的路上经过黄河边，爷爷指
着滚滚的黄河水说："孙子，看见没有，这条黄河呀早先前就是从咱家门口流过
的。"很小很小的黄四爷问："爷爷，那黄河咋又跑到这儿来了呢?"黄四爷的爷

爷说："这条黄河啊原本是天上的一条河，河水也是清清的，里面鱼呀虾呀多得是，河的两岸长满了垂柳，那些鸟呀仙鹤呀啥的整天在树上、在水边叫啊唱啊可快乐了，王母娘娘蟠桃园里的蟠桃树就是用这条河里的水浇灌的。有一天哪，大闹东海打死小白龙的哪吒到河里洗澡，他呀玩疯了，把河水搅浑了，王母娘娘一看很生气，一把把这条天河给推了下来，落在人间就变成了这条黄河。这条河本来是在天上的，如今被推到人间，它不服气呀，于是就整天地吼呀叫呀，在地上滚来滚去，从咱们的家门口就滚到了这儿。乖孙子，你来听听，这黄河是不是在吼叫呀？"很小很小的黄四爷听见了黄河的吼叫，也记住了黄河的吼叫。

今天黄四爷仿佛又听见了黄河的吼叫。

黄四爷惊呆了，难道说黄河又滚回来了？

黄四爷的头一下子蒙了。

黄四爷听到有人在喊老黄河发大水啦，老黄河发大水啦……

这场大水来得快来得急走得也快也急，不到半个月时间，大水全退了下去了。只是老黄河边上的庄稼全给毁了，豆子、棒子、高粱、红芋都被这场大水给碾倒在地里，烂了、沤了。

更叫黄四爷闹心的是这场大水把儿子黄柄秋成亲的日子给耽搁了。

状元集的亲家叫人捎来口信，说家里的房子全都让大水泡倒了。黄四爷在大水退了的第二天便让石米仓赶着大车去了状元集，把亲家一家老小都接到了黄三座楼，单独安排了一处院子让他们住。

黄柄秋知道自己的媳妇王荷花来了，心里特别高兴，便想去看看媳妇到底长什么样。可是黄柄秋不敢去媳妇住的院子，怕黄四爷知道了不答应。

大媳妇把黄柄秋的想法给黄四爷说了，黄四爷眼一瞪说："没出息的东西，想让老黄家把脸都丢尽是吧？"回头训斥大媳妇："你长了个猪脑子呀，没过门的媳妇能是想见就见的？去，给那个不争气的东西说，安心念他的书，敢到处乱跑我打断他的腿。"

大媳妇去说了，黄柄秋再也不敢想去见媳妇了。唉，不见就不见吧，反正早晚有见的时候，爹不是想着早点抱孙子吗？爹心里比我还急。黄柄秋想。

是的，黄四爷心里真的比黄柄秋还急。

黄四爷又搬出了老皇历。

三天之后，黄四爷又选中了一个日子——八月二十六，老皇历上说这一天是太白金星当值，大吉，宜男婚女嫁。

黄炳秋的婚期整整往后推了一个月零八天。

顺从黄沙庵回来，见马子正在地头站着，很着急的样子，他一看见顺便急急忙忙地跑过来说："快，快点拿过来。"顺说："你急啥，又少不了你的。"马子说："你快点拿过来吧。"顺就把马子的工钱给了他。慧圆主持说马子这个人寡廉鲜耻，不许马子再踏进黄沙庵半步，所以马子的工钱都是由顺从黄沙庵给带回来。今天，马子把工钱接过来往怀里一揣，冲顺一笑说："走了，哥们回来给你带二斤老酒一条狗腿。"顺说："拉倒吧你。"顺每回从黄沙庵给马子带来工钱，马子每回都说给顺带二斤老酒一条狗腿，可顺别说老酒狗腿了，顺连个酒气也没闻到过，一根狗毛都没见着过，倒是马子三天两头的老是嘻嘻哈哈死皮赖脸地凑过来喝顺的酒，顺不愿意给马子喝，马子说顺太小气，不吃不喝要钱弄啥？你死了一个子儿也带不走。

顺看着马子兴冲冲远去的背影骂道："真不是个东西！"

马子不是回自己的家马疙瘩庄，马子去叮当集找女人了。

叮当集北头有家小饭馆，卖羊肉汤，只卖羊肉汤。你想，来饭馆吃饭的人都是饿了，饿了光喝碗羊肉汤能吃饱喽？要烙馍，没有，要烧饼，自个买去。所以来小饭馆吃饭的人不多，没有人来生意哪能好了？可小饭馆的老板牛寡妇却不在乎，不来不来拉倒，老娘还落得个清闲呢。你看这牛寡妇，把个头梳得油光光的，后面挽着个朝天纂，脸上涂脂抹粉往门前一站，倚着门框嗑着瓜子，"噗"的一声瓜子皮吐出老远，抛着媚眼和路上过往的男人们打情骂俏。姜太公钓鱼愿者上钩，说不准有哪个该挨刀的骚男人一头钻进来，牛寡妇的生意也就来了。卖羊肉汤能挣几个熊钱，那苏州产的一盒官粉就得几十碗羊肉汤的钱呢。

牛寡妇无儿无女无牵无挂，从十五岁嫁给男人开了苞，便一发不可收拾，骑在男人身上大呼小叫，可就是赶不上好节气，种不上庄稼。就这样过了三年，牛寡妇还是没有怀上，男人却得了个怪病死了。

牛寡妇哭了几声便不哭了。

牛寡妇说这是命，老娘认了。

牛寡妇不再找男人。

牛寡妇说男人都不是个东西，女人咋就生了那么多不是东西的东西？牛寡妇在叮当集北头开了个小饭馆，光卖羊肉汤。羊肉汤也不是谁都卖的，来个老人领着个小孩啥的想喝碗羊肉汤，没有了。牛寡妇一句话就给打发走了。时间一长名声远扬，没有别的想法的男人就不进牛寡妇的小饭馆了。所以，牛寡妇的小饭馆三天两头的也见不着一个人影。

马子来了，马子是没有办法才来到牛寡妇的小饭馆的。叮当集做皮肉生意的女人差不多都让马子找过一遍了，没有办法的时候马子只好吃一回回头草。

"哟呵，马哥哥来了，你可真是稀客呀，饿了想喝口羊肉汤？快进来快进来。"牛寡妇大老远地就给马子打招呼。

"哪个龟孙来喝你的羊肉汤，我吃人！"马子说。

"耶耶耶，看马哥哥你那个熊样，咋像是挨了刀似的？这老天爷十天半月的也不下个雨，老黄河里咋还就真的蹦上个活王八来？"牛寡妇吐着瓜子皮拿一双媚眼斜着马子。

马子过去一把抱住牛寡妇说"别犯骚，快到屋里去，完了事老子还急着赶回去呢？"

"我说马哥哥，咋，急着投胎去呀？"牛寡妇照马子肩上就是一巴掌。

"等会我弄死你个骚娘们。"马子发狠道。

马子一进屋就急不可待地把牛寡妇往床上摁，牛寡妇一边解衣扣，一边说："你咋恁急，想吃奶也得等老娘解开怀嘛。"

马子没功夫给牛寡妇扯闲蛋，马子真的有事，给儿子马天五说媳妇的媒人在家等着哪，马子得回去应酬媒人，能不急？

马子刚想上床，忽听屋门被"嘭"的一声踹开了，冲进来的是马天五。

马子大惊说："你……你咋……你……"

马天五二话没说，过去一把掐住牛寡妇的脖子。

牛寡妇又抓又挠，嘴里还不停地骂："哎哟……哎哟哎……小王八羔子……你……想掐死……掐死老娘……呀……"

马子回过神来，使劲往外推儿子，可怎么也推不动。

牛寡妇挣扎一阵不动了，牛寡妇被马天五掐死了。

马天五瞪了马子一眼，转身跑出去。

黄四爷叫人提着酒菜去了亲家住的院子。

黄四爷是亲自给儿子送喜日子来的。亲家两口子一看黄四爷来了，让座倒水忙得手脚都乱了。黄四爷让人摆上酒菜，和亲家推杯换盏喝起酒来，说到婚期，亲家满脸堆笑地说："亲家，你是俺王家的大恩人，该咋办啥时候办亲家说了算。"

黄四爷心里高兴，一高兴酒喝得就有点多，晃晃悠悠地回到自己住的院子时天都黑了。

有月光的夜很美。

妙贞一个人坐在石凳上望着天上圆圆的月亮没有丝毫倦意。妙贞是在后院舞了一阵双剑之后才回来的，虽然身上出了些汗，但挺舒坦。自从慧圆主持看了妙贞舞的剑之后便不再管她了，她可以随时到后院去练剑，但有一点妙贞始终想不明白，师傅会的武功不少，为啥不愿意教给她。

妙贞在望着月亮出神。

有月光的夜空星星不太亮，挺乱，像一片片散落在地上的芝麻。

很小时候师傅给她讲过嫦娥奔月的故事，妙贞常想，嫦娥真的是一个人住在月宫里吗？那月宫一定很大，比黄沙庵大，嫦娥一个人住在月宫里面没个人说话，只有小白兔跳来蹦去的，天长日久了嫦娥不烦哪？

月宫到底什么样？妙贞很想去看看，陪嫦娥说说话。

看了半天的月亮，妙贞觉得脖子有些酸了，用手在脖子上拍了几下站起来，打算回禅房睡觉。刚走没几步，妙贞朝师傅的住处一看，见师傅的房间里透出些烛光，心想，天都这么晚了，师傅咋还不睡呢？往常，妙贞也多次坐在石凳上看月亮数星星，一直到很晚，回来的时候很少见过师傅房间里有烛光。妙贞觉得好奇，便蹑手蹑脚地朝师傅房间走去。

夜色正浓。

妙贞悄悄走近师傅房间的窗外，听见里面有"哗哗"的水声。

妙贞踮着脚，从一条很细小的缝隙里朝里看。

慧圆主持在洗澡。

慧圆主持从来不去庵里的洗浴室洗澡，觉得不习惯，慧圆主持只在夜深人静的时候端来热水在自己房间里洗澡，一年四季都是这样。

木盆里冒着腾腾的热气，慧圆主持就站在盆里边，身上一丝儿不挂。慧圆主持手里拿着一个长把葫芦瓢，勺着盆里的水从头顶上往下浇，一下，两下……慧圆主持眯着双眼，用手轻轻抚摸着光滑的脑袋和滑润的肌肤，那种神情那种陶醉，让妙贞觉得师傅比在大殿里诵经的时候还专注。

妙贞惊呆了。

对于师傅妙贞是再熟悉不过了，但妙贞从来没有见过师傅一丝不挂的胴体。

一扇永远都是紧闭着的门今天在妙贞面前豁然洞开。

一缕缕雾状的白色气体在屋里飘荡，或聚或散地缠绕着抚摸着那雪白丰满的胴体。慧圆主持眯着眼稍停了片刻，沉醉在被轻柔的热气包裹的惬意中，沉醉在暖洋洋滑腻腻的幻觉中。这种惬意这种幻觉多少年来成了慧圆主持的一种寄托、一种渴求、一种无以言表的享受。

慧圆主持的心是圣洁的，身体是圣洁的，而今天这种圣洁正一览无余地展示在纯洁的小尼妙贞眼前。

妙贞闭上眼睛不敢再看。

妙贞就是在这一刻变成一个少女的，应该说变成了一个成熟的女尼。

如钩的残月在云层中穿行，时隐时现，朦朦胧胧的夜色笼罩着木窗，发出些细微的声音，这声音像来自天际来自那似云似雾的腾腾热气，让睁着眼躺在床上无法入睡的妙贞觉得有些兴奋。

夜色真美。

八月二十六的这天一大早石米仓就来了，黄四爷问："两个孩子呢？"石米仓说："我没让他俩来，啥忙也帮不上，净捣蛋。"黄四爷说："石米仓呀，石米仓，说你是个老实捣锤，你还真是个老实捣锤，你说的是啥话？嗯，这是喜事，喜事你知道不？小孩子多了热闹。去去去，赶紧回去把两个孩子都给我领来。还愣着干啥？快去呀。"

石米仓带着石泥鳅和石牦牛的时候，老黄河南岸茅草集的"响三省"喇叭班吹得正有劲，一个头上扎着通天辫子的小男孩，看样子也就七八岁吧，站在凳子上晃头晃脑地吹着《百鸟朝凤》的曲子，那清脆的鸟鸣声从古铜色的喇叭筒里飞出来，飞到人们的耳朵里，飞到天上，飞得到处都是。

要说这老黄河南岸茅草集"响三省"的喇叭那可是远近闻名，"响三省"的名头不光在老黄河两岸叫得响，就是在这方圆上百里也是响得山崩地裂，不管谁家有个红白喜事，要是能请到茅草集"响三省"的喇叭班子，那可是天大的面子。"响三省"的喇叭以吹《百鸟朝凤》而闻名。据说也不知道那是何年何月的事，有一家财主家里办喜事，请来了茅草集"响三省"的喇叭班。喇叭班里有个二十来岁的小伙子，个头不高，人却十分精神，浓眉大眼白白净净。小伙子吹得十分卖力，先吹了一些《抬花轿》《喜盈门》之类的戏段子，最后才吹《百鸟朝凤》，吹到热闹之处，一下子招引来数百只各种各样的鸟儿，那些鸟儿有的落在树上，有的落在门楼上，有的干脆翅膀一扇落在人的肩头上，和着悠扬的喇叭声百鸟齐鸣。老财主乐得眉毛胡子一把抓，高兴地说："犬子大喜百鸟来贺，这真是大吉大利哟。给'响三省'喇叭班加赏，加赏。"

"好，好!"围在四周的村里人一片喝彩声。

石犊牛早忘了爹在路上交代的话，一头钻进人群里听鸟叫去了。石米仓带着石泥鳅担水劈柴刷锅洗碗忙得满头大汗。

喇叭声声——喜庆。

三眼土炮"通通通"，震得大人小孩两手捂着耳朵。

"喂喂，那是啥破三眼枪，咋光冒火没声呢? 准是枪药受潮了，晒晒就好了。"一个白胡子老头晃着拐棍说。"喊，咋不说你老耳背哟。"有人说。这时候闹得最欢的就是一群孩子了，十几个小孩手拉着手可着嗓子喊：

> 新媳妇，新又新，
> 一对奶子有二斤。
> 新女婿，想尝尝，
> 新媳妇，叫他滚。
> 俺藏着，俺留着，
> 一个喂秀才，
> 一个喂举人。

太阳晌午头上的时候，花轿抬进黄三座楼，一群大姑娘小媳妇叽叽喳喳地围上去，都想早一点看看新媳妇到底长啥样。

此时，黄四爷和大媳妇小媳妇三个已在正房稳坐，就等着儿媳妇拜天地磕头了。

喇叭号筒鼓乐齐鸣，三眼土炮声鞭炮声震得地皮发颤。

黄炳秋和王荷花拜过天地，给黄四爷和大媳妇小媳妇磕了头被送进洞房，一个身上披红戴花的中年女人端着一盏玻璃油灯走进来。

老黄河边上的风俗，新人送进洞房之后，得有大姑姐把长明灯送进来。可是黄四爷就黄炳秋一根独苗，哪有啥大姑姐呀。为这事黄四爷伤透了脑筋，后来还是小媳妇出了个主意，把黄炳秋的姨表姐请来送灯。"姨表姐也是姐呀。"小媳妇说。黄四爷想也只好这样办了，于是点头答应。

黄炳秋的姨表姐端着玻璃油灯一进门嘴里便唱道："一进门黑盈盈，大姑姐来送灯。金灯对银灯，瓦屋对楼厅，十八的姑娘配学生。金灯照得状元路，银灯照得财神明。今年生条龙来年生只凤，子子孙孙满堂红。"

事情也就那么巧，黄四爷是八月二十六娶的儿媳妇，第二年的八月二十六这天就抱上了孙子，把个黄四爷高兴得差点笑到了云彩眼里，吩咐石米仓回了趟河南老家，请来有名的"黑头王"梆子戏班，孙子送周米的时候在庄南坑边的老槐树旁边搭上戏台唱了三天大戏，周围三乡五里的人都涌进了黄三座楼。

台上锣鼓声声帝王将相才子佳人粉墨登场，台下男男女女老老少少人山人海喝彩声不断。

黄四爷看着这场面有些激动，仿佛今天才是他黄四爷活的最快乐的日子。是的，善有善报嘛，一定是佛祖保佑老黄家，送子观音娘娘给黄四爷送来了希望，给老黄家送来了福音。黄四爷想。

添丁进口毕竟是件喜事。喜事就高兴，高兴的事就人人有份。小媳妇也跟着乐，虽然不是亲孙子，但毕竟她也有个当奶奶的份。小媳妇来到儿媳妇王荷花的屋里，看着白白胖胖的小孙子，心里不免有些别样滋味。小媳妇从儿媳妇王荷花手里接过孩子，轻轻地亲吻着孩子红扑扑肉嘟嘟的小脸蛋。不想这时候大媳妇一步走进来，看见小媳妇抱着孙子，便说："哎哎哎！放下放下你快放下，别闪了我亲孙子的腰，你抱过孩子吗？"大媳妇这几句话说得平平淡淡，又故意把亲孙子的"亲"字拉了老长，这几句看似关心孙子的话，让小媳妇觉得大媳妇嘴里吐出来的每一个字都好像是一把把宰羊剥狗的尖刀直刺在心尖上。这话太恶毒了，不就是说你在这儿充啥人哪，你有脸站在这儿吗，你连个鸡毛都没生过你咋会抱孩子？一个没生没养过的女人，也算个女人？不算女人的女人抱人家的孩子人家还不觉得晦气？

小媳妇不知道是怎样放下孩子的，也不知道是怎样回到自己房里的。小媳妇把房里的镜子花瓶什么的砸了个稀巴烂，散落了一地的镜子、花瓶碎片仿佛都变成了一张张咧开的大嘴，在笑，在嘲笑一个不是女人的女人。

小媳妇有些受不了啦，小媳妇要疯啦。

黄四爷只顾在外面高兴，在外面应酬，哪知道大媳妇和小媳妇之间发生的事。

黄四爷在看戏的人群里看到了毕氏，毕氏不断地笑着，笑得很开心很灿烂。黄四爷突然觉得自己年轻了许多，送走最后一拨客人，黄四爷到小媳妇这儿来了，黄四爷也说不清楚为啥到这儿来，只是想来。

门是从里面插上的，黄四爷拍了两下门见里面没有动静，便喊开门，里面仍没有任何动静，这让黄四爷觉得奇怪觉得吃惊。

小媳妇就躺在床上，瞪着两只眼躺在床上，黄四爷的敲门声喊声她都听见了，可她不想动不愿意动。小媳妇恨，恨黄四爷，恨大媳妇，甚至有些恨儿媳妇王荷花，你逼得哪门子能你生啥孩子呀？一句话，这会儿小媳妇恨老黄家所有人。

小媳妇更恨她自己，恨自己没生出一男半女来。假如自己会生会养，大媳妇她敢瞧不起自己？可是自己这肚子……小媳妇想着想着抬手朝自己的肚子上狠狠地捶了一下，你咋这么不争气呀？

黄四爷心里有些生气，一生气就转身走了，回了他的住处。

黄四爷往床上一躺更有气，这小熊娘们胆子越来越大了，竟敢把门从里面插上，听见敲门她敢不开，真是反了天了她。黄四爷心里骂。

迷迷糊糊地黄四爷做梦了，黄四爷这些年只做一个梦。那个老黄河边上的梦，那个芦苇丛里的梦。也是迷迷糊糊中黄四爷觉得有人靠近了床边，也是迷迷糊糊中黄四爷觉得被窝里钻进来一个滚烫光滑的身子。黄四爷没动，黄四爷仍在梦中，在迷迷糊糊的梦中。

小媳妇是睡到半夜才猛地从床上坐起来的。

小媳妇是赤着脚跑出门的，脚被碎镜子片扎着了，在流血，可是小媳妇没觉得疼。

小媳妇进了黄四爷住房时，黄四爷正在梦中，一条薄被子下面微微有些动静。小媳妇知道黄四爷这会儿是一丝不挂的，因为黄四爷喜欢脱得干干净净的睡觉，他给小媳妇说过，穿着衣服睡觉皱皱巴巴拧的人难受，脱光衣服睡觉利利索索觉得舒坦。

小媳妇钻进黄四爷的被窝里黄四爷还是没有动，黄四爷不想动，黄四爷也不敢动，怕一动那个老黄河边上的梦就没有了。

小媳妇也没动，没心思动，小媳妇只是紧紧地抱着黄四爷，抱了半夜。

天明的时候，小媳妇从床上下来，"扑通"一声跪在床边，两眼满含热泪地望着黄四爷。

"大喜的日子你这是弄啥？给我滚起来。"黄四爷指着小媳妇说。

小媳妇没动。

"你……"黄四爷发火了，"你的胆子是越来越大了。"

小媳妇说："当家的你答应过的，我也要给儿子炳秋娶床媳妇。"

"噢，噢噢，为这事呀。"黄四爷明白了，明白昨天晚上小媳妇为什么没有给他开门了，也明白小媳妇为啥跪在他面前泪流满面了，"你起来吧，这事咱商量商量咋办好，炳秋他娘那边我给她提过，她也没说啥，想是会答应的吧。起来起来，说说你打算咋办。"

小媳妇站起来擦干眼泪说："我都想好了，龙王庙俺姨表妹家姓尤，有个女儿叫凤枝，今年十七岁了，人长得也体面，我想自己去提这门亲事，把凤枝娶过来当我的儿媳妇，你说行不？"

黄四爷看了小媳妇一眼，心里说这个熊娘们肚子里花花肠子还真多。给儿子炳秋再娶个媳妇是好事，娶来的媳妇总得生下个一男半女的，那不也是老黄家的骨血？黄四爷打心里愿意。让黄四爷想不到的是小媳妇会有这样的精心安排，而且眼光也远。儿子炳秋毕竟不是她生的，她只是个二娘的名分，随便再娶一床儿媳妇能和她一条心吗？那边毕竟还有炳秋的亲娘，那才是真正的婆婆，就大媳妇那小心眼，能不会暗地里说三道四？"人难经千言，树不用百斧"，时间一长怕是也不会和她一条心的。嘿，要不咋说小媳妇眼光远呢，这些她都想到了，把自己姨表妹的女儿娶过来，大媳妇就插不上手，人家是亲戚，姨娘变婆婆，咋会有二心呢？将来有了孩子那就跟亲孙子一样。还有一点让黄四爷满意，小媳妇的姨表妹所在的那个庄名好——龙王庙。头一床儿媳妇是状元集的，再娶一床儿媳妇是龙王庙的，乖乖，都有灵气。黄四爷信这个。

"那好，等忙过去这几天去你姨表妹那儿看看吧。"黄四爷说。

小媳妇见黄四爷答应了，破涕为笑说："我想天一亮就去。"

黄四爷又看了小媳妇一眼，说："想去你就去吧，不过有一句话我得给你说清楚喽，你那个姨表妹家的女儿到底啥样你得给我摸清楚了，人长得咱不求像个天仙女似的，但是人品得好。这是为了老黄家，也是为了你。"

第 8 章

妙贞是从看见师傅洗澡那天开始变的，变成了一个小女人。虽说是出家当了尼姑，但尼姑也是人，是有血有肉有七情六欲只是落发成了光脑壳的女人

妙贞虽然是个女尼，但毕竟是个只有十来岁的孩子，有着一颗天真烂漫的心，这颗心是纯净的、无邪的、单纯的，有时还带着一个十来岁孩子所特有的那种天真和顽皮。虽然有师傅的严厉管教，用佛门的清规戒律约束着她，但妙贞一避开师傅的眼便显现出孩子贪玩调皮甚至还有些肆无忌惮的天性来。有时妙贞会顶着个光亮亮的脑袋满院子跑着追逐雨后的蜻蜓和在树上发出清脆叫声的小鸟。有一回妙贞悄悄爬到后院那棵柳树上掏鸟蛋，结果掏出两只刚孵出来的小鸟。妙贞非常高兴，扯下几条柳枝编了一个小笼子，把小鸟装在里面藏起来，笼子里还给它们放了一大块面饼子。谁知第二天一看，两只小鸟都死了，紧紧地偎依在一起死的。妙贞捧着死去的小鸟伤心地流了许多泪，她怕师傅知道了会责怪她，便偷偷地跑到后院挖个小坑，把两只小鸟埋上了。

妙贞到底是个孩子，爱玩是孩子的天性，有时候玩的让人觉得有些出格，尤其是作为佛门中人的妙贞。夏天雨多，雨前的地上总有许多蚂蚁在忙忙碌碌地爬来爬去，妙贞见了就端来一碗热水，一点一点地往蚂蚁身上浇，一边浇着一边笑着说："我叫你爬叫你爬。"慧圆主持刚好从旁边路过，立即叫住妙贞，看着地上那些被热水烫死的蚂蚁，慧圆主持合掌当胸连声说："阿弥陀佛，罪过罪过呀。"妙贞知道自己做错了事，低着头站在那儿等着挨师傅的训。慧圆主持没有大声责怪妙贞，而是走过来对妙贞说："出家人应以慈悲为怀，扫地不伤蝼蚁命，爱护

飞蛾纱罩灯，小小的蚂蚁也是有灵性的，你把热水浇在它们身上，伤了它们的性命，这不是出家人所为之事呀。"

妙贞眼里含着泪，似懂非懂地点点头。

慧圆主持替妙贞擦去眼泪说："你回禅房去吧。"

庵里的女尼们都知道妙贞是慧圆主持从小在庵门外捡来的，为了养育这个弃婴，慧圆主持费尽了心血。女尼们都知道慧圆主持十分地宠爱妙贞，对于妙贞所做的一些事，除了大执事妙安偶尔说道几句之外，没人再说什么。

如今，庵内的女尼们不见了妙贞那又蹦又跳的身影，更听不见妙贞那欢快的清脆的银铃般的笑声。

是的，妙贞变了。

妙贞是从看见师傅洗澡那天开始变的，变成了一个小女人。虽说是出家当了尼姑，但尼姑也是人，是有血有肉有七情六欲只是落发成了光脑壳的女人。

东方天际刚泛出些鱼肚白色，黄三座楼还沉睡在梦中，小媳妇便起来了。

小媳妇心里高兴，睡不着。起来之后，小媳妇洗脸梳头，脸上还铺了些粉，扯一小片红纸含在嘴里，把两片嘴唇染成了淡红色，望着镜中自己的俏模样，小媳妇笑了，笑得开心笑得自信。而这种开心是黄炳秋给她带来的，也可以说是姨表妹的女儿尤凤枝给她带来的。小媳妇来来回回地跑了几趟龙王庙，终于说的姨表妹点了头，答应把女儿尤凤枝嫁给黄炳秋，当姨表姐的儿媳妇。

事情办成了黄四爷当然高兴，儿子黄炳秋再娶一床媳妇能再生下个一男两女的，老黄家人丁不就旺起来了吗？

黄炳秋心里也乐意，夜深人静趁孩子睡熟的时候，黄炳秋把王荷花搂在怀里告诉她这件事，说是二娘的主意。王荷花听了一笑说："那你就听二娘的呗。"黄炳秋没想到王荷花这么开通这么爽快地就答应了。王荷花把头埋在黄柄秋的胸前说："等二娘把尤凤枝给你娶过来以后，你就少朝俺这儿跑点，尤凤枝姑娘年纪小，又是刚过门，你可不能慢待了人家。"黄炳秋问："那你哪？"王荷花说："俺这儿你放心，有儿子陪着呢。"

在整个黄三座楼里，最忙也最得意的就是小媳妇，因为没有生养，平时在大媳妇面前觉得有些抬不起头，如今这种感觉没有了。咋着，没生没养又咋着？没生没养照样抱孙子。倒是大媳妇，每天看着小媳妇打扮得花枝招展的喜笑颜开的样子，再低头看看自己比水桶还粗了许多的腰身，反而觉得是相形见绌了。大媳妇其实也不是那种刁蛮耍横的女人，就是心眼小些。自从生了黄炳秋之后落下了一个怪毛病——爱吃。看见好的东西吃不到嘴里难受，吃不饱更难受，所以整个身子从上到下吹了气似的长，肥得真像小媳妇说的那样，躺在地上打滚比跑的还快。大媳妇也恨过自己，恨自己管不住自己的那张嘴，可恨有啥用？一看见好吃的啥都忘了个一干二净，只剩一个字——"吃"。她也知道小媳妇甚至黄四爷都瞧不起她，瞧不起就瞧不起吧，只要嘴不受亏就行。

黄四爷把小媳妇打算用一门两不绝的办法再给儿子黄炳秋娶一床媳妇的事跟大媳妇说的时候，大媳妇连想都没想便答应了，一来她知道黄四爷的心情，总盼着老黄家孙男弟女的多起来；再一个大媳妇心里面放得踏实，儿子黄炳秋是自己生的，我才是炳秋的亲娘，你就是给他娶八床媳妇，儿子也还是我的，谁还能争了去？黄四爷没料到三言两语大媳妇就痛快地点了头，这让黄四爷心里也高兴，打算在大媳妇房里多坐一会说说话，怎么说也是多少年的结发夫妻了。

再好的心情有时也容易被破坏掉。

"噗，噗噗噗……"大媳妇不合时宜地放了一连串的屁，很响很亮又很臭。一串屁放完之后，大媳妇好像很舒坦的样子。黄四爷眉头一皱起身走了。大媳妇有些沮丧，当家的好不容易来屋里坐一会，咋就……想到放屁，大媳妇又忍不住了，"噗噗，噗噗，噗噗噗……"又放了一串，这一串更长更臭，臭的大媳妇自己也不得不捂上鼻子憋一阵气。

自从姨表妹答应了亲事之后，小媳妇就忙开了，忙得前脚跟不上后脚，算命、过启换贴、挑喜日子，哪一样小媳妇不操心？今天是送喜期的日子，按理说黄四爷差个人去也就行了，小媳妇不干，非要自己亲自去。黄四爷顺水推舟，"行，你去就你去吧。"

送喜日子也少不了要带些礼物的，准备的什么整猪整羊呀，什么衣料呀，头天晚上就装上了车，小媳妇坐的马车也套好了。按小媳妇的想法，跳上马车"得……驾……"马上直奔龙王庙，可是不能走，写好的喜帖还在黄四爷那儿，小媳妇这才推开了黄四爷的门。

黄四爷早就起来了，坐在灯下看书。

小媳妇轻手轻脚地进来，见黄四爷捧着书没动，小媳妇站在旁边也就不敢动。这是黄四爷在家中立下的规矩，在他看书的时候，天大的事也不能惊动他。

"都准备好了？"黄四爷问。

小媳妇忙说："好了好了，就等着拿喜帖了。"

"在那边桌子上，拿去吧。"黄四爷的目光仍没离开书本。

"哎，哎。"小媳妇忙从桌子上拿起喜帖说："那……那我去了。"

"嗯，去吧。"黄四爷仍没抬头。

小媳妇小心翼翼地走出黄四爷的书房，马上一蹦老高地来到马车边，朝赶车的石米仓喊："快，快呀！我说你个石米仓，你咋跟死了半截似的？磨磨蹭蹭的能把人急死。"

"二奶奶，误不了事。"石米仓笑着说。

"啥误了误不了的？别磨蹭了，快点走。"小媳妇拍着马车说。

妙贞今天起得特别早，也没去练剑，而是早早地来到师傅门前，她想看看师傅起床了没有，因为她知道，师傅洗澡时间长肯定起不来。等妙贞来到师傅门前一看吃了一惊，师傅屋里亮着灯，从门缝里看，师傅正坐下灯下读经卷。

"是妙贞吗？进来，门开着哪。"慧圆主持的声音。

"哎，哎哎。"忙乱中的妙贞答应着，推门走进来。

慧圆主持回过头来问："妙贞，天还没亮，起这么早干什么？是不是又去练剑了？"

"我……师傅……我睡不着。"妙贞支吾着，两眼却朝师傅洗澡地方看，见一只很大的木盆在墙角放着，根本没有妙贞想看见的那似云似雾的腾腾热气。

"妙贞，你在找什么？"慧圆主持问。

"师傅，我……没找……没找什么。"妙贞低声说。两只眼睛却不住地往木盆那儿看。

望着妙贞奇怪的表情，看看在墙角放着的木盆，慧圆主持不由地吸了一口凉气。

慧圆主持马上平静下来说："你去准备早课吧。"

夜深的时候，妙贞又悄然来到师傅的房门外，见里面一片漆黑，失望地叹口气走了。一直站在门里面的慧圆主持暗暗地点点头，口中连说："罪过罪过。"

夜深沉，静谧。

小媳妇坐着马车回来的时候太阳已经偏西南了。小媳妇的脸放着红光，一来她陪表妹多喝了两杯酒，二来表妹接下喜帖，答应按喜帖上的日子打发女儿出嫁。小媳妇心里高兴都挂在脸上，显得更精神更神气。

小媳妇心情好，把个赶车的石米仓指使的找不着东西南北。去龙王庙的时候小媳妇一个劲地催，说："石米仓你会不会赶车呀，能不能再快一点呀，急死人啦！"石米仓没办法，只好高高举起手中的鞭子，带着红缨的鞭子在空中划了一个弧，"叭"的发出一声脆响。石米仓手中的鞭子没有落在马身上，他舍不得打那匹已是汗流浃背的枣红马。小媳妇可不管这些，照着马屁股"嘭嘭"踹了两脚，嘴里还一个劲地说："四蹄子货，用点劲走快点呀。"在龙王庙吃完饭，小媳妇把碗一推嘴一抹回头喊："石米仓，套车套车，快走快走，回黄三座楼。你咋啦？慢慢腾腾的，是不是吃得太多撑得走不动了？"

马车刚进黄家大门，小媳妇便从车上跳下来，本打算先回房里洗把脸的，走了两步又折回来，算了算了，还是先去把好消息告诉老头子吧。

黄四爷没在家，去了老黄河边上的土屋。

刚吃过早饭的时候，石牤牛心急火燎地跑来喊黄四爷，上气不接下气地说哥哥石泥鳅在老黄河里摸鱼摸到了一个很大很大的老龟，光那老龟的盖子就有簸箕那么大，一个人搬不动它，是他和哥哥石泥鳅两个人抬上来的。

黄四爷从小生长在老黄河边上，听老人们说过王八能活一千年乌龟能活一万年，还听说过老黄河里边就有一只上万年的老乌龟，是老黄河的保护神。可那都是听说的，谁见过？就是给黄四爷讲这话的黄四爷的爷爷也是不住地摇头说没见过没见过，说他也是听爷爷说的。

黄四爷跟着石牤牛来到土屋，果然看见地上趴着一个很大的老龟，石泥鳅手里拿着长长的芦苇秆子，不停地在老龟身上头上敲敲点点地逗老龟，那只老龟仿佛睡着了一般，无论石泥鳅怎样敲击它，总是趴着一动不动。

黄四爷围着老龟转了一圈，见老龟暗黄色的龟壳上均匀地分布着数块菱形的龟纹。

黄四爷心里暗暗吃惊，脑子里猛然想起《尚书》中《洪范》一文里有关神龟的记载：相传大禹治水的时候历尽千辛万苦，三过家门而不入，可还是治不了水患，茫茫大地仍然是一片汪洋，天下众生苦于水患民不聊生。有一天大禹立于洛水岸边思考着治理水患的办法，忽见水中浮出一只硕大的神龟，背驮"洛书"献给大禹。大禹受到"洛书"的启发，依照金、木、水、火、土五行相生相克的理法和天地万物生存死亡之数治水成功，并分天下为九州，治定"九章大法"，华夏九州才开始以农立国，风调雨顺五谷丰登。

最让黄四爷吃惊的是老龟那两只眼睛，放射出深邃的绿光，阴森森的，仿佛也在打量着黄四爷，正企图看穿黄四爷，这让黄四爷心头一颤，觉得头皮一紧，身上起了一层鸡皮疙瘩。

这是只神龟呀，黄四爷想说不准传说中老黄河里上万年的老龟就是它。

石泥鳅拿着芦苇秆子又去捅老龟。

"别动它！"黄四爷大声吼道："那是神龟，动不得。"

石泥鳅吓得赶紧躲在一边再也不敢动了。

黄四爷又弓着身子把老龟仔细地看了一看，见老龟把头缩进壳里面，两只眼睛也闭上了。老龟八成是累了吧？如果这只老龟真是老黄河的保护神，它出来干什么？自从儿子炳秋成亲那年老黄河发了一次水，这些年一直风平浪静风调雨顺的。听老人们说老龟趴在老黄河底下轻易是不肯出来的，老龟一旦出来准会有事，有大事。这样想着黄四爷又害怕起来，他有些后悔，后悔不该来。这两个孩子也是，逮着这么大的一只老龟应该把它再放回老黄河里去，咋敢把它弄回家里来呢？这可是亵渎神灵呀。转念又一想，也没法子怪他们，石泥鳅和石牤牛不还是个孩子吗，孩子哪能想那么多哟。

老龟的出现是福是祸黄四爷拿捏不准，着实作难了。不是黄四爷胆小，是黄四爷这些年经历的事太多了，太多的事太多的意想不到让黄四爷变得谨慎小心，一谨慎小心就显得胆小。

"哎，还是把它抬着送回老黄河里去吧。"黄四爷自语道。

石泥鳅突然冲过来说："不，不能把它送回老黄河，我要拿它卖钱，卖了钱给我爹治病，我爹腰疼，疼得半夜都睡不着觉。"

黄四爷听了石泥鳅的话心里一惊，转脸看了石泥鳅一眼。要是在平时，说一不二的黄四爷被一个孩子顶撞肯定会大发雷霆的，可今天黄四爷没有发火，他知道石泥鳅说的话是真的。黄四爷突然想起有一天早上，石米仓扛着半袋马料去马棚，半袋马料也就几十斤，石米仓牛高马大的个子，别说是扛半袋，就是扛个三袋两袋的也不在话下。可那天不知为啥，石米仓突然一下子摔倒在地上，半天才爬起来，黄四爷忙过来问怎么了，石米仓一笑说没啥没啥，脚下一滑咋就摔倒了呢？黄四爷看见石米仓脸上流下豆大的汗珠，脚下的地是平平坦坦的没泥没水，那么大一个人走着走着就能摔倒，真是。这个石米仓呀！黄四爷心里说。

黄四爷没怪石泥鳅，他才是个不到十岁的孩子。

望着老龟出神的黄四爷突然对石牤牛说："你去，快去黄沙庵把慧圆主持请来，就说我让请她来的，快去。"石牤牛答应着刚想转身，又被黄四爷叫住牤牛："你回来回来，还是让你哥去，他比你跑得快。泥鳅，你去，叫慧圆主持快些来。"

石泥鳅看一眼黄四爷又看一眼地上的老龟，转身飞跑而去。

第 9 章

看山不是山，看水不是水。涉世渐深，发现这个尘世一片混沌，黑白颠倒，是非混淆，看山感慨，望水叹息。这就说明你开始对佛法有了更进一步的理解

老龟趴在地上一动不动。

黄四爷抬头看看天，觉得太阳今天走得很慢，刚过了头顶。

慧圆主持带着妙安、妙贞来了。

慧圆主持原本没想叫妙贞来的，妙贞正在禅房里练字。不知为什么，跟着石泥鳅刚走出庵门的慧圆主持突然觉得应该让妙贞跟着，便让妙安回去叫来妙贞。

慧圆主持向黄四爷作个揖，念道"阿弥陀佛"："黄老施主一向可好？"

"好好，多谢慧圆大师承问。"黄四爷看见慧圆主持身后的妙安，心里觉得有些不快，马上想到那个被砍成肉酱的人头。

"妙安、妙贞快见过黄老施主。"慧圆主持说。

妙安、妙贞口称"阿弥陀佛"朝黄四爷揖首。

黄四爷看见妙贞心里又是一喜。黄四爷就是喜欢妙贞，总觉得眼前这个眉清目秀的女尼和老黄家有缘。黄四爷曾经有过一个大胆的念头，想劝慧圆主持让妙贞还俗，嫁给儿子黄炳秋。妙贞没当成老黄家的闺女，做儿媳妇总可以吧？念头归念头，黄四爷一直埋在心里，跟任何人都没说过，更没向慧圆主持透过，黄四爷心里清楚，说了也白说，慧圆主持不会答应的。

慧圆主持站在老龟旁边，目不转睛地看着老龟，像是要从老龟身上读出些什么。

"慧圆大师，你一定听说过黄龙派神龟镇守老黄河的传说吧？"

慧圆大师点点头说："老尼略有耳闻，听过神龟镇守老黄河保佑这一方平安的传说。"

"这只老龟不待在水里，今天突然现身，不知是吉是凶啊？"黄四爷像是在问慧圆大师又像是在问自己。

慧圆主持拂尘一摆"阿弥陀佛"："黄老施主，老龟乃长寿之物，像这样大的龟看来也有千年之上了，更是神物。神龟现身，当为吉祥之兆呀。"

"依大师看，这老龟该怎么处置呢？"黄四爷问。

慧圆主持说："老龟是镇守老黄河的神龟，理应再回到老黄河里去。"

"对，对对，把它再送回老黄河里去。"黄四爷赞同地说。

石泥鳅一直站在一旁仔细地听着，当黄四爷说要把老龟再送回老黄河里去的时候，石泥鳅突然朝黄四爷面前一跪说："黄爷爷，求求你别把这老龟送走了，我想把它拿到城里卖了给我爹治腰疼病。"

石牤牛也跪在地上。

黄四爷过去拉起石泥鳅兄弟说："孩子，快起来起来，刚才大师说了，这只老龟是神龟，是保佑咱这老黄河两岸百姓平安的神龟，哪能卖了呢。泥鳅、牤牛你两个别担心，你爹的腰疼病黄爷爷出钱给他治。"

"真的？"石泥鳅问。

黄四爷点点头。

"哎，你看你看，老龟要跑了。"石牤牛喊。

老龟缓慢地朝着老黄河的方向爬去。

黄四爷回到家的时候，小媳妇正在急得团团转，她一看见黄四爷进来，便急急忙忙地迎上去，满脸地堆着笑，像个孩子似的一股风地跑到黄四爷跟前，用手绢上上下下地替黄四爷拍打着身上的尘土，笑嘻嘻地说："老头子，老头子，姨表妹把喜日子收下了。"

小媳妇只顾高兴，没有多看黄四爷的脸色，话说完之后见黄四爷没有吱声，才抬眼看黄四爷，只见黄四爷一脸的不悦，眉头紧锁。小媳妇马上觉得自己有些失态，忙把手绢收起来，小心翼翼地说："当家的，俺表妹把炳秋的喜日子收下了。"

黄四爷脸上没表现出什么喜色来，只是淡淡地说了声："噢，收下了，知道了。"转身朝自己的书房走去，留下小媳妇一个人呆呆地站在那儿。小媳妇有些失望，望着黄四爷的背影，觉得老想哭。

说真的，对于给儿子黄炳秋再娶一房媳妇，黄四爷没有像儿子娶第一床媳妇时那样高兴，倒不是因为是小媳妇张罗的这门亲事，而是高兴不起来。不光高兴不起来，心里还有些怕，怕再娶来的小儿媳妇还像自己的小媳妇那样一辈子不生不养，老黄家不是几世单传了吗？黄四爷信命，不信不行呀，事情都在那儿明明摆着哪。就说黄四爷自己吧，兄弟四个，牛犊子一样，一个比一个壮实。按老黄河边上人的话说，四条顶天立地的汉子那是四条龙啊。再加上老黄家家大业大，又有这四条龙撑门户，在这老黄河两岸谁还能比得了？俗话说人的命天注定，四条龙又咋样四条虫又咋样？老天爷说你是你就是，说你不是你什么都不是，老黄家生龙活虎的四条汉子眨眼之间埋到黄土里三个，这不是命是啥？你不信行吗？

给黄炳秋操办娶二房媳妇的事，小媳妇最卖力，跑前跑后的张罗着忙着，黄四爷呢也乐得个省心清闲，小媳妇说这件事该这样那样办。黄四爷说行行，就这样办。小媳妇说那件事该那样那样办。黄四爷说中，就那样办。一句话，这会儿小媳妇说什么是什么，黄四爷决不说一个不字，因为黄四爷体谅小媳妇的一片苦心。自从进了老黄家的门，小媳妇觉得从来没有像现在这样风光过，黄四爷也从来没有像现在这样依从过她。小媳妇想着不久就要抱上孙子的情景，梦里笑醒过好几回。

不管咋说，黄炳秋再娶一房媳妇这也是老黄家的大喜事，办得比头一次还热闹，两班喇叭对着吹，两台大戏对着唱，一唱就是三天。亲朋好友来得太多，黄家的院子里酒席桌子都放不下了，只好在大门外临时搭起两排大棚，也赶上那天天气晴朗、风和日丽，所以那些来贺喜的人一个个都坐在那儿从从容容地大口吃肉大碗喝酒，说笑声划拳声震得老黄河里的水直晃荡。

看着儿子成亲这热热闹闹的场面，黄四爷脸上虽然显得很平静，可心里高兴。儿子黄炳秋的这个二房媳妇尤凤枝人长得白白净净水灵灵的，十分贤惠，过了门之后对黄四爷和两个婆婆非常孝敬，更让黄四爷高兴的是尤凤枝过门第二年也给老黄家生了一个白白胖胖的大胖小子。

黄四爷得了第二个孙子的当天，让人抬着供品带着大媳妇、小媳妇、儿子黄炳秋和儿媳王荷花来到黄沙庵焚香磕头，黄四爷用抖动的双手朝送子观音面前的功德箱里投了一百块大洋的银票。

"佛祖保佑老黄家。"黄四爷说。

"善有善报。"慧圆主持说。

黄四爷每月的初一、十五又到黄沙庵来烧香磕头了。

马天五在叮当集掐死牛寡妇没敢回家就跑了。

马子出了牛寡妇的羊肉汤馆抄小路一溜烟似的回到黄沙庵香火地的土屋里蒙头就睡，这一睡就是三天。顺以为马子病了，来叫过马子一回，说叫马子过来喝酒，不想马子却大声吼道："你他娘的滚，老子不喝！"

顺朝小屋白了一眼骂："我日你八辈子祖宗，不知好歹的东西，睡死你个狗日的。"

这三天马子一刻也没睡着，他合不上眼，外面一有动静马子就心惊肉跳，老觉着有人来抓他，把他绑到西门外的杀人场，刀斧手鬼头刀一举"咔嚓"，血淋淋的脑袋"咕咕噜噜"地滚出丈把远。

第四天的时候马子的女人哭着找马子来了。

女人说："三天前儿子说去叮当集买菜，半天也不见回来，媒人一生气走了。这都过了几天了，还不见儿子的影子，儿子到底能去哪儿呀？"

马子瞪着血红的眼睛说："我……我哪儿知道？滚，你他娘的给老子滚！"

女人吓得一哆嗦。

女人是第一次到马子这儿来，女人平日不敢来，其实女人也不愿意来。女人被马子打怕了，无论马子手里拿着什么，女人都觉得是那根长长的柳条鞭子。

女人是哭着走的。

一晃十多天过去，没有人来找马子，又过了一个多月还是没有人来找马子。

马子放松了一些，但仍不放心，便抽空又去了趟叮当集，一打听才听集上的人说牛寡妇死了，叫人掐死了。还说"你知道牛寡妇为啥叫人掐死不？""不知道呀。""我给你说吧，那天呀天还没亮，不知道是哪里来了个野男人腰里没钱，趴在牛寡妇身上大呼小叫地捣腾半天不给钱，牛寡妇能干？就吵就骂就打，一个娘们能打过那野男人？就给摁在床上活生生地掐死了。死了就死了吧，这种骚娘们死了活该，省得活着丢叮当集人的脸。可惜哟，细皮嫩肉的牛寡妇连口白苤子棺材也没混上，一领破苇子箔卷了，上面露着头下面露着脚就给抬到地里埋了。"

是的，那年头别说死一个像牛寡妇这样名声狼藉的女人，就是多死几个也没啥，到处乱哄哄的，整日坐在那儿提心吊胆的县太爷哪有闲心管这些狗男浪女的风流韵事？

马子听完眼一瞪咽了一口口水，心想你他娘的真会胡诌八扯，谁他娘的是野男人，谁他娘的大呼小叫地在那娘们身上捣腾半天了？老子还他娘的没粘着那浪娘们的身子呢。说老子没钱，哪个王八蛋那天身上没装着钱？半年的工钱，白花

花的大洋就揣在老子怀里呀。马子觉得有点冤，冤就冤点吧，好在马子悬了那么
长时间的心总算放下了。真是虚惊一场呀。

儿子死不见尸活不见人，马子的女人哭天抹地，叫天天不应叫地地不灵，两
只眼睛都要哭瞎了，后来不声不响地躺在床上像个死人，几个好心的邻居让人去
叫马子，马子磨蹭了几天才回来。看看女人快不行了，邻居就七嘴八舌地埋怨马
子。马子说："儿子不见了我也着急，到处找儿子。"一听说儿子，躺在床上的女
人突然来了精神，一骨碌从床上爬起来，伸手抓住马子的手说："儿子，儿子，
天五我的儿子你去哪儿了，你咋才回来呀，儿子你吓死娘了。儿子，儿子，儿子
哎……"这回马子没发火，而是轻轻推开女人的手，"唉"了一声蹲在地上。

一晃三年过去了，马子仍帮着黄沙庵种香火地，偶尔去找一回女人也没再去
过叮当集。

这年冬天的雪来得早，下得大。
刚一进腊月，天上便飘起鹅毛大雪，"日呜日呜"的西北风把雪花磨成了一
把把小尖刀，扔在人脸上火辣辣地疼。
马子一大早起来，煮了几块红芋，就着咸菜喝了四两酒，身上热乎起来，把
老棉裤朝下一扒拉，从门缝往外撒了一泡尿，回头从枕头底下拿些钱揣在怀里，
刚一开门被一股冷风给撞了回来。"乖乖，这风咋跟他娘的刀子似的？"马子自语
道。刀子就刀子吧，等到了八王集把黑女人往床上一扔，你这刀子似的风还能跟
着钻进被窝里去？马子想。
马子把身上的衣服裹了裹，黑布腰带扎紧了，再次把门打开，见外面漫天大
雪飞舞，到处白茫茫一片。"这狗日的雪，下恁大？"马子把门关好，一转脸看见
一只野兔子"滋溜"一声钻进秫秸垛里，马子这下来了精神，这是老天爷送来的
下酒菜呀。马子轻轻来到秫秸垛旁边，弯腰听了听里面没动静，便用手轻轻搬开
一捆秫秸，还是不见野兔的影子。马子一连搬开七八捆秫秸，那只野兔藏不住
了，"噌"地钻出来躲进倒在地上的一捆秫秸下面。这回马子看准了，猛地扑过
去，用身子死死地压住那捆秫秸，听见身下传来野兔子"叽咕叽咕"的叫声。马
子压了一阵用手朝秫秸捆下面摸去，这回马子乐了，抓住了野兔子的一条腿。马
子慢慢地欠起身子抓住野兔的腿猛地往外一扯，野兔"吱吱叽叽"地叫着被提溜
起来。这只野兔又肥又大，足有四五斤重，被马子压的连挣扎的力气也没有了，

只是眨巴着眼头朝下蹬跶了几下。

马子提着野兔进屋，找根绳子绑上往地上一丢，又出来把秫秸堆在一块，等马子回到屋里时，野兔子已经缓过劲来了，拼命地挣扎。马子一笑说："你狗日的还能挣跑喽？你跑喽老子拿啥下酒呀。"

看着地上挣扎的野兔马子不想去八王集了，好不容易逮着的这只野兔子不能便宜黑女人那个骚娘们，睡她一回给她一回钱，少一个子都不行，凭啥再搭只野兔子进去？那骚窟窿窿没有个填满的时候。回家，家里不是也有女人吗？马子吃惊了，为自己的这个想法吃惊。自从洞房夜的第二天马子无奈地从女人身上滑下来以后，马子对自己的女人连个念头也没产生过，更别说爬上身子了。往日，马子一想到自己的女人，那个在别的女人身上横冲直撞的东西立马就不争气了，像根放了半个月的老黄瓜，又像只受了惊吓的乌龟，把个头深深地缩进龟壳里，用鞭子都抽不出来。今天怪了，马子想到了自己的女人，想到了二月二洞房夜女人的叫声，想到女人白白的身子和拼命左右摇晃的脑袋。

马子拿着野兔子又顺手提上一坛老酒关上门，冒着呼啸的北风和飞舞的雪花踏上回家的路，脚踩在厚厚的积雪上发出"咯咯吱吱"的声响，这声响马子觉得好像是二十多年前洞房夜女人的叫声，这地上厚厚的积雪就像女人的身子。

大殿里木鱼声声，诵经声悠悠扬扬，从天上飘落下来的雪花仿佛就是奔这声音来的，缓缓落下，悄无声息，雪花们是怕一不小心打断了女尼们的诵经声。

佛殿内烛光摇曳，香烟缭绕，宛如另一番福地洞天。

慧圆主持和众尼盘腿打坐，缕缕轻烟在女尼们身边飘荡，隐隐沁入了女尼们的鼻孔，女尼们觉出了一丝香喷喷的暖意。

诵完经，慧圆主持手中拂尘往前一摆，佛殿内众女尼立刻安静下来，静得能听见那两根红烛头上火苗的跳动声。

慧圆主持手捧《金刚经》念道："若以色见我，以音声求我，是人行邪道，不能见如来……"

慧圆主持顿了一下说："你们可明白这段经文的意思？"

妙安说："请师傅赐教。"

慧圆主持说："这段经文告诫人们，尤其是佛门中人，声色皆有相，有形有相皆为魔。如果一个人用色相来引诱我，低声下气地来求我，那这个人一定是起意不良，有违佛经所说的戒色之律，陷入可耻的旁门左道，这样的人哪怕他修行了一千年，也不可以见到如来真佛的。"

妙贞瞪着一双大眼看着师傅，心里老是想着师傅洗澡时的样子。

妙安闭着眼听着，脸上觉得有些发热，她觉得师傅这段话好像是专门说给她听的，不由得心里"怦怦"直跳。

妙安虽说削发为尼遁入空门二十多年了，但有时还眷恋起尘世间的一些孽缘之事，时常想起和吴歪头在一起的那些快活日子。妙安想，如果吴歪头没有那场飞来横祸也就不会死，吴歪头不死她也不会嫁给柴老大，不嫁给柴老大女儿吴豆花也不会被糟蹋，更不会悬梁自尽。虽说事情过去那么些年，一想起柴老大妙安还是恨得牙根疼。

妙安身为黄沙庵的大执事，平时也没多少事可做，只是诵诵经拜拜佛，安顿些庵内的琐事，出庵门的时候很少。青灯独伴长夜孤寂，妙安有时还会想起些当年情景，便无端地有了些个急躁，有了些个莫名的想法。虽然妙安也曾多次默默地告诫过自己，身为佛门弟子，理应断绝一切尘缘俗念，跳出三界远离五行，不可带有任何非分之念立于佛祖面前，佛的慧眼会看透一切的。这样一想，有些浮躁的妙安渐渐平静下来。

一个极偶然的机会，妙安被慧圆主持安排去茅草集买东西，回来的时候太阳快要落下去了，妙安走得又累又热，便来到一棵大树下歇息。刚一坐下，妙安便听到大树旁边的荒草丛中传来一阵男女的嬉笑，接着便是高一声低一声既陌生又熟悉的声音了。急促的喘息、细细的呻吟，就像一首无字歌，这歌声好像又把妙安送回了吴歪头的豆腐坊。

妙安跌跌撞撞地回到黄沙庵的时候有些气喘吁吁，额头上不停地往下淌汗，脸色通红。慧圆主持问："怎么了，病了？"妙安忙说："没有啥病，就有些头晕。"慧圆主持说："你来回跑了那么远的路八成是累了，回禅房歇息去吧，晚课就不用来了。"

妙安朝师傅打了个揖首，转身朝禅房走去。一回到自己的房间，妙安立刻反手把门叉上，放下窗帘，坐在床沿呆了老半天，脑子里老想着那棵大树旁边荒草丛中的喘息声、呻吟声。又过了半晌，妙安取下自己头上的僧帽，伸手拿过来一片小镜子，瞪大两眼盯着镜子里那顶光秃秃的脑袋有些儿吃惊，心想这是谁呀这是谁呀？两道又细又长的柳叶眉，下面一双秋水一样清澈的大眼睛，不用涂脂抹粉透着自然红晕的一张脸。噢噢，这是黄沙庵的大执事妙安呀，而自己又是谁呀？自己是吴歪头媳妇改花呀！改花不是镜子里这样的，改花穿着件大红的上衣，裤子和鞋也是大红的，记得头上还挽了个纂，是娘给扎上的，娘还在鬓上给戴了朵浅红色的小布花。改花问娘今个俺为啥一身都要穿红的？娘说："傻闺女，这是上轿红，闺女出嫁都要穿上轿红，穿着上轿红到了婆家日子会过得红红火火。等一会花轿把你抬到吴家，你就是吴家的人啦。"改花说："俺不，俺是娘的闺女，俺是娘的人。"娘说："傻闺女净说傻话，你一辈子都是娘的闺女，可是你拜了天地就是吴家的人啦。"

改花说："拜天地不就是磕个头吗？一磕头咋就成了吴家的人了呢？"

改花娘眼里含着热泪没说话。

妙安长叹自语道："哎，世事如烟哪。"

一连好几天妙安总是无精打采的，但脸色却非常红润，不像是生病的样子。这里面一定有原因。慧圆主持想。仔细观察了妙安两天之后，慧圆主持虽然没有找着妙安行为反常的原因，但也猜出来了一些。这天早课之后，慧圆主持叫住妙安，让她晚走一步。妙安坐下之后，慧圆主持问："妙安，这些日子身子觉得怎么样？"慧圆主持一句话把妙安问了个面红耳赤，支吾道："我……多谢师傅挂念。我……我很好。"妙安的奇怪表情让慧圆主持已经明白了七八分。妙安进入黄沙庵也已经二十多年了，是慧圆主持的一个好帮手。多年的相处，慧圆主持对妙安是十分了解的，身为大执事的妙安一言一行都是用佛门的清规戒律来约束自己，从没做过一点有违佛门戒规的事，但这些天妙安的变化确实让慧圆主持有些吃惊。慧圆主持不想知道妙安发生这种变化的原因，只想提醒妙安身为佛门中人身为黄沙庵的大执事要潜心修行，给庵内的众尼做个表率。于是，慧圆主持对妙安说："妙安哪，作为咱们出家修行之人，一日三次诵经拜佛，焚香祈祷，扫拭佛堂，更重要的是要彻悟佛理。每一个修为高深的佛家弟子，参禅修行都要经过三个阶段，也就是要经过三种境界：第一，看山是山，看水是水，初识世界，内心纯洁，眼睛里看见什么就是什么，只知道早晚唱诵经文而不求深解，这只是踏入佛门的第一步；第二呢，便是看山不是山，看水不是水，涉世渐深，发现这个尘世一片混沌，黑白颠倒，是非混淆，看山感慨，望水叹息，这就说明你开始对佛法有了更进一步的理解，但这还不能说你彻悟了佛法。"慧圆主持说到这里停下来，看看妙安。"师傅，那第三种境界哪？"妙安问。"这第三种境界就是看山还是山，看水还是水。饱经沧桑，开悟生慧，便可'任他红尘滚滚，我自清风明月。'这便是出家人修行的最高境界了。"

妙安想了一会说："师傅弟子明白了。"

十多里地的路程，又踏着厚厚的积雪，马子一口气跑回马疙瘩庄。

女人见马子回来也不说话，端着火盆放在马子身边。

马子说："不烤不烤，跑的出了一身的臭汗烤啥烤？"随手把野兔朝地上一扔对女人说，"剥了炖了下酒。"

自从儿子走了之后，女人就成了哑巴了，跟谁也不愿意多说一句话，在马子面前更没吐出过半个字。

女人提起野兔子打算去收拾。马子扭头看看女人，突然发现自己的女人还是那样诱人，这让马子想起洞房之夜女人的羞涩女人那一声声从嗓子眼里抽出来的像游丝一般的声音，马子觉得好像又回到了二十年前的洞房之中。

马子突然站起来，"回来！"

女人躬腰把野兔子放在地上，转身慢慢走过来，像根木头，脸上毫无表情。女人耷拉着眼皮站在马子面前，她不知道马子把她叫回来干什么。

马子伸手拉住女人，女人就跟着走，一直走到里间床边。

转过脸的时候马子看见女人的头发差不多白完了。

马子略一迟疑，把女人往床上一推，女人就倒在床上。

女人两只眼睁得圆圆的，盯着房顶，女人看见在房顶的一角有个蜘蛛网，很大，可上面没有蜘蛛，有蜘蛛网咋能会没有蜘蛛呢咋会呢？女人想。女人觉得有些喘不过气来，女人觉得外面的雪太大，大片大片的雪花砸得屋顶在晃，晃得很厉害……

马子把野兔子剥了炖出来的时候天快要黑了，屋里暗，外面却很亮，白茫茫一片，雪还在下。

女人仍瞪着眼躺在床上，女人看见那张很大的蜘蛛网变成了儿子马天五的脸。女人没动，女人没敢动，怕一动把儿子吓跑了。

屋外边北风使劲地吼着，把大片大片的雪花拧得像麻花，拧着拧着就掉落在地上。

当门被"砰"的一声推开的时候，马子刚把一盆热气腾腾的野兔子肉端到小木桌上，还倒了一碗老酒。

眼前站着一个黑塔似的汉子让马子大吃一惊。马子站起来，觉得这张面孔既熟悉又陌生，"你是……你是……你是天五……天五……"

站在马子面前的马天五用仇恨的目光盯着马子。

马子说："天五、天五呀！儿子你可回来了，你回来了呀，儿子，这些年你上哪儿去了呀？天五，我是你爹呀……"

马天五凑近马子跟前，咬着牙用低低的声音说："你是王八蛋！"

马子目瞪口呆。

"哎哟儿子！我的儿子，我的儿子呀……"里屋传来女人的喊声。

女人披散着头发衣衫不整地从里屋跑出来一把抱住马天五上下左右看了个遍，突然惊呼道："哎呀，天五我的儿子，你……你……你的那只耳朵弄哪去了？是冻掉了吗？来来来快叫娘看看叫娘看看……"

马天五愣了一下什么话也没说，挣脱女人的手，转身端起小木桌上的酒一饮而尽，抬手"啪"的一声把碗摔得粉碎，撕下一条野兔子腿塞进嘴里。

马子站在一旁像根木头。

第 10 章

咱们老黄家祖祖辈辈都生长在老黄河边上，是老黄河
养着咱们老黄家，咱不能忘了老黄河，得世世代代记着老
黄河，老黄河是咱们老黄家的根哪

石米仓后背上长了一个疮，像个烧饼那么大，先红后青又紫又黑，最后
"啪"地炸开，从里面流出来的东西不像血不像脓也不像水，是一些红里带紫紫
里带黑的黏糊糊的东西，而且还特别的臭，离土屋大老远的地方都能闻得见。黄
四爷叫人找了好几个郎中看了，草药吃了几筐也没用，那疮越来越大越来越深，
有看见过的人说能看见里面的骨头，那骨头不是白的，是黑的，像根烧火棍。

黄四爷就去了一趟再也没去，不是不愿意去，是不忍心看石米仓背上的那个
疮那个洞，看了惨人，夜里睡不着觉。

在石米仓趴在床上的那些日子，大黑狗也像是病了一样，从来没有离开过土
屋，只在房前屋后转悠，有时石泥鳅端来东西放在它面前，它也只是扭头瞅上一
眼又趴在地上不动了。

石米仓到底还是背着那个比烧饼大的疮走了，去陪他那躺在盐碱地地头上的
女人了，那只大黑狗不吃不喝在石米仓的坟前趴了三天。

石米仓走的那天，黄炳秋的二房媳妇尤凤枝给老黄家生了第三个孙子。

王荷花和尤凤枝虽说是两个婆婆娶进门的，但男人毕竟是一个，无论黄炳秋
到谁房里去，她们都笑脸相迎笑脸相送，从没有过计较，两个人相处得就像亲姐

妹一样，这让本来不和睦的大媳妇和小媳妇背地里想了许多，原本就是一家人嘛，再加上黄四爷常夸两个儿媳妇，说大房儿媳王荷花懂道理人品好，说二房儿媳尤凤枝家教好人大度，实际上也是旁敲侧击地说大媳妇和小媳妇。大媳妇和小媳妇两个人都心知肚明，也开始渐渐地有了些变化，小媳妇去王荷花那儿看大孙子，大媳妇是眉开眼笑，大媳妇到尤凤枝房里看两个小孙子，小媳妇也是忙着端茶倒水，老姐俩亲亲热热地东扯葫芦西扯瓢地聊个没完。

眼看着大媳妇和小媳妇两个人的关系不断变化，越来越亲密，黄四爷也高兴，心说这是两个儿媳妇给老黄家带来的和睦，这样才叫一家人嘛。

虽说石米仓死了，黄四爷有些心情不好，可到底是老黄家又添丁进口了呀，是大喜事。但有一点让黄四爷担心，咋就那么巧呢？不早不晚，石米仓那边咽气这边第三个孙子呱呱坠地，按老辈人的说法，这叫转世投胎。

黄四爷担心自有他的道理。

人活着的时候，如果多行善事，死了之后，阎王爷会安排你马上转世，这边咽气，那边出生，不必要到阴曹地府受罪，这叫善报。人活着的时候如果多行不义，死了之后也不得安宁，要被带到阴曹地府受罪，罪恶极大者还要上刀山下火海，永世不得超生，这叫恶报。

人们都信恶有恶报、善有善报这个说法，黄四爷也信。

石米仓是个好人，老实，能干，要真的转世老黄家也不是啥坏事。

黄四爷有些拿捏不准，想让慧圆主持过来给算上一卦，看看这第三个孙子是不是石米仓投胎转世来的，这个孙子将来会怎么样。

黄四爷差人到黄沙庵去请慧圆主持。

黄四爷让人把书房打扫得干干净净。黄四爷常去黄沙庵，知道慧圆主持是一个爱干净的人，平日里把庵内大殿、茶房都打扫得非常干净，就是院内也是一天三遍地让人打扫，整个黄沙庵内可以说是不见半点灰尘。老黄河边上爱刮风，"无风沙三尺，有风沙三丈"，一旦风起黄沙滚滚，这时候是黄沙庵的女尼们最忙的时候了，院子一天都打扫好几遍。

大媳妇和小媳妇在案上摆上清茶、素点心，黄四爷就让她们离开了。因为黄四爷今天请慧圆主持给第三个孙子算命，是好是歹还不知道，老娘们的嘴烂，没个把门的，要是算得好了，她们说就说去吧，要是算得不好，让她们知道了，两张破嘴四张烂嘴皮子那还不给嚷嚷到天上去？

慧圆主持是和妙贞一块来的。

慧圆主持第一次走进黄四爷的书房。她第一眼看到的是迎门摆放的一架玉屏风。这架玉屏风足足有一人多高。屏风是用墨绿色的玉石雕刻的，上面雕着一幅古式园林景象。雕工细腻逼真、典雅古朴，雕刻者巧妙地利用玉石的纹路和颜色的差异，并随之而移动刀锋，用极少的修饰展现出丰富多彩的园林画卷。你看远山如黛，近山俊秀，山与山之间云蒸霞蔚，几片浮云穿行于半山腰的树丛中，一条蜿蜒曲折的山间小路拾级而上，直通山顶的一处凉亭，凉亭边老松树下坐着一僧一道，两人正在凝神对弈，就连石桌上的棋子也是黑白分明。旁边站着一个小童更是活灵活现，头上的发髻高高挽起，鬓角插一朵白色的小花，一双大大的眼睛直盯着棋盘，嘴半张半合，显出一副惊讶的样子，手中茶盘里的茶杯里还冒着一缕热气。再往下看，从半山腰涌出几股泉水汇成一条瀑布奔流而下，虽然没有"飞流直下三千尺，疑是银河落九天"的恢宏气势，却也十分地蔚为壮观。瀑布落下形成一条山间小溪，七扭八拐地流向一处深潭，潭边有一浣沙少女神情端庄清秀，发鬓边那只深绿色蝴蝶展翅欲飞；潭中几条游动的鱼儿摇头摆尾，有一条竟跃出水面；水面上含苞欲放的荷花顶端落着一只蜻蜓，旁边的荷叶上蹲着一只青蛙，青蛙瞪着大大的眼睛盯着荷花上的蜻蜓。

"好一架玉石屏风。"慧圆主持看了一阵转身对黄四爷说："黄老施主，这架玉屏风从选材到精工细雕都是一流的，可算得上是一件品味极佳的上品了，虽然不是绝无仅有的稀世珍宝，却也是价值连城呀，但不知黄老施主是如何得到此物的？"

"让慧圆大师见笑了。"黄四爷说，"这架玉屏风乃是祖上传下来的，说起它的来路，我也说不太清楚，只是听祖辈人讲是一位先祖在朝中居官时请人雕刻的，这话也未必可信，但这架屏风肯定是也有些年头了。"

慧圆主持点点头说："那更是一件宝物了。"

妙贞因为懂得绘画，她被这架精美的屏风所吸引，看得入了迷。回到庵内妙贞凭记忆画了一幅《深山松下对弈图》，简直就和屏风上的景物一模一样，惟妙惟肖。

黄四爷让慧圆主持坐了。

"黄老施主大仁大义，修庵建院，弘扬佛法，乃千古万世之善举，今家中又添新丁，是佛祖保佑观音菩萨降福黄家，黄家日后定会人丁兴旺发达起来的。"慧圆主持手执拂尘对黄四爷说："老尼向黄施主道贺了。"

黄四爷说："多谢慧圆大师了，只是……"

慧圆主持说："黄老施主有什么话不妨说出来。"

黄四爷见旁边只有妙贞一个人，因为他从心里非常喜欢妙贞，也就不避讳了。黄四爷把这些天所想到的所担心的一股脑儿告诉了慧圆主持。

慧圆主持一笑说："黄老施主不必担心，三少爷如果真是石米仓转世，那也是他与黄家前世有缘。黄老施主曾救了石米仓的命，可以说是石家的大恩人，他投身黄家报恩也在情理之中。再说人何时死何时生这都是命里注定的，是天数，黄老施主何必忧心于此呢。"

"烦劳慧圆大师算上一卦，看看我这个孙子将来能有何作为？"黄四爷说。

"那好吧。"慧圆主持将拂尘转手交给身后的妙贞，按黄四爷报出的生辰八字用八卦推研。过了好大一会，慧圆主持对黄四爷说："黄老施主，你这个小孙子命相属马，是火命。从卦相上来看，此子将来可能要跻身行伍，而且会飞黄腾达，光耀宗祖。黄老施主，这是你们黄家几世向善所换来的善报哟。"其实，慧圆主持这一卦算得连一点边都不沾，不知是算得不准还是算准了不敢给黄四爷说实话。黄四爷这个名叫黄礼河的第三个孙子长大成人之后游手好闲，学文文不济，学武武不成，浪迹绿柳花巷，拈花惹草倒是把好手，再后来黄礼河在同一个晚上奸杀了一对双胞胎姐妹，被妙贞在老黄河边上砍了脑袋。这当然是黄四爷与慧圆主持过世之后的事。

黄炳秋在第三个儿子满月的时候对黄四爷说："爹，你大孙子都两岁多了，二孙子也能下地挪步了，如今又有了第三个孙子，老是这样大宝儿二宝儿的叫着也不好，孩子长大了总要让他们念书识字的，爹给他们起个名字吧。"

黄四爷说："按说人的名字吧，它就是个记号，你叫他个猫他就是个猫，你叫他个狗他就是个狗，可咱老们黄家不能那样叫。咱们老黄家在这老黄河两岸是有些名望的，打从祖上开始咱们老黄家在十里八乡就有很好的口碑，咱们老黄家最讲究的是一个'善'字。咱们老黄家祖祖辈辈都生长在老黄河边上，是老黄河养着咱们老黄家，咱不能忘了老黄河，得世世代代记着老黄河，老黄河是咱们老黄家的根哪。"

黄炳秋点头，说："是，爹，老黄河是咱们老黄家的根。"

黄四爷又说："得记住老黄河。"

"是，爹，记住老黄河。"黄柄秋说。

黄四爷喝了口水说："咱们老黄家几世单传，到了你这辈上有了三个儿子了，这也是佛祖保佑观音菩萨降福，咱祖上积下的阴德呀。"黄四爷如释重任地长吁一口气又说："我也看出来了，你的那个大房媳妇王荷花呀八成也和你娘一样，怕是再也不会生养了，你的二房媳妇尤凤枝那可是个好女人呀，说不准还会给咱们老黄家再多生几个孩子呢。我刚才说了，咱们老黄家要世世代代不忘老黄河记住老黄河。咱家又是黄姓，所以哪，我那三个孙子的名字里都要带上'黄、河'两个字。我取古语中'仁、义、礼、智、信'五个字给他们排个名号吧，大孙子叫黄仁河，二孙子叫黄义河，这第三个孙子就叫他黄礼河吧。要是以后你的两床媳妇再有了孩子，那就接着往下排。"

"要是生了闺女哪？"黄柄秋问。

"生了闺女起名字的事我就不问了。闺女养大是人家的人，早晚要嫁出去，你就看着随便起个名字吧，叫啥都行。"黄四爷捻着花白的山羊胡子说。

黄四爷虽然抱上了三个孙子，也还想着抱个孙女，因为他打心眼里也喜欢女孩子，就像喜欢妙贞。只要一想起妙贞黄四爷便觉得有些后悔，心里就有些埋怨慧圆主持，当初如果不是慧圆主持坚持要把黄艳菊抱走，没准这会黄四爷该张罗着给她找婆家了。

不管黄四爷还是黄柄秋都做着抱孙女想闺女的梦，可是这个梦最终都没有实现。后来，黄四爷咧着只剩下两颗门牙的嘴说："老黄家就是没有养闺女的命。"

黄四爷把目光慢慢移到妙贞写的唐代大诗人杜牧的《江南春》那幅字上，眼前突然一个恍惚，惊得差点叫起来，因为黄四爷明明白白地看见"多少楼台烟雨中"那个"中"字中间长长的一竖忽然变成了一把利剑，闪着阴森森冷飕飕的光。

"爹，你咋了？"黄柄秋问。

黄四爷抬手揉揉眼定定神说："没啥没啥，你去吧。"

石米仓死了之后石牤牛一天到晚地老是哭，石泥鳅做好了饭也不吃，石泥鳅火了，说："你哭你哭，你去爹娘坟头上哭去，你就是哭死了，爹知道吗？娘知道吗？你能把爹娘哭活吗？"石牤牛还是哭，小声地哭。

黄四爷原想把石泥鳅兄弟两个从土屋里接回黄三座楼来的，还让他们住在大车屋里。爹娘都没有了，一个十来岁的孩子带着一个七八岁的孩子咋行？叫人不放心呀。可是石泥鳅不答应，说啥也不愿意离开土屋，他说爹和娘都在老黄河边上住着呢，站在门口就能看见爹娘的坟头，他和兄弟得守着爹和娘，没事的时候能到爹娘身边坐坐，陪着爹娘说说话。

石泥鳅的话让黄四爷感动了好多天。石泥鳅这小哥俩真是孝顺的孩子，他们不愿意离开土屋就别强迫他们了，他们愿意守着爹娘就让他们守着吧，那么大点孩子能有这份孝心难得，由着他们吧。黄四爷想。

　　黄四爷没有再坚持让石泥鳅、石牤牛兄弟两个搬进黄三座楼大车屋来住还有一个原因，就是黄四爷心里一直有个疙瘩，石米仓那边咽气这边老黄家的第三个孙子降生，这真是天大的巧合，巧合得叫人不敢相信，巧合得叫人心里很不是个滋味。这件事让黄四爷心里一直觉得非常别扭。虽然慧圆主持说了，这两件事情是碰巧赶在一块的，叫他不要担心，可黄四爷心里总有一块抹不去的阴影。有一次黄四爷想看看孙子黄礼河，便让儿媳妇尤凤枝把孩子抱过来，没想到孩子刚一进门就"哇"的一声哭起来，那红扑扑的小脸那张着的大嘴还有那响亮的哭声，让黄四爷突然看到石米仓的影子。

　　从那时候开始，黄四爷一直不愿意再见这个孙子黄礼河。

　　既然石泥鳅、石牤牛兄弟两个还愿意继续住在老黄河边上，那也不能委屈了两个孩子，黄四爷让人把土屋里里外外上上下下重新收拾了一遍，说这样夏天能挡雨冬天能挡风挡雪，又经常差人送些吃的过去，小兄弟两个生活有了保障，就慢慢开心起来，土屋里开始有了些笑声。石泥鳅虽然才十来岁，个子长得快有爹石米仓高了。夏天，石泥鳅经常带着兄弟石牤牛到老黄河里逮鱼摸虾。冬天，石米仓和石牤牛就把爹留下的那张网拿出来下到地里网野鸡、野兔子，有时也去老黄河边上的芦苇丛中捉个水鸭子。东西吃不了的时候，石泥鳅领着石牤牛还给黄四爷送去一些，把个黄四爷乐得像个孩子似的，直夸两个孩子懂事有良心，让大媳妇和小媳妇给两个孩子每人找两件衣服，还留下两个孩子吃了一顿饭。也就是吃那顿饭的时候，石泥鳅第一次尝到了酒的味道。从那天开始，石泥鳅逮鱼摸虾抓野兔子捉野鸡野鸭更有了劲头。他们把吃不了的东西拿到黄沙庵边上，拿到叮当集去换吃的用的，像小米呀杂面呀，有时还换上半斤棉油，更要紧的是石泥鳅每回都忘不了换上一罐子红芋干子老酒。换回来的老酒石泥鳅一个人喝，他不让石牤牛喝，说他还小不能喝酒。有一年的八月十五，石牤牛吃着黄四爷差人送来的月饼，看着哥哥石泥鳅就着煮熟的野鸭子喝酒，便产生了一种欲望，也想尝尝酒是啥味的，两只眼睛一直盯着哥哥的酒碗。石泥鳅也看出来了，把碗朝石牤牛跟前一推说："给，牤牛，尝一口，只尝一小口啊。"石牤牛端起酒碗真的就喝了一点点，嘴咂吧了老大一阵子。石泥鳅问："啥味？"石牤牛说："辣……嗯……还有点香。"石泥鳅说："香？香那你就再喝一口。"这回石牤牛喝的不是一小口而是一大口，酒还没有咽下去就给呛了出来，呛得石牤牛咳嗽了半天，眼泪都下来了。石泥鳅看着石牤牛那副抓耳挠腮的样子，拍着腔笑得直不起腰来。从此，石牤牛一辈子再也没喝过酒。

石泥鳅、石牦牛兄弟两个带着野兔野鸡野鸭啥的去集上只换不卖，因为他们不需要钱。

马子是在雪地里连滚带爬跑回香火地土屋的，进门的时候快饿晕了，差点一头栽倒在地上。马子喘着粗气仰天长叹一串串泪水掉下来，心说这哪是儿子呀这是爹是爷爷是祖宗。

大雪又下了三天，马子整整睡了三天。

雪刚一停的时候马子就起来了，不是马子想起来，是被一脚把门踹开的马天五光着身子从被窝里拎起来的。望着马天五那副野兽一般凶狠的样子，马子的身子在哆嗦，马子的心也在哆嗦。

马天五没去看在一旁冻得瑟瑟发抖的马子，而是跳到床上掀开被子从枕头下面拿出一个油腻腻脏兮兮的小布袋。马天五知道马子的钱都装在这个小布袋里，小的时候马天五跟着马子来过土屋，见马子从里面往外拿过钱。

马子见马天五拿走自己的命根子想去阻止，可是没敢动，下意识地盯了一眼马天五那双曾经掐死过牛寡妇的手。

马天五把小布袋在手里掂了掂，听见里面有"哗哗啦啦"的声响。马天五斜了马子一眼，把小布袋往怀里一揣走了，走的时候连门也没关。一股强劲的风带着哨音吹进来，从地上卷起的雪撒了马子一身，马子没动，马子动不了。

半个月之后马子回了一趟马疙瘩庄，问女人："天五那个狗日的人哪？"女人说："走了。"马子又问："去哪儿了？"女人说："走了。"

马子转脸看见小木桌上放着两块银圆，在昏暗的屋里闪着光，很亮。马子知道那是自己的钱，准是马天五走时留给女人的。

马子坐在那儿两只眼一直盯着木桌上的那两块银圆。

女人一声不响地在旁边站着，花白的头发垂下来几乎遮住了大半个脸，像一个没有了头却又直直地站立着的死人。马子心里一紧，"噌"地站起来走近女人。

马子路上就想好的，如果那个畜生马天五不在家，就把女人扒光了衣服好好地弄她弄死她，回头再狠狠地揍她揍死她。

马子恨死了女人，恨女人生了马天五这样一个没有人性的儿子。

女人仍像一根木头一样站在那儿。其实女人被头发遮住的两只眼睛是睁着的，她看见马子的两只脚走近自己，心里猛一哆嗦，就像看见马子手里拿着柳条鞭子时那样的哆嗦。不过女人没动，因为女人不知道接下来将要发生什么。

马子真想狠狠地照着女人脸上扇两耳刮子解解气，可是手抬了半截又放了下来，头一扭走出门去，临出门的时候伸手拿走了木桌上的两块银圆。

从此，马子到死再也没见过他的女人。

马天五真的走得很远，又回到了几百里以外的狼尾巴山下一个叫麻花庄的地方，因为马天五在那个叫麻花庄的地方失去了一只耳朵。马天五这回回麻花庄是去找那个割掉他一只耳朵的人。"有仇不报非君子"，马天五听说过这句话。

三年前马天五一怒之下掐死了牛寡妇知道闯下了大祸，吓得魂飞魄散，他知道杀人是要偿命的，不敢再回家，便拼命地跑，究竟要往哪儿跑他不知道，只知道一个劲地朝前跑，他想跑得越远越好，离家越远越好，跑到一个没有人认识他的地方，一个没有人知道他掐死了人掐死了牛寡妇的地方。

一路提心吊胆东躲西藏夜宿破庙头枕砖饥肠辘辘的马天五来到一个叫麻花庄的地方。

天黑了，西北风带着些诱人的呻吟声给马天五这个亡命的人送来了一股难以抵挡的寒意。马天五是在家家户户吹灯关门的时候来到麻花庄庄头上的。本打算进村里讨些吃的，可一看到处黑乎乎的一片，都是关门闭户的不见一点灯光。马天五更觉得今天的风太冷了，冷得让人受不了，只好在村头找了个柴火垛扒个坑钻了进去。过了一阵觉得身子暖和了许多，肚子却"咕咕噜噜"地叫起来，叫得很响，叫得马天五翻来覆去合不上眼。想起一路上像只丧家犬艰难逃命的经历，马天五眼中掉下几滴泪来。马天五想娘，娘那张只有在儿子面前才带着真正的笑的脸，还有娘做的那冒着热气的野菜饼子老是在眼前晃来晃去；马天五恨那个叫马子的爹，觉得那是天底下最不是东西的就是那个叫马子的爹。其实，马天五从来就没有叫过马子爹。这时，马天五突然觉得有些后悔，后悔自己太心慈手软，反正掐死了一个，干吗不连那个叫马子的爹也掐死？也就是从这一刻开始，马天五有了要掐死那个叫马子的爹的想法，而且这个想法越来越强烈。

马天五是被女人的尖叫声惊醒的。

深更半夜天黑的伸手不见五指，突然传来女人凄厉的尖叫，别说马天五，谁听了都会头皮发炸。

女人仍在尖叫，是那种挨了刀似的尖叫还夹杂着男人几声阴森森的笑。

马天五原本对女人的叫声没有兴趣，你叫你的关我屁事？可是不行，这暗夜里的叫声太凄厉、太瘆人，不容你不听。马天五把脑袋探出来仔细听了一阵才弄清楚尖叫声是从不远处的屋里传出来的。马天五年轻，对男人和女人的事一无所知，所以他不明白女人为啥会在深更半夜这么大声地尖叫。马天五钻出柴火垛朝传来女人尖叫的地方摸去，他不是想去看看女人为啥尖叫，是想去找点吃的，因为他太饿了，饿得都快站不住了。

马天五摸到大门前，用手一推，里面顶得死死的，无奈地摇摇头又向旁边摸过去。院墙是土墙不太高，马天五一咬牙用手抠着墙头顶端艰难地爬了上去。按说这么高的墙头对马天五来说根本算不了什么，只是因为天太黑了，又是人生地不熟的，所以心里害怕，更要紧的是马天五好几天没有见过什么黄汤热水了，饿得前心贴着后背没有力气。马天五虽然是逃命出来的，有时像一条饿急了的狗，可是他除了偷着在庄稼地里掰玉米棒子扒红芋吃过，从来没敢到人家家里偷过东西，他怕被人家抓住了挨揍，更怕被人抓住了送到官府，要是官府知道他掐死人的事还得掉脑袋。

骑着墙头瞪大眼睛朝院子里看了一阵，极小心地从墙头上滑下来，刚往前走了两步，脑袋突然被什么东西碰了一下，把马天五吓一跳，伸手一摸，是挂在一棵小树上的一嘟噜干玉米棒子，马天五乐坏了。玉米棒子能吃呀，干的也好，用力嚼一嚼咽下去总比饿着肚子强。马天五用力拧下几穗干玉米棒子揣在怀里刚要转身，突然又听见女人的一阵尖叫和男人阴森森的笑。

马天五不知道屋里的男人和女人在干什么，他想一定是男人在打女人，就像那个叫马子的爹打娘一样，屋里的女人也一定是像娘那样高高地撅着白白的屁股，对，还一定像娘一样手脚都被捆绑着，那个叫马子的爹一柳条鞭子下去，娘白白的屁股上立马出现了一道红红的血印子，又一鞭子，血就流下来了。不过娘不像屋里的这个女人拼命地嚎叫，娘是撅着屁股趴在那儿一声不响的。那时候马天五还小，实在弄不明白那个叫马子的爹为什么总喜欢那样打娘，娘又为什么总是趴在那儿一声不响。半夜三更的把女人往死里打，屋里这个男人也一定像那个叫马子的爹一样不是个啥好东西。

那个叫马子的爹打娘娘不喊不叫，屋里的女人大喊大叫，还说"弄死了"，马天五实在弄不清楚打和弄有什么区别。

马天五回到柴火垛里的那个坑里，"咯咯嘣嘣"地嚼了半夜的干玉米棒子粒儿，虽然费了老大的劲，硌得牙疼，但肚子里总算有了些东西，也不觉得那么冷了，翻了个身就迷迷糊糊睡着了。

马天五梦见那个叫马子的爹又在打娘，手中的柳条鞭子"噼里啪啦"地落在娘高高撅起的屁股上。让马天五吃惊的是娘雪一样白白的屁股上没有流血，而是开出了一朵朵小花，鲜红鲜红的小花。

第 11 章

　　　　槐花是姓黑的大瓢把子在一个桃花盛开的日子从一片
桃树林里让手下的狼崽子们抢上山的。不过姓黑的大瓢把
子不但没沾着槐花的身子，还差一点被槐花用头给撞死

　　麻花庄在狼尾巴山的山脚下。

　　狼尾巴山上有个狼尾巴寨，里面住着百十号土匪，为首的大瓢把子姓黑，没有人知道他的名字。因为这个黑寨主心狠手黑，经常带着手下的一帮土匪到山下打家劫舍烧杀抢掠，要是看上了哪家的大闺女小媳妇，便把手一挥，土匪们一拥而上，将女人抢到山上受用十天半个月再送下山去。狼尾巴山方圆几十里的富人也好穷人也好都恨透了这个姓黑的大瓢把子和狼尾巴山上的土匪，称姓黑的大瓢把子"黑心狼"，管狼尾巴山上的土匪叫"狼崽"。但这个姓黑的大瓢把子做事还有点怪，他看上的女人抢上山来，不许别的狼崽动一动，他如果玩腻了，就给女人些钱再打发人送下山去。给的钱多少，那要看女人在山上把他伺候得舒服不舒服，如果大瓢把子心里高兴了，没准给上个三块五块白花花的大洋。哪怕你身上穿着金戴着银大瓢把子看都不看，大瓢把子不稀罕这个，大瓢把子要的是人是女人。就是大瓢把子再不满意的女人，最少也得给二十个大钱，这叫不放单，吉利。

　　槐花是姓黑的大瓢把子在一个桃花盛开的日子从一片桃树林里让手下的狼崽子们抢上山的。不过姓黑的大瓢把子不但没沾着槐花的身子，还差一点被槐花用头给撞死。

　　那年槐花姑娘十九岁，虽然从小生长在贫穷人家，却也长得有几分姿色，要

不大瓢把子也看不上她。但是，这位槐花姑娘却是个性情刚烈的女子，被抢上山来死也不从，反而破口大骂。

姓黑的大瓢把子费了好大的劲也没把槐花给抓住，心里也有些急了，指着槐花说："你再骂老子都不管，黑爷爷听着舒服，你要是再跑老子对你就不客气了。"槐花说："你把姑奶奶杀了姑奶奶也不会答应！"眼看着一个水灵灵的大姑娘上不了手，姓黑的大瓢把子这回真的急了，看准机会猛扑过去，眼看就要把槐花给抓住，不想槐花身子往旁边一闪，一下子蹦到姓黑的大瓢把子身后，使出全身的力气用脑袋朝姓黑的大瓢把子后腰撞去。也许是槐花用的力太大了，姓黑的大瓢把子又喝得醉醺醺的哪里还能站得稳？身子朝前一栽一头撞在墙上。山寨里的房子都是用石头垒的墙，你想，姓黑的大瓢把子的脑袋再硬那也是肉长的，实实在在地一头撞在石头墙上没撞个脑浆迸裂就算便宜了。姓黑的大瓢把子酒也给撞醒了，捂着血流如注的脑袋大声喊叫"来人，快来人！"

槐花被抓住绑在柱子上。

有人劝姓黑的大瓢把子说："一个小嫩妞，过来几个人把她身上的衣服扒光，用绳子一捆床上一扔，大哥你想咋干咋干，干他个三天三夜。"姓黑的大瓢把子摇摇头说："不行，这个小婊子是我的克星，还没有上手就被她撞得差点脑袋开花，要是真的上了她的身子，还不知道会弄出啥血光之灾哪。"姓黑的大瓢把子当土匪那么多年他信这个。每次下山之前，姓黑的大瓢把子都要早早地起来把手洗干净，然后在烂掉半拉脑袋的山神爷面前烧香磕头，再拿出一块双龙大洋来用力往上一扔，落下来要是龙面在上，"黄道吉日，没啥说的，有神明保佑，兄弟们跟我下山，该杀就杀该抢就抢。"要是龙面朝下，那就是黑头日子，姓黑的大瓢把子手一摆说："兄弟们收家伙，喝酒睡觉随便。"

有人说："那就把这个小嫩妞赏给弟兄们吧。"姓黑的大瓢把子把眼一瞪说："奶奶的，想死呀？为了一个小婊子搭上一条命不值。"

槐花在房梁上被吊了七天。

门"哗啦"一声被推开了，脑袋用白布缠着的姓黑的大瓢把子领着几个狼崽和一个干干巴巴瘦得一股风就能刮云彩眼里去的老头走进来。

姓黑的大瓢把子说："把这个小婊子放下来。"

几个狼崽七手八脚地把槐花从房梁上放下来，槐花一下子瘫倒在地上，刚想挣扎着站起来，就被几个狼崽牢牢摁住。

姓黑的大瓢把子看着地上的槐花一笑，说："臭婊子，你撞了黑爷爷一头，黑爷爷吊了你七天，咋样，吊着的滋味不好受吧？"

槐花头一拧，说："可惜姑奶奶没把你这个祸害百姓的黑心狼给撞死。"

姓黑的大瓢把子"哈哈"大笑说："你个臭婊子，你想叫黑爷爷死黑爷爷偏不死，黑爷爷偏偏要活他个一千一万年。啥叫祸害百姓，唉？黑爷爷把谁家的大闺女小媳妇弄到山上来睡了那是她们的福气。没想到黑爷爷今天是小河沟里翻船，叫你个小浪货给算计了。享不了的福黑爷爷不享行了吧？你不是很有性子吗？你不是不愿意让黑爷爷睡吗？那好，黑爷爷今天就成全你，我叫你这一辈子活着不如死了。"回头一指那个干瘦老头说："看见没有，黑爷爷两斗小米五斤豆油把你卖给他了，他叫吴根，是山下麻花庄有名的郎中，治病救人的活神仙，黑爷爷这头上的伤就是他给治的。今后吴根就是你的男人。我还听说吴郎中在对付女人上有一套绝活，对吧，吴神仙？"

那个叫吴根的干瘦老头没说话，只是"嘿嘿"笑了两声，那笑声阴森森的。

槐花看了吴根一眼，大声哭喊说："不，不，你把姑奶奶杀了吧，姑奶奶死也不去！"

姓黑的大瓢把子把眼一瞪说："你他娘的哭死都没用，黑爷爷不是说了，叫你这一辈子活着不如死了！去不去能由得了你？吴神仙，这小娘们可是实实在在的黄花大闺女，老子一个指头都没碰她，还差点让这个小婊子给撞得脑袋开花。吴神仙，这回你他娘的可捡了个天大的便宜，老牛吃嫩草，桃花运砸到脑瓜子上，回家慢慢享用去吧。"

吴根满脸带笑朝大瓢把子深深地鞠一躬，用沙哑的声音连声说："多谢黑寨主，多谢黑寨主。"

"吴神仙，还愣着干什么？快把你那宝贝东西拿出来给这个小娘们喝了吧。"大瓢把子说。

几个狼崽按住拼命挣扎的槐花，吴根从腰里掏出一个白色的小瓶子，用嘴咬掉塞子来到槐花旁边，有人捏住槐花的下巴，吴根把白色的小瓶子放到槐花嘴边，一滴滴米黄色的液体流进了槐花嘴里。

不大一会，槐花便觉得四肢无力，除了神志清醒之外，浑身没有再能动弹的地方，只有一行行的热泪流下来。

"啊——"槐花从心底发出一声惨叫。

半夜的时候，嘴被牢牢封住的槐花被狼尾巴山上的几个狼崽抬进吴根的屋里。

从此吴根的屋里夜夜传出女人的惨叫。

马天五被几个壮汉从柴火垛里拉出来按在地上捆住的时候怀里还揣着几穗干玉米棒子。

"你们……你们把我捆上弄啥？我是个逃荒要饭的，又没干啥坏事。我就是想钻进柴火垛里暖和暖和，你们把我捆上弄啥？"躺在地上的马天五不停地挣扎。

旁边站着一个干瘦的老头，一只手里拿着把明晃晃的牛耳尖刀，风一吹老头的另一只袖筒前后摆动起来，马天五看清楚了，老头那个袖筒里没有胳膊，是空的。

老头望着在地上拼命挣扎的马天五。

"咯咯咯……"老头突然一阵大笑，这笑声有点像夜猫子的叫声，瘆人。

笑声把马天五吓了一跳。

马天五听出来了，这笑声和他在夜里听到的笑声一模一样，就是夜里那个女人一声又一声惨叫时听到的笑声。马天五不再挣扎，眼里闪出一种仇恨的光，此时此刻他想到了那个叫马子的爹，马天五觉得眼前这个手里拿着牛耳尖刀的干瘦老头和那个叫马子的爹一样可恨。

干瘦老头就是吴根。

吴根围着马天五转了一圈，最后在马天五头边停下来，"嘿嘿"地阴笑两声蹲在马天五身边说："小子，你的胆子不小呀，半夜三更敢翻墙而过偷你吴爷爷家的东西。嘿嘿，你吴爷爷家的那几穗干玉米棒子能是容易吃的。"说着，吴根突然眼一瞪，把牛耳尖刀的刀尖抵在马天五下巴上说："你狗日的还干了什么听到了什么？"马天五摇摇头说："我……我啥也没干啥也没听见，就拿了几穗棒子。我……"马天五话还没有说完，"啪啪啪"脸上便结结实实地接连挨了吴根几个嘴巴，血从嘴角流出来。这是马天五从娘肚子里爬出来之后挨的最狠的一次打。马子这个人虽然有些粗野，把自己的媳妇朝死里打，可从来没有动手打过马天五。马子的女人拿马天五当作宝贝，捧在手里怕掉了，含在嘴里怕化了，更不舍得动马天五一个手指头。

马天五被打得脸上朝外冒火，眼睛一闭再也不说话。

其实，马天五在有些地方也和他那个爹马子一样是个驴日的犟种。如果他在挨了几个嘴巴之后向吴根求饶，也许吴根不会动手割下他的一只耳朵。不过，如果马天五向吴根求饶了也就不是马天五了，也就没有后面的那些故事发生了。

"你狗日的还会装死呀？"吴根把牛耳尖刀架在马天五耳朵上说："今天叫你知道知道吴爷爷的厉害，看看你他娘的还敢不敢再翻墙偷你吴爷爷的东西。"说着，牛耳尖刀一拧手上一用力，可怜马天五好端端的一只耳朵立马掉下来。

马天五在地上打着滚拼命地惨叫。

吴根站起来踢了马天五一脚，说："能活下来是你狗日的命大，死了你狗日的活该。"

吴根走了，"哐当"一声关上大门。

马天五的惨叫引来了许多村里人。

一个年长些的汉子实在看不下去，跑过来解开马天五身上的绳子说："快走吧，这个姓吴的不好惹，你还是……"汉子拾起马天五那只血淋淋的耳朵递给马天五。

马天五接过自己的耳朵看了看，手一扬狠狠地摔在地上，然后用力碾了一脚，转身朝村外飞跑。

吴根原本是洛阳人，祖上世代行医，好几代人不仅医术精湛，而且都是治病救命扶世济贫的大善人，一提起吴家，在洛阳没有不竖起大拇指赞不绝口的。

吴根出生在这样一个名医世家，又是家里唯一的男孩子，自然受到许许多多的宠爱，他从小就养成了游手好闲的习性，父辈们精湛的医术没学到手，吃喝嫖赌倒是样样精通，尤其是逛花街柳巷在洛阳城里是出了名的。爹娘在世的时候，吴根还多少有些顾忌，硬着头皮跟着吴老先生学些医术，像给病人把把脉、扎个针什么的，人虽然站在那儿，脑子里想的不是赌场就是哪个青楼上的窑姐。爹娘过世之后，吴根更是肆无忌惮，把个吴家医馆的门一关，白天混迹在大大小小的赌场挥金如土，夜晚住在青楼妓院沉溺于温柔之乡。没用两三年时间，吴根不但把家里的钱财挥霍得一干二净，就连老祖宗留下来的吴家医馆的那片房子也给卖掉了。

赌场里容不下身无分文的穷光蛋，青楼妓院更不留一贫如洗的硬光棍。

无家可归的吴根没有了昔日的光彩，就连以前那些经常与他一起推杯换盏称兄道弟的狐朋狗友们一看见他也是远远地躲开，好像吴根成了一个人人怕的瘟神。好在吴根还跟着吴老先生学了几天的医术，便死皮赖脸求爷爷告奶奶在亲戚朋友那里借了几个本钱，跑到开封开了家小医馆，总算有了个吃饭睡觉的地方。因为吴根的医术很平常，医馆的生意一直是阴死阳活的，吴根除了勉强能填饱肚皮之外，兜里也就剩不下几个钱了。过了两年穷困潦倒的日子，吴根就动起了歪脑子，用自己从吴老先生那儿学到的那一点中医知识配制一些麻醉药、迷魂药之类的东西。还别说，两年下来，不仅药配制成了，还赚了不少的钱。男人有钱就变坏。吴根如今手里又有了几个钱，便忘记了前些年所熬过的艰难岁月，秉性难改旧病复发，来往穿梭于花街柳巷。但有一点吴根非常清楚，医馆才是他的命根子。风风雨雨的几年过来了，吴根的医术多少有了些长进，生意也慢慢好起来，生意一好赚的钱也就多。吴根在得意的同时产生了更大的野心，他想赚更多的钱，离开开封这个巴掌大的地方，去南京去北京去那些更大更繁华的地方逍遥自在。吴根也知道，无论什么时候什么地方，钱都不是那么好赚的。马无夜草不肥，人无外财不发，吴根十分相信这一点。钱确实是个好东西，谁都想赚，而且赚得越多越好，但是，吴根除了半瓶子醋的那点医术之外，剩下的就是混迹大小赌场浪荡花街柳巷的本领了，去偷去抢去劫道，吴根都想过，但只是想却不敢干，怕被人抓住打个半死。

半夜里躺在床上，吴根翻来覆去睡不着，想着怎么样才能发财发大财。想来想去把脑袋都想疼了，终于想出来一个办法。第二天天一亮，吴根请来几个泥瓦匠，把小小的医馆里里外外收拾了一遍，还找人重新做了一块"吴家医馆"的大牌子往门前一挂，正儿八经地行起医来。当然，吴根也知道要想医馆的生意红火起来，单靠他那点医术老老实实的坐馆给人看病是不行的，还是必须想别的办法。于是，吴根在龙庭旁边的御香楼摆了一桌上等酒席，请来许多赌场的朋友、青楼的妓女，热热闹闹地折腾了半天，弄了个花天酒地杯盘狼藉。当然，吴根也不是傻子，花钱请客办不了事的事吴根是决不会干的，所以吴根在不断地敬酒的同时，自然说出了自己请这顿酒的目的。用现在的话来说就是想请这些人给他当医托。白吃白喝光动嘴的事谁不愿意干？这些赌徒、妓女们酒足饭饱之后，大嘴一张到处替吴根宣扬起来，一个个成了吴根的活广告。吴根哪，好像一下子成了开封城里的名医，人们有个大病小灾的都愿意到"吴家医馆"来，这"吴家医馆"门庭若市还真的热闹起来了。俗话说人走时运马走膘，吴根大把大把地赚来了钱，自然忘不了那些为他立下汗马功劳的赌徒、妓女们，吴根又成了那些赌场、妓院的常客。可是好景不长，吴根做梦也没有想到，喝了一顿花酒差点要了他的命。

开封城东关有一个姓金名九发的财主，人称金九爷。金九爷不光有钱还有势，有个同胞兄弟是在河南省警察厅干事，还是个不小的头目。不过金九爷并没有以权仗势横行乡里，也就喜欢种个花养个草提个笼子遛个鸟啥的。天刚蒙蒙亮的时候，金九爷肩上扛着一对画眉笼子就到龙庭上溜达去了，跟一帮子"鸟友"们很惬意地听悦耳的鸟鸣。不过金九爷也有烦心的事。他一辈子娶了三个老婆，大老婆是那种知书达理温柔贤惠型的，尽心尽责，给老金家生了两个儿子一个女儿，上了年岁之后吃斋念佛，终日不离开佛堂半步。二老婆虽说是心眼多了些，人也不坏，尤其是对金九爷好。二老婆只给老金家生了一个女儿，虽然百般努力还是肚皮瘪瘪的一如既往，为此二老婆暗地里抹了不少的眼泪，倒是金九爷想得开，常劝二老婆说："哭啥哭啥，一个人一个命。"三老婆是金九爷最喜欢的，年轻漂亮，说话莺声燕语，含笑露齿三分，走路轻风拂柳，坐下静若处子。最让金九爷满意的是三老婆心地善良，不仅孝敬婆婆，而且把大老婆和二老婆当亲姐妹看待敬重有加。金九爷和三老婆成亲的时候三十九岁，三老婆刚满二十岁，老夫少妻恩恩爱爱如漆似胶，不料天不遂人愿，三老婆过门不到半年得了一场大病，险些见了阎王，经金九爷多方寻医求药精心调治，命是保住了，人却变得面黄肌瘦，终日咳嗽不止，再也下不了床，成了药罐子，一天也离不开药。

又是一个春暖花开的日子，金九爷早早地起来，看看三老婆睡得正香，也没有去惊动她，到门外拿起六尺六寸长上面雕刻着双龙戏珠的笼杆，用手一晃，笼杆两头的铜环"哗啦哗啦"直响，金九爷听着心里舒服。金九爷把用金黄缎子罩着的两个三尺高的画眉笼子挂在笼杆上，扛起来走出大门直奔龙庭方向。

龙庭上已经来了不少遛鸟的人，一个个手托鸟笼，面朝着太阳升起的方向站成一组组雕像，给古老而又雄伟的龙庭又增添了一道景观。

金九爷来到一棵垂杨柳树下，从笼杆上摘下鸟笼子挂在树枝上，很小心地把鸟笼子上的金黄色缎子罩布拉开四指宽的一条缝，里面的那只画眉立刻从鸟盘上跳下来，面对朝阳引颈高歌，另一只笼子里的鸟受到同类的感染，也跟着鸣叫起来。

金九爷眯着眼听着清脆悦耳的鸟鸣声，不由得摇头晃脑地哼起河南梆子《铡美案》中包拯的唱段来：

> 陈驸马休要性情急，
> 听包拯我与你旧事重提。
> 大比年陈驸马连科及第，
> 咱二人午朝门同把君陪。
> 我观你年过三十成新贵，
> 曾问你原郡家中还有谁？
> 一句话问得你面红耳赤无言对，
> 我猜你家中一定有前妻。

到如今她母子来找你呀，

秦香莲就是你的结发妻。

奉劝驸马你认下好，

若不然祸到临头后悔不及……

"好，好！"胸前飘着三缕花白胡须的刘老汉拍着两手走过来，说："我以为是红遍豫东的黑头王李二来了哪，原来是金兄啊，唱得好唱得好。金兄，难得看见金兄有如此雅兴哟。"

金九爷连忙拱手说："承蒙刘兄夸奖，惭愧惭愧。多日不见，刘兄越发地精神了，三缕胡须飘洒前胸，红光焕发，可谓是仙风道骨哟。"

刘老汉摆摆手说："啥仙风道骨呀，行将就木之人何来红光焕发？托大宋天子的福，有生之年能在这龙庭上多溜达几圈也就心满意足喽。哎，金兄，三夫人的病体近来可有好转？"

金九爷长叹一声说："去病如抽丝，哪里有什么好转哦，还那样吧。"

刘老汉看了一阵金九爷的画眉，回头说："金兄，我听说咱这开封南关有一个'吴家医馆'，医馆里有一个吴先生，本事大得很，不管什么大病小病疑难杂症，那是神仙一把抓药到病除，金兄何不请吴先生给三夫人瞧一瞧哪？"

金九爷说："'吴家医馆'我也耳有所闻，只是拙妻久病卧床非止一日，怕是真的神仙下凡也无济于事呀。"

"哎，金兄，此言差矣。有道是有病乱投医嘛，金兄让人请吴先生来给三夫人看一看，或许能把三夫人的病给治好呢。"刘老汉说。

金九爷点点头说："刘兄说的也对。"

金九爷从龙庭回到家中，马上叫人赶着车子到"吴家医馆"去请吴根。吴根虽然医术不怎么好，但这些年学会了察言观色，只要是让人来请到家里看病的，那准是大户人家，不管你得的是什么病，吴根把握一个原则，人参、鹿茸、灵芝、驴胶这些补品大胆地用，虽然治不好病吧，但也绝对要不了人的命，至于病人的病好不好，那就要看病人的造化了，吴根可管不了那么多。

吴根下了车子走进金家大门，被金九爷迎到客厅，命人上茶，彼此谦让几句坐下，金九爷把三老婆的病情向吴根详细地介绍了一遍，吴根听得心里直犯嘀咕，暗想：这是他娘的什么怪病呀，我咋连听说也没听说过？这是吴根心里话，表情上丝毫没有流露出来。吴根稳稳当当地坐在那儿，听金九爷讲完，站起来对金九爷说："还是先看看病人吧。"

吴根跟着金九爷来到三老婆的房里，装模作样地先给病人把脉，又看了看病人的眼睛、舌苔，然后冲金九爷点点头走出来。

刚一回到客厅，金九爷就急切地问吴先生："拙妻到底得的是什么病症呀？还能不能治愈？还请吴先生明示一二。"

吴根没说话，脑子里却转得飞快，他在搜肠刮肚地想着既能应付过去又不会露馅还得把钱弄到手的办法。

金九爷有些坐不住了，"吴先生……"

"金九爷，三夫人这个病来日已久，是中焦堵塞阴火过旺所制，整天口干舌燥心里烦闷，再加上久病卧床深居卧房几乎与三光隔绝，所以三夫人的病根子就在一个'阴'字上。"吴根说。

吴根胡诌八扯的一番话把个金九爷说得云山雾罩，心里说看来这个吴先生果然是名不虚传，真的是医术高明。

"请问吴先生，拙妻这病要如何才能治愈？"金九爷问。

吴根也暗中松了一口气，他已经看出来了，这金九爷对医道一窍不通，既然是一窍不通那就好糊弄，你就等着往外拿钱吧。但是吴根毕竟打着行医的幌子在这一行混了许多年，大大小小的场面也见了不少，应付像金九爷这样的人那是游刃有余，决不会露出半点的破绽。

吴根说："金九爷，三夫人得的这种病是最缠手的，看不出明显的症状，用药下去又不见明显的起色，这也是我们行医人最伤脑筋的事。"

金九爷听了连连点头。

"金九爷，三夫人的病既然怪异又旷日持久，只有慢慢调制，急不得，急不得。不过我向金九爷您保证，凭我多年的行医经验，像三夫人这样的病少则三个月多则半年，我会让三夫人病情大有好转。痊愈我不敢说，让三夫人下得床来到处走走看看，我还是有把握的。"

吴根喝了口水又说："要想把三夫人的病治好，金九爷还得听我几句话，照我说的去做。"

金九爷连连点头说："请吴先生吩咐。"

这时，吴根突然想到他自己配制的一种迷药的作用，便很认真地说："刚才我说了，三夫人的病重就重在一个'阴'字，阳虚补阳阴虚补阴。调理阴阳是治病之本，阴阳平衡才能百病不侵。"

金九爷连连点头。

吴根站起来说："金九爷，我这就回医馆给三夫人调制汤药。只是还有一味药医馆里暂时还没有，我必须连夜去寻找。这样吧，明天一大早金九爷就差人到医馆来取药，我会把汤药的煎制和服用方法告诉去拿药的人。"

金九爷也站起来朝吴根拱拱手说："有劳吴先生了。"转身朝旁边的管家点点头，管家把用红纸包裹的两捆大洋交给金九爷。金九爷双手捧着递给吴根说："吴先生，拙妻的病就有劳吴先生了。这五十块大洋吴先生先拿着，权作些药费吧，实在不成敬意，请吴先生笑纳。待拙妻的病有所好转另有重谢。"

吴根一看金九爷出手就是五十块大洋，高兴得那颗心差一点没从嗓子眼里蹦出来，心想到底是有钱的大户人家，出手就是大方，别说继续给他老婆治病了，就是回去一卷铺盖走人都划算，自己那个破医馆能值几个钱哟。

吴根故作推辞说："金九爷，治病救人那是我们行医之人的本分，怎敢受如此重赏呀。"

"吴先生请不要见外，拙妻的病全杖吴先生妙手回春了。"金九爷爷又一次把大洋递到吴根面前。

吴根装作面有难色地说："既如此，吴某恭敬不如从命了。"

吴根怀里揣着五十块大洋，推说马上要去药铺寻药，没让金九爷用车送他，其实吴根的心早就跑到妓院去了。

吴根临走出金家大门的时候回头交代金九爷千万别误了明天一早叫人去拿药。

金九爷心里对吴根充满感激，心想都说有病乱投医，看来这回算投对了。你看人家吴先生不仅医术高明，而且还有一副热心肠，要是早点去把吴先生请来，也许三老婆的病早就治好了。

金九爷站在大门口，一直到看不见吴根的影子才回去。

吴根怀里揣着五十块大洋一溜小跑地来到滴翠楼，老鸨一见是吴根，没有好气地说："哎哟，这不是吴先生吗？不坐在你的医馆里给人瞧病，跑到俺这滴翠楼来干啥？吴先生呀，我老娘这儿可是没钱快滚开的地方呀。叫我说呀……"

吴根冷冷一笑，从怀里掏出几块大洋"哗啦"朝桌上一扔说："别狗眼看人低，睁开眼看准了，老子这可是白花花的现大洋。"

老鸨马上换了一副笑脸，露出满嘴的黄牙说："哟哟哟，吴先生您可是难得一见的稀客，快坐快坐。"说着回头大声朝楼上喊，"我说小九子，快点下来，吴先生来了，快来伺候着。"

吴根一敲桌子说："你当老子是来捡破烂的？让你的那个烂货小九子滚得远远的，今天就叫樱桃来伺候老子。"

"这……"老鸨说，"吴先生，这个樱桃吧——"

没容老鸨说完，吴根"噌"地站起来，把桌上的银圆一划拉，转身就要走。

老鸨急忙上前抓住吴根说："吴先生，吴先生，你可千万别走哇，我这就给您把樱桃叫下来。"

吴根在滴翠楼混了整整一夜，天快亮的时候回到医馆蒙头大睡，听见了敲门声才爬起来，开门一看是金九爷差人拿药来了。吴根连忙赔着笑说："配好了配好了，你先坐一会，我这就去给你拿来。"吴根赶紧跑回屋里，从药厨里胡乱地抓了三服药交给来人，交代了汤药的煎制方法，并反复叮咛说药一定要熬透了，空腹服下。

金九爷拿到药之后，马上让人煎熬，并亲手端到三老婆的床前，看着三老婆一口口地喝下去才放心地坐在一旁抽起了旱烟。谁知一袋烟还没有抽完，就听三老婆突然尖叫一声，两眼爆凸七孔流血而死。面对惨死的爱妻金九爷捶胸顿足悲痛欲绝。但是金九爷并没有失去理智，叫人把熬药的锅端来，倒出来残留的药渣，反复地用东西扒拉着看来看去，拿一根针丢在药渣里，那根针没多长时间就变成了紫黑色，这让金九爷大吃一惊。不用说了，药里有毒。可是金九爷怎么也想不明白，自己和那个姓吴的先生无冤无仇的，他为什么要下毒害死三老婆呢？人命关天呀，金九爷想着想着怒从心头起，叫来人如此这般地安排一番，金九爷要问问这个害死自己三老婆的混蛋先生究竟为什么对金家下此毒手。

几个人闯进医馆的时候吴根还躺在床上做着美梦。

吴根被抓到金家，看着地上的药渣脑袋"嗡"的一声，眼前一黑差一点一头栽到地上，头上的汗也下来了。吴根吓傻了，他清楚地看见药渣里有一种暗红的东西，那是自己配制迷药用的丹顶红，奇毒，怎么就……吴根越想越怕，两条腿不由地哆嗦起来。

金九爷看着吴根冷冷一笑说："姓吴的，我金家和你往日无冤近日无仇吧？你为何要下此毒手？今天你得给我说清楚啦。要不然……"金九爷声音虽然很低，但字字透着杀气。

吴跟再也站立不住，断了脊梁骨似的一下子瘫倒在地上。

金九爷其实也没有想杀了吴根给三老婆偿命。三老婆死了，这也许就是三老婆命该如此。金九爷想。

　　天黑的时候，吴根被几个大汉连拉带拖弄到开封城郊外的一处乱葬岗子，一个大汉手里拿着一把明晃晃的尖刀站在吴根旁边，笑嘻嘻地对吴根说："小子，你记住了，明年的今天就是你的忌日，爷爷到时候说不定还会来这里给你烧张纸哪，不过那得看爷爷是不是高兴。"

　　吴根两眼紧闭，他心里明白，这回是死定了，叫阎王爷三声亲爹也没用。

　　大汉没有把尖刀插进吴根的胸膛，而是伸手扯起吴根的一条胳膊，很潇洒地把尖刀绕着吴根的肩膀转了一圈，抬脚把吴根朝外一蹬说："去你姥姥的吧。"当然这都是金九爷暗中安排好的。吴根的一条胳臂就和身体分了家，疼得惨叫一声昏死过去。

　　都说好人不长寿祸害一千年，这话不假，失去了一条胳臂的吴根还真的就没有死，半年之后，乞丐似的吴根来到了狼尾巴山脚下的麻花庄，靠自己的那点中药知识到山上采集一些草药来给村里人治些头疼脑热的小毛病，倒也没有引起村里人的反感。就这样过了一两年，吴根在村头买下一块空地盖了两间草房，村里还来了不少人帮忙，也就是说善良的麻花庄人接受了吴根这个外来的先生。

第 12 章

不知道为什么，槐花心里突然产生了一种奇奇怪怪的
东西，而这个奇奇怪怪的东西槐花也说不清是什么，是希
望还是期待？都是又好像都不是

天上飘着雪花，零零星星的。

马天五闯进来的时候屋里很暗。

马天五看见床上躺着一个女人，身上搭着半截被子。女人两眼是睁着的，睁得很大。马天五想这个女人一定是在那个夜里拼命喊叫的女人。看着躺在床上的女人，马天五想到了娘，娘经常是这样睡觉的。

床上躺着的人是槐花。

槐花见有人进来了，没动，一动下身刀割似的疼痛，便下意识地把身上的被子往上扯了一下，遮住自己裸露在外面的半截胸口。

马天五一直盯着床上的女人。

槐花吃力地把头转过来，看着面前这个身材高大的男人心里暗暗吃惊，她不知道这个突然闯进来的男人到底要干什么。

和一个女人，一个陌生的长得又有几分秀气的女人这样近距离的对视，马天五还是第一次。从女人的目光里，马天五读出了些悲哀凄凉，又读出了些无奈，悲哀凄凉和无奈里面隐隐约约地还隐藏着些恨。同时，马天五又觉得女人的目光里有一种莫名的东西在吸引着他，而这种莫名的东西又好像是他渴望已久的，一直在苦苦寻找的。

马天五向床边靠了靠，槐花有了些本能的反应。

槐花的反应是麻木的。

槐花从面前这个高大男人的眼里也读出了些东西，而这些东西的后面隐藏着的是贪婪，是欲望，还有仇恨。槐花还知道，这个在天还没亮就闯进来的高大男人，从表情上看不会是吴根的朋友或病人什么的，因为从槐花进了这个门，就没有见过吴根往这个屋里领来过任何一个人。

不知道为什么，槐花心里突然产生了一种奇奇怪怪的东西，而这个奇奇怪怪的东西槐花也说不清是什么，是希望还是期待？都是又好像都不是。

槐花闭上了眼睛。

槐花在想站在床前的这个男人也许会狼一样地扑过来，像吴根一样一把掀开薄薄的被子，把她身上的红肚兜撕下来然后再爬上她的身子。想到这里，槐花心里一哆嗦，心里怕极了，不由想起吴根在她身上所用过的那些手段。

不管怕也好不怕也罢，槐花知道一定会有事情发生在自己身上，这是面前的这个男人的目光告诉她的。

但是，一切都没有发生。

屋里静得能听见彼此的喘息声。

槐花再次睁开眼的时候，面前的这个高大男人却低下了头。

马天五低着头，心里的那种莫名的冲动比盯着女人看的时候更加强烈，更加难以抑制。因为马天五脑子里一直在猜想女人惨叫时的样子，但他实在想不明白，究竟为什么这样一个俊俏的女人会在半夜三更那样惨叫？马天五用眼角瞟了一眼床上的女人，见女人那双秀气的大眼也在盯着自己，好像在等待什么，这更让马天五心里怦然一动，一股原始的东西在体内升腾起来，而那升腾起来的东西像火。马天五觉得有些眩晕，觉得体内的那把火就要从身体的某个部位窜出来。

但是马天五一直站在那儿没动。

"你是谁？"槐花用哀怨的目光看着马天五。

马天五仿佛听见湿漉漉的早晨一声鸟鸣，而那鸟鸣声听起来也是湿漉漉的。

"你是谁？"槐花又问了一声，声音比刚才略高了些。

马天五突然清醒过来，马天五有些恨自己，心想马天五你他娘的是干什么来的？你是报仇来的，是找那个割掉了你一只耳朵的人报仇来的，床上的这个女人是丑是俊是悲哀是凄凉是死是活跟你狗日的马天五有什么狗屁关系？

马天五的表情在起着变化，两只眼里渐渐透出愤怒的光。

槐花心里一紧。

"那个一只胳膊的老混蛋在哪？"马天五恶声问。

槐花看出了，眼前这个凶煞神似的高大男人一定是吴根的死敌。

槐花心里有了些庆幸，槐花从心底期盼着眼前这个高大男人能一拳把吴根打死，不，打死他太便宜他了，应该把他活活地血淋淋地劈成两半。这样想着，槐花脸上出现了些微笑。

"我问你，那个少了一只胳膊的老狗日的人在哪？"马天五没有注意槐花表情的变化，瞪着一双仇恨的眼靠近床边。

"走了，天没亮就走了。"槐花平静地说。

"那个老狗日的去哪儿了？"马天五又问。

槐花摇摇头，眼角里流下一行泪来。

看见躺在床上的女人流泪，马天五愣在了那儿。马天五又想起了娘，娘经常这样流泪，像面前这个女人一样躺在床上流泪。马天五真想走过去像以前帮着娘擦泪那样帮女人把脸上的泪擦干。

"那个老狗日的啥时候回来？"马天五的声音低了许多。

槐花摇摇头，停了停说："那个该天打五雷轰的畜生天黑之前一定会回来的，他从不在外面过夜，他……呜……"槐花突然把头扭向一边哭起来，哭得很伤心，声音很低很细。

"娘啊……娘啊……"

在马天五眼里这个躺在床上哭泣的女人突然变成了自己已经花白了头发的娘，对，就是娘。这个女人的头发散乱着，娘也是这样，这个女人脖子上的扣子没有系，露出下面深深的乳沟，娘也是，女人哭的声音不大但却是撕裂心肺，娘也是。

马天五仿佛走进了幻境，走进了自己家那昏暗低矮的小屋，真真切切地看见娘躺在床上，娘没哭娘在笑。

"娘——"马天五喊。

槐花回过头来，用惊异的目光看着马天五。

吴根上了狼尾巴山。

吴根这一趟上狼尾巴山，叫姓黑的大瓢把子扣留了三天。本来吴根是打死也不敢在山上待三天的，他自己心里清楚，给槐花灌下去的那种药只有三天的作用，三天之后药力就过去了，槐花身上就有了力气，就能下床就能走出屋子，如果槐花走出屋子就有可能遇上人，槐花就会把她的一切告诉别人或者叫别人给她的家里带信，槐花的家里人就会找来，槐花的家里人要是找来了，看到槐花被他折磨得没有个人样，不把他吴根活劈了才怪。吴根越想越害怕，可他又不敢对大瓢把子说非下山不可，只好硬着头皮赔着笑脸待在山上。等天一黑，吴根瞅准了一个机会悄悄地退出大厅，想溜下山去赶回麻花庄。

人该遭报应的时候老天爷也挡不住。

吴根前脚刚一走，姓黑的大瓢把子突然觉得肚子疼得厉害，忙大声喊："快，快把那个吴神仙叫来。"几个狼崽赶紧到处找吴根，才发现人不见了，给大瓢把子一说，姓黑的大瓢把子火了，说："给我追，追回来给我吊在树上可劲揍！他妈拉个巴子的，这个狗日的真是活腻歪了。"

就这样，吴根还没有跑出山门就给抓了回来。姓黑的大瓢把子说话算数，手一摆说："把狗日的衣服扒光了吊起来，揍，给老子狠揍！"

看着赤条条的吴根被吊在树上给揍得鬼哭狼嚎，姓黑的大瓢把子说："给老子抱一坛子老酒来。"吴根一声连一声惨叫，姓黑的大瓢把子一碗接一碗喝酒，一边喝一边骂："老子叫你狗日的跑，你再跑啊，狗日的。"吴根被打得实在受不住了，在树上挣扎着喊："爹，亲爹，别打了，我再也不敢跑了。爹，亲爹，我受不了了，把我放下来吧。"姓黑的大瓢把子一乐，说："乖儿子，先忍一会，等爹喝完了这坛子酒再把你放下来陪爹喝两碗。"

第二天一大早，已经恢复了一些体力的槐花自己从床上坐起来，看看坐在旁边呼天呼地睡得正香的马天五，槐花没有去惊动他，因为槐花知道，这个人肯定和吴根有着什么深仇大恨，看起来等不到吴根他是不会罢休的。槐花早就想过，眼前这个牛高马大的人会怎么样对付吴根，一顿拳脚把吴根打死太便宜他了，该把他千刀万剐，放在油锅里炸，槐花肯定会吃上几口。

槐花试着想从床下来，费了好大的劲才挪到床边，不料这时的马天五被木床"咯咯吱吱"的响声惊醒了，马天五"噌"地站起来，两眼凶狠地瞪着槐花说："你他娘的骗老子是吧？"槐花看着马天五没有说话。因为槐花也不知道吴根为什么会两天没有回来，自从槐花被抬进这间屋子这是从来没有过的事。

"你说，那个老狗日的吴根为啥两天了还没见人影？"马天五又问。因为马天五从槐花的嘴里知道了这个叫槐花的女人的遭遇，也知道那个少了一条胳臂的家伙叫吴根。

槐花还是摇摇头。

马天五愣了一下，突然冲过来，一把抓住槐花的头发，发狠道："你要敢骗老子，老子连你一块弄死！"然后猛地一推，槐花倒在床上。

槐花倒在床上眼里流着泪心里却暗自高兴，因为她知道眼前这个高大的男人就是吴根的克星，是能为自己报仇的人。

马天五已经看出来了，床上这个叫槐花的女人也恨吴根，也想杀了吴根。因为可怜这个女人，也因为这个女人的遭遇有些像娘，所以马天五没有把槐花怎么样。

马天五饿了。

马天五两眼在屋里寻找着。

槐花流着泪在床上躺了许久，觉得身上有了些力气，挣扎着又坐起来，看见马天五在到处乱翻，好像在找什么。槐花有些不明白，不清楚这个人在找什么。看了老大一阵，槐花终于看出来了，这个高大的汉子是在找吃的。这时，槐花又觉得这个人有些可怜。

槐花什么话也没说，而是想从床上下来。

马天五用手一指槐花说："你想干什么？"

槐花用手朝墙角边的一个木橱一指，用低低的声音说："要是有啥吃的就在那里面。"

马天五立刻走过去，从木橱里端出一个柳条框子，见里面有四五个黄黄的油饼子，更叫马天五高兴的是，油饼子的旁边碗里还有半条吃剩下的狗腿。马天五伸手拿过狗腿使劲咬了一口，结果什么也没有咬下来。因为天冷狗腿给冻住了，太硬。

"你点把火在锅里热一下吧。那……那下面八成还有酒。"槐花的声音还是很低。

马天五点把火在锅里把油饼子和狗肉热好之后，又从木橱底下找出半坛子酒来，提起酒坛子"咕咕咚咚"地喝了一阵，撕下一大块狗肉塞进嘴里，觉得肚里"叽里咕噜"地直叫，好像刚刚进到肚里的酒和狗肉在肚里翻滚一样。马天五往小板凳上一坐，刚想再喝酒，突然想起床上的槐花，伸手拿了两个油饼子走过去。槐花坐在床沿发愣，马天五也不说话，把油饼子朝槐花手里一放，转身过来一阵猛吃猛喝。

槐花拿着两个热油饼愣了半天，突然把泪一抹大口大口地吃起来，狼吞虎咽。

"狗日的吴根啥时候能回来？"酒足饭饱的马天五像是问槐花又像是在问自己。

"如果这个禽兽没有死在外面，今天一定会回来的。"槐花眼里闪出仇恨的火花，咬着牙说："杀了他，我一定要杀了这个畜生！"

　　吴根一瘸一拐地从狼尾巴山上下来回到麻花庄的时候雪已经停了。吴根虽然被打得浑身刀割似的疼痛，但他一步也不敢耽搁，几乎是跌跌撞撞地跑回来的。"哗啦"一声把门推开，一头钻进里屋，看见槐花仍躺在床上，吴根长长地松了一口气，望着槐花得意地干笑一声说："你还在床上躺着？躺着好，躺着就好。"说着低头在身上背着的包里翻起来，槐花知道吴根在找那个白色的小瓶子。槐花一咬牙，猛地从床上爬起来，尖叫一声扑向吴根，一把抓住了吴根头上那几根少得可怜的头发，"你个畜生、禽兽，我杀了你！"吴根遭到槐花的突然袭击，心里一惊，但马上反应过来，用力挣脱槐花的手，转身一拳打在槐花脸上。槐花毕竟身体虚弱，经不住吴根的拳头，惨叫一声倒在地上。吴根过去紧紧地把槐花按住，骂："你个臭婊子，我……"吴根突然觉得有些不对劲，还没等反应过来，便被人抓小鸡似的从后面拎了起来。"哎哟，他妈的……"吴根还没有骂完，"噗通"一声被狠狠地摔在地上，紧接着一只脚踩住了吴根的脑袋。

　　槐花从地上爬起来，伸手在床头边拿起一根木棍，照着吴根身上一阵猛打，打得吴根像挨了刀子似的一声接一声惨叫。槐花边打边骂："你个畜生，你个遭天打雷劈的，姑奶奶打死你，姑奶奶打死你。"

　　吴根的头被马天五一只脚紧紧地踩着一动也动不了，一只手在地上抓来抓去，嘴里"呜哩哇啦"地也听不清在喊什么。

　　槐花打累了，把手里的木棍往地上一扔，捂着脸蹲在地上"呜呜"地哭起来。

　　马天五把脚抬起来，扯着衣服提起来吴根，看着吴根说："姓吴的，你还认得爷爷吗？"

　　吴根看看马天五摇摇头说："我……我……没……没见过你，你为啥……为啥跑到我家里……"

　　还没等吴根说完，马天五照着吴根脸上"啪"的一个耳光，打得吴根鲜血从嘴里流出来。

　　"你狗日的忘了？睁眼看看老子的这只耳朵！"

　　"是……是……你，你怎么……"吴根看看比自己高出半截的马天五，知道落在了仇人手里一切都完了。

　　马天五一伸手从吴根包里抽出一把牛耳尖刀，在吴根脸上来来回回地比画了几圈，说："姓吴的，你就是用这把尖刀把老子的耳朵割掉的吧？那好，老子今天就叫你尝尝挨刀的滋味。"说完猛地把手中的尖刀举起来，没听见什么声响吴根的一只耳朵便飞了出去。

"啊……啊啊……"吴根一阵惨叫。

看着痛苦挣扎的吴根，马天五冷冷一笑，伸手扯住吴根的另一只耳朵，毫不犹豫地一刀割了下来。

"唔唔……"这回吴根不是大声地惨叫了，而是摇着血淋淋的脑袋，转身一头撞在墙上。

马天五把吴根拉过来，从地上拾起一只滴着血的耳朵塞进吴根嘴里，又举起尖刀对准了吴根的胸膛。

"慢，你不能就这样杀了这个畜生。"槐花突然站起来拦住马天五。

马天五和吴根都吃惊地望着槐花。

"不是他害了你吗？你怎么拦住不让我杀他？"马天五问槐花。

槐花没有回答马天五的话，而是伸手拿过吴根背着的那个布包，在里面摸索一阵，拿出一个白色的小瓶子，一把拔掉瓶塞，来到马天五面前说把这个给他喝了。

"这是什么？"马天五问。

吴根吐出嘴里的耳朵挣扎着说："你……你个臭婊子……"

"啪！"马天五又给了吴根一个嘴巴。

槐花对马天五说："你把他的嘴弄开，我来灌。"

马天五用手捏住吴根的脖子，还没有使多大劲，吴根便"噢噢"着张开了嘴，槐花把白色的药瓶凑到吴根嘴边，手往上一抬，瓶子中的黄色液体全部流进吴根嘴里。

吴根先是把血球一样的脑袋晃了几晃，从嗓子眼里发出些无奈的"呜呜"声，随后散了架似的"噗通"瘫倒在地上，眼里流出几滴浑浊的泪来。

马天五拾起槐花丢在地上的白色瓶子，仔细地看了看说："这是什么东西这么厉害？"

槐花泪水断了线似的往下流，哭泣道："这个禽兽就是用这个瓶子里的东西三天给我灌一次，叫我在这张床上睡了一年多，差一点叫这个禽兽给祸害死了。"说完"哇"地扑在床上号啕大哭。

天要黑了。

槐花把油灯点上，屋里亮起来。

马天五手里拿着牛耳尖刀蹲在吴根旁边，望着躺在地上嘴里"呜呜哑哑"的吴根说："老狗日的，今天就是你的死期，给你马爷爷说想咋死？你马爷爷成全你。"

槐花过来，一把夺过马天五手里的牛耳尖刀，扯起吴根的衣服用刀子"呲呲啦啦"地划开，露出吴根干瘦的胸。槐花用力在吴根胸前扯起一块肉，咬着牙用刀子割下来。

血是随着吴根无力的惨叫声一块流出来的。

"啊……啊……你……你个臭婊……婊子……"吴根的声音很低但却充满了仇恨。

槐花把手里那块血淋淋的人肉狠狠地砸在吴根脸上，举起牛耳尖刀猛地朝吴根仅有的那条胳臂上扎下去。

"呜呜……噢……噢……"吴根惨叫着无力地挣扎着，一张扭曲的脸抽搐着。

站在一旁的马天五直愣愣地看着槐花，他实在不敢相信眼前这个手里拿着刀子从吴根身上往下割肉的女人就是在两天前还躺在床上的可怜的女人。

马天五愣在那儿不知道该怎么办。

突然，槐花抹一把眼泪，对马天五说把这个禽兽扔到床上去。

马天五照着做了。

槐花从旁边提过来一只坛子，把里面的油全部浇在吴根身上，回头对马天五说："把这屋子还有这个畜生一起烧了，我跟你走。"

马天五一惊，说："你不回你家呀？"

槐花一听又落下泪来，哽咽道："我哪里还有家？我哪里还有脸回家？"

"这……"马天五说，"你还是回你的家吧。"

槐花过来一把抓住马天五说："咋啦？你不愿意要我还是嫌我……"

"不是不是，我……"还没等马天五把话说完，槐花把一个花布包袱递给马天五说："拿着。"

马天五问："这是啥东西？"

槐花没有回答，转身过去把油灯端在手里说："咱们这就离开。"说完把油灯扔在吴根身上，眼看着火苗一点点燃烧起来。

身上已经着了火的吴根在床上拼命徒劳地挣扎。

当槐花拉着马天五急匆匆走出村子回头看的时候，大火已经映红了麻花庄这个小山村的半拉天空。

老黄河南边的柳寨渊子方圆有上百里，水面宽阔白浪滔天，往日里的柳寨渊子里大大小小的打鱼船往来不断，老话说"靠山吃山，靠水吃水"，住在柳寨渊子周围的百姓把柳寨渊子看作是他们的命根子，吃的、用的柳寨渊子都管着。是的，柳寨渊子里水是清的，鱼是肥的，只要你把渔网撒下去，保准会拉出几条活蹦乱跳的鲤鱼来，如果运气好的话，偶尔还会弄几条鳝鱼、王八啥的。所以，柳寨渊子周围的百姓家里来了亲戚或客人什么的，总是说等一等，我到渊子里捞几条鲤鱼来下酒。好像这个柳寨渊子就是自己家里的养鱼缸，伸手拿来。不过，柳寨渊子里的王八确实很稀罕，很少有人能网住，倒是水里的鳝鱼不少，平时就能看见那些鳝鱼在岸边"扑扑棱棱"地来回乱窜，尤其是夏天日头毒的时候，天上好像下火似的，你拿个鸡蛋放在太阳地下，不消一袋烟的工夫鸡蛋就熟了。水底下八成也闷热吧，那些鳝鱼都从水里朝水边有树荫的地方窜，而且还会把半个脑袋露出水面，长的短的粗的细的鳝鱼把树荫搅成了一锅粥。在柳寨渊子水边玩耍的孩子从树上扯两根柳条编个筐子猛地朝水里一挖，也能捞上几条来。说到鳝鱼，因为它通体金黄，人们又称为黄鳝。柳寨渊子周围的人都知道，不是所有的黄鳝都能吃，有的黄鳝它就有毒。有毒的黄鳝细、长，在水里游起来速度比较快，除此之外与一般的黄鳝就没有多大区别了，只有那些以打鱼为生长年撑着小船在柳寨渊子里漂荡的人才能一眼就认出来。认不出来鳝鱼就不吃鳝鱼了？不也吃，照样吃得津津有味满嘴流油。要不说人聪明，其实人就得聪明，人要是不聪明的话，在这个世上就得吃大亏，因为能害人的东西太多太多，天上飞的地下跑的都有。鳝鱼有毒不怕，柳寨渊子周围的人们把捞上来的鳝鱼不马上吃掉，而是放在一口大水缸里，单等着到了十五月圆之夜月照头顶的时候，站在水缸旁边仔细观看，只见缸里的鳝鱼一个个把脑袋探出水面，一动不动地朝着月亮的方向还微微点头，这就是"黄鳝拜月"。这时人们就会发现，有一条或者几条又细又长的黑影子在水里来回窜动，还不时弄出些"呼呼啦啦"的声响来，人们就会一把把它抓出来，这就是有毒的黄鳝，有毒的黄鳝是不拜月的。

说起来"黄鳝拜月"在当地还有个流传很久的传说：很久很久以前在老黄河的南边住着一个年轻的小伙子名叫黄善，黄善人勤快不说，还常常做些善事，每逢夏天老黄河里河水上涨，黄善便把裤腿往上一撸，将一些没有办法过河的老人或者小孩背过河去，多少年来坚持不断，老黄河两岸的人们对黄善赞不绝口。这件事被观音菩萨知道了，观音菩萨觉得像黄善这样心地善良的人世上已不多见，应当度他成仙。于是，观音菩萨离开了普陀山紫竹院驾祥云来到老黄河边上。天一亮，黄善便带着自己的那条黑狗来到老黄河岸边的庄稼地里，一边干些农活，一边不时地朝老黄河里瞅，如果有老人和孩子要过河，黄善就会跑过去把他背到对岸去。因为天太热，黄善在地里干了一阵汗流浃背，便过来在老黄河里洗把脸，然后坐在大树底下乘凉。这时，一个年轻的姑娘急匆匆来到岸边，望着又急又宽的河水显得非常着急。黄善便跑过去问："姑娘，你是想过河吗？"姑娘连连点头说："老母亲病了，俺急着去城里买药，河水又大又急，自己不敢过河。"黄善一笑说："姑娘，别着急，我背你过河吧。"姑娘很感激，嘴里不住地说："谢谢，谢谢。"黄善背着姑娘"哗啦哗啦"地走在水里，心想这个姑娘长得太好看了，跟天上的仙女似的，要是能娶她做媳妇就好了。过了河，姑娘谢过黄善匆匆而去又匆匆而回，说："好心的大哥，俺去城里买药要很晚才能回来，你能不能在这河边等着俺，再把俺背过河去？"黄善满口答应说："姑娘，你放心去吧，多晚回来我都在这儿等着你。"姑娘走了之后，黄善躺在树荫下想，自己已经是三十多岁的人了，因为家境贫寒，至今仍是孤身一人，严冬盛夏只有这条黑狗陪伴着自己，今天碰上这个貌似天仙的姑娘也许是上天注定，不能放过这个机会，一定得想办法娶这个姑娘当媳妇。黄善闭着眼睛躺在树底下，也没有心思去背其他人过河了，虽然也有人喊他帮忙，可黄善理也没搭理，只想着怎样才能把去买药的姑娘弄到手。这天是个十五，黄善一直在河边焦急地等待着姑娘，直到又大又圆的月亮到了头顶的时候，姑娘才提着几包药急匆匆走来。这下黄善心里高兴了，心想这夜深人静的时候，要把一个年轻的姑娘弄到手太容易了。黄善背起姑娘向河里走去，两只手开始不安分起来，先是试探着用手轻轻地揉揉姑娘的大腿，又轻轻捏捏姑娘的屁股，见姑娘没有拒绝胆子更大起来，用力在姑娘的身上揉搓起来，等到了河中间的时候，黄善突然停了下来，说："姑娘，这样背着你太累，我慢慢转过身来抱着你吧，姑娘你长得好像天上的仙女，我想多看姑娘几眼。"黄善的话音还没落，只觉得身上一轻，一道金光从眼前闪过，脚踏莲花手托净瓶的观音菩萨出现在半空，黄善吓得目瞪口呆。观音菩萨说："听说你是个很善良的人，做过不少善事，原来这都是假的，是做给人看的，其实你心里一直存有邪念、恶念，今天竟然趁着天黑乘人之危，对一个陌生的女子动手动脚，实在可恶。"说着用手一指，黄善立刻变成了一条鳝鱼。这时站在岸边的那条黑狗突然"汪汪"地叫起来，观音菩萨又朝黑狗一指，黑狗也立刻变成一条鳝鱼一头扎进水里，成了一条毒鳝。观音菩萨一指水里的黄鳝说："你也不要再待在这老黄河里了，你还会起歹意害人的，就把你埋在柳寨渊子里的淤泥里吧，只要你一出来就会被人捉住吃掉。"被变成黄鳝的黄善眼巴巴地望着观音菩萨朝着月亮的方向飞去，不停地点着头，也不知道是在忏悔还是在后悔没有得到这位貌似天

仙的姑娘。

柳寨渊子的热闹好多年前就不见了，因为柳寨渊子里来了一伙子土匪，为首的人叫浪里滚刀。这浪里滚刀长得人高马大面色黝黑，朝人前一站跟半截铁塔似的。据说这个浪里滚刀因为放火烧死了仇家，怕仇家寻仇在外面逃亡多年才来到柳寨渊子当了土匪。浪里滚刀纠集一伙人也不知道怎么就看上了柳寨渊子这块风水宝地。

柳寨渊子水美鱼肥，浪里滚刀带着一帮子土匪潇潇洒洒地大碗喝酒大块吃肉，只是苦了柳寨渊子周围的百姓。

第 13 章

　　老黄河里冬天的鱼多、大、肥，可着网地朝外拉，把
网都撑破了。要是到了数九寒天河面上结了冰更好，你随
便找个地方砸开一个冰窟窿，那狗日的鲤鱼一个一个地往
上蹦

　　"唧啾唧唧啾啾唧唧啾啾"鸟们煽动着翅膀，摇晃下来树叶上许多露珠。

　　又是一个大好晴天。

　　"当——当——当——"晨钟敲碎了清晨的静谧，"棒棒棒"木鱼声唤醒了朦
胧中的黄沙庵，唤醒了黄沙庵里那一棵棵垂柳树上做着梦的小鸟。

　　两只很粗的红蜡烛燃烧着，不时地发出些"噼噼啪啪"的声响，烛火头上的
两股白烟盘旋着袅袅起升，飘向大殿顶端。

　　佛龛里香烟缭绕。

　　大殿里众僧尼姑整整齐齐地站立在两边，一个个秀目微闭，双手合十胸前，
随着木鱼有节奏的敲击声默默地念着《心经》。站在妙安旁边的妙贞嘴里一边念
着经文，一边不住地拿眼睛朝大殿门外瞟。

　　"时辰到，受戒人进殿——"随着大执事妙安的喊声，一个衣缕破烂的中年
女人手里拉着一个蓬头垢面病病歪歪的小女孩慢慢走进大殿。小女孩紧紧抓住中
年女人的衣襟，忽闪着一对大眼怯生生地打量着大殿的一切。当小女孩的目光看
见大殿正中供奉着的巨大的观音菩萨坐像时，吓得"哇"一声大哭起来，松开中
年女人的衣襟扭头跑出大殿。

　　"回来——"中年女人的呼喊声里带着凄楚和悲凉。

不大会，挣扎着的小女孩被抱回大殿。

"恭请慧圆大师。"妙安的话音一落，众女尼齐声高唱"阿弥陀佛——"

声音未了，只见一个身披红灿灿叠着金钱的袈裟、手持拂尘的女尼从大殿之外缓步走进来，显得那样凝重，透着七分的灵气，仿佛从云端里走下来的一个得道女仙，整个大殿里立刻显得辉煌起来。不光大殿内所有的女尼吃惊，就连从小跟着慧圆主持长大的妙贞也看得愣住了，妙贞是第一次看见师傅身上披了这件红色的袈裟。

不知道为什么，这个时候妙贞的耳边偏偏就响起了"哗哗啦啦"的水声，是师傅洗澡时的水声，眼前仿佛又出现了那片似云似雾的腾腾热气。妙贞的眼睛瞪得更大，直直地盯着师傅，想从师傅身上找出那一颗颗亮晶晶的星星。

"当——当——当——"大殿里再次响起钟声。

女尼们开始唱诵《大悲咒》：

南无、喝啰怛那、哆啰夜耶。

南无、阿唎耶，婆卢羯帝、烁钵啰耶。菩提萨埵婆耶。

摩诃萨埵婆耶。摩诃、迦卢尼迦耶。唵……

妙安把点燃的三根香恭恭敬敬地交给慧圆主持，慧圆主持把香举过头顶，朝观音菩萨拜了三拜，然后把香插进佛龛，回过身来跪在蒲团上虔诚地磕了三个头。

一曲《大悲咒》唱完，慧圆主持来到小女孩旁边，刚想伸手去摸小女孩的头，小女孩急忙躲在中年女人身后，中年女人费了很大的劲才把小女孩拉过来。中年女人流着泪对小女孩说："在家里娘不是都给你说好了吗？到了庵里观音菩萨会保佑你，你的头就不疼了，病就好了。乖孩子听话。"

小女孩点点头，两只手却紧紧抓住中年女人的衣襟不放。

慧圆主持双手合十念道阿弥陀佛，然后问小女孩："尔愿意出家否？"

小女孩不知所措地抬头看着中年女人。

中年女人一推小女孩："孩子，快说呀，愿意愿意。"

小女孩看看中年女人又看看慧圆主持，最后把目光停留在妙贞光秃秃的脑袋上。

妙贞发现小女孩两只眼一直在盯着自己，觉得有些不自在，忙把眼睛闭上，从眯着的眼睛缝隙里看着小女孩，突然妙贞发现，小女孩的目光中透出一缕仇恨的光，这让妙贞觉得心猛然一颤。

慧圆主持对中年女人说："孩子还小，回答就免了吧。"慧圆主持继续说："出家，顾名思义，便是走出原来的'家'，这并不仅仅是指割爱弃亲，走出俗世的那个家，还要走出心的烦恼，走出对生死的执着；出家便是走出俗世，摒弃烦恼，勘破生死。出家之后，尔要切记谨守戒律，遵从庵规。平时要着僧衣、吃素食、住寮舍，与人为善，潜心向佛。这些话尔记住了吗？"

中年女人一推小女孩："快说，快说记住了。"

小女孩在中年女人的催促下勉勉强强地"嗯"了一声。

慧圆主持微微点点头，说："好吧，贫尼为尔落发。"

大执事妙安大声喊："落发开始！"

"当当当……"钟声一连九响。

伴着清脆的木鱼声，大殿里再次响起女尼们唱诵《功德偈》的声音：

> 愿以此功德，庄严佛净土。
>
> 上报四重恩，下济三途苦。
>
> 若有见闻者，悉发菩提心……

在女尼们诵经的时候，慧圆主持从一名小尼手上接过一把明亮的剃刀，来到小女孩身边，一手按住小女孩的头顶，一手拿着剃刀轻轻落在小女孩头上，贴住小女孩的头皮，手腕慢慢往下一拉，一缕黑发落在地上。

小女孩也仿佛受到佛殿气氛的感染，瞪着一对明亮的大眼睛一动不动地站在那儿。

慧圆主持为小女孩落完发之后，一只手按在小女孩头顶说："尔既已出家，当牢记佛门戒律，早晚诵经潜心修行以图早日脱离苦海，记住了吗？"

小女孩胆怯地望着慧圆主持点点头。

"我今给尔取个法号，就叫妙善吧。"

慧圆主持刚一转身，被赐名妙善的小女孩"哇——"的一声哭起来，这哭声一下子将大殿里的气氛搅乱了。

黄三座楼的人，老黄河边上的人突然恐慌起来。

老黄河两岸来了狼，有人说一只有人说几只有人说一群也有人说是成百上千只，那只领头的狼有头驴那么高，两只眼睛有灯笼那么大还闪着绿色的光。老黄河南岸的人说乖乖，老黄河北岸一家人喂的十几只羊一夜之间被狼吃得干干净净，一根羊毛都没剩下；老黄河北岸的人说日他娘，老黄河南岸一个村子村头树上拴着一头老大个的水牛，大白天的叫狼给吃了，没有一袋烟的工夫吃得就剩下了一堆骨头渣子。

不管老黄河北岸还是老黄河南岸的人们都信，平时只有野兔野鸡野鸭子出没的老黄河两岸来了狼，来了很多的狼。

老黄河两岸的黄土地养人，老黄河里的水也养人。

紧靠着老黄河的岸边一溜有几十个用芦苇搭起来的草棚子，南北两岸都有。

老黄河两岸的汉子们在地里忙的时候一头扎到地里，面朝黄土背朝天，头顶炎炎烈日，滚滚汗滴禾下土，撅着屁股从黄土地里朝外刨粮食。地里没有活的时候，老黄河两岸的汉子们就收拾收拾逮鱼用的各种工具，提上一坛子老酒，把渔网往肩上一扛来到老黄河边上打鱼。黄三座楼刘九呱嗒的哥哥刘八顺子就说过，"日他个奶奶，老黄河里冬天的鱼多、大、肥，可着网地朝外拉，把网都撑破了。要是到了数九寒天河面上结了冰更好，你随便找个地方砸开一个冰窟窿，那狗日的鲤鱼一个一个地往上蹦，真的，骗你俺是黄沙庵的尼姑养的。"

这话老黄河边上的人都信。

那个冬天雪下得很大，鹅毛大雪一连下了半个月，地上积雪有一尺多厚，到处白茫茫的一片，刺得人两只眼睛睁不开。刘八顺子挑着两筐冻僵的老黄河鲤鱼在叮当集"吭吭哧哧"地转悠了半天也没卖出去几条。刘八顺子想我日他小娘，今个咋恁倒霉，这地上的雪那么深，一脚踩下去快到大腿根了，总不能再挑回去吧？

骂归骂埋怨归埋怨，鱼总得想办法卖出去才行。刘八顺子挑着鱼筐一边吃力地朝前走，一边吆喝："哎——买鱼唻买鱼唻，老黄河里的大鲤鱼便宜喽——"

"哎，卖鱼的，过来过来。"一个白发苍苍的老嬷子站在门口喊。

刘八顺子一听来了精神，忙不迭地挑着鱼筐走过去，说："大娘，你瞅瞅，这鱼多肥，今个一大早才从老黄河的冰窟窿里掏出来的，鲜。"

这时从门里面又走出来一个年轻的女人，高挑个儿，墨绿色的对襟棉袄，蓝粗布棉裤，穿着一双草底毛窝子，裤角上还扎着根白布带子。

年轻女人对老嬷子说："娘，你弄啥哪？"

"噢，我想卖条鱼解解馋。老六家的，你帮着挑一条，不要母的，母鱼肚子里鱼子忒多，吃着一股子腥味。挑一条公的，公鱼的肉吃起来有嚼头。"

"哎。"年轻女人伸出一双白里透红的手，小心翼翼地从鱼筐里拿出一条足有三斤重的鲤鱼说："娘，你看，这条咋样？"

"我瞅瞅。"老嬷子凑过去看看冻僵的鲤鱼说："哎哟，这鱼个怪大的，像条公的，能吃两天。咦，卖鱼的，这鱼的一只眼咋瘪了，别是前几天剩的臭鱼吧？"

刘八顺子一听急了，忙说："大娘大娘，这鱼是俺一大早才从老黄河的冰窟窿里掏出来，真的，个个欢蹦乱跳的，摁都摁不住，哄你俺是恁儿。"

刘八顺子的话音刚落，年轻女人脸一寒，用力把鱼朝筐里一扔，狠狠地剜了刘八顺子一眼说："你……你个熊货咋想咪？没门！"转身走了。

老嬷子也把眼一瞪骂："你个小孬种王八羔子跑到老娘这儿占便宜来了，你也不打听打听老娘可是好惹的吗？老娘的便宜是好占的吗？可气死老娘了。滚，滚得远远的，老娘不买你的臭鱼了。"嘴里骂着也气呼呼地走了。

刘八顺子被骂得晕头转向，愣愣地站在那儿，望着老嬷子的背影嘟哝道："不买不买拉倒，咋还骂人？"

这时，一个早就站在不远处的干瘦老头过来，"嘿嘿"一笑说："咋？小子，鱼没卖出去，还挨了一顿臭骂，不值吧？"

"你……你说这个老嬷子，她……她是个疯子吧？咋张口就骂人？还有那个……那个小娘们……"刘八顺子气得不知道说什么好。

"我给你说吧，这个老嬷子不疯，她呀是齐天大圣孙悟空怀孕——满肚子的猴，精着哪。"干瘦老头说。

"那她咋平白无故地骂人？"

"骂你？小子哎，没拿笤帚疙瘩揍你算便宜你了。"干瘦老头说。

"为啥？她凭啥揍俺？俺卖自己打的鱼，又没惹她，是她把俺叫过来说是要买鱼的。"刘八顺子觉得一肚子的委屈。

"你这人也是，干啥发誓赌咒地非要当人家儿子啊？你就没看见，那个把鱼扔到你鱼筐里的小媳妇是谁你知道不？那是老嬷子的儿媳妇，今年入冬的时候死了男人，才烧了五七没几天。你发誓赌咒地非要说是人家老嬷子的儿子，这不是明摆着想占人家便宜吗？"

"这……这……俺哪儿知道啊？俺要是想占她便宜俺是她儿……哎，真他娘的晦气。"刘八顺子担着担子就要走。

干瘦老头喊："哎，你别慌着走啊。"

"不走弄啥，还等着挨骂呀？"刘八顺子说。

干瘦老头说："你真要把这筐鱼挑回去自己吃啊？冰天雪地的看你也不容易。我给你说吧，你把这两筐鱼挑到集南头的贾家粮店去，贾老板一家子人都好吃鱼，你给他送去，便宜点卖给他，他准要。"

125

刘八顺子这才想起来贾家粮店的贾老板经常来买鱼，贾老板说过他们一家人都喜欢吃鱼，喜欢吃老黄河里的鲤鱼。于是，刘八顺子便挑着鱼筐来到贾家粮店门前，把鱼筐朝粮店门口一放，朝里面大声喊："贾老板，把这两筐鲤鱼卖给你吧，俺不要钱，换点杂面就中。"

胖嘟嘟的贾老板托着旱烟袋从里面出来，绕着鱼筐转了两圈，两只眼睛眯成一条缝说："这……这鱼咋都死了呢，死鱼咋吃？"

刘八顺子一听急了，说："贾老板，这可是俺今个一大早才从老黄河里的冰窟窿里捞出来的，鲜着哪，要哄你我是龟孙子，是你儿子。"

贾老板说："去去去，你又是龟孙子又是我儿子，这不是在骂我吗？"

"这……不是不是，贾老板，我是说这大冷天的挑着走了十几里路，啥鱼不得冻死？"

贾老板说："好吧，算我做一回善事，给你五斤杂面吧。"

刘八顺子眼一瞪说："贾老板，你咋恁黑心呀？这两筐鱼有好几十斤哪，你就给五斤杂面呀？俺不卖给你了。"说着就要挑鱼筐走。

贾老板急忙上前拦住刘八顺子说："别走别走，我再加半斤，给你五斤半行不？"

"不行，十斤，就十斤。"

贾老板一跺脚说："你狗日的真难缠，两筐臭鱼还朝死里撑价，算我倒霉，给你八斤，这回行了吧？不行你赶紧滚蛋，老子一两也不多给。"

刘八顺子心想贾老板真的抠门到家了，两筐鱼才换八斤杂面。唉，货到街头死，又是冰天雪地的，八斤就八斤吧，总比再挑回去强。当刘八顺子拿着八斤杂面走出贾家粮店的时候，回头看了一眼不满地说："俺这两筐鱼就当是喂狗了。"

妙善在到黄沙庵出家之前身体一直有病，虽然她的父母八方求医，几乎把家里的东西都卖光了，但妙善的病就是不见好转，妙善的父母一狠心才把妙善舍到黄沙庵落发为尼。

病得只剩下一把骨头的妙善在黄沙庵出了家，慧圆主持对妙善倍加关心，亲手煎汤熬药，不到一年时间，黄沙庵的粗茶淡饭清汤寡水却把个妙善养得面色红润起来，两只大眼睛忽闪忽闪的好像会说话一般。大执事妙安曾在心里暗叹道："这个妙善真是个十足的美人坯子。"半路出家的人还有还俗的可能，如果是舍到庙里或庵里的人就必须一辈子独伴青灯吃斋念佛，因为他（她）的命是佛祖给的，是观音菩萨给的，你必须守着佛祖守着观音菩萨一辈子，不准有还俗的念想。妙善的娘曾经来黄沙庵看望过妙善两回，看见妙善不仅病好了，而且变得叫人十二分的喜爱。于是，妙善的娘便动了让妙善还俗的念头。妙善的娘把妙善叫到没人的地方悄悄地给妙善一说，不想妙善把眼一瞪说："你们把我舍到这黄沙庵来了，不要我了，我还跟你回去弄啥？你走吧，就当我死了。"

妙善的娘哭着离开黄沙庵再也没有来过。

一天，慧圆主持把妙贞和妙善两个叫到佛堂，让两个人都跪在佛祖面前，慧圆主持说："妙善，你的病体日渐好起来，为师心里也为你感到欣慰。你既落发就是我佛门中人，就要学会参禅打坐念诵经文。从今日开始，你就跟着你师姐妙贞学习经文，不能再任性贪玩，一天三课参禅诵经不得有误。妙善，你记下了？"妙善点点头说："记下了。"说着扭头狠狠盯了妙贞一眼，恰巧被妙贞看见，妙贞仿佛一下子又看见了刚刚见到妙善时所看到的妙善眼里流露出来的那种带着仇恨的目光。慧圆主持又对妙贞说："妙贞，妙善刚刚进入佛门，是你的小师妹，你要好好带她，教她学一些佛门的礼法和清规戒律，还要好好帮她念诵经文。出家人当心存仁厚之心，切不可有贪吃贪睡懒惰之举。"慧圆主持虽然安排的是妙贞，但也是讲给妙善听的。妙贞心里还在想着妙善那可怕的目光低着头没有说话。慧圆主持见妙贞愣愣地跪在那儿，便大声问："妙贞，师傅的话你听清楚了吗？"妙贞忙回过神来说："师傅，徒儿听清楚了。"

尽管妙贞心里十分的不情愿，但师傅的安排又不敢不听，只好每天教妙善念诵经文，不想妙善一见妙贞念经文就笑，开始是偷笑捂着嘴笑，后来是可着嗓子大笑，笑得直不起腰来。把个妙贞气得"啪"把经文朝地上一摔出门去找慧圆主持，含着泪对慧圆主持说："师傅，我……我不教妙善念经文了。"慧圆主持把妙善叫到佛堂好好地训斥一顿，但念妙善还是个孩子，又是初犯，便罚妙善面壁三天。自此之后，妙善再听妙贞念经文不再笑了，而是把两只眼睛瞪得大大的，直直地盯着妙贞，盯得妙贞心里直发毛。

第 14 章

石守乾怀里紧紧抱着吃饭的家伙——那把
七斤半爷爷留给他的二胡，用半拉长衫裹着脑
袋，在风中趔趔趄趄地打着旋往前赶，像土戏
台子上醉了酒的小丑

这是这个冬天的第一场大风，大得邪乎。

起风的时候日头还吊在西边树梢上。风起得急、怪，"日呼日呼"地带着刺耳的哨音，像是从天上掉下来的，又像是从地下突然冒出来的，刮得天昏地暗日月无光。

"是黄风，老黄河里的黄龙发怒啦！"黄炳秋说。

黄三座楼庄里草屋上的茅草、地上的柴火、草筐，还有庄户人家挂在墙上的红辣椒、干豆角、破草帽啥的，被一股脑儿地卷到半空"飕"地不见了。

这风"日呼日呼"地一刮就是三天。

这风把黄三座楼刮得"咯咯吱吱"摇摇晃晃东倒西歪。

往日的黄三座楼可不是这样，冬天闲着没事干，男人们撅着屁股睡到日上三竿，饭碗一推，到庄南坑边的老槐树底下一边晒太阳一边听刘九呱嗒扯闲蛋，到太阳落下去的时候还不肯回家。

刘九呱嗒一尺半长的竹节旱烟袋一端，两只眼睛眯成一条缝，喷一番云吐一番雾，扯起闲蛋，酸、甜、苦、辣，荤的素的都有。黄三座楼的人愿意听，听得津津有味，听到热闹的地方，时不时地还跟着喊上两嗓子。

那天吧，天也不热不冷的，太阳吧不痛不痒地在天上晃悠到东边树梢头上，

128

弄得黄三座楼庄南坑边的老槐树底下的一帮老少爷们急躁起来，年少的叽叽喳喳伸头探脑，年老的那些人却有些坐不住了。

那天刘九呱嗒真的来得晚了一些。

太阳升到了三竿的时候，刘九呱嗒才让女人扯着耳朵从被窝里拉出来，先到屋后面撒了一泡尿，回到屋里喝了三碗南瓜糊糊，往烟袋包里装了些烤干搓碎又加了点猪膘油的烟叶，才站起来走出门。女人手扒着门框在后面说："哎哎哎，到了外面嘴里少往外叱那些狗不吃驴不闻的话，少给你家老祖宗挣几句骂行不？"

刘九呱嗒回头把眼一立愣骂："驴日的娘们，滚。"

真的，刘九呱嗒说的书狗不吃驴不闻的荤段子还真不少。

一些年轻力壮的人听完刘九呱嗒说的荤段子，拍拍屁股站起来，猴急地一头扎进家门，伸手抓住女人说："快点过来，熊刘九呱嗒今个又说了个骚笑话，说得有鼻子有眼的，跟他亲眼看见了似的，撩得人坐不住。快过来，咱也试试。"

女人说："咋试？"

男人不说话，把女人摁在床上就往下扒衣服。

女人被扒了个精光，四仰八叉躺在那儿哼哼唧唧地骂："刘九呱嗒咋恁不是个东西，咋啥都胡朝外叱？"

男人"呼呼哧哧"地爬上来时女人说："哎哎那个啥……刘九呱嗒是咋样说的骚笑话？你说给俺听听呗。"

男人只顾忙活，说："啥说，一弄你不就知道了？"

刘九呱嗒哪天说啥书没有个准，想说啥说啥，谁也管不着。你看，他把铜头旱烟袋一丢，大嘴一咧说："山上盖庙比山高，来往的行人把香烧。豁子烧香为了个嘴，瘸子烧香为了个腿。十八的大姐把香烧，日思夜想把女婿招。哎哎哎，看那边，过来个小秃把香烧，哭啼啼开言道：'俺咋头上没有毛？'"几个老头一听说："唉，这狗日的今个又该瞎呱嗒胡沁喽。"

其实，刘九呱嗒有时候也说些正儿八经的书，像《三国演义》《水浒传》《秦琼卖马》《夜打登州》啥的，但刘九呱嗒最拿手的还是说《七侠五义》。

刘九呱嗒坐在那儿托着旱烟袋"吧嗒吧嗒"地过足了烟瘾，在人们不断的催促下，先抬起一条腿，"梆梆梆"，闪闪亮亮的铜烟袋头在鞋底上磕几下，燃过的烟灰散落在地上，才慢条斯理地把烟袋包一圈一圈地缠在烟袋杆上，往后边腰带上一插，端起大黑碗"咕咚咕咚"喝上几口，带有点夸张地咳嗽两声，清清嗓子念道："天高了星斗发亮，地高了水流八方。山高了藏龙卧虎，艺高了四海名扬。"

黄三座楼的人都知道，刘九呱嗒这四句开场白是告诉人们，今天不说胡诌八扯的荤段子。这个时候是谁也不敢打扰刘九呱嗒的，周围一片鸦雀无声。

刘九呱嗒突然把眼一睁，说："包相爷天交五鼓上朝，在八宝金殿领了大宋天子一道圣旨，怀抱天子宝剑，带领王朝马汉张龙赵虎三班衙役八名中军四队护卫十万人马浩浩荡荡直奔襄阳城。一路上二十四面铜锣开道，马跑銮铃响铁甲耀眼明，长的杆子短的棍铁尺马叉钩镰枪，那是兵如兵山、将似将海；二十四面虎威杏黄大旗迎风招展猎猎作响，三口铜铡用黄缎子罩着走在队伍中间，阴森森透出丈二的肃杀之气。包相爷的八抬大轿在三十二名护卫簇拥之下一路走来，人欢马叫好不威风。哪位说了：'今天要说《七侠五义》是吧？''正是。''《七侠五义》中的'七侠'诸位知道是哪'七侠'吗？''不知道呀？''嘿，我给你们说'七侠'里这头一侠就要数被皇上亲口加封的'御猫'——南侠展昭展雄飞。展南侠惯用一把削铁如泥的单刀，杀遍天下无敌手，功夫那是相当了得。下一位就是北侠欧阳春，紧接着是双侠丁兆兰丁兆蕙、黑妖狐智化、小诸葛申仲元。这最后一位就是聪明过人一肚子鬼点子惯用三寸透骨枣胡子钉伤人的小侠艾虎。这'五义'就是大闹过东京汴梁城，后来在包公包大人的感化之下又归顺了朝廷的'五鼠'，大爷韩章、二爷卢方、三爷徐庆、四爷蒋平、五爷白玉堂。这五个人是个个身怀绝技，杀富济贫替天行道。要说这'五义'中最厉害的要算五爷锦猫鼠白玉堂了。只见那英雄白五爷身高七尺三寸三分，相貌堂堂一表人才，只长得眉分八彩目如朗星，大耳垂纶海口四方牙排似玉，两道俊眉贯满了天苍；好个英雄白五爷，内穿一身白色的紧衣紧裤，外罩白色的英雄大氅，左绣猛虎下山，右绣蛟龙出海，后面绣一对狮子滚绣球；头戴英雄帽，碗口大的红绣球安在正中间，鬓角上颤颤巍巍插一朵戒淫牡丹花，花上有牌牌上有字，上写'戴花不采花，采花不戴花，戴花若采花，必定遭刀杀。'……"

一天，刘九呱嗒刚来到庄南坑边的老槐树底下坐下，看见一个货郎担着担挑子走过来，那个用来招揽生意的货郎鼓挂在一头摇摇晃晃，不时地发出些"咚咚"的声响。以前在老黄河边上有一种靠走村串户卖些针线糖豆烟袋嘴还有一些杂货谋生的人，人们叫他们换货郎的，也有叫他们货郎头的。货郎头一般是挑着一副担子，两头的框里装着货，手里拿着一个带长把的鼓，叫货郎鼓。鼓的一边有一个用棉布做成的鼓穗，手拿着鼓把使劲一摇，鼓穗打在鼓面上，发出"咚咚咚噔噔噔"的声音，那是告诉人们货郎头来了。别看生意不怎么起眼，带的货都是些星星点点值不了几个钱的东西，可一天下来也有不少的赚头。货郎头卖货不光要钱，拿东西换也行，有的老嫲子一听见鼓声忙从家里拿出两个鸡蛋来，大老远地就喊："哎，货郎头这边来，俺换两根缝棉袄的大针，再换两把子黑线。"老嫲子把大针和黑线拿在手里说："货郎头，你看俺这两个鸡蛋个有多大，是俺家那只大芦花草鸡才下的，还热乎着哪，你再给俺两个糖豆，俺哄孙子咋样？"货郎头说："咋不行？大娘，我给您三个，哎，反正我又不想赚您老人家的钱，再给您加两个。"老嫲子把没有几颗牙的嘴一咧说："你这个货郎头人真好。你等会，俺给你倒碗水去。"货郎头忙说大娘："您就别忙了，我还得赶紧去东头狗二哥那儿呢，狗二哥等着要烟袋嘴哪。"货郎头挑着担子走了，老嫲子刚一进门马上又转了回来，冲货郎头喊："哎，货郎头，下回再来的时候到俺门口别忘了摇鼓，使劲点摇，俺耳朵有点聋。"看，这笔买卖就做成了，两头高兴。

刘九呱嗒朝蹲在地上正要吸袋烟的货郎头说："货郎头，今天又赚了不少吧？"货郎头"嘿嘿"一笑说："赚啥不少吔，针头线脑仨核桃俩枣，混口饭吃。"刘九呱嗒说："来来来，把你的货郎鼓拿来我瞅瞅。"货郎头说："耶，一个都快要敲烂的破货郎鼓有啥可瞅的。"说着把货郎鼓送过来。刘九呱嗒把货郎鼓拿在手里"扑棱噔噔"地摇了几下说："货郎头，你摇这货郎鼓有啥讲究没有？"货郎头使劲吸了一口烟说："有，咋没讲究？""那你摇几下大伙听听。"刘九呱嗒说。货郎头一听也来了精神，把货郎鼓拿过来，"扑棱噔噔扑棱噔噔"摇了几下说："听见没有，这个鼓点就是'不来等等不来等等'。你再听听这个。"手上一用力又"扑棱扑噔噔扑棱扑噔噔"地快摇了一阵说："这几下听明白没有？这叫'不来也不等不来也不等'"。刘九呱嗒冲货郎头一笑说："行，你还算是个行家，认过师傅入过门的。"货郎头一听不高兴了说："刘九呱嗒，你说的这是啥话？世上三百六十行，行行都有祖师爷，有门有户有师傅，俺货郎头也不例外。俺货郎头敬的是关公关老爷，那是大财神，灵着哩。"刘九呱嗒一看货郎头不高兴了，忙说："坐下坐下兄弟，今个就给你说段关公关老爷的段子听听咋样？咱不说关老爷夜走麦城，那是关老爷走背字的时候，咱就说关老爷挂印封金辞别曹操曹丞相，保着两位皇嫂千里走单骑过五关斩六将兄弟相会古城关的段子咋样？"

"中中，俺就是喜欢听关公关老爷的段子。"货郎头眉开眼笑地说。

天不是蓝的也不是黑的是黄的，迷迷蒙蒙一片昏暗。

老黄河滩上的黄土泥沙被风捧起来撒向空中滚去翻来，犹如一条摇头摆尾的黄龙。历来胆大的黄炳秋从窗户里探出脑袋，不眨眼地盯着昏昏暗暗的天空，他想看看有没有传说中的黑色恶龙冒出来，与黄龙大战三百回合。黄炳秋还是失望了，半天也没瞅见黑龙的影子。黑龙真的败了，败了的黑龙真的被锁在柳寨渊子底下了。黄炳秋这样想。

把脑袋缩进窗户里，活动活动发酸的脖子，黄炳秋坐下听着外面的风声抽了一袋旱烟便想出去走走看看，谁知一开门，一股强劲的风挤进来，差点把他吹倒，吓得他赶紧把门关上，插上门栓。

这会儿黄三座楼庄里的土街上、庄南坑边的大槐树下除了几片被风吹得上下翻飞的树叶和茅草之外，见不着一个人的影子。偶尔有一条两条白的花的狗跑过，也是匆匆忙忙地从这个墙角跑到另一个墙角，捡个避风地方趴下再也不动。

黄炳秋放心不下爹，想过去看看。媳妇王荷花说："仁河他爹，外面风那么大，刮得天昏地暗，你这会又出去弄啥？"

"我去看看爹，陪爹说会话。"黄炳秋说。

王荷花说："你再披上件衣服。"

黄炳秋走进黄四爷的书房，见黄四爷正拿着放大镜在看一本线装书。

天快要擦黑的时候，风还在刮，仍然是天昏地暗的，但风小了，小了许多。

石守乾怀里紧紧抱着吃饭的家伙——那把七斤半爷爷留给他的二胡，用半拉长衫裹着脑袋，在风中趔趔趄趄地打着旋往前赶，像土戏台子上醉了酒的小丑。

年年都是这样，从收了秋一直到来年麦黄稍，石守乾他们的喇叭班生意都是红红火火，一家接着一家。娶媳妇的多出嫁的也就多，谁家儿女婚嫁不想图个热闹？请个喇叭班连吹带唱热热闹闹闹腾一天，四邻八舍的谁不高兴，谁不夸上几句？

年前年后喜事多白事也多，哪个活得不耐烦的老头老嬷子腿一伸眼一闭驾鹤西去，儿女们扯着嗓子哭了半天之后突然猛醒，快，快去请个喇叭班来，吹，铆足了劲地吹！不吹不行呀，爹娘老子死了，当儿孙的要是再心疼那几个钱，左邻右舍七大姑八大姨外带娘舅大妗子会掘八辈子老祖宗的。

生意好，赚的钱就多。

在人们眼里吹喇叭唱戏的虽说属于下九流，可人们却离不开他们，还有点喜欢他们。别管红白喜事，喇叭班的人朝那儿一坐，家伙什一摆，问事的一声吆喝："上菜！"四凉四热往桌上一摆，红芋干子老酒一碗下肚烧得浑身冒火，整个身子上上下下汗毛眼里都朝外冒汗，数九寒天也不觉得冷。

石守乾在喇叭班里那可是个人物，顶梁柱。吹笙拉二胡敲锣打鼓板样样都行，红芋干子老酒劲一上来，甩开嗓子唱几句梆子戏里的黑脸包公有板有眼字正腔圆。你听：

> 陈驸马你撕碎状纸我问谁。
>
> 上写着秦氏香莲三十二岁，
>
> 状告丈夫陈世美，
>
> 陈驸马，陈千岁，
>
> 一字不差就是你。
>
> 一告你双亲亡故不戴孝，
>
> 身在朝中穿红衣，
>
> 陈驸马可是穿不得。
>
> 二告你贪图富贵起恶意，
>
> 差定韩琦杀前妻。
>
> 三告你已婚男儿重婚配，
>
> 在宫中招亲你把君欺。
>
> 这本是你欺君罔上、抛父弃母、
>
> 杀妻灭子三款罪，
>
> 宗宗款款犯条律。
>
> 不是包拯我儿戏，
>
> 是你遇事三分迷。
>
> 常言说要吃还是家常饭，
>
> 要穿还是粗布衣。
>
> 家常饭，粗布衣，
>
> 知冷知热结发妻。
>
> ⋯⋯　⋯⋯

石守乾生就一副好嗓子，不光是花脸，小生花旦全能对付。这不，那天是给一家有头有脸的人家办寿宴，把喇叭班请去了。喇叭吹了一阵子，里面传出话来，说老寿星要听戏。班主拿着戏单恭恭敬敬地递给老寿星说："请您老点戏吧。"老寿星把手一摇说："看那个戏单弄啥，你们就给俺唱那出《罗成叫关》吧。"老寿星说他就喜欢罗成罗八爷，那罗成罗八爷可是隋唐二十八位英雄好汉中的第七条好汉，白马银枪日抢三关夜夺八寨，了不得呀！俺是一辈子就喜欢《罗成叫关》这出戏。这下把喇叭班所有的人都难住了。一个喇叭班，锣鼓家什一敲，东扯葫芦西扯瓢地对付一阵子没啥，要说唱《罗成叫关》这样难度比较大的戏可就难了。班主急得脸上汗都下来了，给老寿星商量了半天，老寿星回答就两个字："不行。"非得听《罗成叫关》。"不会唱是吧？那好，喇叭班的人一个别走，关三天，别说要钱了，饭也不给吃，看你们会唱不？"

《罗成叫关》这出戏是武生戏，讲的是唐朝太宗李世民的时候，北国藩王派苏烈兵犯边关，边关守将六百里加急的告急文书一天三封送达朝廷，恰好在这时领兵大元帅尉迟敬德身染重病卧床不起，唐太宗李世民无奈，只好传旨让三王李元吉领兵挂帅，罗成为马前先行官。这个三王李元吉早在李世民还是秦王的时候就与大哥李建成合计着要加害李世民，多亏罗成、程咬金、秦琼等一批瓦岗寨的英雄豪杰相助，喋血玄武门夺得了天下。因为罗成是员猛将，在玄武门兵变中长枪一杆神出鬼没，一枪把三王李元吉挑下马来，险些要了性命。因此三王李元吉怀恨在心，一直想找机会报复罗成，如今罗成成了他手下的先行官，正是千载难逢报仇雪耻的好机会。古时候人无论干什么事都讲究个黄道吉日，打仗更是这样。三王李元吉自有他的打算，黄道吉日干吗，喝酒，喝醉了有赏，睡觉，睡他个日上三竿，有胆敢擅自出离营门者——杀！等到了黑头日子，三王李元吉命左右擂鼓三通，白虎大帐一坐，抽出一支令箭朝地下一扔，罗成，打仗去，把苏烈的头给我提溜来。你不是隋唐二十八条英雄好汉中的第七条吗？对付一个小小的苏烈还不是小菜一碟嘛。罗成，如今可是你大显身手报效朝廷的时候了，你是先行官这仗你不打叫谁打呀？难道还要本帅亲自披挂上阵吗？看什么看？谁敢违抗本帅将令，哼哼——杀！罗成无奈，只得拾起令箭跨马提枪杀向敌营。罗成这一仗打得太惨了，从清晨杀到日过午，午后又杀到黄昏。只杀的那些藩兵藩将尸横遍野人头乱滚血流成河。可是藩兵藩将人马太多了，杀一个来两个，杀两个来一群。罗成哪，马不停蹄人未离鞍，一天一夜滴水未进，想要回营，城门早让三王李元吉下令关了。罗成无奈，口咬中指给远在长安的唐太宗李世民写了一封血书，说是求救其实也是喊冤。后来，罗成马陷淤泥河身中一百零三剑命丧黄泉。

就这出戏，《罗成叫关》，咋唱吧？班主都快站不住了。

石守乾说："我试试。"

班主说："哎哟，我的石爹石爷爷呢，你是真傻还是假傻呀？你试试啥呀你试试？《罗成叫关》这出戏咱听都没听过几回，没法子唱呀！"

石守乾说："那咱也不能叫人家把所有的人都关三天饿三天吧？活人总不能

叫尿憋死吧？班主你别担心，看我的"。

喇叭班是没有戏装的，桌子一摆，就站在那儿唱。

石守乾不知哪门子邪劲上来了，他离开桌子，让围观的人闪开了一个半圆，自己站在了中间。这家伙把个班主可吓傻了，弯着腰过来一扯石守乾的衣角说："我的石爹石爷爷，这喇叭班里上上下下十几口子可都是上有老下有小的哟，你这一家伙不是把咱的招牌都砸了吗？"

石守乾在班主耳边叽咕一阵，回头低声对打鼓板拉二胡的人说："哥几个，操家伙。"

要说石守乾也没正儿八经地学过《罗成叫关》这出戏，更没有登台演过。《罗成叫关》这出戏他只是听七斤半爷爷哼哼过，偷偷地跟着学过几句。那时候他还小，后来成了石守乾的媳妇的麻姑娘当时还领着他一起蹲茅坑撒尿哪。

石守乾还真不含糊，锣鼓一响，二胡一拉，石守乾走了半个圆场，猛地一个转身，跨马扬鞭"啪"来了一个亮相。动作虽然不怎么到位，却引来一阵阵的喝彩声，尤其是那位老寿星更是眯着一双小眼睛连连点头。

不光班主吃惊，喇叭班里的所有人都瞪大了眼睛，花白胡子老扁说："我的个乖乖，真不知道石守乾这狗日的还有这两下子。咱这喇叭班里还真是藏龙卧虎哟。"

"苦哇——"石守乾一个叫板，敲锣打鼓拉二胡的全都忙活起来。

> 勒马停蹄站古道，
>
> 银枪横在马鞍桥。
>
> 临阵上并无有文房四宝，
>
> 拔宝剑，割白袍，
>
> 修书长安把忠心表。
>
> 银牙一咬中指破，
>
> 十指连心痛煞人。
>
> 上写拜上拜上多拜上，
>
> 拜上唐王有道君……

石守乾唱得有板有眼，老寿星乐得山羊胡子直往上翘。

这场寿宴伺候下来，喇叭班的人不光没被关三天饿三天，老寿星一高兴还多给了几块银圆的赏钱。老寿星捋着山羊胡子指着班主说："你这个人有点不地道呀，咋给我老人家玩里格楞，唉？你不是说唱不了这出《罗成叫关》吗？咋？这不是唱得不错嘛。行了，啥也别说了，等过年的时候你们喇叭班还来，还叫那个白脸的给俺唱《罗成叫关》。"刚一出老寿星家的大门，班主一把抓住石守乾的手，老泪纵横，说："守乾兄弟，是你救了咱喇叭班呀。"

花白胡子老扁把班主拉到一边说："班主，你不是说石守乾傻吗？我给你说，这人哪心眼子多那叫个精，猴精。你再瞅瞅石守乾，上下眼皮一碰就是一个主意，插个尾巴那就是个猴呀！今个呀要是没有石守乾那个聪明的脑袋，没有石守乾那两下子，咱们喇叭班恐怕还不知道咋着走出这个门哩。"

"老扁，你说得对。"班主说："是石守乾救了咱们喇叭班呀。咱们也不能没良心不是？把老寿星多给的赏钱都给石守乾。"

石守乾是个能人。黄三座楼的人都这样说。

石守乾真是个能人。

"石守乾天生该吃喇叭班这碗饭。"黄四爷都这样说。

石守乾拉二胡是跟村东头七斤半爷爷学的，吃了不少苦。在石守乾的记忆里，七斤半爷爷很严厉，就因为学拉二胡，石守乾没少挨七斤半爷爷的竹板子。

俗话说严师出高徒，石守乾拉二胡拉的本事一天比一天长进，七斤半爷爷打心眼里透着高兴，没过多久便带着石守乾进了喇叭班。一个七八岁的孩子二胡拉得如痴如醉，或委婉凄凉或激昂高亢，如高山流水似风起云涌，让不少人在一阵咂舌之后竖起大拇指。

人的名，树的影。石守乾拉二胡在老黄河两岸有了些名气，哪个喇叭班都想把他拉进来壮壮门面。你争我抢，那就要看谁出的价钱高了。喇叭班的班主们也明白事理，大把大把的票子往石守乾口袋里塞。只要生意好了，还怕赚不到钱？班主们想。

石守乾是个聪明人。

喇叭班那点活计，石守乾一看就会，缺唱的我来，缺打鼓板的我来。一个人顶几个人用，哪个班主不把他当上宾供着？

比石守乾大十一岁的麻脸媳妇也是个有能耐的女人，从二十八岁嫁给石守乾之后就没闲着，打连发似的一口气给他生了两个儿子两个女儿，这会儿肚子又吹了气似的鼓起来。准有货！石守乾摸着麻媳妇鼓鼓的肚子乐得半天合不拢嘴，"再给咱拾掇个带把的，跟老子学拉二胡。"

麻媳妇也笑了，笑得脸上的麻子乱蹦。

麻子麻子，麻麻利利地生子。

这话石守乾信。

成亲的头天夜里，石守乾趴在麻媳妇滑滑溜溜的肚皮上数那脸上的麻子坑，数了半天，眼都瞅疼了，一看半拉脸还剩下一大半，气得他咬着牙说："这家伙麻坑太多，仨月也数不过来。"

石守乾在外面大鱼大肉地吃着，大碗大碗的红芋干子老酒喝着，在外头快活得要命，并不是不想家，也不是不想女人。要说女人，有！女人有的是。像石守乾这样有能耐的人能没有相好的女人？喇叭班的金荷就是。

相好就是相好，情到浓处水到渠成你情我愿热被窝，那叫个情那也是个缘，男欢女爱古今有之天王老子也管不着。金荷比石守乾小十多岁，正是比虎比狼还厉害的年纪。

相好归相好，石守乾舍不得麻媳妇和几个孩子，不想毁了自己的家。

金荷也是。

金荷的男人许大树也是唱戏的，唱小生，人长得白白净净，天生一副好嗓子，一出《断桥》唱活了许仙，唱响了淮北大平原，人们送了他一个响亮的外号"活许仙"。金荷和许大树是在戏班认识的，两人情投意合以身相许，白天学戏，晚上钻庄稼地，先是搂搂抱抱，后来就干柴烈火烧得天昏地暗了。不料乐极生悲，半年不到，金荷先是觉得身体不适，恶心呕吐，肚子一天天鼓起来。这下把两个人吓坏了。

金荷含泪离开了戏班。

许大树喇叭号筒地把金荷娶进门的第三天，在一阵惨烈的痛楚之后，金荷生下了一个八斤多重的大胖小子。

娇妻爱子日子越过越快活。许大树跟着戏班子走南闯北，穿府过县唱戏，金荷在家也没闲着，第二年又生了个丫头，第三年一咬牙生了一对龙凤双胞胎。

那年，金荷二十一岁。

一个人挣钱六张嘴吃饭，把许大树忙活得整天脚底板朝天，这让金荷看着心疼。在一对儿女刚刚能离开手脚的时候，金荷就把几个孩子托给婆婆照看，自己就跟了石守乾所在的那个喇叭班。

金荷是唱老旦的，第一次跟石守乾搭档唱的是《赤桑镇》。

一阵紧锣密鼓之后，石守乾站起来，双手搭弓先来了一个叫板：

嫂娘——

自幼儿蒙嫂娘训教恩养，

金石玉言永不忘铭记心上。

前辈的忠良臣人人敬仰，

哪有个徇私情卖法贪赃？

到如今我坐开封国法执掌，

杀赃官除恶霸申雪冤枉。

未正人先正己人己一样，

责己宽责人严怎算得国家栋梁？

小包勉犯王法岂能轻放，

弟若徇私上欺君下压民，

败坏纲纪我难对嫂娘。

金荷站起来接唱：

听包拯一席话暗自思量，

他忠心秉正公而忘私方算得盖世的忠良。

恨我儿他不该贪赃罔上，

按律条斩包勉理所应当。

怎奈我失却终身靠养，

倒不如我碰死在赤桑……

石守乾和金荷虽然是第一次搭档，但两人配合默契，唱得非常投入，自然赢得一片喝彩声，这是石守乾和喇叭班的人都没有想到的。

花白胡子老扁把二胡朝桌上一放一捋胡子对班主说："奶奶，你还别说，石守乾、金荷他俩唱得好，我二胡拉得就顺当。还真没看出来，这金荷也是个角。"

第 15 章

金荷一下子撑起身子说："许大树你放屁，为了你为了孩子为了咱这个家再苦再累我认了，一人一个命老天爷给定死的，谁能挣过命去！你……咋能说出这样的话来"

唱戏就是唱戏。

金荷刚开始进喇叭班的时候除了搭档唱戏和石守乾并没有多少来往，金荷的一门心事都在许大树和孩子身上，一天也给石守乾说不了几句话。喇叭班的活无论结束的早晚，无论远近，金荷都要回家，风雨无阻，这让石守乾对金荷产生了几分的好奇。

金荷唱了一天也累，可她不能不回去，家里还有吃奶的孩子。

风风雨雨地又过了两年，金荷和许大树苦没少吃罪没少受，孩子慢慢长大，日子也有了盼头。小两口热被窝里不断地憧憬着未来的美满日子。

人算不如天算。

那一年的夏天，雨多、雨大。

许大树怕房子漏雨，怕老婆孩子受了委屈，便找几个人想把房子修补一下，自己在外面东奔西走的也放心。别看许大树在戏台上是个角，刀枪剑戟斧钺钩叉玩得顺手，帝王将相才子佳人样样拿手，可这修房子就是地地道道外行了，刚爬上房顶还没站稳，脚下一滑，"哎呀"一声从房顶滚落下来。

天有不测风云，人有旦夕祸福啊。许大树这一滚毁了他的一生。

房子下面放着几根木头，许大树不偏不斜正好掉在木头上，当时就摔得昏死过去。金荷抱着许大树撕裂心肺地哭喊着，几个孩子也跟着大哭小叫。

许大树没死，可人却瘫了。

下头场雪的那天，喇叭班的人去了金荷家，石守乾也去了。他头一天就叫麻媳妇找了几件孩子穿的衣服拿着。"天冷了，这几件破衣服给孩子挡挡寒吧！"石守乾说。临走的时候，石守乾又偷偷塞给金荷的小儿子一块银圆说："拿着买糖吃。"

开春的时候，金荷又来喇叭班唱戏了，只是人整个小了一圈，两只眼睛也暗淡了许多。

喇叭班的人都是靠辛苦吃饭的，又都知道金荷日子过得艰难，对金荷多了些照顾，金荷也就默默领受了。

三年之后，金荷虽然还是很辛苦，可人变得好看了许多，脸上也有了光艳，有了笑容。有一回下大雨，金荷没带雨伞不能回家，急得团团转。石守乾把一把油布雨伞递给金荷说："妹子拿上快回家吧，孩子等着呢。"金荷接过雨伞去了，走了几步回头冲石守乾一笑，这一笑笑出了后来的许多故事。

那天，喇叭班到叮当集办活，是家出老殡的，一等二等不见金荷的影子，这可是从来没有过的事。班主干着急，急也没用。到了该唱戏的时候，班主让别的人跟石守乾搭档，没办法，该唱还得唱呀。不知为啥，石守乾觉得很别扭，一张嘴就跑调，差点把黑脸的包公唱成了白脸的许仙。

金荷想来，可来不了。

长年瘫痪在床的许大树看着金荷常年在外奔波，风里来雨里去一个人苦苦支撑着这个家，既要照顾孩子，还要伺候一个瘫子，心里难受可又毫无办法。

金荷还不到三十岁呀！许大树想。

这天夜里，金荷给许大树擦洗完身子刚打算离开，被许大树叫住。金荷一笑，脱光了衣服钻进了许大树的被窝。

金荷常在孩子睡了之后钻进许大树的被窝。

许大树人是瘫痪了，可他还是金荷的男人，是金荷自己相中的男人，他们也有过如鱼得水甜蜜蜜的日子，那片高粱地，那条棉花沟，那个遮不了风挡不了雨的瓜庵子，还有那个透着霉味的麦秸垛都留下了她和许大树甜蜜的记忆，这一切令金荷难忘，想起来心就怦怦直跳。

金荷眼里流下泪来。

许大树除了头还能简单的活动，脑子还有健全的思维之外，身上没有了任何知觉。他望着先是激动又慢慢平静下来的妻子，痛苦地闭上了眼睛。

许久许久，许大树扭头看看已经睡去的妻子，深深地长叹一口气，从心底发出一串低吼，"啊——噢噢——"

金荷醒了，被许大树的吼声惊醒了。

外面的月光很亮，从窗户里挤进来，正好洒在许大树脸上，挂在眼角上的泪花像颗闪亮的夜明珠。

金荷轻轻吻着许大树的脸吻干那眼角的泪水。金荷知道男人心里难受，每当男人流泪的时候，金荷总是用嘴给他吻干。

金荷说："睡吧！睡吧！乖孩子睡吧！"

许大树抖动着嘴唇，两眼深情地望着金荷。

"金荷……你再找个男人！我不能老这样拖累着你，你太苦太累了，金荷答应我，再找个男人，只要能对你好、对孩子好就行！我愿意金荷。"

金荷一下子撑起身子说："许大树你放屁，为了你为了孩子为了咱这个家再苦再累我认了，一人一个命老天爷给定死的，谁能挣过命去！你……咋能说出这样的话来？那好我哪儿也不去了，在家陪着你，饿死也好冻死也罢，一家人要死死在一块！"

金荷趴在许大树身上哭了一夜。

这天金荷没去跟喇叭班办活。

死了的人以早点入土为安，所以白活一般结束得早些。

办活的村子离黄三座楼不远，石守乾本来可以回去看看麻媳妇和孩子的，这次离开家也有半个多月了。可他不想回去，想喝酒，想睡觉，脑子里老是晃动着金荷的影子。

金荷今个咋就没来呢？

石守乾不知道喝了多少酒，也不知道是什么时候睡着的，班主来叫他吃饭时才睁开眼，懒洋洋地翻个身。石守乾回味起夜里的那个梦大吃一惊，猛地坐起来。

茫茫的一片荒野，又像是一片沙漠，神秘地变幻着颜色——红的黄的蓝的白的紫的……石守乾被一片硕大的树叶带着在这片魔幻般的荒野、沙漠上飘荡，他看到有一个闪着光亮的房子，很美，像传说中的水晶宫，那里面好像有人在唱戏，唱得很好听。石守乾在房子外面停下，听见里面确实有人在唱，是梆子戏

《打龙袍》中李娘娘的唱段：

> 龙车凤辇进皇城，
>
> 御街上来了我讨饭的人。
>
> 眼不明看不见花花美景，
>
> 观不见汴梁城文武公卿。
>
> 叫皇儿，
>
> 搀为娘下车撵……

石守乾这下惊呆了，这不是金荷在唱吗？她一天没去上活，原来跑这儿唱戏来了。这是什么地方？是天堂还是地狱？还是……石守乾不愿意再往下想，快步朝闪亮的房子跑去。

血红色的地毯，橘红色的烛光，一个婀娜的身影在舞动，橘红色的轻纱里裹着一个诱人的身体，线条是那样清晰。

金荷？是金荷。"金——荷——"

金荷朝他灿烂地一笑，橘红色的轻纱从身上滑落下来。金荷做了一个很慢的动作躺在了血红色的地毯上。

石守乾一直傻愣愣地坐在那儿，脑子里一片灰白。石守乾实在想不明白咋会做了那么一个梦，一个奇怪的让石守乾兴奋不已的梦，一个让石守乾记了一辈子的梦。班主再次让人来催，石守乾才慢慢地下了床，胡乱地吃了几口饭，便跟着办活去了。

这天金荷来了。

金荷上身穿了一件粉红色的上衣，这让石守乾更加吃惊，偷眼瞥了一眼金荷，那眼神、那身架咋跟梦中一模一样，就是少了梦中那股子疯狂劲。

在和金荷搭档着唱《赤桑镇》的时候，石守乾再也没敢多看金荷一眼，老走神，好几回都唱跑了调，惹得拉头把弦的花白胡子老扁在下面直骂："石守乾这狗日的今个头魂咋还跑了呢？"

金荷是个细心的女人，也发现了石守乾奇怪的目光、奇怪的表情，趁没人注意的时候，金荷悄悄地一拉石守乾的衣服问："石哥，石哥你今个是咋了？"

"我……呃……我……没……没咋……"石守乾脸一红，支吾着赶紧把脸扭向一边。

石守乾病倒了，班主劝他回家歇几天，他摇摇头说："没事没事头疼脑热的歇啥，过两天就好了。"

梦这东西也怪，有时候就能变成真的。这不，金荷真的就钻进了石守乾的被窝。

那天下雨了，下雨就得有事，要没事这雨就白下了。

也是。

其实石守乾没啥病，躺一天也就起来了。

那天是去老黄河南岸的石城集办活，回来的时候刚走半道就下起雨来，回到住的地方大伙都淋得只剩下一嘴牙，冻得直打哆嗦。班主叫人赶紧架起柴火烤火，男人东屋，女人西屋。等大伙的衣服都烤干了，天就黑了。班主知道金荷得回去，便让几个去人送她，金荷一笑说："挤一夜吧。"

晚饭的时候大伙喝了酒，金荷也喝了半碗。

石守乾知道金荷没走。

石守乾睡不着，瞪着两眼睡不着，听着外面"沙沙"的雨声，眼前老是那"血红色的地毯，橘红色的烛光"和"橘红色的轻纱里裹着一个诱人的身体"。

其实，有好多事并不像想象的那么复杂，就像进一道门槛那么简单，推开门，一抬脚也就进去了。尽管没有多少感人的故事，但也是水到渠成，合情合理，石守乾和金荷就是这样。让石守乾想得脑袋都要开裂了的事，被角一掀，随着一股凉气进来一个浑身软绵绵的大活人，金荷赤条条地躺在身边。伸手一扯，电闪火花，接下来就是接下来该办的事了。

金荷没有那种荡气回肠的喊叫，只有低低的呻吟。在这低低的呻吟里透着疯狂透着干柴熊熊燃烧的火焰，透着干裂的土地对甘露的渴求，透着最原始的冲动和宣泄。

石守乾早已经身不由己，就像是一条小小的木船，被汹涌的波涛任意抛举着，一会儿被高高地推上浪尖顶峰，一会儿又被无情地抛进浪峰低谷。石守乾觉得自己的灵魂早已出窍，游荡在云里雾里，游荡在梦中的那片荒野、那片沙漠上空。石守乾又有了一种久违了的却又极为熟悉的感觉，像是有一瓣飘落的花轻轻从脸颊划过留下一道美丽的痒。

事后石守乾金荷问："你咋那么大胆，敢跑我这儿来？"

金荷闭着眼说："啥大胆不大胆的，想来就来了呗。"

石守乾说："我要是不干呢？"

金荷一笑说："你不是干了吗？"

石守乾又要动，金荷说："急啥，往后日子多着哩，睡吧。"

石守乾突然"扑哧"一笑。

金荷问："你笑啥笑我呀？那好，我这就走……"

"不是不是"。石守乾一把按住金荷说："我突然想起《红娘》那出戏里的两句唱词来。"

金荷问："哪两句？"

"风流何用千斤买，月弄花影玉人来。"石守乾咂咂嘴说："这两句戏词写得真有味。"

金荷说："有味你就慢慢品味吧，我累死了真累死了，你……你不累呀？"

石守乾伸手紧紧搂住金荷说："金荷，金荷我想给你说说我做的一个奇怪的梦。"

"梦？噢，一个水晶宫一样的地方，还铺着红地毯是吧？我不想听。"金荷说完翻身给了石守乾一个后脊梁。

石守乾惊得后半夜再也没合眼，也没敢再动。

在往后的日子也就像今天那么简单。戏班里没有人说三道四，因为大伙体谅金荷，觉得金荷也应该有个男人来体贴。花白胡子老扁背地里说："石守乾这小子有艳福，也只有他能配得上金荷。"

石守乾心里也有牵挂。

二闺女枝从小身子骨就弱，老是有病，打三岁起就没有离开过药罐子。如今枝十七岁了，个子长得比麻媳妇还高，人长得白模样也长得俊，就是病病歪歪得弱不禁风。

三闺女朵那可是石守乾的掌中肉，宝贝疙瘩。石守乾和麻媳妇都喜欢朵，那妮子长得水灵，一双水汪汪的大眼睛她真的就会说话，能读懂爹娘的心，一张小嘴吧嗒吧嗒的，哄得石守乾和麻媳妇团团转。就是有一点叫石守乾不放心，朵这妮子胆子太大，一个姑娘家就没有她不敢干的事。有一回朵自己去放羊，遇上邻村的两个捣蛋小子，欺负朵一个人，非让朵把裤子脱了要看看她是怎样撒尿的。朵眼里噙着泪憋了半天真的把裤子脱了撒了半泡尿，让两个捣蛋小子趴在地上看了个够。朵提上裤子对高兴得又蹦又跳的两个捣蛋小子说："你俩看完了，也得把裤子脱了叫我看看。"两个傻小子满不在乎地一下子把裤子退到脚后跟说："看吧看吧，别给俺咬去喽就行。"不想朵一下子扑过去，一手抓住一个傻小子那硬邦邦的根，又扯又掐又是拧，疼得两个捣蛋小子杀猪似的嚎得没个人腔。望着两个捂着命根子拼命逃跑的两个傻小子，朵笑弯了腰。

本来石守乾是不打算今个回来的，不回来也就遇不上这场大风。可是不回来又不行，胡二毛给大儿子石盘说了个媳妇，黑胡楼的，是胡二毛的本家妹妹。石守乾心里有些不乐意，他胡二毛算个什么东西？我石守乾用得着他说儿媳妇？丢人！烦归烦，可架不住麻媳妇一茬又一茬地让人捎信催。这不，回来了，半路上遇上了这场倒霉的风。

提起大儿子石盘，石守乾心里就来气，狗日的都长到十八岁了，说话娇声嗲气，就连走路都像个娘们，三巴棍子揍不出个屁来。这狗日的投胎托生的时候找错门了，偏找了个姓石的人家，咋一点老石家人的味也没有呢？真后悔给他起了个石盘的名字，该他娘的叫个软柿子蛋！石守乾这样想。

怨归怨，儿子的事还得管。不管不行，好种孬种都是自己的种，自己种下的种，自己不管叫谁管？

以前石守乾每次回家都先到老黄河边上的土屋里石火爷那儿坐一会儿，给石火爷带些草糖、油条啥的。

石火爷是石守乾的爹石牤牛的亲哥哥。

别看石火爷一个人孤孤单单地住在老黄河边上，离黄三座楼二三里路远，可庄上的人都敬重石火爷，大事小情都跑到土屋里给石火爷说一声，这成了黄三座楼不成文的规矩，就连黄三座楼的族长黄柄秋逢年过节也还提瓶酒、逮只鸡去给石火爷作个揖呢。

石火爷爱静，愿意一个人住在老黄河边上。

石火爷说老黄河就是他的根，石火爷说他听着老黄河那"哗哗啦啦"日夜不停的流水声吃得香睡得安稳，石火爷说他听得懂老黄河，石火爷说他知道老黄河啥时候喜啥时候忧。

有一年的一个春天，原本不是下大雨发大水的节气，可老黄河偏偏在刚刚开春的时候发了一回牛脾气，一夜之间大水淹没了屋顶，大树在水中摇摇晃晃地抖动着光秃秃的枝杈，拦住一些漂来的杂草衣物，不一会变得肿胀起来，又像是漂浮在水面上的大蘑菇。

俗话说水火无情，水火它就真的无情。老黄河这场大水冲垮了多少房屋，淹死了多少人，又卷走了多少鸡鸭牛羊，谁也说不出个数目来。可黄三座楼却安然无恙，除了几间破草房子被大水冲倒了，一个人也没被卷走，这都是石火爷的功劳，黄三座楼的人记着呢。

石火是石火爷后来的名字，那时候石火爷叫石泥鳅，才十三岁。发大水的那天夜里石泥鳅和弟弟石牤牛在老黄河边上的草庵子里睡得正香，突然被大黑狗的叫声惊醒，伴随着大黑狗的叫声是一种奇怪的声音。石泥鳅爬起来跑出草庵子一看，到处一片漆黑，"轰隆轰隆"的声音越来越大越来越近，石泥鳅马上反应过来，这是老黄河发威哩，要上大水哩。石泥鳅小时候听爹说过。

石泥鳅赶紧把熟睡的石牤牛从床上扯起来，紧跟着大黑狗发疯似的朝黄三座楼跑去，刚一进村就扯嗓子喊："发大水啦，发大水啦，发大水啦！"喊声惊醒了一村子熟睡的人。

黄三座楼的男男女女老老少少在一阵忙乱之后都跑到了庄南坑边的老槐树底下，那儿地势高，老黄河的水没有爬上去，围着黄三座楼发了两天的威便退下去了。事后，刘九呱嗒说："高祖爷刘邦和他的千军万马护着黄三座楼的人哩，老黄河水里的那些虾兵蟹将能是高祖爷手下那千军万马的对手？"黄四爷摇摇头说："瞎说？是石泥鳅救了黄三座楼的人。"许多人都跟着点头。黄四爷开口，刘九呱嗒也就不敢胡呱嗒了，于是便改了嘴，说："那夜黑得锅底一般伸手不见五指，正在梦中的石泥鳅……"

大水过后，草庵子早被水冲得不见了踪影，石泥鳅拉着石牤牛站在老黄河边上哭了。黄四爷说石泥鳅救了一庄子的人，是黄三座楼的大恩人，咋能还住在草庵子里？给石泥鳅盖屋，这钱我出！村里老少爷们都来了，没钱帮人场，大伙一起动手，不几天就在老黄河边上给石泥鳅盖了两间土墙草屋。

石泥鳅在土屋里住了三年，失踪了，谁也不知道他去了哪儿。石泥鳅的弟弟石守乾的爹石牤牛哭得吃不下饭，黄三座楼的老少爷们都跟着着急。黄四爷派人方圆上百里找了个遍，哪有石泥鳅的影子？

有人说石泥鳅八成是让柳寨渊子的土匪弄走杀了，黄四爷眼一瞪说："胡扯个啥？柳寨渊子的浪里滚刀虽说是土匪也没到咱黄三座楼来杀过抢过，石泥鳅屁大点孩子跟他们无冤无仇的，浪里滚刀凭啥要杀了石泥鳅？"

于是人们又有了许多猜测，说石泥鳅天生就是个童子，叫观音菩萨收走了，说石泥鳅让老黄河滩上的一群狼吃了，说石泥鳅被一个小寡妇拐跑了……不管怎么猜测，活不见人死不见尸，再也没人见过石泥鳅的影子。时间一长，在黄三座楼老少爷们的心里渐渐地把石泥鳅淡忘了，他们把对石泥鳅的感激之情转移到石

牤牛身上。黄四爷张罗着给石牤牛提了门亲事。黄四爷说石泥鳅他爹石米仓就是
个实诚人，石泥鳅又救了黄三座楼的人，积了大德，咋能叫老石家绝了后呢？

石泥鳅没有叫柳寨渊子里的土匪浪里滚刀抓去杀了，石泥鳅没有叫观音菩萨
收走，石泥鳅没有让老黄河滩上的狼吃了，石泥鳅没有被小寡妇拐跑，石泥鳅当
了兵，石泥鳅后来在西北军里当了营长。

那天，石泥鳅一个人到黄河里洗澡，逮了几条大鲤鱼，用一根木棍挑着想到
叮当集换一坛酒喝，谁知道还没到叮当集就碰上一群骑着大洋马挎着长刀的人。
石泥鳅赶紧闪在路边，不料一个骑着白马留着八字胡的人朝石泥鳅喊："哎哎，
小家伙过来。"石泥鳅过去问："你想买鱼吗？俺这鱼不卖，俺拿它到叮当集换酒
喝呢。"留着八字胡的人在马上把眼睛一瞪说："换酒？换屁！来人，把这个小子
给我绑了。"石泥鳅把鱼一扔扭头就跑，留着八字胡的人把马缰绳往上一提，两
腿一用力，白马"噌"地朝前蹿过去，眨眼间赶上石泥鳅，一伸手把石泥鳅提溜
上马背。"小杂种，你跑呀。"留着八字胡的人把石泥鳅朝地上一扔说："绑了。"
有两个人从马上跳下来一起动手，把石泥鳅绑了个结结实实。不管石泥鳅怎么哭
喊怎么挣扎，还是被按在马背上给带走了。

骑着白马留着八字胡的人叫关之雄，是军阀吴佩孚手下的一个骑兵排长。关
之雄带着人办完事回防的路上，正好碰上石泥鳅，不知道为什么，关之雄一眼就
看上了虎头虎脑的石泥鳅，才把石泥鳅绑着带回了驻地，叫人拿过来一身军装往
石泥鳅身上一套，说："小子，往后就跟着老子干了。小子，你叫个啥名字？"石
泥鳅说："石泥鳅。"关之雄头一摇，说："啥他娘的泥鳅泥鳅的，熬汤的料，难
听。我给你改一个吧。"石泥鳅说："这名字是爹给我起的，你凭啥给我改了？"
关之雄笑着说："嘿嘿，小子，火气还不小，你就叫个石火吧。"从此，石泥鳅就
成了石火，成了关之雄的贴身卫兵，跟着关之雄在枪林弹雨里出生入死。关之雄
当了连长石火跟着，关之雄当了营长石火跟着，后来关之雄当了团长的时候吴佩
孚兵败如山倒，关之雄带着手下的残兵败将投奔了西北军，当然，石火也跟着成
了西北军。

军阀混战打得一塌糊涂，你抢我的地盘我占你的地盘，两下里还没有消停，
不想半路上又杀出个程咬金，这一路那一路的都杀红了眼。在这没完没了的糊涂
战中，石火曾经三次救过关之雄的命，这让关之雄更加器重石火。有一次，关之
雄让石火去接老婆和十一岁的儿子关彪，不料半路上挨了炮，关之雄的老婆被炸

得血肉横飞，关彪被震得昏死过去。石火背着关彪一口气跑了几十里回到营地，才算保住关彪的一条命。关之雄拉着石火的手含着泪说："石火啊石火，我和儿子两个人的命都是你救的呀。你是我关之雄的大恩人，你是我们老关家的大恩人。"没过几天，关之雄便把自己小老婆的亲妹妹绿翠嫁给石火。成亲的那天，关之雄对石火说："从今天开始，咱俩成了连襟，是兄弟了，我呢也不能老是让你给我当卫兵，你到队伍里去当个连长吧。"就这样石火离开了关之雄，当起了带兵的连长。两年之后，石火有了自己的儿子，一个白白胖胖的儿子。石火请来关之雄，关之雄摸摸孩子红扑扑的小脸蛋说："这小东西长得天庭饱满，将来会有出息的。石火，你给我听好了记住了，西北军是咱们的根基，将来孩子也得在西北军里混，我看这孩子就叫石根吧。"在石跟四岁的时候，关之雄升了西北军107师师长，石火当了五营营长。

第 16 章

> 一阵排子枪声震撼着大地震撼着黄三座楼
> 震撼着祖祖辈辈生活在老黄河岸边的人!枪口
> 喷出的火焰利剑一般划向夜空……孩子们被刺
> 耳的枪声吓得尖叫着一头扑进母亲的怀里

石牤牛成亲的第二年,媳妇在一个飘着雪花的日子给老石家生了个大胖小子。石牤牛连喊带跑地来到黄三座楼,把这一好消息告诉黄四爷,黄四爷听了两眼眯成一条缝,左手捻着花白的胡须右手不停地掐算一阵说:"相书上讲,男孩子要占五五年五五月五五时辰五五天干行五五大运,那可是当朝一品的命。这孩子占了三个五,将来命中也是大富大贵呀。好人自有好报,这是天理天理呀。"黄四爷破例给石家这个男孩子取了个不错的名字——石守乾。乾者,乃天乃首;守乾,守住长命百岁,守住大富大贵。黄四爷的一席话把个石牤牛说得张着嘴老半天没合上。

人的命天注定,谁也犟不过命去。石牤牛在儿子石守乾三岁的时候得了个怪病,傍黑躺倒在床上,天明断了气。寡妇熬儿越熬越难,石守乾的娘年纪轻轻的实在熬不下去,趁石守乾睡着的时候提着个小包袱出了门,再也没回来。

石守乾的哭喊声惊动了老黄河边上放羊的一位老人,老人跑去告诉黄四爷,黄四爷叹口气说:"走了就走了吧,孩子得活下去。"黄四爷出钱出粮,把三岁的石守乾交给毕氏抚养。

毕氏已经五十来岁,男人刘满囤死了好几年了,三个儿子都已成家。毕氏喜欢清静,她不愿意和儿子儿媳孙子们一块住,三个儿子给她盖了两间草房,夹了个篱笆院,毕氏一个人住在里面。

毕氏年轻的时候长得花容月貌，和黄四爷两个人在老黄河边上的芦苇丛里做了一回露水鸳鸯。为这事黄四爷心里一直七上八下的，他真怕毕氏一不小心把事情给说出去，毁了他黄四爷的一世英名。

在石守乾刚满七岁的时候毕氏死了，石守乾在毕氏坟头前磕了三个头，含着泪水来到七斤半爷爷家，跟七斤半爷爷学拉二胡。

俗话说生意不如手艺，手艺不如口艺，这话不假。

石守乾不光拉二胡的手艺精，口艺也不错。就仗着这手艺这口艺，石守乾吃遍了老黄河两岸。打从十五六岁开始，保媒拉纤的一个接着一个，可石守乾总是摇头，谁也看不上，气得那些花里胡哨的媒婆直翻白眼。其实，石守乾早就看上了七斤半爷爷的孙女——一个长他十一岁的麻姑娘。

自从石守乾进了七斤半爷爷家，麻姑娘就开始照顾他，做饭洗衣服样样不用他动手。在麻姑娘心里，石守乾还是个小毛孩子，就连去茅房麻姑娘也不避他。有一回，石守乾蹲在麻姑娘对面，两眼直盯着麻姑娘撒尿的地方看，看得麻姑娘脸一红，提上裤子过去照着石守乾头上一巴掌说："人还没个猫大，你瞪着两个牛眼看啥看？"从那天开始，麻姑娘再不跟石守乾一起上茅房了。石守乾后来和麻姑娘成了亲，说想看看，"看啥看，十年前就叫你看罢了。"石守乾说："那你还打了我一巴掌呢。"

眉毛胡子白了一大把的黄四爷让人叫来石守乾，问他咋不叫媒人给他提亲，石守乾"嘿嘿"地光笑。黄四爷生气了，老脸一拉说："你个小熊羔子想找个啥样的？是个女人就行，做饭生孩子能过日子就行。"石守乾支支吾吾半天才把早就看上七斤半爷爷的孙女麻姑娘的事说了。黄四爷眯着眼睛瞅了石守乾半天，瞅得石守乾心里直发毛。突然，黄四爷一阵"哈哈"大笑，说："孩子你有眼力，过些日子四爷给你们俩成亲。"

七斤半爷爷两年前就不在了。

黄四爷叫人去给麻姑娘的爹一说，麻姑娘的爹简直不敢相信自己的耳朵，这事要不是黄四爷叫人来说的，打死麻姑娘的爹也不信。女儿是他的一块心病，一脸的麻子坑让人不敢看，谁愿意娶了当媳妇？为这，麻姑娘的爹费了不少心劲，托了一茬又一茬的媒人，结果麻姑娘到了二十八岁还没嫁出去。

麻姑娘的爹觉得女儿嫁给石守乾是烧了高香，是女儿前世修来的福，又觉得委屈了石守乾这孩子，没法子，那就多多地陪送闺女。麻姑娘一笑说："委屈他啥了？他娶了俺那是他的福气，俺还真不稀罕嫁给他呢。"麻姑娘的爹眼一瞪说："耶耶，你这妮子是咋说话呀你？守乾那孩子不光人长得排场，心眼也好，又有一门子好手艺，打着灯笼也难找啊。你……你还比人家大十一岁，知足吧闺女。"麻姑娘心里美滋滋的，嘴上却说："知啥足呀？嫁给他俺还吃亏了呢。"不管闺女咋说，麻姑娘的爹拿定主意，张罗着卖了一头牛一口猪，把钱全部给闺女买了嫁妆。

石守乾成亲的花销黄四爷全包。

就在石守乾成亲的那天夜里出事了。

闹了半夜新房的年轻人折腾累了，各自打算回家睡觉，突然有人看见老黄河边上土屋方向火光冲天，惊得大叫起来。

"不好了，土屋着火了，土屋着火了！"

呼喊声惊动了黄三座楼的老少爷们，一个个披衣出门，提桶端盆朝土屋跑去。

快要接近土屋时人们全愣住了，那着火的地方不是土屋，是土屋旁边那些早已干枯了的芦苇。火光中像是有一个人在走动，不紧不慢地，时不时地还把些散乱了的干芦苇抱着往火堆里扔。

"乖乖，咋像是石泥鳅？"有个上了年纪的人说。

"是他，真是石泥鳅吔。"

"日他娘，石泥鳅咋又活着回来了呢？"

"石泥鳅回来了，是石泥鳅回来了。"人们纷纷朝着火的地方跑去，只有石守乾一个人呆愣愣地站在那儿。

石泥鳅不是失踪了二十年的大爷吗？真是大爷石泥鳅回来了吗？石守乾一脑子的迷糊。爹的影子在他脑子里已没有任何印象，这个从没有见过面的大爷又是什么样的呢？

"石泥鳅，你咋回来了呢？石泥鳅，你不是叫柳寨渊子的土匪浪里滚刀抓去杀了吗？石泥鳅，你狗日的咋一走这么些年呀？石泥鳅，黄三座楼的人记着你呢？石泥鳅，你兄弟死了！石泥鳅，你侄子今个成亲你咋就那么巧赶在今个回来了呢？石泥鳅……"

站在大火边的石泥鳅被火光映照得满身通红，像是身上着了火，听着人们的诉说，就像一根燃烧的木头杵在那儿，脸上没有任何反应。

"石守乾，石守乾在哪？快过来，你泥鳅大爷回来了，快过来呀。"有人喊。

石守乾仿佛刚从睡梦中醒来，像是有人从后面推了一把，挪着木讷的腿朝前走去，此时的他脑子里一片空洞，空洞的像没有月亮没有星星的夜。

这时黄四爷被人架着也来到土屋旁，他颤颤巍巍地走过来，"泥鳅，泥鳅你在哪？泥鳅你真的是石泥鳅吗？"

那人转动了一下头，终于说话了，"四爷"两个字像是从火里崩出的两块冰，冰得所有人脊梁骨发凉。

石守乾在离石泥鳅丈把远的地方"扑通"跪下来，泪也流了下来。

石泥鳅回来了，十六岁突然从黄三座楼失踪，二十年后又突然回到老黄河边上。这二十多年里谁也不知道他去了那里，是活着还是死了。今天石泥鳅的突然出现，让黄三座楼的人又听见了那"轰轰隆隆"的水声，又看见了那一片滔滔黄水。

谜，石泥鳅成了个谜，成了叫黄三座楼的人猜不透的谜。

石泥鳅仍住老黄河边上的老土屋。石守乾和麻媳妇小两口去过老土屋许多次，麻媳妇说："天凉了，老黄河里的风硬，你老人家到家里去住吧！咱家里有屋，床铺都收拾好了，回家里住吧，爹没有了，你就是俺爹，俺两口子伺候你，给你养老送终，爹你就答应回家吧！"任你怎么说，石泥鳅就是一言不发，石守乾两口子跪下磕头也没用。

第二年开春的时候石泥鳅回了黄三座楼一趟，是石守乾的大儿子出生的那天。石泥鳅瞅瞅熟睡的孩子说："叫个石盘吧。"然后"哗啦"一声丢下个布袋走了。石守乾两口子打开布袋一看惊得目瞪口呆，布袋里面是一摞白花花的大洋，整整五十块呀。

后来石泥鳅常往石守乾家里跑，别的没啥事，把石盘带走，一玩就是好几天。刚一开始的时候石守乾两口子还有些不放心，再一看小石盘回来一次比一次欢实，小脸红扑扑的，老是闹着要再回老土屋爷爷那儿去。石守乾两口子一合计，想去就叫他去吧，咋着也是他爷爷吧，两口子还能落个素净呢。再说了，麻媳妇的肚子又一天天地鼓起来，还不知道哪天生呢。

石泥鳅有钱，但是谁也不知道石泥鳅到底有多少钱。刘九呱嗒在庄南坑边老槐树底下说书的时候低声对几个老头说："我估摸着石泥鳅光那白花花的大洋得有几百块，也许有上千块，还清一色的都是乾隆年间的双龙大洋，拿在手里用嘴一吹放在耳边'嗡嗡'直响。"有人问呱嗒："你看见了？"刘九呱嗒咧嘴一笑说："耶，那我哪能见着，这是我猜的。"

自从黄三座楼的人知道石泥鳅曾经在西北军里当过军官之后，更加对石泥鳅另眼相看，没有人再叫石泥鳅了，叫石火，年轻一些的叫石火叔、石火爷。就连黄四爷也这样说："火，把你在外面混了这二十年的事给四爷说说，你都干了些啥。"每当这时候，石火的脸上便会出现痛苦的表情，支支吾吾地说："四爷，赶明有空的时候再给您老细说吧。"望着石火的背影，黄四爷叹道："像，像石米仓，可是跑出去了这二十年咋就变成傻子了呢？"

那是在石泥鳅回到黄三座楼的第八年的那个秋天，天已经很冷了，还刮起了"日呼日呼"的北风。吃过晌午饭人们闲着没啥事干，一个个都朝庄南坑边老槐树底下走去，想听刘九呱嗒说书，等了半天也没见着刘九呱嗒的人影，几个老头等不及了，差个年轻人去叫，回来说刘九呱嗒来不了了。老头眼一瞪说："咋，狗日的在家里吃奶哪？"年轻人回答说："九婶说九叔昨个去叮当集了，卖了半个猪头，夜里吃多了，撑得一夜爬起来好几回，这会还睡在床上不停地'哼哼'着哪。"几个老头无奈地骂这个老叫驴日的。

正当人们准备离开庄南坑边老槐树底下的时候，突然从西面来了几十匹高头大马，马上的人一个个穿着灰色军装背着大枪。马队来到坑边"呼啦"一声散开，把黄三座楼这些来听书的人围在中间。黄三座楼的人傻眼了，他们哪见过这阵势呀？一个个坐在地上谁也不敢动，他们不知道有什么样的大祸要临头了。

马上的一个腰里挎着盒子炮的年轻军官问："哎，这是黄三座楼吗？"一个胆子大些的老头忙站起来说："是是，是叫黄三座楼。"军官又问："石火住在什么地方？""石火——？"几个老头你看我我看你愣住了。年轻军官旁边的一个人大声说："长官问你们话哪，石营长住在什么地方？""石营长——？"几个老头更是丈二的和尚摸不着头脑。大胆些的老头说："长官，俺这村里没有个叫石火的，更没有当啥营……营长的人。"年轻军官说："不对吧，这黄三座楼有没有姓石的？""有，有有。不过没有叫石火的，有一个叫石泥鳅的，不住在村里，住在老黄河边上。他还有一个侄子，叫石守乾，是个吹喇叭的，那可是……"年轻军官愣了一下打断老头的话说："你们说的那个石泥鳅有多大年纪？""也就四十来岁吧，大高个，好像……好像下巴上还有一块疤……这个石泥鳅在十来岁的时候就没影了，整整二十年才回来……"老头们你一言我一语地回答。年轻军官听了高兴地说："是他，就是他！还请几位老人家带我们去找一下那个石……石营长吧。"

石泥鳅就是石泥鳅，咋又叫石火了呢？这石泥鳅失踪了二十年真的跑到外面当兵去了，真的当了官了，当了官咋又回来了呢？石泥鳅是不是这些人要找的石火呢？几个老头也不知道这些人要找石泥鳅干什么，只好提心吊胆地领着这一群当兵的朝老黄河边走去。

石火正坐在老黄河边上看着流水发呆。

"泥鳅，石泥鳅，有人找你来了。"几个老头大老远地就喊。

石泥鳅慢慢地转过身来。

坐在马上的年轻军官看见石泥鳅翻身从马上跳下来，大步走到石泥鳅旁边，"噗通"朝地上一跪说："姨夫，我是关彪，小彪子呀。姨夫，您让彪子找得好苦啊姨夫。"

石泥鳅一句话也没说，两手紧紧拉住关彪流下一串泪来。

当天晚上，关彪让手下人在庄南坑边的老槐树底下摆了十几桌酒席，把黄三座楼的男女老少都请过来，灯笼火把照得半天通红，猜拳行令酒碗碰得"叮叮当当"响成一片。黄三座楼的人有史以来第一次吃得那样满嘴流油，喝得那样痛痛快快。

酒席刚开始的时候，关彪跳上一张桌子大声说："黄三座楼的老少乡亲，我叫关彪，在西北军里当营长。我今天到这儿来是来找我姨夫的，我姨夫当年也在西北军里当过营长，救过我爹的命，也救过我的命，我姨夫……"

和黄四爷坐在一起的石泥鳅站起来说："彪子，啥也别说了，下来吧。"

"好，我听姨夫的。"关彪从桌子上跳下来，冲旁边的一个年轻军官点点头，年轻军官马上朝站在远处的一排兵跑去。

"预——备——"随着年轻军官的口令，士兵们把枪举过头顶。

"放！"

一阵排子枪声震撼着大地震撼着黄三座楼震撼着祖祖辈辈生活在老黄河岸边的人！枪口喷出的火焰利剑一般划向夜空……孩子们被刺耳的枪声吓得尖叫着一头扑进母亲的怀里。

黄四爷眉头皱了一下，转脸瞅了石泥鳅一眼。

石泥鳅是看见了黄四爷的表情的。

石泥鳅站起来走到关彪跟前说："彪子，你这是弄啥？别吓着乡亲们。"

关彪没有说话，从旁边的一个士兵手里接过一只大腕，大声说："倒酒！"

关彪双手捧着满满一碗酒"噗通"朝地上一跪说："姨夫，我先替我爹敬你一碗。"

石泥鳅接过酒碗说："彪子，起来。"

"姨夫，你先把这碗酒喝了我才敢起来，这是我爹嘱咐的。"关彪说。

石泥鳅端起酒来一饮而尽，刚要说话，关彪又把满满一碗酒举过来，说："姨夫，这碗酒是我敬你老人家的，请你一定得喝了。"

石泥鳅看看跪在地上的关彪，把酒端过来又喝了个干干净净。

关彪从地上站起来，往后看了一眼，那个年轻军官和士兵立刻整整齐齐地走过来。"敬礼——"随着年轻军官的口令，关彪和所有的士兵都向石泥鳅举手敬礼。然后关彪大声说："西北军的弟兄们，大家都把碗端起来，敬我们的老营长。"

"给老营长敬酒。"士兵们齐声喊。

石泥鳅被眼前的情景感动了，他抑制不住内心的激动，端着碗的手颤抖着，从眼角里流出一行喜悦中夹带着悲凉的泪水。

石泥鳅把酒喝完之后说："彪子，过来。我来给你介绍一下，这是黄四爷，是黄三座楼的老族长，也是我们老石家的大恩人。"

关彪端着一碗酒恭恭敬敬地走到黄四爷身边，说："黄四爷，石营长是我姨夫，也是我们关家的大恩人，他救过我爹的命，也救过我的命。既然我姨夫说您是他的大恩人，那您也是我关彪的大恩人。黄老族长，我敬您一碗。"

"不敢不敢。"黄四爷站起来说："关营长敬酒，老朽实在不敢当不敢当啊。"

"黄四爷，这碗酒您无论如何要喝了，要不我在我的弟兄们面前脸上挂不住啊。"关彪把手里的酒碗举得更高。

"这个……好吧，我喝。"黄四爷从关彪手中接过酒一饮而尽。

"来呀，倒酒，再给黄四爷满上。"关彪把第二碗酒端到黄四爷面前的时候，石泥鳅坐不住了，站起来拦住关彪说："彪子，四爷年岁已高，这碗酒我替四爷喝了。"

这场酒黄三座楼的男男女女老老少少一直痛饮到月亮爬到老槐树的头顶才散场，有几个年轻些的人还觉得不尽兴，大多数人散去之后，他们还在那儿喝五邀六地猜拳行令。

关彪来到桌边说："大伙不要着急，只管痛痛快快地喝，喝他一醉方休。"

从此之后，黄三座的人知道石泥鳅还有一个名字——石火。

关彪一连在黄三座楼住了七天。他把手下的士兵安排在黄三座楼住，自己却和石泥鳅两个住在老黄河边上的草屋里。夜深人静的时候，爷儿两个这灯下一边饮酒一边唠着家常。关彪给石泥鳅说了自己这次来找他这个分开了八年多的姨夫的原因。

　　原来，关之雄师长奉命带着人马去和进京想再次把失去龙椅的大清皇帝扶起来的张勋的辫子军打仗，因为走漏了消息，结果在半路上中了埋伏，关之雄虽然在关彪等亲兵的全力掩护下逃出包围圈保住一条命，但兵马损失殆尽，几乎成了光杆司令。关之雄在西北军里没有了实力，便被很多人瞧不起，甚至不少原来的老朋友也慢慢和他断绝了来往。关之雄觉得自己提着脑袋东挡西杀了半辈子，大大小小的仗打了不知道多少次，把身家性命都卖给了西北军，却落到今天这个地步。关之雄越想越伤心，越想越憋屈，对关彪说："彪儿，如今这世上可以信赖的人实在太少了，你爹我刚刚走了点背字，你瞧那些人一个个都躲得远远地，好像你爹成了灾星，只要一粘上便会大祸临头。唉，彪儿，要是你姨夫石火还在的话，你爹不会落到今天这个样子的，真想石火弟兄呀。"关彪虽然也当上了营长，但对关之雄却十分地孝顺，听关之雄这么一说，关彪坐不住了，说："爹，我去把姨夫找回来。"关之雄摆摆手说："算了吧，你姨夫失去了老婆和孩子，他是伤心透了，不会再回到西北军来。不过，从他走了之后再也没有一点消息，也不知道他一个人过得怎么样。"关彪说："爹，我马上带人去找我姨夫。我姨夫说过，他的家在老黄河边上的一个叫黄三座楼的村子，我一定要把姨夫给找到。"就这样，关彪带着一个排的人马找到了黄三座楼。

　　坐在老黄河边上，关彪对石泥鳅说："姨夫，我爹他真的很想你，一天到晚地念叨你。姨夫，你就跟我回去吧，帮着我爹重振107师。"

　　石泥鳅点上一袋旱烟抽了几口说："彪子，这八年来姨夫在这老黄河边上住习惯了，离不开了。你回去之后告诉关师长，石火这次不能听从命令，我的根在这老黄河边上啊。"

　　关彪停了好大一会说："姨夫，你不跟我回去也行，我回去告诉爹姨夫活得好好的，我爹也就放心了。不过，姨夫，你得答应我有个条件。"

　　石泥鳅一笑说："彪子，你说，给姨夫提什么条件？"

　　关彪站起来一本正经地说："姨夫，你们这个村子不是叫黄三座楼吗？我咋就只看见像咱们打仗时候的碉堡一样的三座土楼啊，这算啥楼啊，不过是高一点的土坯房子。姨夫，我要给您盖三座真正的楼，把这个村子改成石三座楼。"

　　石泥鳅的脸色马上暗了下来，说："彪子，这句话说到这儿就算完了，你的心意姨夫知道了。可是彪子，你不知道，在这老黄河边上，别说你盖三座真正的楼，你就是盖上三十座，也比不上老黄家的这三座土楼。"

"为啥？"关彪问。

石泥鳅说："不为啥。彪子，你从小就跟着关大哥在队伍里长大，听到的是出操声是练刺刀的呐喊声是连绵不断的枪炮声，你不会明白老黄河边上的人。这里的人祖祖辈辈靠老黄河养活着，他们对老黄河的这份感情，对老黄河两岸的人情世故是刻骨铭心的，是不可动摇的，就像黄三座楼的三座土楼在他们心中的位置，是什么也代替不了的。"

"那……姨夫，你就打算在这老黄河边上窝一辈子？"关彪问。

石泥鳅叹口气，说："彪子，你姨夫跟着你爹在外面闯荡了二十年，也风光过，可是到头来却又落下了什么？是刻骨铭心的伤痛啊。彪子，听姨夫的话，赶紧带着你的人回去吧，兵荒马乱的，你又带着这些个人枪，路上不安宁呀。早点回去，免得你爹担心。"

关彪说："姨夫，你既然不让我在这黄三座楼给你盖房子，也不愿意跟我回西北军，我不会勉强你。好吧，姨夫，我给你留下些钱，保证够你下半辈子用的。"

石泥鳅一笑说："彪子，你怎么净说些孩子话呀？你看看在这老黄河边上，要吃有吃要喝有喝，我要钱干什么？钱在你爹那儿比我这儿有用。要想重振107师的雄威，一步也离不开钱那。"

关彪走了，石泥鳅没有去送他，只是含着泪站在老黄河边上久久地望着远去的队伍。

在关彪他们走了的当天晚上，黄四爷叫人来喊石泥鳅。

石泥鳅本来不想去，但黄四爷亲自差人来喊又不能不去。

石泥鳅走进黄家大门的时候，远远看见黄四爷拄着一根雕着龙头的拐杖站在院内。黄四爷看见石泥鳅说："泥鳅……石……石火……石营长……石……"

石泥鳅紧走几步来到黄四爷面前说："四爷，别石这石那的了，我还是泥鳅，我还是泥鳅呀。"

来到屋里坐下，黄四爷让人端上些酒菜，叫黄炳秋也坐在旁边，三个人喝了两杯酒之后，黄四爷说："泥鳅，能不能把你在外面这二十年的事给四爷唠扯唠扯？那个关营长口口声声喊你姨夫，看来你在外面是成了家的。泥鳅，噢，你当兵的时候叫石火是吧？石火，这个名字不错，就是有点火气太旺了。人生在世，金、木、水、火、土一样也不能少。你看你看，又扯远不是，火啊，把你在外面当兵的事给四爷唠扯唠扯。"

石泥鳅看看黄四爷，端起酒杯时眼里已经满是泪水。

　　石火当了西北军107师五营营长之后，对手下的官兵特别关心，深得全营官兵的拥戴。石火手下有一个叫苗守山的排长，是石火当连长的时候一个头磕到地下的拜把子兄弟。这苗守山也是一个有些血性的军人，因为作战勇敢再加上石火的极力保举，很快由排长提升为连长。苗守山什么都好，就是有一个坏毛病，喜欢抽大烟。石火曾不止一次地劝苗守山把大烟戒了，苗守山呢总是一笑说："行，我听大哥的，戒！"可是回来之后照抽不误。那时候烟土比金子还贵，苗守山一个月饷钱也就那么几块大洋，根本不够买烟土的，实在没有办法的时候，苗守山只好找石火去借。石火二话不说，出手就是十块八块的，但总要说几句让苗守山戒烟的话，时间一长，苗守山有些不耐烦了，可是不耐烦也没有用，手里没有钱大烟还得抽。苗守山知道去找石火还能拿来钱，但他听不惯石火的唠叨，他也不想让石火瞧不起自己，于是就在士兵的军饷上打起主意。苗守山想了也干了，可是在这方面他是个外行，也就干了那么两三次就被上司发现了，一下子给捅到关之雄那儿。关之雄平时最恨克扣士兵军饷的人，一听就火了，说："他妈拉个巴子的，给我拉出去砍了！"石火知道之后马上找到关之雄，好说歹说总算给苗守山保住一条命，但死罪免了活罪难饶，打五十军棍由连长降为排长。苗守山被打得皮开肉绽，躺在床上咬牙切齿地恨起石火来，他恨石火不念兄弟之情，没有给他开脱罪责。关之雄是你的连襟，只要你说句话，我苗守山也不至于被打得那么惨。从此苗守山在心里就给石火记下了一笔账。石火是个实诚人，他为苗守山在关之雄面前求情是看在把兄弟的份上，并不图回报。他让媳妇绿翠亲手煎好汤药端到苗守山面前，看着苗守山喝下去，才拍拍苗守山的肩膀说："兄弟，好好养伤。"这本来是石火关心苗守山的话，可在苗守山听来却是那么刺耳，觉得石火是在嘲笑自己。西北军和东北军开战，关之雄命令军中所有家属统统送往后方。石火觉得还是自己的把兄弟最可靠，便让苗守山护送媳妇绿翠和儿子石根到后方去。苗守山赶着马车带着绿翠和小石根走了有十几里地来到一个山坡下，看看前后没有人，苗守山便跳下车来，对着车里说："嫂子，到了，下车吧。"绿翠领着小石根下车之后问："兄弟，这是什么地方？"苗守山突然把脸一变说："这就是你们两个葬身的地方。""苗兄弟，你……"没等绿翠把话说完，苗守山手里的枪响了，绿翠倒在血泊之中。小石根愣了一下扑向苗守山，"你还我妈妈！"苗守山举起手中的枪狠狠地朝石根脑袋上砸去，小石根晃了晃倒在妈妈身旁。苗守山钻进车内，把大洋和所有值钱的东西统统翻出来带在身上，跳下车向山下跑去，刚跑了没有几步又折回来，掏出枪来对着小石根又开了一枪。"老子这叫斩草除根！"苗守山咬着牙说。苗守山一回头吓得魂飞魄散，几十只黑洞洞的枪口对着自己的脑袋。原来，苗守山刚才打死绿翠的枪声惊动了一队在山脚下经过的东北军，带队的军官一挥手，队伍马上包抄上来。苗守山穿着西北军的军装，自然是敌人，军官一声令下，苗守山被捆了个结结实实，身上的钱和物也被搜个干干净净。后来，苗守山真的就投靠了东北军，带着东北军乘夜来偷袭五营，多亏石火指挥全营官兵拼命抵抗，在天亮的时候终于突出重围，与前来增援的队伍一起打退东北军。在战斗中苗守山被打伤了，被东北军扔在尸横遍野的阵地上。石火指挥士兵打扫战场，见到奄奄一息的苗守山大吃一惊，忙问媳妇和孩子的下落，苗守山也许知道自己活不了多久了，或许是良心有所发现，便断断续续地把实情告诉了石火。石火听说媳妇和儿子都已经死了，"哎呀"一声，一口鲜血吐在地上当场昏厥过去。愤怒的士兵一起朝苗守山开枪，顷刻之间把苗守山打成一堆肉泥。

黄四爷让儿子黄炳秋把石泥鳅送回老黄河边上的土屋时已经是下半夜了。

第 17 章

其实人就是这么回子事，有时候你想干什么偏偏干不了或者就是干了也干不成，有时候你想都没想过的事偏偏又找着了你，叫你推也推不开，甩也甩不掉

人常说"好死不如赖活着"，年轻少壮的不必说，就是七老八十的人也不想死呀。可是人又都得走这条路，富的也好穷的也罢，眼一闭腿一伸，几十年的馍馍饭还没有吃够呢，走了，走到个看不见摸不着的地方去了。老黄河边上的人都知道这样一句话：喝了年初一的饺子汤，扭头看见麦梢黄。吃了新麦，死了不亏。年前年后，麦前麦后就是死人的日子。

眼看着快到年底了，喇叭班的活又忙活起来了。

金荷天还不明就从床上爬起来，先给许大树洗了脸，又做了一碗面喂许大树吃了，说："孩子都还没起来，我把饭做好了在锅里热着哪。等孩子起来吃完饭以后，叫仓把挂在墙上的干玉米棒子摘下来剥喽，等我回来去推磨。""噢，大树，我忘了给你说了，今个我去办活的地方在老黄河南边，说是一个大户人家出殡，要两天呢。我得赶明罢了活才能回来。你叫仓看着他的两个弟弟和闺女秋雁，叫他们别到处乱跑就行。"

许大树看看金荷，表示知道了。许大树虽然人下不了床，但脑子好使，金荷的一举一动哪怕有一点极细小的变化，许大树心里都清清楚楚的。许大树从心里爱金荷感激金荷理解金荷，守着一个半死不活的人这么些年，金荷风里来雨里去的，太不容易了。她还不是为了这个家为了孩子为了一个在床上躺了八年的男人

吗？许大树不知这样想过多少次，每次这样想着想着就不停地流泪，一边流泪一边恨自己，恨自己连累金荷也连累了这个家，就想到了死。可是许大树想死也死不了，他除了两只眼睛能看得见，两只耳朵能听得见，一张嘴能说话之外，浑身没有再能动一动的地方。

金荷走了，许大树躺在床上想心事。

金荷和许大树的大儿子小名叫仓，许大树还给儿子起了个大号叫许承业，意思是将来继承父母的事业也去学唱戏。可是金荷却坚决反对儿子学唱戏，许大树问："金荷，为啥不让儿子学唱戏？"金荷说："啥也不为，仓就是不能再学唱戏，不光仓不能学唱戏，仓的弟弟、妹妹也不许学唱戏。"听金荷说话的口气那么坚决，许大树没再说什么。

许大树发现金荷身上有了一些细微的变化。金荷那张红润的脸上时时带着笑，而且笑得灿烂，笑得让许大树想起了两个人在戏班的时候一块钻庄稼地拱柴火垛那段甜甜蜜蜜的日子。金荷只要不去上活，总是在家里忙里忙外的，手脚一刻也不闲着，有时候逗着孩子玩，玩得开心笑得甜美，嘴里还时不时地唱上几句新学来的拉魂腔。金荷说这拉魂腔就是好听，真的能拉住人的魂。许大树也受到笑声的感染，给围在床边的孩子讲猫是老虎的师傅的故事。仓说："爹，你哄俺的吧？老虎有多厉害呀，猫咋会是老虎师傅呢？"许大树一副很认真的样子问："仓，猫会上树，老虎会上树吗？"仓摇摇头说："不知道，可是老虎个子大呀，打架猫一准打不过老虎。"许大树说："哎，这就是猫比老虎聪明的地方了。给你们说老虎以前在山上的时候呀尽吃好的，啥野猪呀野山羊呀，逮着一只吃几天，老虎是吃饱了就睡。可是后来呢，山上的野猪野山羊都让老虎吃光了，老虎逮不到东西吃，饿得没有办法就下山来找猫，让猫教给它逮东西吃的本领，猫心眼好，就教老虎怎么抓老鼠，老虎一看老鼠还没有它的蹄子大呢，说这得抓多少才能填饱肚子呀？再说了，老虎的个子那么大，老鼠朝洞里一钻，老虎就逮不着它了。老虎就缠着猫教给它怎样逮大个的东西吃，那样逮一个就能吃饱了，就有时间睡觉了。猫没有办法，说好，我交给你怎么抓鸡吃吧。于是，老虎就跟着猫学抓鸡。可是鸡也没有山上的野猪野山羊大呀，老虎还是吃不饱。有一天，老虎抓来一只鸡吃了，睡到半夜肚子饿得'咕咕'直叫，老虎就把眼睛盯在猫的身上，老虎想猫的个子虽然不大，吃到肚子里也能撑到天亮。"仓坐不住了，大声说："快把猫喊醒，老虎要吃它。""别急别急。"许大树说："老虎吃不了猫。老虎刚一动身，猫'喵呜'一声蹿出门去，老虎就在后面追。谁知猫跑到一棵大树下'噌'地蹿到树上。老虎一看急了，指着树上的猫说：'你太自私了，怎么没有教我上树的本领？'猫一笑说：'老虎，我早就防着你哪，我要是把上树的本领也教给了你，你还不得一下子爬上来把我吃了'。"金荷坐在一边，孩子们笑，她也笑。真的，金荷这种笑是发自心底的笑。眼看着几个孩子慢慢长大，苦日子有了奔头，金荷能不笑吗？孩子是金荷的全部希望呀。男人许大树躺在床上八年了，除了还能说话，证明人还活着之外，不能给金荷一点女人所需要的温暖，可是金荷从来没有怪过许大树，还有，金荷在喇叭班有石守乾护着，有石守乾滋润着。一想起石守乾，金荷在许大树面前就有些不自然就有些脸红，觉得愧疚，觉得对不起许大树，所以，金荷对许大树的照顾更加细心更加周到。

金荷不在的时候，许大树也仔细地想过，想过金荷在外面是不是有了相好。就是金荷真的在外面找了相好，许大树也不怪金荷，金荷也是个女人呀，你许大树凭什么怪金荷，你有资格怪金荷吗？但是金荷在外面找的相好会是个什么样的人哪？许大树脑子里把喇叭班来过自己家的人都过了一遍，那一张张脸都是笑着的，都像都不像。许大树有时候想累了就自言自语说："别管那么多了，只要金荷开心就行。"

第二天吃过晌午饭突然下雨了，雨下得很大。

天快黑的时候，金荷被两个赶着牛车的男人送来了。送金荷的男人说他们在路边沟里发现了在泥水里一点一点往前爬的金荷。

喇叭班办完活的时候天还是万里无云的。金荷惦记着回家推磨，给班主打了个招呼，就急急忙忙地往家里赶，不想半路上遇上大雨。金荷想找个地方避避雨，但是抬头看看天黑得像锅底似的，也不知道这雨要下到什么时候？走吧。金荷想。雨太大了，雨点打得金荷睁不开眼睛，脚底下汪泥沓水路滑得人站不住脚，金荷因为急着赶路，突然一脚踩到一个水坑里，脚往前一滑，身子一扭倒在路边滚进沟里。金荷挣扎着想爬起来，谁料脚脖子疼得钻心。沟里的水很深，金荷的半个身子都泡在水里。金荷好不容易爬到沟沿，手抓住一条细树根猛一用力，树根断了，金荷又滑进沟底。"这是怎么啦？老天爷今个真的是想叫我死在这儿吗？"半个身子泡在水里的金荷想。筋疲力尽的金荷哭了，金荷想大声喊许大树喊石守乾喊孩子。一想起几个孩子，金荷马上觉得有了力气，一点一点艰难地向上爬。突然，金荷好像听到人的吆喝声，这声音金荷熟悉，庄户人赶牛就是这样吆喝的。金荷朝远处看看，果然有一辆牛车慢慢地走过来。"快来人，救命啊。"金荷大声喊。听见喊声，一个男人很快跑过来，看见水中的金荷，急忙下到沟底，连拉带抱把金荷从沟里扯出来，这时牛车也过来了，另一个年纪大一些的男人从牛车上跳下来说:"这是咋弄的?"金荷说:"大爷,我滑到沟里脚也崴了。"年纪大一些的男人仔细地看看金荷说:"哎,闺女,你不是喇叭班的那个唱戏的吗?俺听过你唱的陈三两爬堂哩,唱得好。闺女,来,快上车,俺送你回家。"

金荷躺在床上疼得龇牙咧嘴,几个孩子围着金荷哭。

在金荷躺在床上的第五天一大早,喇叭班的班主带着石守乾和花白胡子老扁来了,说是来看看金荷,看看金荷咋四五天没有去跟着上活。

看着金荷的脚脖子肿得像个发面馍,班主唏嘘道:"咋会那么巧?那天那雨来得太急了,罢活的时候天还晴得好好的呢,你说咋就一眨眼的工夫天就变喽呢?"

花白胡子老扁说:"金荷别急,脚崴得那么厉害也不是一天两天的事,伤筋动骨一百天嘛,你好好在家里歇着吧。"

只有石守乾没说话,他的两只眼睛一直没有离开金荷那只肿起来的脚,心里觉得很难过,觉得对不起金荷。因为金荷出事的那头一天晚上石守乾是和金荷在一起的,两个人躺在被窝里说了半夜的话,金荷都睡得睁不开眼了,石守乾就是不让金荷睡,惹得金荷直说:"石守乾呀石守乾,都一大把年纪了还像个愣头小子,没完没了地缠的人心烦。你哪来那么大的老牛劲?"石守乾把金荷的头搬到怀里说:"心烦?那是你的事,我不烦,我睡不着。我睡不着你就得陪着我,有你陪着我就有使不完的老牛劲。"金荷拗不过石守乾,学着石守乾的口气说:"睡不着那是你的事,我得睡,困死了。"今天看着金荷痛苦的样子,不知道为什么,石守乾老是觉得金荷都是因为自己才弄成今天这个样子的,要不是那夜里自己没完没了地折腾金荷,金荷也许不会那么疲劳,不那么疲劳也许就不会出这种事。

金荷瞟一眼石守乾的时候,发现石守乾眼里含着泪花。

金荷想坐起来,说是要给班主几个做饭去。石守乾伸手按住金荷低声说:"躺着,别动。"

石守乾这个细微的动作和说话时的表情,许大树看得清清楚楚。许大树也许因为自己特殊的原因特殊的境况,没有一点不满或气愤的感觉,相反,许大树觉得如果这个叫石守乾的人是金荷的相好,那是金荷的福气,是金荷的福气也是一家人的福气。石守乾来过几次,许大树是知道的,石守乾带来的衣服、钱,尽管都是给孩子的,那也是给这个家的。当时许大树对石守乾是从心底感激的。今天,许大树是从另外一个角度去看石守乾的。看着石守乾和金荷两个人想掩盖又从心里掩盖不住的复杂表情,许大树明白了——金荷在外面的男人就是石守乾。

金荷是个什么样的人许大树清楚，能得到金荷的心一定有他与众不同的地方。

石守乾和班主、花白胡子老扁三个人走的时候，金荷哭出了声。

许大树说："仓，去送送你三个大爷。"

金荷又在家里躺了十多天，能够下床走动了，金荷对许大树说想去喇叭班上活。

"你的脚刚刚好，就再歇几天吧。"许大树说："金荷，你身体要紧呀，这个家不能没有你呀！"

金荷抓住许大树的手说："大树，我听你的。可是咱这个家……"

许大树不再说什么，第二天金荷就去喇叭班上活了。

事情就是凑巧，金荷扭伤好了之后去办的第一个活又是个丧事，又是大户人家的丧事，连吹带唱的两天。

躺在床上的许大树脑子里老是晃着石守乾的影子，老是想着金荷与石守乾在一起的情景。回忆自己与金荷在一起快活的日子，许大树觉得心酸，要不是自己躺在床上成了个活死人，金荷会这样吗？不会，绝对不会。"金荷金荷呀。"许大树自语道。胡思乱想了半天，许大树做出一个决定："死！"许大树这样想，只要自己这口气还在，金荷的罪就还得继续受下去，自己一咽下这口气，金荷没了拖累，就能名正言顺地去找个男人安安稳稳地过日子。"死，说啥也得死！"许大树下了决心。

许大树喊来儿子仓说："这些天家里的老鼠太多了，整天在床底下到处乱串到处乱咬，'咯咯吱吱'烦死人了。仓，你拿点钱去大店集上买几包老鼠药来，试试能不能给药死几个，省的再烦人了。"

仓答应着走出去。

闺女秋雁跑过来说："爹，俺也想跟哥哥去大店集上去玩。"

许大树心里一惊。让仓去买老鼠药的事千万不能叫秋雁知道，这妮子别看年纪小，可是人鬼精鬼精的，啥也瞒不了她的眼睛。她要把买老鼠药的事给金荷说了，能把金荷吓死。许大树说："你哥哥是去买东西又不是去玩，你跟着跑啥？你娘不是叫你们剥玉米棒子吗？听话，等哪天你娘不去上活了，叫你娘领你们一块去玩，到集上给你扯块布做件花衣裳。"

其实，许大树心里是算计好的。闺女秋雁最疼自己，总是趴在床前说说笑笑，有时还撒个娇逗自己开心。这也是金荷安排的，闺女做事比男孩子心细，所以金荷离开家去上活的时候总是对秋雁说侍候好你爹。

金荷和许大树最疼闺女秋雁。

让仓去买老鼠药，等秋雁给自己喂水的时候，给闺女说是管嗓子疼的药。因为许大树这些日子老是咳嗽，嗓子痛，金荷给他买了不少药吃了还是不见好转。许大树就寻思，秋雁再精毕竟还是个孩子，又听话，让闺女把老鼠药放在碗里喝了，自己不就解脱了吗？如果秋雁跟着去买耗子药，她知道是老鼠药了，还会朝碗里放吗？那样自己这回的计划又要落空了，怕是这回又死不了了。

“秋雁，听爹的话，叫你哥哥去吧，爹的嗓子疼，老想喝水。”许大树说：“你跟着哥哥玩去了，谁喂爹水喝呀？”

秋雁噘着嘴说：“不去就不去呗。”

许大树一笑说：“仓，多拿些钱，回来的时候给你妹妹带点好吃的。”

仓走了，秋雁倒了一碗水端来说：“爹，你嗓子疼，老咳嗽，喝点水就好了。”秋雁在床边桌子上找了一阵子说：“爹，俺娘给你买的药没有了。”许大树听了心里暗暗叫苦，咋就那么巧呀？秋雁知道没有药了，她还会听自己的话把仓买来的老鼠药给放在碗里吗？许大树想这是老天爷不想让我死呀。老天爷，你还要我拖累金荷拖累这个家到什么时候呀!?

“爹，你咋又淌泪了？”秋雁忙着给许大树擦干泪说：“爹，你别伤心，秋雁往后再不惹你生气了。”秋雁毕竟是个孩子，觉得许大树是因为自己不听话才落泪的。其实，许大树是因为自己的计划落空而难过。

快该吃晌午饭的时候仓买老鼠药回来了。秋雁说：“俺见过娘是咋样下老鼠药的，给俺吧。”秋雁把一捧捣碎了的玉米放在一个小盆子里，然后拿来老鼠药一包一包地撒在盆里搅拌。许大树急忙喊：“秋雁，留一包，别拌完了。”秋雁说：“爹，留它弄啥？俺都放进去了。”

“噢，噢噢。”许大树答应着叹了一口气。

早就知道身不由己这句话，许大树现在彻底明白什么叫作身不由己了。

其实人就是这么回子事，有时候你想干什么偏偏干不了或者就是干了也干不成，有时候你想都没想过的事偏偏又找着了你，叫你推也推不开，甩也甩不掉。

自己做不了自己的主的事多了。

如果有人真的想死却没法死，死又死不了，越是没法死死又死不了就越想死，心里恐怕更不是个滋味。

许大树就是那种想死没法死死又死不了，越是没法死死又死不了就越想死的人。

这天是初一，黄四爷来到黄沙庵烧完香之后，被慧圆主持让到禅房，妙贞给黄四爷端来一杯香茶便退了出去。

慧圆主持怀里抱着拂尘陪黄四爷坐下说："黄老施主，老尼看你今天上香的时候心神不定的，好像有什么心事呀？"

"这个……"黄四爷没有直接回答，他看了慧圆主持一眼，心里暗暗佩服慧圆主持太厉害了。

是的，黄四爷确实有心事。头天夜里，黄四爷做了一个梦，一个奇奇怪怪的梦。这个梦搅得黄四爷吃不下睡不好的，心里像压了一块石头。

黄四爷梦见自己站在一个很大很大的院子里，这个院子又不是自己家的院子，四周没门，院子中间有一棵黄四爷从来没有见过的大树，树干干枯得掉光了皮，上面的枝枝杈杈都没有了，光秃秃的。在树干一人多高的地方有两个黑黑的洞，就像人的两只眼睛，眼睛里还流着泪。

"我真的想不明白这个梦是吉是凶，心里老不踏实。还请大师帮我解一解。"黄四爷说。

慧圆主持听了黄四爷的话，静静地品了一口茶说："黄老施主不必担心，人人都会做梦，不做梦的人几乎是没有的。明人李开先有一首专门写梦的诗叫《喻意》，不知道黄老施主读过没有？"

黄四爷说："李开先是明代诗人，他的诗我读过一些。不怕大师见笑，这首《喻意》诗我还真的没读过。"

慧圆大师一笑说："黄老施主不必谦逊，天下文章浩若繁星，谁也不可能都读到的，何来见笑之说？李开先的《喻意》诗是这样写的：'梦中有客惠佳酒，呼奴抱去热来尝。忽听鸡声惊梦觉，鼻内犹闻酒气香。追悔一时用意错，酒佳凉饮又何妨？'黄老施主，你好好品味品味这首诗的意境。"

黄四爷点点头说："嗯，是首好诗，有形有声有味。梦里的酒香飘到梦外来了。"

慧圆主持接着说："梦虽然看不到、听不到，但能嗅得到，这种嗅觉一直存在脑子里，有时就会在梦里出现了。回过头来再说黄老施主的这个梦。一个很大的院子四面没有门，这是个'口'字，院内有一棵干枯的大树，树枯为木，口字里面一个木乃是个'困'字。单说这个'困'字乃是凶兆，是围困、困惑、灾难即将降临之兆。但是黄老施主又看见枯木在流泪，泪乃水。枯木易生火，遇水乃熄灭。而且水主智、明聪，有旺人旺财之兆。所以黄老施主这个梦不是什么凶兆，相反，这个梦是黄家将要添丁的吉兆啊。"

慧圆主持的一番话让黄四爷心花怒放，自己原以为是一个不祥的梦，经慧圆主持这么一解，却是大吉大利。这让黄四爷心里又增加了对慧圆主持的几分敬重。最让黄四爷心里高兴的就是慧圆主持说老黄家还会"添丁"，这是黄四爷梦寐以求的事。

黄四爷回到家里，喊来儿子黄炳秋，说："炳秋，爹心里高兴，去叫你二娘弄几个菜来，今个你陪爹喝两杯。"其实，黄四爷叫儿子黄炳秋来陪自己喝酒是很少有的事，因为黄四爷不管遇上高兴的事还是不高兴的事，总喜欢自己一个人关起门来喝酒，高兴了也喝醉不高兴了也喝醉，这是黄四爷的嗜好。

黄炳秋陪黄四爷喝了三杯酒，有些抑制不住自己喜悦的心情问："爹，你也知道了？"

黄四爷说："爹知道啥了？"

"爹，你真的不知道？"黄炳秋说："爹，你不知道咋今个叫我来陪你喝酒呀？"

"喝酒就是喝酒，爹心里高兴叫你来陪爹喝两杯，哪有那么多说道？啥知道不知道的？说个话也没头没脑。"黄四爷把酒杯往桌上一放说："倒酒。"

黄炳秋给黄四爷倒上酒之后说："爹，你儿媳妇快生了。"

黄四爷口中轻轻地"呃"了一声，一连又喝了三杯酒说："知道了。"黄四爷表面上显得平静，他不想让儿子看出来自己心里的高兴劲，更不想让儿子知道自己今天跑到黄沙庵找慧圆主持去解梦的事。

也就是黄四爷让慧圆主持解梦的半个月之后的一个风雨交加的早晨，尤凤枝生下了黄四爷的第四个孙子——黄智河。

第 18 章

黄四爷临回屋睡觉的时候扭头看了看被夜
幕笼罩着的三座楼，竟然是那样出奇的清晰，
清晰地连窗棂上雕刻的花纹都能看得一清二
楚。"今晚是咋了？"

天上的月儿特别的圆特别的亮，月宫里的那棵桂树显得那样清晰，就连那只
玉兔蹦来跳去都能看得清清楚楚。

妙贞坐在石凳上瞪着两眼瞅着月亮看了好长好长时间也舍不得回屋睡觉。她
觉得今晚的月亮实在是太美了，美得让她连眼也舍不得眨一下。这会儿嫦娥在干
什么呢？一定是在那棵桂花树下唱歌吧？嫦娥唱歌一定很好听。妙贞想。

黄四爷也在院子里看了一阵子月亮，觉得今晚的月亮太亮太白，亮得扎眼，
白得叫人有些犯晕。不知为啥，黄四爷看着看着突然打了个寒战，一种不安袭向
心头。这种不安黄四爷也说不清楚是什么，只是莫名的不安。黄四爷临回屋睡觉
的时候扭头看了看被夜幕笼罩着的三座楼，竟然是那样出奇的清晰，清晰地连窗
棂上雕刻的花纹都能看得一清二楚。"今晚是咋了？"黄四爷自语道。

黄四爷是被一阵"轰轰隆隆"的奇怪声音惊醒的，这声音很沉闷又特别的
响，像是来自头顶又像是来自脚下。黄四爷急忙披衣下床，出门一看哪里还有月
亮的影子，到处一片漆黑，只有庄的西南方向一片通红，像是燃烧着漫天大火。

黄四爷突然有些站不稳了，觉得脚下在剧烈地抖动，一切一切都在剧烈地
抖动。

随着"轰轰隆隆"的一阵响声，两座土楼瞬间消失在黄四爷的视线里。

黄三座楼的三座楼一夜之间倒塌了两座，确切地说应该是倒塌了两座半。

许多年之后，大媳妇躺在床上快要咽气的时候肯定地说："天晃地摇那阵子俺看见了火，那漫天的大火，那火是从庄西南老黄家祖坟里冒出来的，火苗子'刺溜'一下子烧到天上去了。那火里面晃动着一群像人又不像人的影子，身上也都燃着火，嘴里眼里还都朝外喷火呢。那群带着火的影子不是把他二娘抓走的，他们是把他二娘举在头顶抬走的，真的。"黄四爷听了鼻子里"哼"了一声说："唉，你要走就快点走吧，老是没完没了地叨叨个啥呀。"大媳妇仿佛受了委屈地说："真的，俺啥时候说过瞎话？是俺亲眼看见的呢。再过一会那群身上带着火的影子还要来抬俺的。噢，来了来了，他们来了，就在门外等着呢，真的。"黄四爷看着大媳妇那张没有血色的脸，后脊梁猛然一紧。果然，太阳快要下山的时候大媳妇走了。

一场地震。

黄三座楼毁了。

不光老黄家的三座楼倒塌了两座半，整个村子里几乎一间完完整整地站着的房子都没有，成了一片废墟。

小媳妇死了，小媳妇是被砸死的。

小媳妇被黄炳秋带着人从废墟里扒出来的时候是光着身子的，人都被压成肉饼子了，没有了人形。

黄三座楼里的人一片哭声，几只乌鸦"呱呱呱嘎嘎嘎"地哀鸣着在废墟上空盘旋。

黄柄秋带着王荷花、尤凤枝和孩子跪在小媳妇的尸体旁边痛哭，就连大媳妇也哭得鼻涕一把泪两行地说："你说说，你说说，这鲜活鲜活的一个人咋就说没就没了呢！咋就说走就走了呢？可怜的妹妹哟……"

黄四爷让人把孙子们领走，他不想让这么小的孩子看见这凄惨的场面。

黄四爷就看了死去的小媳妇一眼，就一眼，黄四爷不敢再去看。

在黄家人里边，哭得最伤心的就是黄炳秋的二房媳妇尤凤枝。婆婆入殓之后，披麻戴孝的尤凤枝一直在表姨婆婆灵前守了三天三夜，是在哭的昏迷过去之后被人架走的。也难怪尤凤枝哭得那么伤心，表姨婆婆对她对她们家有恩哪。要按尤凤枝的家境来说，嫁到黄三座楼里是根本不可能的，想也不敢想，门不当户不对嘛。那个时候老黄河两岸的人们在儿女婚姻大事上最讲究的就是门当户对。可是门不当户不对，尤凤枝却明媒正娶堂堂正正地嫁到了黄三座楼，嫁给了黄三座楼里的唯一继承人黄柄秋，虽然是二房，但那也是风光的。尤凤枝知道，她能有今天的风光能过上今天这样舒心的日子全靠这个表姨婆婆。

黄四爷听说儿媳妇哭得昏迷过去之后，叫人把儿子炳秋叫到书房，对儿子说："炳秋啊，你二房媳妇是个有良心的女人，从今往后你要好好待她。你去跟你二房媳妇说，人死不能复生，要节哀。炳秋啊，咱们老黄家人丁不旺，到了你这儿已经有了四个儿子，这是佛祖是上天保佑咱们老黄家。一定得叫你那个二房媳妇好好保重身体。爹的话你明白是什么意思吗？"

"爹，孩儿知道。"黄炳秋说。

"知道就好。你去吧，爹有些累了。"黄四爷躺在床上闭上眼睛。

小媳妇死了，死得很惨，可是小媳妇的殡出得却是十二分的排场。

黄四爷对儿子黄炳秋说："你二娘人死得屈，到了那边不能再委屈了她。要厚葬你二娘，让她风风光光地上路。叫人到凤城西关的棺材铺去买口楠木棺材，捡最好的，再到石城集把扎纸匠请到家里来，扎二十四大件。金牛要大，楼堂瓦舍、轿子都要。噢，你二娘这个人喜欢疯，喜欢到处跑，再给她扎一驾马车，要四匹马的那种，再出去的时候省得累着她。"

小媳妇出殡那天天晴得很好。

老黄家的院子里灵棚高搭，灵棚的正中间是一朵用一丈三尺白布扎起来的白花，两边是黄四爷亲手书写的一副挽联：

> 女诫谨无违，碧落归真，最怕凤钗歌金缕。
> 浮生原若梦，红尘来谪，俄闻鸾轺反瑶池。

灵棚里面摆着一顶纸扎的七彩门楼，八角斗拱，上下九层，门楼上是黄炳秋写的挽联：

> 世上痛无救母药，
> 灵前哭煞断肠人。

虽然说刚刚发生了一场大的灾难，黄三座楼的人还都沉浸在悲痛之中，但老黄家办丧事你能不来？老黄家虽然是家大业大，可人家讲究的是一个"善"字，黄四爷又是出了名的大善人，黄三座楼的人谁家没有受过老黄家的恩惠？不用请，黄三座楼的男女老少还是早早地来了。劈柴烧火担水洗碗那都是男人们的事，女人和孩子只能站在一边待着，什么事也插不上手。要是在往常遇上这种事，女人和孩子是开心的，反正死去的不是自己家的亲人，哭几声抹两把鼻涕意思意思就可以了，然后桌子边一坐只管甩开腮帮子吃也就是了。再说了，生老病死是谁也拦不住的事，死了的人死了，活着的人还得活着，还得想法子活得开心。可是今天不一样，黄三座楼的人还没有从失去亲人失去房子的阴影里走出来，人人脸上都挂着一层霜，那些女人堆里不时地传出一阵阵哭泣声，哭得挺伤心。

在快要开丧的时候，黄沙庵的慧圆主持带着妙安、妙贞等十几个女尼来到黄家，在灵棚里为小媳妇做法事。

"开丧"是老黄河两岸举行葬礼的时候的第一个环节。就是在天刚亮的时候，由问事的人把前来吊唁的亲朋好友和来帮忙的乡里乡亲都请到灵棚里，披麻戴孝的重孝子在灵前先烧纸，向亡人的灵位三拜九叩，算是祭奠亡灵的开始。这时外面是喇叭声声，鞭炮"噼里啪啦"响个不停。祭奠完亡灵之后，重孝子要挨个地给前来吊唁的亲朋好友和来帮忙的乡里乡亲磕头。这个时候的磕头是有讲究的，凡是在灵棚里面的人，不论是长辈还是晚辈，重孝子必须人人都给磕，拉落一个也不行，尤其是来帮忙的乡里乡亲更是马虎不得，因为后面的出丧、抬棺材都需要这些人。有这样一句话"孝子见人矮三分"就是这个意思。其实，无论是来吊唁的亲朋好友还是来帮忙的乡里乡亲，大多数没有人讲究这个，走走过场罢了。但是，如果有的孝子做得不到位或者是平时人缘不好，那就难说了。来吊唁的亲朋好友可以给你出难题，祭祀的贡品摆上了，一大群人站在摆贡品的桌子后面就是不进灵棚，重孝子拿着哭丧棒来磕头，这叫"哨贡"，头磕一茬又一茬，人还是不动，重孝子只好走过来挨个磕头。这样的事大多出现在至亲身上，像舅父、姨表亲之类。不过这也就是平时所说的"拿拿架子"，难为一下重孝子罢了。可是来帮忙的乡里乡亲那就是真的得罪不起了。不论你有什么地位有什么能耐，在这个"见人矮三分"的时候，你都得老老实实的，否则的话就要你的好看。

在老黄河两岸至今还流传着这样一个笑话：黄河北岸的一个村子里有一个穷困潦倒的年轻人叫王习，家徒四壁，吃了上顿没有下顿，在村里被人瞧不起，王习一咬牙撇下自己年迈的父亲和久病在床的老娘，一个人到外面闯荡去了。也就七八年的功夫，王习突然回来了，一身的戎装，身后还带着几个护兵，一个个屁股后面都背着清一色的镜面匣子。王习回到村里之后，见了村里的人不理不睬，就好像当了多大的官似的。后来村里人才知道，王习这小子在外面当了兵，还混了个团副。村里有几个德高望重的老人说："不管狗日的王习当了多大的官，那

171

也是咱们看着长大的不是？他一拍屁股走了，他爹和他那个老不死的娘还不都是咱们照应着？他还不得好好地答谢一下村里人，走，看看去。"几个老人来到王习家，话还没说一句就被几个护兵撵出来，把几个老人气得眉毛胡子乱抖，撇着没牙的嘴骂王习这个狗日的！天有不测风云，人有旦夕祸福，王习回到家，他那个久病在床的老娘一高兴吃了两碗杂面条四个鸡蛋，撑得睡不着觉，半夜的时候大叫一声一命呜呼死了。人死了得埋呀，王习再大的官总不能自己把老娘背着往坑里送吧？咋办？出殡。"大办，办得热热闹闹，叫那些以前瞧不起我王习的人瞧一瞧，老子有的是钱。"王习对爹说。王习的爹摇摇头说："儿啊，啥事都不能做过了头啊。"王习手一摆说："爹，这事你甭管，有我哪。"王习把几个老人撵出来的事村里谁不知道？大伙都骂王习不是东西，谁也不愿意来帮忙。实在没有办法了，王习的爹只好逼着王习在村里挨家挨户磕头，好不容易在出殡这天把乡里乡亲的都请来了。"你不是当了团副了吗？当了团副有的是钱。那好，孙子哎，有钱你就可劲地花吧。"被王习的护兵给撵出来的几个老人说。不到半天时间，问事的跑到丧屋八九十来趟，不是要钱买烟就是拿钱买酒，最让王习生气的是还没到吃晌午饭的时候问事的又跑来了，说是灶上的几十条鱼突然一条也没有了。王习一下子蹦起来，说："咋他娘的会有这种事，唉？坑我是不是？"说着一伸手把镜面匣子拿过来说："谁吃了老子的，老子叫他娘的给老子吐出来！"王习的爹急忙一把拉住儿子小声说："还嫌人丢的不够啊，你娘还在这儿睡着呢，总不能咱爷俩抬着把你娘送到南边坑里吧？你就忍了吧。""这不是明摆着欺负人吗？我咽不下这口气。"王习说。王习的爹叹了口气说："儿啊，这是有人在给你下套啊。"王习"啪"地一拍棺材盖咬牙切齿地说："这他娘的里边一准有孬种！"问事的出来给大伙一学，大伙笑着说："那棺材里边明明睡的是他娘，咋就成'孬种'了呢？"

　　老黄家出殡是无论如何也碰不上这事的，黄三座楼的人心里明白着呢，黄三座楼的人谁不念老黄家的好？

　　石守乾是个有良心的人，喇叭班是石守乾带来的。石守乾对麻媳妇说："我这条命是咋样活下来的我心里明白，没有黄四爷我石守乾就没有今天。二奶奶活着的时候我没能孝敬她，这会儿人不在了，我得表示点心意，这喇叭班的钱咱出。"麻媳妇说："这钱咱出是应该的，还得给二奶奶办一桌像样的贡。"黄四爷知道了之后说："那咋行？守乾这孩子是个有良心的人不假，可这是咱老黄家出殡，喇叭钱咋能叫别人出？"石守乾说："四爷，你要是不让我尽这份孝心，二奶奶出殡那天我就不来了。"黄四爷拗不过石守乾，只好点头答应。

黄家出殡这天，石守乾把孝袍子一穿，腰里系根麻绳，"扑通"朝小媳妇的棺材前一跪，哭得昏天黑地，好多人都拉不起来。最后还是黄四爷出来说了话，"守乾啊，四爷知道你的心，别哭了。到外面把喇叭吹响了，给你二奶奶多唱两段戏文，叫你二奶奶上路上得高兴。"石守乾"啪啪啪"在地上磕了三个响头，说："四爷，我听你的。"

自从开了丧之后，黄四爷一个人关在书房里再也没有出门，问事的来找过他两次，黄四爷摆摆手说："啥事你们看着办就行了，你们实在做不了主的就去问问炳秋，不要再来找我，我想一个人静一静。"到了该吃饭的时候，问事的安排人给黄四爷送来两个菜一壶酒，黄四爷说："你把菜放那儿吧，记住，到前面再给我抱一坛酒来。"送菜的人没有听清楚，忙问四爷："你还要一壶酒？"黄四爷说："不是一壶是一坛。"送菜的人一愣，急忙跑出去给问事的说："四爷叫给他再送一坛子酒去。"问事的不敢做主，怕黄四爷一时想不开，酒喝多了出事，忙来到丧屋找黄炳秋，问这酒能不能送。黄炳秋想了想说："送去吧，我爹不是那种人。"

黄四爷一个人关在书房里喝闷酒，大媳妇这时候也没有闲着。该吃饭的时候一个年纪不大的孩子端着托盘给大媳妇送半盆菜汤两个馍，大媳妇瞟了一眼生气地说："拿走拿走。"送饭的孩子没有办法，只好原样端回来，这事正好被刚刚喂过孩子回丧屋的尤凤枝看见，问过送饭的孩子情况后，尤凤枝轻声说："你光给俺婆婆送菜汤和馍她能吃吗？你去这么这么办，俺婆婆准不会生气。"送饭的孩子急忙跑到灶上给掌勺的师傅一说，还说这是二少夫人的主意。掌勺师傅的一听说："这还不好办，鸡鸭鱼肉有的是，我还怕管不饱她。"掌勺的师傅又换了一个大些的盆，里面盛了一只鸡半只鸭还有一个猪肘子，说："这下该够了吧？"送饭的孩子端起来刚要走，掌勺的师傅说："等等，我再给她加几个牛肉丸子。"然后又顺手拿起一壶酒放在托盘上说："去吧。"送饭的孩子好奇地问："女人还喝酒？"掌勺的师傅说："喝不喝那是她的事，你拿去就是。"等送饭的孩子见了大媳妇，大媳妇喜得眉开眼笑，说："放下快放下，我正饿着哪。"送饭的孩子刚转身要走，就听大媳妇喊道："等等，等等。"她从旁边拿出一块冰糖递给送饭的孩子说："小孩子嘴馋，拿着吃吧。"

日头偏西小媳妇的棺材往外请灵的时候，黄四爷已经喝完了半坛子酒。

黄炳秋等人把小媳妇安葬完毕从地里回来天已经黑了，他带着媳妇王荷花和尤凤枝来到黄四爷的书房，一齐跪在黄四爷面前说："爹，二娘走了，你老人家可别想不开呀。"

黄四爷摇摇头对两个儿媳妇说："你们两个先回去照看孩子吧，爹没啥想不开的，叫炳秋陪我坐一会。"

王荷花和尤凤枝走了之后，黄四爷对黄炳秋说："把酒给爹倒上。"

"爹，你别喝了。"黄炳秋说。

黄四爷说："没事，爹没事，倒上吧。炳秋呀，你二娘走了之后的这些日子，也把你累坏了，今个总算把你二娘送到地里了。唉，这人走了也就图个入土为安吧。今个你也陪爹喝两杯，爹有话给你说。"

黄炳秋抱起酒坛子倒酒的时候，才发现坛子里的酒快没有了，说："爹，你咋喝了那么多酒呀？爹，你不能再喝了，身子骨要紧呀。你要是真想喝咱明天再喝吧。"

黄四爷艰涩地一笑说："你爹这酒量你还不知道？不碍事的。"

黄炳秋知道二娘走了，爹心里不好受。老黄家虽说是家道殷实衣食无忧，可是爹却操劳了一辈子，爹是心累呀。这样想着，黄炳秋眼里不由地掉下泪来。"爹，都是孩儿不孝，没经常来陪陪你，也没能替你分忧解愁。二娘走了，孩儿心里也很难过，爹，你老也想开点。"

黄四爷端起酒杯喝了一口酒说："我也不是啥难过，更不会想不开，我是在想人这一辈子活着到底有啥意思。打从娘胎里一生出来，一刻也不消停，忙忙碌碌地扑腾几十年，也就是人常说的'挣命'吧，可到头来又咋样，两眼一闭一了百了，啥也没落下。就拿你二娘来说吧，她这个人哪，有十二分的精明，啥也瞒不过她的眼睛，不管是啥事她都能看得清分得明，而且想得远看得也远。在给你娶这二房媳妇这件事上，你二娘可是动了很大心计的。你二娘可以说是争强好胜了一辈子，可最后她又落了个啥？咱家三座楼倒下两座，大人小孩皮毛没伤着，偏偏就把她砸死了，砸成了个肉饼子。你说这是啥？这是命，是命啊……"黄四爷说着慢慢地闭上眼睛，不大会响起轻微的呼声。

黄炳秋想叫醒黄四爷让他到床上去睡，可又怕打扰了黄四爷，只好拿来一件衣服轻轻披在黄四爷身上，搬过来一把椅子坐在黄四爷旁边。

这夜，黄炳秋没有离开黄四爷的书房，静静地坐着陪了黄四爷一夜。

第 19 章

你爹我已经是桑榆暮景残烛临风的时候
了，怕是熬不了几天了，打今个开始庄上的事
爹就交给你……一个人一个性，家长里短、磕
磕绊绊的事也是常有的

石守乾这次回家又遇上了风，风还不小。

石守乾心里说："真是倒霉透了，这狗日的风咋老跟我过不去？"

石守乾跑进了黄三座楼庄里，觉得风像是小了些，便把长衫放下来，拍拍身
上的尘土，摸摸怀里的油布包还在，放心地加快了脚步。刚走没多远，忽听见
"呜"的一声，天上突然掉下来一团黑乎乎的东西，连泥带草一股脑儿地砸在石
守乾头上，弄得一脸污草一嘴泥，气得石守乾大骂"狗日的风！"嘴里不停地朝
外吐污泥烂草。

"啊噢——啊噢——噢——"

女人的刺耳的尖叫声把石守乾吓了一跳，抬头望去，不远处的一条土街上有
一个人在奔跑，披散的长发被风裹起来，像一片流动的乌云。石守乾知道那是胡
二毛的女人，一个疯女人。这女人嫁给胡二毛的时候不疯，水灵灵俊巴巴的还有
几分姿色，让村里许多老少光棍眼巴巴地看着猴急。胡二毛刚把女人娶进门时，
好多人都说老天爷不公啊，一朵水灵灵的鲜花咋就偏偏插在一堆臭烘烘的牛屎堆
上哟。

胡二毛人长得驴高马大，却生就了一双死鱼眼，两个眼珠子要不是有眼眶子

紧紧地卡着，指不定哪天会突然地飞出来把哪个倒霉蛋砸个鼻青脸肿。胡二毛最让人不敢看的是嘴里那两颗黑里透红红里发紫紫中带黄还拧着劲儿往外长的大门牙。刘九呱嗒说："胡二毛是交了桃花运了，人长得七拧八拐，活像个投错了胎的夜叉，偏偏娶了个女人像天仙。"女人嫁过来胡二毛搂着个天仙，整日整夜的不消停，大老远的就能听见女人的喊叫声和胡二毛狼嚎一般的笑声。后来，女人怀上了孩子，肚子一天天鼓起来。胡二毛根本不管那个，天一黑关门上床，在女人身上狂欢乱舞，不管女人如何哀求，胡二毛照样行事。

儿子出生了，女人有了希望，也就变得更能忍受。一个冬天的夜里，胡二毛从外面喝得醉醺醺地回来，一把掀开女人的被子压上去，大呼小叫捣腾了半夜，才死猪一样趴在女人身上昏睡去。女人艰难地把胡二毛从身上推下来，伸手去摸睡在旁边的儿子，才发现厚厚的被子都压在孩子身上。女人马上折身坐起来，拉开孩子身上厚厚的被子，手刚一摸到孩子，女人立刻惊叫起来，女人发现孩子的身体已经僵硬，没有了任何气息。

从那时开始女人就疯了。

从那时开始胡二毛再也没碰过女人，女人不干，怀里不是揣把菜刀就是揣把剪子，胡二毛一靠近便乱砍乱刺，胡二毛吓得转身就跑，但还是晚了一步，背上还是被菜刀划开一道拃把长的口子，鲜血直流。女人却哈哈大笑，笑得胡二毛心惊胆战。

女人从石守乾旁边跑过的时候，还回头瞅了石守乾一眼扭头消失在拐弯处。

"这狗日的胡二毛真他娘的不是个人，把好端端的一个女人弄成这样子，真是个畜生，造孽哟。"石守乾心里骂。

石守乾推门进来，把挺着大肚子的麻媳妇吓了一跳，说："亲娘哎，这么大的风你咋还往家里跑？看你弄的土头土脸一头乱草，像村头土地庙里的土地爷爷。快过来俺给你拍打拍打。"

石守乾一路上的担惊受怕看见麻媳妇什么都没有了。从来都是这样，石守乾在外面生了气也好受了气也罢，只要回到家一瞅见麻媳妇一切烟消云散。麻媳妇是石守乾的避风港湾，只有看见麻媳妇才有到了家的感觉，只有躺在麻媳妇怀里才觉得温暖才睡得香。石守乾说："你这张麻脸就是老天爷专门给我石守乾送来的。"

刚把麻媳妇娶进门那会，有人给石守乾开玩笑说："石守乾，你那个麻媳妇也太难看了，瞅瞅你石守乾这一表的人才又有那么好的手艺，娶了麻姑娘真是有点冤，冤啊。"石守乾一笑没说话，却把这句话牢牢地记在心里。有一回，石守乾趁去城里办事的时候给麻媳妇买了几件衣服，回来让麻媳妇穿上坐在家里等着，把麻媳妇弄得莫名其妙。没过多大会，石守乾就把那个给他开玩笑说麻媳妇难看的人叫来了，让穿着新衣服的麻媳妇在屋里来来回回走了两圈，回头对开玩笑的人说："你看看，都说人靠衣裳马靠鞍，穿上衣裳就好看，这话不假。咋样？你从哪儿看俺媳妇都是个大美人。"麻媳妇笑得开心笑得灿烂笑得一脸麻子都拼命地朝一块挤，开玩笑的人却目瞪口呆。从此再也没有人在石守乾面前说麻媳妇怎么丑怎么难看了。

这件事麻媳妇知道真相之后，搂着石守乾哭了整整一夜。石守乾说："哭啥哭？我说好看就好看，给个天上的仙女也不换。"

麻媳妇帮石守乾收拾干净之后，又替他脱下长衫，说："你先坐着，俺给你热饭去。哎，累了一路，你想喝两口不？"两个人说话的声音惊动了孩子，几个孩子从里屋跑出来，眼巴巴地瞅着爹。因为他们知道爹每次回来都会给他们带来些好吃的。石守乾说："都过来，到爹跟前来。"然后挨个在孩子们脑袋上摸了一把，从怀里掏出油纸包往桌上一放说："吃去，油条、羊肉馅的包子。"

孩子们瞪大眼睛围在桌子旁边谁也没伸手，石守乾朝麻媳妇使个眼色，麻媳妇打开油纸包，先拿出来一根油条两个包子说："这是你大哥的，这是二姐的，这是三姐的，这是你们的，每人一个，愿意吃啥拿啥。"

看着几个吃得津津有味的孩子，石守乾笑了，麻媳妇也笑了。

儿子石盘在石火爷那儿没回来，枝和朵照顾弟弟妹妹睡了也各自钻进被窝。这边，石守乾两口子也躺下了。麻媳妇拉过石守乾的手放在肚皮上说："你摸摸你儿子又在动呢，这边这边，再向上一点，摸着没，动没动？"石守乾在麻媳妇肚皮上抚摸一阵之后说："你咋就知道是儿子？我想要闺女呢。"麻媳妇说："咋能你想要闺女俺就生闺女呀？俺知道这肚子里一准是儿子，他老在俺肚子里乱动，上一腿下一脚的，有时候踢得俺肚子生疼呢。儿子好，俺还是想要儿子。"

"儿子、闺女，爱是啥是啥吧。"石守乾说。

麻媳妇又提起胡二毛给儿子石盘提亲的事，让石守乾觉得心里堵得慌，他把在土街上看到胡二毛女人的事讲了，麻媳妇叹息一声说："胡二毛的媳妇真可怜，年纪轻轻的，孩子没了人也疯了，这一辈子还长着哪，咋过？"停了一会麻媳妇又说："唉，别管那么多了，胡二毛这个人坏不坏的咱不管他，他给咱说的是儿媳妇。石盘也老大不小的了，你这当爹的也该上上心了。"石守乾叹口气说："叫胡二毛这种人给咱说儿媳妇我觉得丢人。"麻媳妇说："哪有啥丢人的，咱要的是儿媳妇，又不是他胡二毛。"石守乾说："他胡二毛给我当孙子都不配。"

风是在天快亮的时候停的。

风停的时候，胡二毛的女人已经挂在庄南坑边的老槐树上了，头上落满了乱草树叶啥的，远远看去好像戴了一朵正在怒放的花，只是这花显得有些暗淡。

胡二毛的女人在树上吊着，是枝第一个发现的。

枝虽然身体不好，可是枝能干，只要睁开眼就不愿意闲着。麻媳妇和石守乾都说过枝这孩子身子骨弱，叫枝不要整天放下这个摸那个的，多歇会。枝一笑说："爹，娘，俺闲着心慌"。麻媳妇无奈地叹息说："这闺女就是个操劳的命，咋一会也不愿意闲住呢？"石守乾说："孩子大了，就依着她吧，咱们对枝多照应点就是了。"

天刚放一亮，枝见风停了，便起床想去捡柴火。枝叫朵起来帮忙，可是叫了半天，朵"嗯嗯啊啊"地应了两声翻个身又睡了，气得枝照着朵屁股上狠揍了一巴掌说："睡死你个懒货。"

枝自个走出家门，先在庄里土街上捡了些屋草送回家，又想到村外去捡树枝。枝知道庄南坑边的树多，一定会有不少被风刮下来的树枝。

枝到了庄南坑边，远远地看见在老槐树上吊着一个女人，枝吓得尖叫一声扭头就跑。

石守乾和一群村里人来到庄南坑边老槐树下，一看是胡二毛的女人，大伙一起动手把女人放下来，见吊死女人的那根绳很细，像女人纳鞋底的绳子。

女人早已经死了。

"这么细的绳子咋能吊死人呢？"有人说。

黄炳秋也来了，是石守乾让人去叫来的。

黄四爷的年纪大了，对庄上的事不想问也没有那个精力再问了，几年前便把这些事情交给儿子黄炳秋。黄四爷说："儿啊，你爹我已经是桑榆暮景残烛临风的时候了，怕是熬不了几天了，打今个开始庄上的事爹就交给你。咱黄三座楼虽说庄子不大，人也不多，可大大小小也有七八个姓。姓杂心不齐，又一个人一个性，家长里短、磕磕绊绊的事也是常有的。不过也不会有啥大事，都是些猪啃庄稼狗咬羊那些鸡毛蒜皮的事。可是你别看这些事小，弄不好就会变成大事出大乱子。炳秋啊，你给爹记住一句话，要想把庄里的事办好了，就两条，一是行要善，二是心要公。能做到这两条，庄里的人就会听你的，就会敬着你服你。记住了？"

黄炳秋说："爹，我记住了。"

刚一开始的时候黄四爷还有些不放心，凡事总要给黄炳秋指点指点。两三年下来，黄四爷见儿子办事有板有眼公公道道，深得庄上人的称赞，黄四爷也就放心了，把一切事情都托付给黄炳秋，自己在家里看看书写几个字，优哉乐哉地享清福。但有一件事黄四爷是不让儿子黄炳秋代替的，那就是去黄沙庵烧香，初一十五黄四爷总是亲自来到黄沙庵，恭恭敬敬地给观音菩萨磕头上香。有一回黄炳秋对黄四爷说："爹，您老年纪大了，去上香的事就交给我去吧。"黄四爷说："那咋行？咱老黄家能有今天，都是观音菩萨保佑，咱可不能忘本！只要爹一天不死，就得去庵里给观音菩萨烧香磕头。"

庄南坑边的人越来越多。

黄炳秋说："人都死了，出了这么大的事怎么不见那个胡二毛？"

有人说："胡二毛八成还不知道吧。"

"赶紧叫人去找胡二毛。"黄炳秋说。

没多大会去找胡二毛的几个人回来都说没找着。

"我知道他在哪儿。"石守乾说："这狗日的胡二毛一准在他家猪圈里睡着哪。"

黄炳秋说："守乾，你带两个人去把胡二毛这个东西提溜来。"

果然，胡二毛在猪圈里睡着了，睡得像死猪一样。胡二毛自从挨了疯女人那一刀，再也不敢去屋里睡觉，一直睡猪圈。胡二毛怕疯女人，怕疯女人用菜刀用剪子砍死他攘死他。

石守乾咬着牙用尽全身力气照着胡二毛屁股上猛踹一脚，这一脚太厉害了，踹得胡二毛惨叫一声爬起来，瞪着眼说："石守乾，你个老王八操的想踢死老子呀？"石守乾二话没说过去照胡二毛脸上"啪"就是一巴掌，嘴里骂道："胡二毛，你狗日驴操的不是个人！"胡二毛被打晕了，摇摇发蒙的脑袋说："哎呦哎呦，石守乾，我日你八辈祖宗！"上来就想和石守乾动手。

和石守乾一块来找胡二毛的人上前一人拧住胡二毛的一只胳膊，说："你他娘的胡二毛还是不是个人，唉？你媳妇在庄南坑边的老槐树上吊死了。"

胡二毛一愣，眨眨眼睛看看石守乾，好像突然明白了什么，转身撒腿朝外面跑去。

人常说人死了死了，死了埋了也就完了，人死如灯灭嘛。天底下哪有那么便宜的事？这不便宜的事今天正好落到胡二毛头上。

疯女人的尸首刚被抬到胡二毛家，得了信的疯女人的娘家哥哥、嫂子、大爷、大娘、叔叔、婶子、娘家侄、娘舅表兄弟亲戚邻居"呼呼啦啦"来了一大帮，把藏在麦秸垛里的胡二毛揪出来出手一顿好揍。胡二毛嚎得找不着人腔，双手紧紧抱着血淋淋的脑袋，头拱在地上，用可怜的屁股招架着一群愤怒的人的拳脚。

"揍，揍死胡二毛个狗日的！"

"对，揍死这个狗日的，叫狗日的胡二毛偿命！"

愤怒的拳脚是无情的，复仇的拳脚是带着血腥味的！

"胡二毛快让他媳妇的娘家人给打死了。"有人跑去给黄柄秋说。

黄柄秋带着几个人赶来的时候，胡二毛躺在地上一动也不动，张着的嘴已经只有出的气没有进的气了。打人的人还是不解气，胡二毛媳妇的两个娘家侄还在用脚狠狠地踹着癞皮狗一样躺在地上的胡二毛。"你个狗日的，叫你个老狗日的胡二毛给俺姑娘偿命！"

胡二毛媳妇的娘家哥哥认得黄柄秋，知道黄炳秋是黄三座楼的族长，在黄三座楼是个说一不二的主。胡二毛媳妇的娘家哥哥摆手让两个年轻人停下，回头眼泪巴叉地对黄柄秋说："黄族长呀！俺妹妹嫁给胡二毛一天福也没享，俺妹妹是叫胡二毛给害死的俺妹妹死得可怜死得冤呀！黄族长黄族长呀，胡二毛……唔唔……黄族长啊，你得主持个公道啊……哎哟，可怜的妹妹你死得屈呀……"

一群女人在喋喋不休的骂声中有的流泪，有的大哭，有的干嚎。流泪的真伤心，在心里哭泣；大哭的人和死去的人多少也有些亲近多少也有些伤心，用哭声向周围的人表述着自己伤心的程度；干嚎的人就只是逢场作戏了，"两哼一哈哈外带一个呕"地应付应付，好像不扯着嗓子干嚎几声就失去了跟着来这一趟的意义，而这演戏一样的干嚎又确实和死者没多大关系。

黄柄秋心里明白这骂声这哭声这干嚎声都是给他听的。

胡二毛从被鲜血蒙住的眼角瞥见黄柄秋，像突然看见了一条救命绳，从牙缝里挤出几个字："救……救命……救命啊……"

黄柄秋低头看看血头血脸躺在地上抖作一团的胡二毛，踢了他一脚，发狠道："胡二毛呀胡二毛，老天爷咋就不长眼咋就给你披了一张人皮呢，嗯？想想你干的那些个事有一件是人干的事吗？你媳妇是个多好的女人，硬是让你给逼疯逼得上吊自尽，打你，我看是轻的，打得有理！这是天理报应！"黄炳秋打胡二毛那是真的恨他，觉得对胡二毛这样的人打是轻的。黄炳秋骂胡二毛那是骂给胡二毛媳妇的娘家人听的，黄炳秋是想提醒胡二毛媳妇的娘家人，胡二毛再坏再不是个东西，可是他没有亲手害死自家的媳妇。这就是黄炳秋的精明之处，不管咋说，胡二毛是喝着黄三座楼的水长大的，是黄三座楼的人。人不是常说好狗护三邻，好汉护三村吗？就是这个理儿。

石守乾和几个人过来架起地上的胡二毛，回头对胡二毛媳妇的娘家哥哥说："事情已经这样了，这是谁也不想看到的事。可是人死不能复生，你们就是把这个不是东西的胡二毛打死也没用呀，事情总得有个了结不是？叫我说大伙先坐下来，商议个解决的办法行不？"

黄柄秋点点头说："也只好这样了。"

黄族长说了话，胡二毛媳妇的娘家人也只好点头答应。

事情商量到半夜才算有了个眉目，胡二毛媳妇三天后下葬。

胡二毛媳妇的娘家人提出的第一个条件是人死得太冤，不能再委屈了已经死去的人，出殡要大操大办，得隆重，喇叭号筒都得有，还要有全套的二十四件纸罩，少一样都不行。"中。"黄三座楼的人答应了。胡二毛人虽然平时吊儿郎当的，但在种地方面却是把好手，也舍得下力气，所以这两年家里存了好几囤粮食。黄炳秋和几个人估算了一下，把胡二毛的粮食卖了这些花销也就够了。石守乾低声对黄炳秋说："把胡二毛的粮食都卖了，胡二毛吃啥？"黄炳秋说："别顾那么多了，先应付完这档子事再说吧。"胡二毛的娘家人又说胡二毛和疯女人没有孩子，人死了不能没有个送终的人，自然这披麻戴孝的差事就落到了胡二毛身上。开始黄三座楼的人不同意，可疯女人的娘家人哭着喊着非要这样做，否则还得闹下去，叫胡二毛抵命。

黄柄秋和几个年纪大些的人商量了一下，大伙都不停地骂胡二毛，说："该，活该！"

胡二毛的媳妇出殡那天是个阴天，天上堆积着厚厚的云。

胡二毛家里搭起高高的灵棚，大门口摆着一个用秫秸扎起来的三角架，叫金钱架。上面吊着一串串黄色的草纸，都剪成了铜钱的形状，这在阴间叫金钱串。金钱架支在门前，死去的人出门的时候随手从金钱架上扯下几个钱来能去阴市上买东西。金钱架的两边，是八个小纸人，四男四女。老人们说这八个小纸人各有各的用处，男的负责看门、牵马，女的负责搀扶主人。

天一亮，黄三座楼的人便三三两两地朝胡二毛家走来。人们来帮忙不是冲着胡二毛来的，许多人是冲着胡二毛死去的媳妇——那个可怜的疯女人来的。

黄炳秋没有来，说是不想来。

石守乾是胡二毛上门磕头请来的。

石守乾来的时候喇叭都吹响了，黄三座楼的男男女女老老少少一个个嘻嘻哈哈地两手抱在胸前听喇叭。

本来，有几个人主张叫石守乾所在的那个喇叭班来吹的，石守乾摇摇头说："老少爷们，还是另请一个班吧，我是不想丢这个人呀。"这个喇叭班的人也有不少认识石守乾的，看见石守乾来了忙过来打招呼，石守乾说："哥几个，吃好喝好别累着。"说完匆匆离开。

说是大出殡，其实没有几个来烧纸吊唁的，鞭炮声稀稀拉拉半天响不了一声。帮忙的人没有什么事干，仨一群俩一伙地挤在一起嬉打哈笑。要说最痛快的还是几个吹喇叭的，没有来烧纸的人吹个屁，吃多了撑的呀？喇叭班不吹喇叭干啥？吃、喝。菜一盘一盘地往上端，酒一壶一壶地朝上拿，半天下来，人人弄了个酒足饭饱肚子圆。石守乾过来打过两次招呼，有人问石守乾出殡这家是咋回子事，摆那么大的谱，咋连个烧纸吊孝的人也没有？石守乾笑笑说："兄弟，这不是有酒吗？有酒你就慢慢喝吧，别醉得找不着回家的路就行。""中中中，咱们听石哥的，别咸吃萝卜淡操心了，来，喝酒。"

出于对死者的同情和对亡魂的安慰，黄沙庵的慧圆主持带着妙安、妙贞、妙善等八个徒弟来了，她们在灵棚底下吟诵了一遍《地藏经》。慧圆主持临离开的时候说："作为一个女人，经历了那么多的风风雨雨，最后吊死在野外，实在是可怜哪，我和几个徒弟来念念经文，也算是对亡故之人灵魂的超度吧。但愿她的灵魂能得到真正的解脱，脱离无边的苦海，去往西方极乐世界。"

到了往外出灵也就是往外抬棺材的时候，天空突然响了一个闷雷，接着飘起了毛毛雨。棺材刚一抬出门，老天爷抖抖膀子下起瓢泼大雨来，不管是问事的还是抬棺材的，个个淋得就剩了一嘴牙。大伙不怨天不怨地，都咬着牙地骂："我日他亲娘胡二毛，这驴日狗操的真能祸害人。"

下雨下雪天出殡，最倒霉的就是重孝子。可这场大殡没有重孝子，披麻戴孝的人是胡二毛，那就该胡二毛倒霉。人们本来就对胡二毛不满，再加上天上大雨劈头盖脸往下浇，便把所有的怨气都撒在胡二毛身上，大哥二哥三兄弟，反正是挨雨淋了，咱们就慢推慢摇慢慢点走吧，叫那个狗日的胡二毛在水里趴着多磕几个头。

　　老黄河边上就兴这规矩，人死了出殡的时候重孝子都是在棺材前面由两个人搀扶着往后退着走，三步一磕头两步一作揖，领棺（报路）的人高喊一声"前后落平"，那是叫抬棺材的人喘口气歇一会。这时候的重孝子无论是泥里水里，都得"噗通"朝地上一趴，头抵着地痛哭，等领棺的人再喊一声"前后起"时，重孝子才磕一个头，在两边的人搀扶下爬起来继续往后退。这搀扶孝子的两个人可有很大的讲究，他们如果心疼重孝子，重孝子会少受不少罪，他们如果有意刁难重孝子，出一场殡下来，这个重孝子不死也得脱层皮。孝袍子身上一穿麻绳腰里一系，再把两朵棉花两边耳朵上一挂，重孝子这会儿就是聋子瞎子，无论见到谁只有磕头的份。一般情况下，搀扶重孝子的人都是家里的亲人，要么是自己的侄子、孙子，要么是自己的妻侄小舅子，他们架着重孝子，一旦遇上泥水，紧退一步或是往旁边一躲，重孝子也就不用趴在水里。在重孝子起身的时候，他们会两手紧紧抓住重孝子的胳臂用力往上一拉，重孝子不用费力就起来了。今天的胡二毛是享受不了这个待遇。胡二毛在黄三座楼是单门独户，爹娘过世的早，也没有什么兄弟姐妹，谁愿意干这个差事？问事的也安排过两个年轻人照顾胡二毛，谁知道两个年轻人手一摆说："拉倒吧，不干。"问事的人也不是真的想找搀扶胡二毛的人，也就是走走过场。人我是安排了，人家不干我有啥法子？倒是胡二毛媳妇的两个娘家侄子，就是咬着牙要揍死胡二毛的那两个年轻人愿意把搀扶胡二毛的活揽过来。

　　胡二毛一看来搀扶自己的是两个妻侄，心里说这两个小爹今个非把我毁坏死不行啊。

　　雨还在不停地下，路上到处是积水。送殡的队伍在雨中在泥水里艰难地往前走着。

　　两个年轻人架着胡二毛，专门捡水深泥多的地方走，该胡二毛趴下磕头的时候，两个年轻人相互使个眼色，便手上用足十分的力气把胡二毛往水里一按，可怜的胡二毛几乎整个身子都趴在了水里，等胡二毛再被拉起来的时候，哪里还能看见像个人的样子，整个脑袋成了个泥球。就这样一次又一次地折腾来折腾去，到了坟地的时候，胡二毛整个人像瘫了一样，几乎是趴在地上被两个年轻人一路拉着走的，身后的泥水里留下一条长长的痕迹。

　　胡二毛媳妇的大殡出完了，差一点被折腾死的胡二毛被扔在地上像狗一样蜷曲着趴了三天三夜一动不动。好在胡二毛这家伙命大不该死，终于又活了过来。

第 20 章

八婶拉着快要饿昏了的大麦走近瓜田的时候，太阳眼看就要滚下去了，老黄河的最西头有血一样鲜红的云，大块大块的，半天染得通红，把人也染红了

早春夜里的风很冷很硬，还有些刺骨。

忙活了一天又累又饿又冷，石守乾回到家的时候快半夜了，麻媳妇和二女儿朵还在等着他。麻媳妇见石守乾回来了，叫朵去端锅里热着的饭。石守乾摆手说："不想吃。"麻媳妇问："咋了？"石守乾说："气的。"接着把胡二毛给媳妇披麻戴孝的事给麻媳妇说了。麻媳妇说："就他胡二毛造得那个孽，净干些没腔眼子的事，我说该，没亏着他！"石守乾说："没说亏着他了，胡二毛他再不是个东西，咋说也是黄三座楼的人，给自己的媳妇披麻戴孝，这事要是传扬出去好说不好听，丢人哪。"麻媳妇说："他那叫自作自受，老天爷睁眼，你生的哪门子闲气？饭该吃咱还得吃，为这种人气坏了身子不值当得。朵，去给你爹烫壶酒去，再煮几个咸鸭蛋。"

朵答应着去了。

麻媳妇来到石守乾身边低声说："我给你说个怪事，今个晌午头上小四花从外边回来碰上黄家三少爷，他问朵在家弄啥呢？你说怪不，他打听朵弄啥？"石守乾一愣，默默地装上一袋烟对着油灯抽了两口。麻媳妇急了："你说话呀。"又过了一阵子石守乾才说："这可不是啥好事，那个黄家三少爷从小就有些不地道，他别是打咱朵的啥歪主意？你可要留心了，没事别叫朵出去乱跑。"麻媳妇麻脸

一绷说："他敢！他敢打咱朵的主意我拿刀劈了他！"

石守乾一连在家待了三天，喇叭班的班主着急了，叫人来催，石守乾跟着走了。他临走的时候又给麻媳妇嘱咐了一遍，千万看好了三女儿朵，那妮子疯疯癫癫憨大胆，不叫人省心哪。麻媳妇说："知道了，你快走吧。"

这回石守乾一出去就是一个多月，又回到家的第二天麻媳妇就麻麻利利地生下了第六个孩子。

石守乾说："咋又是个儿子？"

麻媳妇斜眼瞅了瞅石守乾说："儿子咋了？这是你们老石家祖坟上冒青烟烧了高香了，知足吧你。"

石守乾忙赔着笑说："知足知足。"

麻媳妇看着怀里的孩子说："赶明俺使劲地生儿子，生一屋子的儿子。"

自从疯女人死了之后，胡二毛就更不敢在屋里住了，在屋里一闭眼就做噩梦，老是梦见披头散发的疯女人"嗷嗷"叫地拿着菜刀砍他，拿着剪刀攮他，把他砍得七零八落，攮得血肉模糊。胡二毛无奈，只好还去睡猪圈。有一天，胡二毛钻进猪圈刚想睡觉，忽听有"嗦嗦嗦"的声音，抬头一看，"娘哎"一声大叫，疯女人就站在他旁边，这回手里没拿菜刀，也没拿剪刀，只是披散着头发，耷拉着长长的舌头，两只眼睛往外冒着血。疯女人一阵"咯咯咯"的冷笑，把胡二毛吓得魂魄出窍，爬起来撒腿拼命地往外跑。也许是鬼使神差吧，胡二毛跑着跑着抬头一看竟然跑到了庄南坑边的老槐树底下来了。老槐树茂盛的枝叶被风吹得"哗哗啦啦"地响，好像在说："胡二毛——拿——命——来——"

这一夜胡二毛都没消停下来，摔倒了爬起来再跑，不知栽了多少跟头，摔得鼻青脸肿。

胡二毛怕了，怕再梦到疯女人。

胡二毛把铺盖卷一扛一头钻进瓜地。

胡二毛会种瓜，胡二毛光种甜瓜，花甜瓜、白甜瓜，金黄色的甜瓜，咬上一口嘎嘣脆，嚼一嚼满嘴里往外流甜水，更叫人眼馋的还是那熟透了的墨绿色的面瓜，没有牙的老头老嫲子掰上一块塞进嘴里，在嘴里翻了几个个说："嗯，面、甜、香。"

胡二毛自从住进瓜地，一次也没梦见过疯女人。

胡二毛的女人死了之后，黄三座楼的人不论男女老少都咬着牙地骂胡二毛是老叫驴日的，这是跟着刘九呱嗒学的，刘九呱嗒就是这样骂胡二毛的。

那天刘九呱嗒正在村南边老槐树底下说张青孙二娘开黑店武松武二郎大战十字坡。只见刘九呱嗒把手里的呱嗒板"噼里啪啦"打了一阵之后说："话说母夜叉孙二娘早早起来，把店房里里外外收拾干净，叫过来店小二，到外面招呼着去。这店小二因为头一天不小心打碎了一摞碗，叫孙二娘好一顿数落，还要扣工钱。店小二心里憋着火哪，看看天还没有大亮，孙二娘就叫他到外面招呼客人，心里更有气。这天黑得啥都看不见，哪来的客人？店小二嘴里嘟哝着走到店门外可着嗓子喊：'南来的客北来的客，都上俺店里来住着，要说俺店房，干干净净没得说，被子褥子天天换，虱子臭虫没有窝，客房宽敞又明亮，花钱又不多。太阳下山住下店，用不到天明就出锅了。为啥？开的是黑店呀？嘿嘿，黑店？你呀小看俺家店主人喽，俺们开的不光是黑店，还有更拿手的绝活。啥绝活？听我给你说呀，客人住进店里他得吃饭吧？吃饭就好办，俺店主酒里菜里汤里饭里统统下了蒙汗药。眼看着客人倒在地，俺店主叫人抬到后院动手剥，肚子肠子杂烩菜，人肉包子肉比白菜多。还有心肝哪？心肝呀，清炖、红烧，俺店主两口子下酒喝。鼓打三更拾掇好，转脸就下锅，碰上个大的一锅煮，两个小的凑一锅。大火烧小火炖，到天明香喷喷的人肉包子端上桌……'"

事情也就那么巧，人们听得正得劲的时候，胡二毛来了，把脚上的鞋一脱，腚底下一垫一屁股坐在那儿。刘九呱嗒一眼看见胡二毛，立刻住了嘴，把旱烟袋朝腰里一别，呱嗒板一收说："俺九呱嗒说书是给人听的，不是说给老叫驴日的畜生听的。"说完转脸走了。

听书的人回头看见胡二毛都骂："耶耶耶，胡二毛你老叫驴日的咋来了？胡二毛你老叫驴日的来弄啥？胡二毛你老叫驴日的咋恁会挑时候来呀？老叫驴日的胡二毛哎……"

胡二毛从此在黄三座楼有了一个响亮的外号——老叫驴日的。

无论黄三座楼的人怎么样咬着牙地骂胡二毛是"老叫驴日的"，可是胡二毛的好运还是来了。

胡二毛的瓜田里来了个女人。

那是第二年的秋天。

八婶拉着快要饿昏了的大麦走近瓜田的时候，太阳眼看就要滚下去了，老黄河的最西头有血一样鲜红的云，大块大块的，半天染得通红，把人也染红了。

大麦看着瓜田里的瓜不走了，八婶怎么拉也不走了。

大麦说想吃瓜，大麦说那个黄的熟透了的瓜一准很甜。

八婶想哭。

胡二毛过来的时候，大麦含在嘴里的手指快要咬出血来了。

胡二毛看看大麦，又看看八婶，转身到瓜田里摘了一个熟透了的花甜瓜，拿着递给大麦。那时候胡二毛没有任何邪念，更不知道后来发生的许许多多事情。

大麦没敢接瓜，瞪着两只大眼躲在了八婶身后。

"妮，吃吧，甜。"胡二毛说。

"俺……没钱。"八婶说。

"嗨，不就是一个甜瓜嘛，啥钱不钱的。拿着，给妮吃吧。"胡二毛少有地大方了一回。

八婶低着头接过胡二毛手里的瓜递给大麦。

大麦吃瓜的时候八婶看了胡二毛一眼，心里一跳。

胡二毛没看八婶，在看大麦吃瓜。

八婶想拉大麦走，大麦还是不走。

大麦不想走大麦也不能走，大麦要开始从瓜田里开始的故事，因为那故事和黄三座楼有关系，所以大麦不能走。

大麦第二个花甜瓜没吃完就睡着了。

八婶想吃大麦剩下的那块瓜，八婶没吃，胡二毛在旁边站着哪。

胡二毛是这个时候看了八婶一眼的。

天更暗了，天上聚集了几块黑云，有些想下雨的样子。

大麦还没醒，八婶有些着急，使劲晃大麦的头。

"看样子天要下雨了，你把妮抱到瓜庵子里去吧，在外面要淋病的。"胡二毛说。

八婶忙说："不了，不了，大哥。"

八婶用了很大的力气才抱起来大麦，身子晃了一下。

胡二毛没说话，接过大麦转身朝瓜庵子走去。

八婶是低着头跟在后面走近瓜庵子的，坐在瓜庵子外面的一堆干草上。胡二毛喂的一只黑白花狗跑过来，在八婶脚边闻了一阵，卧在了八婶旁边。

胡二毛从瓜庵子出来的时候，手里拿着两个红芋干子面的黑窝头递给八婶，八婶犹豫了一下接过来，头垂得更低。胡二毛摘了一个甜瓜放在八婶脚边说："馍干了，就着瓜吃，当茶喝。"

八婶低着头吃黑窝头，吃得很慢。

胡二毛坐在旁边看八婶吃东西。这女人怪好看的。胡二毛想。

八婶吃完窝头吃瓜的时候，胡二毛站了起来。胡二毛走近八婶。

天黑了。

八婶只看见了胡二毛的两只脚，八婶心里一哆嗦。

胡二毛伸手拉八婶，说到瓜庵子里去吧，外面凉。八婶仍低着头说："就……就在这儿吧，妮在里面睡着呢。"

大麦醒了，是胡二毛的喊声和八婶的呻吟声惊醒的。大麦没动，大麦不想动，大麦想听娘的这种声音。大麦在暗中两只眼睛睁得很大。她听见过娘的这种声音，那是和爹在一起的时候，爹没有了之后大麦就再也没听见过娘的这种声音。今天大麦再次听见了娘的这种声音，细细的颤颤的，像戏台上的小姐用手里的花扇子挡着嘴发出的笑声。大麦还知道，和娘的声音搅和在一起的另一种声音一定是那个给她瓜吃的男人的，给她瓜吃的这个人喊的声音太大了，像狼嚎，又像刚挨了一刀的猪，叫得真难听。大麦摇摇头。

爹不是这样的，爹的声音低低的粗壮有力，像刚喝了一阵子水之后的老黄牛从鼻子里发出的又粗又长的鼻息。

八婶和大麦住进了疯女人住过的屋里，八婶躺在了疯女人躺过的床上。

胡二毛还睡在瓜园里。胡二毛对八婶说地里的瓜还得看着。其实是胡二毛不敢回家去住，怕再梦见疯女人。八婶和大麦天天来给胡二毛送饭。八婶一到瓜园就被胡二毛拉进瓜庵子，老半天才出来。大麦在离瓜庵子大老远的地方站着，大麦不想听胡二毛的喊叫声，听着叫人心烦。大麦又不想走远，她觉得娘的声音好听，有高有低的，好像是在唱歌。

大麦刚来到黄三座楼的时候，单薄的小身子骨干瘦如柴，头上顶着几根干干巴巴的黄毛，一张蜡黄的脸上除了一对大眼睛还有些生机，别的地方都像是风干了半个月的菜包子，皱皱巴巴的。

大麦是饿的。大麦说她从来就没吃饱过。

老黄河的水养人，老黄河的水养女人。

这不，大麦刚喝了几年的老黄河的水就变了，变得俊了，俊得撩人。俗话说女大十八变越变越好看，这话不假。你再看看才只有十三四岁的大麦，出落得如一朵早上沾满露珠的花骨朵，水灵灵的透着亮，小脸红扑扑的，像个熟透了的西红柿，尤其那一双水汪汪会说话的大眼睛，睫毛一忽闪，两只眼珠一转，勾人的魂哩。

三少爷黄礼河的魂就叫大麦的那双眼给勾走了勾乱了勾的没有了人性。

八婶带着大麦到黄沙庵烧香。

八婶的肚子圆圆的大大的，下跪时很吃力，八婶带着大麦来是想叫大麦扶着她的，不想头一回进黄沙庵的大麦瞅瞅这儿觉得新鲜，看看那儿觉得好玩，两只眼睛都忙不过来了，哪里还能顾得上去扶八婶。自从走进大殿，大麦一眼就看见了盘腿打坐闭目诵经的妙贞。妙贞的脑袋光光的，很亮，还有些反光。大麦觉得妙贞的脑袋有些像胡二毛刚刮的光头。大麦一直叫胡二毛胡二毛，尽管八婶说过多少次让她叫胡二毛爹，可大麦不干。

大麦跟着八婶走出大殿的时候又回头看了一眼，一大片的光秃秃的脑袋大麦都不在意，大麦只看妙贞。

八婶回到家的当天夜里，在疯女人躺过的床上一阵挣扎一阵喊叫之后生下了一个女孩。胡二毛眉头一皱说："你不是去黄沙庵烧过几回香了吗？求菩萨保佑了吗？咋还是生了个妮子呢？又是个赔钱货。"大汗淋漓的八婶躺在床上无力地说："我也不想生个妮子，我也是没办法，下回我再给你生儿子吧。"

胡二毛还想再说什么，一看大麦站在旁边便不说了。

胡二毛有些怕大麦的那双眼，那眼光看上去冷冷的，还带着些敌意，看得胡二毛身上直发毛。

八婶对胡二毛说："给孩子起个名字吧。"

胡二毛没好气地说："一个臭妮子起名起啥名？"

"臭妮子也是你们胡家的闺女，你是她爹。你不愿意给孩子起名是吧？那就叫小麦吧，她姐姐叫大麦呢。行不？"

胡二毛说："想叫啥叫啥吧。"

八婶在熟睡的婴儿脸上"啪"地亲了一口，说："小麦小麦，娘的心肝宝贝闺女，噢噢，真乖。"

胡二毛"哼"了一声走开，出了门就骂："啥他娘的大麦小麦的，都是赔钱货。"

胡二毛叫大麦去瓜田里薅草，大麦一句话没说拿着草筐就走，等到了瓜田，大麦把草筐朝地上一扔，伸手摘了个大甜瓜啃起来。刚啃了几口，大麦眼前突然晃动起妙贞的影子，便"呼"地站起来，摘了几个熟透了的大甜瓜装进篮子里朝黄沙庵方向跑去。

黄沙庵的大门紧闭着。

大麦没敢去敲黄沙庵的大门，而是趴在大门外从门缝里朝里看。院内有几个尼姑在走动，却没见妙贞的影子。大麦有些失望，越失望就越想看见妙贞。过了一会，妙贞还真的从大殿后面出来了，而且是奔着大门来的。大麦心里可高兴了，赶紧躲在大门旁边等着妙贞来开门，可是等了半天，也不见动静。大麦等不及了，又过来趴在门缝上朝里看，见妙贞正在端着一盆水浇花。大麦便隔着门缝喊："哎，哎哎。"

妙贞听见大麦的喊声，走过来把庵门拉开一条缝，见门外站着一个比自己还要小点的女孩，就问："你找谁？"

大麦说："我……我……我谁也不找，我是来找你玩的。嘻嘻……你……你的头真好看。"

妙贞脸一红瞪了大麦一眼就要关门。

大麦急了，忙说："哎哎，你别关门，我就是想来找你玩玩，我还给你摘了好几个大甜瓜呢。"

大门还是"咣当"一声关上了，里面传来妙贞的声音："你走吧，以后不要再来了，这儿是烧香念佛的地方，不是你玩的地方。"

大麦在黄沙庵大门外坐了很久，后来觉得热了也饿了，便站起来啃着甜瓜委屈地走了。

大麦不知道什么地方得罪了妙贞，走了好远又回过头来说："不玩就不玩，俺还不愿意来呢。"虽然这样说这样想，大麦还是想看看妙贞那个光光的、亮亮的秃脑袋。

妙贞哪里知道，她"咣当"一声把大麦关在了大门外没让大麦进黄沙庵，却让大麦从那天开始改变了一生的命运。

篮子里的几个甜瓜吃完了，大麦无精打采地晃悠着空篮子沿着弯弯曲曲的小路一直晃悠在老黄河边上，丢下篮子弯腰在水边抓那些带着一截尾巴的蝌蚪。

水里的小蝌蚪很多，游来游去的很好玩。

大麦逮住几个捧在手里，看着小蝌蚪在手里摇头摆尾的样子开心地笑了。后来小蝌蚪不动了。八成是死了吧，大麦想。丢掉手里的小蝌蚪，大麦又去抓，身子往前一躬，看见自己倒映在水里的影子，大麦忘了去抓蝌蚪，仔细地看着水中自己的那张脸，大大的眼睛，圆圆的脸蛋，又黑又长的头发垂下来。一看到自己的头发，大麦马上想起妙贞来，大麦想妙贞要是不把头发都剃了去，一定也是黑黑的长长的，大麦不明白，一个小妮子为啥把头发都剃光了，光光的、亮亮的秃脑袋难看死了。想着想着大麦又恨起妙贞来，你凭啥不愿意跟俺玩，光光的、亮亮的秃脑袋！噢，对了，那个秃脑袋后面还长着一个黑点，有黑豆粒儿那样大，是大麦跟着娘去黄沙庵烧香时看见的。那个黑点长在光光亮亮的秃脑袋上真难看，要是不把头发给剃了，那个黑点子咋能叫人看见呀？

一条半拃长的小鱼摇头摆尾地游过来，大麦一看来了精神，急忙伸出两手想把鱼逮住。小鱼越来越近，大麦猛地把手伸进水里，两手一合，捧起来仔细一看，哪儿有小鱼的影子，气得大麦把手里的水一洒，抓起个东西狠狠地朝水里砸过去。水花过后，大麦看见有两个小蝌蚪被砸的漂了起来，白白的肚皮翻在上面，只有那条小尾巴还在摇摇晃晃。大麦从水中把两个死了的小蝌蚪捞出来摆在地上。小蝌蚪白白的肚皮鼓起老高，大麦立刻就想到了妙贞光光的、亮亮的秃脑袋。大麦自己一笑，又找东西往水里砸，然后把砸死的小蝌蚪一个一个都捞出来，齐齐地摆在那儿，弯弯曲曲地摆了很长一溜，在大麦的眼里就出现了一大溜妙贞光光的亮亮的秃脑袋。

"哎，这不是大麦吗？你一个人在这儿干什么哪？"

大麦回头一看，只见黄礼河背着个包袱站在不远处。

"俺……俺割草呢。"大麦说。

"噢噢。"黄礼河说："大麦，你咋跑到这老黄河边上来割草呀。"黄礼河低头朝地上一看大笑起来，说："大麦，你这哪是割草呀，你这是在摆死蛤蟆阵嘛。"

大麦没说话，大麦看着地上的一大溜死蝌蚪笑了，笑得很开心。

大麦笑起来很好看，看得黄礼河心猿意马。

黄礼河走近大麦说："大麦你一笑真好看，再笑一个我看看，你对着我笑我给你糖吃行不？"

大麦说："俺不吃。"大麦仍站在那儿看着地上的蝌蚪笑。

黄礼河已经来到大麦身边，他想抓住大麦，大麦身子一闪躲开了。

"哎，大麦，你的褂子咋烂了？胸口这儿，你看，里面的小奶子都露出来了。"黄礼河说。

大麦急忙用双手把胸口捂起来，说："黄三少爷你……你老看人家这儿弄啥？"大麦拾起篮子就要走。

"哎哎，大麦，你别走哇，我……我是……我是看见你的褂子烂了。大麦，你娘咋不给你做件新褂子穿？"黄礼河问大麦。

大麦听了黄礼河的话，一脸不高兴地说："那个……那个胡……胡二毛不叫俺娘给俺做。"

"哎哎，大麦，我给你块花布，你做个新褂子穿行不？"黄礼河过去拦住大麦说。

大麦不相信地回头看看黄礼河，说："黄三少爷，你是诳俺的吧？"

黄礼河说："真的真的，大麦，我哪能诳你哪，不信你看看我背的包袱里就有花布，米黄花的还带着绿叶呢，可好看了。"

大麦还是不相信，放下篮子说："那……那你拿出来叫俺看看行不？"

"咋不行？一会就给你了能不叫你看。"黄礼河解下身上的包袱打开，从里面拿出一块白底黄花还带着绿叶的布料递到大麦面前说："看看，没诳你吧。"

大麦高兴地差点跳起来，刚把手伸过来又缩了回去，歪着头问："这布你给俺弄啥？"

黄礼河一笑说："你做褂子穿上好看呗。"

"俺又没钱买你的。"大麦失望地摇摇头，眼泪快要掉下来了。

"不用你花钱买，白送给你。不过……不过你得听我的话。"黄礼河说。

"那行，俺听你的，只要你把花布给俺，俺啥都听你的。"大麦扯着花布的一角很仔细地看着，好像真的穿上了花褂子。

"那好，你跟我到芦苇丛里去，我有话给你说。"黄礼河伸手拉住大麦的手说。

"哎。"大麦手里紧紧抓住花布跟着黄礼河钻进芦苇丛中。

刚一停下来，急不可待的黄礼河一把把大麦紧紧地搂着怀里。

"哎哟，黄三少爷，你别抱俺恁紧呀，抱疼俺了。"大麦使劲从黄礼河怀里挣脱出来。

"大麦，这块布好看不？"黄礼河问。

大麦使劲地点点头。

"你真想要？"黄义河又问。

大麦抬起头望着黄礼河说："黄三少爷，你又不想给俺了？"

黄礼河把花布塞到大麦怀里说："我说了给你咋能不给你哪，给给。"

大麦把花布紧紧抱住，生怕会飞跑了似的。

黄礼河过来，再次把大麦抱住，这回大麦没有挣扎，而是很听话地任黄礼河在身上摸来摸去……

　　黄礼河从大麦身上爬起来的时候，大麦四仰八叉地躺在芦苇上仿佛死去一般。

　　黄礼河看见大麦的两腿间和身子下面流了很多血，鲜红鲜红的。

　　黄礼河有些害怕了。

　　黄礼河过去推推大麦拉拉大麦的手，发现大麦手上都是凉凉的汗。大麦头歪着，脸色苍白，眼角一行清泪流下来，流进被黄礼河揉搓得像一堆乱草的头发里。

第 21 章

我是槐花，我是槐花呀。其实一直紧紧地
抱着马天五的槐花根本就没有睡着，这是她第
一次这么紧紧地搂着一个男人，第一次心甘情
愿地紧紧地搂着一个男人

晴空万里，没有一片云一丝儿风。

马天五和槐花来到柳寨渊子边上一个镇子的时候，太阳正照在头顶，火辣辣
的太阳像一堆燃烧的干柴，烤得人嗓子冒烟浑身焦煳味。

来到一棵大树下，往树荫底下一站又好像钻进蒸笼。槐花摸一把脸，脸上竟
没有汗，只有些糁糁粒粒的东西，手一搓"哗哗"直响。槐花说："亲娘哎，一
步也走不了了。"马天五说："那行，你先在这儿歇会，我去镇子里弄点吃的。你
也饿了吧。"槐花说："不饿就是嘴里干，你看看有没有卖西瓜啥的，买两个来。"

马天五进了镇子。槐花把包袱朝地上一扔坐在上面，伸手把脖子底下的扣子
解开，大口大口地喘着粗气，还是觉得胸闷，看看周围没有人，索性把扣子都解
开，拉开衣襟，露出半个白白亮亮的胸和绣着一对鸳鸯的红肚兜。这红肚兜是槐
花在路过开封的时候买的。买红肚兜的时候槐花问马天五好看不？马天五"嘿
嘿"一笑说："好看好看。就是这上面的两只鸭子画得不像。"槐花笑着对马天五
说："你呀，再好好看看这是鸭子吗？上面绣的一对鸳鸯。"马天五不好意思地挠
着后脑勺说："鸳鸯？鸳鸯咋是这样，好像鸭子，就是像鸭子。"

自从一把大火烧死吴根离开麻花庄之后，一路上马天五对槐花的照顾很细心
很周到，让槐花体会到了温暖。在床上躺了一年多的槐花虽然恢复了一些体力，

但身子仍然很虚弱，两个人一天走不了多少路。每到一个住的地方马天五总是跑前跑后张罗着找地方、弄吃的，连洗脚水也端来放在槐花面前，感动的槐花直往下流眼泪。有一天槐花突然病了，高烧不退，一夜之间嘴上起满了火泡，这可吓坏了马天五，急忙请来郎中给槐花看病。事情也就那么巧，马天五请来的郎中偏偏也是个干瘦老头，槐花一看吓得一声大叫，脑子里马上想起来吴根，说什么也不让这个郎中给她看病，弄得郎中莫名其妙，一跺脚气呼呼地走了。马天五无奈，只好背着槐花走了十几里的山路来到一个小镇上才又找到一个开了家小医馆的老郎中，慈眉善目的老郎中给槐花把了一阵脉又看看槐花的舌苔对马天五说："你这个年轻人怎么那么不细心哪？你媳妇都发热烧成这个样子了才来看病。今个算你的运气好碰上我了，你媳妇的病还有救，要是碰上别人，唉，你媳妇的小命就没了。"老郎中的话让马天五觉得很不好意思，拿眼一看槐花，见槐花也在看着他，目光里充满一种柔情。老郎中一边唠叨一边开了张药方，又对马天五说："吃了我的药，半个月保管没事。噢，我这里这两味药没有，你快去开封府把这两味药买来。""到开封府有多远？"马天五问。老郎中说："不远不远，来回也就七八十里地。天黑之前你可一准得回来，你媳妇的病可不能再耽搁了。"

马天五从开封府买了药气喘吁吁地跑回小镇的时候鸡都叫过头遍了，正在打瞌睡的老郎中接过来药不高兴地说："你咋到这会才回来，这不是拿着人命闹着玩嘛，真是的。"说着摇头叹气地到后面熬药去了。一直躺在床上的槐花艰难地回过头来，看看仍在喘着粗气的马天五心头一热，眼里流出一行热泪。正如老郎中说的那样，半个月之后，槐花的病真的好了，面色红晕透出七分活力。槐花觉得她仿佛又回到那片桃花盛开的桃园里，仿佛又回到了透着幽幽清香的花丛中去追逐那一只只翩翩起舞的彩蝶。看着槐花高兴的样子，马天五也被感染，像个孩子似的拉住槐花的手说："走，咱们今天找个地方好好喝点酒去。"槐花问："你真的想喝酒？"马天五很认真地点点头。于是，两个人找到了一家不大的饭店，槐花把马天五往桌子边一按说："天五，你坐在那儿等着，今天我侍候你。""你的病刚好。"马天五的话还没有说完，槐花回头招呼店家说："二斤上好的烧酒，鸡鱼肉蛋只管往上端。"旁边的马天五瞪着一双大眼问："槐花，你……你想干啥？就咱们两个人你这是……"槐花轻轻一笑说："今天啥都听我的。"

槐花和马天五离开饭店的时候天已经很晚了，空荡荡的小镇街道上看不见一个人影。马天五在槐花的劝说下喝了不少酒，走路都打晃，是槐花连拉带扛地扶回旅店的。马天五来到屋里一头扎在床上，不大会响起了呼声。槐花帮马天五脱去鞋袜，又用热毛巾给马天五擦了脸洗了脚，使劲把马天五搬到床上。槐花坐在床边打量着熟睡的马天五，想想自从在麻花庄第一眼看见到马天五到现在，这个牛高马大的汉子给她留下的印象是善良的亲切的又是会体贴人的，自己一个被吴根祸害的人不人鬼不鬼的女人还能怎么样？能遇上这样一个男人也算是上天保佑了，假如能跟着这个男人过一辈子，槐花也就满足了。

马天五是被一阵风刮到自己家门前的，院子里没有娘的影子，只有几片发黄的树叶在地上滚来滚去，屋里传出"噼里啪啦"的响声，像是那个叫马子的爹手中的柳条鞭子打在娘白白的屁股上的声音。马天五被激怒了，他猛地把门推开，却看见娘赤条条地躺在床上，娘的脸上是笑着的，看见马天五进来，娘突然坐了起来，嘴里发出些含糊不清的声音，还不停地朝马天五招手。娘的身子很白，娘的一对奶子很大，这是马天五从很小很小的时候留下的印象，还有娘的一只奶子旁边有一颗红红的痣，那颗红痣上面还长着两根很长很长的毛，那两根毛是什么颜色马天五有些记不清了，只记得有一次马天五在吃奶的时候，小手一下子揪住了那两根长长的毛，娘轻轻地"嗯"了一声，照着马天五光秃秃的小脑袋上打了一下，也是轻轻地。马天五一头扑在娘的怀里，说："娘我饿，娘我饿了。"娘微微一笑，伸手把马天五的头按到怀里。马天五觉得娘的怀里很温暖，便拼命地在娘的怀里拱来拱去。马天五醒了，觉得有一双手紧紧地抱住自己的脑袋，自己几乎被一个滚烫的身子包裹着，"娘，娘。"马天五不由地脱口喊道。"天五，你做梦了？我是槐花，我是槐花呀。"其实一直紧紧地抱着马天五的槐花根本就没有睡着，这是她第一次这么紧紧地搂着一个男人，第一次心甘情愿地紧紧地搂着一个男人。虽然槐花的身体被吴根早已经祸害得不成样子，但槐花毕竟是一个女人，一个有情有欲的女人。在和马天五相处的这些日子，槐花已经看出来，马天五是个可以依托的男人，尤其是在自己有病的那些日子里，马天五对自己的精心照料让槐花从内心里十分感激。也就是从那个时候起，槐花就拿定了主意，把自己的一生交给这个马天五。"槐花？槐花，你怎么……"马天五想从槐花的怀里中挣脱出来，可是槐花的一双手抱得马天五太紧了，马天五竟然没有挣脱出来。"别动，俺……俺就不让你动。"槐花的声音颤抖着哽咽着，整个身子靠马天五靠得更紧，开始吻马天五的头、脸，最后吻住了马天五的嘴，吻得那样热烈那样疯狂。一直不知所措的马天五被槐花激烈的吻所触动，一种原始的野性的火一样的东西在体内萌发，让他觉得自己的整个身体好像要爆炸了要燃烧了！

马天五不由得两手紧紧地搂住槐花。

　　马天五和槐花一路走来,游山玩水似的并不急于赶路。从认识了槐花之后,不知道为什么马天五就特别想娘,有好几次马天五在梦中梦见娘,娘让那个叫马子的爹打得皮开肉绽,血流了一地,娘呢没有哭也没有叫,而是面带微笑朝马天五走来,伸出滴着血的双手把马天五紧紧抱住。每当这时马天五就会哭着喊娘。马天五喊着娘哭醒的时候,槐花就会把马天五紧紧搂住,像哄孩子似的擦干他脸上的泪说:"不哭不哭啊,乖啊。"马天五就瞪着眼睛想,自己真无用真笨蛋,娘被那个叫马子的爹打成那样为什么自己就知道哭就会哭?为什么不一把把那个叫马子的爹拉过来像掐死牛寡妇那样把那个叫马子的爹掐死?"对,掐死他,掐死他!"马天五咬着牙说。"掐死谁呀?"槐花吃惊地问。"马子。""马子是谁?"马天五愣了半天才说:"马子……马子是爹。"槐花奇怪地问:"你为啥要掐死你爹呀?"马天五就把自己从小到大无数次看到那个叫马子的爹打娘的情景告诉了槐花,到最后竟然哽咽地说不下去,槐花也陪着掉了不少眼泪。有一天夜里,马天五挺奇怪地对槐花说:"你说怪不怪?""啥怪不怪?"槐花问。马天五冲槐花一笑说:"真的很怪,哪天夜里咱们要不……不做那事,我准做噩梦准哭醒,真的。"槐花眨巴眨巴眼睛想了一阵说:"来吧,俺今个夜里就不让你再做噩梦。"于是马天五和槐花又紧紧地缠绕在一起。

　　温柔乡里香风醉凝脂,乱花深处紫叶双飞娇喘喋喋。

　　这天夜里马天五没有做噩梦,在以后的很长时间里马天五都没有再做过噩梦。

　　天热得像下火,土街上很少看见人的影子。马天五在小镇上转悠半天也没有碰上一个卖瓜的,倒是有几家店铺开着门,马天五想进去买点吃的,到里边一看不是卖布的就是卖杂货的,店铺的老板手里摇着蒲扇还不停地擦着汗,看见有人进来也懒得招呼一声。马天五担心槐花不敢再耽搁,便急匆匆地往回走,突然马天五发现路边有一口井,过去伸头朝里一看,井里有水,可是很深。马天五愣了一下转身朝杂货点跑去。马天五在杂货店里买了一个土罐子和一根很长的绳子,来到井边打上来一罐子清凉的井水,自己先痛痛快快地喝了一阵,又提起罐子把剩下的水从头顶上浇下去,马天五觉得舒服多了,急忙又打上来一罐子水提着朝小镇外面跑去。

　　马天五刚跑到小镇头上,便听见槐花的喊叫声,远远看见有三个男人正围着槐花,两个个子高一些的男人不停地在槐花身上摸一把撩一下,另一个矮瘦男人正和槐花撕扯着包袱。马天五一看急了,把手里的土罐子朝地上一扔,飞快地跑过去。

"救命啊!"槐花看见马天五大声喊。

"狗日的,你们想干啥?"马天五跑到跟前,其中的一个高个还没有弄清楚怎么回事脸上便重重地挨了一拳,"哎呀"一声趴在地上,马天五转过身飞起一脚正好踢在矮瘦男人裆里,矮瘦男人松开槐花手里的包袱,两手捂着裤裆倒在地上,大叫着滚来滚去。

"槐花,你没事吧?快走。"

另一个愣在那儿的高个男人见马天拉着槐花就走,这才反应过来,也许是仗着自己身上有些功夫,一个箭步窜到马天五前面冷冷一笑说:"小子,想走,没那么容易吧?"迎面一拳朝马天五打来。马天五急忙松开槐花,躲过高个男人的拳头,结果身上还是挨了一脚。马天五只是长得牛高马大有把子力气,可他没有学过拳脚,今天碰上一个武功还算不错的对手就麻烦了,顾了上面顾不了下面,躲开左边躲不了右边,心里便着急起来,心里一急出手就狠。高个男人也看出来了,心想这狗日的身上没有功夫,仗着力气大瞎打胡捶,只要不让他抓住就行,老子给你来个猫玩老鼠,要不了多大会就能把你他娘的累趴下。

脸上挨了一拳的男人也从地上爬起来,捂着脸大声喊:"四哥,揍死这个狗日的,我收拾这个小娘们。"说着一把从后面抓住槐花用力往后一扯,槐花尖叫一声倒在地上,男人转身骑在槐花身上。

"槐花——"马天五丢开高个冲过去,一把把骑在槐花身上的男人抓起来,"嗨"的一声举过头顶,用力朝大树上扔过去,就听"嘭"的一声,那个男人的脑袋结结实实地撞在大树上,脑浆崩裂。因为马天五这一连串的动作太快了,高个男人赶来的时候已经晚了。

"小六死……死了,小六死了。"捂着裤裆的矮瘦男人爬起来过去抱住地上的尸体哭喊道:"小六,小六兄弟啊……"

马天五也愣住了,毕竟打死了人呀!

原来,这三个调戏槐花的男人都是柳寨渊子里的土匪,还都是寨子里的小头目,那个被马天五摔到树上撞死的外号花王六,另一个高个叫猪毛四,躺在地上的矮个叫老尖,这个家伙是阎王爷耍把戏——满肚子的鬼招,算是柳寨渊子里的半个军师。这三个人有一个共同的特点,就是好色,所以这三个人走得很近。

浪里滚刀虽然是人人提起来咬牙切齿的土匪,但他做事多多少少还有那么一丁点没有泯灭的人性,那就是不许手下的任何人把女人给弄到寨子里来。浪里滚刀有女人，有一个比他大六七岁是他救命恩人的女人。浪里滚刀是外号，真名叫柳嘉川，家住在王家洼。柳嘉川原来也是个读书人，也有一些远大志向，想着读好书能进京求个一官半职，光宗耀祖。只是这柳嘉川生不逢时，偏偏坐在金銮殿上的皇上一眨眼没有了，没有了皇上别说一官半职，就是书也读不下去了。没有了皇上天下没人管了，用柳嘉川的话说就是鱼鳖虾蟹乌龟王八蛋都从水底冒出来，今天东边打得"叮叮当当"，明天西面拼得你死我活，没有一天消停过。同村的财主王大鼻子家花钱买来几杆洋枪弄了个啥护院队，王大鼻子的儿子王四怀整天带着几个人扛着洋枪耀武扬威地在村里来回窜，今天打死张家一只鸡明天打死李家一只羊，可老百姓没人敢喘个大气。柳嘉川看着心里也有气，气也没办法，你能惹得起王大鼻子吗？人家家大业大有钱有势，你柳嘉川哪？破草房三间，光棍一个，除了一个病病歪歪瘫痪在床上几年的老爹，剩下的就是被柳嘉川翻烂的几本破书了。一肚子学问没处用，还经常被人瞧不起，这让生性孤傲的柳嘉川窝了一肚子火。太平盛世读书人的地位高高在上，十年寒窗大毕之年京城赶考，三篇文章换来一官半职光宗耀祖，不是有那么一句"万般皆下品，唯有读书高"的话吗？要是遇上兵荒马乱的年月，你就是念的书再多学问再大也没用，学问不能当饭吃，更比不了人家的洋枪洋炮。柳嘉川因为家境贫寒，三十好几的人了别说出人头地，连个媳妇也没混上。好不容易经媒人介绍，柳嘉川说就一门亲事，姑娘比柳嘉川小八岁，模样长得还算说得过去。柳嘉川投亲拜友东借西凑了些钱，打算把姑娘迎娶回来好好过日子，不料抬着新娘子的花轿半路上出了事。王四怀带人到几里路外的柳寨渊子弄了些王八回来，准备回家给王大鼻子过寿，半路上看见一顶迎亲的花轿，王四怀一摆手，手下的一帮爪牙一拥而上打跑轿夫，王四怀就在野地里把新娘子给糟蹋了。新娘子哪里能受得了这样的屈辱？一头扎到井里寻了短见。柳嘉川的老爹听说之后，一口气没上来，嘴里"呜呜"两声撒手人寰。柳嘉川埋了爹和没进过家门的媳妇，直愣愣地在屋里坐了三天三夜，两只眼睛血红血红的。第四天夜里，柳嘉川翻墙进入王大鼻子家里，一口气放了十几把火，不光把王大鼻子家烧了个精光，还烧死了王大鼻子。王四怀知道这把火是谁放的，马上带人堵住柳嘉川的家门，哪里还有柳嘉川的影子？其实，柳嘉川并没有走远，就躲在附近的庄稼地里，他心里害怕呀，一个读书人平时只知道和书本打交道，做梦也不敢想半夜三更去放火，还烧死了人。柳嘉川躺在庄稼地里两天一动也不敢不动，脑子里老是想着王大鼻子被火烧死时的样子。迷迷糊糊的柳嘉川就看见了媳妇，媳妇蒙着红盖头坐在床边，两只大拇指不停地转来绕去。柳嘉川刚想走过去，媳妇突然不见了，一回头却看见了爹，爹的脸是笑眯

眯的，说："儿子有种。"柳嘉川醒来的时候天上月亮都快落下去了，动了动身子
想爬起来，才觉得肚子里"咕咕"直叫，饿得没有了一点力气。走，走得远远
的，柳嘉川这样想。往哪儿去呀？一想到这些柳嘉川又犯难了，身上一文钱没有
不说，王四怀还带着人到处在抓自己，万一叫这个王八蛋给抓住了，恐怕连脑袋
也保不住，柳嘉川越想越怕。就这样又在庄稼地里蹲了一天一夜，柳嘉川饿得实
在受不住了，心想老这样在庄稼地里蹲着也得饿死，还不如出去碰一碰，就是叫
王四怀抓住砍脑袋也认了。柳嘉川走出庄稼地来到一个村头上，远远看见一处篱
笆小院里冒出袅袅炊烟，便加快脚步朝小院走去。小院很破，院门是用树枝捆绑
的，半开着。柳嘉川来到门前，伸手抓住篱笆门差点一头栽倒地上。篱笆门的响
声惊动院里的人，一个三十多岁的女人从屋里走出来，看见柳嘉川一愣，忙说：
"你……你不是王家洼的那个柳……"这个女人叫六妮，是柳嘉川已经死了的媳
妇的姨，在给外甥女相亲的时候六妮见过柳嘉川。柳嘉川快饿晕了，哪里还能认
得出来这是谁，便说："我……是王……王家洼的……柳……"还没有等把"柳
嘉川"三个字说出来，六妮十分着急地说："你……你咋还没跑啊，王家的人到
处在抓你呀。""我……我……我实在……"柳嘉川话还没有说完，六妮突然
"啊"了一声，柳嘉川回头一看，见远处的大路上隐隐约约地走了一群人，手里
都拿着家伙。是王四怀！柳嘉川吓坏了，心想这下完了，想跑都来不及了，再说
自己也跑不动啊。六妮过来一把拉住柳嘉川，来到一个麦秸垛边说这里有个洞，
快钻进去。六妮刚把洞口堵上，王四怀便带着人来到门前，大声问："六妮，你
家来人没有？"六妮说："俺家没来人，就俺家男人在床上躺着呢。"王四怀看了
一眼怀里抱着麦秸的六妮，头一摆带着人走了，六妮才把麦秸垛的洞口扒开，喊
了两声没见里面有动静，六妮吓坏了，用力把柳嘉川从里面拉出来，原来柳嘉川
已经饿昏了。六妮费了很大劲才把柳嘉川弄到屋里，躺在床上的男人问这是谁
呀？"这是……"六妮说："唉，先把人救过来再给你说吧。"柳嘉川是在六妮给
他灌了一碗面汤之后醒过来的，看看六妮和躺在床上的男人，翻身"噗通"一声
跪在地上说："大哥大嫂，谢谢你们救了我一命。"床上的男人说："起来快起来，
你可不能叫俺大哥，你得叫俺姨夫。"原来，在柳嘉川还没有醒来的时候，六妮
把柳嘉川就是已经死了的外甥女的男人的事说了。"姨夫？"柳嘉川愣住了。六妮
抹着眼泪说："孩子，俺是你那个投井死了的媳妇的亲姨。"六妮和男人没有孩
子，因为六妮嫁过来不到一个月男人就得了个怪病再也下不了床，吃喝拉撒全得
六妮照顾着。六妮哭过闹过想到过死，可六妮最后什么都没有做，因为六妮觉得
男人太可怜，六妮不忍心把男人撇下不管，怎么说也是一日夫妻百日恩嘛。柳嘉

川在六妮家住了三天，恢复了身体之后说："姨夫，姨，我不能老在这儿待着了，王四怀带着人到处找我，早晚会被他们发现的，我得走。"六妮问："孩子，你打算上哪儿去呀。"柳嘉川叹了口气说："走到哪是哪吧。"就这样柳嘉川离开了六妮家。

　　三年之后的一天夜里，六妮突然被一伙人用被子蒙上头给抢走了，关在一间收拾得像洞房一样的屋子里，六妮大喊大叫就是没有人来开门。天亮的时候六妮喊累了，迷迷糊糊地刚合上眼门开了，一个男人走进来，双膝往地上一跪说："姨，我是柳嘉川啊。"六妮睁开眼愣在那儿不知道怎么才好，"你……你怎么？""姨，你太苦了，我接你享福来了。"柳嘉川站起来走近六妮，一把拉住六妮的手说："打今个开始我就不再喊你姨了，我喊你姐，我还要娶你做我的媳妇。"六妮用力把手抽出来说："你这傻孩子，你咋瞎胡说呢？俺是你姨，还有你姨夫呢，你咋能这样呢？老天爷看着呢，要遭雷劈的！你咋能……"六妮急得掉下泪来。柳嘉川过来一把把六妮抱住说："姐，我就要娶你做媳妇，你男人我也叫人把他接过来了，我会好好养着他的，直到他死。"尽管六妮拼命地挣扎，还是没有能挣脱柳嘉川的怀抱。两天之后，六妮在喜庆的喇叭声中被推进洞房，柳嘉川没费多大劲就把六妮的衣裳剥了个干干净净，上了六妮的身子。当柳嘉川和六妮融为一体的时候，六妮还在流着泪说："俺是你姨呢，你姨夫还在呢，咋能这样咋能就这样……"

第 22 章

大麦从心里恨黄礼河，恨黄礼河在老黄河边上糟蹋了自己，恨黄礼河在她最需要帮助的时候弃她于不顾，害的她落到白二赖子手里受尽折磨，最后又被卖到翠花楼

这个冬天的第一场飘落下来的时候，大麦从凤城回来了，手里还提着个花布包袱。

大麦打扮得很好看，一头乌黑的头发高高地挽起来，一根很长的银簪插在上面，银簪的一头镶嵌着一块蓝宝石，泛着幽幽的光。大麦是抹了口红的，再加上一路上被冷风吹得有些红晕的脸，远处一看就好像是一只熟透了的大苹果。大麦穿着一件淡蓝色的旗袍，上面绣着些花花草草的图案，尤其是胸前那两朵盛开的牡丹花，被一对高高隆起的乳顶起来，显得特别艳特别诱人。大麦的肩上挎着一个粉红色的皮包，是带拉链的那种，皮包不大，拉链的头上还挂着一对香荷包，一个香荷包上是绣着一对蝴蝶，一黑一白，另一个荷包上绣着一对戏水鸳鸯，荷包里散出一股淡淡的清香。

大麦挎的这个包不是黄三少爷黄礼河两年前送的那个白色的包，大麦说黄礼河送的那个白色的包不值钱，是坑她的。大麦是当着黄礼河的面把包扔在地上的，大麦说："姓黄的，你不是说你买的这个包很值钱吗？狗屁，你是坟头上厕屎——臭死人呀。来来来，你再看看姑奶奶这皮包，能买你那一大堆。知道是谁送的吗？是你们警局的卢局长。"黄礼河一愣，忙赔着笑脸说："大麦，你要是喜欢，赶明我再给你买一个比卢局长送的包还好，行不？"大麦说："算了吧，就你

那口袋里的那几个熊钱，还是留着你自己买烧饼吃吧。"黄礼河说："你小看人哩，我有的是钱。"大麦问："咋，你爹又舍得给你钱了？你爹不怕你拿着钱去逛窑子呀？行了，你要是真的有钱就请姑奶奶去下馆子吧，姑奶奶还饿着哪。黄礼河，姑奶奶不白吃你的，也是你赶巧了，姑奶奶今个心里高兴，就便宜了你吧。"黄礼河一听高兴得眉飞色舞，说："大麦，咱们去凤城最好的馆子聚仙楼，你想吃什么只管要。"大麦一笑说："走吧。"两人上了聚楼仙找个雅间刚坐下，跑堂的伙计便过来说："两位，吃点什么？"大麦不说话，把手朝伙计一伸，伙计明白，马上把菜牌递给大麦，大麦把菜牌上上下下看了一遍，用手一比画说这些菜都要。伙计看看黄礼河又看看大麦，有些不相信地问："都……都要？"大麦"啪"地把菜牌往桌上一扔说："怎么了？你是聋了还是瞎了，没听见姑奶奶说的话吗？"大麦一面对伙计发火，一面拿眼偷瞟黄礼河，只见黄礼河脸上的汗都下来了。大麦又说："告诉你们掌柜的，这些菜姑奶奶都要。"黄礼河知道自己口袋里钱不多，要那么多的菜自己拿什么结账？要是出不了聚仙楼那就丢大人了。黄礼河站起来对伙计说："伙计，她是给你闹着玩的，你别当真，随便给我们上几个菜就行了。"黄礼河的话音还没落，大麦"呼"地站起来，指着黄礼河的鼻子说："随便？你把姑奶奶当成要饭的了是吧？你是不是没有钱呀？没有钱你请姑奶奶吃什么饭？"黄礼河被大麦骂得脸红了又白白了又红，忙说："大麦大麦，你听我说……"大麦坐下一摆手说："不听，姑奶奶还饿着哪。伙计，就照俺说的上菜。噢，还有，再搬一坛上好的女儿红来。"伙计走了之后，黄礼河哭丧着脸说："大麦，你……你想干啥呀？"大麦一乐说："黄三少爷，你不是说俺想吃什么只管要吗？怎么，后悔了？后悔了你给姑奶奶我滚！"

黄礼河在老黄河边上的芦苇丛中把大麦糟蹋之后，知道了男女之间的乐趣，便一发不可收拾，也仗着家里有钱，便开始串起花街柳巷来。那些三流四流窑子里管你黑的白的丑的俊的瞎的瘸的麻的，有钱你只管来，宽衣解带浪声迭起把你伺候得舒舒服服的，一旦没钱，对不起，滚远点！所以，黄炳秋的开销越来越大，需要的钱也就越来越多。黄炳秋发现儿子最近来家里要钱的次数多了要的钱也多了，心里觉得奇怪，便悄悄地去了凤城，到儿子读书的学校一打听，才知道儿子的所作所为，黄炳秋把儿子叫出学校，狠狠地扇了两个耳光，骂："你个不成器的东西，你把老黄家的人都丢尽了！"气归气，黄炳秋是万万不敢把这些事告诉黄四爷的。要是让爹知道了这些事，那还不得把老爷子活活气死呀。黄炳秋想。从此，黄炳秋不再多给黄礼河一个大子，一个月多少钱，够吃饭就行。黄炳秋这样想，只要你手里没有钱，你就是想不学好你都没办法。黄炳秋坚信钱是硬的。其实，黄炳秋也是聪明一世糊涂一时，忘了狗走千里吃屎这句老话了。黄礼河手里没有了钱，想再去那些花街柳巷逛窑子睡婊子是不行了，但又控制不住心里那种野性的冲动，便又把目光瞄向大麦。事情也巧，那天大麦又是一个人在老黄河边上割草，黄礼河悄悄来到大麦身后，突然从后面把大麦抱住，使劲往芦苇丛里拉，"大麦大麦，来，还像上回那样叫三少爷再弄一回行不？"黄礼河只顾忙着往下扯大麦的衣服，不想大麦突然扬起手里割草的铁铲朝黄礼河头上砸过来，黄礼河头一歪，铁铲在黄礼河脖子上划开半拃长的一个血口子，鲜血立刻流下来。

大麦跑了，跑回了黄三座楼。黄礼河也捂着流血的脖子跑了，可他没敢回黄三座楼，而是跑回了凤城，跑到凤城的姨奶奶家。老太太一看黄礼河满身是血，什么也没问，赶紧叫人去请大夫来给黄礼河包扎。到晚上睡觉的时候，老太太才问黄礼河到底是怎么回事，怎么就把脖子弄了那么长一个口子？黄礼河当然不敢说实话，只说是和同学打架了，被人用刀砍的。黄礼河一句话差点没把老太太吓死，抱住黄礼河说："我的乖乖，你可吓死姨奶奶了，往后可别再跟人家打架了，你要是有个啥三长两短的，姨奶奶怎么给你奶奶给你爹交代呀。"之后的黄礼河确实老实了一段时间，一是他手里没钱，再者眼看中学就要毕业了，他怕拿不到毕业证没办法向爹向娘交代。

大麦用铁铲砍了黄礼河之后，回家吓得几天不敢出门，无论八婶怎么问，大麦就是一个字不说。胡二毛现在家里喂着一头半大小牛，逼着大麦去割草喂牛，说牛快饿死了。八婶说："饿死拉倒，你看不见孩子都累病了，你还让她去割草？不去。"胡二毛没有办法，只好自己气呼呼地下地去了。

在凤城上了几年的学，黄礼河觉得还是城里好，吃喝玩乐方便不说，在农忙季节还不用和长工短工们一起下地干活。老黄家祖上留下的规矩，只要到了农忙季节，黄家的成年男人都必须跟着下地干活，早出晚归长工短工们吃什么也跟着吃什么。黄仁河、黄义河年纪稍大一些，加上两个人也愿意出力，不怕吃苦不惜流汗，几年下来，都成庄稼地里的好把式。黄礼河和两个哥哥就大不一样了，觉得自己在凤城读了几年书，再和长工短工们一块下地干活丢人，更叫黄礼河受不了的是面朝黄土背朝烈日，不大会便是一身的臭汗。为此，黄礼河没少挨黄炳秋的训斥，倒是黄四爷显得有些袒护孙子，说礼河年纪还小骨头还嫩，真不想干就让他回家去吧。

黄礼河中学毕业之后不愿意再回黄三座楼，托在警局干事的表叔给找了个巡警的差事，换上一身黑色警服，屁股后面耷拉根警棍，觉得很了不起，就连走路都是昂首挺胸的。大麦说："黄礼河，你别老是人模狗样的觉得了不起，不就是换了一身皮吗？其实，你就是条狗。"黄礼河说："大麦，你咋这样说。""咋样说？"大麦问。"不管咋说，我现在也是吃官饭的一名巡警。""呸！就你这样的也算是吃官饭的？你到警局里走一圈看看，谁知道你是哪条沟里冒出来的大头葱。别没当三天和尚就把自己当成佛祖了。"大麦一脸的轻蔑，把黄礼河弄了个大红脸。

大麦瞧不起黄礼河是有原因的。

随着年龄的增长，大麦出落得越来越好看，浓眉秀目面若桃花，苗条婀娜的身姿惹得胡二毛两只眼睛老是在大麦身上骨碌来滚过去。那时候大麦不浪，真的，要不大麦咋把曾经破了自己身子黄礼河砍了一铁铲哪。一个夏天的中午，八婶领着小麦到瓜地里看瓜去了，大麦一个人在家里睡觉，因为天气太热又是在家里，大麦索性脱了外衣，只带着一件花布肚兜。胡二毛卖瓜回来，喊了两声没人答应，走进里屋一眼看见躺在床上睡觉的大麦，胡二毛悄悄走到床边，轻轻地喊："大麦，大麦。"胡二毛见熟睡中的大麦没有反应，胆子更大起来，把两只手伸到大麦胸前，慢慢地揉搓大麦两只丰满的乳。大麦还是没有动静，欲火烧身的胡二毛猛地扑在大麦身上。突然惊醒的大麦睁眼看见压在自己身上的胡二毛，大声尖叫着拼命挣扎，胡二毛忙用手捂大麦的嘴，被大麦一口咬住手指头，趁胡二毛朝外拽手指头的当口，大麦抬起一条腿，膝盖狠狠地顶在胡二毛裆里，胡二毛惨叫一声滚下床来。大麦也跟着跳下床来，顺手拿起一条小板凳砸在胡二毛身上，说："胡二毛，你不是人，你是个畜生！"

大麦哭着跑出家门，大麦一口气跑到老黄河堤上，大麦坐在老黄河堤上哭得很伤心。太阳快要从树梢上掉下去的时候，大麦站了起来，慢慢朝黄三座楼走去。刚走没有几步，大麦又停下来，朝远处的黄三座楼看了一阵。我再也不回那个家了。到凤城找黄礼河去，黄礼河那天不是说他当了巡警了吗？对，就找他去。大麦想。大麦突然扭头朝凤城方向跑去。

大麦跑到凤城时天已经黑下来，好在城门还没有关，大麦在人的指点下找到警局门口。警局看门的人问大麦有啥事？大麦说找人。"俺找黄礼河，他是俺哥哥。"看门人想了想说没听说过警局里有个叫黄礼河的人呀。大麦愣住了，"哇"地哭起来。看门人说："小姑娘你别哭别哭，我给你问问。"停了一会，看门人出来说："小姑娘，你要找的黄礼河是个巡警，他不住在警局。""那他住哪儿？"大麦问。"这个……他住哪儿我也不知道哇。要不这样吧，你看天也晚了，我在警局里给你找个地方你先凑合着睡一夜，等天明都来上班的时候我再帮你打听行不？"看门人说。

这天是黄炳秋的老姨也就是黄礼河的姨奶奶的八十大寿，黄炳秋、王荷花、尤凤枝都来凤城给老姨拜寿来了。警局里有一个和黄礼河要好的巡警，也去给老太太拜寿去了，喝完酒回来正好路过警局门口，一听有人找黄礼河，马上过来说："我刚从黄礼河他姨奶奶家里出来，黄礼河的姨奶奶今天过八十大寿，黄礼河的爹娘都在哪，走，我领你去。"大麦心里"咯噔"一下，自己是来找黄礼河的，谁知道黄礼河的爹娘都在，要是让他们知道了，明天还不得把俺再带回黄三座楼去？再说了，黑天半夜的一个十六七岁的大闺女找黄礼河，他爹娘会咋想。"小姑娘，快走啊。"那个巡警喊。没有办法，大麦只好跟着巡警来到黄礼河姨奶奶家门口，巡警一指大门说："就是这儿，你进去吧。"巡警刚转身要走被大麦哭着叫住了。巡警说："到家门口了你又哭啥？"大麦说："大叔，你帮帮忙去把黄礼河叫出来吧。"巡警一愣："你不是黄礼河的妹妹吗？这是你姨奶奶家，你自己去不就行了。"大麦低着头小声说："俺……俺不是他妹妹，俺是……"巡警看看大麦似乎明白了，说："好吧，你在这儿等一会，我给你叫去。"巡警刚走两步又回来问："小姑娘，你叫啥？""俺……俺叫大麦。"没过多大一会，巡警出来了说："小姑娘，你在这等一会吧，黄礼河马上就来。"巡警刚走，黄礼河就急急忙忙地跑过来，二话没说，一把抓住大麦的手连拉带扯地把大麦拉到一个小胡同里，黄礼河惊慌失措地说："哎呀，我的个小姑奶奶，你咋那么大的胆找到这里来了？我爹我娘都在，你这不是要我的命吗？""俺……"大麦刚想说话，只见黄礼河从身上掏出几张票子，往大麦手里一塞，说："你赶紧走。"大麦说："这半夜三更的俺去哪儿呀。""这个我管不了，你想去哪去哪。"说完，黄礼河转身消失在黑暗中。这时的大麦心里害怕极了，一阵寒意袭来，大麦觉得整个人像掉进老黄河的冰窟窿。大麦想哭想喊，可是大麦也没有哭也没有喊，只是咬着牙说："黄礼河"。夜已经很深了，大街小巷一片黢黑看不见一个人的影子，大麦蹲在一家店铺门口，肚子饿得咕咕叫，大麦觉得今天肚子里的叫声特别的响，像打雷。大麦有些后悔，后悔自己一气之下离开家跑到凤城来找黄礼河。一想到黄礼河，大麦心里充满了恨。两年前，就是黄礼河这个畜生在老黄河边上的芦苇丛里差一点把自己弄死，至今大麦也没有忘记那种撕裂的疼痛。这个黄礼河真是天底下最没有良心的人，深更半夜把姑奶奶一个人丢在这里一拍屁股走了。

在饥饿与寒意中，大麦进入了梦境，大麦梦见胡二毛把她按在床上，压得她喘不过气来，大麦拼命挣扎，怎么也挣脱不了。

"哎，哎，醒醒，醒醒。"有人在推大麦。

站在大麦面前的是一个中年男人。大麦急忙站起来，下意识地往旁边退了一步，"你叫俺？"大麦问。

中年男人说："小姑娘，这半夜三更的你怎么一个人蹲在这儿啊？你怎么不回家呀？"

大麦低下头小声说："俺……俺是来找人的。"

"你是哪儿人，家不在城里吧？"中年男人又问。

大麦点点头。

"这都半夜了，你一个小姑娘在街上蹲着怎么行？这样吧，我家离这儿不远，你先跟我回家，等天亮了你再去找人吧。"中年男人说。

大麦抬头看看中年男人，虽然看不太清楚，但中年男人那张微笑的脸大麦还是能看出来的。大麦犹豫了一阵还是点了点头。

拐弯抹角走过几条街，在一个小胡同的尽头，中年男人领着大麦来到一处小院，打开门之后，中年男人说："到了，进去吧。"走进屋里，中年男人点上灯，仔细地看了看大麦，转身把门关上。

"你关门弄啥？"大麦警觉地问。

中年男人用色眯眯的眼睛盯着大麦，"嘿嘿嘿"一笑说："关门睡觉呀。"

深更半夜把大麦丢在街上，黄礼河也后悔，可是后悔也没办法，爹娘都在哪。天刚一亮黄礼河对爹娘说警局里有事，就急匆匆走出姨奶奶家。黄礼河把凤城的大街小巷都找遍了，也没见大麦的影子。这妮子八成回黄三座楼去了。黄礼河想。

大麦突然不见了，八婶急得像疯了一样，问胡二毛，胡二毛说我卖瓜回来的时候家来就没人，我哪儿知道她去了哪。八婶叫胡二毛去找，胡二毛一头钻进瓜庵子里蒙头大睡，可是却睡不着，心里也特别的害怕。胡二毛想占大麦的便宜，不光便宜没占着，还被大麦用膝盖在裆里狠狠顶了一下，到他娘的这会儿还疼呢。本来胡二毛心里暗暗发誓，走着瞧，早晚老子得把你个小妖精给收拾喽，不想大麦却跑了。胡二毛确实有些担心，这个小妮子跑出去要是有个好歹，大麦她娘能给我算完？闺女是娘的心头肉，好端端的一下子不见了，摊谁都着急。八婶央求庄里人帮着到石城、叮当集，还有老黄河南边的八王集，凡是想着大麦能去的地方都去找了，可是回来的人都说没见着大麦。八婶急得没有办法，突然想到去找黄炳秋。八婶觉得黄族长一定会帮忙派人去寻找大麦的。八婶急急忙忙地来到黄家，黄家人告诉八婶族长黄炳秋到凤城去了，失望的八婶回到家里一头栽到地上昏迷过去。

　　大麦被绑在床上已经三天了，嘴里还塞着一卷破布。三天的饥饿、折磨，几乎把大麦推向了死亡的边缘，此时此刻大麦动也动不得叫也叫不得，只有两行凄凄惨惨的热泪不断地滚落下来。天已经完全黑下来，外面传来开门的声音，大麦知道那个野兽一样的男人又回来了，等待她的将是再一次撕心裂肺的折磨。让大麦感到意外的是，那个男人并没有像前两天那样一进门就扑在大麦身上。灯亮了，大麦看见和男人一块进来的还有一个老女人，老女人端着灯来到大麦跟前，伸手在大麦身上上上下下摸摸这儿捏捏那儿，回头对男人说："白二赖子，你弄来的这个妮子脸盘子还算不错，只是可惜了，可惜不是个黄花……"白二赖子忙说："谁说不是？我还以为是白白地捡了个黄花大闺女哪，谁知道也是他娘的一个破烂货。"老女人说："就不值钱喽。"白二赖子忙说："刁干娘，话不能这样说，这妮子虽然不是黄花大闺女，可你看这身段这一身的细皮嫩肉还有这脸盘子，到了你那儿还不是一棵摇钱树哇？"刁干娘说："唉，比这妮子水灵的多得是，到了我那儿也跟白白地养着差不多。"白二赖子说："刁干娘，不说了，算我白忙活，你给个价吧。"刁干娘说："也不能叫你白忙活，这样吧，我给十块大洋。"白二赖子一听马上说："干娘干娘，十块大洋太少了。你瞧这小妮子往床上一躺就好像一堆雪，她勾人的魂哪，啥样的男人不舍得花钱？""你想要多少？"刁干娘问。白二赖子说："干娘，你给三十块大洋咋样？够便宜了。""那就给你十五块吧。""不行不行，十五块少了，二十五。"白二赖子摇头晃脑地说："刁干娘你不想要我还不想卖呢，这么鲜鲜嫩嫩的小妮子我自己留着用。"刁干娘慢慢腾腾地站起来"哼哼"一笑，说："白二赖子，这妮子我不要了，你留着自己慢慢叫她勾魂吧。""哎哟，我的老干娘，咱有话好说，你别说走就走啊。这样行不，算我倒霉，您老就给二十块大洋吧。""我说白二赖子，你可真不愧是凤城有名的一个无赖呀。"刁干娘说。就这样，大麦被白二赖子二十块大洋买到了翠花楼。

　　三天之后，大麦在翠花楼接的第一个客就是凤城警局的卢局长。卢局长是翠花楼的常客，刁干娘在送大麦过来的时候在卢局长耳边嘀咕一阵，卢局长连连点头。刁干娘回头对大麦说："卢局长可知道心疼人了，好好侍候卢局长，没有你的亏吃。"大麦身材苗条，整个人长得水灵灵的，把个卢局长乐得两眼眯成一条缝，拥着大麦一夜没下床。天明的时候，卢局长要走了，大麦突然坐起来问："你晚黑还来不？""来，来来。小宝贝，舍不得本局长了？"卢局长摸着大麦光滑的身子说："你等着，我下了班就来。""那你去给刁干娘说俺只侍候你一个人行不？"大麦说。卢局长把大麦搂在怀里说："我的小心肝宝贝儿，你真的这样想？心甘情愿就侍候本局长？"大麦伏在卢局长怀里很认真地点点头。"好好好，我这就去给刁老婆子说去，这个地方他妈的谁也不准来。宝贝儿，等过些日子我再把你赎出来，让你好好侍候本局长一辈子。"从此大麦在翠花楼真的就没有接过其他客，卢局长安排过的，吓死刁干娘也不敢违抗呀。三个月之后卢局长看看大麦是死心塌地地想跟着自己了，就告诉刁干娘不许限制大麦的人身自由，她想去哪去哪，派个人远远地跟着，只要不跑就行。卢局长把大麦包下来，刁干娘打心里一百个不愿意，可是再不愿意也没有办法，卢局长她得罪不起呀。大麦在翠花楼的这些日子过得快活，有时候也想娘想妹妹小麦，想回家去看看，可是一想到回家又得看见那个胡二毛，大麦心里就烦就恨。姑奶奶早晚得给那个胡二毛点颜色看看，自己落到今天这个地步，都是这个胡二毛害的。大麦想。那天一大早，大麦侍候卢局长穿好衣服之后说："卢局长，俺来到翠花楼几个月了，老闷在这个屋里烦死了，俺今个想出去转转。"卢局长给了大麦一把钱说："去吧，到街上想吃什么吃什么，想买什么买什么，只是得早点回来。"卢局长又问大麦要不要让刁干娘派个人领着你。大麦说："不用。"这样，大麦一连在街上转悠了三天，其实大麦不是想出去玩，大麦是想找黄礼河。大麦从心里恨黄礼河，恨黄礼河在老黄河边上糟蹋了自己，恨黄礼河在她最需要帮助的时候弃她于不顾，害的她落到白二赖子手里受尽折磨，最后又被她卖到翠花楼。大麦想报复黄礼河，想把黄礼河弄得身败名裂，甚至想杀了黄礼河。但是大麦没有这样做。大麦是个有心计的人，不想马上对黄礼河下手，大麦想通过黄礼河先找着白二赖子，大麦觉得白二赖子更该死。

这天夜里卢局长没有来，大麦一早起来，对着镜子特意地梳洗打扮了一番，换上卢局长给她买的粉红色旗袍大摇大摆地下了楼。刚下楼梯就遇上刁干娘，刁干娘满脸堆笑地说："哎哟哟，大麦今个可真漂亮，来来来，叫干娘好好看看。"大麦停下了，但是没说话。刁干娘又问："大麦，这一大早的弄啥去？"大麦看都没看刁干娘，只说了声去找卢局长便朝大门外走去。

大麦从心里恨着刁干娘，就是这个该天杀的女人把自己弄到这翠花楼来的。

今天大麦对刁干娘爱理不理的，也是想气一气这个在大麦心里像个母夜叉似的老女人。望着大麦的背影，刁干娘狠狠地剜了大麦一眼骂道："小浪货，抱上卢局长的粗大腿看把你神气的，等哪天姓卢的把你玩腻了，看老娘怎么收拾你。"

功夫不负有心人，大麦还真的找着了黄礼河。看见大麦打扮得花枝招展，黄礼河大吃一惊，看着大麦半天没说出话来。大麦对黄礼河冷冷一笑说："咋地？姓黄的，你不认识姑奶奶了？"大麦用这样的口气说话，黄礼河心里更发毛，他实在不明白才几个月没见，大麦怎么会变得如此阔绰，单从这身打扮上来看，在凤城也是很少见的。"认识认识。"黄礼河满脸赔着笑说。"姓黄的，你自己干的缺德事你自己心里清楚，这笔账姑奶奶给你记着哪。别看你当了个巡警，姑奶奶说啥时候叫你把这身皮扒下来你就得啥时候扒下来，你信不信？""信信。"黄礼河实在弄不清楚大麦的底细，忙不迭地点着头。大麦又说："黄三少爷，看着你穿上这身皮还人模狗样的，原来是个胆小鬼呀。你别怕，姑奶奶这会没想收拾你，你去给姑奶奶找一个人。""谁呀？"黄礼河问。"白二赖子。""嗨，我说是谁哪，原来是白二赖子呀，凤城有名的一个泼皮无赖小混混，谁不认识他呀。哎，大麦，你找他弄啥？"黄礼河问。大麦狠狠地白了黄礼河一眼，说："叫你找你就找，问那么多弄啥？你把他住的地方给俺弄准了，过两天带着俺去。"

黄礼河已经干了一年多的巡警了，对凤城所有的地痞无赖流氓小混混还是了解的，没费多大工夫就在城东北角找着了白二赖子住的地方，第二天带着大麦来到白二赖子的住处。黄礼河说："大麦，我都打听清楚了，这个白二赖子白天在家睡觉，到了夜里出来偷东西，要不要我去把他叫出来？"大麦说："不用了，走吧。"黄礼河心里纳闷，心想这个大麦找白二赖子到底弄啥？为什么来到白二赖子门口扭头就走？从大麦的表情来看，大麦来找白二赖子反正没啥好事。黄礼河想问又不敢问。哎，管她哪，在没有弄清楚她的底细之前最好不要得罪这个姑奶奶。黄礼河想。

到了晚上，大麦看见卢局长就哭，不论卢局长怎么问大麦啥也不说，就是一个劲的哭。卢局长两手抓住大麦的双肩问："你说，是不是那个姓刁的老婊子逼着你做什么了？我这就去把她的脑袋给他娘的拧下来！"大麦拉住卢局长说："不是不是。""那你怎么老是哭呀？"卢局长奇怪地问。大麦说："俺今个出去玩，又碰上了那个把俺卖到翠花楼的白二赖子，他把俺截住拉到他家，非要逼着俺跟他上床，俺给他说俺已经是卢局长的人了，可白二赖子却说什么狗屁驴局长马局长的，老子不管，老子就是要弄你。""他真的把你弄了？"卢局长瞪大眼睛问。大麦说："俺是卢局长的人了，说啥也不能答应他，俺拼了命才挣脱白二赖子跑了出来。卢局长，你说俺往后还咋敢出门呀。"看着大麦哭得那么伤心，卢局长咬着牙骂："狗日的白二赖子，老子的女人你也敢碰，还他娘的骂老子是驴局长马局长，好，老子今天就收拾了你。大麦，你说，白二赖子那个狗日的住在什么地方？"大麦问："你真的要把那个白二赖子收拾了？""我还怕他，别说是一个地痞无赖白二赖子，在凤城，老子想收拾谁就收拾谁！"卢局长说。"白二赖子住啥地方俺知道，俺领你去。"大麦抹一把眼泪站起来说："走。"

第二天一早，黄礼河刚到警局，发现好多警局里的人都站在门口，一打听才知道城东北角发生了命案，说有一个叫白二赖子的混混昨天夜里被杀了。黄礼河听得后脊梁直朝外冒冷汗。白二赖子的家是他昨天才带大麦来过的地方，怎么夜里白二赖子就被人杀了呢？黄礼河也跟着来到白二赖子的家，但是，黄礼河没有进去看，只是听说，白二赖子死得挺惨，裆里的那个东西被割下来不知去向，身子和脑袋一个在屋内一个在屋外，满屋子里都是血。是大麦，一定是大麦干的。黄礼河想。但是，大麦一个十六七岁的大姑娘怎么会杀人哪？大麦又为什么偏偏要杀了白二赖子呢？黄礼河怎么也想不通。卢局长来了，在屋里屋外看了一遍说："这个白二赖子本来就是个地痞无赖是个小混混，遇盗则盗遇奸则奸，夜里被杀，一定是狗咬狗的窝里斗。这样吧，既然人已经死了，先抬出去埋了，警局慢慢破案吧。"

从警局回来之后，黄礼河的眼皮老是跳个不停，一连几天都没睡好觉。想想太可怕了，大麦一个十六七岁的小妮子敢在夜里把白二赖子给杀了，那得多大个胆那得多狠的心。再想想两年前自己在老黄河边上干的事，差一点没把大麦祸害死，大麦会放过自己吗？

第 23 章

看着柳儿的情绪慢慢稳定下来，大麦又说："姐姐，仔细想一想咱女人也没吃啥亏，哪个男人不是跪着爬到咱身上来的？姐姐，你就听俺的不会错"

真是怕啥来啥，黄礼河一大早刚刚走出家门没有多远，就看见大麦依在一棵大树上正冲着自己在笑。黄礼河吓得两腿直打战，想赶紧躲开，不想大麦朝他一招手说："黄三少爷，你早啊，俺在这儿等你老大一会了。黄三少爷，过来呀。"

黄礼河硬着头皮走过来，说："大麦，你……你咋在这儿？"

"等你呀。"大麦笑着说。

"等我？"黄礼河的头突然懵了一下。

大麦的那张红晕的脸在黄礼河心里一直是迷人的，一直是没有忘掉的。不知道有多少回，黄礼河梦见自己又来到老黄河边上，在芦苇丛中亲吻着大麦，而大麦哪，羞羞答答地好像一只温顺的羊羔伏在自己怀里。可今天大麦这张脸在黄礼河眼里变得那样狰狞那样可怕，好像爷爷书房的墙上挂着的那张钟馗的脸。

看着黄礼河那副胆战心惊的样子，大麦"扑哧"一笑，说："黄三少爷，看你当个巡警多辛苦，看着就叫人心疼。"大麦回头用手朝远处一指又说："黄三少爷，看见没有，那个楼是王家饭庄，晌午头上俺在楼上等你，弄点好吃的给你补补身子压压惊。"

"大麦，别……我……"黄礼河不知道说什么好。

大麦突然把脸往下一沉说："来不来由你吧。"说完转身走了。

　　大麦到底要干什么？她会不会要报复自己？她会怎么样报复自己？会不会像对白二赖子那样把自己杀了？黄礼河虽然和别的巡警一起走在街上，可满脑子里想的就是大麦，想大麦为什么要在王家饭庄请自己吃饭，大麦是不是早就做好了安排。一连串不安的想法，让黄礼河怎么也提不起精神了，拖拖拉拉地跟在后面落下老远。巡警队的小队长麻子骂黄礼河："你他娘的今个是咋了，咋给死了半截似的？"

　　吃饭的时间到了，黄礼河对麻子小队长说："今天家里有事，不去警局吃饭了。"麻子小队长说："去吧去吧。"

　　黄礼河来到离王家饭庄不远的地方停下了，打算扭头回去，可一想到大麦那张阴沉沉的脸，黄礼河又不敢走了。正在举棋不定的时候，无意中瞥见王家饭庄旁边有一个杂货铺，黄礼河快步走进去，一咬牙花十多块钱买了一个黑色的女式挎包，拿着上了王家饭庄的二楼。

　　"哎哟，黄三少爷，你咋才来呀？"大麦坐在桌子旁边给黄礼河打招呼。

　　桌上摆放着四盘精致的凉菜和一坛酒。

　　"黄三少爷，来，快坐下。"

　　"大麦，给，这是我给你买的皮包，真牛皮的。你看看，喜欢不？"黄礼河把包递给大麦。

　　大麦接过来皮包一眼都没看扔在旁边的椅子上说："黄三少爷，来，俺给你倒酒。"大麦把两碗酒倒满，放下酒坛子说："黄三少爷，这第一碗酒大麦敬你，喝！"黄礼河还没来得及说话，大麦的酒早倒进肚里，然后把酒碗朝黄礼河面前一放，两眼直盯着黄礼河说："黄三少爷，喝呀。"

　　这时的黄礼河哪有心思喝酒呀，他不敢再看大麦的那双眼，觉得大麦那双眼睛里射出来的就是两把冷飕飕的利剑，这两把利剑直刺向他的胸膛。

　　"怎么，黄三少爷，还要我端着给你喝吗？"大麦说话的声音很低很甜。

　　"哎，哎哎，我喝。"黄礼河把酒喝完之后，偷偷地瞟了大麦一眼，看见大麦的脸上带着微笑，心里慢慢安定下来。

　　黄礼河心里怎么想大麦并不在意，只顾喝了就倒倒了就喝，越喝脸越红越红越好看，看得黄礼河心里又胡思乱想起来。大麦本来就是我黄礼河的女人。这样想着黄礼河就胆子大了起来，胆子一大就想做些胆子大的事，这也是人的天性。黄礼河站起来坐到大麦身边，端起来一碗酒送到大麦嘴边，大麦冲黄礼河妩媚地一笑，笑得黄礼河心里麻酥酥的。看着大麦把酒喝下去，黄礼河把手伸向大麦胸前轻轻地揉搓着，大麦呢，只是笑只是喝酒。黄礼河伏在大麦耳边说："大麦我真的想你，你想我不？"大麦笑着说："黄三少爷，俺也想你呀，不想你俺干吗来找你呀。你知道俺啥时候最想你不？""啥时候？"黄礼河问。大麦突然把脸一沉说："啥时候你不知道？就是你深更半夜把俺一个人扔在那条小胡同的时候，那会俺想你想得都有去死的心！"大麦的话像一盆冰冷的凉水把黄礼河从头到脚浇得冰冷彻骨。大麦又说："就是那天夜里白二赖子把俺骗到他家……"大麦说不下去，趴在桌上"呜呜"哭起来。大麦的哭声让黄礼河心里像被刀扎的一样，但黄礼河不是为自己所作所为忏悔，而是因为害怕，想想白二赖子的下场，黄礼河觉得从大麦嘴里发出来的不是"呜呜"的哭声，而是喊出的"杀人"的声音。

大麦和黄礼河这场酒一直喝到天都黑了，大麦趴在桌上像睡着了一样。黄礼河抓住大麦的肩膀连晃了好几下，大麦没有一点反应。黄礼河想把大麦一个人扔在这儿走开，但他没敢这样做，因为黄礼河知道，如果再次把大麦扔下不管，万一再碰上像白二赖子那样的人，大麦不是更恨自己吗？真到那时候，大麦会不会像对付白二赖子那样对付自己恐怕只有天知道了。

不知道又坐了多长时间，大麦慢慢醒来，黄礼河说："大麦大麦，该走了，天都黑了。"

大麦头也没有抬，手晃了一下说："你……你走吧……走吧。"

"大麦，你不是瞎说吗？我咋能把你一个人扔在这儿？"这回黄礼河说的是心里话，但不是真正出于对大麦的关心，而是又动起了邪念。因为黄礼河看到大麦喝的醉成这个样子，怕是没有任何的反抗能力了，如果把大麦送回她住的地方，自己想干什么那就由不得她了。

搀扶着大麦离开王家饭庄的时候，街上已经没有什么人了。其实黄礼河并不知道大麦现在已经被卖进了翠花楼，他想大麦可能是住在一个什么地方。从大麦的打扮来看，黄礼河早就怀疑，一个十几岁的小妮子家，涂脂抹粉花枝招展，她哪里来的钱？准是在做卖身子的生意。既然是买身子，那个地方很可能只有大麦一个人居住，这对他黄礼河来说倒是件美事。

在大麦的指引下，黄礼河来到翠花楼的大门外，大麦说就是这儿了。抬头一看，黄礼河傻眼了，他做梦也想不到大麦会落入翠花楼。刁干娘看见大麦被一个巡警搀扶着送来，忙跑出门来说："耶耶耶，我的亲娘啊，咋喝成这样呀？"接过来大麦对着黄礼河说："这妮子真是气死人了，喝的人事不省的，还麻烦老总您把她给送回来，谢谢您了。"不想大麦却一把拉住黄礼河说："你把俺送到楼上去。"别看黄礼河在凤城混了那么几年，但还不是风月场上的老手，像翠花楼这样的地方是没来过的。一个，黄礼河毕竟从小生活在黄三座楼里，多多少少受黄四爷和爹的影响，至少不会太放荡；再一个黄礼河当个小小的巡警，一个月没有几个饷钱。手里没钱像翠花楼这样的地方黄礼河是不敢来的。这会黄礼河真的想走，可是大麦却死死拉住不放。没有办法，刁干娘只好说："你看这妮子是咋回子事？老总啊，帮忙您就帮到底，还得麻烦您把这妮子扶到楼上去。"上了楼之后，大麦往床上一躺再也没有了动静。黄礼河想急着离开，便说："大麦，大麦，我走了。"大麦慢慢转过身来说："黄礼河，你知道这是什么地方吗？"黄礼河说："知道，这是翠花楼。"大麦又说："黄礼河，你记住了，没有你黄三少爷俺是不会落到这个地方的。"大麦仇恨的目光让黄礼河头上冒出一阵阵冷汗。"黄礼河，你也不用怕，这会俺还不想把你咋样，可是你也要记住，俺不会叫你白白地把俺祸害喽。你走吧。"

回去之后第二天黄礼河就病了，发高烧说胡话，老是双手捂着脖子喊："不能，不能啊，不能把我的头割下来呀。"姨奶奶看着急得没有办法，只好给黄三座楼捎信叫外甥黄炳秋来一趟。不巧，那几天黄四爷觉得身体不舒服，黄炳秋离不开，便叫二儿子黄义河到凤城来看看黄礼河到底是怎么回事。

夜里，大麦做了一个梦，梦见胡二毛一把火把家里的那口草屋点着了，娘和妹妹在屋里拼命地哭喊，怎么也打不开被胡二毛锁上的门，娘和妹妹都被活活烧死。大麦被这场噩梦惊醒了，坐起来就喊："娘，娘。"睡在旁边的卢局长急忙跟着坐起来，把大麦揽住说："咋了？做梦了？"大麦点点头说："俺做了一个吓人的梦。"卢局长问："啥吓人的梦？"大麦说："俺梦见俺娘和俺妹妹被胡二毛烧死了。""胡二毛是谁？""胡二毛是俺妹妹小麦的爹。"卢局长说："嗨，你妹妹的爹不就是你爹吗？"大麦忙说："不是，胡二毛不是俺爹，俺爹死了。俺娘带着俺要饭来到黄三座楼的，胡二毛就……就跟俺娘生了俺妹妹。""噢，胡二毛是你后爹不就完了。"卢局长说。"啥后爹呀，他就是胡二毛。""对对对，他不是你后爹，就是胡二毛。快睡吧。"卢局长说。大麦搂住卢局长的脖子撒娇说："俺给你商量个事行不？""啥事说吧。"大麦说："俺跑出来都半年多了，俺想娘了，想回黄三座楼看看俺娘行不？"卢局长一愣，说："大麦，你不会是想跑吧？"大麦一噘嘴说："俺要是想跑还会给你说俺回黄三座楼呀。在这翠花楼里吃得好玩得好，卢局长待俺又好，俺才不舍得跑呢。俺到家看看俺娘俺妹妹，三天就回来，就三天行不？你说嘛。""好好好，小宝贝儿，只要你不骗本局长，三天五天的都行。说吧，回去想给你娘你妹妹买点啥？"卢局长说。"俺还没想好买啥呢。"卢局长说："这样吧，回头我给你几块大洋，想买什么你自己去买。记住，要是过了三天五天的还不见你的影子，老子就带人到黄三座楼把你抓回来。"大麦朝卢局长怀里一拱说："你真坏，就知道吓唬人家。"

大麦背着给娘给妹妹小麦买的衣服离开凤城的时候，太阳刚刚露出半个红扑扑的脸。

走了十几里路来到老黄河边上，望着缓缓流淌的老黄河水，大麦心里觉得很不是个滋味。在这老黄河边上有自己欢乐的笑声更有撕裂的疼痛，这些老黄河都是看见了的。大麦走下河堤来到水边，放下包袱弯下身子，捧起清清的河水泼洒到脸上，感觉出一些清凉的惬意。

当大麦提起包袱准备走时，远远看见河堤上有一个人走过来，大麦觉得那个人很像黄礼河。他怎么也回来了？自己在翠花楼的事黄礼河是知道的，这事要是在黄三座楼传扬出去娘的脸往哪儿搁？大麦想不行，得把黄礼河截住，叫他闭上他那张臭嘴。等人来到跟前的时候，大麦才看清楚，哪里是黄礼河呀，是黄礼河的哥哥二少爷黄义河，大麦的心这才放松下来。

黄义河看见是大麦，急忙走过来说："哎哟，这不是大麦吗？大麦，你跑到哪里去了，你娘想你想得眼睛都快哭瞎了。"

大麦眼睛一红，说："俺去凤城了。俺娘她……"

"大麦，你快些回家吧，你娘见到你指不定高兴成啥样呢！"黄义河说。

"嗯，俺就是回来看娘的。"大麦说："二少爷，你这是去哪儿了？"

"唉，我弟弟礼河不是在城里当巡警吗？怎么你没见过他？"黄义河问。

大麦摇摇头。

黄义河又说："我弟弟礼河不知道怎么了，突然起发高烧来，烧得直说胡话。爹不放心叫我去城里看看。"

大麦问："三少爷的病好了吗？"

"吃了些药烧退下去了，这会儿没事了。"

大麦刚走进家门的时候，就听见了屋里八婶的哭声，一边哭一边叨念大麦："俺苦命的妮呀，你到底去了哪儿了呀？大麦，俺苦命的妮呀，你可想死娘了呀……"

是小麦先看见大麦的。小麦赶紧跑进屋里说："娘，娘，你别哭了，俺姐姐回来了。"

八婶说："死妮子，又来诓娘。"

大麦这时已经走进屋里，说："娘，小麦没诓你，娘，俺回来了。"

八婶一骨碌从床上爬起来，娘儿两个抱头痛哭。

八婶说："妮，你……你这些日子跑哪儿去了？来，叫娘好好看看，娘看看俺妮受罪没有，娘看看俺妮饿瘦了没有。"

大麦说："娘，你看看，俺没受啥罪，俺还吃得又白又胖呢。给你说吧，娘，俺去凤城了，在那儿侍候……侍候一个官太太呢。"

"啥，妮在凤城侍候官太太哪？"八婶抹着眼泪说："妮，侍候人的活可不好干。那官太太对俺妮好不？"

"娘放心，那官太太对俺好着哩，你看看俺这穿戴，这可都是人家给买的。这不，俺临来的时候官太太还给了俺钱，叫俺给娘给妹妹买了衣服呢。"大麦说："娘，你看看。"八婶没有看大麦拿出来的衣服，而是两眼瞅着大麦，摸摸这儿捏捏那儿，最后脸上露出笑容说："妮，俺妮还真的胖了呢。"

小麦拿着大麦给她买的一件花上衣乐得脸上开了花，在身上比画来比画去，一会跑到八婶跟前问："好看不？"一会又跳到大麦跟前说："姐，赶明俺也跟着你去凤城侍候官太太去。"大麦听得心里一颤，黑着脸说："你去啥凤城侍候啥官太太？好好在家跟着娘。"

胡二毛是在天快黑的时候回家的。

吃饭的时候八婶说："大麦，这几个月找不见你人的影子，你爹可急死了。大麦快给你爹把酒倒上，叫你爹解解乏。"大麦没动也没说话。胡二毛知道大麦心里烦他，便"嘿嘿"一笑说："不要不要，大麦刚回来，累了。我自己倒自己倒。"不想大麦眼一斜说："胡二毛，你可别喝死了。"

"咋说话哪？"八婶说："妮，咋恁不懂事？"

大麦在家待了三天，对八婶说："娘，俺该回凤城去了，那官太太要人侍候呢。"

八婶说："妮，人家官太太对你好，你侍候人家也得上心。等再过些日子地里活忙完了，娘领着小麦看你去。"

大麦一听吓坏了，急忙摇着手说："娘，你可千万不能去呀。"

"咋？娘想妮了，不能去看看？"八婶问。

"不是娘。"大麦说："人家……人家官太太不……不喜欢见生人。娘，俺会常回来看娘的。"

大麦回到翠花楼，刚到二楼门口，就听见里面传来女人的哭声，哭得很伤心。大麦一惊，屋里咋会有女人哭呢？大麦想。刚想推门进去，就听见卢局长说："你他娘的哭啥哭？你又不是黄花大闺女，老子看上你那是你的福气。"

原来，就在大麦回黄三座楼的第二天，翠花楼又不知道从哪儿骗来一个叫柳儿的少妇，刚好被卢局长看见了。"送到我屋里来，老子换换口味。"卢局长发话了，刁干娘不敢不答应，乖乖地把柳儿送给卢局长。柳儿虽然已经是半老徐娘，有男人有孩子，但人却长得细皮嫩肉，让卢局长一眼就给盯上了。柳儿原本是个恪守妇道的女人，被骗到翠花楼来寻死觅活地不愿意接客，不想偏偏就遇上了卢局长这样的老色鬼，尽管柳儿用尽所有的力气挣扎，最后还是没有能逃出卢局长的魔爪。柳儿被侮辱之后绝望了，觉得对不起自己的男人，对不起自己的孩子，觉得自己没有脸再活在这个世上，她趁卢局长穿衣服的时候，突然把头用力朝墙上撞去。不管怎么说卢局长也是个行伍出身的人，眼疾手快一把从后面抱住柳儿。柳儿没有撞死，但脑袋还是撞了一个大包。卢局长看着泪人似的柳儿说："你他娘的想死是吧？想死也得等老子玩够了再去死！"

大麦推门进来的时候，卢局长正气喘吁吁地坐在那儿抽烟。扭头看看一丝不挂地被绑在床上的女人，大麦笑了，她走到卢局长旁边，朝卢局长大腿上一坐，一边替卢局长擦汗一边说："卢局长，别累坏了身子，看你这一脑门子的汗。"

卢局长把大麦揽在怀里说："哎哟，我的小心肝宝贝，你咋才回来，可把我想死了。"

"真的还是假的？"大麦把目光投向床上的女人说："卢局长，俺就是不来，你不是照样……"

"耶，看看看，吃醋了不是？"卢局长捏着大麦的鼻子说："你走了，把老子一个人撇在这儿老子熬得住？弄个小娘们解解闷。今个你回来了，老子马上叫这个小娘们滚到刁干娘那里去，行不行？"

大麦说："卢局长，那可不行。你把她交给那个死老婆子，死老婆子还不得逼着她再去接别的客人。卢局长，你睡过的女人要是再去接别的客人，那不是给你戴绿帽子吗？"

卢局长点点头说："还真是啊，这他娘的绿帽子不能戴。大麦，那你说咋弄？"

大麦趴在卢局长耳边说："卢局长，你要是真的看上这个女人，那就把她也留下，俺俩一块侍候你那不更好吗？"

"好是好，就怕……"卢局长回头看看床上的柳儿说："这个小娘们性子烈着哪，你瞅瞅头上那个包，差一点没撞死。"

"卢局长，只要你答应，就交给俺吧。"大麦说："俺好好劝劝她。"

卢局长走了之后，大麦把柳儿身上的绳子解开，柳儿一下子从床上跳下来就想往外跑。

大麦没有去拦柳儿，而是双手抱在胸前说："哎，你就这样光着身子跑出去呀？"

柳儿一下愣住了，双手捂着脸蹲在地上哭起来。

大麦拿来衣服递给柳儿说："先把衣服穿上吧。"

柳儿穿好衣服，大麦扶着柳儿坐在床边，说："看样子你年纪比俺大，俺就叫你姐姐吧。姐姐，你也不想想，进了这翠花楼你能跑得出去？那个刁干娘手底下养着七八个如狼似虎的看家狗，要是落在那些人手里，还不得把你整死？"

柳儿哭着说："俺是被他们骗到这里来的，俺……有男人，还有孩……子，俺……对不起俺男人，对不起孩子呀。"

"你这会想那么多有啥用？"大麦说："落到这个地方你就得忍着，就得陪男人上床。你知道刚才走的那个人是谁吗？"

柳儿摇摇头。

"给你说吧，那是凤城警局的卢局长。"大麦说："刁干娘在卢局长面前像个孙子似的，连个屁也不敢放。要不是卢局长把你弄到这儿来，你说不定得去陪多少男人哪。那个刁老婆子把你骗来就是叫你陪男人上床的，就是叫你给她挣钱的，她能轻易地放了你？"

"那俺只有去死。"柳儿说着又要撞墙。

大麦拉住柳儿说："你死了可就再也见不到你男人和你的孩子了。"

柳儿哭着说："俺还有啥脸见俺男人和孩子呀。"

"你要是真的想着你的男人，想着你的孩子，你就别去死。"大麦说："只要有卢局长这棵大树罩你，那个刁老婆子就不敢逼你去接客，你还有机会能逃出去。"

"真的?"柳儿问。

大麦点点头说："姐姐，等过些日子俺会想法子帮你逃出去的。"看着柳儿的情绪慢慢稳定下来，大麦又说："姐姐，仔细想一想咱女人也没吃啥亏，哪个男人不是跪着爬到咱身上来的？姐姐，你就听俺的不会错。"

从此之后，大麦和柳儿两个人侍候卢局长一个，刁干娘敢怒不敢言，还得时时赔着笑脸，好吃好喝地供着大麦和柳儿。就这样又过了两个月，大麦瞅准机会帮柳儿逃离了翠花楼，没想到七八天之后，柳儿竟自己回来了，柳儿说舍不得妹妹大麦。大麦心里明白，柳儿是离不开这个地方了。

眼看就要过年了，大麦对柳儿说："姐姐，俺想娘了，想回家看看娘看看妹妹去。"

柳儿说："妹妹，你去吧。不过你得早点回来，姐姐一个人闷得慌。"

大麦回到家的时候，八婶和小麦都不在家，胡二毛说："你娘和你妹妹都去叮当集了，说是快过年了，想扯块布给你妹妹做件新衣裳。"胡二毛给大麦说话的时候，两只眼睛直直地盯着大麦胸前的两朵牡丹花。

"胡二毛，你老盯着俺看啥？"

大麦从跟着八婶来到胡二毛的家就没叫过胡二毛爹，大麦不愿意叫胡二毛爹，从城里回来之后大麦干脆就直接喊"胡二毛"。八婶说："你不愿意叫爹就拉倒，可是也不能一嘴一个胡二毛的喊呀。"大麦笑着对八婶说："好，不喊胡二毛行了吧？"可一看见胡二毛照样是喊胡二毛，把胡二毛气得嗷嗷叫。大麦背地里对胡二毛说："胡二毛，你叫啥叫？喊你一声胡二毛那是高看你了，就你干的那些事你还是个人吗？你都不配让俺叫胡二毛，该叫你畜生，叫你王八蛋。"

第 24 章

今天我把丑话先说在前头，如果有谁敢给
二当家的下绊子跟二当家的过不去，那就是给
我浪里滚刀下绊子跟我浪里滚刀过不去，那就
不要怪我浪里滚刀翻脸不认弟兄

马天五紧紧拉着槐花拼命地跑离小镇，他们不敢走大路，在庄稼地里钻来钻去。最后槐花累得实在跑不动了，说："天五，咱们歇一歇吧。"马天五说："哎呀，哪敢歇？叫那帮人逮住连命都没有了，快走吧。""我……天五，我实在走不动了。"槐花说。马天五急得没有办法，说："槐花，来，我背着你。"说完，一弓腰把槐花背起来，在庄稼地里一路奔跑。槐花趴在马天五肩上，两手紧紧搂住马天五的脖子，把脸紧贴在马天五的头上，把眼一闭，随着马天五的脚步身子起起伏伏。

马天五这时候什么也不顾，背着槐花在庄稼地里朝着自己认定的方向艰难地向前跑着。

"一定要抓住打死花王六的人！"这是浪里滚刀柳嘉川给猪毛四下的死命令："给我活着弄回来，我倒要看看，这是个什么样的人，怎么会举手之间就把花王六给他娘的摔死了。"回头指着猪毛四和老尖说："你们两个是他娘的泥捏的也能抵挡一阵子吧？"浪里滚刀停了停又指着老尖说："你不是他娘的一肚子的花花肠子吗？这回咋栽了，栽到一个胎毛没干的毛头小子手里了？"

老尖低着头站在一边没敢出声。

猪毛四大嘴一咧哭着说："我……我的小六兄弟哎……"

"别他娘的号丧了，多带些弟兄们去给我追，一定要把那个狗日的给我抓回来，老子剥了他的皮。你们都给我听好了，抓住那个小子之后不许要他的命，给我带回来，我看看这个小子是不是长了三头六臂。"

猪毛四和老尖带着几十个人，个个手里拿着家伙出了柳寨渊子，朝着马天五逃走的方向一路追下来。

马天五和槐花从这块地钻进那块地，看看天色已经晚了，觉得跑了不少的路，远了，就是有人来追也追不上了，便松了一口气，和槐花在一块芝麻地里歇息了一阵子准备连夜赶回家，谁知道刚一出芝麻地，猪毛四、老尖一帮人便围了上来。马天五就是再有能耐也是枉然，好手不敌众拳，经过一番打斗，马天五被结结实实地按在地上，一根麻绳脖子上一套，十字插花用力一扯，细细的麻绳深深地勒进肉里。一帮子土匪你一拳他一棍，把马天五打了个皮开肉绽满身开花像个血人。马天五咬着牙一声不吭，他知道，这回是死定了，跪地求饶是个死，硬硬朗朗的也是死，还不如硬朗一回，只是连累了槐花马天五心里有些不忍。转脸一看槐花，虽然被绑着，却是一副无所谓的样子。槐花心里明白，落到这些人手里怕是不会有什么好下场了。不过能跟马天五死在一起槐花也不后悔，毕竟这个男人让她做了几个月真正的女人，值，死了也值。槐花想。

马天五和槐花被带到柳寨渊子的时候已经是半夜时分了。猪毛四急忙去报告浪里滚刀，浪里滚刀说："先关起来，明天再说。"

第二天一大早猪毛四又去问浪里滚刀抓来的那两个人咋弄？浪里滚刀一摆手说："埋了。"就这样马天五和槐花便被拉到柳寨渊子边的一片河滩上。

满脸是血的马天五和槐花被分别绑在两棵树上。马天五这时反而不再挣扎，只是瞪着一双大眼愤怒地盯着面前的这些人，牙咬得"咯咯嘣嘣"响。

五六个土匪吭吭哧哧地挖了半天，大坑挖了有一人多深，猪毛四看看差不多了，便说："弟兄们都上来吧。"

浪里滚刀手里托着尺把长的烟袋一直没有说话，只是站在远处眯着眼睛看着马天五，好像要从马天五身上找出点什么来。所以，浪里滚刀眼看着猪毛四等人把马天五和槐花从树上解下来推到坑边还是一声不响，他是想看看马天五是不是条汉子，如果这个时候马天五害怕了求饶了吓得尿了裤子，那就是他娘的软蛋，埋了也就埋了，谁叫你小子打死了我浪里滚刀的人？我浪里滚刀是好惹的？打狗还得看主人嘛。

猪毛四把马天五推到坑边，冷笑说："你狗日的不是有本事吗？这会儿怎么变成孬种了？你打死了我的兄弟老六，老子今个叫你他娘的给我兄弟偿命……"

猪毛四的话音还没落，马天五突然把身子一弓，头狠狠地撞向猪毛四。猪毛四站立不稳，"哎哎"两声仰面倒进坑里，马天五朝坑里"呸"地吐了一口说："叫你狗日的陪老子一块死。"说完往坑里一跳，两只脚正好踹在还没有爬起来的猪毛四的心口上，就听猪毛四"啊"一声惨叫，嘴里一口鲜血喷出老远。

马天五这一连串的动作太快了，旁边的几个土匪还没有反应过来，就连杀人不眨眼的浪里滚刀也傻眼了。

"大当家的，四……四哥叫……叫狗……狗日的给一脚踩死了。"

浪里滚刀急忙跑到坑边朝里一看，猪毛四口吐鲜血已经死了。

"打死这个狗日的！"土匪们喊叫着举起手里的棍棒、铁锨准备朝坑里砸。

"慢着。"浪里滚刀摆手拦住其他土匪。

马天五在坑里大声说："埋吧，老子临死又拉了个垫背的，够本了。"

浪里滚刀脸上却露出一丝笑容，用烟袋指着坑里的马天五说："小子，你他娘的真想死？"

马天五"哈哈"一笑说："你今个把老子埋了，老子二十年后又是一条汉子。"

浪里滚刀一笑说："行，你狗日的有种。想死？我今天还偏不叫你死。"回头对几个土匪说："把这个小子弄上来。"

"大当家的，那四哥和老六就叫这个狗日的白白地给弄死了？"

"唉，也只能怨他们两个没能耐。"浪里滚刀晃晃手里的烟袋说："凑这个坑把他俩埋了吧。"

马天五和槐花又被带回柳寨渊子，按照浪里滚刀的吩咐，把马天五往房梁上一吊，槐花绑在柱子上，门"咣当"一关，再也没有人来问他们的事了。浪里滚刀并不是把马天五扔在一边不管不问，他每天都在暗中看着马天五，他想看看马天五是不是真的是条汉子。因为干土匪这一行光心狠手辣还不行，还得能吃苦能受罪。

一连三天，槐花饿得头晕眼花，不由地"呜呜"抽泣起来。

"槐花，别哭，大不了是个死。"马天五说。

槐花看着吊在梁上的马天五说："天五，俺听你的。"

一转眼六妮和那个瘫在床上的男人来到柳寨渊子已经一年多了，先前蓬头垢面满脸晦气的六妮被柳寨渊子里的肥鱼大虾养出一脸滋滋润润的颜色，这更让浪

里滚刀觉得六妮就是"天上掉下了个林妹妹"，因此对六妮更加喜欢，夜夜水欢
鱼跃、云翻雨急。

喝得东倒西歪的浪里滚刀回到寨子后院，刚一推开门，六妮马上扑过来说：
"你上哪儿去了？俺有要紧的事给你说呢。"浪里滚刀往床上一躺说："啥要紧的
事呀，是不是你那个男人要死了？我知道了，你那个男人不是有好几天滴水未进
了吗？"六妮一扯浪里滚刀的耳朵说："你说啥呢？你如今就是俺的男人。那个床
上的人看样子是快死了，死了也好，省得活受罪，俺都伺候烦了。那个……"六
妮虽然和浪里滚刀成了夫妻，但是嘴里还是称浪里滚刀那个这个的。今天六妮心
里高兴，上去一把抱住浪里滚刀的脖子说："那个……你知道不？俺有了。"浪里
滚刀问："有了，有啥了？"六妮兴奋地说："俺……俺有儿子了。"浪里滚刀
"噌"地坐起来，瞪着两眼抓住六妮问："啥？你……你再说一遍，有啥了？""俺
肚子里有孩子了。"浪里滚刀一下子从床上跳起来，抱着六妮在地上转了好几圈，
六妮忙说："小心，小心孩子。"

柳寨渊子里张灯结彩杀猪宰羊，大大小小的土匪们大块吃肉大碗喝酒，喝五
吆六猜拳行令，酒碗碰得叮叮当当响，比浪里滚刀娶六妮的时候还热闹。

浪里滚刀带头朝供在大厅里的晁盖晁天王的画像焚香叩头。浪里滚刀一本
《水浒传》不知看了多少遍，他说："梁山一百单八将一百零七个是英雄，宋江不
是，啥及时雨？狗屁，官迷，拿兄弟们的脑袋去换乌纱帽，我浪里滚刀那会要在
的话准一刀把他宰了你信不信？"让浪里滚刀最佩服的是晁盖，说："人家晁盖晁
天王那才是真的讲义气，为朋友两肋插刀，宋江行吗？"

祭拜完晁天王，老尖带头朝浪里滚刀敬酒，说："大当家的，恭喜呀。咱们
又有了小寨主了，可喜可贺啊。"老尖一句话说得浪里滚刀脸沉了下来，鼻子哼
了一声说："你他娘的真不会说话，什么小寨主不小寨主的，我儿子长大了还能
再当土匪？咱们走上这条路那是被逼无奈逼上梁山，能是长久之计？"

老尖急忙改口说："对，还是大当家的想得远。来，兄弟们，咱们一块敬大
当家的一碗。"

六妮的肚子一天天大起来，六妮原来的那个男人也一天天向死神靠近，最后
两眼一闭挤上了黄泉路。

六妮瘫在床上的男人死了，这对浪里滚刀来说无所谓，六妮倒觉得有些悲
伤，毕竟这个脸上蒙了一张草纸的男人是六妮的第一个男人。男人下葬的时候六
妮没有去，不是六妮不想去，是浪里滚刀不让她去。浪里滚刀说："姐，你肚里

怀着孩子呢，不能去给死人送葬，不吉利。"六妮没有去，六妮在家里哭，哭得还挺伤心。

男人五七的时候，六妮对浪里滚刀说："那个……那个啥，人都死了，今个是五七，俺想去给他烧张纸去，说啥他也是俺的头一个男人，行不？"

浪里滚刀虽然满心里不愿意，但看看六妮那个伤心的样子，也只好点头答应了。浪里滚刀不是为了那个死去的男人，而是为了六妮肚里的孩子。浪里滚刀安排一个年岁大一些和一个年岁小一些的两个人抬着一顶小轿让六妮去给六妮原来的男人上坟烧纸，安排六妮说："只能烧纸不能哭，小心肚里的孩子，烧完纸赶紧回来。"六妮点头答应着去了。

六妮的男人死了之后埋在了老黄河边上的老家，离柳寨渊子有二十多里地，六妮给男人烧纸回来的路上，突然阴云四起，转眼间下起了瓢泼大雨。两个抬轿的人问六妮是不是找个地方避避雨再走，六妮怕浪里滚刀等的时间长了会不高兴，便对两个抬轿的人说："还是快点走吧，回到寨子里再避雨。"两个抬轿的不敢不听，深一脚浅一脚地抬着轿子朝前走，一直到天快要黑的时候还没有回到柳寨渊子。两个抬轿的汉子天上雨淋地下脚打滑，再加上老半天没有吃东西，又饿又累，走路也打起晃来。天整个黑下来的时候，小轿才艰难地来到离柳寨渊子还有三四里地的一个高坡，这会儿偏偏电闪雷鸣雨下得更紧，刚爬上高坡的一半，那个走在前面的抬轿汉子一不小心脚下一打滑，身子朝前一扑一个嘴啃泥趴在地上，后面的抬轿汉子"哎哎"一声，声音还没有落地，小轿"咣当"一声倒下去，顺着高坡"骨骨碌碌"地一直滚到高坡下面的沟里。两个抬轿的吓坏了，连滚带爬地来到小轿旁边就听见里面六妮的阵阵惨叫，两个人急忙扶起小轿，见轿里流出许多血水，又听见六妮可着嗓子大喊大叫："娘啊娘啊，疼死了疼死了，娘啊娘啊，不能活了啊，娘啊……"

浪里滚刀带着一帮子人找着六妮坐的小轿的时候，六妮已经昏死过去，那两个抬轿的早已经无影无踪。

六妮肚里的孩子没了。

六妮在床上躺了两个月，好不容易从鬼门关捡回了一条命。

浪里滚刀心疼得差一点死了，他把这个失去孩子的仇恨全部记在那两个抬轿的人身上，派出手下几十号人到处寻找两个抬轿的人，直到四五个月之后，才有了两个人的下落。原来，两个抬轿人知道浪里滚刀心狠手辣，把他的老婆摔一下没有什么，如今把他的孩子也给弄丢了，这可是惹下了滔天的大祸呀，浪里滚刀会生吞活剥了他们。两个人一合计，连家也没敢回，年岁大一点的因为挂念着家中的妻儿老小不想走远，便投亲戚去了山东，年岁小一点的无牵无挂连夜闯关东去了。

浪里滚刀是个有仇必报的人，更何况是弄得自己断子绝孙的深仇大恨。

浪里滚刀带着十几个人去了一趟山东，硬是把年岁大一些的抬轿人给弄了回来。

说浪里滚刀心狠手辣，这话一点不假。浪里滚刀眼瞅着年岁大一些的抬轿人说："跑啊，你狗日的还能跑出我浪里滚刀的手心去？你狗日的让我浪里滚刀断了后，我浪里滚刀能叫你一家安安稳稳地活下去？"尽管年岁大一些的抬轿人早已经吓得瘫在地上说不出半句话来，浪里滚刀还是让人把年岁大一些的抬轿人的全家老少都给抓来，当天晚上就全部活埋在六妮出事的那个高坡下面。

这天一大早浪里滚刀便来到大厅，叫人摆上酒，和老尖几个开怀畅饮。酒喝了一半，浪里滚刀问："老尖，后面屋里的那个小子吊了几天了吧？"

"对，吊了四天了。"老尖说。

"别给饿死了。"浪里滚刀放下酒碗说："去几个人把那个小子给我弄来，我想看看那个小子是不是还那么有种。"

马天五被绑着推进大厅的时候，第一个闻见的就是扑鼻的酒香，饥肠辘辘的马天五不由得往肚里咽下一口口水。

浪里滚刀端着酒碗来到马天五跟前，望着仍然横眉冷目的马天五冷冷地说："小子，吊在梁头上的滋味不好受吧？"

马天五头一拧说："有本事你就痛痛快快地给老子一刀。"

浪里滚刀一乐说："你小子真的想死？"

马天五瞪了浪里滚刀一眼没有吭声。

浪里滚刀突然转过身来大声说："老尖，把这小子身上的绳子解了。"

"这……"老尖急忙走到浪里滚刀面前低声说："大当家的，这个小子可有把子力气，逮他的时候打伤了咱们七八个兄弟，要是把他身上的绳子给解了，怕……"

"怕什么？他狗日的有三头六臂？"浪里滚刀说："去，把绳子解了，给他几碗酒喝，叫这小子吃饱喝足了，看看他能不能走出老子的柳寨渊子？"

老尖无奈，只好小心翼翼地把马天五身上的绳子解开，赶紧退到一边。

"拿酒过去。"浪里滚刀说。

有人抱过来一大坛酒放到马天五跟前。

马天五这些天滴水未进，饿得有些站不住了，看看地上的酒二话没说一把扯去酒坛子上面的盖子，抱起来酒坛子"咕咚咕咚"一口气喝了个干干净净。

浪里滚刀和周围的人都愣住了。

马天五"哼"了一声，身子一晃一头栽倒在地上，酒坛子摔得粉碎。

浪里滚刀来到马天五旁边，用脚踢了一下不省人事的马天五说："抬出去。"

老尖问："埋了？"

"留着，这狗日的有用。"浪里滚刀说。

马天五醒来的时候已经是第三天的早晨了，睁眼看见槐花正坐在旁边流泪。马天五"噌"地坐起来，一把抓住槐花问："槐花，咱们这是在哪儿？"

看见马天五醒来，槐花一阵惊喜，说："天五，你可醒了，这几天吓死我了。"

这时，一个人走进来说："哎哎，走吧，大当家的叫你哪。"

槐花急忙抓住马天五的胳膊说："天五……"

马天五说："别怕，大不了是个死。"

"啥死不死的？大当家的在后院摆好酒等着你们哪。"

马天五和槐花跟着来到浪里滚刀的住处，见屋里果然摆好了一桌子酒菜。浪里滚刀坐在桌子那里，旁边还坐着个女人。浪里滚刀看见马天五和槐花进来，便用手朝旁边的椅子一指说："坐下吧。"

马天五满不在乎地往椅子上一坐，槐花却愣愣地站在那儿。

浪里滚刀笑着说："姑娘，你也坐。"

马天五没有说话，一伸手拉过来槐花坐在自己旁边。

马天五和浪里滚刀的这顿饭一直吃到天黑，浪里滚刀和六妮送马天五和槐花出来的时候，马天五已经叫浪里滚刀干爹了。

第二天一大早，浪里滚刀命人擂鼓，在大厅聚齐柳寨渊子里所有的人。大大小小的土匪来到大厅，规规矩矩地站在两边，因为土匪们都知道，大当家的一大早擂鼓一定是有大事。浪里滚刀见人都到齐了，便在一个铜盆里洗了手，然后给晃盖晃天王焚香叩头，众土匪也一个个跪在地上大声喊："晃天王晃天王。"行完参拜大礼站起来，土匪们才惊奇地发现，站在浪里滚刀旁边的不是老尖，而是那个摔死花王六踩死猪毛四的人，土匪们一个个愣住了，但谁也没敢吱声。

浪里滚刀朝大厅里所有人扫了一眼，清清嗓子说："弟兄们都给我听好了，今天我给弟兄们介绍一个人。"用手一指马天五接着说："他，叫马天五，也是我浪里滚刀的干儿子。从今天开始，马天五就是咱们柳寨渊子里的二当家。二当家说的话你们都要听。为啥？因为二当家的是我干儿子，二当家的说的话就是我的话。今天我把丑话先说在前头，如果有谁敢给二当家的下绊子跟二当家的过不去，那就是给我浪里滚刀下绊子跟我浪里滚刀过不去，那就不要怪我浪里滚刀翻脸不认弟兄！"

在这伙子土匪中间最不服气的就是老尖了。猪毛四和花王六死了，这柳寨渊子的二当家的理所当然是他老尖的，这他娘的是从哪个石头缝里蹦出来个马天五来，他凭什么当上柳寨渊子里的二当家的？老尖这会儿心里恨透了浪里滚刀，直骂浪里滚刀，不但不给猪毛四和花王六报仇，还把这个马天五认作干儿子。这个时候，老尖恨不得一刀把浪里滚刀和马天五一起宰了。可是，吓死老尖也不敢，不光不敢，还得赔着笑脸向浪里滚刀和马天五敬酒。老尖知道，要是叫浪里滚刀把他的心思看出来，那他老尖连天黑也活不到，这样的事浪里滚刀做起来是绝对不会手软的。行，咱们走着瞧，我老尖非把这个狗日的啥马天五弄死不可。老尖暗暗咬着牙想。

马天五一直像是一个事不关己的旁观者，从开始到最后没有说一句话，离开大厅出去的时候，老尖对他说："二当家的慢走。"马天五只是淡淡地一笑，大步走出去。

槐花也知道了大厅里所发生的一切，马天五带着酒气进来的时候，槐花已经收拾起一个小包袱。马天五说："槐花，你这是要干啥？"槐花流着眼泪说："你在这土匪窝里当你的二当家吧，俺走了。俺就是叫狼尾巴山上的土匪抓去才被那个畜生吴根给差一点祸害死的，俺不能自己当土匪再去祸害别人。"马天五过去紧紧拉住槐花，"噗通"朝地上一跪说："姐，你不能走啊，你要走了我怎么活呀。你以为我想当这个土匪呀？我杀过几个人，人家会放过我吗？官府会放过我吗？留在这里当这个土匪是暂时的，一旦有机会咱们马上离开这里。姐，你放心，就是当了土匪，我马天五也当个义匪，绝不祸害百姓。"一番话说得槐花泪流满面，抱住马天五说："天五，你听槐花一句话行吗？咱不在这儿当这个土匪，咱回凤城老家吧，俺给你好好过日子，天五，行吗？"马天五也哭着说："家，哪儿才是我的家呀？"

马天五自从当上柳寨渊子的二当家的，对浪里滚刀十分的孝顺，干爹长干爹短的叫得浪里滚刀心花怒放，对马天五十二分的信任，经常给马天五说一些如何绑票、拉大户的方法。浪里滚刀挂在嘴边上一句话就是"干土匪这一行最要紧的是要心狠手辣，杀人不眨眼，对亲爹亲娘也不能手软。"

浪里滚刀有一个袖筒里暗藏竹刀杀人的绝活。所谓竹刀就是用青竹子削成半指宽的竹片，而且越薄越锋利。想练成这个绝活不是一件容易的事，最主要的有两点，一必须有内功，二是出手要快，要说一眨眼的工夫那就太迟了。

浪里滚刀把一个很薄很薄的竹片递给马天五，说："这可是干爹看家的本领护身符，干爹就是靠着它横行天下，最后才落脚在这柳寨渊子的。你别看这只是一个小小的竹片，如果你真的把它当成竹片你就错了，它是刀，是一把锋利无比的刀，死在这把竹刀下面人少说也有十几个。也不是干爹说大话，在我闯荡江湖的时候，所遇到的对手当中还没有几个人能够躲过干爹这把竹刀的。"

马天五手里拿着这把只有六七寸长的竹刀仔细地看着，发现这也就是用普普通通的竹子削成的竹片，薄得像一张纸，轻得像一片发黄的柳树叶。

"这竹刀真的能杀人？"马天五瞪大眼睛问。马天五之所以这样问，是因为他根本就不相信竹刀真的就能杀人。浪里滚刀拿我当三岁的孩子哄呀？你狗日的就吹吧。马天五想。

浪里滚刀并不知道马天五的这些想法，只是冲马天五一笑说："干儿子，今个干爹高兴，来，陪着干爹杀两盘。"这马天五本来不会下什么象棋的，自从跟了浪里滚刀之后才知道楚河汉界，认识了车马炮，硬着头皮陪浪里滚刀胡乱地摆上两盘，主要是想讨浪里滚刀欢心。马天五听说浪里滚刀想下棋，便把象棋拿过来摆上。"啪啪啪"几个回合下来，马天五的面前就只剩下一个光腚老"帅"了。"干爹，不下了。"马天五说："我本来就脑子笨，这下棋哪是干爹的对手啊。"只见浪里滚刀微微一笑说："天五，把你的老帅拿起来看看。"马天五伸手拿起棋子，只听"啪啦"一声，那颗棋子从中间分开掉下一半来，再看棋子被分开的那面，就好像是用快刀切开的一样，齐齐刷刷光光滑滑能照出人影。"干爹。这是怎么回事？刚才摆上棋盘的时候还好好的。"马天五问。

浪里滚刀从袖筒里又抽出一个薄薄的竹片说："傻小子，怎么回事？就是它。"

马天五看看竹片又看看棋子，不相信地摇摇头。

"好吧，你再拿一颗棋子放在棋盘上试试看。"浪里滚刀说。

马天五又拿起一个棋子放在了棋盘上。浪里滚刀说："干儿子，你看好了。"说着手在棋子上面快速地绕了一圈，然后把双手抱在胸前说："你再把棋子拿起来看看。"马天五看看浪里滚刀，又看看棋盘上的那颗棋子，很小心地把手伸过去，猛地一把抓住棋子。这回马天五真的惊呆了，这颗棋子不像那个老"帅"

那样被切成两瓣，而是从中间被拦腰斩断，切口处同样是齐齐刷刷光光滑滑。马天五"噌"地站起来，"噗通"往浪里滚刀面前一跪说："干爹，你一定得教给我怎么样用这个竹刀。"

浪里滚刀"哈哈"一阵大笑，说："傻小子，想要学会用这竹刀，可不是一天两天的功夫呀。你先起来，干爹会慢慢教给你的。"

马天五还算是聪明，再加上学得专心，也就一两年的工夫，一把竹刀便用得自如起来，虽然不能像浪里滚刀那样炉火纯青神出鬼没，但是只要出手也能置人于死地。仗着跟浪里滚刀学来的竹刀功夫，马天五在几次到外面绑票的时候袖筒内暗藏竹刀，一遇到反抗便竹刀出手一招致命毫不手软。

就这样马天五整天跟着浪里滚刀在柳寨渊子周围方圆几十里甚至上百里的地方杀人越货、欺男霸女，干尽了伤天害理的勾当。每次外出绑票，牛高马大的马天五总是冲在前面，浪里滚刀一声令下，"绑！"马天五决不手软，十字开花三道扣一道比一道紧；浪里滚刀如果嘴里吐出一个"杀"字，马天五手起刀落人头落地，决不用第二刀，再加上马天五的竹刀是招招致命。因此，马天五在土匪们中间落了个"马一刀"的绰号。但这个绰号土匪们是在背后叫的，他们当着马天五的面叫"二当家的"叫"马爷"，马天五听着心里美滋滋的。浪里滚刀和马天五在外面干这些事，整个柳寨渊子里就瞒着两个人——六妮和槐花。

六妮已经上了些年岁，尽管浪里滚刀对六妮一如既往，但六妮毕竟远离了如狼似虎的日子，这让浪里滚刀多少有些耐不住了，开始从外面抢女人，时间长了，六妮也有些察觉，也有些不满，不满是不满，六妮只装在心里从来不说。六妮不愿意说有两个原因，一是浪里滚刀让她和自己那个在床上瘫痪了许多年的男人完全脱离了苦海，过上了衣食无忧的日子；第二个原因就是浪里滚刀也不知道从什么地方给六妮弄来一个两三岁的小女孩，两只水灵灵的大眼睛特别招人喜爱，就连杀人成性的浪里滚刀也经常抱在怀里一逗就是半天。浪里滚刀是读过书的人，也算是有些才华的，他依据《诗经·郑风》里《有女同车》一诗中"颜如舜英"一句，给小女孩取名叫"舜英"，意思就是说孩子长大以后会像木槿花一样美丽。

六妮好像看到了希望，把自己全部的精力都用在抚养这个孩子身上。

第 25 章

浪里滚刀做梦也想不到他的这个干儿子马天五会在他的酒杯里下毒，端起来酒杯一饮而尽。一杯毒酒下肚，浪里滚刀腹内一阵剧烈的疼痛，大喊一声，七孔流血气绝身亡

　　整整一个冬天很冷，厚厚的积雪覆盖着大地，黄沙庵大殿的屋檐上挂满很长的冰凌。妙贞在院内堆了一个很大很高的雪人，并很细心地给雪人按上了一只长长的鼻子。慧圆主持看了仿佛受到感染，从心底萌发出一点儿时的童趣，拿起笔给雪人点上了两只眼睛。妙贞站在一旁笑了，笑得十分开心。在妙贞心里下雪的日子是她最快乐的日子，她可以捧起雪高高地扬过头顶撒向天空，尽管落了一头一脸一脖子。而站在一旁的慧圆主持只是看着妙贞在笑，而且笑得那样开心那样慈祥，这个时候妙贞从心里就会升腾起一种暖暖的感觉。而慧圆主持也会在吃了晚饭之后把妙贞叫到自己房间里，要么给她讲一些经书上比较深奥的道理，要么就教妙贞一些书法或者绘画的技巧。这时候的妙贞是快活的，把一切一切的烦恼都抛在了脑后。

　　那天，一直下了好多天的雪终于停了下来，妙贞和两个年纪小一些的女尼在院内玩雪，慧圆主持走出大殿，对妙贞说："妙贞，你跟我来一下。"

　　妙贞知道师傅又要给自己讲经文或是教书法、绘画什么的了，便高高兴兴地跟着来到慧圆主持的禅房。

　　慧圆主持这次没有给妙贞讲经说法，也没有教妙贞书法和绘画，而是让妙贞先坐下，自己转身走进里屋。平时慧圆主持把妙贞叫来，总是先让妙贞先磨墨，

然后抄写几张经文。对妙贞抄写的经文，慧圆主持会一个字一个字地仔细看，找出写得不好的字，手把手地教妙贞重新写。今天师傅是怎么了？是不是自己又做错什么了惹得师傅不高兴了？妙贞呆呆地坐在那儿，脑子里不停地想着自己这两天所做的事情，实在没有想起来有什么不该做或是做错的地方。

慧圆主持手里拿着一个不大的布包从里屋走出来，把布包递给妙贞。

"师傅，这是什么？"妙贞问。

慧圆主持坐下说："你自己打开看看。"

妙贞很小心地把布包一层层打开，见里面包的是一片早已经发了黄的树叶。"师傅，这不是一片树叶吗？"

"是一片树叶。"慧圆主持说："这片树叶师傅已经保留了十几年了。"

"一片树叶师傅保留它干什么？"妙贞不解地问。

"罪过罪过呀。"慧圆主持双手合十说："妙贞，这片树叶是你的生身父母留下的。"接着，慧圆主持便把十几年前在庵门之外捡到妙贞的经过详细地说了一遍。只是慧圆主持没有说妙贞刚刚被捡来的时候曾经送给了黄四爷并在黄四爷家里待了一个月，差一点因为她要了黄四爷二媳妇的命这件事。因为慧圆主持觉得既然妙贞和黄家没有这个缘分，也就没有必要让妙贞知道这些了。

妙贞听得泪流满面，低声问："师傅，我……我的生身父母没有来找过我吗？"

慧圆主持摇摇头，然后叹了口气说："你的生身父母忍心把他们的亲生骨肉抛弃在庵门之外，一定有他们的难处，他们不来寻你，也一定有他们的原因，这也是你命中注定的劫数。师傅今天之所以把你的身世告诉你，是想让你知道尘世间的艰辛和在尘世间活着的人的无奈。妙贞，师傅把你抱到庵内抚养，你能够活下来，这也是你与佛门有缘。你既削发为尼遁入空门，务要多读佛经多悟佛理，修身养性参禅悟道，切不可再起贪玩之心。"

慧圆主持慈祥的笑容，让妙贞更感觉出了慧圆主持的可亲。

慧圆主持说："妙贞，师傅的话你记住了吗？"

妙贞认真地点点头说："师傅，徒儿记住了。"

天上的月亮很圆。

天上的云彩很多，一块一块的。

妙贞在床上翻来覆去地睡不着。真的，这是妙贞被安排一个人住在一个禅房里的第二次。就像妙贞刚刚住进这间禅房的第一天，也是像今天这样怎么也睡不着。

妙贞独自住在一间禅房是慧圆主持安排的，那是慧圆主持发现了妙贞偷看自己洗澡的秘密之后，便以抄写经卷为名让妙贞单独住进了一间禅房。而妙贞哪，自从独居一室以来，也好像懂事了许多，除了早课晚课之外，没有师傅的呼唤是不会走出禅房的。

夏天的天气就像孩子的脸说变就变，吃晚饭的时候万里无云，天上下火似的热得人喘不过气来，不料天上星星还没有出齐，不知道从哪里飘来一块黑云，在头顶上停住了，而且越聚越多越来越黑，随着一阵骤起的狂风，"咔嚓"一声响雷，一道长而弯曲的闪电划破夜空，把柳寨渊子里的一棵歪脖子柳树从中间一劈两半。槐花站在窗户里边，借着闪电的亮光清清楚楚地看见了歪脖子柳树被雷劈开的那一瞬间，吓得尖叫一声，要不是伸手抓住旁边的桌子，差一点就瘫倒在地上。好不容易挨到床边，槐花的心在不停地颤抖着，她坚信天雷落地劈开歪脖子柳树绝不是什么好兆头，一定是因为柳寨渊子的这些土匪伤天害理的事干得太多了，才惹怒了上天。"天作孽尤可恕，人作孽不可留"呀！槐花想。不行，不能再待在这柳寨渊子了，走，马上走，拉上马天五离开这个鬼地方。听着外面的雨声和隆隆的雷声，槐花焦急地在屋内转来转去。

"啪啪啪"传来敲门声。

槐花急忙走过去把门打开，落汤鸡似的马天五一步走进来。

"槐花，姐。"马天五显得有些兴奋地一把把槐花抱在怀里。

槐花挣脱马天五的搂抱，问："天五，你看见了吗？"

"看见啥了？"马天五问。

"外面，外面的那棵歪脖子柳树叫雷劈了，可吓死俺了。"槐花说。

"噢，看见了。"马天五说："不就是一棵歪脖子柳树嘛，叫雷劈了有啥可怕的？"

"天五，咱们走，离开柳寨渊子。"槐花说。

马天五把槐花抱住说："姐，咱们哪儿也不去了，狗日的浪里滚刀叫老子收拾了。从今往后这柳寨渊子就是马爷马一刀的天下了。"

"你……"槐花后退一步，吃惊地看着马天五。

原来，马天五前两天带人绑架了一家大财主的孙子，今天那个财主叫人带着两百块大洋把人给赎走了。看着白花花的大洋，浪里滚刀心里高兴，叫马天五陪着喝酒。马天五是早有准备的，在酒喝到差不多的时候，便趁浪里滚刀不注意把半包老鼠药倒进浪里滚刀的杯子里，浪里滚刀做梦也想不到他的这个干儿子马天五会在他的酒杯里下毒，端起来酒杯一饮而尽。一杯毒酒下肚，浪里滚刀腹内一阵剧烈的疼痛，大喊一声，七孔流血气绝身亡。马天五本来袖筒里是暗藏着一把竹刀的，没敢用，怕被浪里滚刀识破了，杀不了浪里滚刀反而会死在浪里滚刀手里。

马天五把浪里滚刀抱进屋里，用清水给浪里滚刀把脸上的血迹清洗干净，盖上被子才匆匆忙忙地赶回来告诉槐花。

浪里滚刀死了之后，马天五顺理成章地成了柳寨渊子的大首领。虽然也有浪里滚刀的几个亲信对马天五有过怀疑，但因为惧怕马天五的心狠手辣，手里又没有什么证据也只好作罢。

浪里滚刀死了，六妮带着七八岁的舜英离开了柳寨渊子。六妮记住了浪里滚刀的一句话："叫舜英念书。"

在不知不觉中春天悄悄地来了，黄沙庵庵前庵后的柳树、杨树和榆树上都吐出了一点点的新绿，就连庵门外的那条青石板的小路边也长出了几颗柔嫩的绿芽。

不知道为什么，这些日子黄沙庵的女尼一下子病倒十来个，就连身体一直很健壮的妙安也躺在了床上，先是呕吐，接着是发烧拉肚子。慧圆主持看在眼里急在心里，这可是黄沙庵建成之后从来没有过的事。慧圆主持试着配了一些草药熬了让她们喝了，那些病倒的女尼们才止住了呕吐和拉肚子，但是仍然发烧，这让慧圆主持几乎无计可施。看看庵内的草药快没有了，慧圆主持本打算自己去叮当集再买一些，可是一出去要半天才能回来，又不放心庵里这些病着的女尼，只好把妙善叫过来，让她去一趟叮当集买药。

妙善离开黄沙庵的时候，慧圆主持一直跟到庵门外，一遍又一遍地嘱咐妙善路上不要贪玩不要耽搁，买了东西马上回来。妙善满口答应着朝叮当集走去。

春天的早晨阳光明媚。

走出庵门的妙善就像一只刚刚出笼的鸟儿，沿着老黄河边迎着初升的太阳，踏着路边挂满露珠的小草，一会儿去追赶翩翩起舞的蝴蝶，一会儿又在路边掐几朵红的白的黄的小花放在鼻子底下贪婪地闻着，不时地自己"嘿嘿"笑起来，早把慧圆主持"快去快回"的嘱咐忘得一干二净。就这样妙善不知不觉沿着老黄河岸边走了很远很远，太阳到了头顶的时候还没有走到叮当集。

马天五是在一片金黄色的油菜地里看见妙善的。一片烂漫的花丛中，一个天真烂漫眉清目秀的小尼在扑蝶弄花，光秃秃的脑袋在温暖的阳光下泛着青色的光，在金黄色的花丛中，仿佛一个传说中的仙姑悄然降临人间，把个马天五都看傻了。马天五的表情被老尖看得清清楚楚，朝旁边的两个小土匪使了个眼色，两个土匪立马弓着腰钻进油菜地，朝妙善包抄过去。

一只蓝色的蝴蝶在花间飞舞，妙善惊喜地朝蓝色蝴蝶追过去，当她快要赶上那只蝴蝶的时候，突然吓得"啊——"一声尖叫，因为看见离自己不远的地方突然钻出两个人来，这两个人正在向她一步步靠近。妙善转身想跑，但是已经晚了，那两个人追上来紧紧抓住妙善，把一个黑布袋子套在妙善光秃秃的脑袋上。

"放开我，放开我！"妙善拼命挣扎大声呼喊。

在这样一片远离村庄的野地里，头上套着布袋的妙善的挣扎、呼喊显得那样苍白那样无力，一个十几岁的女尼就这样被掠进了马天五的柳寨渊子。

妙善被关在一间黑屋子里，并没有哭，不是不想哭，是不敢哭，因为妙善不知道这些人为什么要把她抢来关在这间黑屋子里，这些人要干什么？在她身上会发生什么？妙善更不知道。妙善能做的只有两手紧紧抱着自己的肩膀哆哆嗦嗦地蹲在黑暗的角落里无声地流着泪。这时妙善才想起来师傅让她去叮当集买药的事。妙善心里害怕极了，她知道师傅是严厉的，师傅决不允许庵内的任何一个人在外面过夜。像她今天这样，不光没有买到药，还被人关在黑屋子里待了一夜，天亮回到黄沙庵之后一定会遭到师傅的严厉训斥，说不定还会让大执事妙安用庵里的佛法来惩罚自己。

妙善胆战心惊，满脸都是泪水，迷迷糊糊地进入梦境。

妙善在梦中回到了黄沙庵。师傅没有怪她，而是微笑着说："妙善，饿了吧？给你留着斋饭哪，快去吃吧。"

妙善真的饿了，端过来斋饭大口大口地吃起来，被人一把拉起了的时候妙善吃得正香。

屋里不知道什么时候已经点上了灯，妙善看见一个高大的男人站在面前，正微笑着看着自己。妙善愣住了，瞪大眼睛也看着面前的这个男人。其实妙善心里这会儿一点也不害怕了，因为她知道师傅没有生自己的气，师傅没有生气就不会训斥她。至于眼前站着的这个男人，像是在朝着自己笑，也许不会有什么恶意吧。妙善想。

马天五的大手抚摸着妙善光秃秃的脑袋，脸上带着邪恶的微笑。

"叫我回庵里去吧，不回去师傅会生气的。"妙善声音低低地说。

235

马天五没有说话，一弯腰把妙善抱起来。妙善没有挣扎也没有哭喊，只是两只眼睛睁得更大。

马天五抱着妙善一脚踢开旁边的一扇门，走进里间把妙善轻轻地放在一张床上。

妙善一动不动地躺在床上，用奇怪的眼光打量着床边的男人。妙善不明白，这个男人从自己第一眼看见开始就是面带微笑的。这个男人把自己抱到床上要干什么？难道是这个男人知道自己饿了也累了，想让她在床上好好睡一会？

马天五躬下身子，手伸过来解妙善的衣服，妙善本能地用双手抱住胸前，被马天五用力地推在一边，这时妙善发现面前这个男人的脸上发生着变化，原来挂在脸上的微笑不见了，变成了很可怕的样子，喘息也急促起来。妙善不敢再动了，任凭这个有了些可怕表情的男人把身上的衣服一件件给脱下来，一丝不挂地躺在那儿。妙善觉出来了，这个男人往下脱她的衣服的时候，开始是轻轻的，后来手就狠起来，最后的一件内衣简直就是撕开扯下来的。

马天五站在床边看着一丝不挂地躺在床上的妙善，嘴角上露出满意的微笑。

妙善已经三天没有回黄沙庵了。

慧圆主持也三天没有合眼，差人到叮当集和妙善的家里去找，回来都说没见妙善的影子，这可把慧圆主持急坏了。庵内还有几个女尼因为上吐下泻躺着下不了床，大执事妙安的病情时好时坏，有时候还发热烧得说胡话，嘴里老是豆花豆花地喊。看着妙安痛苦的样子，慧圆主持心里有了一个不祥的预感。

早课结束之后，慧圆主持一个人走出庵门，这回慧圆主持没有到老黄河边上去，而是顺着一条小路，漫无目的地走向田野。田野的麦苗到处绿油油的一片，在和煦的春风吹拂下翻着一层一层的碧浪，路边、田埂偶尔有几朵红的黄的白的和蓝色的小花点缀在草丛中，很惬意地伸展着腰身，花瓣上的点点露珠在初升的太阳下闪耀着奇异的光。要是在平时，慧圆主持会弯下腰摘上几朵，然后放在鼻子底下闻一闻，有兴致的时候还会吟上一两句古诗。可是今天慧圆主持全然没有了这个雅兴，只是一直往前走，露水湿透了僧鞋打湿了裤角，慧圆主持浑然不觉。

眼前是一片不太大的高坡，高坡上没有庄稼，只有茅草。

慧圆主持像被什么吸引住了一样，在那儿愣了一下，突然快步向高坡顶端爬去。在高坡向阳的地方，有一片红色的茅草，红得像血，红的能让人闻出些血腥味。

眼看着这片红茅草，慧圆主持惊呆了。

"这就是龙血草？"慧圆主持自语道："难道这真的是龙血草吗？"

龙血草在老黄河两岸只是个传说，根本没有人见过。据说当年黄龙和黑龙大战的时候，杀得天昏地暗日月无光，三天三夜天空中电闪雷鸣，地上狂风骤起飞沙走石，黄龙和黑龙都受了伤，流出的血化作阵阵血雨洒向地面，洒在了老黄河边上的茅草上，那些茅草都被血给染红了。这就是龙血草的来历。龙血草在老黄河边上的人们心目中就是人参就是灵芝，说龙血草是治病救命的神草，无论大病小病哪怕是要死的人，只要能喝上一口用龙血草熬的水也能百病皆除起死回生。还说这龙血草因为是神草，所以一般人是见不到的，只有有缘的人才能碰上。

龙血草的传说慧圆主持是早就听说过的，可是慧圆主持并不相信世上真的会有这样神奇的草，或许是老黄河两岸的先人们出于对黄龙的敬重和对黑龙的仇恨而编出来的一个传说罢了。

相信也好不相信也罢，这片红得像用血染过的茅草就实实在在地出现在慧圆主持面前，把慧圆主持惊呆了。

慧圆主持盯着这片红茅草看了很长时间，然后蹲下身子很小心地用手轻轻抚摸红茅草长长的叶子，轻声说："你真的是能治病救命的龙血草吗?"慧圆主持轻轻扯下一片红茅草的叶子含在嘴里，慢慢地咀嚼几下，不但没有品尝出想象中的血腥味，反而觉得舌尖上甜丝丝的，还有些麻酥酥的感觉。

"这是天意。"慧圆主持说。

慧圆主持用手挖出几颗红茅草，连根带叶子一起用僧衣裹好急匆匆赶回黄沙庵。

说来奇怪，黄沙庵那些仍在发烧的女尼喝了慧圆主持用红茅草熬的水，也就两天时间一个个都好了。这让慧圆主持一颗悬着的心终于平静下来。

既然龙血草是神草，何不把它们移栽到黄沙庵里来，一来是对龙血草的敬重与保护，二来也能用龙血草给老黄河两岸的百姓治病，这也是出家人慈悲为怀普度众生的一件善事。

天刚亮，慧圆主持就带着妙贞和几个小尼拿着筐和锨又来到那个生长着红茅草的高坡，让几个女尼很小心地把红茅草挖出来，装进筐里抬进黄沙庵，栽在庵内的花园里。茅草是栽活了，可奇怪的是没过多长时间，那些原本红得像血染过了一样的红茅草，慢慢变绿了，绿的像普通茅草一样。这让慧圆主持大为不解。

慧圆主持再次来到高坡上一看，那片红茅草依然是那么红，只是显得比以前还茂盛。慧圆主持想明白了，这龙血草不是普通的草啊，它离开了自己生长的那个高坡就不再是龙血草了，所以才变了颜色。

第 26 章

马天五把眼一瞪，对老尖说："我不管是他娘的什么人留下来的脚印，敢劫老子的肉票就是跟老子过不去，跟老子过不去就是他娘的长了三头六臂也得死"

槐花这些日子心里很烦躁，经常无端地发火，无端地流泪，还莫名其妙地想到了死。

槐花跟着马天五来到柳寨渊子已经三四年了，当了土匪首领的马天五对槐花一直很好，槐花觉得心满意足，自己当初选择马天五没有选错。马天五当了土匪，槐花开始不愿意，哭着闹着要走，在马天五的苦苦哀求之下，已经无家可归的槐花才答应留了下来。槐花经常在和马天五翻云覆雨销魂之后双手紧紧搂住大汗淋漓的马天五的脖子，劝马天五当土匪也得当个好土匪当个义匪，最要紧的是不能祸害穷苦的老百姓。每当这时候，马天五总是很认真地抚摸着槐花的脸说："姐，我听你的。"槐花也会闭上眼睛，拱在马天五怀里安静地睡去。最让槐花觉得遗憾也是最苦恼的就是一直没有怀上孩子，不管槐花作怎样的努力，肚子还是平平的，为此，槐花不知暗中流过多少眼泪，托人到砀山和凤城买了不少的药，煎服洗贴还是老样子。后来槐花明白了，那个畜生吴根给她灌了一年多的那种黄汤似的药，糟蹋了自己一年多，自己恐怕这辈子也怀不上孩子了，这让槐花觉得更对不起马天五。槐花心里非常害怕，因为她怕马天五知道自己不能生养孩子会不要她，她更怕失去马天五，马天五是她这辈子的依靠啊。可是马天五哪，对槐花怀上怀不上孩子好像根本不在意，有时候槐花提起来这件事，马天五总是说：

"姐，那你急个啥？今天怀不上还有明天。"

马天五跟着浪里滚刀在外面横行霸道欺男霸女的事槐花多少也知道一点，只是闷在心里不说。但凭着女人的敏感，槐花知道马天五一定在外面沾过别的女人，还不会是一个。不管马天五在外面有多少女人，不管马天五在外面干了多少伤天害理的事，槐花管不着也不想管，只要马天五心里有自己就行。槐花想。

一天夜里，槐花把酣睡的马天五推醒，说等天亮了想去一趟凤城，马天五问："大老远的你一个女人家去凤城弄啥？来回好几十里地，咱这柳寨渊子里吃的用的啥也不缺，你就安安稳稳地在寨子里待着享你的清福，哪儿也不用去。""我……"槐花本来想说去凤城找先生看看，咋就老怀不上孩子，转念一想，要这么说马天五肯定不会答应，于是就说我想到凤城去买些东西，回来去马疙瘩庄看看娘。

马天五看看槐花半天没有说话。

马天五虽然对他那个叫马子的爹恨得牙根疼，可马天五对娘还是时常想念着的，每每想起娘撅着白白的屁股被那个叫马子的爹打得鲜血淋淋的时候，马天五的心里就隐隐作痛。

槐花也听马天五不止一次地提起过娘挨打的事，马天五说的时候常常含着眼泪，有时还低低地抽泣几声，槐花也跟着抹泪，槐花觉得马天五的娘也是一个可怜的女人。自己跟了马天五就是马天五的女人，是马天五的女人就是那个可怜女人的儿媳妇。当了人家的儿媳妇就应该孝敬公婆。槐花想。马天五一提起来他那个叫马子的爹总是咬牙切齿，孝敬他那个叫马子的爹马天五肯定不会答应，可是婆婆——那个被柳条鞭子抽打了半辈子的可怜女人总应该享几天福吧？槐花对马天五说："天五，柳寨渊子到马疙瘩庄不远吧，咱们去把娘接过来，别让她老人家待在家里受罪了，行不？"马天五长长叹了一口气说："还是再过些日子吧。"马天五不是不想娘，也不是不想把娘接来，是不敢去。娘从小就给自己说要当个好人，不要学爹，如今自己却在柳寨渊子里当了土匪，娘如果知道了会答应吗？娘会来吗？至于那个叫马子的爹，马天五早就想带几个人去把他抓住，扒光衣服摁在地上叫他也尝尝柳条鞭子的滋味。到时候我一定亲自动手！马天五想。槐花一连催了多次，马天五才答应。

那天刮着北风，天有点冷。

马天五和槐花是在太阳快要下山的时候来到马疙瘩庄庄头上的。

本来马天五是想先去黄沙庵的庙地去找那个叫马子的爹的。"得好好地收拾收拾他。"马天五咬着牙说。槐花说："天五，你就别去了，怎么说他也是你爹呀，你恼他气他不想见他就不见呗，干啥非要想着去收拾他呀？就你这一伸手要是把他打出个好歹来，心里会后悔一辈子的。"马天五把眼睛一瞪说："我后悔个屁，想想他以前那样对我娘，我恨不得一把掐死他。""好了好了，咱不说他了，快去看娘吧，我这个儿媳妇还是头一次见婆婆呢，还不知道婆婆对我这个儿媳妇满不满意哪。"马天五看着槐花既有些担心又有些羞涩的表情不由地笑起来，说："姐，你放心，我娘准会喜欢你的。""真的，你怎么知道？"马天五说："等见了我娘你就知道了。""那好，咱们快走吧。"槐花使劲拉着马天五向前走去。

一个蓬头垢面弯腰驼背的女人吃力地抱着一捆干柴走进一个篱笆院，放下干柴之后，女人从墙上摘下一嘟噜干玉米棒子放在一个烂了边的簸箕里，坐在用蒲草扎成的草墩子上，一粒一粒地往下抠玉米粒儿。女人的手颤抖着，玉米粒儿落在簸箕里，发出些"噼里啪啦"响声，很慢，没有节奏。

这是马子的女人。

这是马天五的娘。

女人一直把头垂得很低，稀疏的白发散乱地滑落下来，几乎遮住了女人的整个脸。

马天五走进篱笆门突然站住了，眼里已经含满了泪水。

北风刮得好像有点大了。

"娘，娘——"马天五"噗通"跪在地上。

女人一个激灵，慢慢地抬起来原本垂得很低的头，瞪大浑浊的眼睛看着，手里的玉米棒子"啪嗒"一声掉在簸箕里。

"娘——"马天五爬到女人身边："娘，我是天五，我是天五呀。"

女人如在梦中，还有些惊恐。女人缓慢地抬起手，哆哆嗦嗦地掀开马天五左边的头发，看见马天五那只只剩下一个轮廓的耳朵。女人的嘴在不停地抖动着，突然张开双臂紧紧抱住马天五的头"啊——"的一声惨叫。

女人没有流泪，女人已经没有了泪。

晚饭是槐花做的。

当女人知道槐花是儿子领回来的媳妇时，女人愣住了，有些不相信自己的耳朵，当女人再次把目光投向槐花的时候，又有些不相信自己的眼睛。女人真不相信自己的儿子会有这么大的本事，把一个娇小但又十分俊俏的姑娘给领回来。看着槐花一脸的笑容一口一个娘的叫，女人才相信这一切都是真的，这个娇小俊俏叫槐花的姑娘是儿子马天五的媳妇，是马天五的媳妇也就是自己的儿媳妇。自己真的就有了儿媳妇？想到这里，女人又觉得有些心酸，想大哭一场。

外面的风不停地往屋里钻，用玉米棒子秸挡住的窗户不时地发出些"沙沙"的声响。

马天五和槐花两个人一起跪在女人面前。

"儿啊，娘都这一把年纪了，娘不想离开这个家，娘怕死在外面成了孤魂野鬼。"女人说。

马天五哭着说："娘，你不答应我和槐花就跪死……"

女人一把捂住马天五的嘴："不许胡说。"

"娘，你就答应跟天五去吧。"槐花说："娘，你去了我也能在娘跟前尽尽孝心呀。"

女人不说话。

马天五抓住女人的手说："娘，你就答应吧。"

看着儿子和儿媳妇都哭成了个泪人，女人终于开口了，说："天五，你要娘跟你去啥地方？"

"娘，不远不远，就去老黄河南面的柳寨渊子，离家也就三四十里路。"马天五回答。

"儿啊，你在柳寨渊子那儿弄啥哪？"女人问。

"我……"马天五没有敢说他在柳寨渊子当土匪，娘要是知道自己干的是土匪这一行，说啥也不会答应跟着去的。"娘，我跟槐花在柳寨渊子里以打鱼为生。娘，你就答应了吧。"

女人看看槐花，槐花犹犹豫豫地点点头。

儿子天五没有说实话，儿媳妇槐花也瞒着自己，女人看出来了。也就是这一刻女人决定跟儿子去，去看看儿子到底在柳寨渊子里干啥。

第二天一大早，槐花扶着女人走出屋子。

女人手里提着一个花粗布包袱，里面都是些女人平时穿的衣服。本来，马天五和槐花都不让女人带，说等到了柳寨渊子再做新的，可是女人不答应，说："都是自己一直穿着的衣服，舍不得扔。"实在拗不过女人，槐花说："天五，咱就依着娘吧。"

女人回过头，看看自己住了几十年的茅草屋，这一下子要离开了，心里觉得就好像被掏空了一样。

女人眼里流出一滴浑浊的泪。

马天五把几捆玉米棒子秸抱过来堵在门口。

女人问："天五，你堵那门弄啥？"

"娘，你在这破草屋里受了一辈子的罪，还留着它有啥用？烧了！我一把火把它烧了，再也不用回这个地方。"马天五说话的时候眼里充满了仇恨。

"不能啊！"女人一把推开槐花，跑过去拦住马天五说："不能烧，不能烧啊！这草屋再破它也是个家呀。娘在这里住了半辈子，娘舍不得。再说了，还有你那个狠心的爹……"

"娘，你不要提他。"马天五咬着牙说："娘，你起来，我把这破草屋烧了，我叫那个连畜生都不如的人死都找不着地方！"

女人把包袱往怀里一抱坐在玉米棒子秸上说："天五，你真的要烧这草屋，那就把娘一块烧了吧，娘也不想活了。"

"天五，你这是要弄啥呀？"槐花过来推了马天五一把，又走过去扶起女人说："娘，你起来吧，咱不烧这老屋。"

女人跟着马天五和槐花来到柳寨渊子。

槐花自从被土匪抢上狼尾巴山之后就再也没有见到过自己的亲娘。其实槐花也想娘，做梦都想。如今，马天五的娘来了，槐花好像看到自己的亲娘一样。自己是马天五的女人，马天五的娘就是自己的婆婆，就是自己的亲娘。再说，槐花不止一次地听说过这个女人从嫁给马天五那个叫马子的爹受尽折磨、毒打，一天好日子也没过，所以，自从马天五的娘来到柳寨渊子之后，槐花对婆婆照顾得十分周到，一日三餐不让女人动手，就连洗脚水都是亲自端到床前，感动得女人不知道说什么好，暗自庆幸儿子马天五摊上一个好媳妇。但在女人心里一直有个解不开的谜。女人曾经问过槐花的身世，槐花只告诉女人自己是河南人，别的什么也不说，女人问儿子天五，马天五摇摇头说："娘，你打听那么多弄啥？槐花能叫你娘能孝敬你就行呗。"越是这样，女人越是放心不下，她知道，儿子和媳妇一定有事情瞒着自己。

女人来柳寨渊子已经一个月了。

这天，天上飘起了雪花，女人吃过晚饭跟槐花说了一阵话便早早地睡下了，谁知道半夜的时候，女人被外面的哭喊声惊醒。女人悄悄地爬起来从窗户里朝外看，模模糊糊地看见儿子马天五领着十几个人推扯着一个被绑着的人走来，被绑着的不停地挣扎不停地哭喊，听声音是个女的。只见儿子马天五过去一把抓住女人的头发，恶狠狠地说："你个臭婊子再他娘的嚎一声老子就宰了你！"被绑的女人仍然大哭大叫，就见儿子马天五突然举起手来，朝被绑的女人头上砸去，被绑的女人马上没有了声音。就听儿子马天五说："你们几个把这个臭婊子弄到后面地窨子里去，一定给老子看好了，这是他娘的五百块大洋哪，知道不？"

被绑的女人给抬走了，外面平静下来，女人却慢慢地顺着墙滑倒在地上。

土匪绑票的事女人在家的时候不止一次地听左邻右舍的说过，说河南哪儿哪儿的土匪心狠手辣，把人绑来之后，苦主三天不拿钱赎人就撕票，把人的脑袋一刀砍下了扔到山沟里喂狼；说微山湖的土匪撕票的手段更吓人，把人的衣服扒个精光用麻绳一捆扔在湖边的草丛里，湖边那些绿豆大小的蚊子一哄而上，不用半夜的功夫，就可以把人身上的血吸个干干净净，只剩下一张皮裹着骨头。所以，人们只要一提起土匪都怕得要命恨得咬牙切齿。柳寨渊子有土匪，女人也听人说过，但人们只是说柳寨渊子里有土匪，但却没有听说柳寨渊子里的土匪怎样的打家劫舍怎样的绑票撕票，有人还说柳寨渊子里的土匪是一伙子义匪，他们从不祸害老百姓，他们抢的都是富人。可是不管怎么说，土匪就是土匪，是土匪就绑票就杀人，是绑票杀人的人就不是好人，就该遭天打雷劈。

女人哭了，哭得很伤心。

女人做梦也想不到自己天天盼夜夜想想得眼睛都快要瞎了的儿子马天五就是土匪，干的就是打家劫舍绑票杀人的勾当。

不行，我得去找儿子天五，叫他跟我回家，跟我回家种地，就是饿死，这土匪说啥也不能当，这伤天害理遭天打雷劈的事说啥也不能干！女人刚爬起来又愣住了，儿子离开家几年了，当娘的话他还会听吗？还有那个儿媳妇槐花，她怎么就心甘情愿地跟一个当土匪的人过日子？一想起槐花，女人心里马上有些明白了，怪不得槐花不肯给自己说她的身世，这里面一准有事，一准有难言的事。因为女人也看出来了，儿媳妇槐花过得并不开心，有时候还背地里偷偷地抹泪。

女人回到床上，想着想着就迷迷糊糊地睡着了。

女人做了一个很奇怪的梦，女人梦见儿媳妇槐花怀孕了，肚子大得很。好像是在秋天的时候槐花生了，生了两个白胖小子。女人高兴儿子马天五也高兴，只有槐花不知道为什么总是愁眉苦脸的，眼里还含着泪。天上的太阳血红血红的，把整个柳寨渊子都染成了红色，儿子马天五怀里抱着两个孩子看血红的太阳。突然一阵狂风骤起，树上的树叶纷纷带着呼啸声飞起来，随着天上"咔嚓"一声巨响，那些飞起的树叶都变成了一把把尖刀一齐刺向马天五，眨眼间，马天五和两个孩子变成了一堆肉泥。女人想喊张不开嘴，想动也动不了。槐花来了，看着地上慢慢向外流淌着的血哈哈大笑，那笑声震得整个柳寨渊子都在颤抖。

女人被噩梦吓醒，猛地坐起来，身上像泼了一盆冷水。这是报应啊！女人颤抖着女人哭泣着，女人躺下之后再也没合眼。

天亮的时候，槐花来喊女人吃饭，女人推说有些头疼，翻个身面朝里睡过去。

槐花说："娘，这些日子天冷，外面又下着大雪，你是不是有些受凉了？"伸手在女人额头上摸了一下。女人扭脸看一眼槐花，突然发现儿媳妇槐花的脸扭曲着，面目狰狞像个魔鬼。女人心里一紧，扭过脸去说："没事，你走吧，我想睡一会。"

槐花走了不大一会就和马天五一起来了。

"娘你咋了？娘你病了？"马天五问。

女人折身从床上坐起来一把抓住马天五，把马天五上上下下打量一遍，嘴张了几张没有说出话来，又慢慢躺了下去。

外面的雪整整下了一天，女人整整睡了一天。其实，女人并没有睡着女人不敢睡着女人害怕睡着了再做噩梦。

马天五和槐花端着带荷包蛋的面再次来看女人的时候，雪已经停了。马天五喊了几声，女人没有吭声，女人不想说话，也不想看儿子马天五和儿媳妇槐花，女人脑子里老是想着地上的那一堆肉泥和槐花扭曲着的脸。

半夜的时候，女人突然从床上起来，把衣服收拾一下包起来，背着包袱悄悄地出门朝后面地窖子走过去。因为天冷又下着大雪，把守地窖子的土匪觉得还能有谁吃了熊心豹子胆了敢冒雪来柳寨渊子救人，那不是找死吗？两个土匪一嘀咕，把地窖子的门封好，就不知道钻到啥地方睡觉去了。女人费了好大劲才把地窖子门打开，然后过去把被绑着的女人身上的绳子解开，低声说："你别怕，我这就带你逃出去。"

就这样，两个女人踏着厚厚的积雪逃出了柳寨渊子。

天刚一亮就有人来告诉马天五说："马爷，不好了，肉票跑了。"

"他娘的，怎么回事？"马天五急忙来到地窖子门口，大声说："守地窖子的人哪？都她娘的死了吗？"两个看守地窖子的土匪吓傻了，哆哆嗦嗦地跪在地上说："马爷，我……我俩该死我俩该死。"马天五一手掐住一个人的脖子凶狠地说："死？一刀把你们宰了便宜了你们了，你们两个狗日的脑袋能值五百块大洋呀？"这时老尖过来一扯马天五，手朝着地窖子门旁一指说："马爷，你看，这里留下的是两个人的脚印。"

马天五松开两个吓得尿了裤子的土匪过来看看地上留下的两行脚印，说："这是他娘的什么人，吃了熊心豹子胆了，敢深更半夜闯进老子的柳寨渊子劫走肉票，是他娘的活得不耐烦了。"

"马爷，你再仔细看看。"老尖捋着几根山羊胡子说："我怎么看着这地上的脚印有点怪呀，你看看，这不像是男人留下的脚印。"

马天五把眼一瞪对老尖说："我不管是他娘的什么人留下来的脚印，敢劫老子的肉票就是跟老子过不去，跟老子过不去就他娘的长了三头六臂也得死！把弟兄都派出去给老子找，一定要把这个吃了熊心豹子胆的家伙给老子找着。"老尖说："马爷你放心，他就是跑到天边，我们也一定把他给马爷抓回来。"

"老子要活剥了这狗日的皮！"马天五咬牙切齿地说。

老尖带着人刚走，槐花就急急忙忙地走来了，她什么话也没说，伸手拉着马天五就走。

"姐，你怎么了，你这是拉我去哪儿呀？"马天五问。

"你快去看看吧，娘她……"

"娘怎么了？"

马天五和槐花来到女人住的屋里一看，马天五愣住了。

"天五，娘走了。"槐花低声说。

愣了一会，马天五突然说："哎呀，地窨子的那个女人……哎哟，娘啊！"

妙善在床上躺了整整一天，她不敢动，一动下身就刀割似的疼。

妙善也觉得奇怪，为什么这么一个牛高马大的男人会在自己一个小尼姑身上这样的疯狂，而自己被这么个牛高马大的男人碾压了一夜竟不觉得难以忍受。妙善从马天五上了身子脑子里就一直胡思乱想，所以，尽管马天五在她身上发泄了那么长的时间，妙善一直咬牙忍着疼痛，没有挣扎也没有哭喊。

妙善瞪着两眼盯着房顶发呆，是痛苦还是回味，她自己也不清楚。

夜色降临，屋里渐渐暗起来。

马天五进来点上灯的时候，妙善还在那儿躺着。

看见马天五进来，妙善突然坐起来两手捂着脸"呜呜"大哭。

马天五抬手摸着妙善光秃秃的脑袋说："哭啥？马爷知道你是黄沙庵的尼姑，陪马爷好好玩几天就送你回去。"马天五一说要送妙善回去，妙善哭得更厉害，声音也大起来，任凭马天五怎么说怎么劝只是哭。最后马天五烦了，说："你他娘的老哭个屁呀？"妙善突然大声说："我都出来两天了，你送我回去师傅会叫人打死我的。"

"你不想再回黄沙庵了？"马天五问。

"我……我怕师傅。"妙善又哭起来。

马天五一把把妙善揽到怀里说:"漂亮的小尼姑别哭了,不想回黄沙庵拉倒,在这儿陪着马爷,马爷让你吃香的喝辣的,比在那个尼姑庵里强多了。"

也许是马天五的话起了作用,妙善不再哭了。

马天五两天没有回来了。

马天五临走的时候给妙善说过,叫她不要出门,该吃该喝的时候有人会送饭送水来的。妙善说:"那不行,你去啥地方都得带着我,我一会也不离开你。"马天五左说右劝妙善就是不答应,紧紧抱住马天五的胳膊非要缠着跟马天五一块出去。其实,马天五这回又是出去绑票,这事能让妙善跟着去吗?最后实在没有办法了,马天五把眼一瞪说:"你个小光头要是再不听话,老子就把你送回黄沙庵去!"

马天五这一句话把妙善吓傻了,立马坐在地上号啕大哭起来。妙善不是假哭是真哭,因为她心里害怕,害怕马天五真的会把她送回黄沙庵。如果真的把她送回黄沙庵,师傅会把她打死的,就是师傅不把她打死,回到黄沙庵能有这柳寨渊子里的日子好过吗?整天除了念经还是念经,独伴青灯不说,一年到头清汤寡水咸菜窝头,这会儿想起来就恶心。在柳寨渊子哪,马天五拿她当宝贝,大鱼大肉送到嘴边上,高兴了还喂自己几口。这还不算,马天五还教会了自己喝酒。马天五刚开始让妙善喝酒的时候,妙善不敢喝,说什么也不喝。马天五没办法说:"不想喝就不喝行了吧?"马天五自己喝了半碗之后,站起来走到妙善身后说:"妙善,我不让你喝酒,你闻闻总可以吧。"妙善刚把头往前一伸,谁知道马天五一把把妙善的脑袋紧紧按住,把碗放到妙善嘴边,硬是把大半碗酒灌进妙善肚里。妙善被酒辣得哭起来,两只手放进嘴里往外掏,马天五在旁边笑得直不起腰来。两天之后,妙善见马天五喝酒,便说:"拿来,再叫我闻闻。"马天五把酒碗递给妙善,妙善接过酒碗先是闻了闻,然后抿了一小口,说:"咦,这酒咋不像你那天灌我那样辣呀?"马天五说:"喝酒就是这样,头一回喝觉得辣,慢慢品出酒味来了你就不觉得辣了。"妙善又喝了一口说:"真的,真的不辣。"就这样,妙善慢慢地跟着马天五学会了喝酒,到了这会,妙善每天不喝酒就会觉得像少了什么似的。真的,妙善打心里感激马天五,要不是马天五把她带到这柳寨渊子,妙善做梦也不敢想能过上这样快活的日子。

第 27 章

　　像今天这样枪林弹雨的场合，马天五还是
头一遭碰上。不管什么样的人，说不怕死那都
是假的，一旦枪口顶着脑袋刀架在脖子上的时
候，谁心里都得犯怵

　　柳寨渊子聚集着一帮子土匪，原来柳寨渊子周围的老百姓有亲的投亲，有友
的奔友，早就跑得不见踪影。整个柳寨渊子被这伙打家劫舍的土匪占着，绑票、
劫色，搅得方圆上百里的百姓人心惶惶。官府也派人来剿过几次，大多是走走过
场，来到柳寨渊子边上胡乱地吆喝几声放几枪回去交差。马天五照样带着人昼伏
夜出，今天绑来个土财主，明天又弄来个大户家的小姐。俗话说作恶到头终有
报，那天，马天五带着孟驼子等十几个心腹怀里揣着五六支火枪进了凤城，在
"望凤楼"大吃大喝闹腾了半天，打算在城里干一笔大买卖。马天五派孟驼子带
了几个人出去踩点，不想偏偏遇上一个曾经被马天五他们绑过票的赵二皮。赵二
皮一眼就认出了把他打得皮开肉绽的孟驼子。这伙胆大包天土匪竟敢跑到县城里
来了，这还得了？赵二皮悄悄地跟在孟驼子他们后面，最后见孟驼子这伙人都进
了"望凤楼"。赵二皮转身朝警局跑去。卢局长接到报告之后，马上带了一队人
马奔"望凤楼"而来。

　　孟驼子正在给马天五说踩点的事，突然楼下一个望风的小土匪慌慌张张地跑
上来，说："马……马爷，不……不好了，有一大群警察朝这儿来了。"马天五拿
着火枪跑到窗户边往下一看，警察已经把"望凤楼"的门给堵上了。马天五虽然
心狠手辣，在柳寨渊子里耀武扬威呼风唤雨，但他却没有正式地和官府的人交锋

过，一看这个架势也慌了神，问孟驼子咋办？孟驼子毕竟跟着浪里滚刀很多年，当土匪的时间比马天五长，遇上的事也比马天五多。孟驼子到窗户边看了看说："想从前面跑是不可能了，只有一条路，跳窗。马爷，你先走。跳下去之后不要停留，马上出城。"马天五刚来到后面窗户边打开窗户，警察已经上了二楼，举着枪大声喊"不许动。"马天五什么也顾不了了，纵身往下一跳。孟驼子拿着火枪朝警察开了一枪，想借着火枪的烟跳下楼去，谁知道枪一响卢局长火了，喊声"打！"一枪打在孟驼子脑袋上，所有的警察一齐开火，可怜孟驼子这十几个无恶不作的土匪一个个都丧命在"望凤楼"上。

转眼间妙善已经在柳寨渊子里待了三个月，长出了一些乌黑的秀发，只是不太长，像个半大小伙子。在柳寨渊子的这些日子，妙善活得很滋润很快活，和在黄沙庵的时候相比，妙善觉得自己简直是到了天堂。人就是这样，日子过得舒心了，就有精神就开心。像妙善这样，夜夜有马天五陪着哄着，云来雾去如鱼得水，早把黄沙庵把师傅忘了个一干二净。

妙善一个人待在屋里觉得寂寞，便走出屋来。

妙善先来到水边，刚想蹲下洗洗手，突然看见水里有一条鱼正向岸边游来，有半尺长。妙善急忙站起来，从旁边拿起一根树枝想去够这条鱼。八成是这条鱼感觉到了有危险，一个转身，摇着尾巴往里面游去。妙善将树枝一丢，把两条裤腿往上一卷就要下水逮鱼。

"那里水深，不能下！"有人在妙善身后大声喊，是女人的声音。

妙善吓了一跳，回头一看，见一个女人正急匆匆地朝自己走来。

"这里面水有两人多深，你怎么能这样下去，找死呀？"女人盯着妙善说。

"我……"妙善说："水里有一条大鱼，我想下去逮鱼。"

"你要鱼还是要命啊？"女人问妙善："你是哪里来的，怎么没有见过你？"

"我……你问我弄啥？你是谁？"妙善问女人。

"俺叫槐花。"槐花又问："你是谁家的孩子？怎么来到柳寨渊子的？是谁让你来的？你来柳寨渊子干什么？"

槐花一连串的问话把妙善问懵了。妙善知道马天五的媳妇叫槐花，马天五曾经嘱咐过妙善，没有事就在屋里待着不要到处乱跑，千万别让槐花知道她和马天五在一起的事。今天妙善第一次出来便遇上了槐花，不知道该怎么办才好。"我……我是黄沙庵的尼姑，我叫妙善。"妙善支吾道。

"黄沙庵的尼姑，妙善？"槐花说："你一个尼姑跑到柳寨渊子里来干什么？

你知道柳寨渊子是个啥地方吗？"槐花把妙善带到自己的住处，逼着妙善说是怎么来到柳寨渊子的，妙善无奈，只好把自己是如何来到柳寨渊子的经过如实地给槐花说了，槐花听完之后气得流下泪来。马天五竟然背着自己把一个十几岁的尼姑抢来，怪不得这些日子马天五经常不回屋里睡觉，原来是跟这个小尼姑在一起。

"你走，马上走，回你的黄沙庵去！"槐花对妙善说。

妙善一听槐花要撵她走急了，说："我……我不想走，我不想再回黄沙庵了。"

"啥？你不想走？你被抢到柳寨渊子已经几个月了，你师傅那边一定急死了，你还是赶紧回黄沙庵吧。你小小年纪，难道真的想这样跟着马天五一起鬼混一辈子？再说了，你是一个尼姑，这里也不是你待的地方，我是为了你好才让你走的，等马天五回来，恐怕你想走也走不了了。"槐花劝妙善说。

"我就是不走。马爷对我好，我就是要等他回来。"妙善的口气有些强硬起来。

"你到底走不走？"槐花气愤地问。

"不走！"妙善坚决地回答。

"啪！"槐花一个耳光扇在妙善脸上，"不要脸的东西！"

妙善愣了一下神，捂着脸转身跑开。

马天五从凤城"望凤楼"饭庄后窗跳下来，刚一落地就听见楼上传来一阵激烈的枪声，吓得马天五魂飞魄散，他也顾不得楼上的那帮兄弟了，忍着疼痛爬起来一头钻进一条小胡同，拐弯抹角地奔城南门而来。

要说马天五当了几年的土匪，人也杀了不少，也算是个经历过不少血雨腥风的亡命之徒了，但马天五凭的是他那股子天不怕地不怕的劲头。他抢的人他杀的人几乎都是些手无寸铁的人，就是说没有遇上真正的对手。像今天这样枪林弹雨的场合，马天五还是头一遭碰上。不管什么样的人，说不怕死那都是假的，一旦枪口顶着脑袋刀架在脖子上的时候，谁心里都得犯怵。

马天五逃回柳寨渊子的时候已经是半夜了。

老尖正在等着马天五，看见马天五一个人回来，觉得事情有些不妙，便问："马爷，到底出了什么事？驼子和弟兄们怎么没回来？"马天五愣了半天，才把"望凤楼"上的事给老尖说了一遍。老尖一听，吓得脸色都变了，说："马爷，你们怎么就惹上了警局的那帮人了？他们手里有枪啊。"

突然，马天五一拍桌子站起来，咬着牙说："驼子和弟兄们的命不能就这样白白地丢了！"

老尖说："马爷，驼子兄弟死在了'望凤楼'，我心里也不好受，可是马爷，咱们不敢和官府作对呀，他们手里有枪，咱们哪，手里就是几把大刀片子，到头来吃亏的还是咱们呀。"

"枪！"马天五从嘴里挤出一个字来。

天快亮的时候马天五才回到妙善那儿，妙善一看见马天五，一头扑到马天五怀里号啕大哭。马天五不耐烦地一把推开妙善说："你他娘的号啥丧呀？老子还没死哪！"一看马天五那凶狠的样子，妙善哭得更伤心了。

看着妙善哭得那么伤心，马天五心软了，说："今个是犯的哪门子邪呀，老哭个啥？马爷不就是才一天没陪着你吗？"

妙善趴在马天五怀里哭声更大。

"有啥事你给马爷说，别哭了。"马天五说。

妙善说："她打我。"

马天五一愣，问："谁这么大的胆敢打你？快给马爷说，马爷去把他的脑袋拧下来。"

"那个叫槐花的女人。"妙善说："就是那个叫槐花的女人打了我。"

"你跑出去了？"马天五问妙善。

妙善点点头。

马天五一把把妙善推到地上，大声说："滚一边去。你他娘的不听老子的话，挨打活该！我问你，谁让你跑出去的？我给你说，在柳寨渊子里谁敢动你一个指头，老子把手给他剁了去，只有槐花，她打你算你他娘的倒霉。"

"她凭什么打我？我又没惹她。"妙善觉得很委屈，过来拉着马天五的手说："不行，你得给我出这口气，去把那个女人狠狠地揍一顿。"

马天五不耐烦地说："小尼姑你给我听好了，你要再这样胡闹下去，老子马上让你滚，滚回你的黄沙庵去。"

妙善一听马天五不光不答应给她出气还要让她滚回黄沙庵，便发了疯似的一屁股坐在地上大哭起来。

"你他娘的再号丧，老子把你扔到柳寨渊子里喂王八去，你信不？"看见马天五真的生气了，妙善只好从地上爬起来。

门突然被推开了，槐花提着包袱走进来，看看坐在地上痛哭的妙善，走近马天五说："马天五，俺来是给你说一声，这柳寨渊子俺是一天也待不下去了，俺今个就回河南老家。"说完转身走了。

"槐花，槐花，姐——"马大五急忙追出去。

槐花没有走，被马天五强行拉了回来。马天五跪在槐花面前说："姐，我求你了。"槐花含着眼泪说："好，俺不走。打从今个开始，你不要再到俺这儿来，你去陪着那个小尼姑吧。"把马天五硬给推到门外。

太阳到了正晌午的时候，马天五带着柳寨渊子里六七十个土匪，齐刷刷地跪在院子里。前面的桌子上一字排开孟驼子等十几个在凤城被打死的土匪的灵位，每个灵位前都放着一碗酒。马天五领着土匪们对着灵位磕了三个头，然后站起来，端起地上的酒碗一饮而尽，"啪"地把酒碗朝地上一摔，含着泪说："孟驼子死了，十几个兄弟都死了，他们都是咱们出生入死的兄弟呀。他们是怎么死的你们知道吗？啊！他们都是被凤城警局里的那帮王八蛋用枪给打死的！枪，枪，你们知道吗？枪是啥东西，唉？他娘的枪就是拿在手里对着你的脑袋手指头一动，你他娘的就脑袋开花的东西。孟驼子和十几个兄弟都死了，死在了凤城警局那帮人手里，就是因为他们手里有枪咱们手里没有枪。"马天五说着，转身抱起来一只酒坛子，把坛子塞拔下来朝身后扔去，嘴对嘴"咕咚咕咚"喝了一气，然后提着酒坛子晃晃悠悠地说："他奶奶的，警局那帮狗娘养的有枪，他们不就是有枪吗？老子手里也得有枪，有了枪就能给驼子兄弟他们报仇。"说完把酒坛子高高举起来狠狠地摔在地上说："从今个开始，弟兄们都听好了，就是从今个开始，弟兄们每人两块大洋都给我出去，走亲戚访朋友，七大姑八大姨家都给我找个底朝天，干啥？买枪。买来枪的有赏，买不来枪的每人五十大棍，老子把你狗日的打得哭爹叫娘。"

马天五说这番话的时候，槐花就站在不远处。槐花知道，马天五前些日子从外边不知道怎么弄来了几只火枪，好像得了天大的宝贝似的，几乎天天出去不是抢就是绑票，三天两头也见不着人的影子。马天五在凤城吃了亏，还死了十几个弟兄，马天五看起来是要发疯了。如果手里真的有了枪，那马天五还不得闹翻了天？槐花越想越害怕。

马天五没有离开柳寨渊子，跑到妙善那儿整整睡了三天。

三天之后，出去买枪的土匪一个个垂头丧气地回来了，只有老尖弄来一杆打兔子用的火枪。气急败坏的马天五咬牙切齿地说："都是他娘的笨蛋，把这些没有用的东西给我往死里打！"老尖看看马天五，又看看周围低头不语的兄弟，说：

"马爷，兄弟们腿都跑折了，可老百姓手里没有枪，你叫兄弟们上哪儿买去？你就是把兄弟们全都打死了也弄不来枪啊。马爷，这些天我都打听过了，有卖枪的地方。"马天五一骨碌爬起来问："哪里有卖枪的地方？"老尖说："不远，听说济宁那一带就有。""真的？"马天五问。"真的，我打听得清清楚楚。济宁那边的警局里专门有人干这个生意，清一色的大肚盒子二十响，跟凤城警局的家伙一个样。""那得多少钱一把？"马天五又问。"这个不清楚。"老尖摇摇头说。马天五想了想说："老尖兄弟，你带两个弟兄到济宁跑一趟，把家里的钱都带上，多买几把。天一亮就走。"马天五也是想枪想疯了。他从来到柳寨渊子之后，基本也就在柳寨渊子周围转悠，最远也就去过凤城，他哪里知道外面的事，更不知道多少钱能买一把枪。老尖说："马爷，钱我看不要多带，我先去看看情况再说。""这样也行，你明天一早就走，快去快回。"马天五说。

槐花来了。

槐花直直盯盯地看着马天五半天没有说话，马天五被看得莫名其妙，便问槐花说："姐，你有啥事？"

"马天五，你真的想在这柳寨渊子里当一辈子土匪？你就没有想过自己有一个安安稳稳的家？"槐花说。

马天五说："姐，你也知道，我哪里还有什么家呀？一个老娘打从走了之后，我去看过两次，连门都不给我开，说她没有我这个儿子；一个爹虽然还活着，但是个禽兽不如的东西，我压根就不打算认他是我爹，都是他害得我才落到今天这个地步。姐……我也不想这样整天提着脑袋过这种提心吊胆的日子，我也想有一个安安稳稳的家，陪着姐好好过日子。可是不行呀！姐，我这是被逼得走投无路了呀，不当土匪我还能干什么，我还会干什么？"马天五说完竟然"呜呜"地哭起来。

槐花来找马天五，本来是想再劝马天五一次，希望他能离开柳寨渊子不再当土匪。槐花觉得马天五本质上还没有那么坏，最重要的是槐花爱马天五，马天五就是她一辈子的依靠。槐花打定了主意，如果马天五不听劝，她就自己走，远远地离开柳寨渊子。看见马天五哭得像个孩子一样，槐花的心软了，说："天五，只要你不想当这个土匪，咱们就离开柳寨渊子远走高飞。天五，不论走到那里，俺都陪着你。"

其实马天五这回是真的伤心地哭的，不过马天五哭的不是无家可归，不是老娘不认他这个儿子，而是为在凤城死去的孟驼子那帮兄弟伤心。

"天五，别再哭了，咱们马上离开这儿，回家去给娘说你再也不干这土匪的营生了，娘会原谅你的。咱把娘接上，走得远远的。"槐花说这些话的时候显得有些激动，仿佛真的看到了她和马天五用双手建造起来的一个温暖的家。

"姐，你……你让我好好想想行吗？"马天五支吾道。

槐花没有再说什么，觉得自己的话马天五一定是听进去了。所以，槐花没有再逼马天五。应该给他点时间。槐花想。

晚饭马天五是陪着槐花吃的。

槐花说："天五，过去的事咱啥也不说了，你赶紧把那个小尼姑妙善送走吧，她应该回她的黄沙庵里去。"

"可是……这个……这个小尼姑妙善她……"

槐花把筷子"啪"地往桌上一放说："天五，你不会舍不得让她走吧？"

"我……唉，我也劝过她，那个妙善是死活不愿意走啊。"马天五摇摇头说。

"那好，她不愿意走是吧？"槐花站起来说："俺去说。"

马天五急忙拦住槐花说："姐，你别这么急嘛。你打过她，她心里恨着你哪，怎么会听你的？这事还是我去吧。"

马天五是去了妙善那儿，可是他什么也没说，倒是妙善不高兴了，扑到马天五怀里委屈地说："马爷，你咋两天没回来呀？把我一个人扔在这里不管了。我又不敢出去找你，怕再碰上那个女人。"

马天五说："你是马爷的心肝宝贝，马爷咋能舍得扔下你不管呢？来来来，马爷今个好好地犒劳犒劳你。"马天五一边说，一边从怀里掏出一条金项链在妙善面前一晃说："咋样？马爷心里时时刻刻想着你哪。来，马爷给你戴上。"马天五把金项链戴在妙善脖子上，后退半步仔细地打量着妙善说："嘿，配上这条金项链，你这小光头越发漂亮了。"

妙善高兴地扑进马天五怀里撒娇地说："马爷，你没看见吗？人家的头发都长出那么长了，你咋还喊人家小光头呀。"

马天五说："你长了头发不好看，马爷觉得还是你的光头漂亮，摸上去滑溜溜的。"

"那赶明你给我把头发刮喽呗。"妙善说。

"干吗赶明呀，来，马爷这就给你刮。"没用多大会马天五就把妙善的头发给刮了个精光。马天五摸着妙善光秃秃的脑袋说："咋样，还是这样好看吧？"

三天之后，老尖回来了。

"咋样？打听到卖枪的地方没有？"马天五急切地问。

"枪倒是有。"老尖说："要十杆八杆的都有，就是……"

"就是啥？他有枪咱有大洋，买来不就完了。"马天五说。

老尖一笑说："马爷，不是你想的那样。我都托人打听过了，济宁警局那边是有枪卖，可是他们的要价太高了。短枪五十块大洋，长枪三十，子弹还得再花钱买。"

马天五一听愣住了，瞪大眼睛说："乖乖，这些王八蛋咋比老子还贪心呀？这……老子上哪儿弄那么多钱去？"

马天五闷闷不乐地回来了，妙善刚想上来撒娇，马天五一把推开妙善说："去去去，马爷心里烦。"一头倒在床上。

妙善上床骑在马天五身上，说："马爷，有啥烦心的事你给我说说呗。"

"给你说有个屁用？"马天五还是把老尖到济宁打听买枪的事给妙善说了。"没有枪瞪着两眼吃亏，想买枪又得那么多钱，老子上哪儿弄去。"

妙善想了一阵说："马爷，我倒想起来了，黄沙庵里有钱。"

马天五一把抓住妙善说："啥？黄沙庵里有钱，你看见了？"

妙善摇摇头说："看我是没看见，有一回我从大殿门口经过，听见师傅对大执事妙安说，这些银圆都是施主们的香火钱，也是庵里众尼生存的依靠，一定要多加小心，万万不可大意。"

"真的，你听准了？"马天五问。

妙善肯定地点点头。"听准了，一点没错，师傅就是这样给大执事说的。"

马天五一把把妙善推开，大喊一声："老子有钱了！"然后发疯似的跑出去。

马天五吩咐老尖把柳寨渊子里所有的兄弟都叫来，又叫人杀了一口猪两头羊，地上摆了一溜酒坛子。

有人问："马爷，今个杀猪宰羊，又喝酒又吃肉的，有啥喜事？"

马天五满满地倒上一碗酒，把碗高高地举起来说："弟兄们，来，干！干了这碗酒跟马爷发财去，发大财。不光发大财，还有女人，不过……这些女人吗——"

老尖说："马爷，别卖关子了，快给弟兄们说说发什么财，有什么样的小娘们。弟兄们可有些日子没上过娘们的身子了，裤裆里的家伙都憋出毛病来了。"

旁边的人也跟着嚷嚷起来。

"马爷，咱啥也不缺，就是缺他娘的女人。"

"对对对，马爷领着咱们出去弄几个小娘们来好好玩玩，解解馋。"

老尖说："你们这些人哪，一天到晚地就知道玩女人，小心掉进女人那无底洞里边去喽。都别瞎叽叽喳喳的了，听马爷说。"

马天五一口气把碗里的酒喝干，把碗"咣当"朝桌上一扔说："弟兄们，咱是女人得要，财也得发。这年头手里没有硬货不行，啥是硬货？嗯，就是他娘的袁大头。有了白花花的袁大头咱就能买枪，手里有了枪就能给驼子和死去的兄弟们报仇！手里有了枪老子就谁也不怕。可是，没有女人那也不行，就这样干靠着弟兄们能熬得住？哈哈……"

"对，对对，还是马爷说得对。"

"好！弟兄们吃饱喝足了，把手里的家伙收拾好，等天一黑咱们就出发。不过有一句话我先撂在这儿，谁他娘的要是在女人身上累得爬不起来可别怪马爷不客气啊。"

"咱们去啥地方找小娘们呀？"一个小土匪问老尖。

老尖照着小土匪屁股上就是一脚，骂："你他娘的胎毛还没退干净哪，给你个娘们你爬得上去吗？跟着走就是了，瞎嘀咕个屁啊，小心马爷把你狗日的舌头割下来。"

这是马天五给手下立的规矩，无论什么时候出去，无论到什么地方去，无论是抢还是去绑票，手下的人谁也不准打听，只管跟着走就是，到时候叫你抢你就抢，叫你绑你就绑，叫你杀你就杀。

第 28 章

黄沙庵的大门被悄无声息地打开了，同时也打开了一幅血雨腥风的凄惨画卷，从此老黄河的岸边没有了悠悠扬扬的诵经声，没有了晨钟暮鼓中的木鱼声

月黑风高夜，杀人放火天。几十个黑影从柳寨渊子里蹿出来，迅速朝老黄河方向跑去。

马天五带着老尖等几十个土匪来到黄沙庵的时候正是半夜时分，马天五朝老尖点点头，老尖带着两个人搭人梯翻上院墙跳进院内。

黄沙庵的大门被悄无声息地打开了，同时也打开了一幅血雨腥风的凄惨画卷，从此老黄河的岸边没有了悠悠扬扬的诵经声，没有了晨钟暮鼓中的木鱼声，取而代之的是一场又一场血淋淋的残忍的杀戮。

一大早上香的时候，慧圆主持突然发现了一个奇怪的现象，以往点燃的香柱在燃烧到半寸左右的时候香灰便弯弯曲曲地倒了下去，而今天香柱的香灰不但没有弯曲着倒下去，而且是一根根直挺挺地立在那儿，一直到香柱燃烧一半时，香灰突然像是被用刀横扫的一样，齐刷刷地一起落下来。隐隐有些不祥之兆的慧圆主持再仔细看看香柱上冒出的缕缕轻烟，不由大吃一惊，在这没有一丝儿风的佛殿里，香柱上冒出的轻烟不是像往常一样慢慢地往上升，而是像绳子一样紧紧地拧在一起，拧成一个很大的烟柱，从这个很大的烟柱里，慧圆主持似乎闻到了一股血腥味，似乎看到了一个血淋淋的场面。慧圆主持没有作声，等早课做完之后，便推脱说身体不适，让妙安把庵里的事安排一下，就回到了自己的禅房内。

慧圆主持一天没有离开禅房。

太阳落山的时候，大执事妙安被叫到禅房，没过多久妙安便神色有些紧张地走出来，把正在抄写经文的妙贞和两个年轻小尼妙常、妙玉叫了过来。妙贞和两个小尼一走进禅房便感觉有些和往常不一样，只见慧圆主持脸色阴沉，双目微闭，坐在那儿一动不动。三个小尼相互看了一眼，便规规矩矩地站在慧圆主持面前。

大执事妙安好像也没有了往日的那种温和慈善的表情，两只眼睛在三个人脸上扫了一遍，用冰冷的声音问："叫你们三个抄写的经文抄写完了吗？"妙安的问话让妙贞暗暗吃惊，因为抄写经文这些事情从来都是慧圆主持亲自安排的，妙安虽然是黄沙庵的大执事，但对抄写经文这一类的事是从没有问过的。今天怎么了，大执事怎么问起抄写经文的事了？再说了，那本厚厚的经文师傅才交给她们两天，是根本抄写不完的呀。妙贞想。但在师傅的面前妙贞是不敢多说的，于是便摇摇头说："没有。"

慧圆主持突然站起来，对三个小尼看都没看说："面壁思过三天。"然后快步离开禅房。

慧圆主持走了之后，妙安迅速关上禅房门，回过头来说："你们三个过来。"妙贞和妙常、妙玉跟着妙安来到另一间禅房内，妙安指着墙角里的一只箱子说："你们先把箱子上面的东西搬到一边去。"妙贞和妙常、妙玉三个人一起动手把箱子上的东西移开之后，妙安又说："再把箱子搬开。"箱子搬开之后，妙安说："你们在一边站着。"妙安躬下身子，很吃力地把铺在地上的砖头一块块抠起来，砖头下面出现了一块木板，妙安说："把木板掀开吧。"妙贞不解地看看妙安，和妙常、妙玉一起掀开木板，地上出现一个不大的洞口。妙安把几根蜡烛递给妙贞说："你们三个下去，在密室面壁思过三天，这是师傅安排的。记住，没有师傅的话，你们谁也不许出来。"妙安说完见三个人谁也没有动，便大声说："你们没听见吗？"妙贞和妙常、妙玉三个只好点上蜡烛，慢慢地进入洞内。

这个藏在禅房内的所谓密室其实就是一个地洞，而这个地洞是慧圆主持和两个年纪大一些又老实可靠的老尼偷偷地挖出来的，别说庵内的其他人，就连大执事妙安也不知道。如今两个参与挖地洞的老尼都圆寂了，这个地洞就只有慧圆主持一个人知道。慧圆主持今天一大早观香有了不祥的预感，才把大执事妙安叫来，向妙安说出了自己的担心，并带着妙安到地洞里转了一圈，指着洞里的三只箱子说："这里面是黄沙庵自建庵以来，师傅一点一点地积攒下来的香火钱，也是黄沙庵生存下来的保障，师傅打算不到万不得已是不会动的。今天师傅已经算定，黄沙庵这一劫是躲不过去的，恐怕是一场血光之灾。妙安，你是黄沙庵的大执事，师傅今天把这个秘密告诉你，就是想让你保住这些香火钱，保住黄沙庵，还有妙贞、妙常、妙玉这三个小徒。师傅为什么这么做你也不用多问，只要按师傅的安排去做就行了。至于庵内的其他人——"慧圆主持说到这里停了下来，过了老大一会才长长地叹了口气说："人生在这个世界上，生和死都有个定数，俗话说生死有命，大概就是这个道理吧，所以也就不要多去想了。"

今天妙安让妙贞三个小尼到洞里面壁思过也是按照慧圆主持的安排做的，目的就是让妙贞、妙常、妙玉这三个小尼躲过这场血光之灾。

慧圆主持再次回到禅房的时候，妙安已经把密室的洞口堵上了，把箱子也放回了原处。看见慧圆主持进来，妙安迎上来说："师傅，按照您的吩咐，妙贞她们三个已经进入密室面壁思过去了。"慧圆主持在箱子边很仔细地看了一遍，见没有什么破绽了，才回头对妙安说："你先去准备今天的晚课吧。记住，以前怎么做今天还怎么做，千万不要流露出一点紧张的神色来。这一劫躲过去躲不过去要看上天的造化。"

妙安走了之后，慧圆主持在桌边静静地坐了一会，拿出笔墨纸砚来准备写幅字。往常慧圆主持写字，大多是让妙贞研墨，今天妙贞去了密室，慧圆主持就一个人慢慢地研起墨来。大约到了该掌灯的时候，慧圆主持站起来提起笔轻轻地呼出一口气，纤腕轻移刷刷点点地写起来，没用多大功夫，岳飞的一首《满江红》跃然纸上：

> 怒发冲冠，凭栏处，潇潇雨歇。
> 抬望眼，仰天长啸，壮怀激烈。
> 三十功名尘与土，八千里路云和月。
> 莫等闲，白了少年头，空悲切。
> 靖康耻，犹未雪。
> 臣子恨，何时灭！
> 驾长车，踏破贺兰山缺。
> 壮志饥餐胡虏肉，笑谈渴饮匈奴血。
> 待从头、收拾旧山河，朝天阙。

写完之后，慧圆主持放下笔的时候已经是泪流满面，然后把手中的笔"啪"地往桌上一放，转身走出禅房。

烛光在洞里摇曳，随着凸凹不平的洞壁发生着变化，一会儿像一个憨态可掬的大肚子弥勒佛，一会儿又像是一个青面獠牙的魔鬼，最让妙贞担心的是，头顶上有一处凹进去的地方，像师傅用的那个洗澡盆，还冒着缕缕的腾腾热气。洗澡盆是倒扣着的，随时都有可能带着满满的一盆热水倒扣下来。

妙贞和妙常、妙玉三个人在狭小的地洞里觉得很压抑，有些透不过气来，但是三个人你看我我看你谁也没有说话，她们实在不知道自己该去怎么做该去做什么。三个人中间妙贞年纪最大，从刚被叫到师傅的禅房她就在想，直到进入地洞还在想，想得脑袋都有些蒙了有些疼了也没有想明白自己做错了什么，大执事让她们三个人到这个阴暗的地洞里面壁思过，这当然是师傅的主意，师傅这样做又是为了什么？

妙常和妙玉两个急得快要哭了，问妙贞怎么办，妙贞犹豫了一下说："师傅不是说了叫咱们面壁思过吗？"说着走到一只箱子边往上面一坐，双手合十闭上眼睛默默地诵起经文来。妙常和妙玉也照着妙贞的样子坐在了另外两只箱子上。

用完斋饭的女尼们都已经在大殿里坐下，但有些细心的女尼发现，大殿里少了妙贞和妙常、妙玉三个。大执事妙安领着女尼们在唱诵《六祖法宝坛经》。慧圆主持进来坐下之后，女尼们《六祖法宝坛经》已经诵完，慧圆主持开始讲解经文。

今天慧圆主持讲解经文的时间很短，晚课结束的时候，慧圆主持对女尼们说："你们晚课回去之后不许走动不许讲话。记住，夜里无论听见什么动静都不许出来。如果有什么事情发生，你们都要听大执事的安排。"

女尼们离开大殿之后，慧圆主持没有走，而是把蜡烛灯花挨个挑去，大殿里立刻变得更加明亮起来，然后慧圆主持打坐在佛像面前默默地诵起《地藏经》。

马天五领人进了黄沙庵的大门，向后面的土匪做了一个手势，直奔大殿而来。

整个大殿里静悄悄的，只有那些烛光在摇晃着，偶尔有敲击木鱼的声音传来。烛光里正在诵经的慧圆主持显得那样安详那样平静，在袅袅升起的青烟里，宛若是一尊坐在云端里的世外高人。

马天五没有让其他人进大殿，只带着老尖来到慧圆主持跟前。

马天五和老尖进了大殿，慧圆主持已经觉察到了。慧圆主持心里明白，这伙人深夜来到黄沙庵绝不是烧香拜佛来的，虽然现在还不知道这伙人的真正目的是什么，但有一点可以肯定，这伙人给黄沙庵带来的一定是灾难。这也印证了慧圆主持的预感和担忧。该来的还是来了，天意呀。慧圆主持想。

"阿弥陀佛。施主，佛门乃是出家人修行的清静之地，施主携带兵刃，杀气腾腾地来到我黄沙庵内不知道是何意？"慧圆主持说这番话的时候连眼皮都没有抬。

"你是谁老尼不想知道。天有天道地有地道，世上有人伦之道。"慧圆主持念声"阿弥陀佛"说："人生在这个世上，善也好恶也罢，总不能有逆五常人伦，坠入恶道。所谓'一念嗔心起，百万障门开。'六根不净远离'十善'行'十恶'之事，'人在做，佛在看'，终将遭受天谴。'善有善报恶有恶报'乃'轮回'之大道。"

马天五虽然对吃斋念佛一窍不通，但什么"十善""十恶""善有善报恶有恶报"这些话还是能听得出来的。他知道，这个老尼姑是想用这些大道理来打动他说服他。可是，今天慧圆主持错了，她甚至忘了人和野兽是有区别的，如果用一番话就能让马天五这样一个惯匪改恶向善，那马天五就不是马天五了。

其实，慧圆主持不是不明白她是在给野兽讲经说法，她是在故意拖延，为妙安赢得时间。

马天五带着一帮土匪打开大门冲进院子的时候，按照慧圆主持的安排一直在暗中观察的妙安就发现了，妙安立刻带着女尼们悄悄地向后院走去，从后门出了黄沙庵。这次妙安没有完全按照师傅安排去做。妙安知道，深夜闯进黄沙庵的这些人是土匪，土匪都是些杀人不眨眼的魔鬼，怎么能把师傅一个人留在庵里哪？再说了，密室里还有妙贞、妙常和妙玉哪。妙安的心里非常害怕，她实在放心不下师傅，所以安排了一个年纪长些的女尼带着大家赶紧逃命，自己转身又回了黄沙庵。

大殿里依旧烛光通明。

对于慧圆主持的喋喋不休，马天五早已经不耐烦了，他朝老尖使个眼色，老尖马上来到慧圆主持身边，手里的大刀在慧圆主持面前一晃说："老尼姑，你少给老子说这些善呀佛呀的，老子不信这一套。老尼姑你给老子听好了，今天你老老实实地把银圆拿出来，老子带着弟兄们立马离开黄沙庵。"

马天五过来说："慧圆大师，我们也是没有办法。你这个黄沙庵里不是有很多的银圆吗？我们就是想来借一点钱买几杆枪，也是为了保一方平安吧，这个我想慧圆大师不会拒绝吧。"

慧圆主持依旧平静地坐在那儿闭着眼睛说："施主，想要银圆你们找错地方了。出家之人四大皆空，跳出三界外不在五行中，粗茶淡饭独伴青灯，每日里在佛前参禅打坐哪里来的银圆？"

"你个老秃婆子，找死呀？"老尖把刀横在慧圆主持脖子上说。

马天五过来把老尖拉开，说："大师，如果我们没有弄清楚黄沙庵里有很多银圆，我们是不会来打扰大师的。大师，不要再骗我们了，妙善都说了。"

慧圆主持突然睁开眼睛问："妙善在哪？"

老尖"哈哈"一笑说："妙善？妙善现在是我们马爷的压寨夫人。"

"阿弥陀佛，罪过罪过。"慧圆主持又闭上了眼睛。

"啊——"随着一声尖叫，妙安被几个土匪推进来。

"师傅——"妙安挣脱土匪扑向慧圆大师。

慧圆主持阴沉着脸说："师傅怎么给你说的，你没有听见吗？"

"师傅，徒儿是一个人回来照看师傅的。"

慧圆主持明白了，女尼们走了，妙安回来了。慧圆主持没有再怪妙安，说："妙安，坐下诵经吧。"

这时又有几个土匪慌慌张张地跑进大殿，他们来到马天五面前说："马爷，不好了，尼姑都跑了，我们到处都找遍了，一个人影没见。"

马天五一把抓住一个土匪的衣领大声说："你他娘的说啥？尼姑都跑了？"

"是是是，都跑了，一个人影都没有了。"

"说，那些小尼姑都跑哪去了？"老尖一把把妙安扯起来，用刀逼着妙安说。

"佛门净地岂能容得刀光剑影。施主，还是把你那杀人的屠刀放下吧。"慧圆主持冷冷道。

"大师，我们也不想这样做。"马天五说："黄沙庵里的尼姑跑不跑我不管，只要大师把银圆拿出来，我们立刻离开这儿。"

"哼，黄沙庵里清贫四壁，有的只是经卷。"慧圆主持说。

马天五愣了一会，突然朝老尖一摆手说："还他娘的愣着干啥？"

几个土匪立刻扑向妙安，把妙安按在地上，在惨叫声中妙安身上的衣服被扒得干干净净。

老尖来到慧圆主持跟前说："秃老婆子，睁开眼睛好好看着，我让弟兄们给你演场男人大战尼姑的好戏。弟兄们，上。"

一个胖子土匪扑向妙安。

"万恶淫为首，我佛慈悲亦惩恶。"慧圆主持突然睁开眼睛，随手拿起身旁的一个蒲团朝胖子土匪砸过去，胖子土匪站立不稳，"娘哎"一声一头撞在供桌上。

"嘀，老秃婆子还会两下子。"老尖举起手里的刀扑向慧圆主持。看着刀快要落到头顶的时候，慧圆主持右手往上一抬，两个指头夹住老尖劈过来的刀锋用力一拧，老尖手里的刀便出手了，慧圆主持顺势把刀往前一推刺向老尖，老尖还没弄清楚怎么回事，刀尖已经刺进胸膛，从后背露了出来。老尖惨叫一声倒在地上。

所有的土匪都吓傻了，他们立刻放开妙安，操起手里的家伙。

一直站在旁边的马天五这才回过神来，他看看倒在地上的老尖，又看看惊慌失措的一帮子土匪，马天五这才明白：面前的这个老尼姑太厉害了。老尖怎么说也是有些功夫的，可是在这个老尼姑面前一招也没使出来，也就那么一眨眼的工夫就一命呜呼了。马天五越想越害怕，掏出火枪对着慧圆主持就是一枪。可怜慧圆主持这样一个虔诚的佛门弟子就这样丧命在马天五的枪口之下。

"师傅，师——傅——"妙安扑向慧圆主持，把慧圆主持揽在怀里。"师傅，你醒醒呀，师傅。"

马天五过来用火枪顶在妙安头上说："快说，黄沙庵里的银圆到底藏在什么地方？"

"你们这些畜生！"妙安说："佛门净地辱佛门弟子杀我师傅，佛祖不会饶了你们的，你们要遭报应的！"

马天五"哈哈"一阵大笑说："啥他娘的报应？老子就是个土匪，还怕报应？我劝你赶紧把银圆交出来，不然的话，你也跟这个秃老婆子一样，老子让你死！"

"哈哈哈哈……"妙安突然一阵大笑，指着马天五说："你们这群没有人性的东西，别做美梦了。银圆黄沙庵里有的是，你不是想要吗？哼哼，那要看佛祖答应不答应，佛祖会不会饶了你们这些丧尽天良的强盗！"

慧圆主持死了。

马天五他们没有找到想要的银圆，临走之前一把火烧了黄沙庵的大殿。等黄沙庵周围的生意人和黄三座楼的人赶来把大火扑灭的时候，天已经大亮了。

黄炳秋来了，石守乾来了，黄三座楼的男男女女老老少少都来了。最早来到黄沙庵的石泥鳅没有跟着人救火，借着黑暗中的火光，石泥鳅远远地看见许多人影在沿着老黄河边上往西跑，石泥鳅快步跟了过去，一直跟到柳寨渊子。

石泥鳅明白了，黄沙庵的这场大火就是柳寨渊子里土匪放的。石泥鳅赶紧返回黄沙庵。

黄沙庵里的大殿被烧成了一片废墟。

黄沙庵毁了。

当人们把慧圆主持的尸体从仍冒着烟的灰烬里扒出来的时候，在场所有的人都流下了眼泪。人们谁也不知道好端端的黄沙庵怎么就突然起了这场大火。

一丝不挂的大执事妙安被找到的时候人已经烧得面目全非了，不过，妙安还没有死，鼻子里还隐隐约约地有一点点气息。

黄炳秋赶紧让人拿来衣服给妙安盖上，只见妙安嘴唇慢慢蠕动了一下。

"快看看她想说什么？"黄炳秋说。

石守乾急忙把耳朵凑到妙安嘴边，就听妙安用微弱的声音说："师……傅……禅……房……妙……贞……"说完，妙安再也没有了气息。

"她说什么？"黄炳秋问石守乾。

"她说'师傅、禅房、妙贞……'这是什么意思？"突然石守乾好像想到了什么，对黄炳秋说："黄族长，这个妙安师傅临死还在叨念啥师傅、禅房，还有妙贞，是不是慧圆大师的禅房里还有什么秘密呀？"

"是啊，我也觉得奇怪。这黄沙庵平日里有几十个女尼，怎么咱们就看见慧圆大师和这个妙安两个？"黄炳秋说："难道别的女尼都被人抢走了还是都跑了？石守乾，走，咱们到慧圆大师的禅房里看一看。"

黄沙庵分前后两个院子，前院是供奉着佛祖与观音的大殿和供香客们喝茶歇息的地方，后院是女尼们睡觉的禅房。马天五他们把大殿点着的时候并没有去后院放火，只是让人把每一间禅房都翻了一遍，结果什么也没有找到。所以，女尼们的禅房没有毁于火灾。

黄炳秋和石守乾带着人来到慧圆主持的禅房的时候，屋里静悄悄的，还微微地透出些松柏的清香。突然有一种沉闷的声音传来，像是有人在敲打什么东西，但是又弄不清楚这声音是从什么地方传出来的。

"黄族长，你听见什么了吗？"石守乾问。

黄炳秋点点头然后又朝石守乾摇摇手，仔细地寻找传来声音的地方。

"咚，咚咚。"敲打的声音再次响起。

石守乾一拉黄炳秋来到墙角一只上面零乱地堆满经卷的木箱子旁边，低声说："黄族长，是这儿。"

黄炳秋和石守乾都弓下身子侧耳细听，果然听到箱子下面有动静。两个人一起动手，小心翼翼地把箱子上面的经卷拿开，然后用力把箱子移动了一下，看见箱子下面是一块可以活动的木板。

"咚咚咚，咚咚咚。"木板下面又传出急促的敲打声，还有像女人的哭泣声。

石守乾是个大胆心细的人，他仔细地观察了一下那块木板，蹲下身子，双手扣住木板的边缘。

"小心。"黄炳秋说。

石守乾用力把木板往上一掀后大吃一惊，他首先看到的是木板下面一个光秃秃的脑袋。

妙玉忽闪着一对大眼惊恐地看着石守乾。

"快上来。"石守乾伸手把妙玉从洞里给拉上来。

"你……你不是叫……叫妙玉吗？你怎么会在这里面？"黄炳秋问。

妙玉看看屋里的人，突然大声说："俺师傅哪，俺师傅哪？"

屋里的人沉默了。

黄炳秋来到妙玉跟前说："妙玉，里面还有人吗？"

妙玉点点头说："有，师姐妙贞和妙常还在里面哪。"

原来，妙贞、妙常和妙玉被大执事妙安关在密室已经一夜了，妙贞和妙常闭目打坐，年纪最小的妙玉刚开始的时候还能坐得住，也不知道又过了多长时间，妙玉实在忍不住了，低声哭起来，而且哭声越来越高。妙玉的哭喊声似乎没有惊动妙贞和妙常，两个人依然是一动不动。妙玉管不了那么多了，爬起来摸到密室门口，使劲地敲打起来。妙玉敲击密室盖子的声音恰恰被黄炳秋和石守乾他们听见了。

有人找来几根蜡烛点上，跟着石守乾进了密室，看见妙贞和妙常仍然在那儿闭目打坐。当石守乾他们把两个人架起来的时候，妙常都有些站不稳了。妙贞见走进密室的不是师傅和大执事她们，大部分是陌生人，只有石守乾妙贞还有些印象，因为跟着师傅去给办丧事的人家做法事的时候见过石守乾，知道石守乾是喇叭班里唱戏的。妙贞看见石守乾这些人一个个脸色都阴沉沉的，觉得事情有些不妙，便问："师傅哪，师傅怎么没来？"

石守乾说："妙贞小师傅，还是先出去慢慢再给你们说吧。"

第 29 章

现如今到处军阀混战，今天换一个总统，
明天又冒出来一个总理，县府里党部书记和县
长走马灯似的换，他们一个个整天提心吊胆
的，满脑子里想的都是咋保住自己的脑袋

妙贞抱着慧圆主持的遗体哭得昏死过去几次。

黄炳秋、石泥鳅、石守乾几个人在一起商议怎么安葬慧圆主持和大执事妙安
的事，也把妙贞叫了过来。

黄炳秋说："黄沙庵虽然是我们老黄家出钱建造的，但是为了黄沙庵慧圆大
师费尽了心血，才有今天香火旺盛的黄沙庵。今天慧圆大师被人害了，我们大家
心里都难过，我已经差人去砀山和凤城警局递交了状子，相信一定能把残害慧圆
大师的凶手缉拿归案的，来祭奠慧圆大师的在天之灵。没有慧圆大师就没有今天
的黄沙庵，我觉得应该把慧圆大师葬在黄沙庵里，让她守着黄沙庵看着黄沙庵。
大伙说怎么样？"

"我看这样行。"石守乾说："把慧圆大师葬在这黄沙庵里，我想慧圆大师会
满意的。"

妙贞低声对黄炳秋说："黄施主，我师傅曾经给师姐和我说过，等她圆寂之
后不要安葬在庵内，要把她安葬在香火地里，那片香火地是黄沙庵供奉地，庵里
的粮食和所有素菜都是香火地里产出来的，师傅说她要好好守着那片香火地。守
住了香火地，庵里的衣食就有了保障。"

"慧圆大师这样说过？"黄炳秋问。

妙贞点点头。

"那好，咱们就照着慧圆大师的遗愿来办。"黄炳秋说："把慧圆大师安葬在黄沙庵的香火供奉地里，再给慧圆大师立一座墓碑，让后世永远记得慧圆大师的公德。"

大伙见族长黄炳秋发话了，都点头说同意。

坐在旁边一直没有说话的石泥鳅把手里的旱烟袋在鞋底上磕了几下，对黄炳秋说："黄族长，杀害慧圆大师的人是柳寨渊子里的土匪。"

"大爷，你怎么知道是柳寨渊子里土匪干的？"石守乾问。

石泥鳅就把他赶来救火时看见有一伙人沿老黄河往西跑的事情讲了一遍。最后石泥鳅说："我在暗中紧紧跟着他们，一直跟到柳寨渊子。我当时就想，黄沙庵的火一定是这些土匪放的，没想到他们还杀害了慧圆大师。"

"柳寨渊子里那个土匪头子马天五就是给黄沙庵种香火地的马子的儿子。"石守乾说。

"前些日子我听礼河说过，这个马天五在凤城被警局的人堵在望凤楼上，警局打死了十几个土匪，没想到他们今天又跑到黄沙庵来杀人放火，真是丧尽天良。"黄炳秋气愤地说："我马上写一封信送到凤城去，让礼河交给警局的卢局长。这些恶匪不除，谁也别想过太平的日子。"

"这些狗日的土匪真是丧尽天良。"刘九呱嗒说："咱们去把那个马子抓来，让他替他儿子给慧圆大师偿命。"

"冤有头债有主，马天五杀害了慧圆大师，这个命应该马天五来偿，咱们不能让无辜的人顶罪。"黄炳秋说："给慧圆大师报仇的事咱们先放一放，目前要紧的是先把慧圆大师和妙安师傅安葬了。人既然死了，让她们入土为安吧。我看这样，石守乾你心细懂得也多，安葬慧圆大师的事就由你来操办吧。泥鳅哥你带着人到香火地给慧圆大师修墓，钱我出。不管怎么说，咱们一定要把慧圆大师的丧事办得风风光光的。"

石泥鳅说："黄族长，这个钱不能都由你自己出了，让我们也拿一些，也算对慧圆大师尽的一点心意吧。"

在黄炳秋他们这些人说话的时候，妙贞一直静静地坐在那儿一言不发，当听到是柳寨渊子里的土匪马天五杀害了师傅的时候，妙贞眼里渐渐露出仇恨的目光，她咬着牙突然从嘴里冒出"马天五"三个字。

慧圆主持和大执事妙安的安葬仪式很隆重，除了黄三座楼的人和黄沙庵周围的生意买卖人，三乡五里十里八村的香客们也纷纷前来给慧圆主持送葬。慧圆主持的墓地刚好在顺的土屋旁边，顺含着眼泪说："我就守着慧圆大师吧，守一辈子。"马子也听说了，是自己的儿子杀害了慧圆主持，在慧圆主持下葬那天，马子吓得没敢露面。

慧圆主持是按照出家人的习俗安葬的，没有棺木，尸体是放在两口大缸里面的。当两口大缸扣在一块下地的时候，再也忍不住的送葬人哭声一片，都往坑边挤，想再看这位德高望重的大师一眼。

妙常和妙玉两个哭得死去活来，妙贞却呆呆地坐在坑边一声不吭，牙咬得"嘎嘣"直响。也就是从那一刻开始，妙贞有了一定要给师傅报仇的想法，而且这个想法那么强烈，就好像是一团燃烧在心里的火。

是的，妙贞心里是燃烧着一团复仇的烈火，也正是这仇恨的火焰，把柳寨渊子里的马天五烧成了灰烬。

慧圆主持安葬之后，黄炳秋和石泥鳅也去过凤城几次，让已经当上巡警队长的黄礼河带着到警局找卢局长，询问派人去柳寨渊子剿匪拿住马天五为慧圆主持报仇的事。卢局长说："你们的心情我理解，可是，剿匪也不是一句话的事。你们看啊，如今不是我一个人说了算的时候。现如今到处军阀混战，今天换一个总统，明天又冒出来一个总理，县府里党部书记和县长走马灯似的换，他们一个个整天提心吊胆的，满脑子里想的都是咋保住自己的脑袋，咋把自己腰包装得满满的然后一拍屁股溜之大吉，你们想想，他们哪有心事管这些闲事？再说了，剿匪是啥？剿匪就是去打仗。打仗得要人吧打仗得要枪吧打仗得要子弹吧？你们说这些我一个小小的警局局长上哪儿弄去我。还有一点，柳寨渊子那个地界在砀山，他不归凤城管哪。咱们就是想剿这个匪，它也得出师有名不是？这样吧，你们先回去等着，等我给县长汇报了再说，只要县长发了话，这匪我剿。"黄炳秋和石泥鳅没有办法，只好闷闷不乐地走出警局。黄礼河跟上来说："爹，你们别再往警局里跑了，没有用的，卢局长不会派人去剿什么匪的。"在回来的路上，石泥鳅对黄炳秋说："黄族长，三少爷说得对，我看这个卢局长根本就没有拿剿匪当回子事，他就是不想干。"黄炳秋叹口气说："枪把子在人家手里攥着，话人家说了算，咱们能有啥办法？"两个人来到老黄河大堤上，默默地望着不远处的黄沙庵，谁也没有说话。在快要到石泥鳅的土屋时，石泥鳅说："黄族长，到我那里坐坐吧，昨天夜里我网住了一只野兔，肥得很，我把它炖了，喝点酒，咱们好好唠扯唠扯。"黄炳秋心里也觉得堵得慌，也想借酒消愁，于是，两个人一起来到石泥鳅的土屋。兔肉没吃多少，酒却喝了一大坛子，两个人都醉了。

黄沙庵大门紧闭，到处死气沉沉，一片寂静。

安葬完慧圆主持回到黄沙庵之后，妙贞呆呆地在师傅的禅房里坐了三天，想想师傅这十几年对自己的关怀和照顾，看着师傅留下来的遗物，更增加了对师傅的无限怀念之情。妙贞把慧圆主持的两把剑拿在手里轻轻抚摸着，眼前仿佛又出现了师傅舞剑时矫健的样子。"师傅，妙贞一定给您报仇，我要杀了马天五这个土匪。"妙贞说着，举起剑来"咔嚓"一声把一把椅子劈成两半。从这天开始，妙贞拿着慧圆主持的双剑每天晚上到后院练剑，有时一练就是一夜，实在累了喘息一会再练。在妙贞练剑的时候，眼前一直晃动着师傅的影子，晃动着师傅那张慈祥的脸。每当这个时候，妙贞总是娇喝一声"马天五"，然后腾空而起，剑锋所指之处，树叶雪片一样纷纷落地。

半个月之后的一天早上，妙贞把妙常和妙玉叫过来说："我听说师傅被害的那天夜里，就让庵里的师姐师妹都逃走了，庵里只有师傅和大师姐妙安。咱们黄沙庵里的人还活着。你们两个今天就出去找，找那些师姐和师妹，一定要把她们找回来。"妙常说："师姐，师傅和大师姐都没有了，还找她们干什么？"妙贞愤怒地从牙缝里蹦出两个字——"报仇！""报仇？"妙常和妙玉吃惊地看着妙贞。

大麦和柳儿已经不在翠花楼了。

卢局长家里也有老婆孩子，而且老婆是那种母夜叉型的，气上来的时候敢把卢局长打个鼻青脸肿，抓住卢局长的头发差点给拔个精光。一天到晚往窑子里跑，卢局长心里也害怕，一怕事情传扬出去名声不好，二怕被老婆知道了会给他闹个天翻地覆。所以，卢局长给了刁干娘几十块现大洋，把大麦和柳儿接了出去，在城里弄了一处偏僻些的院子让大麦和柳儿住了，还找了一个老用人专门侍候两个人。

黄礼河是两个月前当上巡警队长的。

黄礼河这个巡警队队长的差事是大麦在被窝里从卢局长那里死缠硬磨要来的。

开始的时候卢局长怎么也不同意，说黄礼河这个人不会有啥出息，连个巡警都干不好，不是块当队长的料。大麦不干，说："俺跟黄礼河是一个村里的，让他当了队长，你不在的时候也能让他好好保护俺和柳儿。"卢局长奇怪地打量着大麦说："大麦，你他娘的是不是嫌老子人老了，想和黄礼河那个小白脸上床吧?"大麦一听把身子一转给卢局长一个后脊梁,捂着脸"呜呜"哭起来。卢局长好哄歹哄大麦总算不哭了,搂住卢局长的脖子委屈地说:"从俺跟了你之后,俺是一心一意地侍候你,你还那样说俺,俺能不伤心吗?俺想叫你提黄礼河当队长不是光为了俺。俺娘跟俺妹妹还有那个胡二毛到这会也不知道俺是跟着你的,还以为俺在城里真的侍候啥官太太哪。俺娘要是知道俺天天陪着你,那还不得气死。你是局长不假,可俺不敢给家里人说,要是你让黄礼河当了队长,俺再给他说说,让他暗地里照看着俺家里,那谁也就不敢欺负俺娘跟俺妹妹了。"卢局长一听眉开眼笑,说:"我的小宝贝儿你真是个猴精,想得还真是周到。好,我答应你了,提黄礼河当个队长,只是便宜黄礼河这个小子了。"

第二天一大早大麦就找到黄礼河说:"姓黄的,你的好运气来了。"黄礼河一愣,心里嘀咕说我他娘的一个小巡警能有什么好运气?但黄礼河不敢说出来,他怕大麦,更怕卢局长。在警局里,卢局长说一不二,一个小巡警说啥时候让你滚蛋你就啥时候滚蛋。"怎么?姓黄的,姑奶奶的话你还不信?"大麦说:"不出三天,你就是队长了。""真的?"黄礼河有些不相信自己的耳朵。"不过,你这个队长是姑奶奶拿身子给你换来的,你心里得有个数。"大麦说。"有数有数。"黄礼河知道这回八成是真的,忙说:"大麦,你叫我干啥我干啥,决不说一个不字。"大麦说:"那好,姓黄的,你给俺听仔细了,第一,你在黄三座楼要好好照看着俺娘跟俺妹妹,不能让他们受到一点伤害。"黄礼河连连点头说:"大麦,这个你放一百个心,把你娘和你妹妹交给我就是。""你放屁!"大麦一瞪眼,黄礼河急忙给了自己一个嘴巴,说:"大麦,我不是那个意思。""第二,从你当了队长开始,每个月得交给姑奶奶二十块大洋。"黄礼河一听头槽得像炸开了似的,说:"姑奶奶,要二十块大洋?我……我上哪儿弄去呀。"大麦不屑地说:"你上哪儿弄去姑奶奶不管,你敢少给姑奶奶一个子看姑奶奶怎么收拾你。"大麦走了,黄礼河站在那儿半天没动地方。

果然第二天刚一上班,警局里便召开全员大会,会上卢局长宣布:黄礼河提升为巡警第四队队长。宣布完卢局长转身走了,台下大大小小的队长警员一个个目瞪口呆,好像他们都不知道警局里还有个什么黄礼河。就是认识黄礼河的几个人,也不知道卢局长为什么突然提升黄礼河当了队长,他们更不知道黄礼河到底是个什么来头。

不管黄礼河高兴也好不高兴也罢,答应大麦的事他不敢不做。两天之后,黄礼河回了一趟黄三座楼,把他升任巡警队长的事告诉了黄炳秋。黄炳秋有些纳闷,儿子这么快就当上巡警队的队长,这让黄炳秋觉得太突然了。自己的儿子自己最了解。黄礼河读的书多，脑子灵活，这点黄炳秋心里明白，可是要说儿子有什么过人的本领，黄炳秋就有些不敢相信了。不管怎么说，儿子当上巡警队的队长毕竟是件好事。尤凤枝和王荷花知道之后也高兴，催着黄炳秋赶紧摆上几桌酒席，把亲戚邻居都叫来庆贺庆贺。黄炳秋没有答应，说："就咱们一家人在一块热闹热闹也就行了，那么张扬弄啥？"尤凤枝不高兴地说："儿子有出息了我看你咋一点也不放在心上，儿子当了队长，你脸上也有光不是？"黄炳秋摇摇头没有说话。

尽管黄炳秋心里有些莫名的不安，为了黄礼河升任队长的事，黄三座楼里还是热热闹闹地摆上了庆功宴。黄仁河、黄义河，还有在凤城读高中刚刚放假回来的黄智河，都把酒杯举起来，向黄礼河祝贺。黄礼河站起来摆摆手说："大哥、二哥、四弟，你们都错了。爷爷不在了，这第一杯酒是该敬咱爹。"于是，黄礼河双手端起酒杯，来到黄炳秋面前说："爹，孩儿敬您一杯。"黄炳秋嘴里不说心里暗暗称赞。儿子到底是在警局里干了几年了，长大了懂道理了。

老黄家这场庆功宴一直喝到大半夜。

黄炳秋当上巡警队队长的事在黄三座楼传开了。人们都夸黄三少爷有出息，给老黄家祖上争光。只有石泥鳅听了之后什么也没说。

屁股后面背着二十响大肚盒子的黄礼河来到胡二毛家的时候，把胡二毛吓傻了，不知道该怎么办才好。八婶却没那么紧张，她把黄礼河让到屋里，又请黄礼河坐下，问："在凤城见到俺家大麦没有，大麦侍候的那个官太太是个什么样的人，人家对大麦好不好？"八婶一口气问了一大堆话，黄礼河支支吾吾地一句也没回答，因为黄礼河听见八婶嘴里老是"大麦大麦"地说心里烦透了。黄礼河恨大麦，恨大麦仗着卢局长的势力勒索自己，恨不得把大麦掐死才能出这口恶气。但是，黄礼河知道他这个队长在大麦眼里狗屁不是，就是他的小命也攥在大麦手里。有心无心地和八婶唠叨一阵之后，黄礼河突然站起来说："你看看，光顾得说话了，差点忘了。"说着从口袋里掏出两块银圆递给八婶说："这是大麦让我给家里带来的钱。"胡二毛这才缓过神来，说："你看你看，大麦这孩子就是孝顺，还想着给家里带钱。"说着就想伸手接钱。黄礼河把银圆缩了回去说："大麦说了，这钱让我亲手交给八婶的。"闹了个脸红脖子粗的胡二毛不好意思地说："给……谁都一样，给谁都一样。"

黄礼河一走，胡二毛马上跑到庄南坑边的老槐树底下，对几个坐在树底下说今道古的老头说："今个一大早黄礼河到俺家里坐了老大一会。""黄礼河是谁？"

"那是黄三座楼里的三少爷,凤城警局里巡警队队长,屁股上背着二十响的大肚盒子,那真叫个神气。"有人问:"胡二毛,黄三座楼那么大,黄三少爷为啥就偏偏去了你家?"胡二毛眨巴眨巴眼说:"俺闺女大麦不是在城里侍候一个官太太吗?那官太太的男人正好管着黄三少爷哩,他黄三少爷能不敬着咱三分?"又有人说:"胡二毛,你家大麦在凤城是侍候官太太还是当姨太太?"胡二毛"噌"地站起来说:"你胡说,俺家大麦……俺家大麦能是那种人?"

黄礼河一回凤城就去找大麦了。

黄礼河有他自己的小算盘,先拼命讨好稳住大麦,利用大麦接近卢局长,只要能得到卢局长的信任,再寻找机会甩开大麦。要说黄礼河的想法是好的是对自己有利的,可是后来事情的发展却没有他盘算的那么尽人意,这让黄礼河心里觉得老天爷太不公平。直到黄礼河的脑袋被妙贞在老黄河边上砍下来的时候,黄礼河也没能甩开大麦。

"大麦,我回黄三座楼时去你家坐了一会,看到你娘和你妹妹了,还有……"

"胡二毛对吧?"没等黄礼河说完,大麦便打断了他。

"对,对对,是胡二毛。"黄礼河说:"大麦,我给了你娘两块银圆哪。"

大麦拿眼瞟了一下黄礼河,说:"你还算有一点点良心,俺叫你升了官,你孝敬孝敬俺娘不应该吗?不过黄礼河你听好了,这钱可是你自愿给的,可不能算在姑奶奶那二十块大洋里边。"

"不算不算。"黄礼河靠近大麦说:"大麦,你还不知道吧?咱黄三座楼出了大事了。"

大麦不屑地说:"黄三座楼能出啥大事?"

黄礼河又想往大麦身边靠,被大麦一脚蹬过去。大麦指着黄礼河说:"黄礼河,你离姑奶奶远一点。"

黄礼河知趣地往后退一步,赔着笑说:"大麦,你不知道,黄三座楼真的出了天大的事。老黄河边上的黄沙庵你去过吧?"

"去过。"大麦说。

"黄沙庵里的慧圆大师你见过吧?"

"见过。"

慧圆大师被人杀了。

"你说啥?"大麦吃惊地问:"慧圆大师咋能会被人杀了?"

黄礼河说:"给你说吧大麦,不光慧圆大师被人杀了,庵里的几十个尼姑都被杀了。黄沙庵里是尸横遍野，血流成河呀，真是太惨了。也不知道是些什么人，杀完人之后一把火把黄沙庵的佛殿也给烧了。"

大麦惊得盯着黄礼河半天没有说话。

"大麦，你没事吧?"

"那个……那个……妙贞，那个大眼睛双眼皮的妙贞也被杀了吗?"大麦问黄礼河。

"我听我爹说整个黄沙庵就三个尼姑没死。"黄礼河说。

"哪三个?"大麦站起来问:"那个妙贞死了没有?"

黄礼河说:"到底谁没死我也不知道。"

第二天一大早大麦就雇了一辆马车急匆匆地赶回黄三座楼。

从八婶的嘴里，大麦知道了黄沙庵真的被烧了，慧圆大师被杀了，大麦也知道了黄沙庵没有被杀的三个尼姑中有她最担心的妙贞。

大麦虽然多次见过妙贞，而且总想接近妙贞，可是妙贞不喜欢大麦，懒得搭理她。妙贞越是懒得搭理大麦，大麦就越想见妙贞，为什么会这样大麦也说不清楚。今天大麦听八婶说妙贞没有被杀，悬着的心终于放下来。

大麦对八婶说:"俺想到黄沙庵里去看看。"

"你一个闺女家的，跑去看啥?"八婶说:"庵里的那个慧圆大师刚刚被杀，你不害怕呀?"

"俺就是想去看看，看看那个妙贞。"大麦说。

八婶没有拦住大麦，大麦还是去了黄沙庵。

大麦来到黄沙庵紧闭着的大门前，用力推了一下，门是从里面顶死的，趴在门缝里往里看看，不见一个人的影子。大麦有些失望地在台阶上站了一阵，慢慢转身朝黄三座楼走去。其实，大麦从家里出来的时候并没有想着非要见到妙贞，她就是想来黄沙庵看看。此时此刻在大麦的脑子里晃动着的全是妙贞那颗光秃秃的脑袋。

在大麦离开不久，黄沙庵的大门就开了，是妙常和妙玉出来了，不过妙常和妙玉今天不是女尼的打扮，她们都换了衣服，头上顶着老蓝布花毛巾，打扮得像两个农村的小姑娘。这是妙贞安排的，目的就是寻找庵里那些逃走的女尼方便。

妙常和妙玉已经这样出去十多天了，只找回来了几个年纪略大点又无家可归的老尼。妙贞不死心，让妙常和妙玉继续找。一个老尼说:"妙贞，有的师妹怕是找不回来了。她们有的投奔了别的庵院，有的还了俗。那个妙春回到家的第三天就由她娘做主嫁出去了，听说男的还是个三十多岁的药罐子，半死不活的，说是花钱把妙春买去冲喜。"妙贞听了流着泪说："尽量找吧，能找回来几个是几个。"几个老尼说："那俺们也出去找找看吧。"

妙贞之所以想把黄沙庵里那些逃走的女尼们找回来有她的打算，因为妙贞是铁了心地给师傅报仇，那么大个黄沙庵里就她和妙常、妙玉肯定不行，得有师姐师妹照应着，这样她才能有时间筹划给师傅报仇的事。再者，妙贞这个人心地善良，她不想让那些曾经朝夕相处的师姐师妹无家可归，再流落到尘世去受人们的白眼。都是出过家的人，一旦还俗就会嫁人，嫁人了人就要生儿育女，对一个出过家的人来说，这是很难想象的。

功夫不负有心人，妙常、妙玉和几个老尼经过一个多月的寻找，还真的找回了二三十个逃走的女尼，她们大部分面黄肌瘦。还有一个因为无家可归四处乞讨，几个老尼找到她时已经是奄奄一息，被抬回黄沙庵。对于回到黄沙庵的女尼，妙贞安排人精心照料，不几天的工夫，那些又躲过一场灾难的女尼们脸上都露出了笑容。

黄沙庵里早早晚晚又响起了诵经的声音，似乎又恢复了昔日的景象。

妙贞在年轻一些的女尼中挑选了十个人，开始教她们武功，而且要求特别严格。练习武功的女尼似乎明白妙贞的心事，个个学得认真练得刻苦。特别妙玉，好像天生就是一块习武的料，一点就通，这让妙贞看到了为师傅报仇的希望。

这天一大早，妙贞亲自带着两个可靠的老尼来到黄三座楼黄炳秋家里，说想请黄炳秋出面帮忙重建黄沙庵被烧毁的佛殿，接着又把怎样找回逃走的师姐师妹的事给黄炳秋说了一遍。黄炳秋听了之后看看一脸凝重的妙贞，觉得这个小尼妙贞虽然年轻，可是说话办事显得那样沉稳干练，确实有慧圆大师的风格，所以心里暗暗佩服。妙贞和老黄家的渊源黄炳秋是听黄四爷说过的，从心里对这个年轻的小尼不免又增加了一些亲切感。黄炳秋说："妙贞师傅，黄沙庵是我爹请慧圆大师亲自建造起来的，不想遭此大劫，连慧圆大师也被害了，这不论是对黄沙庵里的师傅们还是对我们老黄家都是很大的不幸。重建黄沙庵佛殿的事我和庄上的几位老人也商量过，只是觉得慧圆大师刚刚被害不久，怕诸位师傅还沉浸在悲痛之中，想过些日子再去黄沙庵找你们合计这个事。今天妙贞师傅你们既然来了，又有重建佛殿的打算，那好，咱们就立刻动手，早日把佛殿重建起来。建造佛殿的工匠我差人去请，杂工由我们庄上出，至于重建佛殿的费用妙贞师傅你们不用担心，还是由我们老黄家出。"

黄炳秋说完之后，妙贞微微一笑，说出来的话让黄炳秋大吃一惊。

　　妙贞说："黄施主，多谢您对黄沙庵的一片厚意，这是我佛门之大幸，能把佛殿重建起来，恢复黄沙庵昔日的香火，驾鹤西去的师傅也会高兴的。不过，黄施主，这重建佛殿的所有费用还是庵里出吧。我师傅走后曾经留下一笔佛财，足够重建佛殿的，只想请黄施主能出面操办这件事便是佛祖保佑了，妙贞和庵里的师姐师妹更是感激不尽。"不过，妙贞没有提她打算给师傅报仇的事。

　　经过一番精心准备，黄炳秋选了一个黄道吉日佛殿破土动工，半年之后，一座新的佛殿又重新出现在黄沙庵里。

第 30 章

这个马天五也没有长个三头六臂，杀了他
给你师傅报仇对我们兄弟来说不是什么难事，
可是话又说回来了，我们兄弟千里迢迢地去杀
人给你师傅报仇，我们能得到什么好处

马天五血洗黄沙庵，不光没有弄到什么银圆，还搭上了老尖的一条命。回到
柳寨渊子之后马天五几乎天天噩梦不断，总是梦见自己被一些青面獠牙的恶鬼追
杀，脑袋被砍下了放进滚开的油锅里，一会变成了一个骷髅，两只眼里却不停地
往外流血。马天五大叫一声从梦里惊醒，嘴里不住地喊鬼啊，打鬼打鬼，把个妙
善吓得拿被子蒙上头一动也不敢动。就这样提心吊胆地过了半个月，马天五又得
了一个头疼的怪病，疼起来脑袋好像被砍开似的，疼得他不停地拿脑袋往墙
上撞。

槐花并不知道马天五血洗黄沙庵的事，对于马天五得的这个头疼的怪病也觉
得心疼。马天五干的伤天害理的事情太多了，这难道就是人们常说的"恶有恶
报"吗？槐花想。但不管怎么说马天五总是自己心甘情愿地投入怀抱的男人，也
是马天五给了她活下去的勇气。槐花毕竟是一个心善的女人，看着马天五痛苦的
样子，槐花把以前对马天五的怨恨都抛开了，开始对马天五精心照顾，还说要到
黄沙庵去给马天五烧香许愿去，说那里的观音菩萨可灵验了。谁知道槐花一提黄
沙庵，马天五"哎呀"一声，脑袋好像被猛地砍了一刀，疼得一头撞在墙上，血
顺着脸往下流。槐花吓坏了，紧紧地抱住马天五不知道怎么办才好。而妙善说到
底还是个不谙世事的孩子，每天就知道吃喝玩乐，对于马天五的病一点也不放在

心上，有时候还背着马天五偷偷跑出去玩上一天。在马天五不头疼的时候，妙善会像蛇一样缠着他，挑逗马天五的兴致，两个人倒在床上播云种雨，到兴奋之处妙善会不顾一切地大喊大叫。槐花听到过妙善的这种叫声，她真想冲进屋里去把这个不要脸的骚尼姑狠狠地揍一顿，撕破她的脸。可是槐花忍住了，是因为马天五的病才忍住的。

经过槐花一段时间的细心照料，马天五的头疼病渐渐有了好转，便又开始琢磨起买枪报仇的事。想买枪就得有钱，为了钱的事马天五伤透了脑筋。本来，马天五想带着弟兄们再绑几票，可是派出去踩点的人回来说："柳寨渊子周围几十里地的大户人家躲的躲藏的藏，早就不见了影子，剩下的都是一些做小生意小买卖的人，你就是绑来也榨不出来啥油水。"驼子和十几个兄弟就白死了？这个仇就不报了？马天五实在不甘心，想着到更远一些的地方神不知鬼不觉地去干几票大的。然而人算不如天算，还没等马天五"到更远的地方神不知鬼不觉地去干几票大的"，他邪恶的生命就走到了尽头。

这天，妙常和妙玉两个被妙贞差到叮当集买东西，刚刚打算返回黄沙庵的时候，突然后面有人喊她们，两个人回头一看大吃一惊，原来喊她们的是妙善。只见妙善身上穿着一件绿色的旗袍，手里提着一个红色的小包。妙常和妙玉愣住了，直到妙善笑眯眯地走到她们跟前才缓过神来。妙常说："妙善，这几个月你跑哪去了？怎么这身打扮？别忘了，你是个出家人。"妙善一手拉着妙常一手拉着妙玉说："两位姐姐，这里不是说话的地方，走，咱们找个饭馆坐下，我细细地给你们说。"妙常和妙玉一听妙善要带她们去饭馆说什么也不跟着走。妙善却死死地拉住她们不放。妙常毕竟年纪大一些，她想知道妙善究竟为什么突然离开了黄沙庵，在离开黄沙庵的这日子妙善到底去了哪里，黄沙庵被毁师傅被害妙善知道不知道。妙常朝妙玉使个眼色，两个人便跟着妙善走进一家叫满楼香的饭馆。三个人坐下之后，马上有一个店伙计跑过来给妙善打招呼，看样子很熟。

妙善确实对满楼香很熟，这是马天五经常带她来的地方，有时候妙善自己偷偷地跑出来玩，饿了也常到这儿吃饭，所以饭馆的伙计认识她。

妙善对伙计说："你就照着我和马爷一块来吃饭时的样子上菜吧。"不大一会伙计端上来一大盘牛肉还有两壶酒，妙常一看，站起来拉着妙玉就走，被妙善过来把两个人按在凳子上说："姐姐，坐下坐下，这肉这酒不让你们吃不让你们喝行了吧？"妙善又让伙计给上了几个素菜，说："两位姐姐，这行了吧？"妙常说："妙善你快说说你离开黄沙庵的事吧。"

妙善脸上马上露出兴奋的表情，她把自己怎样被抢到柳寨渊子里的事原原本本地告诉了妙常和妙玉，当然妙善没有说自己和马天五鬼混的事。妙善接着说："两位姐姐，叫我说你们两个也不要再回黄沙庵了，一天到晚打坐诵经，吃的是粗茶淡饭，这样活着有啥意思？你们两个跟我去柳寨渊子，咱们一块吃香的喝辣的。马爷会对你们好的。"

妙常问："马爷是谁？"

妙善说："马爷就是柳寨渊子里大首领马天五。"

妙常"噌"站起来，指着妙善说："妙善你知道吗？你说的那个马天五就是个恶魔，是他杀了师傅祸害了大师姐妙安火烧了佛殿。这样的人要遭报应的，会被天打雷劈的。"

妙善吃惊地问："你说什么，师傅死了？"

妙常含着眼泪把黄沙庵遭到血洗的事给妙善说了一遍。

妙善听完眼泪也下来了，毕竟她还没有像马天五一样完全丧失人性，她多多少少还记着些慧圆主持对她的救命之恩和教诲。停了一会妙善好像是自言自语地说："马爷咋会这样？我就告诉他黄沙庵里有许多银圆，没有让他把师傅杀了呀。"

"原来是你把土匪引进庵里的！"妙常拉起妙玉气愤地走出饭馆。

"师姐，咱们把她抓回黄沙庵去。"妙玉停下脚步说。

妙常想了想说："咱们还是赶紧回去把这件事告诉妙贞吧。"

妙常和妙玉回到黄沙庵，把遇见妙善的事给妙贞了。妙贞听完没有说话。

妙常说："师姐，就是妙善害死了师傅呀。"

妙贞平静地说："妙常、妙玉，你们两个要是再碰上妙善，不要再和她说什么了，赶紧躲开。"

妙善回到柳寨渊子找到马天五瞪着眼睛问："马爷，你为啥把我师傅杀了？"

马天五一愣，刚想说什么，突然头一阵剧痛，眼前一黑"哎呀"一声一头栽倒地上。

早课过后，妙贞一个人来到师傅墓前坐了老大一阵子，然后去找了顺，给顺说了一会话又给了顺一些钱就回黄沙庵了。

妙贞走了，没多大会顺也急匆匆地走了。

第三天一大早顺来到黄沙庵门外，让扫院子的一个女尼把妙贞喊出来，一看见妙贞，顺急忙说："妙贞师傅，都打听清楚了。"妙贞摆摆手让顺跟着走进黄沙庵。

　　顺是妙贞安排去柳寨渊子打听土匪马天五的事了。顺说："柳寨渊子里的土匪有上百号人，都是些杀人不眨眼的亡命徒。马天五仗着手里有几杆火枪和十几杆土枪，杀人越货绑票抢女人。柳寨渊子周围的村子里的老百姓恨不得生吃活剥了马天五这个土匪。"

　　妙贞听完告诉顺说："我知道了，你回香火地去吧。没有事的时候常到柳寨渊子周围转转，打听打听那帮土匪都在干什么，特别是马天五，只要打听到一点消息赶紧来告诉我。"顺点点头说："妙贞师傅，俺知道了。"

　　几个年纪大一些的女尼在一块合计，说师傅走了，黄沙庵里没有个主持不行啊。妙贞做事很像师傅，又深得师傅在佛经方面的亲传，就让妙贞来当这个主持吧。相信妙贞有这个能力，一定会让黄沙庵的香火再像师傅在的时候那样旺盛起来。几个老尼对妙贞一说，妙贞连声说："不行不行，黄沙庵的主持永远是师傅，咱们所有事情照着师傅以前安排的去做就行了。"其实，妙贞有妙贞的打算，一心想给师傅报仇，如果当了黄沙庵的主持，就要像师傅那样，一心扑在讲经说法上面，哪里还有筹划给师傅报仇的时间。

　　妙贞怕，怕时间一长心里会把师傅的仇给忘了。

　　妙贞虽然在年轻的女尼中挑选了十个人练习武功，但几个月时间下来，除了妙玉的功夫有所长进之外，其他女尼却是平平常常，只不过学了些花拳绣腿而已。这让妙贞觉得很失望。越是失望给师傅报仇的愿望越强烈，这种强烈的报仇欲望像一把燃烧在妙贞心里的火，烧得妙贞几乎要崩溃了。看来要想给师傅报仇光靠自己的力量是不行了，必须想别的办法。妙贞想。这天夜里妙贞做了一个梦，一个平时想也没想过也不敢想的梦，一个回味起来让妙贞脸红的梦。正在禅房洗澡的妙贞面前突然站着一个人，一个男人，一个妙贞从来没有见过的男人。男人对妙贞说："你不是想给你师傅报仇吗？你不是想杀了马天五吗？那好，我能替你实现这个愿望。""你是谁？"妙贞问。男人说："我是谁你不用问，但是我能替你杀了马天五。我帮你报仇，你能给我什么？""钱。"妙贞说。男人摇摇头说："钱对我来说没用，我要人，我要你。""不行。"妙贞说："我是一个出家人。"男人说："不错，你是一个出家人，可你也是一个女人。"男人不再说话，伸手把妙贞抱起来慢慢朝禅床走去……妙贞是吓醒的。从禅床上坐起来，回味梦中的情景，妙贞急忙说道："阿弥陀佛，罪过罪过。"

　　就是这个梦改变了妙贞的一生，往后的许许多多事情可以说都是从这个梦开始的。从这一天开始，梦中那男人的影子总是在眼前出现。后来妙贞下了一个连她自己都不敢相信的决心——谁能给师傅报仇自己就做谁的女人。

妙贞开始到处寻找能给师傅报仇的人。

转眼间慧圆主持的忌日到了，黄沙庵所有女尼都早早地来到慧圆主持的墓前，诵经、做法事，整整一天黄沙庵的女尼们滴水未进，妙贞哭得晕过去两回。黄炳秋、石泥鳅和黄三座楼的人也抬着贡品来了，他们用虔诚的祈祷和深深的鞠躬来祭奠仍然活在他们心目中的慧圆大师。

其实人们并不知道，在远处老黄河边上的芦苇丛中，还有一双流泪的眼睛在朝慧圆主持的墓这边看着，这个人是妙善。

慧圆主持忌日的第二天，天上下着蒙蒙细雨，妙贞和妙玉是在天还没亮的时候离开黄沙庵的，庵里所有女尼都不知道她们两个去了什么地方。

妙贞和妙玉是半个月之后回到黄沙庵的，没有人知道和她们两个一同回来的还有三个男人。这三个人是一个头磕到地上的拜把子兄弟。老大穆三桩豹头环眼虎背熊腰，长了一脸的络腮胡子，活像个黑煞神。老二白天刚白白净净，像戏台上手拿折扇的文弱书生。老三吴心长得尖嘴猴腮，两只小眼睛就好像是用刀子在脸上拉开的两条缝，而且一高一低，整个身子长得七拧八拐，没有一处相称的地方。不过这三个人可都是武林高手，尤其老三吴心不仅功夫了得，更是手段毒辣。

妙贞和妙玉是在河北沧州地界的一座山上找到这三个人的。刚刚见到妙贞和妙玉的时候，穆三桩、白天刚、吴心并没有把这两个自己送到嘴边的小尼姑放在眼里，觉得这不过是两个自己找上门来的一对玩物罢了。妙贞提出要请他们帮着给师傅报仇的时候，穆三桩满口答应下来，但他也提出了自己的条件，钱给多给少好说，妙贞和妙玉必须答应留下来给咱们弟兄当压寨夫人。妙贞站起来说："穆寨主，什么条件我们都能答应，留下来给寨主做压寨夫人这件事请穆寨主不要再提了。给师傅报了仇之后，我们还要回黄沙庵，那里还有很多师姐师妹需要照应。"穆三桩说："不愿意给咱们弟兄当压寨夫人，咱们兄弟凭什么跑那么远去替你卖命？凭什么替你师傅报仇？咱们哥几个可不认识你师傅。"吴心坐不住了，跳起来说："小尼姑，你干脆把你那些年轻的师姐师妹的全都叫来，轮流给我们哥几个做压寨夫人不就完了，大块吃肉大碗喝酒，大家一起快活，比你们待在尼姑庵吃斋念佛强多了。"妙贞没有理会吴心，平静地对穆三桩说："穆寨主，只要能给我师傅报了仇，我们愿意把黄沙庵所有的钱财都交给三位寨主。"穆三桩听了"哈哈"一阵大笑，说："咱们弟兄在这山寨上也待了有十年了，不敢说金银堆积如山吧，也够弟兄们吃喝受用的。钱，咱们弟兄不缺，就是缺少女人。"妙贞说："穆寨主，请你不要忘了，我们都是出家人。"一直没有说话的白天刚是三个人中间最好色的一个，他看见妙贞虽然是一身尼姑的打扮，却掩饰不住清秀的内在美。早就起了邪念的白天刚听了妙贞的话，笑眯眯地站起来走到妙贞和妙玉跟前，摇动着手里的折扇说："出家人？哈哈哈……出了家你也还是个女人，能和出家的女人同床共枕一定别有一番滋味。"说着用折扇在妙玉身上轻轻点了一下。"白寨主，你也是堂堂的七尺男儿，还请你放尊重一些。"白天刚听了又是一阵大笑，说："小尼姑，你去打听打听，只要是我家大哥看上的女人，还没有弄不到手的。再说了，你不是有求我们弟兄吗？要说给你师傅报仇，对我们弟兄来说不费吹灰之力，用不着我大哥出面，就我和三弟吴心也能把你说的那个什么马天五给灭了。不过，在我们替你去报仇之前，你得先跟我大哥洞房花烛。怎么样？"妙贞站起来一拉妙玉说："师妹，咱们走。"吴心过来拦在妙贞、妙玉面前说："走？只怕你们两个小尼姑来得容易，想走恐怕没有那么轻巧吧？"说着一伸手抓住妙玉的衣襟说："大哥二哥，对不住了，这个小尼姑就是小弟我的了。"吴心刚想用力把妙玉扯进自己怀里，不想妙贞一个侧身，单掌推向吴心。吴心冷不防挨了妙贞一掌，站立不稳，放开妙玉往后倒退了两步。吴心哪吃过这个亏，小眼睛一瞪说："嗬，小尼姑还有两下子啊。"说完直扑妙贞而来。"住手。"穆三桩毕竟是有功夫的人，外行看热闹内行看门道，妙贞一伸手穆三桩就看出来了，这个小尼姑的功夫不在老三吴心之下。如果真的能留在山上做了我的压寨夫人，那我穆三桩可就是如虎添翼了，这个山寨真的就是我穆三桩的天下了。穆三桩这样想有他的原因，白天刚、吴心虽然称为他大哥，其实内心谁也不服他。吴心是个没心没肺的人，心狠手辣并不可怕，白天刚就不一样了，这个人诡计多端，善于玩阴的，而且早就盯上了这个寨主的位子，只是碍于弟兄们的面子没有动手罢了。穆天三桩心里明白，如果白天刚和吴心真的联起手来对付自己，他穆三桩怕是连命也保不住。开始穆三桩并没有打算真的去给妙贞的师傅报什么仇，在他眼里两个小尼姑又算什么，穆三桩玩的女人多了，当然也有不少尼姑。那些尼姑一看见黑煞神似的穆三桩早就吓瘫了，哪里还敢说个不字？今天眼前这个叫妙贞的尼姑就不一样了，不光人长得细皮嫩肉鲜鲜亮亮，身上的功夫也不错，更让穆三桩佩服的是妙贞有骨气。如果妙贞真的能和自己联起手来，对付白天刚那就不费力了。想到这里，穆三桩马上换了一副笑脸说："妙贞师傅，听你说这个马天五也没有长个三头六臂，杀了他给你师傅报仇对我们兄弟来说不是什么难事。可是话又说回来了，我们兄弟千里迢迢地去杀人给你师傅报仇，我们能得到什么好处？妙贞低头想了一阵，突然抬起头说："穆寨主、白寨主、吴寨主，你们三位不论是谁，只要杀了马天五给我师傅报了仇，我……妙贞的身子就是他的。""师姐，你……"妙玉赶紧拦住妙贞。妙贞推开妙玉说："三位寨主，我妙贞说过的话决不食言。至于黄沙庵的其他师姐师妹，还请三位寨主不要再有什么非分之想，不然的话，妙贞只有拼一死来保全出家人的清白了。""好，妙贞师傅是痛快人，我穆三桩也最讲一个义字。话既然说到这个份上，我们也没有什么再说的了，明天就跟你们下山。二位兄弟你们看如何？"白天刚和吴心各怀心事，听了穆三桩的话都说："听大哥吩咐。"

就这样，穆三桩和白天刚、吴心跟着妙贞、妙玉一同来到黄沙庵，不过妙贞没有让三个人住进黄沙庵，而是在离黄沙庵不远的叮当集找了一家顺风客栈安顿下来。穆三桩答应妙贞，半个月之内保证让妙贞见到马天五的人头，"到时候……"没等穆三桩说完，妙贞说："穆寨主尽管放心，妙贞说过的话是不会忘记的。"

自从在叮当集顺风客栈住下来之后，穆三桩、白天刚、吴心三个就开始打听马天五的消息，等打听清楚了三个人心里就泛起了嘀咕，他们是千里迢迢远道而来，仅靠他们三个人想除掉手底下有百十号人又有几十杆火枪土炮的马天五恐怕是有些势单力薄。俗话说强龙不压地头蛇，可别打不了蛇被蛇咬了，这事要是传扬出去，兄弟三个将来在江湖上还怎么混？再说了，就为了得到一个尼姑去拼命去冒险到底值不值？白天刚说："大哥，咱们跟着两个小尼姑来到这老黄河边上，这件事是有些考虑不周。那个马天五看来不是那么好对付的，人多势众不说，手里还有火枪。大哥，咱们兄弟是靠着身上的功夫行走江湖的，和手里拿着枪的人过招，弄不好要吃大亏的。"吴心说："依我说咱们根本就不该跟着两个小尼姑到这儿来，在山上一起动手把两个小尼姑睡了，钱不钱的不要紧，人咱们弄到手了。"穆三桩说："兄弟，你不觉得那个叫妙贞的尼姑功夫不在你之下吗？恐怕你还没有睡了人家，小命就栽在人家手里了。二位兄弟，咱们既然来了，总不能转脸就回去吧？那个马天五是人多势众不错，可咱们不是去灭他的柳寨渊子，咱要的是马天五一个人的脑袋。他有火枪咱也不怕，他在明处咱们在暗处，咱给他来个明枪好躲暗箭难防，暗算无常鬼不知，就凭咱们兄弟三个的功夫，还怕对付不了一个马天五？"

第 31 章

槐花毕竟是一个有主见而且有情有义的女人，她的心思全部用在马天五身上，马天五头痛的时候，槐花也会心疼地流泪，等马天五病情好转的时候，槐花更是表现出一番似水的柔情

马天五自己干了多少伤天害理的事他心里清楚，也怕有人来寻仇，尤其是血洗黄沙庵之后，心里更是害怕，总觉得有许多复仇的眼睛在盯着他。所以，马天五在柳寨渊子周围布置了不少眼线。穆三桩、白天刚、吴心三个人住的叮当集顺风客栈里伙计黑胖头就是马天五安插的一个眼线。

穆三桩、白天刚、吴心三个人住进顺风客栈，一连几天关起门来在里面商议对付马天五的办法，就连吃饭也让伙计给送到房间里去，这就引起了黑胖头的怀疑。几天之后，穆三桩三个出来了，在叮当集东游西逛，不时朝一些人打听什么。有一天，穆三桩他们又走出顺风客栈，黑胖头就悄悄地跟在后面。穆三桩三个人在集上转悠了半天，该吃饭的时候走进了满楼香饭馆，要了一个包间，点完菜之后便把门上的帘子放了下来。黑胖头给饭馆老板嘀咕一阵，端着酒菜去了穆三桩他们的包间，刚走到门口，就听见里面嘀嘀咕咕在说话。因为声音太低，又是外地口音，黑胖头只断断续续地听见"黄沙庵、马天五"几个字。黑胖头吓了一跳，忙端着酒菜走进包间。

"客官，酒菜来了，客官请慢用。"黑胖头说。

就在黑胖头转身要离开的时候，白天刚叫住黑胖头说："慢走，你不是顺风

客栈的伙计吗？怎么又跑到这饭馆里当起跑堂的来了？"

黑胖头"嘿嘿"一笑说："这个饭馆是俺哥哥开的，客栈不忙的时候俺就过来给哥哥帮忙。"

"是这样呀。"白天刚说："伙计，你过来我问你个事。"说着掏出一块银圆"当啷"一声丢在黑胖头手里的托盘上。"这是给你的赏钱。"

黑胖头忙说："多谢客官，客官有啥事只管吩咐。"

白天刚说："伙计，离这儿不远有个柳寨渊子你知道吗？"

"知道知道。"黑胖头回答。

白天刚又问："你去过柳寨渊子吗？"

"这……不瞒客官说，这柳寨渊子早些年是去过的，去那里买些鱼呀虾呀啥的，便宜。不过……"黑胖头故意停下不说了。

"不过什么？"穆三桩问。

"客官，如今谁还敢去那个地方。"黑胖头说。

"怎么啦？"穆三桩问。

"唉，早些年，这柳寨渊子突然被一伙子土匪给占了，这帮子土匪杀人越货，欺男霸女，躲还来不及哪，谁还敢到柳寨渊子里去？"

"噢，竟有这样的事？"白天刚问："那伙土匪的头领叫什么名字？"

"听说为首的土匪头领叫……叫个浪里滚刀。"黑胖头说。

吴心说："这柳寨渊子里土匪头子不是叫马天……"

"咱们管他什么马天牛地的。"白天刚打断吴心说："来，兄弟，喝酒。"

黑胖头离开满楼香饭馆，马不停蹄地直奔柳寨渊子，把穆三桩、白天刚、吴心到处打听柳寨渊子的事向马天五仔仔细细地说了一遍。马天五听了觉得奇怪，三个外地人打听柳寨渊子干啥？整天提心吊胆的马天五毕竟经过了一些风风雨雨，是不会让手下看出胆怯来的。马天五冷冷一笑说："胖头，你先回去，给我好好地把这三个人盯紧了，有啥事马上到渊子里来。"

就在黑胖头回去的第三天，马天五领着七八个土匪也住进了顺风客栈。马天五让黑胖头把他们分别安排在穆三桩住的房间两边，算是把穆三桩他们给包围了起来。就在马天五他们住进顺风客栈的当天傍晚，马天五的手下发现穆三桩的房间来了两个把头裹得严严实实的人。马天五知道之后吩咐手下好好盯着，"看看来的是什么人，他们什么时候走，你们给我紧紧跟着，看看他们到哪里去。"

没有多大会，两个裹着头的人从穆三桩的房间里走出来。马天五的手下一直暗中跟着这两个人，眼睁睁地看着两个人进了黄沙庵才跑回来告诉马天五。马天五一听，脑袋"嗡"地一下剧烈地疼起来，为了不让隔壁听见什么动静，马天五拉过被子把脑袋紧紧地裹起来。大概有半夜的样子，马天五才从被子里把脑袋拿出来，那张脸就跟死人的脸差不多。马天五咬着牙半天没有说话，但他心里明白，这三个人是冲着他马天五来的，既然和黄沙庵的人有联系，那肯定和血洗黄沙庵的事有关。

马天五一直躺在床上想着对付这三个人的办法。

到叮当集顺风客栈去的是妙贞和妙玉。

穆三桩、白天刚、吴心已经住到顺风客栈七八天了，妙贞曾经悄悄地让顺到客栈打听过，可是没有任何消息。因为报仇心切，妙贞有些坐不住了，她想过来看看穆三桩他们准备得怎么样了。可是妙贞怎么也没有想到马天五就住在顺风客栈，而且还派人盯上了自己。

妙贞这次到顺风客栈见了穆三桩三个人，听穆三桩讲，他们对马天五已经有所了解，只是目前还没有想出来对付马天五这个心狠手辣的土匪的办法。穆三桩说："妙贞师傅请放心，我们兄弟也是久闯江湖之人，吐口唾沫砸个坑。我们答应妙贞师傅的事情一定做到，只是……"妙贞问："穆寨主，只是什么？"穆三桩说："我们兄弟三人远道而来，人生地不熟，而马天五手下有上百号人，手里还有火枪，所以我们必须要小心行事。"对穆三桩三人这样拖拖拉拉、前怕狼后怕虎的做法妙贞不免有些失望，只是没有明明白白地讲出来。这三个人中间吴心是最没心没肺的一个，听了穆三桩的话一拍胸脯说："妙贞师傅，只要你答应给我们兄弟做压寨夫人，杀一个小小的马天五又算得了什么？不出三天，一准把马天五的脑袋摆在你面前。"

一直没有说话的白天刚站起来拦住吴心兄弟："不许胡说，妙贞师傅，我大哥答应给你师傅报仇，我们绝不食言，这个请妙贞师傅放心。不过，话又说回来，妙贞师傅，你可能也知道，马天五真的不是那么好对付的，我们兄弟可是提着脑袋来替你们对付马天五的。"白天刚这个人精明、好色，还有一个最大的特点，那就是贪财。他之所以对妙贞说这番话，是因为他已经看出来了，就妙贞的说话做事和性格而言，在"色"字上恐怕是没有什么指望了。就是妙贞曾经答应过的，愿意把身子交给为他师傅报了仇的人，可不是还有大哥穆三桩吗？看在兄弟的面子上也不能跟大哥争呀。既然女色占不了便宜，那么钱财上就得捞一把。天底下哪有白出的力，哪有白帮的忙？

妙贞明白白天刚的意思，朝妙玉点点头，妙玉从身上拿出一张银票递给妙贞，妙贞转身交给穆三桩，说："穆寨主，这是一千两银票，三位寨主先收着，住在这顺风客栈吃喝费用也是笔不小的开销。等师傅的大仇报了之后，妙贞会重重酬谢三位寨主。"

"好，妙贞师傅真是个爽快人。"穆三桩说："这样吧，妙贞师傅，请你先回黄沙庵里等候，我们一定尽快地给妙贞师傅一个满意的答复。"

天刚刚发亮的时候，妙贞便一个人从后门离开黄沙庵，来到香火地慧圆主持的墓前，先默默地念了一遍《金刚经》，然后坐在慧圆主持的墓旁，看着师傅的墓默默地流下眼泪。妙贞说："师傅，对不起了。徒儿没有听从您的教诲，没有严守出家人不杀生的戒律，因为师傅您和大师姐妙安死得实在冤枉，也因为马天五做事太丧尽天良了。血债要用血来还，不杀马天五这个土匪天理难容。师傅，请您原谅徒儿，也请佛祖保佑妙贞能如愿杀了马天五，为师傅报仇，为所有被马天五祸害的老百姓报仇！"

妙善这几天不见马天五的影子，心里有些焦躁不安，妙善的不安不是怕马天五会怎么怎么样，而是因为马天五始终拿她当宝贝，是真的很疼她，时时刻刻都护着她。在柳寨渊子里，别的土匪不用说了，那是因为惧怕马天五，谁也不敢多看妙善一眼，就是槐花也不能对她怎么样，这让妙善心里很满足。

一想到那个叫槐花的女人，妙善又恨又怕。

妙善怕槐花是因为槐花曾经狠狠地教训过她，还差一点让人把妙善捆起来丢到柳寨渊子里去。不是有人及时跑去喊来马天五，恐怕妙善早就成了柳寨渊子底下那些鱼鳖虾蟹嘴里的美味了。

妙善心里一直忌恨槐花。可是又能有什么办法呢？槐花是什么人？那是和马天五一起有过生生死死经历的女人，是马天五的媳妇，你妙善只不过是供马天五在床上快活的一个尼姑罢了。为此，妙善暗中流下过不少眼泪。

马天五得了奇怪的头痛病之后，槐花几乎是寸步不离马天五，更不许马天五去找那个小尼姑。马天五知道槐花是心疼自己，再加上头痛起来脑袋好像裂开了一样，疼得受不了，所以也就不说什么了，乖乖地听从槐花的安排。槐花原本想借这个机会把妙善赶出柳寨渊子，不想马天五说什么也不答应。看着马天五痛苦的样子，槐花不忍心再给马天五身上添病，也就只好作罢，不再提让妙善离开的事。槐花毕竟是一个有主见而且有情有义的女人，她的心思全部用在马天五身上，马天五头痛的时候，槐花也会心疼地流泪，等马天五病情好转的时候，槐花更是表现出一番似水的柔情。槐花这样做有两个原因，一是她真的疼马天五爱马天五。第二，槐花是想用自己似水的柔情来感化马天五拢住马天五的心。虽然马天五是个土匪，干了不少伤天害理的事，这也许是命中注定的吧，她槐花也是左右不了的。槐花想。

　　妙善天刚刚亮就离开了柳寨渊子奔叮当集来了，她想去找马天五，没有马天五陪着，一个人在屋里实在憋不住了，不想刚一到叮当集就让吴心给盯上了。

　　其实妙善也不知道马天五就住在顺风客栈，她在叮当集街上转悠了半天，想着能不能再碰上妙玉、妙常她们。可是妙善失望了，跑遍了叮当集的大街小巷也没有看见妙玉和妙常的影子。可是妙善哪里知道，就在她身后不远处一双眼睛一刻也没有离开过她的身影。太阳还没爬到头顶的时候，妙善觉得肚子饿了，便来到满楼香饭馆往那儿一坐大声喊："有人吗？"因为还不到该吃饭的时候，妙善一连喊了好几声也没有人答应，妙善急了，拿起桌子上的一个茶壶，"啪"的一声摔在地上，气呼呼地喊："满香楼的人都死绝了吗？"妙善这一摔一喊里面还真的出来人了，是黑胖头。黑胖头一看是妙善大吃一惊，急忙跑过来说："哎哟，我的小姑奶奶，你咋这个时候跑到满香楼来了？"妙善把眼一瞪说："咋了，姑奶奶不能来啊？"黑胖头忙说："能来能来。"说着一伸手拉住妙善就往里走。妙善急了，大声说："死胖子，你想弄啥？我让马爷杀了你！"黑胖头好像没听到妙善喊叫，强拉着妙善走进饭馆里面去了。这里发生的一切都被站在饭馆门外的吴心看得清清楚楚听得明明白白。

　　马天五这些天一直窝在顺风客栈的客房里，他也在想着如何对付隔壁这三个不速之客的办法。黑胖头匆匆地进来说："马爷，马爷，那个叫妙善的小尼姑……"马天五一惊问："妙善怎么了？"黑胖头一看马天五的神色不对，急忙改口说："那个……那个妙善来叮当集了，在满香楼里摔碟子打碗的。马爷，这个时候……"马天五"噌"地站起来说："去，把这个小婊子给我弄这里来。"黑胖头刚要转身，又被马天五叫住。"你去，赶紧让妙善回柳寨渊子去。"马天五说。"那……妙善要是不听哪？""她敢！你就说我说的，叫她赶紧滚回柳寨渊子里去，如果不听马爷我打折她的腿。"

　　黑胖头走了之后，马天五对守在旁边的一个心腹土匪牛二说："你去，把妙善给我送回柳寨渊子。"牛二担心地说："马爷，这妙善的脾气我是知道的，恐怕她不会听我的。"马天五把眼一瞪说："你们怎么一个个的都是他娘的软柿子捏的？不就是一个小尼姑吗，有什么可怕的？她要是不听话，你就把她绑上塞进麻袋里扛回去。"行，行。"牛二连连点头说："有马爷您这句话小的就敢行事了。"

牛二到了满香楼见了妙善编一套瞎话骗妙善说马爷的事情办完了，今晚就回柳寨渊子。"马爷说了，让你赶紧回柳寨渊子里等他。"妙善毕竟年纪还小，再者妙善也急切地盼望着马天五回来，所以就相信了牛二的话，乖乖地跟着牛二离开满香楼。路上，妙善问："牛二，你们马爷这些日子去哪儿了？"牛二回答："我们跟着马爷去了一趟山东。"妙善也知道马天五曾经不止一次地给她说过要去山东买枪的事，所以也就没有再多问。

妙善跟着牛二出了叮当集，一路上缠着牛二问这问那，牛二呢总是支支吾吾地应付着，惹得妙善很不高兴，气呼呼地往前一路小跑，把牛二远远地甩在后面。牛二觉得反正离开了叮当集，用不了多久就回到柳寨渊子了，妙善回到柳寨渊子，马爷交代事情也就算办妥了，管她呢。就这样牛二不慌不忙远远地跟着妙善上了老黄河大堤。等牛二从老黄河大堤上走下来的时候大吃一惊，哪里还有妙善的影子？牛二慌了，急得不停地大声喊起来。

妙善刚刚从老黄河大堤上走下来，旁边的芦苇丛里突然窜出两个人来拦住妙善的去路。妙善吓得"啊"一声尖叫，还没有等转过身来，头上便被套上一个布袋给拖进芦苇丛。

这两个人是白天刚和吴心。

原来，吴心一直跟着妙善，看见妙善走进满香楼，又听见妙善和黑胖头的对话，紧接着看见妙善被黑胖头拉进饭馆里面去了。吴心在满香楼外面等了一阵子不见妙善出来，就赶紧跑回顺风客栈，把看到的情况仔细地向穆三桩、白天刚说了一遍。穆三桩沉阴了半天没有说话，把目光投向白天刚。白天刚问吴心："你刚才说那个小女人大声喊了一句什么？"吴心说："她……喊……对，那个小女人喊了一句'我让马爷杀了你'。"白天刚点点头对穆三桩说："大哥，看起来这个小女人和马天五的关系不一般，咱们何不从这个小女人身上下手哪？"穆三桩点点头说："我也是这么想的，不过，咱们要计划好了。抓一个小女人容易，关键是能不能把马天五吸引出来。如果这个小女人真的是马天五的相好，咱们抓住他的这个小相好他不会不管不问的，如果这个小女人就是马天五的一个玩物，那咱们抓这个小女人可就是白费劲了。这事咱们再好好合计一下，不能蛮干。"吴心一听急了，说："大哥，你今天怎么老是婆婆妈妈的？还合计个啥，不就是一个小婊子吗？管她是不是马天五的相好，先弄来再说。再说了，那个小婊子人长得水灵灵的，看着就叫人心里痒痒……""老三，不许胡说。"白天刚说："大哥，有一点可以肯定，这个小女人和马天五关系绝非一般，我们把马天五的相好抓住，最起码的可以多了解了解马天五的底细。"穆三桩想了想说："好吧，不过一定要做得干净利索。"吴心说："大哥，你瞧好吧。"

就这样，白天刚和吴心出了顺风客栈直奔满香楼而来，刚刚来到满香楼旁边，就看见妙善和牛二两个人从里面走出来。吴心一扯白天刚低声说："二哥，出来了。"白天刚和吴心远远地跟着妙善和牛二出了叮当集，一直看着两个人上了老黄河大堤。白天刚说："老三，看见没有？那个小女人远远地跑在前面，后面这个没事一样晃晃悠悠，咱们从芦苇丛里面绕过去。"说完两个人一头钻进芦苇丛。

妙善被拖进芦苇丛，本来还想大声呼喊，吴心一把掐住妙善的脖子说："再喊就掐死你。"

妙善吓得不敢再出声了。

吴心说："二哥，咱们把这个小婊子弄客栈去。"

白天刚摇摇头说："不行。这样，我在这儿看着她，你赶紧回客栈给大哥说，就说这个小婊子咱们弄到手了，看大哥怎么安排。"

"行，我这就去。"吴心答应着跑出芦苇丛。

牛二一口气跑到柳寨渊子，前前后后都找遍了也没有找着妙善的影子。这下牛二慌了神了，赶紧跑去告诉槐花。槐花一听也着急起来。槐花担心的并不是妙善，她从心里讨厌这个小尼姑，觉得这个小尼姑太贱太没有廉耻，但是马天五喜欢，有这个小尼姑在，马天五就高兴，头疼的毛病就犯得轻。槐花还知道，如果真的把妙善弄丢了，马天五回来能急疯，马天五一急头疼的毛病又得犯。

槐花对牛二说："先不要着急，你领几个人沿着你们回来的路再去仔细地找一找，指不定妙善又跑到啥地方疯去了，这个妙善太野了。要是找着了就不要去告诉你们马爷了，免得你们马爷生气，要是真的找不着你赶紧去给你们马爷说一声。你们马爷让你把妙善送回来，你却把人给弄丢了，你们马爷回来是饶不了你的。"

牛二带着十几个人沿着老黄河大堤一路找来，把个芦苇丛给翻了个遍，就连水里也仔细地寻找，生怕妙善是掉在河里给淹死了。十几个人找了半天，月亮爬上树梢的时候一个个坐在老黄河大堤上垂头丧气，牛二吓得浑身直打哆嗦，结结巴巴地说："哥……哥几个，你……你们说这事该……该咋弄呀？"其中一个和牛二有些要好的说："牛二，你急、你害怕都没用，也许那个妙善又跑回叮当集找马爷去了哪。叫我说现在最要紧的是赶紧去叮当集，看看妙善到底在不在马爷那里。"牛二一听觉得很有道理，就急忙朝叮当集跑去。

马天五听说妙善失踪了大吃一惊，眼睛一瞪，照着牛二脸上"啪啪啪"就是一顿猛揍，打得牛二鼻子口里不停地往外流血。马天五指着牛二说："狗日的牛二，你给我听好了，妙善是你给老子弄丢的，找不着妙善马爷我先打碎你狗日的脑袋。"牛二一听吓得两腿一软跪倒在地上。看着牛二魂不附体的样子，马天五过去一脚把牛二踢倒在地上，大声吼道："你他娘的给老子滚起来，再去给老子找！"

白天刚在妙善身上刚发泄完，穆三桩和吴心就赶到了，吴心一看妙善坐在地上衣衫不整的样子心里就明白了，他指着白天刚说："二哥，兄弟刚走你就把这小婊子上手了？大哥，你说二哥也太不讲义气了吧？"。穆三桩知道白天刚的秉性，他一旦见了女人是决不会放过的。穆三桩一把拉住吴心说："兄弟，不就是一个小婊子嘛，有啥稀罕的？不能为了这个小婊子伤了咱们兄弟的和气。"白天刚一笑说："老三，在这芦苇丛里白白守着这样一个女人，二哥怎么会不动心？二哥是收拾了这个小婊子，她又不是老三你的女人，你发的哪门子邪火？这样吧，从今个开始，这个小婊子就是三弟你的了行吧？"穆三桩说："两位兄弟，咱们把这个小婊子给弄来了，那个马天五肯定要四处寻找，这芦苇丛里不安全。我和老三来的路上看见老黄河北面的野地里有一间破旧的土地庙，咱们先把这个小婊子弄到那里面再说。"早已经吓得浑身筛糠的妙善，面对三个恶煞神一样的男人哪里还敢反抗？就这样妙善被弄到离开老黄河有四五里地远的一间破土地庙里，给绑在土地爷的背后。穆三桩一把扯住妙善的头发对妙善说："你要想活命，就给老子老老实实地说，你和那个马天五是什么关系。"妙善早就被吓破胆了，哪里还敢隐瞒，便把自己怎么被马天五抢到柳寨渊子的事情从头到尾说了一遍，就连马天五对她怎么样都说得一清二楚。穆三桩听完之后"嘿嘿"一笑，对白天刚说："二弟，咱们今个把这个小婊子弄来还弄到点子上了，原来这个小婊子是马天五的心头肉呀。想不到这个小婊子原来竟是黄沙庵的一个小尼姑。如今有这个小尼姑在咱们手里，就不怕狗日的马天五不上钩。再说了，咱们把这个小尼姑交给黄沙庵，不是又多了一个向妙贞讨价还价的筹码吗？"妙善一听要把她交给黄沙庵交给妙贞，心里更是害怕，急忙挣扎着说："求求你们，别把我送回黄沙庵去。"穆三桩恶狠狠地说："小婊子你给我闭嘴，把你弄到哪儿去老子说了算。"穆三桩回头对白天刚说："二弟，咱们不能都在这里陪着，得回顺风客栈，还要把咱们抓住这个小尼姑的事告诉那个妙贞，另外咱们再好好合计合计怎么来对付马天五。我看这样吧，二弟，还得麻烦你在这儿牢牢看住这个小尼姑，千万不能让她跑了。"吴心一听不干了，忙说："大哥，二哥都看了半天了，这回该轮到我了。"

第 32 章

> "师姐，是妙善害死了师傅，还差一点把
> 黄沙庵给毁了，咱们找她干什么？""正因为是
> 妙善害死了师傅，才一定要找到她，就是死也
> 得叫她死在师傅面前。"妙贞说

马天五急得像热锅上的蚂蚁在客房里团团乱转。

马天五这些日子也派了不少的人打听住在顺风客栈的这三个人，可是手底下都是他娘的没用的东西，只知道这三个人互相称大哥二弟三弟之外，别的一无所获。其实，马天五也想过，叫来几十人兄弟把客房一围，大家一起动手，这三个人就是有天大的能耐他们还能上天入地？对，就这么办？马天五拿定主意。正在马天五计划着叫人的时候，黑胖头神色慌张地跑来说："马爷，不得了，这三个家伙可不好对付呀。"

原来，黑胖头按照马天五的安排，利用顺风客栈伙计的身份，对穆三桩他们暗中监视，三个人只要一出顺风客栈，黑胖头就在暗中跟着。这天天还没有亮，穆三桩就带着两个兄弟来到叮当集南面的一个小树林里。只见三个人谁也没有说话，各自把外面的衣服一脱，"仓啷啷"亮出家伙，在小树林里练起武来。大高个使刀，神出鬼没，白脸的手中一把折扇呼呼生风，那个样子长得最难看的家伙手里一条双节棍，舞动起来"呜呜"地夹带着风声，那棍所到之处，碗口那么粗的树干"咔嚓"一声从中间断为两截。就听白脸的大喊一声："三弟好棍法。"说着手中的折扇一挥直扑长得最难看的家伙，眼看夹带着风声的折扇来到头顶，长得最难看的家伙也不含糊，一个转身，双节棍往上一迎，就听"当啷"一声，火

光一闪，长得最难看的家伙没有影子了。原来，长得最难看的家伙用双节棍挡开白脸手中的折扇之后，一个旱地拔葱腾空而起，在半空中猛一个倒转身，来个夜叉探海双节棍直奔白脸的头顶，白脸的一个后滚翻，跳出一丈多远。长得最难看的家伙"嗨"一声追过去。这时就听大高个大喊一声："大哥来了。"舞刀向前，三个人战在一起。只见人影窜动，刀光闪闪，随着兵器"叮叮当当"的撞击声，不断有火光闪出。暗中的黑胖头看傻了，舌头伸出老长，心里说我的个乖乖，这三个主太厉害了，我还是赶紧跑吧，要是被他们发现了给逮住，弄死我比碾死个蚂蚁还容易。

黑胖头跑回顺风客栈，把三个人在小树林练武的事给马天五一说，马天五也暗自吃惊，这三个人原来都是他娘的武林高手呀。马天五明白了，自己带人血洗了黄沙庵，害死黄沙庵的主持慧圆大师，这三个人是黄沙庵里的尼姑请来对付我马天五的呀。这时马天五觉得后悔了，后悔血洗黄沙庵的时候没有追赶那些臭尼姑，把她们斩尽杀绝，所以才留下今天的祸患。马天五把所有的怨恨都集中到黄沙庵，奶奶的，你们不是请来武林高手给老尼姑报仇吗？老子先把你们这些秃尼姑杀了。

本来，马天五也不在意妙善失踪不失踪的，不就是一个小尼姑嘛，老子还怕床上没有女人？可是又一想这里面问题没有那么简单，这三个武林高手是黄沙庵请来的，妙善又是自己抢来的黄沙庵的尼姑，妙善偏偏又在这个时候失踪，这就更让马天五心惊肉跳。马天五觉得一定是黄沙庵的尼姑把妙善给抓走了，想找到妙善，必须去黄沙庵。马天五做梦也没有想到，此时的妙善让吴心扒得干干净净在破庙里被弄得死去活来。

穆三桩和白天刚并没有回顺风客栈，而是找了一个僻静一些的小饭馆坐了下来。白天刚说："大哥，你看见没有？就老三那个劲头，那小尼姑今个非让他整死不可。"穆三桩说："不行，吃完饭咱们得回去看看，叫老三早点收手，不能真的把那个小尼姑给弄死了。那个小尼姑不是说了吗？她原来也是黄沙庵的尼姑，是被马天五抢来的，是她告诉马天五说黄沙庵里有不少银圆，马天五才带人血洗了黄沙庵的，杀死了黄沙庵的主持慧圆。黄沙庵这场灾难的根源就是那个小尼姑，咱们还是把那个小尼姑交给黄沙庵的妙贞，让她们来处置。"

牛二被马天五骂出来之后，心里十分害怕，怕马天五真的会要了他的命，所以带着手下歪头、斜眼和大疤癞三个人到处在找妙善，可是找了两天也没有妙善的一点消息。牛二急了，说："哥几个，你们说那个小尼姑会跑到啥地方去，怎么他娘的活不见人死不见尸，这个小浪货别是又跟哪个男人跑了吧？"斜眼说："那个小尼姑不可能跟着别人跑的，你想啊，咱们马爷把那个小尼姑当宝贝，好吃好喝地哄着，她上哪儿找这样快活的地方去？咱们不能再这样东一头西一脑袋地瞎撞了。大伙琢磨琢磨，小尼姑原本在黄沙庵，是咱们马爷抢来的。哎，那个小尼姑会不会又回了黄沙庵了呢？"大疤痢摇摇头说："小尼姑不可能自己跑回黄沙庵，刚把小尼姑弄到咱柳寨渊子的时候，马爷的媳妇槐花不是让小尼姑回去吗？可是小尼姑死活不干，还被槐花照着脸上狠狠地揍了一耳刮子。"牛二突然说："小尼姑会不会被黄沙庵的尼姑给抓回去了？走，咱们去黄沙庵看看去。"

这个时候天上零零星星地下起雨来。大疤痢对牛二说："就是想去黄沙庵也不能大白天的去呀，得等到晚上。咱们都找了两天了，也累了，先找个地方歇歇脚，弄点酒喝喝，养足了精神头夜里去黄沙庵。""咋着，你养足精神头还想弄两个小尼姑干一场呀？"歪头问。大疤痢一拍胸脯说："有啥不敢的？真的犯到老子手底下，老子照样敢上，也像咱们马爷似的弄个小尼姑尝尝是啥味的。"牛二在旁边说："别他娘的胡扯了，老子都急死了。歪头，给你几个钱，赶紧到叮当集去买两坛酒，再买两个烧鸡，哥几个在那边土地庙里等你。快去快回。"

歪头走了。牛二说："看这雨一时半会也停不了，走，咱们先到土地庙里先避避雨，等歪头回来哥几个好好喝。"

三个人来到土地庙，刚一进庙门，就听见里面传来哭声，虽然声音很低，但也能听出来是个女人在哭。大疤痢急忙一扯牛二，两个人闪在一边悄悄地走过去。是牛二先发现了一丝不挂被绑在土地爷背后的妙善。牛二立马大声喊起来："小尼姑在这儿，小尼姑在这儿，快把绳子解开。"牛二和大疤痢只顾着给妙善解绳子，不想墙角里突然站起来一个人不人鬼不鬼的东西，"噢"的一声蹿上来，大疤痢还没有反应过来，就觉得脖子被一双有力的大手给紧紧地掐住了，只听"嘎嘣"一声，脖子被拧断，大疤痢一声不响倒在地上。吴心的速度太快了，拧断大疤痢的脖子，转身飞起一脚把牛二踢得撞到墙上又掉在地上。

"哎哟。"牛二还没爬起来，吴心的一只脚就踏在牛二心口上。

"你们是他娘的什么人？敢跑到这儿坏老子的好事。"吴心问牛二。

"好汉爷爷饶命。我们是……"牛二一抬头看见刚刚在外面撒尿回来的斜眼，急忙大声喊："斜眼，快，把这个家伙宰了。"

斜眼看见牛二被一个人踩在脚底下，大吼一声冲上来，谁知道人还没有靠近吴心，就被吴心一掌推出去，倒退几步一屁股刚好坐在倒在地上的大疤痢身上。

斜眼低头一看，腋底下的大疤瘌脖子歪到一边七孔流血已经死了。斜眼立刻吓得魂飞魄散，急忙从地上爬起来，撒腿跑出土地庙。

原来，穆三桩、白天刚离开土地庙以后，吴心急不可待地扑向妙善。妙善白天刚在芦苇丛里被折腾得死去活来，早已经吓傻了，面对凶煞神似的吴心哪里还敢反抗，只有听吴心的摆布。吴心哪，也是一个色鬼，碰上妙善这样一个妙龄少女更是欲火难耐，把妙善当成玩物，一次又一次地发泄着欲火。穆三桩和白天刚来的时候，吴心仍趴在妙善身上不肯下来。白天刚看看奄奄一息的妙善说："三弟，悠着点，身子要紧哪。"说着拿出一只烧鸡和一包牛肉还有一壶酒，"来来来，先吃点东西吧。"吴心说："二位哥哥，你们怎么才来？兄弟我还真的饿了。"说完又吃又喝，一阵狼吞虎咽。白天刚回头看看仍被绑住双手侧躺在土地爷后面的妙善，说："三弟，别光顾着自己吃呀，也给小尼姑填填肚子嘛。"吴心冲穆三桩和白天刚一笑，撕下来一条鸡腿拿着酒壶来到妙善身边，说："小美人，来，吴爷喂你。"你想，这个时候的妙善，连自己是死是活都不知道，哪里还有心事吃东西，哪里还能吃得下去东西？吴心看见妙善仍然一动不动地躺在那儿，生气地说："他娘的，不知道好歹的臭婊子。"伸手一把抓住妙善的头发，把酒壶对着妙善的嘴猛灌下去，呛得妙善一阵哭喊。要说妙善平时也没少陪着马天五喝酒，可是那个时候的心情和现在不一样，有马天五在旁边哄着，喝得开心喝得痛快。这会哪，碰上吴心这样一个没心没肺的色鬼，拿着酒壶朝嘴里硬灌，把眼泪都呛出来了。吴心哪管得了那么多，趁着妙善张嘴哭喊的时候把鸡腿猛地塞进妙善嘴里，说："你给老子吃！"

看着吴心吃饱喝足了，穆三桩把吴心拉到一边说："三弟，你怎么玩这个小尼姑哥哥不管，不过有一点你得记住了，不能把这个小尼姑给弄死了，咱们留着她还有用。别忘了，这个小尼姑可是马天五的心头肉，咱们还得用她往外钓马天五哪。"吴心说："大哥放心，兄弟怎么舍得把这个小尼姑弄死呢？"穆三桩说："三弟，你二哥刚才说的对，悠着点吧，身子骨要紧。这样吧，你还在这土地庙里好好看着这个小尼姑，我和你二哥回去探听探听马天五的消息，明天再给你送吃的来。"吴心说："好好好，两位哥哥要走就赶紧走，记住别忘了早点给兄弟送些好吃的来就行。"

第二天天快亮的时候，累了大半夜的吴心才把妙善的手脚捆好，胡乱地把妙善的衣服往妙善身上一扔说："小尼姑，吴爷累死了，先去睡一会。"说完把衣服一裹，靠在墙角里一堆干草上呼噜天呼噜地。

妙善看着睡去的吴心，试图挣扎着解开捆绑住手脚的绳子，可是一动浑身到处都疼，便"呜呜"地哭起来。吴心那可是练武的人，就是睡觉也透着机警，哪怕有一点的声响也能听得见。妙善这边一哭，刚刚睡着的吴心一骨碌从地上爬起来，用手一指妙善说："你个臭婊子再嚎小心老子把你宰喽。"

妙善吓得再也不敢出声。

天大亮的时候，迷迷糊糊睡了一会的妙善多少也恢复了一些体力，又悄悄地地挣扎了一阵，可是仍然没能把身上的绳子弄开。妙善想想自己在柳寨渊子的时候，时时被马天五哄着宠着，哪受过这份活着不如死了的罪。要不是因为自己的任性，不听马爷的话，怎么会落到这些人手里？妙善虽然不知道这三个人叫什么名字，但从这三个人的言谈话语中，妙善已经听明白了，这三个人就是冲着马天五来的，是黄沙庵里的妙贞花钱雇来给师傅报仇的。黄沙庵里这场血腥的灾难虽然不是你妙善亲手造成的，但也是由你妙善引起的。如果不是你告诉马天五黄沙庵里有很多很多钱，马天五怎么会去血洗了黄沙庵？马天五不去血洗黄沙庵，师傅就不会死，师傅不死，妙贞就不会请人来杀马天五给师傅报仇，你也不会落到今天这个地步。妙善，你这是自作自受，就是你妙善亲手毁了黄沙庵，也是你妙善亲手害死了师傅。那个妙贞既然能雇人来杀马天五，也一定不会饶了你这个给黄沙庵带来灭顶之灾的人。妙善越想越害怕，不由得又低声哭起来。可能是吴心太累了吧，妙善这回的哭声竟没有惊醒吴心，所以，当牛二、大疤瘌走进土地庙的时候吴心仍睡得很死，是牛二的喊声惊醒了吴心。就牛二、大疤瘌那点能耐，别说是你们两个，就是再来几个也不是吴心的对手，所以吴心没费多大事，就拧断了大疤瘌的脖子，一只脚牢牢地踩住牛二，吓跑了斜眼。

吴心把牛二的衣服撕下来把牛二捆了，像抓小鸡似的把牛二提溜起来往墙角那边一扔，从旁边拾起牛二的钢刀来到牛二跟前，用刀尖抵住牛二的下巴说："小子，你他奶奶的胆子不小呀，敢暗地里算计你吴爷爷，坏你吴爷爷的好事，你狗日的也不打听打听，你吴爷爷是干啥的？说，是谁派你们来的？"牛二早就吓得三个魂跑了两个半，连话都说不清楚了，听见吴心问他，忙结结巴巴地回答："是……是马……马爷让我们几……几个找小……小尼姑的。"吴心一听明白了，马天五果然派人在到处找这个小尼姑。"啪"，吴心用刀在牛二脸上狠狠地拍了一下，冷笑着说："什么他娘的马爷？是马天五那个狗日的吧？吴爷我正等着他哪。"

庙门外面又有了动静，吴心手持钢刀"噌"地窜到门口，一看进来的是穆三桩和白天刚。吴心说："二位哥哥来得正好，你们看那边……"说着一指地上的牛二。

"怎么回事？这个人是谁？"穆三桩问。

"这是马天五派出来找小尼姑的人。"吴心说。

"就他一个人？"白天刚问。

"那边还有一个，叫我把脖子给拧巴断了。"吴心说："这个狗日的脖子长得真不结实，我手上还没用多大劲，'咔嚓'一声他就见阎王爷去了。噢，刚才还跑了一个叫斜眼的家伙，八成是跑回去给马天五报信去了吧？"穆三桩、白天刚过去问牛二，牛二就把妙善怎么样到叮当集去找马天五，马天五怎么样安排自己把妙善送回柳寨渊子的话说了一遍。

白天刚说："看起来咱们把这个小尼姑抓住是抓对了。刚才三弟不是说那个叫斜眼的家伙跑了吗？一准是给马天五通风报信去了，说不定马天五这会正带着人往这儿赶哪。大哥，咱们可不能大意了，他们手里有枪呀。"

穆三桩看看大疤瘌的尸体和地上奄奄一息的牛二说："这个地方不能待了，刚才三弟不是说还跑一个吗？""是，是跑了一个。"吴心说："算那个小子命大，不然也让老子一块收拾了。"穆三桩说："咱们赶紧离开这里，找个更稳妥的地方。"吴心说："哎呀，找啥更稳妥的地方？咱们要找的不就是马天五吗？他来了不是更好吗？老子上去一把就把狗日的脑袋给拧下来了，哪还要费这个劲。咱们把马天五一杀，带着黄沙庵里那几个小尼姑回沧州不就完事了。"白天刚说："三弟，咱们弟兄三个虽然身上都有功夫，可也不能蛮干。第一，这里不是咱们的地盘，第二马天五他们手里有枪，咱们的功夫再好，也难躲过枪去。大哥说的对，咱们还是先离开这儿，暗中盯着马天五的动静，找机会下手。"

穆三桩点点头，"我看咱们这样……"穆三桩和白天刚一阵低语，白天刚听着不停地点头，说："好，大哥，咱们就这么办。"吴心在一旁不高兴地说："大哥二哥，你们两个在那儿嘀嘀咕咕地废什么话？咱们把这个小尼姑和牛二'扑哧'一刀宰了，让马天五来了给他们收尸不就完了。"说着把钢刀一晃直奔妙善，妙善吓得尖叫一声闭上眼睛。白天刚赶紧过去拦住吴心说："三弟，先不忙动手，现在还不是杀她的时候，先把这个小尼姑留着。"吴心"嘿嘿"一笑说："我听二哥的。"

斜眼连滚带爬地从土地庙跑出来，撒腿朝叮当集跑去，走到半道遇上从叮当集打酒买菜回来的歪头。斜眼大老远地朝歪头喊："回去，快回去找马爷。"歪头

问："咋了，不喝酒了？""喝你妈的个屁！大疤瘌让人家弄死了，这会牛二是死
是活还不知道哪。快去找马爷。"歪头一听，把手里的酒菜一扔，跟着斜眼跑回
叮当集。

斜眼说大疤瘌被一个人不人鬼不鬼家伙弄死在土地庙里，牛二也被抓住了，
到现在还不知道死活哪。斜眼并没有看见被绑在土地爷后面的妙善，所以没有提
妙善的事。马天五听了心里猛地一惊，暗想，这牛二和大疤瘌两个也都会个三拳
两脚的，他们两个再草包也不能在一眨眼的工夫一个被打死一个被制住了呀？看
起来这个人不人鬼不鬼的家伙绝非等闲之辈。就马天五的性格来说，自己手下的
弟兄一个被杀一个被抓，他肯定会带着手下去报仇的，就是死的不要，牛二不是
没有死吗？可是，今天马天五心里有些害怕。这些天没有在柳寨渊子，没有槐花
陪着，老是噩梦不断，梦中惊醒之后，脑袋疼得好像被刀砍开一样。马天五知道
这个人不人鬼不鬼的人是黄沙庵请来对付他的高手，要是带人去土地庙，那不是
自己把自己送上门了吗？黄沙庵请来的不是三个人吗？这个人不人鬼不鬼的人功
夫这么厉害，那两个人哪。马天五突然想起来黑胖头看见三个人在小树林里练武
的事，心里一颤，暗想土地庙不能去，不能拿着脑袋去冒这个险，反正大疤瘌已
经死了，牛二是死是活那就看他的造化了。马天五拿定主意，转身对斜眼和歪头
说："你们两个一个去土地庙，把那个人给我盯死了，不要惊动他。一个赶紧回
柳寨渊子，多叫上几个弟兄，先把土地庙给我围住喽，再一哄齐上，那个家伙他
就是有三头六臂，也不是对手。把那个家伙给拿住，不要弄死，马爷我还有话问
他。快去。"

穆三桩、白天刚和吴心把妙善的嘴用东西堵上，身上用衣服一裹，由吴心扛
着离开土地庙。土地庙内只留下一个还剩下一口气的牛二。等歪头带着柳寨渊子
的一伙土匪围住土地庙，挥舞着钢刀冲进庙内的时候，哪里还有什么人的影子，
只有地上躺着已经死了的大疤瘌和被挑断了半拉脖子连话也说不出来的牛二。歪
头拿起地上妙善的衣服说："那个丑鬼肯定跑不远，咱们追。"躺在地上的牛二好
像听见了歪头的话，嘴张了两张，抬手朝蹲在旁边的斜眼伸出三个指头。斜眼使
劲摇晃着牛二说："你他娘的快说呀，那个弄死大疤瘌的家伙往哪儿跑了？小尼
姑被弄到啥地方去了？"牛二因为脖子断了半拉，再加上被斜眼使劲地摇晃了一
阵，嗓子眼里"咕噜咕噜"两声，肚子鼓了两鼓，脖子一拧腿一伸见阎王去了。
"牛二死了，牛二死了！"斜眼大声喊。一群土匪围过来，一看牛二死得那个惨，
几个胆小的土匪吓得嘴里不停地往外吐，连连后退。斜眼一拉歪头说："牛二死

的时候伸出来三个手指头是啥意思?"歪头把头一晃说:"谁知道是他娘的啥意思,人死的死了没影的没影了,咱们还在这儿愣着干吗?你还真的打算在这儿给大疤瘌给牛二守丧呀?走,赶紧告诉马爷去。"

顺风客栈门前冷冷清清看不见个人的影子。

妙贞让妙玉在客栈外面等着,一个人走进客栈上了二楼,来到穆三桩三个人住的房间门口轻轻地敲了两下门,见里面没有动静。妙贞刚要转身,就听见隔壁房间里传出吵吵闹闹的声音。妙贞往隔壁房间门口靠了靠,隐隐约约地听见里面说什么牛二也死了……小尼姑也没影了,只剩下这两件衣服……接着里面又有人大声喊:"你们他娘的都是一群废物,两个大活人怎么说没影就没影了哪?都出去给老子找,一定要把那个人不人鬼不鬼的东西给老子找着,还有,找不着妙善老子一个个扒了你们的皮!"妙贞听到这里赶紧转身朝楼下走去,来到客栈门外一拉妙玉说赶紧走。妙贞和妙玉刚刚离开客栈门口,只见从客栈里面慌慌张张地走出一群人来,分别朝不同的街道跑去。妙贞对妙玉说:"那个姓穆的他们三个杀了柳寨渊子里的人,还把妙善给抓走了,不知道藏在什么地方。妙玉,走,咱们也去找一找。"妙玉说:"师姐,是妙善害死了师傅,还差一点把黄沙庵给毁了,咱们找她干什么?""正因为是妙善害死了师傅,才一定要找到她,就是死也得叫她死在师傅面前。"妙贞说。

马天五把一肚子的火都发向黄沙庵,因为是黄沙庵里的尼姑不知道从那儿弄来这几个该死的家伙,害得自己一天到晚提心吊胆不说,还弄走了自己喜欢的妙善。马天五坐不住了,马天五真的坐不住了。马天五从黑胖头的嘴里已经知道住在隔壁的三个人就是黄沙庵请来的武林高手,先把这三个狗日的武林高手收拾了,回头再找黄沙庵里那些臭尼姑算账。

马天五叫来黑胖头,叫黑胖头借送水送饭的机会盯紧隔壁的三个家伙,看看他们在干什么,如果有机会就在酒里菜里水里都他娘的下上毒。黑胖头在半夜的时候轻轻地敲开马天五的房门,用手一指隔壁,低声对马天五说:"马爷,我都看清楚了,今个夜里这三个人就回来一个,是那个长着爹不喜娘不爱的脸堂子的家伙。这个家伙回来倒头就睡,啥也不要。我去给他送水,这家伙连门都不开,叫我放在门口,说渴了自己拿。"马天五问:"你在水里下了毒没有?""下了。只要这个家伙喝水,哪怕是一小口,也能要了他的命。"黑胖头刚说到这儿,就听见隔壁开门的声音。黑胖头赶紧从门缝里探出半个脑袋偷偷一看,放在隔壁房间门口的水壶没有了。黑胖头急忙把脑袋缩回来对马天五说："马爷，那家伙把水拿进去了。"马天五说："胖头你给我在这儿好好听着，只要一有动静，马上进去看看，如果这个家伙死了，你赶紧到西头百草药房找我。""好嘞。"黑胖头说："马爷放心，这狗日的活不到天亮。"

马天五走了，黑胖头往床上一躺，就等着听隔壁屋里的动静了。

隔壁房间今天回来的就吴心一个。

吴心扛着被堵上嘴的妙善和穆三桩、白天刚一块离开土地庙，找了一个更隐蔽的地方把妙善藏起来。白天刚说："大哥，今天晚上咱们不能都回顺风客栈，马天五已经知道咱们把这个小尼姑妙善弄到手里了，他肯定会带着人拼命地寻找。这样，咱们今天一个人回客栈，监视马天五的动静，另外两个人埋伏起来。咱们在暗处他们在明处，如果马天五找到这个地方，咱们就有办法除掉马天五。"

"大哥二哥，今个还是我回去吧。我看大哥和二哥这些日子也没有沾过女人了。"

穆三桩说："三弟说的这是什么话？咱们弟兄三个人千里迢迢来到这老黄河边上，为的不是个把女人。本来，我觉得黄沙庵的那个叫妙贞的尼姑把咱们请来，不就是对付几个小小的土匪吗？其实没有那么简单。马天五这个土匪可不是一般的土匪，他久占柳寨渊子，人多势众不说，手里还有十几杆火枪，这是我离开沧州以前没有想到的。三弟，女人再好毕竟是个女人，是男人手里的玩物。等回到沧州大哥给你找一个比这个小尼姑更漂亮的女人。可是三弟，今天不行，对付马天五咱们不能大意了。这样，我和你二哥今天在这儿盯着这个小尼姑，如果马天五那些人找到这儿，我和你二哥会见机行事，能除掉马天五更好，就是不能除掉马天五，我和你二哥也要会会那个马天五，看看他手里的火枪究竟有多厉害。三弟，你回到顺风客栈之后，不许吃不许喝，倒头便睡。记住，连一口水也不许喝。"

"好，好，我听大哥的。"就这样，吴心一个人回到了顺风客栈。

第 33 章

石泥鳅的话还有一层意思，那就是告诉妙
贞，你不是想给你师傅报仇吗？你不是怕马天
五手里的火枪吗？没有什么了不起的，这些我
石泥鳅都对付的了

黑胖头躺在床上眼也不敢眨，竖起耳朵听着隔壁房间里的动静。

突然，隔壁传来"咣当""哗啦"两声响，黑胖头猛地从床上坐起来，从响声来判断，黑胖头知道准是隔壁房间的人中道了，那家伙把水喝了，把水喝了也就是说那家伙完蛋了。看看去。黑胖头走出房间。

隔壁的房门虚掩着，黑胖头轻轻推开门把脑袋伸进去，见屋里亮着灯，装着热水的壶倒在地上，还冒着热气，可是床上却没有人。就在黑胖头一愣神的工夫，觉得脖子后面一紧，被一只有力的大手拽进屋里。

"嘿嘿嘿……"一阵阴森森的笑。黑胖头抬头一看，灯光下吴心那张脸跟庙里的判官差不多。

黑胖头吓傻了。

要说这吴心也是个没心没肺的人，他也不知道黑胖头在水壶里下了毒药。要是在沧州山寨里他才不管那么多，该吃就吃该喝就喝，出门在外就不一样了，处处得多留个心眼，这是他混迹江湖这么多年养成的习惯。再说了，回顺风客栈的时候穆三桩也交代过他，连一口水也不许喝。可能吴心八成是这几天在妙善身上花费的精力太多了，实在累了，倒在床上睡了一会觉得有些口渴，便想起来店里的伙计把水壶放在门口了，就起身出门把水壶提进来，倒上一碗水刚想喝，猛然想起穆三桩的话，心里暗暗发笑，大哥也太小心了吧？大惊小怪的。虽然这样想着，手还是把匕首拿出来，将刀尖伸进水里。刀尖往水里这么一伸，把吴心吓得心惊肉跳。只见刚刚伸进水里的刀尖立马变成了黑色。吴心明白了，有人在水里下了毒。乖乖，这是想要了老子的命呀！不用说，是那个送水的伙计干的，这个狗日的是他娘的活腻歪了。

吴心把眼一愣，哼哼，想要老子的命？老子先让你见阎王去。吴心知道既然在水里下了毒，就一定会有人在暗中盯着哪，那好吧，老子就请你自己进来吧。吴心故意一脚把水壶踢翻，才弄出"咣当""哗啦"的声响来。

不是有这样一句话吗？人该死的时候谁也挡不住。黑胖头就是该死的人，能不进来吗？

黑胖头刚从门外把脑袋伸进来，就被吴心一把掐住脖子拽进屋里。

"爷爷……饶命爷爷，饶……命……"黑胖头结结巴巴地说："这事是……是马爷叫……叫我干……干的。"

"什么他娘的马爷。"吴心说着手上一用力，就听"咔擦"一声，可怜黑胖头连挣扎的机会也没有，脖子被拧断见阎王去了。

这天晌午，黄炳秋和石泥鳅两个来到黄沙庵，是妙贞让妙玉去请来的。

妙贞把两个人让进禅房，妙玉献上茶之后退出去。

妙贞眼含着泪"扑通"往黄炳秋和石泥鳅面前一跪。

黄炳秋急忙站来说："妙贞师傅，千万不能这样，有什么话尽管说。"

妙贞没有起来，而是郑重地朝黄炳秋和石泥鳅磕了一个头，哽咽道："黄施主、石施主，我师傅被柳寨渊子里的土匪马天五杀了，这些二位施主都是知道的。不瞒二位施主，我一直想给师傅报这个仇，以安慰我师傅她老人家的在天之灵。可是，妙贞毕竟是一个弱女子，敌不了柳寨渊子里那些虎狼禽兽，听说他们手里有好多支火枪。再说还有黄沙庵和庵内的一些师姐师妹都需要照应，我不能丢下她们不管。妙贞今天把二位施主请来，就是想请二位施主帮着拿个主意，看看怎么样能帮我报了师傅的血仇。"

黄炳秋想了想说："慧圆大师被害，我们一直很痛心，也想给慧圆大师报仇。黄沙庵是我们老黄家出资修建的，我黄炳秋当然不能看着它就这么给毁了。柳寨渊子里的土匪马天五祸害老百姓不说，就连佛门净地也不放过，确实是该剿灭。慧圆大师刚刚遇害的时候，我和泥鳅兄弟到砀山和凤城警局去过几次，想请他们出兵剿灭这伙土匪，砀山县警局里没人管这事，凤城警局的那个卢局长推三阻四，我俩磨破了嘴皮子卢局长就是不答应。看起来指望着官府这条路是走不通了，只有找别的路子了。"

"多谢二位施主。"妙贞又给黄炳秋和石泥鳅磕了个头才站起来。

黄炳秋回头看看石泥鳅说："泥鳅兄弟，你当过兵又带兵打过仗，这件事你看该怎么办？"

石泥鳅坐在那儿一直没有说话，见黄炳秋问他，才说："这个马天五祸害百姓，害死慧圆大师恶贯满盈，这样的恶匪不除天理难容。以血还血以牙还牙杀人偿命自古以来就是这个理。柳寨渊子马天五手里就是有几杆火枪也没什么可怕的。"

妙贞听了石泥鳅的话不住地点头。

黄炳秋却听得一头雾水。其实对于妙贞提出来让他们帮着给慧圆大师报仇的事，黄炳秋心里没有一点谱。黄炳秋虽然没有像黄四爷那样对黄沙庵倾注了那么多心血，可这个黄沙庵毕竟和老黄家有着千丝万缕的联系，黄四爷不是说过吗，没有佛祖的保佑，没有大慈大悲观音菩萨的保佑，老黄家能像今天这样人丁兴旺？如今，慧圆大师被害，黄沙庵险些毁于一旦，这不都是柳寨渊子里的土匪马天五干的吗？黄炳秋打心里也恨透了马天五，恨不得立马就把马天五的脑袋割下来。柳寨渊子里聚集了有一两百号人，都是些惯匪是些亡命之徒，一旦真的和柳寨渊子里土匪干上了，万一除恶不尽，黄三座楼可就要大祸临头了。黄炳秋是为了黄三座楼的安危着想。所以，黄炳秋才开口问石泥鳅。不想石泥鳅没有把柳寨渊子的土匪马天五当回事，说得比拿刀切面瓜还轻巧。这让黄炳秋觉得有些失望觉得石泥鳅好像是在说大话。柳寨渊子里土匪是那么好对付的？就连警局里的卢局长不是也怕这伙土匪吗？黄炳秋想。

石泥鳅说："得把马天五引出来。柳寨渊子里不是有一两百号人吗，咱们总不能一块都给他们除了吧？擒贼擒王，只要能把马天五干掉，剩下那些小毛贼也就没有啥可怕的了。"

"事情难办就难办在这儿。"黄炳秋说："咱们怎么样才能让马天五离开柳寨渊子。就凭咱们这些人死打硬拼指定不行，他们不光人多势众，据说马天五手里还有火枪。"

"他有枪怕啥？"石泥鳅说："兵来将挡水来土掩，几杆火枪算什么吗？"

在黄炳秋和石泥鳅说话的时候，妙贞的目光一直看着石泥鳅，好像在从石泥鳅身上寻找着什么东西。

妙贞是听了顺的话才让妙玉把黄炳秋和石泥鳅请到黄沙庵来的。

　　那天天刚蒙蒙亮，妙贞一个人又去了慧圆主持的墓地，远远地有一个人拿着扫帚在慧圆主持墓前清扫落叶。妙贞走过去一看原来是顺。"阿弥陀佛"，妙贞说："有劳施主了，天天给我师傅清扫墓地。我师傅天上有知，也会感激施主的。"顺见是妙贞，急忙把扫把往怀里一揽，学着妙贞的样子把双手合十说："妙贞师傅，老主持在的时候就喜欢到香火地里来，对俺多有照顾，如今老主持不在了，俺来给老主持清扫一下这里的树叶，让老主持出出进进的也方便。"

　　妙贞在慧圆大师墓前默默地站了一会，突然想起了什么，转身朝顺住的小屋走去。

　　顺就在小屋门前的一块石头上直愣愣地坐着，看见妙贞赶紧站起来说："妙贞师傅。"

　　妙贞说："顺，你是个老实人，我师傅在的时候经常提到你。我今天来是想问你几件事。"

　　"妙贞师傅，有啥事你问吧。"顺说。

　　"你知道我师傅是谁害死的吗？"

　　顺点点头说："知道，是柳寨渊子的土匪马天五害死了慧圆主持，这个马天五就是西头土屋里马子的儿子。"

　　妙贞说："嗯，事情你都知道。你好好地盯着马子，如果发现有人来找马子，你马上到庵里告诉我。"

　　顺摇摇头说："妙贞师傅，不会有人来找马子的。自从慧圆主持被害以后，马子很少出门，总是憋在屋里，也不知道他在干什么。有一天夜里我看见马子跪在慧圆主持的墓前哭哪，看样子哭得还很伤心。"

　　"噢，有这事？"妙贞觉得有些吃惊。

　　"有这事。"顺说："那天夜里都三更天了，月亮亮得很，我起来刚一出屋门，远远看见慧圆主持墓前跪着一个人，好像在哭。把我吓一跳，跑过去一看是马子，我问他在这里弄啥，马子说累了，歇会。说完爬起来就走了，走了没多远，好像被什么东西绊了一下，一头栽倒在地上，老大会子才爬起来。"

　　妙贞想了想说："你好好地照顾好香火地，别的事情你就不用多操心了。记住我刚才给你说的话，不管有什么人来找马子，你都要马上去庵里告诉我。"

　　妙贞转身没有走多远，听见后面顺的喊声："妙贞师傅，你等一下，等一下。"

　　顺跑过来说："妙贞师傅，俺才想起来一件事，不知道该不该给你说。"

妙贞说:"什么事你说吧。"

顺说:"前两天吧,俺去叮当集赶集,碰上俺本家的一个兄弟,是个走村串巷卖油的,俺哥俩就在羊肉汤馆里喝了酒,他给俺说柳寨渊子里那些土匪了不得,手里有火枪。那火枪可是厉害,'嘭'得一冒火光就能把人打死。俺听着吓得腿都软了。俺那兄弟又说,火枪算个啥?二十响的盒子炮更厉害。俺说你别瞎扯了,天底下哪有那么厉害的东西?俺兄弟说你不信是吧?给你说,咱老黄河边上的石火爷,就是黄三座楼的石泥鳅手里就有二十响的盒子炮。妙贞师傅,你八成还不知道吧?这个石火爷那可是了不起的人物,人家在西北军里当过兵,听说后来还当了营长。营长那是多大的官啊,领着上千人马呀。俺想啊,要给慧圆主持报仇,就得把石火爷手里的盒子炮借过来,对付柳寨渊子里的土匪马天五就不用费啥劲了。不过妙贞师傅,俺那个本家兄弟也只是听说,他也没有见过石火爷手里有枪。"

妙贞冲顺一笑说:"好,我知道了,你先回去吧。"

妙贞在回黄沙庵的路上,把顺的话仔细地回想了一遍,觉得不是没有道理。关彪来找石泥鳅的时候,不是在黄三座楼庄南边的老槐树底下摆过酒席请了黄三座楼的老少爷们吗?还放了一阵子排子枪,这件事弄得轰轰烈烈惊天动地的,方圆十几里地的人哪有不知道的?慧圆主持虽然没有出现在当时的酒席上,后来还是原原本本地听人说了。慧圆主持当时就说:"阿弥陀佛,善哉善哉,做人还是收敛一点的好。"妙贞也听慧圆主持提起过这件事,但当时并没有在意,那些人喝酒也好打枪也好,跟妙贞没有什么关系。现在一想起这些,妙贞就暗自埋怨自己,要给师傅报仇,怎么把黄三座楼的人给忘了?那个出钱修造黄沙庵的黄四爷虽然不在了,可是黄家的族长黄炳秋对黄沙庵也是非常关心的。师傅遇害之后,不是黄族长和黄三座楼的人前前后后帮着料理的后事吗?给师傅报仇这么大的事,我怎么就没有想起来和黄三座楼的人商议哪?

妙贞急急忙忙地赶回黄沙庵,马上叫妙玉去请黄炳秋和石泥鳅。但妙贞主要的目的还是想利用石泥鳅手里的盒子炮。

石泥鳅似乎也猜着了妙贞的意思,有些暗暗吃惊,心想这个妙贞确实不简单,她怎么会知道自己手里有枪哪?

石泥鳅手里真的有枪,两把崭新的二十响德国造大肚盒子,还有五百发子弹,是关彪走的时候给他留下的。关彪临走的前一天夜里,石泥鳅和关彪两个人都喝得差不多了,关彪说:"姨夫,你既不愿意跟着回西北军,也不愿意叫彪子给你盖楼，那好吧，彪子就给你留下两把枪和五百发子弹。姨夫，你在咱们西北军的时候不就是双手使枪的吗？如今这世道兵荒马乱的，你留着防身用。"石泥鳅点点头说："彪子，你能有这份心，姨夫也没白疼你一场。行，你就给我留下两把枪吧。"

关彪离开之后，石泥鳅把两把枪严严实实地裹起来，只有在夜深人静的时候才拿出来把枪擦一擦。每次擦枪的时候，石泥鳅都会想起来在西北军的那些日子想起老婆想起儿子，不由得热泪纵横。

关彪留下枪的事石泥鳅从来没有对任何人提起过。石泥鳅本来就是一个不喜欢张扬的人，尤其失去了老婆和心爱的儿子以后，变得更加言少寡语，跟谁也不愿意多说一句话，更不会把自己手里有枪的事情告诉别人，就连经常来看他的亲侄子石守乾，石泥鳅牙缝里也没透露过半个字。这个妙贞怎么就会知道自己手里有枪了呢？石泥鳅百思不得其解。

妙贞也在琢磨着石泥鳅，"石施主……"

石泥鳅从沉思中清醒过来，说："妙贞师傅，你的意思我明白，你想给你的师傅慧圆大师报仇，想请黄族长我们一起实现你这个愿望，可是妙贞师傅，你想过没有，黄族长我们可都是本本分分的庄稼人，打打杀杀那不是我们庄稼人干的事。不过要是真的能给慧圆大师报了仇，我石泥鳅会义不容辞。"石泥鳅故意把"我石泥鳅"几个字说得很重，意思是告诉妙贞给你师傅报仇这事有我石泥鳅就够了，不要把黄族长也扯进来。黄炳秋和妙贞都是聪明人，都能听出来石泥鳅的意思。石泥鳅的话还有一层意思，那就是告诉妙贞，你不是想给你师傅报仇吗？你不是怕马天五手里的火枪吗？没有什么了不起的，这些我石泥鳅都对付的了。

黄炳秋看看石泥鳅虽然没有说话，但心里却暗想石泥鳅不愧是带过兵打过仗的人，石泥鳅不想让自己卷进这场与柳寨渊子里的土匪的争斗中来。石泥鳅是条汉子。

石泥鳅接着说："妙贞师傅，柳寨渊子里马天五人多势众，想到柳寨渊子杀了马天五是不可能的事，只有把马天五引出柳寨渊子才好动手。我可听说马天五这个家伙鬼得要命，从来不轻易离开他那个老窝，要想把他引出来恐怕没那么容易。"

妙贞眼里透出仇恨的光说："只要能给我师傅报了仇，就是死了也值，我去柳寨渊子把马天五这个禽兽引出来。"

黄炳秋急忙摆手说："不行不行，妙贞师傅，柳寨渊子那可是个虎狼窝呀，你一个弱……"黄炳秋想说"你一个弱女子"怎么能去柳寨渊子那种地方？可是转念一想妙贞是出家人，不能用世俗的称呼，于是改口说："妙贞师傅，柳寨渊子那种地方你去不得千万去不得。"其实，黄炳秋和石泥鳅两个人谁也不知道妙贞有一身的好功夫。

"黄族长说的对，妙贞师傅你不能去。"石泥鳅也跟着说。

妙贞用感激的目光望着黄炳秋和石泥鳅，说："不瞒两位施主，小尼因为给师傅报仇心切，从外面请来了三位武林高手，都是占山为王的绿林好汉，他们答应杀了马天五给师傅报仇。"

"这三个人来了吗？"黄炳秋问。

妙贞回答说："已经来了半个多月了，就住在叮当集的顺风客栈。这些日子小尼见过他们两次，不知道为什么，我觉得他们好像也对这个马天五有所顾忌，迟迟不敢动手。"

"这三个人是哪儿人？"石泥鳅问。

"三个人都是沧州的，老大叫穆三桩。"妙贞回答道。

"穆三桩？"石泥鳅问："妙贞师傅，你说的这个穆三桩是不是个子高高的黑黑的，下巴这个地方还有一道长长的疤？"

妙贞连忙点头说："是，就是像石施主说的那样，穆三桩又高又黑，下巴这儿有一道长长的疤。他还带着两个兄弟，一个叫白天刚，一个叫吴心。"

石泥鳅愣了一下，自言自语道："真的是他？"

黄炳秋问："谁呀，泥鳅，难道你认识？"

石泥鳅说："妙贞师傅说的这个穆三桩，如果真是我认识的那个穆三桩，那可就太好了。黄族长，不瞒你说，我说的这个穆三桩，在西北军当兵的时候是我手底下的一个排长，我离开西北军的时候他还在那，怎么会跑到山上落草为寇了呢？"

"要不让妙贞师傅把这个穆三桩叫来你看看，是不是你手底下的那个排长。"黄炳秋说。

"我觉得差不多。"石泥鳅说："现在不要着急，等等看。"

石泥鳅说的他手底下那个排长穆三桩就是妙贞请来的这个穆三桩。

穆三桩其实也是一个性格直爽的人，从小便开始习武。因为家里比较穷，在十几岁的时候就到西北军里吃粮当兵，那个时候石泥鳅叫石火，已经是营长了。有一次，刚当兵不久的穆三桩在放假的时候约了两个兄弟一起到街上闲逛，恰好与带着七八个人的一个姓杜的排长走个照面，姓杜的排长欺负穆三桩是个新兵，便叫住他们三个，说："老子想喝酒了，你们到那边馆子里给老子弄桌子酒菜，让老子好好享受享受。"穆三桩三个人都是新兵蛋子，哪有钱到馆子里置办酒菜？姓杜的排长一看火了，指着穆三桩的鼻子骂："老子让你们给老子到馆子里弄桌子酒菜那是看得起你们，给脸不要脸的东西，我看你们是他妈的活腻歪了。"说着"啪啪啪"照着穆三桩就是几个嘴巴，打得穆三桩两眼直冒金星。穆三桩是练武的人，哪里受得了这个屈辱，刚想发作，旁边的一个兄弟一拉穆三桩低声说："三桩哥，他是排长，咱们惹不起呀。"穆三桩盯了姓杜的排长一眼转身要走，不想这个姓杜的排长不依不饶，一挥手对身旁的人说："拦住他们，抓住给老子往死里打。"七八个人一拥而上，把穆三桩三个人抓住按在地上，拳脚相加，打得三个人鼻子口里往外流血，那两个兄弟嚎得像挨了刀一样，穆三桩呢，躺在地上一声不响。姓杜的排长过来踢了穆三桩一脚说："呵呵，你狗日的有种，来呀，给老子招呼招呼他。"七八个人马上围住穆三桩，刚准备把穆三桩狠揍一顿，就听旁边大喊一声："住手！"姓杜的排长抬头一看石营长就站在面前，吓得急忙敬礼。石火说："滚"，姓杜的排长急忙带着七八个人转眼间消失得无影无踪。石火把事情问清楚之后，对穆三桩说："你们几个先回去吧。"石火是个非常爱护自己部下的人，他回到营部，马上把那个姓杜的排长叫过来，重打了二十军棍，罚他去当了个火头军，没有两个月，石火便提升穆三桩当了排长。后来，苗守山害死石火的老婆儿子，第一个向苗守山开枪的就是穆三桩。石火因为悲伤过度心灰意冷离开西北军，接替石火营长职务的是一个五大三粗的东北汉子，据说是团长的小舅子。这个大个子营长一上任就开始克扣军饷，引起下属不满。不满都是在暗地里，没人敢明着说。穆三桩本身就是一个正直的人，想想老营长，再看看如今这个营长，穆三桩实在忍受不住了，在一个风雨交加的夜里，只身潜入大个子营长家里，把大个子营长和他的老婆孩子捆了个结结实实，又把大个子营长家里所有值钱的东西都翻出来，包袱一包身上一背逃回沧州老家。但是当时的河北地面也不平静，军阀混战，土匪横行，今天这个军明天那个军，拉锯一样地来来往往，老百姓哪有安生的日子过？穆三桩一咬牙纠集了一帮人上山也当了土匪，过上大块吃肉大碗喝酒的日子。后来收留了白天刚和吴心更是如虎添翼称雄一方。刚一开始的时候，穆三桩拿定主意，打家劫舍也好绑票也好，只取大户人家的不义之财，决不祸害老百姓。时间一长，手底下的人便慢慢地不受约束了，也有人暗地里做起些欺男霸女的勾当。穆三桩听说以后也非常气愤，把那些祸害百姓的家伙吊起来狠揍一顿。人也打了，事情照样不断发生。后来穆三桩想随他们去吧，谁让咱们是土匪哪？土匪哪有不干伤天害理的事的？

槐花并不知道这些天所发生的一切，只知道妙善不见了，丢了。槐花想像这样一个不知道廉耻的小尼姑丢了就丢了吧，没有啥稀罕的，对马天五这样兴师动众地去找妙善，槐花心里很不满意。夜里，槐花对马天五说："天五，你干啥非要把小尼姑找回来？俺觉得小尼姑就不是啥好东西，水性杨花的你找她弄啥？"马天五怕槐花担心，没有把这些天所发生的事情告诉她，只是对槐花说："姐，我找妙善自有找妙善的道理，你就别操这个心了。"槐花叹口气说："唉，都说男人贪心不足，吃着碗里看着锅里，这话一点也不假。"马天五说："姐，我有几句话想给你说。""俺听着哪。"槐花说："天五有啥事你说吧。"马天五说："姐，自从来到这柳寨渊子，虽说是要吃有吃要喝有喝，但是整天提心吊胆的，生怕遭到别人的暗算。这日子也不好过呀。"槐花觉得今天马天五有些怪，听他的口气好像不愿意再干这些土匪的勾当了，这是从来没有过的事。以前无论槐花怎么哭怎么闹说让马天五离开这个土匪窝，马天五总是不急不躁，一句一个姐，最后把槐花哄得破涕为笑。今天马天五的这些话让槐花吃惊，忙问："天五，是不是出了啥事？你给姐说，你说呀！"马天五一笑说："姐，你想什么哪？能有什么事？"说完伸手拉着槐花躺在自己怀里。马天五不再说话，只是不住地长吁短叹。槐花知道马天五肯定遇到啥事了，而且这事还不小。槐花想问但没问，只是把马天五抱得更紧。屋里的烛光一明一暗地跳跃着，槐花的心也随着跳跃的烛光越来越觉得不安。槐花知道，这些年马天五做的伤天害理的事情太多，仇人一定不少，难道是有人找上门来报仇来了？小尼姑妙善的失踪是不是和这件事有关系？不然马天五为什么会一反常态，又长吁短叹地合不上眼？槐花想着想着心里害怕起来，双手捧着马天五的脸说："天五，有啥事你就给姐说，别闷在心里，你的头疼病……"马天五说："姐，真的没有什么事，不会有什么事。"马天五的声音很低很低，却让槐花听得心惊肉跳。马天五盯着槐花的脸说："姐，这些年你跟着我担惊受怕的，也没过过几天的舒心日子。我真后悔当初没有听你的话回家安安分分地过日子，现在后悔也晚了。姐，就在咱们睡觉的这张床下面，有一个木箱子，里面都是一些金银首饰啥的，还有不少银圆。有一天我要是出了啥事，姐，你就带着这个箱子离开柳寨渊子……"槐花一把捂住马天五的嘴说："天五，别说了，俺槐花生是你的人死是你的鬼！"说完趴在马天五身上"呜呜"地哭起来。

第 34 章

这个小尼姑在咱们手上也是个累赘，不如
把她交给黄沙庵，怎么处置这个小尼姑那是她
们的事，这样咱们就能腾出手来全力对付马天
五了

穆三桩、白天刚听完吴心的话吃惊不小，很明显他们被人盯上了，而且还下了毒手，这一次要不是吴心粗中有细，怕是不能站在这儿说话了。

穆三桩觉得奇怪，自从三个人来到叮当集顺风客栈住下，一直谨慎小心，怎么会走漏了风声又怎么会被人给盯上呢？难道是黄沙庵走漏了消息？不会，黄沙庵的妙贞是请他们来给她师傅报仇的，决不会把这事张扬出去。难道是兄弟三个的行踪露出了破绽被人发现了？也不会。自己说话做事每走一步那是时时刻刻小心翼翼，决不会露出马脚的。二弟白天刚更不用说了，那是精明过人长了十二个心眼子，在他身上绝对不会出问题。对了，这件事一定出在老三吴心身上，也一定和抓了那个小尼姑有关系。这个老三呀。穆三桩无奈地摇摇头说："三弟，你这回大难不死，以后可要多加小心呀。咱们千里迢迢地来到这老黄河边上，有一点的疏忽大意后果就会难以预料。"

"大哥，三弟这叫大难不死必有后福。"白天刚说："不过，既然他们在顺风客栈朝咱们下了毒手，说明他们已经知道咱们的一些底细了，顺风客栈是不能再回去了。"

"他奶奶的，敢算计老子。"吴心说："大哥二哥，你们在这儿等着，我回去把客栈给它一把火烧了。"

白天刚一把扯住刚要往外跑的吴心说："三弟，少惹点事吧。咱们听大哥怎么安排吧。"

这就是白天刚聪明的地方，也是让穆三桩最担心的地方。每当事情到了要紧的关头，白天刚总是这句话"听大哥怎么安排"，把脸面都给了穆三桩。

吴心见穆三桩没说话有些着急，说："大哥，你今天咋这么婆婆妈妈的？你快说咱们该怎么办，要杀咱杀个痛痛快快鸡犬不留，要走咱一拍屁股走人，管他娘的报仇不报仇的鸟事。"

穆三桩看看白天刚说："二弟，我看咱们这样，这个小尼姑在咱们手上也是个累赘，不如把她交给黄沙庵，怎么处置这个小尼姑那是她们的事，这样咱们就能腾出手来全力对付马天五了。"

白天刚点点头说："听大哥的。"

吴心一听要把妙善交给黄沙庵不干了，忙说："大哥，不能把小尼姑交给黄沙庵，老子还得留着……等咱们把马天五杀了再把小尼姑交给他们也不迟。"

"二弟，没有了这个小尼姑天底下找不着别的女人了？"白天刚说："大哥说的对，这个小尼姑在咱们手里确实是个累赘。"

吴心"嘿嘿"一笑说："我……我是说这会就把小尼姑交给黄沙庵太便宜她了。"

天渐渐黑下来，白天刚找来一盏黑油灯刚想打火点上，穆三桩说："二弟，慢，先把窗户用被子遮起来，免得从外面能看见灯光。虽然咱们躲进这个小院子，我怎么觉得也不安全。马天五这个家伙十分的狡猾，他放出的眼线一定很多，咱们还是小心一些。"

就在穆三桩和白天刚、吴心商议着要把妙善交给黄沙庵的时候，马天五已经带着三十个人悄悄地把三个人住的房子给围了起来。

马天五心里明白自己干了那么多伤天害理的事，仇人一定不少，谁都想除掉他。所以，马天五在柳寨渊子方圆几十里内布置了不少的眼线，只要一有什么风吹草动，一眨眼的工夫马天五就能知道。那个经常去黄三座楼听刘九呱嗒说书的货郎头就是眼线中的一个。天快黑的时候，货郎头从一个村子里出来，刚到村头，远远地看见有三个人扛着一个像人一样的东西匆匆忙忙地走进一处院子里，而且速度快得惊人。货郎头心里一惊，心想这三个人是不是马爷要找的人哪？货郎头把货郎挑子放下悄悄地靠近院子，恰好听见一个女人的哀求声："求求你们，把绳子给我解开吧，我不跑。"女人的话刚说完，就听一个男人说："你他娘的再喊老子一刀宰了你。"货郎头一听赶紧扭头就跑，货郎挑子也不要了，一口气跑回柳寨渊子，把看到听到的事情告诉马天五。马天五听完之后想，那个哀求的女人一定是妙善，那么这三个人就一定是黄沙庵请来给老尼姑慧圆报仇的人。好，你们不是要给老尼姑报仇吗？老子今天就叫你们去见阎王去陪那个老尼姑。马天五对斜眼说："去，去给我挑选三十个手脚利索的人，把火枪都带上。"回头又对货郎头说："你前面带路，咱们今天晚上就把这三个狗日的灭了。老子还不信了，是什么样的人敢跑到老子的地盘上跟老子作对。他就是武功再好，还能刀枪不入？"

屋里没有灯光，院子里静悄悄的。

马天五带人把院子围起来，先趴在墙头上看了一会，低声对斜眼说："你带两个人翻墙进去，把大门打开。记住，不要弄出什么声响来。"不料斜眼带着两个人刚翻进院子，就听"哗啦"一声，屋门打开，"噌噌噌"三个黑影从屋里窜出来，斜眼他们还没有反应过来，甚至连喊一声的工夫都没有就人头落地了。

等趴在墙头上的马天五弄清楚怎么回事，高喊一声"打！"所有的火枪一起开火，打了半天才看清楚，哪里还有人的影子。马天五带人走进院子，只见地上躺着斜眼等三个人的尸体，三个脑袋都远远地滚落在一边。

穆三桩、白天刚、吴心都是练武之人，虽然不能说是眼观六路耳听八方，但也十二分的机警，尤其是白天刚，耳朵特别好使。白天刚没有睡着，睁着俩眼在想心事，斜眼他们刚一进院子，白天刚就听见了动静，用手一拉身边的穆三桩。穆三桩折身坐起来低声说："听见了，把老三叫醒。"就这样三个人起来拿着自己的兵器躲在门后，透过门缝，隐约看见墙头上晃动着许多脑袋。穆三桩说："小心"。斜眼他们刚想去开门，穆三桩一把拉开门，三个人离弦的箭一样蹿出去，手起刀落人头滚地。等马天五他们开火的时候，三个人早已经身跃出墙外，躲在暗处。

马天五知道从屋里出来的是三个人，妙善很可能还在屋里，于是带人冲了进去，果然，在昏暗的灯光下看见了赤条条地被绑在床上的妙善，嘴里还塞了东西。

马天五回头对歪头说："你们出去，到外面望着风，小心那几个人没有走远。"歪头带人出去之后，马天五急忙过去把妙善嘴里的东西扯出来，身上的绳子解开，原以为妙善会爬起来扑在自己怀里大哭一场，不想妙善没有动也没有哭，而是直直地躺在床上一动不动。

就在马天五想把妙善拉起来的时候，外面的火枪又响了。马天五赶紧提着火枪准备往外冲，歪头急急忙忙地跑进来说："马爷，马爷，那几个人又回来了，还杀死了三个兄弟。"

"人哪？"马天五问。

"跑了。"歪头说。

"他娘的，给老子去追！"马天五咬着牙说。

"追……马爷，天这么黑，咱们在明处他们在暗处，只怕……"

马天五打断歪头的话说："怕他娘的什么怕？你手里的枪是他娘的烧火棍呀？追，看见影子就给我往死里打！"

其实马天五心里也非常害怕，这三个家伙果然没有走远。他们一会出来一会躲起来，是想把老子的人一个一个都收拾了，然后再收拾老子呀。不行，不能在这里给他们耗下去，赶紧回柳寨渊子，我谅他们也不敢追到柳寨渊子里去。马天五想。回头看看，妙善仍躺在床上，马天五过去把妙善抱起来说："快找衣服穿上，跟我回柳寨渊子。"谁知道妙善一把把马天五推开，大声说："放开我。"马天五一愣，说："你……"这时妙善才一头扑在床上"哇"地哭起来。

穆三桩、白天刚、吴心再也没有出现。

马天五胡乱地找了两件衣服叫妙善穿上，让人背着在半夜的时候回到柳寨渊子。

黄炳秋和石泥鳅离开黄沙庵回到黄三座楼。

黄炳秋说："泥鳅，你先别回土屋，跟我回家，咱们喝几口，一块合计合计妙贞师傅提出来的事。"

石泥鳅说："行，黄族长，我也有这个意思。"

"泥鳅，你往后别一口一个黄族长的叫。"黄炳秋说："咱们俩年纪差不多吧？噢，我比你大两岁，你应该叫我哥。"

石泥鳅一笑没有说话。

进了黄三座楼，黄炳秋让尤凤枝到灶屋弄了几个菜摆在客厅。黄炳秋说："泥鳅兄弟，请坐吧。"石泥鳅说："黄族长先请。"黄炳秋说："看看看，你又来了，叫大哥。"

"好好，就叫你大哥吧。"石泥鳅说："大哥先请。"

黄炳秋和石泥鳅一块坐下来，酒过三巡，黄炳秋抬眼看着石泥鳅说："泥鳅兄弟，你手里真的有枪？"

石泥鳅点点头说："有，是关彪走的时候留下的，两把崭新的德国造。"

黄炳秋点点头说："我说呢，怪不得你在妙贞师傅面前说话的底气那么足。泥鳅兄弟，妙贞师傅既然已经张了这个嘴，你觉得咱们应该怎么办才好？你可想好了，柳寨渊子里的土匪马天五那可是个心狠手辣的亡命徒，惹他是要冒很大风险的。"

石泥鳅喝了一杯酒说："柳寨渊子里的土匪马天五祸害百姓的事我早就知道，我也恨这伙土匪。没想到，这个马天五竟然血洗黄沙庵，害死慧圆大师，是罪该当诛。大哥，不瞒大哥你说，我已经开始打听马天五的行踪了，一旦有机会我决不会放过马天五这个十恶不赦的土匪。今天妙贞师傅找到了咱们，我愿意出手帮这个忙。这也是妙贞师傅的行为感动了我。妙贞师傅虽然是个出家人，可是她知道感恩，念着师傅的好，想为师傅报仇，这个忙咱一定得帮。除掉马天五这个土匪，也为柳寨渊子周围的老百姓铲除一个祸害。"

黄炳秋说："好，泥鳅兄弟，你这个话我赞成，咱们多联系些人，全力以赴除掉马天五这个土匪。唉，妙贞师傅请来的那个叫穆三桩的武林高手你真的认识？"

"现在还不好说。"石泥鳅说："听妙贞师傅介绍这个穆三桩的情况，我想很有可能是曾经在我手下当过排长的穆三桩。"

"他会武功？"黄炳秋问。

石泥鳅说："会，而且功夫还不错。"

"如果真的是你手下的那个排长，咱们一块联起手来对付马天五就更有胜算了。就不知道这个穆三桩愿意不愿意跟咱们联手。"黄炳秋有些担心地说。

"这样，我明天就去叮当集看看。妙贞师傅不是说他们住在顺风客栈吗？如果真的是我认识的那个穆三桩，我想他会答应和咱们联手的。"石泥鳅说："我与这个穆三桩也有十多年没有见面了。我离开西北军的时候他还在，怎么会跑回老家当了土匪哪？不过这个人本质不坏，他当土匪也一定是被逼无奈逼上梁山，我敢说穆三桩就是当了土匪也不会像马天五那样尽干些伤天害理的事。这些只有见到穆三桩之后才能明白。"

第二天一大早石泥鳅拿一把短枪揣在怀里去了叮当集，直接去了顺风客栈，远远地看见顺风客栈的门口聚集了好多人，贾家粮店的贾老板也挤在人群里伸着脑袋往里看。石泥鳅赶紧凑过去，听见许多人在纷纷议论：

"我听说顺风客栈里半个多月前住进来三个外地客人，这些人来无影去无踪神出鬼没也不知道是干啥的。"

"听说都是些有功夫的人，会穿房越脊，落在地上连一点声音都没有。"

贾老板凑过去说："可不是咋地，我就见过这三个人中间的一个，长得跟庙里的罗汉差不多。那个人走路一阵风似的，一转眼没影了。"

"就在昨个夜里，不知道为啥把客栈里的伙计黑胖头给杀了，三个人也没有影了。你说黑胖头一个伙计，这些人害他弄啥？"

"唉，兄弟，你还不知道吧？听说这个黑胖头是……是柳寨渊子里的人。"

"噢，那该杀。"

贾老板急忙摆摆手说："可不敢瞎说，柳寨渊子里的人可惹不起。"

石泥鳅听明白了，他要找的穆三桩已经不住在顺风客栈了，杀了一个叫黑胖头的伙计之后没影了。石泥鳅想以穆三桩的为人来说，如果不是遇到什么紧急的事，他不会那么鲁莽地去杀人的。刚才有人说被杀的黑胖头是柳寨渊子里的人，那穆三桩杀他就顺理成章了。柳寨渊子里土匪是马天五，穆三桩他们就是来找马天五的。

石泥鳅没有再听人们的议论，离开顺风客栈又到另外两个客栈去找了一下，还是没有穆三桩的影子。石泥鳅突然自己暗笑起来，心想自己这是犯的哪门子糊涂，这个杀人的穆三桩如果真是在自己手下当过排长的那个穆三桩，决不会在叮当集待着，杀了人会赶紧离开。我到别的地方再找找吧。

就在石泥鳅打算离开叮当集的时候，突然看见凤城警局的一大帮人急匆匆地朝叮当集外面走。黄礼河大老远地就看见了石泥鳅，忙走过来说："石大叔，你到叮当集弄啥来？噢，又是打酒来了吧？"

石泥鳅听说过不少关于黄礼河的事，打心里瞧不起这个在警局混了个队长的黄礼河，但碍着黄炳秋的面子又不能不给他个笑脸。于是石泥鳅应付着回答道："是，是来打酒的。"

黄礼河靠近石泥鳅说："石大叔你还不知道吧，顺风客栈的一个伙计被三个江洋大盗给杀了，脖子都拧断了。这边的事还没完，那边又出了更大的命案。离这儿七八里地的蛤蟆岗石大叔知道吧？那里又有五六个人被杀了。"说到这里，黄礼河压低声音说："来报官的人说被杀的这五六个人都是柳寨渊子里的土匪。石大叔，不跟你多说了，我得赶紧去蛤蟆岗，卢局长已经去了。"说完转身跑去。

石泥鳅这会儿才彻底明白，顺风客栈的伙计，在蛤蟆岗被杀的都是柳寨渊子里的人，穆三桩他们已经开始动手了。从杀人的手段来看，不用说，这个穆三桩就是西北军的那个排长穆三桩。石泥鳅想。

石泥鳅回到黄三座楼把看到听到的事情给黄炳秋仔细地说了一遍，不过石泥鳅没有提遇见黄礼河的事。黄炳秋让石泥鳅留下喝酒，石泥鳅说："大哥，咱们改天吧，我还想去看看我的大孙女枝，听说这孩子又病了。"

石泥鳅到了石守乾家，刚好石守乾也在家，麻媳妇赶紧做了两个菜，石泥鳅和石守乾爷两个喝起酒来。石泥鳅把黄沙庵的妙贞找他和黄炳秋帮忙给师傅报仇的事和今天在叮当集遇到的事告诉石守乾，石守乾吃了一惊，忙说："大爷，柳寨渊子里的土匪可都是一些亡命徒，绑票杀人欺男霸女恶贯满盈，谁敢惹他们？大爷，你可小心，别掺和进去喽。"

石泥鳅喝了口酒说："这件事我心里有数，你不用担心。哎，枝的病啥样了？"

石守乾摇摇头说："吃了十几副汤药了，还是不见轻。枝这个妮子从小就是个药罐子。"

"药别老按着一个方子吃，不见效再换一个方子。"石泥鳅说："赶明到凤城去，给枝寻个好些的先生看看。"

麻媳妇说："大爷，他爹今个回来就是想赶明带着枝去凤城的。"

石泥鳅说："那好，赶明我也去。"

这时朵从里屋跑出来，趴在石泥鳅背上说："爷爷，赶明也带我到凤城去玩玩吧？"

石守乾说："给你姐姐去看病你跟着去弄啥？"

麻媳妇过来照着朵头上就是一巴掌，说："你这妮子真不懂事，十六七的大闺女了还趴在爷爷身上，爷爷不累呀？"

朵没有理麻媳妇，仍趴在石泥鳅身上，晃着石泥鳅的肩膀说："爷爷，你就带我去吧。"

石泥鳅用筷子夹了一块黄瓜塞进朵嘴里说："去，等到凤城爷爷给宝贝孙女扯件花衣裳。"

石泥鳅回到土屋的时候天已经很晚了。

石泥鳅躺在床上怎么也合不上眼，他在想黄沙庵的事，在想十多年没有见过面的穆三桩。石泥鳅心里实在弄不明白，黄沙庵里年纪轻轻的尼姑妙贞怎么就会到千里迢迢的沧州找来了穆三桩为师傅报仇，看起来这个妙贞不简单呀。

石泥鳅正在胡思乱想，突然听见外面有脚步声从远处朝土屋传来。石泥鳅在西北军里待了二十年，也是久经沙场的人，哪怕是有一点小小的风吹草动也躲不过他的耳朵。在这静静的夜里，外面的脚步声虽然不大，但石泥鳅能听得出来，而且还不是一个人。石泥鳅躺着没动，而是把手伸进用芦苇编制成的枕头底下，轻轻地把二十响的德国造短枪抽出来，大拇指一晃，熟练地打开保险。

脚步声越来越近，最后竟在土屋旁边停下来。

石泥鳅觉得奇怪，是什么人在三更半夜到这老黄河边上来干什么？难道是想偷东西的小蟊贼？恐怕不是，偷东西的蟊贼是不会光顾我这土屋的。那么是柳寨渊子里的土匪马天五？也不会，因为这些日子自己虽然不断地打听柳寨渊子土匪的消息，但没有露出任何的破绽，怎么会惊动马天五哪？

石泥鳅正在琢磨的时候，听见外面有人在低声说话。

"大哥，是这儿吗？"

"应该是，我打听了好几天了。"

"大哥，你赶紧喊一喊，看看是不是你要找的人。"

另一个有些沙哑的声音说："喊什么喊，一脚把门踹开一看不就知道了。"

"不许胡来。在老营长面前一定要规规矩矩的，我不想打扰老营长休息。"

这回石泥鳅听出来了，外面说话的果然是穆三桩。石泥鳅心里非常高兴，别管穆三桩是干什么来了，毕竟是十多年没有见过面的兄弟呀。这样想着石泥鳅把枪又收起来翻身下床。

这时外面那个沙哑的声音又响起来："大哥，咱们老在外面站着也不是个事呀？"

石泥鳅摸着火镰子打着火点上油灯，对着外面大声说："穆三桩，你都到了我门口了，还在外面站着干什么？快进来。"说着拉开屋门。

穆三桩一听真是老营长石火，赶紧推门进来，站在石泥鳅面前，"啪"一个立正，规规矩矩地行了一个军礼。

穆三桩先把石泥鳅介绍给白天刚和吴心说："二位兄弟，这就是我经常给你们提起的我的老营长——石火石营长。"

白天刚和吴心急忙朝石泥鳅拱手施礼。

石泥鳅说："两位小兄弟不要客气，坐下咱们慢慢说话。"

石泥鳅忙着弄了两个菜，煮了半锅咸鸭蛋，几个人在土屋里慢慢喝起酒来。

石泥鳅问："穆三桩，你是怎么打听到我的？"

穆三桩说："我刚来到这老黄河边上的时候也没有想到来找老营长，后来我们兄弟三个在叮当集吃饭的时候听旁边的人提起过，说住在老黄河边上的一个叫石泥鳅的人多厉害多厉害，人家在队伍上当过大官，领着千军万马打过仗。人家说者无心我这听者有意，记得咱们在西北军的那个时候，我好像听老营长说过，你的老家就在老黄河边上。我当时就想，要是真的是老营长就好了，我一定得来看看老营长。今天果然又见到老营长了。老营长，来，我穆三桩敬老营长三杯。"

接着穆三桩把自己怎么离开西北军107师的事仔细地给石泥鳅说了一遍，最后说："老营长，我算是看透了，西北军也好东北军也罢，只要没有强硬的后台，你想混出个人样来比登天还难。离开队伍之后我回到老家沧州，本打算成个家安安分分地过日子，谁知道你想安安分分地过日子老天爷就是不干，不给你安生的日子过。我娘不在了，我爹磨破了嘴皮子好不容易托媒婆给我说了门亲事，听说姑娘长得还不错。我手里不是有从那个克扣军饷的营长那里抢来的几个钱吗？忙着过了贴送了彩礼，连成亲的日子都定下了。就在我要成亲的头一天晚上，那姑娘的爹哭哭啼啼地跑到我家里来，说闺女出去走了一趟亲戚人不见了。我一听急了，到处去找，也就过了有半个月吧，姑娘的下落让我打听出来了，原来姑娘从亲戚家回来的路上叫一个财主家的混蛋儿子给抢去了，强迫姑娘成了亲，给他当了四老婆。老营长，我的性格你也知道，怎么能咽下这口气呀？于是，我在夜里偷偷地进入财主家，把财主那个混蛋儿子一刀抹了脖子。身上有了命案我不敢回家了，干脆一不做二不休，就上山落草为寇了。老营长，我当这个土匪也是逼上梁山呀。"

石泥鳅说："这年头这样的事多了，三桩，你虽然当了土匪，那也是被逼无奈，自己给自己找一条活路，只要不干伤天害理的事也没啥。"

"老营长，这个你放心。"穆三桩说："我和二弟三弟决不会干那些伤天害理的事。"

石泥鳅说："三桩，把你们几个来到这老黄河边上的事给我说一说吧。"

穆三桩听了一愣，不知道该怎么说才好，又怕老营长看出破绽来，急忙端起酒杯喝了一杯酒，支吾说："老营长，我们到这儿来也没有什么大事，就是想走一走玩一玩，想不到有幸遇上了老营长。来，老营长，我再敬你一杯。"

石泥鳅把酒喝完之后说："三桩啊，想在我前面打马虎眼是吧？你当我不知道，你们几个不就是冲着柳寨渊子里的那个马天五来的吗？"

穆三桩一愣，说："老营长真神了，你是怎么知道我们是冲着马天五来的？"

"黄沙庵的妙贞师傅说的。"石泥鳅说："妙贞师傅把怎么请你们来给她师傅报仇的事都告诉了我和黄三座楼的族长黄炳秋。"

"是这样啊。"穆三桩点点头说。

马天五带着妙善刚回到柳寨渊子，歪头就带着几个人回来了，告诉马天五他们追了很远也没有看见三个人的影子。马天五不耐烦地把手一摆说："滚，都他娘的给老子滚！"

槐花知道马天五把妙善给找了回来心里很不高兴，马天五进来的时候，槐花正坐在床边抹泪。

马天五说："姐，你怎么哭了？"

槐花没有说话，站起来朝外面走去。

马天五也没有心事去追槐花，转身躺在床上，想想这些天发生的事，心里觉得害怕。马天五知道这一切都是因为害死黄沙庵的老主持引起的。一想到黄沙庵，马天五心里犯起一肚子火，要不是黄沙庵里的臭尼姑从外面弄来这几个他妈的啥武林高手，搅得老子坐卧不安，说不定老子这会正在抱着妙善快活哪。不行，你不让老子安生，老子就先把你的臭尼姑庵给毁了。对，今天晚上就去血洗黄沙庵，把那些臭尼姑都杀了，再一把火把黄沙庵烧了。马天五想到这里，"骨碌"从床上爬起来，刚想往外走，脑袋突然刀劈斧砍似的疼起来，马天五"哎呀"一声又一头栽倒在床上。

第 35 章

老黄河里的水静静地流着，水边偶尔会飞起一两只水鸟，很潇洒地展开一对黑的、白的翅膀，有的贴着水面飞行，时不时地用翅膀撩一下水面，平静的水面上立刻有一圈又一圈的波纹荡漾开来

天慢慢地黑下来。

妙善一个人坐在床边不停地抹着泪，就在这个时候马天五来了。

原来，马天五因为突然犯了头疼，"哎呀"一声栽倒床上，不停地大喊大叫，槐花在外面实在听不下去了，便来到床边把马天五扶起来揽在怀里不停地给马天五又掐又揉。马天五这回头疼病犯得特别厉害，尽管槐花把全身的力气都用上了，马天五的头皮都快让槐花掐出血来了，马天五还是止不住疼，哭爹叫娘地在槐花怀里挣扎。看着马天五痛苦的样子，槐花也觉得难受，陪着掉了不少眼泪。就这样折腾了半天，马天五才趴在槐花怀里慢慢睡去。望着在怀里渐渐熟睡的马天五，槐花又止不住流下泪来。想想往后的日子，槐花心里一哆嗦，这样提心吊胆的日子啥时候才是个头啊？槐花突然冒出一个念头：回河南老家。槐花低头看看马天五又摇摇头。真的，槐花舍不得马天五，他毕竟是自己心爱的男人呀。

日头快要落下去的时候，马天五才醒来。

槐花见马天五醒了，问马天五饿不饿，马天五摇摇头说："吃不下去。"说着站起来就往外走。

槐花已经知道马天五把妙善找回来了，问马天五："你不会又去那个小尼姑

那里吧？"

马天五说："姐，你想啥哪？我去找歪头合计点事。"马天五真的没有打算去妙善那儿，因为马天五心里仍想着夜里要再次血洗黄沙庵的事，他是想找歪头好好安排安排。

歪头和一帮子土匪听说晚上马天五要带着他们去黄沙庵，一个个都来了精神，做起了搂尼姑的美梦。

马天五把事情安排妥当之后突然想起了妙善，心里说妙善因为自己被人抓去，这些天一定受了不少罪，怎么也该去说几句好话暖暖人家的心吧？这样想着，马天五就来到妙善住的地方。

妙善看见马天五进来，狠狠地白了马天五一眼，把身子扭到一边。

马天五知道妙善心里一定不好受，也不在乎妙善对他的态度，过去想抱住妙善，不想妙善"噌"地站起来躲到一边说："别碰我。"

马天五一愣，马上又赔着笑脸说："爷的心肝宝贝，还生气哪？这都是黄沙庵里那一帮该死的臭尼姑惹的祸。你放心，马爷今天夜里就给你去出这口恶气，到黄沙庵把那些臭尼姑一个不留都杀了，再一把火把黄沙庵烧了，看她们还敢不敢给马爷作对？"妙善听了马天五的话吓得心惊胆战，张着嘴半天说不出话来。马天五过去把妙善搂在怀里说："宝贝，马爷知道你受了不少委屈，好好地静养些日子，放心，马爷还会像以前一样好好待你的。"

不管马天五怎么说，妙善就是一句话不说。马天五坐了一会便走了。

妙善见马天五出了门，马上换了一件衣服，扯过头巾把脑袋裹上，出了柳寨渊子朝黄沙庵方向跑去。

妙善一口气跑到黄沙庵的时候，黄沙庵的大门是虚掩着的，大殿里好像还有灯光。怎么还有人在诵经呀？妙善想。可是妙善不敢走进黄沙庵的大门，因为她心里害怕，就是因为自己的一句话黄沙庵才遭到这场灾难，师傅才被害的。师傅死了，妙善知道如今庵里的那些师姐肯定恨死自己了，尤其是那个自己怎么看怎么都不顺眼的妙贞。听马天五说，抓住自己差一点要了自己的命的那三个人就是妙贞从外面找来的。妙善越想心里越怕，手扒着黄沙庵的大门抽泣起来。

妙善在黄沙庵门外痛哭了一阵，猛然想起来自己今天跑来的目的，也顾不了那么多了，推开大门朝大殿跑去。

其实，今天晚上黄沙庵大殿里坐着不少人，黄炳秋、石泥鳅、穆三桩、白天刚、吴心，还有石守乾、刘九呱嗒等都在，他们在和妙贞一块商议对付马天五的事。是妙贞请他们来的。

妙善跑进大殿"噗通"朝地上一跪，惊呆了大殿内所有的人。

黄炳秋、石泥鳅等人听完妙善的话，都觉得不可信，尤其是妙玉，更是把眼睛瞪得圆圆的，指着妙善说："你马上离开黄沙庵，滚回你的土匪窝去。"

石泥鳅拦住妙玉，回头对刘九呱嗒说："你带两个人先把妙善带到后面看起来。"

刘九呱嗒把妙善带走之后，石泥鳅才说："妙贞师傅，你们恨这个妙善，是因为她差点毁掉了整个黄沙庵。但是，今天妙善冒险跑回来，也许是她的良心有所发现吧。我觉得妙善今天的话可信，马天五被逼急了，狗急跳墙，今天夜里很有可能来黄沙庵报复。"回头又对黄炳秋说："黄族长，咱们得做好应付马天五今天夜里来黄沙庵报复的准备。"

"老营长，你是经过大风大浪的，对付几个小土匪对你来说还能算个事吗？你怎么吩咐我们怎么做就是了。"穆三桩说。

黄炳秋说："这位穆英雄说的对，泥鳅兄弟，你就安排吧。"

石泥鳅说："好。"

半夜时分，马天五带着歪头等二三十个人悄悄地来到黄沙庵的大门外。

黄沙庵的大门是紧闭着的。

马天五让几个人搭成人字梯，歪头先翻了进去。

黄沙庵的大门被打开了，马天五带着人冲进黄沙庵大门，只见周围漆黑一片，没有一间禅房透出灯光，更听不见任何声响。就在马天五一愣神的工夫，就听见黄沙庵的大门"咣当"一声关上了，四周立即亮起无数只火把，把整个黄沙庵照得如同白昼一般。

歪头急忙对马天五说："马爷，不好，咱们上当了，有埋伏。"歪头的话音还没有落，就听"当当"两声枪响，站在马天五前面的两个土匪一头栽倒在地上。其他的土匪一个个吓傻了，乱作一团，胡乱地用火枪朝着火把打了几枪，争先恐后地朝大门跑去。

歪头瞅见院内的东南角有两棵大树，下面是一片冬青树，大树的后面是一片火把照不到的地方。歪头一拉马天五，两个人趁着混乱躲进大树后面的黑影里。

黄沙庵的大门被人从外面拴死了无法打开，土匪们正在砸门的时候，穆三桩、白天刚、吴心从旁边蹿出来，只是一眨眼的工夫，七八个土匪惨叫着倒在地上。三个人还要接着动手，石泥鳅两手提着短枪和黄炳秋等人从大殿后面绕过来。

石泥鳅大声说："三桩，住手。"

无数火把把剩下的土匪围在黄沙庵内。

"把你们手里的火枪都放在地上。"石泥鳅大声说。

早已经吓破胆的土匪看着石泥鳅手里闪着蓝光的短枪哪里还敢反抗，乖乖地都把火枪丢在地上。

"哪个是马天五？"石泥鳅大声问。

土匪们你看我我看你没有人敢说话。

"哪个是马天五？！"石泥鳅这回的声音更大，好像是在怒吼。

吴心伸手抓住一个矮胖土匪说："不说老子宰了你狗日的。"

矮胖土匪结结巴巴地说："马……爷……马……刚才还……在这儿……"

"老营长，马天五跑了。"穆三桩对石泥鳅说。

石泥鳅周围看了看，说："他跑不远。"说着朝院子东南角那片黑影一指。穆三桩一摆手朝黑影方向蹿去，白天刚、吴心紧紧跟过去。可是他们没有见到马天五的影子。

原来，马天五和歪头趁石泥鳅问土匪的机会越墙逃走了。

穆三桩、白天刚、吴心三个人一拧身子一个个蹿上墙头。就在穆三桩他们刚刚纵身跳下墙头，又一个身影跟了上来。穆三桩一看是妙贞，忙说："妙贞师傅，用不着你去，有我们三个就够了。"

妙贞咬着牙说："我要亲手杀了马天五，给师傅报仇！"

马天五知道黄沙庵里的人找不着他肯定会派人来追的，他和歪头没敢直接往柳寨渊子方向跑。这时马天五突然想到了他那个叫马子的爹。那个叫马子的爹不是给黄沙庵种香火地吗？恐怕谁也不会想到老子会藏在黄沙庵里的香火地里。这就是他娘的灯下黑。所以，他扭头奔黄沙庵香火地方向去了。

跑到香火地西头马子住的土屋，马天五"嘭"地一脚踹开马子土屋的门，把马子从床上拉起来捆了个结结实实，嘴里塞上一只破袜子给扔在床底下。夜里本来就静，马天五踹门的声音惊动了东头土屋里的顺，顺披衣服起来到外面听了一阵，没见再有什么动静，便嘟嘟囔囔地骂："准是狗日的马子，半夜三更不知道又闹啥鬼哩。"

妙贞、穆三桩他们一直追到柳寨渊子边上也没有看见马天五的影子。妙贞说："咱们进柳寨渊子。"穆三桩拦住妙贞说："妙贞师傅，就咱们这几个人的速度，马天五如果逃向柳寨渊子咱们是一定能追上他的。我估计，马天五就是害怕咱们追赶他，所以才先找地方躲了起来，没有回柳寨渊子。咱们还是先回黄沙庵，带人分头找。"

四个人回到黄沙庵的时候天已经发亮了。妙贞、穆三桩还没有给黄炳秋、石泥鳅把追赶马天五的事情说完，就见顺急急忙忙地跑来，说："不好了，不好了，慧圆大师墓前吊死一个人。"

黄炳秋问："啥样的人？"

"我……我没……没敢看……"顺结结巴巴地说："头上顶着个花头巾，看样子是……是个女的。"

石泥鳅看见刘九呱嗒站在旁边，就问："那个妙善哪？"

"在后面屋里关着哪。"

石泥鳅说："你快去看看那个妙善还在不在。"

刘九呱嗒去了不大会工夫就一阵风似的跑回来，气喘吁吁地说："毁……毁了，那个妙……妙善不见了，跑……跑了。"

"吊死在慧圆大师墓前的八成就是妙善。"石泥鳅对黄炳秋说："咱们赶紧到香火地去看看。"

黄沙庵里几乎所有的人都来到了香火地慧圆大师的墓前，见吊死在慧圆大师墓前的果然是妙善。

妙善被刘九呱嗒他们关在一间屋里，傻了似的呆呆地坐在那儿不停地往下落泪。师傅被害死了，妙贞和庵里的那些师姐会放过自己吗？就是她们肯放过自己，自己还有脸活在这个世上吗？师傅，妙善对不起你，妙善想去陪你呀，师傅。

后半夜的时候，妙善听见院子里传来几声枪响，她知道一定是马天五来血洗黄沙庵了。妙善"噌"地站起来，一拉门没有上锁，又看见前面火把晃动人声嘈杂，妙善从黄沙庵后门跑出去，直奔慧圆大师的墓地。来到慧圆大师墓前，妙善朝着慧圆大师的墓跪下，郑重地磕了三个头，泪流满面地说："师傅，徒儿陪你来了。"

在慧圆大师墓前的一棵柏树上，妙善结束了自己的生命。

黄炳秋让石守乾几个人把妙善放下来，对一直站在那儿一句话也不说的妙贞说："妙贞师傅，妙善既然已经吊死了，就把她找个地方埋了吧。"

妙贞含着泪说："给她置办一口棺材吧，妙善曾经是佛门中人，也算是师傅的徒弟，就叫她在这儿陪着师傅吧。"

在人们都忙着妙善的事的时候，顺把石泥鳅拉到一边，把昨天夜里听到西头土屋门响的事告诉了石泥鳅。

石泥鳅问："马子哪？"

顺说："八成还在睡着哪。"

石泥鳅招呼穆三桩说："走，咱们到西头土屋里看一看。"

马天五之所以和歪头一起躲在马子住的土屋里，是觉得黄沙庵里的那帮人夜里肯定会到处找他的，现在就剩下他和歪头更不是人家的对手，不如等天亮了再悄悄地出去，绕道回柳寨渊子，只要能回到柳寨渊子，那里就是老子的天下了，他们也不敢闯老子的柳寨渊子。

突然马天五头又疼起来，而且越来越疼。马天五不敢喊叫，只好拿着马子脏兮兮的被子把脑袋一蒙，在床上不断挣扎起来。天亮的时候马天五的头不疼了，他叫醒死猪一样在柴火堆上打呼噜的歪头说："起来起来，到外面去看一看，要是没有什么动静的话，咱们赶紧走，回柳寨渊子。"歪头刚一出门，远远看见一大群人正朝这边走来。歪头吓得赶紧跑回土屋，说："马爷，不好了，那边来了一大群人。"

"都是什么人？"马天五吃惊地问。

"男的女的都有。噢，还有几个尼姑。"歪头说。

"一定是黄沙庵的那帮人。"马天五把牙一咬说："他们真的敢来，老子就给他们拼个鱼死网破。把火枪准备好。"

歪头身上一抹说："哎呀，我那把火枪八成是跳墙的时候弄掉了。"

"你个狗日的笨蛋！"马天五一脚把歪头踢得趴在地上，低声吼道："滚起来，把门顶上。"

马天五突然想到床底下的马子，伸手把马子从床底下拽出来，一把扯去马子嘴里的臭袜子，用火枪顶着马子的脑袋说："不许喊，喊一声你的脑袋就得开花。老子问你啥你说啥。"

马子看看马天五布满血丝的眼睛点点头。

"你住的这个屋里经常有人来吗？"马天五瞪着眼睛问马子。

马子说："没有。"

"今天为什么有那么多人到这里来？他们会不会到这个屋里来？"马天五又问。

"不知道。"马子闭上眼睛说。

马天五把火枪使劲朝马子头上一顶说："老子真想一枪把你这个老狗日的脑袋给你打碎了。"回头又对歪头说："把这个老家伙的嘴堵上。"歪头过去一把掐住马子的脖子，马子疼得把嘴一张，歪头把那只臭袜子塞进马子嘴里，抬脚把马子又踢到床底下。

石泥鳅和穆三桩四个人走近土屋。

穆三桩说："老营长，那个马天五不会藏在这个屋里吧。"

吴心说："他娘的马天五有多大胆敢藏在这里？这里不是黄沙庵的香火地吗？"

顺说："这屋里住着的马子是马天五的爹。"

石泥鳅说："还是小心点好。"

"马天五藏在这里更好，省的咱们到处去找了。"吴心说："我去看看，马天五要是真在里面，老子把他的脑袋拧下来。"说着来到土屋门口。

"三弟……"穆三桩的话刚出口，就听屋里"嘭"的一声，吴心一头栽倒在地上。

几乎就在火枪响的同时，石泥鳅就地一滚，两把短枪已经拿在手里，对着屋门连开数枪，就听屋里"哎呀"一声再也没有了动静。

穆三桩、白天刚一看吴心被打死了，怪叫一声箭一样冲过去，飞脚踢开屋门冲进去。

地上躺着中了枪的马天五，已经奄奄一息，墙角里歪头两手抱着脑袋，整个人都在哆嗦。

石泥鳅也提着两把短枪紧跟进来，看见穆三桩正要对马天五动手，忙大声说："三桩，慢动手。"穆三桩手里的刀举到半空没有往下落。

石泥鳅只顾制止穆三桩，不料白天刚那边一脚把歪头踢了个脑浆迸裂。

在慧圆大师墓前的妙贞听见土屋那边传来的枪声也急忙跑来，一进门就看见一个满身是血的人躺在地上，手里还拿着一把火枪。妙贞虽然没有见过马天五，但妙贞知道这个人一定就是马天五。妙贞伸手把马天五从地上提起来，大声说："马天五，你还我师傅。"说着两手一用力，把马天五举过头顶，狠狠地朝土屋的门上扔过去，就听"咣当"一声，马天五的脑袋重重地撞在木门上。

妙贞的速度太快了，石泥鳅想拦都来不及。

穆三桩和白天刚都愣住了。

就在穆三桩愣神的时候，妙贞一把夺过穆三桩手里的刀，转身抓住马天五的头发，把刀横在马天五脖子上，手腕一用力，把马天五的脑袋割下来，提着朝慧圆大师的墓地跑去。

刚走进屋的顺看见床底下的马子，对石泥鳅说："床底下还有一个人，是马子。"顺说着用力把马子从床底下拉出来，解开马子身上的绳子。马子看看没有了脑袋的马天五，把大嘴一张喊道："报应，报应啊！"然后一下子瘫倒在地上。

慧圆大师的墓前摆放着马天五血淋淋的人头，妙贞趴在地上哭得死去活来。所有在场的人都流下了眼泪。

谁也没有注意到马子来了。

马子像个木头人，慢慢地来到慧圆大师的墓碑前，身子一躬，猛地朝慧圆大师的墓碑撞去，"嘭"的一声闷响，溅出来的血几乎染红了慧圆大师的整个墓碑。

黄炳秋、石泥鳅、妙贞是在老黄河大堤上和穆三桩、白天刚告别的。

本来黄炳秋、石泥鳅商量着想在老黄河边上给吴心找块地方把他安葬了，再给他立块碑。穆三桩说："离家千里遥远又人生地不熟的，还是让三弟回家吧，免得成了孤魂野鬼。"白天刚也说："是啊，三弟是和我们一起来的，还是一起走吧。"妙贞拿出一千块银圆的银票给穆三桩，穆三桩一笑说："妙贞师傅，这个就不必了，我们兄弟三个来到老黄河边上，认识了黄族长、妙贞师傅，也是咱们的缘分，更让我想不到的是见到了我分别了十多年的老营长。本来我还想着陪老营长多待些日子，叙叙旧，可是三弟在那儿躺着我心里也不好受，这次我和二弟先回去，把三弟安葬了，什么时候我想老营长了再来。"

黄炳秋说："穆英雄，这样吧，黄某送你二百块银圆，不是给你的，权作吴英雄的安葬费吧。这个还请穆英雄不要推辞了吧。"

穆三桩看看白天刚，白天刚说："谢谢黄族长，这个钱我们就不拿了。我们兄弟三个虽然上山当了土匪，但是我们和马天五不一样，我们讲的是除暴安良杀富济贫。今天马天五被除掉了，慧圆大师的仇也报了，柳寨渊子周围的百姓也少了一个祸害，这本来就是件好事，我们如果拿了这个钱，江湖上的朋友也会笑话我们看不起我们的。吴心是大哥和我的磕头兄弟，这个安葬费应该由我们自己来出。大哥刚才说了，还会来看他的老营长的，到时候我也陪着大哥一块来，陪大哥的老营长，陪黄族长，陪……"白天刚看了妙贞一眼改口说："陪大哥的老营长，陪黄族长好好喝几杯。"

黄炳秋还想说什么，石泥鳅忙拦住黄炳秋说："黄族长，我看就听三桩他们的吧。"

"好了，老营长，黄族长，妙贞师傅，咱们就在这儿道别吧。"穆三桩回头对白天刚说："二弟，背着三弟的骨灰咱们上路吧。"

走下老黄河大堤，穆三桩回过头来大声说： "老营长，我们一定会来看你的。"

望着穆三桩和白天刚渐渐远去的背影，黄炳秋和石泥鳅、妙贞的眼睛都有些湿润。

又到了秋凉的时候。

老黄河里的水静静地流着，水边偶尔会飞起一两只水鸟，很潇洒地展开一对黑的、白的翅膀，有的贴着水面飞行，时不时地用翅膀撩一下水面，平静的水面上立刻有一圈又一圈的波纹荡漾开来，最后慢慢消失；有的则是贴着岸边已经发黄的芦苇飞行，不停扇动着翅膀带起些许的微风，晃动着一簇簇雪白的芦花，芦花便一朵又一朵地飞舞起来，有的落在水面上，随着流水漂到应该属于它归宿的地方去了，有的却像一片从天空飘落的雪花，舞着舞着便落在了地上。

芦花轻扬过无影，流水长逝去无声。

老黄河恰如一幅流动的风景画。